시체들을 끌어내라

세계문학전집

2 5 3

Hilary Mantel : Bring Up the Bodies

시체들을 끌어내라

힐러리 맨틀 장편소설

김선형 옮김

문학동네

일러두기

1. 번역 대본으로는 *Bring Up the Bodies*(Hilary Mantel, 4th Estate, 2012)를 사용
   했다.
2. 주석은 모두 옮긴이주다.
3. 본문 중 고딕체는 원서에서 이탤릭체로 강조한 부분이다.

차례 █

▌등장인물

크롬웰가

토머스 크롬웰 대장장이의 아들, 현재 왕의 내무장관이자 기록보관관, 케임브리지대학 명예 총장이며 잉글랜드 교회 수장인 왕의 대리.

그레고리 크롬웰 토머스의 아들.

리처드 크롬웰 토머스의 조카.

레이프 새들러 토머스의 서기장, 토머스가 아들처럼 키웠다.

헬렌 바르 레이프의 아름다운 아내.

서스턴 수석 요리장.

크리스토프 하인.

딕 퍼서 경비견 관리인.

앤서니 토머스의 어릿광대.

죽은 자들

토머스 울지 추기경, 교황 특사, 대법관, 공직에서 해고된 후 체포되어 1530년에 사망했다.

존 피셔 로체스터 주교, 1535년에 처형되었다.

토머스 모어 울지의 후임 대법관, 1535년에 처형되었다.

엘리자베스, 앤, 그레이스 크롬웰 토머스 크롬웰의 아내와 딸들로 1527~1528년에 사망했으며, 크롬웰의 누이 캐서린 윌리엄스와 엘리자베스 웰리페드도 세상을 떠났다.

왕가

헨리 8세

앤 불린 헨리 8세의 두번째 아내.

엘리자베스 앤의 갓난아기 딸, 왕위계승자.

헨리 피츠로이 리치먼드 공작, 왕의 혼외자.

기타 왕가 사람들

아라곤의 캐서린 헨리 8세의 첫 아내, 이혼한 후 킴볼턴의 저택에 구금중이다.

메리 헨리 8세와 캐서린의 딸, 또다른 왕위계승자, 캐서린과 마찬가지로 저택에 구금중이다.

마리아 드 살리나스 캐서린의 전 시녀, 윌러비 부인.

에드먼드 베딩필드 경 캐서린의 보호자 겸 감시자.

그레이스 에드먼드의 아내.

하워드가와 불린가

토머스 하워드 노퍽 공작, 앤 불린의 외숙부, 거만한 유력 귀족이자 크롬웰의 숙적.

헨리 하워드 서리 백작, 토머스 하워드의 젊은 아들.

메리 하워드 토머스 하워드의 딸, 헨리 피츠로이와 결혼했다.

토머스 불린 윌트셔 백작, 앤 불린의 아버지, '몽세뇌르'.

조지 불린 로치퍼드 경, 앤 불린의 남동생.

제인 로치퍼드 조지의 아내.

메리 셸턴 왕비의 사촌.

메리 불린 앤 불린의 언니, 헨리 8세의 전 정부, 현재 결혼하여 시골에 살고 있다. 이 책에는 등장하지 않는다.

울프홀의 시모어가

연로한 존 경 장남 에드워드의 아내와 불륜관계를 맺은 것으로 악명이 높다.

마저리 부인 존 경의 아내.

에드워드 시모어 존 경의 장남.

토머스 시모어 존 경의 아들.

제인 시모어 존 경의 딸, 캐서린의 전 궁정 시녀이자 현재 앤 불린의 시녀.

베스 시모어 존 경의 딸, 제인의 여동생, 저지 총독 앤서니 오트레드 경과 결혼했으나 미망인이 되었다.

헨리 8세의 시종들

찰스 브랜던 서퍽 공작, 헨리 8세의 여동생 메리의 홀아비, 무식한 귀족.

토머스 와이엇 박학다식한 신사, 크롬웰의 친구, 앤 불린의 연인이었다는 의심을 받고 있다.

해리 퍼시 노섬벌랜드 백작, 병들고 빚이 있는 젊은 귀족 청년, 한때 앤 불린의 약혼자였다.

프랜시스 브라이언 '지옥의 목사', 불린가와 시모어가 양쪽에 연줄이 있다.

니컬러스 커루 거마관리장, 불린가의 적.

윌리엄 피츠윌리엄 국고관리장, 불린가의 적.

헨리 노리스 '신사 노리스', 왕의 사실私室 시종장.

프랜시스 웨스턴 무모하고 사치스러운 젊은 신사.

윌리엄 브레러턴 콧대 높은 다혈질의 신사.

마크 스미턴 수상하게 비싼 옷을 입는 음악가.

엘리자베스 레이디 우스터, 앤 불린의 시녀.

한스 홀바인 화가.

성직자

토머스 크랜머 캔터베리 대주교, 크롬웰의 친구.

스티븐 가드너 윈체스터 주교, 크롬웰의 숙적.

리처드 샘프슨 왕실 예배당 수석 사제이자 교회법 박사, 왕의 결혼 문제에 관한 법률 자문가.

공직자

토머스 라이어슬리 인장사무관, 콜미 리즐리로 불린다.

리처드 리시 법무차관.

토머스 오들리 대법관.

대사들

외스타슈 샤퓌 카를 5세의 런던 대사.

장 드 댕트빌 프랑수아 1세의 대사.

개혁가
험프리 몬머스 부유한 상인, 크롬웰의 친구, 복음주의 지지자, 저지대의 감옥에 수감되어 있는 성서 번역가 윌리엄 틴들의 후원자.
로버트 패킹턴 상인이자 복음주의 지지자.
스티븐 본 안트베르펜의 상인, 크롬웰의 친구이자 정보원.

왕위를 주장하는 '유서 깊은 가문'
마거릿 폴 에드워드 4세의 조카딸, 아라곤의 캐서린과 메리 공주의 지지자.
몬터규 경 마거릿의 아들.
제프리 폴 마거릿의 아들.
헨리 코트니 엑서터 후작.
거트루드 코트니 헨리의 야망 넘치는 아내.

런던탑
윌리엄 킹스턴 경 런던탑의 무관장.
레이디 킹스턴 킹스턴의 아내.
에드먼드 월싱엄 킹스턴의 대리.
레이디 셸턴 앤 불린의 고모.
프랑스인 사형집행관

튜더 왕조

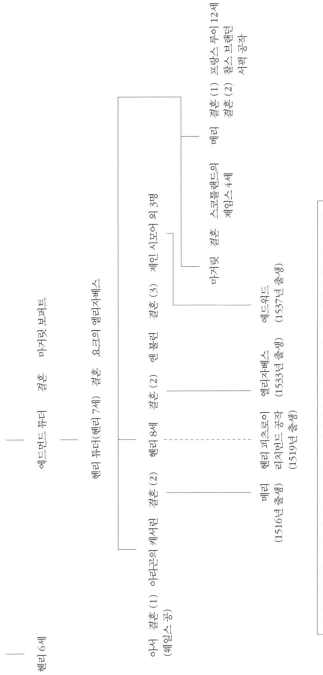

헨리 5세 결혼 (1) 발루아의 캐서린 결혼 (2) 오언 튜더

헨리 6세 · 에드먼드 튜더 결혼 마거릿 보퍼트

헨리 튜더(헨리 7세) 결혼 요크의 엘리자베스

아서 결혼 (1) 아라곤의 캐서린 결혼 (2) 헨리 8세 결혼 (2) 앤 불린 결혼 (3) 제인 시모어 외 3명
(웨일스 공)

메리 (1516년 출생) · 헨리 피츠로이 리치먼드 공작 (1519년 출생) · 엘리자베스 (1533년 출생) · 에드워드 (1537년 출생)

마거릿 결혼 스코틀랜드의 제임스 4세 · 메리 결혼 (1) 프랑스 루이 12세 결혼 (2) 찰스 브랜던 서퍽 공작

헨리 튜더(헨리 7세)는 에드워드 3세의 고손녀인 어머니 마거릿 보퍼트에게서 왕위계승권을 얻었다.
헨리 튜더와 요크의 엘리자베스의 결혼은 튜더 가문과 요크 가문을 결속시켰다.

요크 왕위계승권자(헨리 8세의 경쟁자)

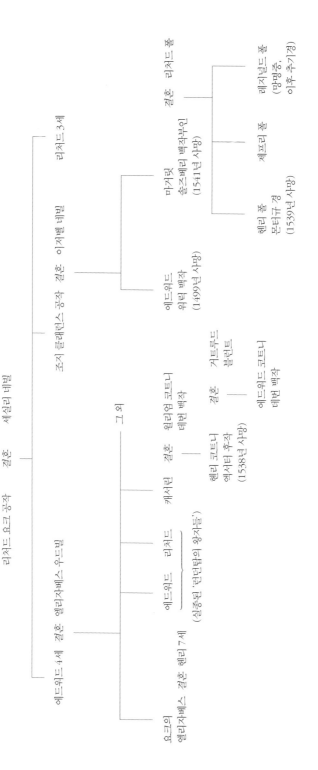

리처드 요크 공작 결혼 세실리 네빌

에드워드 4세 결혼 엘리자베스 우드빌 │ 조지 클래런스 공작 결혼 이저벨 네빌 │ 리처드 3세

요크의
엘리자베스 결혼 헨리 7세

그 외

에드워드 리처드
(실종된 '런던탑의 왕자들')

캐서린 결혼 윌리엄 코트니 데번 백작

마거릿
솔즈베리 백작부인
(1541년 사망)

에드워드
워릭 백작
(1499년 사망)

헨리 코트니
엑서터 후작
(1538년 사망)

결혼 거트루드
블런트

에드워드 코트니
데번 백작

헨리 폴
몬터규 경
(1539년 사망)

제프리 폴

레지널드 폴
(망명중,
이후 추기경)

결혼 리처드 폴

"짐은 다른 사내들 같은 사내가 아닌가?
아니란 말인가? 정말 아니란 말인가?"

—신성로마제국 대사 외스타슈 샤퓌에게

1부

I
매
1535년 9월, 윌트셔

그의 자식들이 창공에서 곤두박질치고 있다. 그는 말을 타고 지켜본다. 광활하게 펼쳐진 잉글랜드의 땅을 등지고 서 있다. 사냥매들은 황금빛 날개를 번득이며 핏발 선 눈으로 하강한다. 그레이스 크롬웰이 희박한 공기를 타고 유영한다. 먹잇감을 사냥하는 그레이스는 조용하다. 미끄러지듯 날아와 그의 주먹에 앉을 때도 결코 울지 않는다. 그러나 그럴 때 내는 아주 작은 소리, 퍼덕거리고 끽끽거리고, 날개 끝으로 바람을 가르는 한숨소리, 목구멍에서 들려오는 꿀렁임, 주인을 알아보는 그 소리는 친밀감과 효심, 얼핏 불만처럼 비치기 쉬운 진한 감정을 말하고 있다. 맹금의 가슴팍은 피범벅이고 발톱은 살점을 움켜쥐었다.

한참 뒤 헨리왕은 말할 것이다. "자네 딸들이 오늘 아주 잘 날았어."

사냥매 앤 크롬웰은, 왕과 나란히 말을 타고 편안히 대화를 나누는 레이프 새들러의 장갑 위에 홰를 치고 흔들리며 앉아 있다. 일행은 지쳤다. 뉘엿뉘엿 지는 해를 등진 채 말의 고삐를 느슨하게 쥐고는 울프홀로 돌아가는 길이다. 내일은 크롬웰의 아내와 두 누나가 외출할 것이다. 이 죽은 여자들, 오래전에 죽어 유골이 런던의 진흙 속 깊숙이 파묻힌 여자들은 이제 사냥매로 환생했다. 무게 하나 없이 대기 상층부의 기류를 가뿐히 활강한다. 그들은 아무도 동정하지 않는다. 누구의 부름에도 답하지 않는다. 매들의 삶은 단순하다. 아래를 내려다보는 눈에는 오로지 사냥감과 사냥꾼들의 모자에 꽂힌 깃털만 보인다. 종횡무진 창공을 나는 매들은 공포에 움츠러드는 세상, 저녁식사거리로 가득찬 우주를 본다.

여름 내내 이러했다. 동물의 팔다리가 미친듯이 잘려나가고 솜털과 깃털이 온통 사방으로 흩날리고, 사냥감들을 채찍질해 흩어 쫓았다가 한가운데로 몰았으며, 지친 말들에게는 꼴을 먹였고, 신사들은 멍들고 삔 데와 물집을 치료했다. 그리고 적어도 며칠은 헨리왕의 머리 위에 햇살이 비추었다. 가끔 한낮이 되기 전 서쪽에서 구름이 몰려와 굵직하고 향기로운 빗방울이 되어 툭툭 떨어졌다. 그러나 해는 그을릴 듯 뜨거운 열기를 뿜으며 다시 나더니 이제 하늘은 천국에서 성인들이 뭘 하고 있는지 훤히 다 들여다보일 만큼 맑다.

말에서 내려 시종들에게 고삐를 건네주고 왕의 시중을 드는 사이, 그의 마음은 이미 처리해야 할 서류들로 옮겨가고 있다. 왕의 행차에 따라 이동하는 궁정까지 항상 새로 닦이는 우편 도로를 통해 화이트홀에서 다급히 달려온 전갈을 생각한다. 시모어 가족과의 저녁 만찬 자리에 가면 초대해준 주인들이 하고자 하는 얘기를 무조건 경청해줄 작정이다. 그리고 오늘밤 머리칼을 흐트러뜨리고 저토록 신이 나서 싹싹하게 구는 왕이 무슨 짓을 하겠다고 나서더라도 웬만하면 비위를 맞춰 줄 생각이다.

하루의 사냥이 끝났지만 헨리왕은 아직 실내로 들어가고 싶지 않은 눈치다. 그대로 서서 말의 땀냄새를 킁킁 들이마시며 주위를 두리번거린다. 넓은 이마를 가로질러 햇볕에 탄 자국이 한 줄 붉은 줄무늬가 되어 번들거린다. 왕이 아까 아침에 모자를 잃어버리는 바람에, 사냥에 나선 수행들도 모두 관례대로 모자를 벗어야 했다. 신하들은 너나없이 자신의 모자를 왕에게 쓰시라고 내밀었지만 모두 거절당했다. 어스름이 슬그머니 숲과 들판을 덮으면 하인들은 집밖으로 나와, 어둑어둑한 초원에서 흔들리는 검은 깃털 모자나 눈에 사파이어를 박은 휴버트 성인이 금세공된 사냥꾼 배지의 번쩍거리는 기척을 찾아 사방을 살필 것이다.

벌써 가을이 완연하게 느껴진다. 이렇게 날씨가 좋은 날이 앞으로 얼마 남지 않았음을 알고 있다. 그러니 잠시 이대로 머물러 서 있어도 좋겠다. 울프홀의 마부들이 일행을 에워싸고 부산을 떨고 있는 지금, 윌트셔와 서부의 주들이 아스라한 파란빛을 받으며 아득히 펼쳐져 있다. 그러니 잠시 이대로 서 있자. 왕의 손이 크롬웰의 어깨에 얹혀 있다. 헨리는 열띤 표정으로, 가로질러 돌아오는 길 내내 보았던 그날의 풍광을 늘어놓는다. 푸르른 관목숲과 흐르는 시냇물, 물가의 오리나무들, 아홉시에 걷힌 새벽안개, 스치는 소나기, 사그라져 잦아든 산들바람. 그 정적, 오후의 열기.

"어떻게 그렇게 하나도 안 타셨습니까?" 레이프 새들러가 묻는다.

왕과 같은 붉은 머리인 레이프는 얼굴이 주근깨처럼 얼룩덜룩 분홍빛으로 익었고 심지어 눈알까지 쓰라려 보인다. 그, 토머스 크롬웰은 어깨만 으쓱해 보이고는, 레이프의 어깨에 한 팔을 두르고 유유자적하게 실내로 들어간다. 이탈리아 전역을 횡단하고도—그늘진 상인계산사무소들을 전전할 때는 물론이고 심지어 전장에서조차—런던 사람 특유의 창백한 낯빛을 잃지 않았던 그다. 험난했던 유년기, 강가와 들판에서 보냈던 숱한 나날에도 불구하고 크롬웰은 여전히 신이 처음 만드신 그대로 하얀 피부를 유지하고 있다. "크롬웰은 백합의 피부를 갖고 있어." 왕이 선언한다. "백합을 위시한 모든 꽃을 통틀어, 꽃과 닮은 점은 그거 딱 하나뿐이지." 크롬웰을 놀려대면서 일행은 여유롭게 만찬장으로 걸어간다.

왕은 토머스 모어가 죽던 그 주에 화이트홀을 떠나왔다. 울적하게 비가 추적추적 내리던 7월의 일주일, 윈저궁으로 황급히 행로를 틀어 달려가는 길에 왕을 수행한 수행원들의 말발굽이 진흙 깊숙이 푹푹 박혔다. 그후 서부의 주들을 광범하게 아우르는 왕의 순행이 시작되었다. 크롬웰의 보좌관들은 런던 쪽에서 업무를 마무리하고 8월 중순 왕의 수행진에 합류했다. 장밋빛 벽돌로 지은 신축 저택에서도, 허물어진 요새나 철거되다시피 한 낡은 저택에서도, 대포 한 발만 날아와도 종잇장처럼 뚫릴 것 같은, 방호 따위는 꿈도 꿀 수 없는 허울만 성이지 장난감이나 다름없는 허술한 성에서도 헨리왕과 그를 수행하는 신하들은 단잠을 잘 수 있었다. 잉글랜드는 오십 년의 평화를 누렸다. 그것이 튜더왕조의 맹약이다. 튜더왕조는 평화를 주겠노라고 약속했다.

22

방문하는 가문들은 저마다 왕을 위해 최고의 모습을 선보이려고 안간힘을 썼다. 지난 몇 주일간 공황 상태로 벽에 회를 처바르는 집들도 여럿 보았다. 영주들은 가문의 문양 바로 옆에 튜더의 상징인 장미를 서둘러 장식하기 위해 석조 세공을 손보느라 급급했다. 과거가 되어 사라진 캐서린 왕비의 흔적을 낱낱이 색출해 지우고 아라곤의 석류 문장을 망치로 두들겨 부수었다. 석류 열매는 산산이 쪼개지고 석류 씨앗은 짓이겨져 튀었다. 그 대신─새로 조각할 시간은 없었다─앤 불린의 매를 조잡하게 문표紋標에 그려 걸었다.

궁중화가 한스 홀바인이 순행을 함께하며 왕비 앤 불린의 초상을 그렸으나 환심을 사지는 못했다. 요즘 같은 때 뭘 어떻게 해야 까다로운 왕비의 마음을 얻을 수 있을까? 한스는 레이프 새들러도 그렸다. 깔끔한 수염과 굳게 다문 입, 짧게 자른 머리 위에 위태롭게 균형을 맞추고 있는, 유행에 발맞춘 둥근 깃털 모자. "내 코를 아주 납작하게 만들어버리셨는데요, 마스터 홀바인." 레이프가 말한다. 그러자 한스가 말한다. "그런데 말입니다, 마스터 새들러, 저한테 코를 고쳐드릴 힘이 있는 건가요?"

"어렸을 때 부러진 콧대라네." 토머스 크롬웰이 말한다. "마상 시합장에서 뛰어다니다가 부러뜨렸지. 내가 말발굽 밑에서 직접 저 친구를 일으켜세웠어. 한심스러운 꼴로 어머니를 부르며 우는 걸 말이야." 그는 청년의 어깨를 힘주어 움켜잡는다. "자, 레이프, 힘을 내라. 내가 보기에는 아주 잘생겼는데 뭘. 한스가 나한테 한 짓을 기억하렴."

토머스 크롬웰은 이제 쉰 살이 다 되었다. 탄탄하고 쓸모 있고 살집 좋은 노동자의 몸을 갖고 있다. 허옇게 세기 시작한 까만 머리카락, 그리고 햇볕과 풍파에 끄떡없는 흰 피부 탓에 아버지가 아일랜드 사람이 아니냐는 놀림을 받곤 했지만, 사실 크롬웰의 부친은 퍼트니의 양조업 자 겸 대장장이였으며 가끔은 양털 깎는 일도 했다. 이권이 걸려 있는 온갖 분야에 찔끔찔끔 손을 대던 부친은 싸움꾼이자 논쟁꾼이었고 술 주정뱅이에 양아치였으며, 폭행과 사기 혐의로 법정에 끌려가는 일이 부지기수였다. 대체 어떻게 그런 사내의 아들이 지금처럼 위세 등등한 자리에 올랐는지 전 유럽이 궁금해하고 있었다. 왕비의 가문인 불린 집안과 함께 출세했다는 사람도 있고, 순전히 뒤를 봐준 고故 울지 추 기경 덕분이라고 말하는 사람도 있었다. 크롬웰은 울지의 절대 신임을 받는 최측근이었는데 울지 대신 돈을 벌어주었고 모든 비밀을 알았다 고도 했다. 심지어 크롬웰이 마법사들의 회합에 자주 참석한다는 얘기 도 돌았다. 소년 시절부터 외국을 떠돌며 용병 노릇을 했고 양모 거래 상에 은행업자라는 소문도 있었다. 하지만 아무도 내무장관 크롬웰의 정확한 행적과 그가 만났던 사람들을 몰랐고, 크롬웰 본인도 굳이 서 둘러 밝힐 생각이 없었다. 크롬웰은 왕의 일이라면 일신의 안위를 생 각하지 않고 처리했고, 자신의 가치와 장점을 파악하고 확실하게 보상 을 챙겼다. 그 결과 관직, 부수입, 부동산 권리증서, 영지 저택과 농장 을 수중에 넣었다. 자기 뜻을 관철하는 능력이 있고 수단이 좋아서 어 떻게든 사람을 홀리거나 뇌물을 먹이고, 꼬드겨서 안 되면 협박을 했 다. 일단 어느 쪽에 붙어야 신상에 좋을지 말로 설명하다가 뜻대로 되 지 않으면 원래 있는 줄도 몰랐던 면모를 거침없이 드러내 보였다. 내 무장관은 작은 틈만 보여도 무서운 앙심을 품고 자신을 파리 잡듯 단 번에 파멸시킬 수 있는 거물들을 날이면 날마다 상대해야 한다. 그는 이 사실을 잘 알고 있기에, 흠잡을 데 없는 예의범절과 차분한 태도를 지켰고 잉글랜드의 국사에 대한 지칠 줄 모르는 충심을 드러냈다. 변명에 급급하지도 않았다. 자기 성공을 떠벌리는 버릇도 없었다. 하지만 행운의 여신이 서광을 비출 때면 어김없이 그 자리를 차지하고 서 있었다. 단단히 문턱을 지키며 행운의 여신이 문짝을 살짝 스치기만 해도 문을 활짝 열어젖힐 채비가 되어 있는 사내였다.

오스틴프라이어스에 소재한 그의 시내 자택 벽에는 사색에 잠긴 크롬웰의 초상화가 걸려 있다. 온몸을 양모와 모피로 휘감고 문서를 손으로 꽉 움켜쥐고 있는 모습이다. 이 그림을 그릴 때 한스 홀바인은 테이블을 밀어 그를 꼼짝 못하게 가두더니 이렇게 말했다. 토머스, 절대 웃으시면 안 됩니다. 그 상태 그대로 초상화 작업을 했다. 한스가 콧노래를 부르며 그림을 그리고, 크롬웰은 매서운 눈빛으로 두 사람 사이 중간의 허공을 노려보았다. 완성된 초상화를 본 크롬웰은 말했다. "맙소사, 살인자처럼 보이는군." 그러자 아들 그레고리가 그걸 모르셨습니까? 하고 농을 쳤다. 현재는 친구들이나 자신을 흠모하는 독일 복음주의 교회 사람들에게 보낼 초상화 복사본을 제작하고 있다. 원본은 끝까지 그가 간직할 생각이다. 간신히 익숙해졌는데 이제 와서 처분할 수는 없지 않나? 라고 크롬웰은 말한다. 그래서 자택의 홀에 들어서면 다양한 제작 단계의 초상화들이 즐비하다. 임시로 그려놓은 밑그림, 부분적으로 먹을 칠해놓은 그림. 크롬웰을 어디서부터 그리기 시작할 것인가? 작고 날카로운 눈매에서 시작하는 이들이 있는가 하면 모자에서 시작하는 이들도 있다. 어떤 이들은 논란이 될 만한 부분을 회피해 직인과 가위를 색칠하기도 하고, 추기경이 하사하신 터키석 반지를 선택하기도 한다. 어디서 시작하든 마지막의 강력한 효과는 똑같다. 혹시라도 원한을 품게 만들면 결코 어두운 그믐밤에 마주치고 싶지 않은 인상이다. 옛날에 크롬웰의 아버지 월터는 입버릇처럼 말했다. "우리 아들 토머스는 말이야, 누가 더러운 눈깔로 노려보면 그 눈깔을 도려 파낼 녀석이지. 누가 발을 걸어 넘어뜨리면 그 다리를 잘라버릴 테고. 하지만 제 앞길을 방해하지만 않으면 그런 신사가 따로 없다네. 얼마든지 기꺼이 술을 살 거야."

한스 홀바인은 왕의 초상화도 그렸다. 실크로 지은 여름옷 차림으로 저녁식사를 마친 뒤 초대한 가문의 가족들과 함께 앉아 있는 온화한 모습이었다. 활짝 열린 창문으로 때늦은 새소리가 흘러들어오고, 초저녁에 처음 밝힌 촛불을 설탕에 조린 과일과 함께 들여오는 장면. 순행을 하며 헨리는 왕비 앤과 함께 지역 최고 유지의 집에서 묵는다. 수행하는 가신들은 해당 지역의 신사 계층과 함께 숙식한다. 왕을 영접하는 가문은 통상적으로 행차 기간 중 적어도 한 번 이상 감사의 뜻으로 왕을 수발하는 식솔들을 대접해야 하는데, 이는 재정에 상당한 부담이 된다. 그는 성안으로 반입되는 식재료 수레를 헤아리고 혼돈의 도가니로 바뀐 주방을 점검하는 역할도 해왔다. 동트기 전 하늘이 회녹색인 이른 시간에 직접 내려와서, 행주로 싹싹 닦아 첫 반죽을 구울 채비를 마친 벽돌 오븐과 꼬치에 꿴 통구이 고기, 냄비받침에 올린 냄비, 털을 뽑고 관절을 분리한 가금을 확인하는 것이다. 숙부가 대주교의 요리사였기에 어린 시절 램버스궁의 주방을 자주 들락거렸다. 주방일이라면 낱낱이 꿰고 있고, 왕의 안락에 관한 일이라면 절대로 요행에 맡겨둘 생각이 없다.

요즘은 날씨가 완벽하다. 근심 없는 맑은 햇살이 덤불에서 반짝이는 나무딸기를 알알이 비춘다. 나뭇잎 한 장 한 장이 햇살을 받아 황금 배처럼 매달려 있다. 한여름에 서부로 말을 타고 달려온 왕의 일행은, 언덕을 질주하며 목가적인 사냥을 즐기다가 다운즈*의 능선을 넘고 넘어 두 개 주나 지나왔는데도 여전히 망망한 바다의 기운이 느껴지는 고지로 올라섰다. 잉글랜드의 이 지역에는 선조 거인들이 남긴 토루와 고분과 거석 들이 서 있다. 잉글랜드의 아들딸인 우리 모두의 혈관 속에 거인의 피가 면면히 흐른다. 양떼나 쟁기에 훼손당하지 않은 고대의 잉글랜드 땅에서 선조들은 야생 멧돼지와 엘크를 사냥했다. 숲은 며칠 동안 가도 가도 끝없이 펼쳐졌다. 가끔 고대의 무기들이 발굴되기도 한다. 양손으로 잡고 휘둘렀던 그 유물 도끼들은 말과 기수의 목을 쳐 쓰러뜨릴 수 있었다. 저 흙속에서 꿈틀거리는 망자들의 거대한 팔다리를 생각해보라. 전쟁은 그들의 본성이었다. 그리고 전쟁은 언제라도 다시 찾아올 수 있다. 이 벌판을 달리며 생각하게 되는 건 단순히 흘러간 과거가 아니다. 흙속에 도사리고 있는 것, 흙속에서 번식하고 있는 것, 앞으로 닥칠 나날들, 아직 싸우지 않은 전쟁들, 씨앗처럼 잉글랜드의 토양이 뜨끈하게 품고 있는 부상과 죽음들이다. 너털웃음을 터뜨리는 헨리, 기도하는 헨리, 숲길을 따라 부하들을 이끌고 달리는 헨리를 보면 든든한 기마 자세만큼이나 왕좌 역시 탄탄하다는 생각을 하게 된다. 그러나 겉모습에 속기는 쉽다. 헨리는 밤마다 뜬눈으로 누운 채 조각 세공된 서까래를 노려본다. 자신에게 남은 날들을 헤아린다. 그리

---

* 영국해협 근처 북해 연안, 켄트의 구릉지.

고 말한다. "크롬웰, 크롬웰, 난 어떡하면 좋지?" 크롬웰, 카를황제로
부터 나를 구해줘. 크롬웰, 교황으로부터 나를 구해줘. 그리고 캔터베
리 대주교 토머스 크랜머를 불러들여 따져 묻는다. "내 영혼은 저주받
았나?"

다시 런던으로 돌아가면 신성로마제국의 황제 카를 5세의 대사 외
스타슈 샤퓌가 잔악하고 불경한 헨리왕에 대항해 잉글랜드 백성이 봉
기했다는 소식을 날마다 학수고대하고 있다. 샤퓌에게는 간절한 소원
이기에 그 소원을 하루라도 빨리 현실로 만들기 위해서라면 그는 온
갖 노고와 현금을 아끼지 않을 것이다. 샤퓌가 충성을 바치는 카를황
제는 저지대*는 물론 에스파냐와 바다 너머 식민지까지 아우르는 통치
자다. 카롤루스는 부자이고, 헨리 튜더가 이모인 캐서린을 내치고 저
잣거리의 사람들한테 퉁방울눈을 한 창녀라고 불리는 여자와 결혼했
다는 사실에 가끔씩 새삼 분통을 터뜨리곤 한다. 샤퓌는 자신이 모시
는 주군에게 연달아 긴급 서한을 보내서 잉글랜드를 침공해 모반자들
과 왕위계승권자들, 여타 불만 세력과 연합하고, 일개 왕이 의회법으
로 이혼을 정당화하고 자칭 신이라고 선포한 이 불경한 섬을 응징할
것을 간곡히 권고한다. 교황은 자기가 잉글랜드에서 비웃음거리로 전
락해 단순히 '로마 주교'로 불리고 있으며, 뚝 끊긴 자기 몫의 수입이
모두 헨리의 돈궤로 흘러들어가고 있음을 불쾌하게 여긴다. 이미 작성
되어 공표만 기다리고 있는 파문의 칙서가 헨리의 머리 위에 작두처럼
걸려 있으니, 유럽의 기독교 왕들 사이에서 헨리는 추방된 외톨이 신

---

* 유럽 북해 연안의 벨기에, 네덜란드, 룩셈부르크로 구성된 지역.

세가 된 지 오래다. 교황은 유럽 왕들에게 해협이나 스코틀랜드 국경을 건너 취할 것이 있으면 얼마든 취하라고 은근히, 아니 대놓고 부추긴다. 어쩌면 황제가 직접 올지도 모른다. 어쩌면 프랑스 왕이 올지도 모른다. 그들이 함께 올 수도 있다. 대적할 준비는 완벽히 되어 있다고 말한다면 기분은 좋겠지만 현실은 그렇지 못하다. 무장 침공이 일어난다면 우리는 거인들의 유골을 파내서 그 뼈로 적의 머리를 때려눕혀야 할지도 모른다. 군수품도, 화약도, 강철도 부족하니까. 이건 토머스 크롬웰의 잘못이 아니다. 샤퓌가 쓴웃음을 지으며 말하듯 크롬웰이 오년 전에 권력을 잡았다면 헨리의 왕국은 훨씬 더 질서를 갖추었을 것이다.

잉글랜드를 수호하고자 한다면―그는 직접 칼을 들고 전투를 지휘할 작정이다―잉글랜드가 과연 어떤 나라인지를 먼저 알아야 한다. 그는 한여름의 열기를 무릅쓰고 선조들이 깎은 묘석들 앞에 맨손으로 서 있다. 머리에서 발끝까지 철갑과 쇠사슬로 무장한 사나이들이 방어 장갑을 낀 양손을 단호하게 사슬 겉옷 앞에 모아쥔 채, 사슬 철갑을 두른 발로 돌사자, 그리핀 또는 그레이하운드를 단단히 밟고 서 있다. 돌 사나이, 철 사나이, 그들의 부드러운 아내들은 껍데기 속에 들어앉은 달팽이처럼 관 속에 누워 있다. 우리는 시간이 망자를 건드릴 수 없다고 생각하지만, 사실 시간은 온갖 사고와 세월의 풍화로 망자의 묘석을 건드리며 코를 뭉툭하게 만들고 손발가락 끝을 잘라낸다. 묘석의 흘러내리는 천 주름 밑에서 (무릎을 꿇은 어린 천사의) 절단된 작은 발이 나타난다. 잘린 엄지 손끝이 세공된 쿠션 위에 놓여 있기도 한다. "내년에는 반드시 조상님들을 수리해야지"라고 서부의 영주들은 말한다. 막상 자신들 가문의 문장, 업적과 언행은 갓 칠한 것처럼 늘 번쩍 번쩍하게 유지하면서, 선조들의 위업과 신분과 재산은 말로만 미화한 다. 우리의 조상이 아쟁쿠르*에서 휘둘렀던 무기, 곤트의 존**이 하사한 컵. 늘 이런 미사여구로 때우고 만다. 최근 요크와 랭커스터의 전쟁에 서 편을 잘못 선택한 부친이나 조부가 있는 후손들은 입을 다물고 말 을 아낀다. 그러나 한 세대가 지난 지금 죄과는 용서받고 명성은 새로 이 구축되어야 한다. 그렇지 않으면 잉글랜드는 전진할 수 없다. 더러 운 과거의 소용돌이 속으로 휘말려 퇴보하고 말 것이다.

그에게는 물론 조상이 없다. 있더라도 떠벌리고 다닐 부류는 아니 다. 과거에 크롬웰이라는 귀족 가문이 하나 있기는 했다. 왕의 휘하에 서 출세하자 문장관은 그 가문의 문장을 취하라는 권유를 해왔다. 그 러나 그는 정중하게 거절했다. 저는 그 가문 사람이 아닙니다. 그러니 그들의 업적을 원치 않습니다. 아버지의 주먹을 피해 달아났을 때 그 는 채 열다섯이 안 된 나이였다. 해협을 건너가 프랑스 왕의 군대에서 용병으로 복무했다. 걸음마를 시작한 이후로 싸움을 멈춘 적이 없는 그였다. 어차피 싸움을 해야 하는 상황에서, 돈을 준다는데 안 할 이유 가 없지 않은가? 그러나 세상에는 용병 노릇보다 수지맞는 일들이 있 다는 걸 알게 된 그는 그런 일들을 찾아냈다. 그리고 굳이 서둘러 귀국 하지 않기로 결심했다.

그래서 요즘 작위를 가진 집주인들이 분수나 미의 세 여신이 춤을

---

* 헨리 5세가 프랑스 본토에서 거둔 역사적 승리의 전장.
** 랭커스터 공작. 헨리 4세의 부친으로 에드워드 3세의 셋째 아들이다. 백년전쟁에서 정치 실권을 장악했고, 명분뿐이었던 왕 리처드 2세 시대에 실질적 세도가였다.

추는 조각상의 위치에 대해 조언을 구하면 왕은 말한다. 여기 크롬웰이 그런 일에는 적역이지. 저 친구는 이탈리아 사람들이 어떻게 하는지 다 보고 왔다네. 이탈리아에서 통한다면 윌트셔에서도 통하지 않겠는가. 왕은 가끔 말을 탄 가신들만 데리고 떠난다. 왕비는 시녀와 음악가들과 함께 남겨둔 채 헨리는 총애하는 소수의 신하들을 대동하고 국토를 가로질러 치열하게 사냥을 한다. 그렇게 울프홀에 오게 된 거다. 연로한 존 시모어 경이 번창하는 대가족을 위시하고 미리 나와 기다리고 있다가 일행을 반가이 맞는다.

"난 모르겠소, 크롬웰." 연로한 존 경이 말한다. 다정하게 그의 팔을 잡는다. "이 매들이 다 죽은 여자들 이름인데…… 기분이 처지지는 않소?"

"전 기분이 처지는 일은 없습니다, 존 경. 세상이 과분하게 제게 잘해주거든요."

"다시 결혼해서 또 가족을 일구어야지요. 우리와 함께 지내면서 신부를 찾게 될 수도 있고. 세이버나크 숲에는 싱싱한 젊은 처녀들이 많이 있어요."

제게는 아직 그레고리가 있습니다. 크롬웰은 어깨 너머로 등뒤에 서 있는 아들을 돌아보며 말한다. 어쩐지 그레고리에 대해서는 늘 약간 불안한 마음이 드는 그다. "아." 존 경이 말한다. "아들도 아주 좋지만 남자는 딸도 있어야 하지요. 마음의 위로가 되거든요. 제인을 보십시오. 정말 착한 아이랍니다."

존 경이 가리키는 손길을 따라 제인 시모어를 본다. 궁정에서부터 익히 알고 있던 아이다. 전 왕비인 캐서린과 현 왕비 앤의 시중을 드는 시녀였다. 파리하다못해 은빛이 도는 피부에 습관처럼 몸에 밴 침묵, 놀랍고 불쾌한 생물을 보듯 남자를 쳐다보는 재주를 지닌 평범한 외모의 젊은 여인이다. 진주 목걸이를 두르고 빳빳하게 카네이션 줄기를 수놓은 하얀 브로케이드 드레스 차림이다. 크롬웰은 상당한 비용을 썼다는 걸 눈치챈다. 진주 목걸이를 빼고도 저 정도로 꾸미려면 30파운드 이하로는 어림도 없다. 옷에다 뭘 흘리면 절대 안 된다고 단단히 주의를 받은 어린애처럼 조심조심 움직이는 것도 당연한 일이다.

왕이 말한다. "제인, 이제 식구들과 함께 집에 있으니 수줍음이 좀 덜하려나?" 그러더니 생쥐 같은 제인의 손을 엄청나게 큰 손으로 덥석 잡는다. "궁정에서는 도무지 한마디도 들을 수가 없어서."

제인은 목에서 이마까지 빨갛게 달아올라 왕을 올려다본다. "저런 홍조를 본 적이 있나?" 헨리가 묻는다. "열두 살짜리 꼬마 시녀가 아니고서야."

"소녀가 감히 열두 살이라 하겠습니까." 제인이 말한다.

저녁식사 때 왕은 안주인 레이디 마저리 옆에 앉는다. 한창때 미인이었을 부인에게 왕이 쏟는 정성스러운 관심을 보면 지금도 아름답게 느껴질 지경이다. 레이디 마저리는 슬하에 자식 열 명을 두었는데 그중 여섯이 아직 살아 있고 셋은 이 방에 있다. 후계자인 에드워드 시모어는 긴 머리에 진지한 표정을 짓는, 옆얼굴이 깔끔하고 매서운 미남자다. 학식이 깊지는 않으나 해박하고, 어떤 공직을 맡아도 현명하게 임한다. 전쟁에 나간 적도 있어, 다시 싸울 날을 기다리는 한편으로 사냥터와 마상 시합장에서 상당한 실력을 과시하고 있다. 울지 추기경은 살아생전 대다수 평범한 시모어 가문 사람들보다 뛰어난 인재라고 에드워드를 지목했다. 그리고 그, 토머스 크롬웰도 에드워드를 모든 면에서 타진해보고 진정한 왕의 충신이라고 판단을 내렸다. 에드워드의 동생 토머스 시모어는 시끄럽고 떠들썩하며 여자들에게 더 인기가 좋다. 톰이 방안에 들어오면 처녀들은 낄낄거리고 젊은 부인들은 고개를 푹 숙인 채 속눈썹 사이로 그 모습을 훑는다.

연로한 존 시모어 경은 가족애로 악명이 높은 자다. 이 년인가 삼 년 전에 궁정을 온통 휩쓴 가십거리가 있었는데, 바로 존 경이 아들의 아내를 범했다는 소문이었다. 심지어 순간의 격정에 휩쓸려 한 번 저지른 일이 아니라 새 신부였을 때부터 반복적으로 동침했다는 것이었다. 왕비와 그녀의 심복들이 나서서 그 이야기를 궁정에 퍼뜨렸다. "우리는 대충 백이십 번 정도로 계산했어요." 앤 왕비는 킬킬거리며 웃었다. "뭐, 추산은 토머스 크롬웰이 했지만, 그 사람이 원래 숫자에 밝잖아요. 우리 생각에 일요일에는 부끄러움을 알고 참았을 것 같고, 사순절*에는 좀 쉬엄쉬엄했겠죠." 시아버지와 정을 통한 아내는 두 아들을 낳았지만, 그녀의 행실이 만천하에 밝혀지자 에드워드는 아들인지 이복동생인지 알 수 없는 아이들을 후계로 인정할 수 없다고 선언했다. 간음한 여자는 수녀원에 감금되었고 머지않아 남편의 뜻대로 죽음을 선택했다. 에드워드는 새장가를 들었는데, 새 신부는 범접하기 어려운 단호한 태도를 몸에 익혔으며 만의 하나 시아버지가 너무 가까이 접근할 경우를 대비해 호주머니에 장도를 품고 다닌다.

---

* 부활절 전 사십 일 동안의 기간으로 금육과 절제를 실천한다.

그러나 그 일은 용서받았다. 죄는 사면되었다. 육신은 연약하다. 이번 왕의 행차가 늙은이의 사면을 기정사실로 봉인한다. 존 시모어는 사슴 사냥터를 포함해 약 1300에이커의 토지를 소유하고 있는데, 양을 쳐서 얻는 연 수입이 에이커당 2실링으로 같은 면적의 땅을 경작할 때의 소득을 25퍼센트 이상 넉넉히 상회한다. 웨일스 산양과 이종교배한 검고 작은 품종인데, 양고기는 물컹거리지만 양털은 그럭저럭 훌륭하다. 영지로 들어서면서 (한창 목가적인 기분에 취해) 왕은 말한다. "크롬웰, 저 짐승 무게가 얼마나 나가겠나?" 크롬웰은 손으로 들어보지도 않고 대답한다. "14킬로그램입니다, 폐하." 젊은 궁정기사 프랜시스 웨스턴이 비웃음을 머금고 말한다. "마스터 크롬웰은 예전에 양털깎이 일을 하지 않았습니까. 틀릴 리가 없지요."

왕이 말한다. "양모 산업이 없다면 우리 나라는 빈국일 거야. 마스터 크롬웰이 이 산업을 잘 안다는 건 흉이 아닐세."

그러나 프랜시스 웨스턴은 손으로 입을 가리고 쓴웃음을 짓는다.

내일은 제인 시모어가 왕과 함께 사냥을 나간다. "신사들만 같이 가는 줄 알았는데." 웨스턴이 속삭이는 말소리가 들려온다. "아시면 왕비께서 화를 내겠어." 그러니 절대 모르게 하라고, 고약하게 굴지 말고, 크롬웰은 속으로 뇌까린다.

"울프홀에서는 우리 모두가 훌륭한 사냥꾼이 된답니다." 존 경이 자랑한다. "우리 딸들도 그렇지요. 제인이 소심하다고 생각하시겠지만 안장 위에 앉혀만 놓으면 사냥의 여신 다이애나가 따로 없다니까요. 아시다시피 난 우리 딸들한테 교실에서 공부하라고 닦달한 적은 한 번도 없어요. 여기 제임스 경이 필요한 건 다 가르쳐주었으니까요."

테이블 말석에 앉아 있던 사제가 활짝 웃으며 고개를 끄덕거린다. 정수리가 새하얗고 눈이 흐리멍덩한 늙은 바보 천치다. 그, 크롬웰이 그쪽으로 고개를 돌린다. "그러면 춤도 직접 가르치셨습니까, 제임스 경? 아낌없이 찬사를 드려도 모자라겠군요. 제인의 자매 엘리자베스가 궁정에서 폐하와 파트너가 되어 춤추는 모습을 본 적이 있습니다."

"아, 그 분야에는 또다른 스승이 있었지요." 시모어 영감이 껄껄 웃는다. "춤 교사, 음악 교사, 그 정도면 충분합니다. 외국어 교육은 필요 없어요. 그걸로 뭘 할 것도 아니고."

"제 생각은 다릅니다." 크롬웰이 말한다. "저는 딸들에게 아들과 똑같은 교육을 시켰습니다."

가끔은 그애들 얘기를 하고 싶을 때가 있다. 이제 세상을 떠난 지 칠 년이 되어가는 앤과 그레이스. 톰 시모어가 웃음을 터뜨린다. "아니, 그럼 그레고리나 마스터 새들러와 똑같이 마상 시합장에 내보내셨던 말씀입니까?"

크롬웰은 미소를 짓는다. "그것만 빼고요."

에드워드 시모어가 말한다. "런던의 가문에서는 딸에게 글을 가르치고 그 이상의 교육을 시키는 게 그렇게 드문 일은 아닙니다. 회계 일을 보게 할 수도 있어요. 그런 얘기가 돌더군요. 좋은 남편을 얻는 데 도움이 되고, 상업을 하는 가문은 그런 기술을 반가워한다고요."

"마스터 크롬웰의 따님들이라." 웨스턴이 말한다. "감히 상상이 잘 안 되는군요. 상인계산사무소로 감당이 될는지. 도축용 도끼라면 전문가처럼 휘둘렀을 것 같군요. 남자들이 한번 쳐다보기만 해도 사타구니에서 다리 하나가 없어질 거 같습니다. 물론 사랑에 빠져서 그럴 거라는 얘긴 아닙니다."

그레고리가 동요한다. 워낙 몽상가라 오가는 대화를 듣고 있을 거라 짐작도 못했건만, 상처받아 목소리가 잔물결처럼 흔들린다. "제 누이들과 고인의 추억을 모욕하시는군요. 만나본 적도 없으시지 않습니까. 그레이스는……"

제인 시모어가 작은 손을 내밀어 그레고리의 손목을 잡는 모습이 크롬웰의 눈에 들어온다. 제인은 그레고리를 구하기 위해 일행의 주목을 끄는 위험을 감수했다. "최근에 저도 프랑스어를 조금 배웠답니다."

"그랬단 말이냐, 제인?" 톰 시모어가 미소를 짓고 있다.

제인이 머리를 푹 수그린다. "메리 셸턴이 가르쳐주고 있어요."

"메리 셸턴은 친절한 여인이지." 왕이 말한다. 크롬웰은 곁눈으로 웨스턴이 옆에 앉은 사람을 팔꿈치로 쿡쿡 찌르는 모습을 본다. 셸턴이 침대에서 왕에게 친절을 베풀었다는 둥 떠들고 있다.

"그러니까 말이죠," 제인이 오빠들에게 말한다. "저희 숙녀들도, 중상모략과 스캔들에 시간을 다 바치지는 않아요. 물론 저희에겐 한 마을 여자들의 소일거리를 모두 책임지고도 남을 가십거리가 많이 있지만 말이에요."

"레이디 제인도 아는 가십이 있습니까?" 크롬웰이 말한다.

"저희는 왕비님을 사랑하는 사람이 누군지 그런 얘기를 해요. 누가 시를 쓰는지." 제인은 눈길을 떨군다. "제 말은, 누가 저희를 보고 반했는지 그런 얘기 말이에요. 이 신사분인지 저분인지 그런. 우리는 각자에게 구애하는 사람들을 낱낱이 다 알고 있고 머리에서 발끝까지 품평해서 꼼꼼히 기록한답니다. 아마 당사자들이 안다면 얼굴을 붉힐걸요. 남자들의 영지 면적과 일 년 수입도 따져보고 우리한테 소네트*를 써서 바치게 해줄까 말까 결정하죠. 멋들어지게 살게 해주지 못할 것 같으면, 그런 남자들의 시는 경멸해주는 거예요. 잔인한 일이라는 얘기는 드릴 수 있겠네요."

크롬웰이 약간 불편한 심경으로 말한다. 여자들에게 시를 쓰는 건 해로울 게 전혀 없는 일이지요. 심지어 기혼녀가 대상이라도 말입니다. 궁정에서는 다반사지요. 웨스턴이 말한다. 친절한 말씀 감사합니다, 마스터 크롬웰. 나서서 우리를 말리실 줄 알았는데요.

톰 시모어가 웃으며 몸을 앞으로 기울인다. "그러면 너를 쫓아다니며 구애하는 사람은 누구냐, 제인?"

"그걸 알고 싶으시면, 드레스를 입고 재봉 도구를 들고 와서 저희하고 함께 시간을 보내셔야 해요."

"여자들 사이의 아킬레우스처럼 말이지." 왕이 말한다. "자네는 그 멋진 수염을 깎아야겠군, 시모어. 그리고 가서 저들의 음탕하고 소소한 비밀들을 알아오게." 그는 웃고 있지만 기분이 좋지는 않다. "우리가 그 일에 걸맞은 더 계집애 같은 친구를 찾아내지 못한다면 말이야. 그레고리, 자네는 예쁜 미남이긴 한데, 안타깝게도 그 커다란 손 때문에 금방 들키겠어."

"대장장이의 손자다보니, 뭐." 웨스턴이 말한다.

"그 마크라는 젊은이." 왕이 말한다. "그 음악가 말이야, 자네 아나? 그 친구야말로 미끈하고 계집애 같은 얼굴이던데."

---

* 약강 5보격의 14행으로 이루어진 정형시. 주로 사랑을 주제로 다룬다.

"아." 제인이 말한다. "마크는 어차피 저희와 함께예요. 항상 근처에서 어슬렁거리거든요. 저희는 그 친구를 남자로 쳐주지도 않아요. 저희의 비밀을 알고 싶으시면 마크한테 물어보세요."

대화가 슬그머니 또다른 방향으로 흘러간다. 그는 생각한다, 제인이 자기 생각을 말하는 건 한 번도 본 적이 없는데. 웨스턴이 나를 찔러보고 있어, 헨리 앞에서 내가 자기를 제지할 리 없다는 걸 아는 거지. 어떤 형태로 제지를 가해야 하나 머릿속으로 상상한다. 레이프 새들러가 곁눈으로 그를 흘긋 쳐다본다.

"자, 그럼." 왕이 그에게 말한다. "내일은 오늘보다 뭐가 좋아지려나?" 저녁 만찬 식탁에 둘러앉은 사람들에게 왕은 설명한다. "마스터 크롬웰은 뭐라도 더 낫게 뜯어고치지 않으면 잠이 오지 않는다네."

"제가 폐하의 모자를 혼쭐내 버릇을 고쳐놓겠습니다. 그리고 그 구름들도, 정오가 되기 전에—"

"우리한테는 소나기가 필요했네. 비에 더위를 식혔으니."

"바라옵건대 폐하께서 흠뻑 젖을 만큼 심한 비가 내리지는 않기를." 에드워드 시모어가 말한다.

헨리는 줄무늬로 살이 탄 자국을 문지른다. "고인이 된 추기경 말일세. 본인이 날씨를 바꿀 수 있다고 믿었던 위인이지. 아침 날씨는 이만하면 괜찮습니다만, 열시가 되면 훨씬 더 맑아질 겁니다, 이런 소리를 하곤 했어. 그런데 정말 그랬지."

헨리는 가끔 이럴 때가 있다. 울지의 이름을 아무렇지도 않게 대화에 쓱 집어넣는 것이다. 추기경을 죽음으로 몰아간 게 마치 자기가 아니라 다른 왕이라도 되는 것처럼.

"어떤 사람들은 날씨를 미리 알아보는 눈이 있지요." 톰 시모어가 말한다. "그게 전부입니다, 폐하. 추기경이라고 특별한 건 아니죠."

헨리는 미소를 띠며 고개를 끄덕인다. "그 말이 맞네, 톰. 내 괜히 주눅들어 우러러보지는 말았어야 했어, 안 그런가?"

"신하로서는 너무 오만방자했지요." 연로한 존 경이 말한다.

왕은 테이블 아래쪽에 앉아 있는 그, 토머스 크롬웰을 본다. 그는 추기경을 사랑했다. 여기 앉은 모든 사람이 아는 사실이다. 그의 얼굴에는 갓 페인트칠한 벽처럼 공들인 무표정이 떠올라 있다.

저녁식사를 마친 후 연로한 존 경은 평화왕 에드거 이야기를 떠벌린다. 수백 년 전, 왕들에게 번호가 매겨지기 전에 이 지역을 다스렸던 통치자다. 여자들은 모두 어여뻤고 기사들은 모두 용맹했으며 삶은 단순하고 폭력적이고 대체로 짧았던 시절이었다. 에드거는 마음에 둔 신붓감이 있어 수하 가운데 한 백작을 보내 감정을 하도록 했다. 교활하고 기만적이었던 백작은 그녀의 아름다움이 시인들과 화가들에 의해 심히 과장되었더라는 답변을 보냈다. 실물로 보니 사시에 다리까지 절더라고 전했다. 백작의 목표는 아름다운 여자를 직접 취하는 것이었고, 결국 그는 여자를 유혹해 결혼하는 데 성공했다. 백작의 반역을 알게 된 에드거는 여기서 멀지 않은 관목숲에 매복해 있다가 창으로 반역자의 몸을 꿰찔러 단번에 죽여버렸다.

"참으로 표리부동한 양아치로군, 그 백작은!" 왕이 말한다. "마땅히 대가를 치른 거야."

"백작이 아니라 야바위꾼이라 해야겠습니다." 톰 시모어가 말한다.

그의 형 에드워드는 동생의 발언과 거리를 두고 싶다는 듯 한숨을 내쉰다.

"그런데 그 숙녀분은 뭐라고 했습니까?" 크롬웰이 묻는다. "백작이 창에 꿰찔려 죽었다는 소리를 듣고 말입니다."

"그 여자는 에드거와 결혼했소." 존 경이 말한다. "숲속에서 결혼해서 그후로 영영 행복하게 살았지요."

"여자에게 선택권이 있었겠습니까." 레이디 마저리가 한숨을 내쉰다. "여자들이야 그저 적응하고 살아야지요."

"그리고 시골 사람들 말로는," 존 경이 덧붙여 말한다. "그 거짓된 백작의 유령이 아직도 신음하며 숲속을 헤매고 있다는군요. 배에 꽂힌 창을 빼려고 안간힘을 쓰면서 말입니다."

"상상만 해도 끔찍하네요." 제인 시모어가 말한다. "달이 휘영청 뜬 밤에 창밖을 봤는데 창을 뽑으려고 손으로 잡아당기며 애원하는 그 모습이 보인다면 어떨까요. 다행히 저는 귀신을 믿지 않지만요."

"그게 더 바보 같은 거야." 톰 시모어가 말한다. "유령들이 불시에 널 덮친다니까."

"그래도 말이야," 헨리가 말한다. 왕은 창을 던지는 흉내를 낸다. 저녁식사 테이블 앞이라서 몸짓은 그리 크지 않았다. "단 한 방의 깔끔한 일격이라. 투창 실력이 훌륭했던 모양이군, 에드거왕이."

그가 말한다―그, 크롬웰이. "이 이야기가 기록된 것인지, 그렇다면 누가 쓴 건지, 과연 진실을 서약하고 쓴 건지 알고 싶군요."

왕이 말한다. "크롬웰이라면 그 백작을 판사와 배심원 앞에 서게 했을걸세."

"저런, 맙소사." 존 경이 껄껄거린다. "그 시절엔 그런 게 없었을 텐데요."

"크롬웰이라면 다 찾아내서 대령했을 겁니다." 젊은 웨스턴이 몸을 앞으로 바짝 당기며 강조해 말한다. "땅에서 배심원을 파냈을 거예요. 버섯 무더기에서 하나 따왔을 겁니다. 그러면 백작은 끝난 거죠. 그들이 재판을 하고 사형대로 보내서 모가지를 댕강 잘랐을 테니까요. 사람들 말로는 토머스 모어를 재판할 때, 여기 계신 내무장관님께서 판결을 숙고하는 배심원들을 방안까지 따라 들어가 문을 딱 닫고 준엄하게 이르셨다고 하더군요. '확실히 말해두겠소.' 배심원들을 보고는 이렇게 말했다지요. '당신네들이 할 일은 토머스 모어의 유죄를 밝히는 거요. 다 끝낼 때까지 저녁식사는 없소이다.' 그러고는 나가서 다시 문을 딱 걸어 잠그고 행여나 배심원들이 보일드푸딩을 찾으며 뛰쳐나올까봐 도끼를 들고 지켜 서 있었다지요. 배심원들이 다 런던 사람이다 보니 만사 제치고 위장이 제일 큰 문제라 꼬르륵거리는 소리가 나자마자 그만 다 같이 '유죄요! 무조건 유죄요!' 하고 외쳤다더군요."

사람들의 눈길이 그, 크롬웰에게 집중된다. 옆자리에 앉은 레이프 새들러가 불쾌감으로 뻣뻣하게 굳어 있다. "재미있는 얘기군요." 레이프가 웨스턴에게 말한다. "그런데 저도 좀 여쭤보고 싶습니다. 대체 어디 적혀 있는 얘기랍니까? 마스터께서는 법정에서 언제나 흠잡을 데 없이 행동하셨다는 사실을 아시리라 생각합니다만."

"자네는 거기 없었지." 프랜시스 웨스턴이 말했다. "바로 그 배심원 중 한 사람한테 직접 들은 얘기요. 그 사람들은 외쳤다더군요. '그놈은 치워버려. 반역자는 데리고 나가고 양 다릿살이나 가지고 들어와.' 그렇게 해서 토머스 모어는 죽음을 맞게 되었답니다."

"아쉬우신 모양이군요." 레이프가 말했다.

"내가 그럴 리가." 웨스턴이 양손을 치켜들었다. "앤 왕비께서 말씀하시길, 모어의 죽음을 반역자 모두에게 보내는 경고가 되게 하라 하셨죠. 아무리 위대한 거물이라도, 아무리 은밀한 반역이라도 토머스 크롬웰이 끝내 찾아내고야 말 거라고."

동의의 술렁거림이 인다. 그는 한순간, 일행이 박수갈채라도 보내는 게 아닐까 생각한다. 그때 레이디 마저리가 한 손가락을 입술에 대고 왕을 가리키며 고갯짓을 한다. 테이블 상석에 앉은 왕은 오른쪽으로 몸이 기울어지기 시작했다. 감긴 눈은 파르르 떨리고 숨소리는 편안하고 깊다.

일행은 서로를 보고 미소를 교환한다. "맑은 공기에 취하셨군." 톰 시모어가 속삭인다.

술에 취했다는 것과는 다른 얘기다. 요즘 들어 왕은 늘씬하고 방탕하던 젊은 시절보다 와인 단지를 더 많이 찾는다. 그는 헨리가 의자에서 비딱하게 기울어지는 모습을 지켜보고 있다. 처음에는 테이블에 이마가 닿을 듯이 앞으로 수그러져 떨어지던 왕은 문득 소스라치게 놀라며 몸을 뒤로 젖힌다. 수염에 침이 한줄기 고였다가 흘러내려 떨어진다.

이제 해리 노리스가 나설 순간이 왔다. 노리스는 왕의 침실을 시중드는 하인들을 책임지고 있는 시종장이다. 소리 없는 발걸음과 무심하고 부드러운 손길을 지닌 노리스라면 부드럽게 왕을 타일러 깨워 정신이 들게 만들 것이다. 하지만 지금 그는 앤에게 보내는 왕의 연서를 들고 국토를 횡단해 가버리고 없다. 그러니 어떻게 한다? 헨리는 오 년 전처럼 지쳐 떨어진 소년 같은 모습이 아니다. 거한 식사를 하고 나른한 무기력에 빠진, 그저 평범한 중년일 뿐이다. 퉁퉁 붓고 푸석푸석한 얼굴에 여기저기 핏줄이 불끈불끈 도드라져 있다. 촛불 빛에 비춰 보아도 윤기 없는 머리카락에 허연 새치가 보인다. 크롬웰은 젊은 웨스턴에게 고갯짓을 한다. "프랜시스, 그 신사다운 손길을 쓸 때가 왔군요."

웨스턴은 못 들은 척한다. 시선은 왕을 향하고 있으나 얼굴에는 불쾌한 기색이 무방비로 역력하게 드러나 있다. 톰 시모어가 속삭인다. "아무래도 시끄럽게 기척을 내야겠습니다. 자연스럽게 깨시도록."

"어떤 시끄러운 소리 말이야?" 형 에드워드가 입술을 달싹여 나지막하게 말한다.

톰은 갈비뼈를 쥐어 잡는 시늉을 한다.

에드워드의 눈썹이 휙 치켜올라간다. "어디 웃고 싶으면 한번 웃어 봐. 폐하께서 침을 흘리는 모습을 비웃는다고 오해하시도록."

왕이 코를 골기 시작한다. 그러더니 툭 왼쪽으로 몸을 수그린다. 팔걸이 너머로 위험하리만큼 몸이 기울어져 있다.

웨스턴이 말한다. "크롬웰, 직접 하십시오. 당신만큼 폐하와 돈독한 사이는 없지 않습니까."

그는 미소를 지으며 고개를 젓는다.

"폐하께 주님의 가호가 있기를." 존 경이 경건하게 말한다. "이제 폐하도 더이상 젊지 않으신 게지."

제인이 일어난다. 카네이션 줄기 문양이 뻣뻣하게 바스락거린다. 제인이 왕의 의자 위로 몸을 숙이고 손등을 톡톡 두드린다. 치즈를 테스트하듯 무뚝뚝하고 심드렁한 손길이다. 헨리가 화들짝 놀라 눈을 뜬다. "잠들지 않았네." 왕이 말한다. "정말이야. 그저 눈을 좀 감고 쉬었을 뿐이야."

왕이 위층으로 올라간 후 에드워드 시모어가 말한다. "내무장관님, 제가 복수를 할 시간입니다만."

뒤로 기대어 앉은 그는 손에 술잔을 들고 있다. "내가 무슨 짓을 했답니까?"

"체스 게임 말입니다. 프랑스 칼레에서. 기억하시는 거 다 압니다."

늦은 가을, 때는 1532년. 왕이 지금의 왕비와 처음 침소에 들었던 날 밤. 앤은 왕을 위해 눕기 전에, 왕이 성서에 손을 얹고 잉글랜드 땅에 돌아가자마자 결혼하겠다고 서약부터 하게 만들었다. 그러나 그들은 폭풍우 때문에 항구에 갇혔고, 왕은 그 시간을 잘 활용해 앤에게 아들을 잉태시키려고 애썼다.

"그때 체크메이트로 저를 이기셨죠, 마스터 크롬웰." 에드워드가 말한다. "하지만 그건 제 정신을 산란하게 하신 탓이었습니다."

"내가 어떻게요?"

"제 여동생 제인에 대해 묻지 않으셨습니까. 나이며 그런 것을요."

"그 아이한테 내가 관심이 있다고 생각하셨군요."

"있으신가요?" 에드워드는 적나라한 질문을 둥글게 하고자 미소를 짓는다. "아시다시피 아직 정혼자가 없습니다."

"말들을 올려놓으시죠." 그가 말한다. "정신이 산란해지기 전의 형국으로 체스판을 배열할까요?"

에드워드가 조심스러운 무표정을 띠고 그를 본다. 크롬웰의 기억력을 두고 믿기지 않는 이야기들이 회자되고 있다. 크롬웰은 혼자 미소를 짓는다. 약간의 짐작으로도 판은 복기할 수 있다. 시모어 같은 남자가 벌이는 유의 게임은 잘 안다. "처음부터 새로 시작해야 할 것 같습니다." 크롬웰이 제안한다. "세상은 변한단 말입니다. 이탈리아의 규칙에 만족하십니까? 일주일씩 질질 끄는 이런 시합은 마음에 들지 않아요."

게임의 첫 수는 에드워드 쪽에서 상당히 대담하게 움직인다. 그러나 곧 하얀 폰*을 손가락 사이에 끼워 든 시모어는 얼굴을 찌푸린 채 의자에 깊이 기대앉더니, 말을 든 손으로 이마를 짚고는 아우구스티누스 성자 이야기를 시작한다. 그리고 아우구스티누스에서 마르틴 루터로 화제를 옮긴다. "그 가르침은 뼛속까지 소름 끼치는 두려움을 준단 말이지요." 에드워드가 말한다. "신이 우리를 창조한 건 오로지 저주하기 위해서라니. 불쌍한 피조물들은, 선택된 소수만 제외하면 이 세상에서 고난의 삶을 살다가 영원한 지옥 불에서 타기 위해 태어나는 거라니 말입니다. 가끔 그게 사실일까봐 두렵습니다. 부디 아니기를 바라지만요."

"뚱보 마르틴 루터는 입장을 수정했습니다. 혹은 그렇다고 들었지요. 우리 마음이 좀 편해지는 얘기던데요."

"뭐요, 선택받는 사람이 좀더 많아진다고 말입니까? 아니면 하느님의 눈에 우리가 하는 선행이 완전히 쓸모없는 건 아니라고 합디까?"

"내가 그 사람을 대변할 수는 없습니다. 필리프 멜란히톤**을 꼭 읽

---

* pawn. 체스에 사용되는 말 중 하나.
** 마르틴 루터와 함께 비텐베르크대학에 재직했던 독일의 종교개혁가로, 루터 강경파보다 조금 더 온건한 입장을 취해 위장 칼뱅파라 불렸다.

어보세요. 그 사람 신간을 보내드리지요. 잉글랜드에 한번 방문해주면 좋겠는데 말입니다. 우리가 그쪽 사람들하고 얘기를 하고 있습니다."

에드워드가 폰의 작고 둥근 머리를 입술에 지그시 갖다댄다. 자칫하다간 그걸로 이를 딱딱 칠 기세다. "폐하께서 허락하실까요?"

"마르틴 루터 수사를 입국하게 하진 않으실 겁니다. 그 이름을 언급하는 것도 싫어하시지요. 그러나 필리프는 한층 수월한 사람이고, 복음을 선호하는 독일의 군주들과 동맹을 맺어 도움을 받을 수 있다면 우리한테는 좋을 겁니다. 아주 좋을 거예요. 그러면 황제가 기겁할 테니까요. 자기 관할지에 우리 우방이자 동맹이 생기는 거니까 말입니다."

"그럼 장관님한테는 의미가 있는 게 그것뿐입니까?" 에드워드의 나이트가 네모 칸 위를 훌쩍훌쩍 뛰어넘는다. "외교?"

"저는 외교를 아주 중요하게 생각합니다. 값이 싸니까요."

"그렇지만 사람들 말로는 복음을 사랑한다고 하던데요."

"그건 비밀이 아니지요." 그는 얼굴을 찌푸린다. "정말로 그렇게 둘 생각입니까, 에드워드? 내 눈에는 퀸까지 가는 길이 쫙 보이는데요. 이번에도 정신이 산란해진 틈을 타 이기고 싶지는 않단 말입니다. 그러면 영혼의 구원에 대한 잡담을 하면서 내가 게임을 망쳤다 하지 않겠습니까."

비뚤어진 미소. "그러면 요즘 장관님의 왕비님은 어떠신지요?"

"앤? 저와는 사이가 영 나쁩니다. 왕비가 나를 노려볼 때면 어깨 위의 머리가 흐물흐물 흔들리는 기분이 들어요. 한두 번인가 내가 전 왕비 캐서린에 대해 좋게 말하는 얘기를 들었다고 하더군요."

"그런 말씀을 정말 하셨습니까?"

"그 기상이 가상하다고 했을 뿐입니다. 사실, 고난에도 흔들리지 않는 기상을 가진 분이라는 건 누구든 인정할 수밖에 없지요. 게다가 왕비는 내가 메리 공주에게도—아니, 요즘 우리가 불러야 하는 호칭으로는 레이디 메리에게도 너무 호의적이라고 생각해요. 폐하께서 여전히 큰따님을 사랑하시고, 그건 어쩔 수 없는 마음이라 하시니—그래서 앤 왕비의 심기가 불편한 겁니다. 폐하께서 아끼는 유일한 딸이 엘리자베스 공주이기를 바라니까요. 그래서 우리가 메리에게도 너무 유하게 굴고 있다고 생각하고, 우리가 더 다그쳐서 메리로 하여금 자기 어머니가 한 번도 왕과 합법적인 결혼관계를 맺은 적이 없으며 자기는 혼외관계에서 태어난 사생아라는 사실을 인정하게 만들어야 한다고 생각하는 겁니다."

에드워드는 손가락에 낀 하얀 폰을 만지작거리며 미심쩍은 눈길로 보다가 네모 칸에 놓는다. "하지만 나랏일이 원래 그렇게 돌아가는 거 아닙니까? 저는 이미 그런 인정을 받아냈다고 생각했는데요."

"우리는 그런 문제는 묻어두는 걸로 해결합니다. 메리도 후계 구도에서 밀려났다는 건 알고 있고, 굳이 어느 지점 이상 밀어붙일 필요는 없다고 생각합니다. 황제가 캐서린의 조카이자 레이디 메리의 사촌이니, 굳이 자극하지는 않으려고 애쓰고 있어요. 사실 우리는 카를황제의 손바닥 안에 있어요, 아시겠습니까? 하지만 앤은 사람들의 마음을 달래줘야 할 필요성을 이해하지 못해요. 헨리한테 달콤한 말만 속삭이면 다 된다고 생각하지요."

"반면 장관님은 유럽에 달콤한 말을 속삭여야 하고요." 에드워드가 웃음을 터뜨린다. 그의 너털웃음에는 쉰 소리가 섞여 있다. 에드워드가 눈으로 말한다, 아주 솔직하게 속내를 터놓고 말하는군, 마스터 크롬웰, 왜지?

"게다가," 크롬웰의 손가락이 검은 나이트 위에서 잠시 배회한다. "왕께서 교회 문제에 있어 나를 대리로 내세운 이후로, 내가 너무 거물이 되었다고 왕비가 못마땅해해요. 헨리가 자기와 남동생 조지, 친아버지 몽세뇌르* 말고는 그 누구의 말에도 귀기울이지 않기를 바라거든요. 심지어 친아버지한테도 딸의 험한 혀 맛을 봐서 간이 허옇게 질린 겁쟁이라느니 시간 낭비를 한다느니 하는 소리를 하더군요."

"그런 말을 듣고 몽세뇌르가 어떻게 나오던가요?" 에드워드가 체스판을 내려다본다. "아."

"이제 찬찬히 한번 보십시오." 크롬웰이 권유한다. "끝까지 두겠습니까?"

"항복입니다. 그래야겠군요." 한숨. "그래요. 포기해야겠습니다."

그, 크롬웰이 하품을 참으며 한 손으로 말을 휙 치운다. "그런데 이번에는 내가 여동생 제인 얘기를 꺼낸 적이 없을 텐데요? 이제 무슨 핑계를 대실 겁니까?"

위층에 올라가보니 레이프와 그레고리가 커다란 창문 근처에서 펄쩍펄쩍 뛰고 있다. 떠들썩하게 장난을 치며 발치에 무언가 있는 것처럼 난투를 벌이는 중이다. 처음에는 공 없이 축구를 하고 있는 줄 알았다. 그러나 춤꾼처럼 뛰어오르며 있지도 않은 무언가를 뒤축으로 잘근

---

* 왕족, 주교 등을 높여 부르는 존칭.

잘근 밟는 걸 보고, 레이프와 그레고리가 있다고 가정한 것은 길고 가느다란 것, 쓰러진 사람이라는 걸 깨닫는다. 그들은 앞으로 몸을 숙여 꼬집고 주먹을 날리면서 팔을 비튼다. "살살 해." 그레고리가 말한다. "아직 모가지를 꺾으면 안 돼. 놈이 괴로워하는 걸 보고 싶어."

레이프가 고개를 들더니 이마의 땀을 훔치는 시늉을 한다. 그레고리가 무릎에 손을 얹고 숨을 돌리더니 발로 희생자를 쿡 찔러본다. "이건 프랜시스 웨스턴이에요. 아버지는 그가 침소에 드는 폐하를 도와주러 간 줄 아셨겠지만 사실 우리가 여기 이렇게 유령으로 잡아두고 있답니다. 한구석에 서서 마술 그물을 들고 놈을 기다렸다가 잡았어요."

"우리가 벌을 주고 있는 겁니다." 레이프가 몸을 숙인다. "어이, 이제는 좀 잘못했다 싶으십니까?" 레이프가 손바닥에 침을 퉤퉤 뱉는다. "다음에는 놈을 어떻게 할까, 그레고리?"

"들어서 창밖으로 내던져버려."

"조심해라." 그가 말한다. "폐하께서 웨스턴을 총애하셔서."

"그러면 머리가 납작해져도 여전히 예뻐하시겠지요." 레이프가 말한다. 둘은 몸싸움을 하고 서로 밀치며 자기가 먼저 프랜시스를 납작하게 밟아주겠다고 설친다. 레이프가 창문 하나를 열자 둘은 허리를 굽혀 유령의 몸을 들고 창턱에 걸쳐놓는다. 그레고리가 유령 시체를 창턱 너머로 옮기는 걸 도와 턱에 걸린 옷자락을 치우고 단번에 자갈길로 던져 머리부터 추락하게 만든다. 그러더니 고개를 내밀고 어떻게 됐나 살핀다. "한 번 튕겨올랐어." 레이프가 말하고, 두 사람은 손바닥을 탁탁 털며 그를 향해 미소를 짓는다. 그들의 놀이는 끝났다. "안녕히 주무십시오, 마스터." 레이프가 말한다.

얼마 후, 그레고리는 셔츠 바람으로 침대 발치에 앉아 있다. 머리는 헝클어졌고 신발은 차서 벗어버렸으며 무심하게 한쪽 맨발로 깔개를 쓱쓱 훑고 있다. "그러면 나 결혼해야 해요? 제인 시모어하고 결혼하게 되는 건가요?"

"초여름에는 내가 너를 사슴 사냥터를 가진 늙은 미망인한테 장가보낼 거라고 생각했잖니." 집안의 청년들은 늘 그레고리를 놀린다. 레이프 새들러, 토머스 라이어슬리, 사촌 리처드 크롬웰이 이 집안에서 일하는 젊은이들이다.

"그랬죠, 하지만 왜 이렇게 늦은 시각에 제인의 오빠하고 말씀을 나누신 거예요? 처음에는 체스였지만 그후로는 말, 말, 말뿐이었잖아요. 사람들은 아버지가 제인을 좋아했다고 하던데요."

"언제?"

"작년에요. 작년에 좋아하셨다고."

"그랬다 해도 난 생각이 나지 않는구나."

"조지 불린의 아내가 말해줬어요. 레이디 로치퍼드요. 울프홀에서 젊은 새어머니를 맞게 될지도 모르겠어요, 어떻게 생각해요? 그렇게 말했어요. 그래서 혹시 제인이 아버지 마음에 드신다면," 그레고리가 얼굴을 찌푸린다. "나하고 결혼하지는 않는 게 좋겠다고 생각했어요."

"내가 네 신부를 훔칠 거라 생각하니? 연로한 존 경처럼?"

아들이 베개를 베고 눕자 크롬웰은 말한다. "쉿, 그레고리." 그리고 눈을 감는다. 그레고리는 착한 아이다. 라틴어나 위대한 작가들의 낭랑한 명문은 아무리 가르쳐도 그애의 머릿속에 돌멩이처럼 굴러들어

갔다가 그대로 굴러나오곤 했지만. 그래도, 토머스 모어의 아들을 생
각해보라. 전 유럽이 숭앙하는 학자의 자식인데도 불쌍한 존은 라틴
어 주기도문 하나 제대로 외우지 못한다. 그레고리는 훌륭한 궁수이
고, 훌륭한 기수이며, 마상 시합의 빛나는 별이고, 흠잡을 데 없는 매
너의 소유자다. 윗사람에게는 예의바르게 말하며 발을 질질 끌거나 짝
다리를 짚고 서지도 않는다. 아랫사람에게는 온순하고 정중하다. 각국
외교관에게 그 나라의 관례대로 인사할 줄 알고, 안달복달하거나 스패
니얼들에게 먹이를 주지 않고 저녁식사 자리에 의젓하게 앉아 있을 줄
알며, 요청을 받으면 어떤 가금류의 고기라도 깔끔하게 자르고 관절을
꺾어 어른을 대접할 줄 안다. 상의를 한쪽 어깨에 걸치고 쭈그리고 있
거나, 창문에 비친 자기 모습에 넋을 잃거나, 교회 안을 두리번거리거
나, 노인들의 말을 중간에서 끊고 자기가 대신 얘기를 맺는 법도 없다.
누군가 재채기를 하면 "그리스도의 가호가 있기를!" 하고 공손하게 인
사를 하는 아이다.

　그리스도의 가호가 있기를, 여러분.

　그레고리가 고개를 든다. "토머스 모어." 아이가 말한다. "배심원 말
이에요. 정말 그런 일이 있었던 거예요?"

　젊은 웨스턴의 이야기를 새겨들었던 거다. 구체적인 세부사항은 차치
하고, 넓게 보자면 사실이었다. 그는 눈을 감는다. "도끼는 든 적 없다."

　피곤하다. 하느님께 말씀을 드린다. 주님, 제 길을 인도하소서. 가끔
씩 잠이 들락 말락 할 때면 감은 눈 안쪽으로 진홍빛 옷을 입은 추기경
의 거구가 스칠 때가 있다. 크롬웰은 고인이 예언을 해주기를 바란다.
그러나 옛 후원자는 정사政事 이야기, 공직의 문제만을 말할 뿐이다. 제

가 노퍽 공작한테서 받은 그 편지를 어디 뒀을까요? 꿈속에서 추기경에게 여쭈면, 다음날 아침 이른 시각에 어김없이 편지가 손에 들어오곤 했다.

마음속으로 말한다. 울지가 아니라 조지 불린의 아내에게. "결혼할 의향은 없소. 시간이 없습니다. 내 아내와는 행복했지만 리즈는 죽었고 내 삶의 그 부분도 그녀와 함께 죽었어요. 도대체 무슨 권리로 레이디 로치퍼드 당신이 내게 결혼할 의사가 있는지 여부를 추정하는 거요? 마담, 내겐 구애할 시간 따위는 없습니다. 나이가 쉰이에요. 내 나이에 장기계약은 필패의 길이오. 여자가 갖고 싶으면 시간당 임대료를 내고 빌리는 게 최고란 말이오."

그러나 '내 나이에'라는 말은 되도록 입 밖에 내지 않으려 한다. 적어도 잠결이 아닌 맨정신으로 사는 시간 동안은 자제한다. 기분좋은 날이면 이십 년은 더 살 수 있겠다는 생각도 든다. 살아서 헨리의 죽음을 보게 될 거라는 생각도 자주 한다. 물론 그런 생각 자체가 엄격히 금지된 일이다. 왕의 수명을 추정하는 행위는 법으로 금지되어 있지만, 막상 헨리 본인은 평생에 걸쳐 기발하게 죽는 법을 연구라도 하는 사람처럼 보인다. 사냥 사고만 해도 예닐곱 건은 있었다. 미성년자였을 때는 추밀원*이 마상 시합 출전을 금지했지만, 그래도 헨리는 아랑곳 않고 막무가내로 참가했다. 얼굴은 투구로 가리고 문장이 없는 갑옷을 입고 나가서, 자신이 전장에서 그 누구보다 강한 투사라는 걸 거듭거듭 입증해 보였다. 프랑스와의 전투에서는 무공훈장을 받았다. 헨

---

* 귀족 전체의 기구인 의회와 달리 소수의 측근 귀족으로 구성된 왕의 자문기관. 1536년 토머스 크롬웰에 의해 재정비되어 국사의 중책을 담당하게 된다.

리의 본성은, 자기가 입버릇처럼 말하듯이 전사와 같다. 왕은 '용맹한 헨리왕'으로 널리 이름을 떨치기를 원하는 게 틀림없지만, 토머스 크롬웰은 전쟁을 감당할 여력은 없다고 말한다. 비용만 고려해서 하는 말이 아니다. 헨리가 죽으면 잉글랜드는 어떻게 될 것인가? 헨리는 캐서린과 이십 년 동안 결혼생활을 했고 올해 가을이 되면 앤과 결혼한 지도 삼 년이 되는데, 하나씩 낳은 딸과 교회 마당을 가득 채울 만한 죽은 아기들밖에 내세울 게 없지 않은가. 죽은 애들의 절반은 생기다만 핏덩이 상태로 세례를 받았고, 태어날 땐 목숨이 붙어 있었다 해도 몇 시간, 며칠, 기껏해야 몇 주일을 넘기지 못했다. 두번째 결혼을 강행하기 위한 그 모든 혼란, 스캔들. 그런데도 아직 이 모양 이 꼴이다. 아직도 헨리에게는 후사를 이을 아들이 없다. 사생아로는 열여섯 살의 훌륭한 소년 리치먼드 공작 해리 피츠로이가 있긴 하지만, 헨리에게 서자가 무슨 쓸모가 있단 말인가? 앤의 자식, 아기 엘리자베스 공주는 또 무슨 쓸모가 있나? 왕에게 행여 변고라도 생기면 해리 리치먼드가 나라를 통치할 수 있도록 뭔가 특별한 기제를 새로 마련해야 한다. 그, 토머스 크롬웰은 젊은 리치먼드 공작과 몹시 돈독한 사이다. 그러나 왕권의 문제를 보면 아직은 신흥이라 말할 수 있는 이 왕조는 그런 행보를 택할 만한 정치적 안정을 확보하지 못했다. 플랜태저넷왕가는 한때 왕이었고 앞으로도 다시 왕이 될 수 있을 거라 생각한다. 그들이 보기에 튜더는 막간을 채우는 간주곡에 불과하다. 잉글랜드의 유서 깊은 가문들은 몸이 달아 이제나저제나 왕권을 요구할 태세로 도사리고 있다. 특히 헨리가 로마와 갈라선 후로는 더 그렇다. 무릎을 굽혀 예를 표하긴 하지만 늘 뒤에서는 음모를 꾸민다. 나무들 사이에 몸을 숨기고 속살거리며 역모를 모의하는 말소리가 귀에 선히 들려오는 것만 같다.

숲속에서 신부를 찾을 수도 있다고, 늙은 시모어 영감이 말했지. 눈을 감자 그물 같은 베일을 둘러쓰고 이슬에 흠뻑 젖은 신부가 눈꺼풀 너머로 스르르 지나친다. 맨발은 나무뿌리와 뒤엉켜 있고 깃털 같은 머리칼이 흩날려 나뭇가지로 뻗어간다. 손짓하는 손가락은 구부러진 잎사귀다. 잠이 덮쳐오자 여자가 그를 가리킨다. 이제 마음속 목소리가 그를 조롱한다. 넌 울프홀에서 휴가를 보낼 거라 생각했지. 여기서는 그저 평상시의 업무만 보면 다른 일은 없을 거라 생각했어. 전쟁과 평화, 기근, 반역의 묵인, 실패한 추수, 완고한 민중, 런던을 유린하는 역병, 카드놀이에서 셔츠를 잃는 왕, 그런 건 대비하고 있었는데.

내면의 계시 끄트머리로, 감은 두 눈 너머로, 형체를 갖춰가고 있는 무언가가 감지된다. 아침햇살과 함께 도래할 것이다. 형태를 바꾸며 숨을 쉬는 무언가, 관목이나 덤불로 형태를 위장하고 있는 무언가.

잠들기 전 그는 한밤의 나무에 걸려 극락조처럼 홰를 치고 있는 왕의 모자를 생각한다.

다음날은 숙녀들이 지겨워하지 않도록 사냥을 짧게 끝내고 일찌감치 울프홀로 돌아온다.

승마복을 치우고 급송된 서한과 공문서를 살펴볼 기회다. 왕이 한 시간 정도 정좌하고 제발 필요한 말을 들어주었으면 하는 바람이 있다. 그러나 헨리는 말한다. "레이디 제인, 나와 함께 정원에서 산책하지 않겠나?"

제인은 지체 없이 벌떡 일어나지만, 영문을 모르겠다는 듯 미간을 찌푸린다. 입술이 달싹거린다. 왕의 말을 하마터면 따라 되풀이할 뻔한다. 산책…… 제인? ……정원에서?

오 그럼요, 물론이에요, 영광이지요. 제인의 손길, 꽃잎 한 장 같은 그 손길이 머뭇거리며 왕의 소맷자락 위에서 배회한다. 그러다가 떨어져 소매의 자수에 살이 쓸린다.

울프홀에는 정원이 세 개 있는데, 각각 목책을 두른 대정원, 올드 레이디 가든, 영 레이디 가든이라는 이름으로 불린다. 그는 그 정원의 이름을 딴 레이디들이 누구냐고 묻지만 아무도 기억하지 못한다. 올드 레이디와 영 레이디는 오래전 재가 되었으니, 이제는 둘 사이에 아무런 차이도 없다. 그는 꿈을 기억한다. 뿌리의 섬유로 만든 신부, 주형을 떠서 만든 신부.

그는 읽는다. 그리고 쓴다. 그런데 무언가가 그의 주목을 끈다. 일어나 창가에 서서 저 아래 산책로를 내려다본다. 창유리는 작고 중간에 울퉁불퉁한 곳이 있어 제대로 보려면 목을 길게 빼야 한다. 그는 생각한다. 솜씨 좋은 유리 장인을 보내서 시모어 가문 사람들이 세상을 명료하게 보게 해줘야겠군.

헨리와 제인이 저 밑에서 걷고 있다. 헨리는 덩치가 엄청나고 제인은 머리가 왕의 어깨에도 못 미치는 작은 관절 인형 같다. 덩치도 크고 키도 큰 사내, 헨리는 어느 방에 들어가나 실내를 장악한다. 하느님이 왕권의 은총을 내려주지 않았다 해도 그랬을 것이다.

이제 제인이 덤불 뒤에 있다. 헨리가 제인을 보고 고개를 끄덕인다. 그녀를 보고 말하고 있다. 왕이 그녀에게 가까이 다가가 무언가, 아마도 키스를 하는데 그, 크롬웰은 턱을 긁으며 그 광경을 지켜본다. 왕의 머리가 더 커지고 있나? 중년에 그게 가능한가?

한스라면 눈치챘을 텐데, 그는 생각한다. 런던에 돌아가면 물어봐야겠다. 틀림없이 내가 잘못 본 거겠지. 아마 그냥 유리 탓이겠지.

구름이 몰려온다. 묵직한 빗방울이 유리창을 때린다. 그는 눈을 끔벅거린다. 빗방울이 넓게 퍼지면서 창살을 타고 흘러내린다. 제인이 돌연 휙 몸을 돌려 그의 시야로 들어온다. 헨리는 자기 팔을 꼭 잡은 그녀의 손을 다른 한 손으로 단단히 감싸쥐고 있다. 그의 눈에 왕의 입이 보인다. 아직도 움직이고 있다.

그는 다시 자리에 앉는다. 칼레의 요새에서 일하는 건설 노무자들이 연장을 놓고 하루에 6펜스를 요구하고 있다는 내용을 읽는다. 새로 맞춘 녹색 벨벳 코트가 다음번 특송으로 윌트셔에 도착할 거라는 소식도 있다. 메디치의 어느 추기경이 친형제에게 독살당해 죽었다고 한다. 하품이 나온다. 새니트섬의 사재기꾼들이 고의적으로 곡물 가격을 올리고 있다는 소식을 읽는다. 개인적으로 사재기꾼들은 교수형에 처하고 싶지만, 무리의 수장이 기근을 조장해 짭짤한 수익을 올리는 군소 영주일 수도 있으므로 조심스럽게 접근해야 한다. 이 년 전 서더크에서 빵 한 조각을 놓고 싸우다가 런던 주민 일곱 명이 압사한 일이 있었다. 왕의 백성이 굶주린다는 건 잉글랜드의 수치다. 크롬웰은 펜을 들어 메모를 한다.

곧—이곳은 대저택이 아니라서 모든 소리를 들을 수 있다—저 아래서 문소리가 들리고 왕의 목소리, 왕을 둘러싼 하인들의 부드러운 권유가 윙윙거린다…… 발이 젖으셨습니까, 폐하? 헨리의 묵직한 발소리가 다가오는 기척이 느껴지는 반면 제인은 소리도 없이 녹아 없어

저버린 것 같다. 보나마나 어머니와 자매들이 재빨리 따로 데려가서, 왕이 무슨 얘기를 했는지 낱낱이 들려달라고 하겠지.

헨리가 등뒤로 들어오자 그가 의자를 밀치고 일어선다. 헨리가 손사래를 친다. 계속하게. "폐하, 러시아인이 폴란드 영토 480킬로미터를 점령했다고 합니다. 사망자가 오만 명이랍니다."

"오." 헨리가 말한다.

"도서관들은 손대지 말아야 할 텐데요. 학자들하고. 폴란드에는 아주 훌륭한 학자들이 있거든요."

"으음? 그러면 좋겠군."

그는 공문서를 다시 읽기 시작한다. 마을과 도시의 역병…… 왕은 늘 감염을 몹시 두려워한다…… 외국의 통치자들로부터 온 서한, 헨리가 주교들의 머리를 모두 자를 계획이라는 게 사실인지 알려달라고 한다. 당연히 아니다. 크롬웰은 서한을 쓴다, 우리에게는 현재 훌륭한 주교들이 있고 모두 왕의 뜻을 따를 의향이 있으며 모두 왕을 잉글랜드 교회의 수장으로 인정한다. 게다가 이 무슨 무례한 질문인가! 감히 어떻게 잉글랜드의 국왕이 자신의 행동을 외국의 통치자들에게 설명해야 한다는 암시를 한단 말인가? 감히 그들이 잉글랜드 왕의 주권으로 행한 결정을 비난한단 말인가? 피셔 주교가 죽은 건 사실이고 토머스 모어도 처형당했지만, 그들이 극단으로 치닫기 전 헨리왕의 처사는 지극히 온유했다. 모반에 가까운 완고한 고집을 피우지 않았다면 그들은 당신과 나처럼 지금까지 살아 있을 것이다.

7월 이후로 이런 편지를 수도 없이 썼다. 그가 보기에도 완전히 납득이 가는 논리는 아니다. 논쟁을 새로운 영역으로 끌고 가는 게 아니라 같은 논점에서 빙빙 돌고 있다는 걸 스스로도 느낄 수 있다. 새로운 표현이 필요하다…… 헨리가 그의 등뒤에서 터벅터벅 방안을 서성거린다. "폐하, 황제의 대사 샤퓌가 북부로 가서 따님 레이디 메리를 뵈어도 좋겠느냐고 여쭙습니다."

"안 돼." 헨리가 말한다.

그는 샤퓌에게 전한다. 기다리시오, 그냥 기다리시오, 내가 다시 런던으로 돌아갈 때까지, 그때 모든 일을 처리……

왕에게서는 아무 말도 나오지 않는다. 그저 숨소리, 서성거림, 잠깐 서서 기댄 선반의 삐걱거림.

"폐하, 런던 시장이 편두통이 너무 심해 두문불출하고 있다고 합니다."

"으음?" 헨리가 말한다.

"피를 뽑는다고 하더군요. 폐하께서도 그런 치료를 권하시겠습니까?"

잠시 침묵. 헨리는 그의 말에 집중하려 하지만 상당히 힘겨워 보인다. "피를 뽑는다고. 미안하네. 무슨 일로?"

이건 이상하다. 역병 소식을 그렇게 싫어하는 헨리지만 다른 사람들이 소소하게 아프다는 얘기는 늘 신나게 들었다. 누가 코감기에 걸렸거나 배앓이를 한다고 하면, 왕은 손수 허브로 약제를 만들어주고 잘 삼키는지 지켜보곤 했다.

그는 펜을 내려놓는다. 돌아서서 군주의 얼굴을 똑바로 마주본다. 헨리의 마음이 다시 정원에 가 있다는 게 분명하다. 왕은 예전에 그가 본 적이 있는 표정을 짓고 있다. 사람이 아니라 짐승에게서 보았지만. 왕은 넋을 잃은 얼굴이다. 백정의 칼에 머리가 떨어져나간 송아지처럼.

울프홀에서의 마지막 밤이 될 것이다. 그는 양팔에 서류를 한가득 안고 아주 이른 아침부터 내려온다. 누군가 그보다 먼저 일어났다. 드넓은 홀에 꼼짝도 않고 서서 우윳빛 햇살을 받고 있는 창백한 사람, 제인 시모어가 예의 그 뻣뻣하고 값비싼 드레스를 입고 있다. 고개를 돌려 크롬웰을 알은척하지는 않지만, 곁눈으로 슬쩍 본다.

만일 그가 제인에게 일말의 감정이 있었다 해도, 이제는 흔적도 남아 있지 않다. 제인에게 감정이 있었던 그 몇 달은 겨울을 향해 흩날리고 굴러가는 낙엽처럼 크롬웰에게서 달아나버렸다. 그 여름은 갔고, 토머스 모어의 딸은 런던교에서 부친의 머리를 받아 접시인지 그릇인지, 뭐 아무튼 그런 것에 받쳐두고 거기에다 기도를 올리고 있다. 그는 작년과는 딴판으로 다른 남자고, 그 남자의 감정은 이제 형체조차 알아볼 수 없다. 남자는 처음부터 새로 시작하고 있다. 언제나 새로운 생각들, 새로운 감정들. 제인, 하고 크롬웰은 말을 건다, 이제 그 값비싼 드레스를 벗을 수 있을 테니 우리가 길을 떠나면 기쁘겠지요……?

제인은 초병처럼 앞을 보고 있다. 밤새 구름은 바람에 날려 깨끗이 걷혔다. 우리는 하루 더 맑은 날을 볼 수 있을지도 모르겠다. 이른아침 햇살이 들판을 장밋빛으로 물들인다. 밤이 수증기처럼 흩어진다. 나무들의 형상이 헤엄치듯 일렁이다 세세하고 또렷해진다. 저택이 깨어난다. 축사에 넣지 않은 말들이 터벅거리며 힝힝 운다. 뒷문이 쾅 닫힌다. 삐걱거리는 발소리가 들린다. 제인은 숨도 쉬지 않는 것 같다. 그 판판한 가슴이 들썩거리는 기적이 거의 보이지 않는다. 이제 크롬웰은 뒷걸음쳐서 물러나 밤 속으로 사라져버려야겠다. 그래서 여기 그녀가 온전히 차지한 이 순간에 그녀를 가만히 두어야만 하겠다. 제인 시모 어는 잉글랜드를 내다보고 있다.

II

까마귀
1535년 가을, 런던과 킴볼턴

스티븐 가드너! 크롬웰이 막 나가려는데 가드너가 성큼성큼 왕의 집무실로 걸어간다. 전지를 반으로 접어 제본한 거대한 책 한 권을 한쪽 팔 밑에 끼고 다른 팔은 허공에 휘두르면서. 가드너, 윈체스터 교구의 주교. 하필이면 이런 오랜만에 누리는 맑은 날에 그가 폭풍처럼 불어닥치다니.

스티븐 가드너가 방안으로 들어오자 가구들까지 움츠러든다. 의자들마저 화드득 뒤로 물러난다. 등 없는 의자들이 오줌 지리는 암캐처럼 바짝 엎드린다. 왕의 태피스트리에 양모로 수놓인 성경 속 인물들이 손을 들어 귀를 막는다.

궁정이라면 가드너가 찾아올 수도 있다. 예상하고 기다릴 수도 있다. 그러나 여기에서? 우리가 여전히 시골을 누비며 사냥을 하고 (명목상으로는) 휴식을 취하고 있는 지금 찾아온단 말인가? "이거 반갑네요, 주교." 크롬웰은 말한다. "이렇게 건강한 모습을 뵈니 마음이 참으로 든든하군요. 곧 윈체스터까지 순행을 갈 텐데 그전에 뵙게 될 줄은 몰랐습니다."

"내가 선수를 쳐서 행군했지요, 크롬웰."

"우리가 전쟁중인가요?"

주교의 얼굴이 말한다, 그렇다는 건 당신도 알잖아. "나를 추방한 당사자이지 않습니까."

"제가요? 그런 생각은 하지도 마십시오, 스티븐. 날마다 그리워하고 있단 말입니다. 게다가 추방이라니요. 시골생활을 하게 된 거죠."

가드너가 입술을 핥는다. "시골에서 내가 어떻게 소일했는지 두고 보시지요."

가드너는 내무장관직에서 쫓겨났을 때―그것도 크롬웰한테 빼앗겨서―왕과 두번째 아내의 심기를 거스른 적이 워낙 많으니 일단 한동안은 윈체스터의 담당 교구에 가서 시간을 버는 편이 좋겠다는 압력을 받았다. 그 당시 크롬웰 자신이 썼던 표현을 그대로 쓰자면 "윈체스터 주교, 왕의 주권에 대해 심사숙고해서 발언해주신다면 좋은 반응을 얻을 수 있을 겁니다. 그래야 주교의 충성심에 대해 일말의 의심도 없을 테니까요. 왕이야말로 잉글랜드 교회의 수장이며, 그 사실은 정통 교리에서도 언제나 그래왔다는 확고한 선포 말입니다. 교황은 여기서 어떤 관할권도 주장할 수 없는 외국의 군주일 뿐이라고 단호하게 주장해주십시오. 서면 설교도 좋고 공개서한도 좋습니다. 주교의 견해에 그 어떤 모호성도 남지 않도록 깨끗하게 해명해주면 됩니다. 다른 교회지도자보다 한발 앞서나가고, 당신이 교황 쪽으로 넘어갔다는 샤퓌 대사의 그릇된 생각이 얼마나 어리석은 것인지 깨우쳐줘야 합니다. 기독교 왕국 전체를 대상으로 발언해야 합니다. 그러니 담당 교구로 돌아가서 책을 한 권 쓰시면 어떨까요?"라고 했었다.

그리하여 지금 여기 이렇게 윈체스터 주교 가드너가 와 있다. 통통한 소년의 볼을 토닥이듯 원고를 탁탁 치면서. "폐하께서는 이걸 읽고 기뻐하실 겁니다. 제목은 '참된 순종에 대하여Of True Obedience'라고 붙였지요."

"인쇄업자한테 맡기기 전에 나한테 한번 보여주시는 게 좋을 겁니다."

"폐하께서 직접 설명해주실 겁니다. 이 책은 어째서 가톨릭의 서약이 아무 효과가 없는지 보여주고, 반면 교회의 수장인 왕에게 하는 서약은 유효하다고 설명합니다. 왕의 권위가 신성한 것이며 신으로부터 직접 내려오는 거라는 주장을 하고 있지요."

"교황이 아니라 말이지요."

"절대 교황은 아닙니다. 중개자 없이 신으로부터 직접 내려오는 것이며, 언젠가 장관이 한 말씀처럼 백성으로부터 위로 흘러 올라가는 것도 아닙니다."

"내가 그랬습니까? 위로 흘러 올라간다고? 그거 자체가 좀 힘들 거 같은데요."

"결과적으로 그런 논지의 책을 왕에게 가져다드렸지요. 파도바의 마르실리오가 쓴 마흔두 편의 논문 말입니다.* 폐하께서는 장관이 하도 그 책을 읽으라고 종용해서 머리가 지끈지끈 아프셨다고 하시더군요."

"그 내용을 더 짧게 만들었어야 했던 거군요." 크롬웰은 미소를 지으며 말한다. "사실 스티븐, 위로 가든 아래로 가든 그건 별로 중요하지도 않아요. '왕의 말은 권능이 있나니 누가 그에게 이르기를 왕께서 무엇을 하시나이까 할 수 있으랴.'**"

"헨리왕은 폭군이 아닙니다." 가드너가 뻣뻣하게 말한다. "나는 헨리왕의 왕국이 적법하지 않은 토대 위에 세워졌다는 모든 주장에 낱낱이 반박하고 있어요. 내가 왕이라면, 내 권위가 온전히 정통성을 확보하고 보편적인 존경을 받기를 원할 겁니다. 그리고 혹시라도 일말의 의혹이 제기되더라도 탄탄한 변론을 원할 테고요. 그렇지 않습니까?"

"내가 왕이라면……"

그가 하려던 말은 이렇다. 내가 왕이라면 당신부터 쫓아내버리겠지. 가드너가 말한다. "창밖은 왜 내다보는 거요?"

크롬웰은 멍하니 웃는다. "토머스 모어가 당신 책을 보고 무슨 말을 했을까 궁금하군요."

"아, 굉장히 싫어했겠지만 그 사람의 의견에는 콧방귀도 뀔 생각이 없습니다." 주교가 호탕하게 말한다. "어차피 그 두뇌는 매들이 다 파먹고 해골은 딸내미가 무릎 꿇고 숭배하는 성물이 됐으니. 대체 왜 런던교에서 그 머리를 떼어가게 해줬습니까?"

"나를 잘 알잖아요, 스티븐. 자애가 핏줄을 타고 줄줄 흐르다 가끔은

---

* 마르실리오 피치노. 이탈리아의 학자로 나라의 권력은 백성에게서 오고 이 권력은 통치권자를 견제하고 폐기시킬 권한을 가지고 있으며, 교회의 모든 권한은 국가가 주는 것이므로 아무때나 취소·회수할 수 있다고 주장했다.
** 전도서 8장 4절.

넘치는 사람입니다. 하지만 말입니다, 그렇게 책에 자신이 있으면 시골에서 좀더 시간을 보내며 집필에 전념하는 게 어떨까요?"

가드너가 험상궂게 인상을 쓴다. "장관이나 책을 한번 써보지요. 그러면 대단한 볼거리가 나올 것 같은데. 라틴어에는 젬병인데다 그리스어는 워낙 실력이 일천하시니."

"잉글랜드어로 쓰고 싶군요." 그가 말한다. "세상만사 모든 분야에 좋은 언어죠. 들어가요, 스티븐, 왕께서 오래 기다리시면 안 되니까. 아마 기분이 좋으실 겁니다. 오늘은 해리 노리스가 곁에서 시중을 들거든요. 프랜시스 웨스턴도 있고."

"아, 그 수다쟁이 날라리." 스티븐이 말한다. 그러더니 손바닥으로 따귀를 철썩 치는 시늉을 한다. "고급 정보 고맙소이다."

웨스턴의 유령이 뺨을 맞은 느낌을 감지했을까? 헨리의 방에서 호탕한 웃음소리가 한바탕 터져나온다.

울프홀에서의 체류를 마친 뒤로 맑은 날씨는 오래가지 못하고 금세 꺾였다. 세이버나크 숲을 나오자마자 일행은 축축한 안개에 에워싸였다. 잉글랜드에서는 비가 내리 십 년쯤 내리고 있고 이번에도 추수는 신통치 않을 전망이다. 밀값은 쿼터*에 20실링까지 오를 것으로 예상된다. 그러니 일당 5, 6펜스를 버는 노동자들은 겨울에 뭘 어떻게 할 것인가? 이미 부당이득을 취하는 사재기꾼들이 새니트섬뿐 아니라 방방곡곡에 침투해 있다. 그의 부하들이 그들을 추적해 색출하는 중이다.

---

* 사분의 일 파운드로 약 100그램이다.

한 잉글랜드인이 다른 잉글랜드인을 굶주리게 만드는 대가로 이윤을 취한다는 사실에 추기경은 심히 놀라곤 했다. 그러면 크롬웰은 이렇게 대꾸하곤 했다. "하지만 저는 잉글랜드인 용병이 동지의 목을 베고, 경련이 잦아들지도 않았는데 그 밑에서 담요를 빼고 짐을 뒤져 돈은 물론이고 성스러운 메달까지 챙기는 걸 봤습니다."

"아, 하지만 그건 돈 받고 고용된 살인자 아닌가." 추기경은 말했다. "그런 사람들은 잃어버릴 영혼도 없다네. 그렇지만 대부분의 잉글랜드인은 신을 두려워해."

"이탈리아 사람들은 생각이 다르던데요. 그 동네에서는 잉글랜드와 지옥을 잇는 길은 하도 사람들이 많이 밟아서 닳아 없어질 정도인데다, 처음부터 끝까지 가파른 내리막길이라더군요."

날마다 그는 잉글랜드 백성이라는 수수께끼에 대해 곰곰이 생각한다. 그렇다, 물론 그는 살인자들을 익히 보았다. 하지만 굶주린 병사가 자신에게는 아무 의미도 없는 여자에게 덜컥 빵덩어리를 주고는 어깨 한 번 으쓱하고 돌아서는 모습 또한 보았다. 백성은 시험하거나 절박한 궁지로 몰아넣지 않는 편이 좋다. 그들이 번성하게 하라. 남아도는 것이 많아지면 사람들은 관대해진다. 넉넉히 부른 배가 신사의 매너를 낳는다. 쓰라린 굶주림은 괴물을 만든다.

스티븐 가드너와 만나고 며칠 뒤 순행중인 왕의 행차가 윈체스터에 다다랐을 때는 새 주교들이 대성당에서 서품을 받은 후였다. "나의 주교들." 앤 불린은 그들을 그렇게 불렀다. 복음주의자들, 개혁자들, 앤을 출세의 기회로 보는 사내들. 휴 래티머가 주교가 될 거라 누가 생각이나 했을까? 차라리 화형을 당해 입안에 복음을 물고 스미스필드에서 불타 사그라질 위인이라 생각했다면 몰라도. 하긴, 토머스 크롬웰이 뭐라도 될 줄 알았던 사람은 또 누가 있었을까? 울지가 추락했을 때, 울지의 심복이었던 크롬웰의 운 역시 끝난 줄 알았다. 또 아내와 딸들이 죽었을 때는 다들 그가 사별의 충격을 견디지 못하고 죽어버릴 줄 알았다. 그러나 헨리왕이 그에게로 돌아섰다. 헨리왕이 그가 바치는 충성의 서약을 받아주었다. 헨리왕이 그의 시간을 자기 소관으로 돌리고 말했다. "이리 오시게, 마스터 크롬웰, 내 팔을 잡으시게." 궁정의 안뜰과 왕좌가 놓인 현실을 시원히 가로질러 뻗은 삶의 행로는 순조롭고 명료해졌다. 젊은 시절에는 언제나 수많은 사람들 사이를 뚫고 어깨로 밀쳐가며 힘겹게 길을 터야만 간신히 화려한 장관이 펼쳐지는 맨 앞자리를 차지할 수 있었다. 그러나 이제 그가 웨스트민스터나 어느 왕궁이든 그 경내를 걸어가면 사람들이 알아서 흩어진다. 추밀원 자문관으로 임명된 후로는 탁자용 가대나 포장 상자나 풀어놓은 개 같은 것이 그의 앞길에서 미리 치워진다. 고위 법관인 기록보관관에 임명된 후로는 여자들이 속삭임을 멈추고 걷은 소매를 내리며 손가락에 낀 반지 매무새를 가다듬는다. 왕의 내무장관이 된 지금은 주방의 허접쓰레기며 사무원의 지저분한 서류, 천민의 발판이 크롬웰의 눈에 띄지 않게 미리 한쪽 구석으로 걷어차여 황급히 치워진다. 스티븐 가드너 말고는 감히 누구도 그의 그리스어 실력을 나서서 고쳐주지 못한다. 이제 그는 케임브리지대학의 명예 총장이기도 하다.

헨리의 여름은 전반적으로 성공이었다. 버크셔, 윌트셔와 서머싯을 지나오면서 길거리의 백성들에게 왕의 위용을 보여주었고, (폭우가 쏟아붓지 않을 때면) 백성들은 길가에 서서 환호성을 보냈다. 왜 안 그러겠는가? 일단 헨리를 보면 경탄하지 않을 수 없다. 왕은 새삼 볼 때마다 마치 처음 보는 것처럼 굉장한 인상을 남기는 사람이다. 엄청난 거구, 짧고 굵은 목, 벗어지는 이마, 살이 불거진 얼굴, 파란 눈, 새침하다시피 한 작은 입. 키는 190센티미터 가까이 되는데, 한 치 한 치에서 권력이 풍겨나온다. 풍채와 위용은 제왕답게 위풍당당하다. 왕의 분노는 소름 끼치게 무섭다. 왕의 맹세와 저주, 뜨거운 눈물도 무시무시하다. 그러나 그 거대한 몸이 쭉 늘어져 편안해지고, 눈썹이 또렷해지는 순간도 있다. 그럴 때면 헨리는 퉁퉁한 거구를 벤치 바로 옆자리에 털썩 늘어뜨리고 마치 형제처럼 친근하게 말을 걸어온다. 정말 피를 나눈 친형제 같은, 아니면 심지어 아버지, 이상적인 부류의 아버지처럼 느껴지는 다정한 말투로. 요즘 어떻게 지내지? 너무 열심히 일하는 거 아닌가? 저녁식사는 했고? 어젯밤에는 무슨 꿈을 꿨나?

이런 순행의 위험은 여기 이 평범한 식탁, 평범한 의자에 앉아 있다고 해서 왕까지 평범하다고 오해하기 쉽다는 점이다. 그러나 헨리는 평범하지 않다. 머리가 벗어지고 배가 나오고 있다 한들 뭐가 어떤가? 카를황제는 거울을 볼 때마다 일그러진 용모에 턱까지 내려오는 매부리코 대신 튜더의 얼굴을 가질 수만 있다면 교구 하나쯤은 얼마든지 내놓을 수 있다고 생각할 것이다. 껑다리인 프랑수아 1세는 잉글랜드 왕 같은 어깨를 준다면 황태자를 저당잡혀도 좋다고 할 것이다. 이 유럽의 왕들이 어떤 자질을 가지고 있다 해도, 헨리는 그 미덕을 두 배로 키워서 그대로 반사해 투영한다. 그들에게 학식이 있다면 헨리의 학식은 두 배로 깊다. 그들이 자비롭다면 헨리는 자비의 표본 그 자체다. 그들이 기사도를 지킨다면 헨리는 그네들이 생각할 수 있는 제일 큰 기사들의 책에 등장하는 의협심의 표본 그 자체다.

그럼에도 여전히 잉글랜드 전역의 동네 술집에서는 날씨가 나빠도 왕과 앤 불린을 탓한다. 왕이 적법한 아내 캐서린을 다시 취하면 비가 그칠 거라고들 말한다. 하긴, 동네 바보들과 주정뱅이 친구들한테 잉글랜드의 국사를 맡겨놓기만 한다면 모든 게 달라지고 좋아질 거라는데, 그 누가 감히 토를 달 수 있으랴?

왕의 일행은 천천히 이동해 런던으로 돌아가고 있다. 그래야 왕이 시내에 입성할 때 역병의 의혹에서 자유로울 수 있기 때문이다. 싸늘한 부속 예배당에서 눈을 부릅뜬 성모마리아들이 지켜보는 가운데 왕은 혼자 기도한다. 그는 왕이 혼자 기도하는 게 마음에 들지 않는다. 왕이 어떤 기도를 하는지 알고 싶다. 옛날에 모시던 울지 추기경이라면 틀림없이 알았을 텐데.

여름이 공식적으로 끝나가고 있는 지금, 왕비와 그의 관계는 조심스럽고 불안하고 불신으로 얼룩져 있다. 앤 불린은 이제 서른네 살의 우아한 여인으로, 워낙 세련되어서 단순히 예쁜 얼굴은 쓸데없는 덤처럼 느껴진다. 한때 몸이 탄탄하던 그녀는 이제 말라깽이가 되었다. 하지만 그래도 여전히 특유의 어두운 반짝거림을 잃지 않고 있다. 이제는 매력이 약간 빛바래고 군데군데 반짝이가 떨어져나갔을 뿐이다. 앤은 남달리 새까만 눈을 활용해 굉장한 효과를 내는데, 말하자면 이런 식이다. 남자의 얼굴을 흘긋 보고는 신경 안 쓴다는 듯, 무관심하다는 듯 이내 눈길을 홱 돌린다. 그리고 잠시 기다린다. 숨 한 번 들이쉬고 내쉴 정도. 그러고 나서 서서히, 어쩔 도리가 없다는 듯이, 다시 눈길을 남자에게 돌리는 거다. 그 눈길이 남자의 얼굴에 머문다. 그리고 이 남자를 찬찬히 살핀다. 세상에 남자라고는 그 사람 하나밖에 없는 것처럼 뚫어져라 쳐다보고 꼼꼼히 살핀다. 마치 그 남자를 처음 본 것 같은 눈길로 바라보며 그자를 어디다 쓸까 온갖 궁리를 하고, 남자 자신조차 한 번도 생각해본 적 없는 수많은 가능성을 모두 타진해본다. 앤의 덫에 걸린 희생자에게 그 순간은 영겁처럼 느껴진다. 전율이 척추를 타고 오른다. 사실 그 묘수는 빠르고 값싸고 효과적이면서 여러 번 재활용할 수도 있는 건데, 당하는 불쌍한 사내 입장에서는 마치 다른 남자들을 모두 제치고 자기가 두각을 나타낸 양 착각에 빠지게 된다. 남자는 우쭐해서 씩 웃는다. 몸단장을 한다. 키도 조금 더 커진다. 조금 더 어리석어진다.

그는 앤이 그런 묘수를 귀족과 천민을 가리지 않고 쓰고, 왕에게도 쓰는 걸 보았다. 지켜보는 눈앞에서 남자가 입을 헤벌리며 앤 왕비의 포로가 되곤 했다. 묘수는 거의 어김없이 통한다. 그러나 크롬웰에게는 전혀 효과가 없었다. 그렇다고 그가 여자에게 관심 없는 남자라는 건 아니다. 그저 앤 불린에게 관심이 없을 뿐이다. 그렇기 때문에 원한을 샀다. 안 되면 짐짓 시늉이라도 했어야 했다. 그가 앤을 왕비로 만들어주었고, 앤은 그를 장관으로 만들어주었다. 그러나 이제 두 사람은 불편한 관계가 되었다. 서로 한 치도 방심하지 않고 상대를 예의주시하며, 자칫 틈을 보여 진짜 감정을 드러내면 그 약점을 이용할 궁리만 하고 있다. 이 게임에서는 무조건 속내를 숨겨야 안전하다. 그러나 앤은 감정을 숨기는 데 능숙하지 못하다. 앤은 왕의 손에 잡힐 듯 잡히지 않는, 수은처럼 변화무쌍한 애인이다. 잡으려 하면 손가락 사이로 미끄러지고 흘러내려 종잡을 수 없이 분노하다가 뜬금없이 웃음을 터뜨리곤 한다. 이번 여름에는 앤이 왕의 등뒤에서 크롬웰을 향해 은밀한 미소를 보내거나, 쓴웃음을 지으며 왕이 신경질이 났다고 경고해준 적도 몇 번 있었다. 그런가 하면 못 본 체 무시하거나 싸늘하게 등을 돌리거나 검은 눈으로 방안을 훑다가 그를 휙 스쳐 다른 데를 보기도 했다.

이런 행동을 이해하기 위해서—이해할 가치가 있는지 모르겠지만—우리는 토머스 모어가 아직 살아 있던 작년 봄으로 거슬러올라가야 한다. 앤은 외교적인 문제를 상담하기 위해 크롬웰을 긴히 불렀다. 목표는 결혼계약이었다. 갓난아기 공주 엘리자베스에게 프랑스 왕자를 붙여주려는 것이었다. 그러나 프랑스측이 협상 과정에서 심히 변덕을 부렸다. 사실을 말하자면 그쪽에선 앤이 왕비라는 사실도 온전히 인정하지 못하는데다, 딸이 적통이라는 믿음은 더더욱 없었던 것이다. 앤은 꺼림칙한 프랑스의 태도에 깔린 진짜 속내를 알게 되었는데, 어쩐 일인지 그게 그, 토머스 크롬웰의 탓이 되어버렸다. 앤은 그가 방해 공작을 했다고 공공연히 비난을 퍼부었다. 그가 프랑스를 좋아하지 않아서 동맹도 원치 않았다는 게 앤의 주장이었다. 그가 바다를 건너가 얼굴을 맞대고 대화할 기회를 날려버리지 않았던가? 프랑스측에서는 협상을 위해 만반의 채비를 하고 있었다고 앤이 말했다. "그리고 내무장관만 기다리고 있었지요. 그런데 몸이 안 좋다고 해서 내 동생이 다녀와야 했어요."

"그리고 실패했지요." 그는 한숨을 쉬었다. "몹시 안타까운 일입니다."

"장관님은 내가 아는걸요." 앤이 말했다. "앓아눕는 법이 없는 분이죠, 안 그런가요, 작정을 할 때만 빼고요. 장관님의 일거수일투족은 내가 지켜보고 있어요. 궁정을 떠나 도시에 있을 때는 우리 감시를 받지 않는다고 생각하겠죠. 하지만 나는 장관님이 카를황제의 심복과 지나치게 가깝다는 것을 알고 있어요. 샤퓌와 이웃 사이라는 사실도요. 하지만 그게 양가 하인들이 늘 그렇게 왕래하며 들락거리는 이유가 될까요?"

앤은 그날 로즈핑크와 비둘기색 옷을 입고 있었다. 색채만 놓고 보면 상큼한 처녀의 매력이 풍겨야 마땅했다. 그러나 토머스 크롬웰의 뇌리에 떠오르는 건 오로지 쫙 늘어진 창자, 사슴 내장과 간, 위, 살아 있는 몸뚱어리에서 둥글게 말려 뽑힌 회색과 분홍빛의 역겨운 내장뿐이었다. 크롬웰은 방금 반항적인 수사들 또 한 무리를 두번째로 타이번 집행장에 보낸 참이었다. 수사들은 형 집행자의 손에 배가 갈리고 내장이 끄집어내질 것이다. 물론 반역자들이니 죽어 마땅했지만, 그건 잔혹해도 너무 지나치게 잔혹한 죽음이었다. 앤의 긴 목에 걸린 진주 목걸이는 작은 기름덩어리처럼 보였는데, 앤은 논점을 강조할 때마다 손을 뻗어 그 목걸이를 잡아당기곤 했다. 크롬웰은 왕비의 손가락 끝을 계속 주시했다. 손톱이 작은 비수처럼 번득거렸다.

그래도 샤퓌에게 한 말대로, 그가 헨리왕의 총애를 받는 한 왕비가 해코지를 할 가능성은 지극히 희박했다. 앤은 원래 악감도 잘 품었고 자잘하게 화도 많이 냈다. 감정 기복도 극심한데 헨리도 그건 안다. 애초에 왕은 앤의 그런 점에 매혹되었다. 남자들의 삶에 스르르 들어왔다 나가고도 아무런 흔적을 남기지 않는 유순하고 친절한 금발머리들과는 딴판으로 다른 사람을 보고 매력을 느꼈던 것이다. 그러나 요즘은 앤이 나타나면 왕이 가끔 질린다는 표정을 할 때가 있다. 앤이 악다구니를 퍼붓기 시작하면 왕의 눈길이 아득하게 먼 곳을 바라본다. 헨리가 예의바른 신사이기 망정이지, 그렇지 않았다면 아마 모자를 끌어내려 귀를 틀어막았을 것이다.

아니, 크롬웰은 샤퓌 대사에게 말한다, 신경이 쓰이는 건 앤이 아닙니다. 앤이 주변에 두는 남자들입니다. 그 집안 가족들 말입니다. '몽세뇨르'라는 별명을 좋아하는 앤의 아버지 윌트셔 백작과 남동생인 로치퍼드 경 조지. 헨리는 조지를 사실私室 담당 시종으로 임명했다. 헨리는 원래 친숙한 심복을 계속 고집하는 경향이 있기 때문에 조지는 신참이었다. 이 시종들은 대부분 헨리와 어렸을 때부터 친구였다. 간간이 추기경이 한 번씩 왕의 측근을 싹 물갈이하곤 했는데, 그래도 이들은 어느새 더러운 물처럼 슬며시 다시 스며들어 돌아오곤 했다. 한때는 그들도 기운차고 활력 넘치는 청년이었다. 이미 사반세기가 지난지금은 대부분 허옇게 머리가 세거나 벗어져 대머리가 되었고, 살도처지고 뱃살이 두둑해졌으며 관절이 망가지거나 손가락이 잘리기도했지만 여전히 오만방자하기가 하늘을 찌르고 말뚝만한 교양도 없었다. 그런데 이제 새로운 새끼 강아지 한 무리가 또 태어난 것이다. 웨스턴과 조지 로치퍼드 부류를 헨리가 곁에 가까이 두는 건 덕분에 젊음을 유지할 수 있다고 생각해서다. 이 한 무리의 사내들은―노장파와 신진 모두―왕이 침소에서 일어나 잠자리에 들 때까지 왕의 곁을지키고, 그사이의 내밀한 시간도 내내 함께한다. 왕이 화장실에 갈 때도 따라가고 이를 닦고 은 대야에 침을 뱉을 때도 곁을 지키며 수건으로 몸을 닦아주고 더블릿과 호즈*를 입혀준다. 그들은 왕의 몸을 살살이 알고 있다. 사마귀와 주근깨는 물론 수염의 뻣뻣한 터럭 한 올까지 낱낱이 알고, 테니스장에서 들어와 셔츠를 벗어던지면 섬처럼 솟아난 땀방울의 지도를 그린다. 왕의 세탁부나 의사가 아는 것까지, 알아야 할 것보다 지나치게 많은 걸 알고 또 그걸 떠벌리고 다닌다. 왕이 아들을 수태시키고자 왕비를 찾는 시간을 알고, (기독교인이라면 절대 성교를 하지 않는) 금요일에 왕이 존재하지 않는 여자를 꿈꾸며 이불보에 얼룩을 남기는 때가 언제인지도 안다. 그리고 그런 정보를 고가에 판다. 자기네들의 청탁을 들어주기를 바라고, 직무 유기를 방조해주기를 원하며, 자기네들이 대단히 특별하다고 생각하고 그 사실을 알아주기를 바란다. 헨리 휘하에서 일하게 된 후로 크롬웰은 이 무리를 진정시키고 비위도 맞춰주고 살살 달래면서 되도록 쉽게 일할 수 있는 길, 즉 타협점을 모색해왔다. 그러나 가끔, 그가 왕을 알현하지 못하도록 한 시간씩 앞길을 막고 서 있을 때면, 그들은 도저히 주체하지 못하고 얼굴에 득의양양한 미소를 띠고야 만다. 내가 이만큼 맞춰주고 참아줬으면 할 만큼 한 거야, 그는 생각한다. 이제 저들이 나한테 맞추지 않으면 제거해버리겠어.

이제 아침녘은 쌀쌀하고, 배때기가 부른 먹구름이 햄프셔를 꾸물꾸물 지나가는 왕의 행차를 따라다니며 흔들거린다. 길은 며칠 사이 흙먼지에서 진흙탕으로 바뀌어버렸다. 헨리는 서둘러 업무에 복귀하고 싶은 생각이 없어 보인다. 항상 8월이면 얼마나 좋을까, 그런 소리나

---

* 각각 남성용 상의와 바지로, 유럽에서 17세기까지 입던 의복이다.

하고 앉아 있다. 왕의 소규모 사냥 패거리가 파넘으로 가는 길에 급보가 전해져온다. 시내에 역병이 발발했다는 소식이다. 전장에서는 그토록 용감무쌍한 헨리의 얼굴이 눈에 띄게 창백해지더니 말 머리털을 쥐어뜯는다. 어디로 가지? 어디라도 좋다, 파넘이 아니면 어디라도 좋다.

그는 안장에서 몸을 앞으로 기울이고 모자를 벗은 뒤 왕에게 말한다. "일정을 앞당겨 베이싱하우스로 갈 수 있습니다. 제가 발 빠른 사람을 보내 윌리엄 폴렛에게 미리 알리도록 하지요. 그다음에는 폴렛의 부담을 덜어주기 위해 하루 엘베섬에 가도록 할까요? 에드워드 시모어가 집에 있을 테고, 그 친구가 준비가 안 되어 있어도 제가 물자를 수배할 수 있습니다."

그는 헨리가 말을 타고 앞서 나가도록 하고 뒤로 빠진다. 그리고 레이프에게 말한다. "울프홀로 심부름 좀 가게. 레이디 제인을 데리고 와."

"네? 여기로요?"

"제인은 말을 탈 수 있어. 존 시모어 경에게 좋은 말을 태워 보내라고 해. 수요일 저녁까지 엘베섬에서 꼭 제인을 볼 일이 있어. 그보다 늦으면 너무 늦은 거야."

레이프가 말을 돌릴 채비를 하며 고삐를 꼭 말아쥔다. "하지만 장관님! 어째서 하필 제인이고 왜 그렇게 서둘러야 하느냐고 시모어가에서 물을 겁니다. 서턴 플레이스에 웨스턴 가문도 있고, 아무튼 근처에 다른 저택도 많은데 우리가 왜 엘베섬으로 가는지 그 이유도……"

웨스턴 가문 따위야 물에 빠져 죽든 목이 매달려 죽든 하라고 해, 크롬웰은 생각한다. 웨스턴 가문과 이 계획은 아무 상관이 없다. 크롬웰은 미소를 짓는다. "나를 사랑하면 그렇게 해달라고 말해."

크롬웰은 레이프의 생각을 읽는다. 그러니까 마스터께서 제인 시모어에게 청혼을 하시긴 할 모양이군. 당신께서 직접, 아니면 그레고리의 신붓감으로?

그, 크롬웰은 울프홀에서 레이프가 보지 못한 걸 보았다. 자기 침대에 누운 말없는 제인, 창백하고 과묵한 제인, 그게 요즘 들어 헨리가 꿈꾸는 것이라는 사실을 알게 되었다. 남자의 환상은 합리적으로 설명할 길이 없다. 헨리는 색마도 아니었다. 사실 첩을 많이 취하지도 않았다. 그러니 그가 직접 나서서 왕이 제인에게 접근하는 길을 좀 수월하게 닦아준다 해도 나쁠 건 없다. 왕은 동침하는 여자들을 학대하지 않는다. 손에 넣고 나면 여자한테 금세 질려버리는 그런 남자도 아니다. 오히려 연애시를 써서 바치고 조금만 부추기면 소득도 마련해주고 집안 식구들까지 출세시켜준다. 앤 불린이 세상에 나타난 후로, 햇살처럼 따뜻한 헨리의 총애를 마음껏 누리는 것이야말로 잉글랜드 여자의 가장 고고한 소명이라는 결론을 내린 가문이 여럿 있었다. 조심스럽게 이 문제를 잘 풀어내면 에드워드 시모어는 궁정에서 위상이 높아질 테고 우방이 별로 없는 자신에게 든든한 우군이 되어줄 것이다. 다만 현 단계에서 에드워드는 충고가 필요하다. 그, 크롬웰은 시모어 가문 사람들보다는 훨씬 훌륭한 사업 감각을 가지고 있다. 제인이 자신을 헐값에 내놓는 꼴은 두고 볼 수 없다.

그러나 시중을 들기 시작한 이래 줄곧 놀림감으로 삼아온 젊은 여자를 헨리가 애첩으로 들인다고 하면 앤 왕비는 어떻게 나올까? 앤은 얼굴도 희멀겋고 물러터졌다면서 제인을 구박했다. 그렇지만 제인의 유순함과 침묵에 앤이 과연 무엇으로 맞설 수 있을까? 펄펄 뛰며 분노해봤자 별 소용이 없을 것이다. 제인이 왕에게 무엇을 줄 수 있는지, 현재 왕에게 결핍된 부분이 무엇인지 왕비는 한번 스스로에게 따져 물어봐야 한다. 철저히 생각해봐야 할 것이다. 그리고 생각하는 앤을 보는 건 크롬웰에게 언제나 즐거운 일이다.

울프홀에 다녀온 후 양측이 만났을 때―즉 왕의 일행과 왕비의 일행이 만났을 때―앤은 크롬웰에게 상냥하게 굴면서 팔에 손을 얹고 프랑스어로 별로 중요하지 않은 수다를 떨었다. 크롬웰의 머리를 잘라버리고 싶다고 말했던 것이 불과 몇 주일 전이건만, 그런 적은 아예 없다는 듯 시치미를 떼며 그저 이야기를 나누고 싶을 뿐인 척했다. 사냥터에서는 왕비를 앞세우고 뒤따라가는 편이 안전하다. 왕비는 예리하고 재빠르지만 정확성은 다소 떨어진다. 이번 여름, 왕비는 길 잃은 암소에게 화살을 꽂았다. 그리고 헨리는 소 주인에게 값을 물어줘야 했다.

하지만 뭐, 전부 상관 없다. 왕비들이란 원래 왔다 또 가는 법이다. 최근의 역사가 우리에게 보여주지 않았는가. 잉글랜드를 지키는 대가를 어떻게 치러야 할지 생각하자. 왕의 엄청난 책임을, 자비의 비용과 정의의 비용을, 잉글랜드의 적들이 감히 해안을 넘보지 못하도록 막을 생각을 하자.

작년부터 그는 자신의 답안에 확신을 갖게 되었다. 수도사. 그 기생충 같은 계급의 인간들이 돈을 토해내야만 한다. 어서 나가서 전국 방방곡곡의 수도원으로 가라고, 자신을 찾아오는 교회감시관과 부패감찰관에게 말했다. 내가 총 여든여섯 가지 질문을 줄 테니 수도사들에게 가져가 제시하게. 말은 아끼고 되도록 많이 듣고. 다 듣고 나면 회계장부를 보여달라고 청하게. 수도사와 수녀들에게 삶과 규례에 대해 물어보도록 해. 구원을 어디서 찾는지, 그리스도의 성혈로만 가능한지, 선행이나 미덕에도 부분적으로 의미가 있는지, 뭐 그런 데는 난 관심이 없네. 글쎄, 뭐, 관심은 있지만 제일 중요한 건 그치들이 갖고 있는 재산 내역을 파악하는 거지. 임대료와 토지소유권도 알아내고, 혹시 왕께서 교회의 수장으로서 자산을 회수하기를 원하신다면 어떤 방식으로 하는 게 좋을지도 생각해보게.

따뜻한 환영은 기대하지 말게나, 그는 덧붙여 말한다. 그쪽에서는 다들 자네들이 도착하기 전에 서둘러 자산을 정리하려 들 걸세. 수도사들이 갖고 있는 성물을 눈여겨보고 그 지역 신도들도 살피고, 어떻게 신도들을 착취하는지, 매년 얼마 정도의 수입을 거둬들이는지도 잘 보게. 그 돈이 다 미신을 믿는 순례자들한테서 나오는 거니까. 다들 집에서 열심히 일이나 하면 차라리 더 나을 텐데 말이야. 충성심을 두고 압박을 가하게. 캐서린에 대해 어떻게 생각하는지, 메리는 어떻게 생각하는지, 교황은 어떻게 보는지 물어보는 거야. 왜냐하면 교단의 총본부가 이 나라 밖에 있다면 소위 외세에 더 큰 충성을 바치고 있는 게 아니냐 이 말이지? 이렇게 몰아붙이고 자기네들이 열세에 몰려 있다는 걸 가르쳐줘. 왕에 대한 충성심을 주장하는 것만으로는 부족하고, 반드시 그 충심을 보여줄 각오가 되어 있어야 한다 이거지. 그건 자네들의 일을 쉽게 해주는 걸로 된다고 하게.

부하들은 그를 속일 만큼 어리석지 않지만, 확실히 해두기 위해 서로 감시할 수 있도록 둘씩 짝을 지어 파견한다. 수도원의 회계원들은 자산을 줄여서 보고해달라고 뇌물을 주려 할 것이다.

토머스 모어는 런던탑의 감옥에 갇혀 있을 때 그에게 말했다. "다음에는 어디를 칠 거요, 크롬웰? 잉글랜드 전체를 허물 생각인가본데."

그는 대답했다. 신에게 바라옵건대, 내 힘으로 파괴하지 않고 건설할 수 있도록 장수長壽의 복을 내려주시길. 무지한 자들 사이에서는 왕이 교회를 무너뜨리려 한다는 소문이 돌고 있다. 사실은 교회를 새롭게 만들고 있는 거다. 거짓말쟁이와 위선자를 깨끗하게 쫓아내고 나면 틀림없이 훨씬 더 좋은 나라가 될 것이다. 크롬웰은 모어에게 말했다. "하지만 당신은 왕에 대한 태도를 고치지 않으면 살아서 그날을 보지 못할 겁니다."

토머스 모어는 결국 살아서 그날을 보지 못했다. 이미 일어난 일은 후회하지 않는다. 단 한 가지 아쉬움이 남는다면, 모어가 끝내 분별 있게 굴지 않았다는 점이다. 모어는 교회에서 헨리의 최고 주권을 지지하는 서약을 하라는 제안을 받았다. 이 서약은 충성심의 시험이었다. 삶에서 단순한 건 많지 않지만, 이건 단순하다. 서약하지 않는다면 암묵적으로 스스로를 고발하는 셈이다. 모반자, 역도. 모어는 서약하려 하지 않았다. 그렇다면 죽는 것 말고 뭘 할 수 있을까? 폭우가 끝도 없이 쏟아지던 7월의 어느 날, 철벅거리며 형장으로 걸어가는 수밖에. 저녁때 한 시간 짧막하게 비가 그쳤지만 이미 토머스 모어에게는 너무 늦은 시각이었다. 모어는 양말을 다 적시고 무릎까지 물이 튄 채로, 두 다리를 오리처럼 퍼덕거리며 죽었다. 그는 모어라는 사람이 그립지는 않았다. 다만 가끔, 죽었다는 사실을 잊을 뿐이다. 마치 두 사람이 대화에 깊이 몰두하고 있는데 갑자기 대화가 뚝 끊기고, 무슨 말을 해도 상대에게서 아무 답이 돌아오지 않는 기분이다. 둘이서 길을 함께 걷고 있는데 모어가 길바닥의 구덩이에 푹 빠져버린 기분이다. 사람 키만큼 깊고 빗물로 찰랑거리는 구덩이에.

그런 사고 소식이 실제로도 들려온다. 발밑의 길이 무너지는 바람에 죽은 사람들이 있다. 잉글랜드는 더 나은 길, 무너지지 않는 다리가 필요하다. 크롬웰은 실직자들에게 일자리를 줄 법안을 의회에 제출할 준비를 하고 있다. 실직자들에게 급여를 주고 도로를 수리하고 항만을 건설하고, 황제를 비롯한 다른 기회주의자들을 막을 벽을 건설하려는 계획이다. 그의 계산에 따르면 부자들에게서 소득세를 걷으면 노역자의 봉급을 줄 수 있다. 필요하면 숙소와 의사도 제공할 수 있고, 생계를 유지하게 해줄 수 있다. 우리 모두가 실업자들이 노역한 결실을 누릴 수 있고, 일자리를 주면 포주나 소매치기나 날강도가 되지 않게 막을 수 있다. 먹고살 길이 보이지 않으면 사람들은 범죄 행각을 서슴지 않는 법이다. 그들의 아버지가 포주고 소매치기고 날강도였다면? 그건 아무 의미가 없다. 그를 보라. 그가 아버지 월터 크롬웰과 똑같은 인간인가? 한 세대 만에 모든 게 딴판으로 달라질 수 있다.

그 역시 독일의 마르틴 루터처럼, 수도사의 삶이 그리 필요하지도 않고, 쓸모도 없고, 수도사로 사는 것이 그리스도의 명을 받드는 것도 아니라고 믿는다. 수도원이라고 해서 영원한 건 아무것도 없다. 수도원은 하느님의 자연스러운 질서에 속한 것도 아니다. 인간이 만든 다른 제도처럼 흥하고 망하며, 때로는 건물도 허물어지고 허술하게 관리해 망가지기도 한다. 세월이 흐르면서 무수한 수도원들이 사라지거나 위치를 옮기고 다른 수도원에 흡수되었다. 수도사들의 숫자도 자연스럽게 줄어들었다. 요즘 훌륭한 그리스도인은 바깥세상에 산다. 배틀 수도원을 보라. 최전성기에 수도사가 이백 명에 달했는데 지금은—얼마더라?—기껏해야 마흔 명이다. 마흔 명의 뚱보들이 엄청난 재산을 깔고 앉아 있다. 왕국 전역의 수도원들이 다 마찬가지다. 자유롭게 풀어 훨씬 더 좋은 곳에 잘 쓸 수 있는 자원. 왕의 백성 사이에서 유통될 수 있는 돈이 어째서 돈궤 속에 처박혀 있어야 한단 말인가?

그의 감찰관들은 나가서 스캔들을 가지고 돌아온다. 수도사가 친필로 쓴 조서며 어리석은 사람들에게 겁을 주기 위한 유령과 저주의 괴담들도 수집해온다. 그런 자료들에 따르면, 수도사들이 가지고 있는 성물은 비를 마음대로 내리거나 그치게 만들 수 있고 잡초가 자라지 못하게 하고 가축의 질병을 고친다고 한다. 수도사들은 성물 사용료를 받는다. 이웃에게 공짜로 베풀지 않는다. 낡은 유골과 나무토막, 그리스도의 십자가에 박혀 있던 구부러진 못. 그는 자기 부하들이 월트셔의 메이든브래들리에서 찾아낸 것을 왕과 왕비에게 말해준다. "수도사들이 하느님의 겉옷 조각과 최후의 만찬에서 나눠 먹었던 고기 쪼가리를 갖고 있습니다. 크리스마스 날에 꽃을 피운 나뭇가지들도 갖고 있고요."

"마지막 건 가능하긴 하군." 헨리가 경건하게 말한다. "글래스턴버리의 가시덤불을 생각해보라고."

"앞에 말한 수도사는 자식이 여섯이고 아들들을 시종으로 가장해 집안 식솔로 두고 있습니다. 변명이랍시고 하는 말이, 유부녀는 절대 건드리지 않고 처녀들하고만 논다는군요. 그리고 여자가 지겨워지거나 아이를 갖게 되면 남편을 하나 찾아서 시집을 보낸답니다. 황제의 봉인이 찍힌 허가증이 있어서 자기는 창녀를 취해도 된다고 하고요."

앤이 키득거린다. "허가증을 꺼내서 보여줄 수는 있었답니까?"

헨리는 충격을 받는다. "그런 놈은 추방해버리게. 수도사의 이름에 먹칠을 하는 놈들이야."

그러나 수도원의 삭발한 멍청이들은 보통 일반인들보다 더 나쁘다. 헨리가 그걸 모르는 걸까? 좋은 수도사들도 있지만, 그런 자들은 몇 년간 수도원의 비현실적인 이상적 사고방식에 노출되면 대개는 도망친다. 수도원에서 도망쳐 속세의 배우가 된다. 과거에 우리 선조들은 밀낫과 쟁기를 들고 수도사들과 수도원 하인들을 습격했다. 그 분노는 점령군에 대적하고도 남을 만큼 충천했다. 선조들은 수도원 벽을 허물고 다 태워버리겠다고 협박하면서 수도사들의 소작계약서, 굴종의 문서를 요구했고, 문서들을 손에 넣은 후에는 모닥불에 넣어 태워버리며 말했다. 우리가 원하는 건 약간의 자유다. 약간의 자유를, 그리고 수백 년간 짐승 취급을 받으며 살아온 우리를 잉글랜드의 백성으로 대우해주기를 원한다.

한층 어두운 보고들이 들어온다. 그, 크롬웰은 자신이 파견한 감찰관들에게 말한다. 그 사람들에게 그냥 이 말만 하게. 아주 큰 소리로 말해주게. 수도사 한 명당 침대 하나. 침대 하나당 수도사 한 명. 그게 그렇게 어려운 일인가? 남자들을 가둬놓고 여자와의 접촉을 일절 막아버리면 젊고 힘없는 동성의 수련사제들을 범하는 일이 벌어진다는 것이 세파에 닳은 사람들의 주장이다. 수도사들은 남자고, 그건 그저 남자의 본성일 뿐이라는 것이다. 그러나 수도사란 본성을 극복해야 하는 사람들이 아닌가? 악마가 찾아와 유혹할 때 홀렁 넘어가버린다면 그 많은 기도와 금식이 다 무슨 소용이 있나?

왕은 낭비와 오용을 인정한다. 몇몇 소규모 수도원들은 개혁하고 재편할 필요성이 있을지 모르겠군, 왕이 말한다. 추기경도 생전에 그렇게 했으니까. 하지만 대규모 수도원들은 개혁을 자율에 맡기면 안 되겠나?

그럴 수도 있겠지요, 그는 답한다. 그는 왕이 신심 깊고 변화를 두려워한다는 걸 안다. 왕은 교회의 개혁을 원하지만 손에 피를 묻히기를 꺼린다. 하지만 왕은 한편으로 돈이 절실하게 필요하다. 그러나 게자리에 태어난 그는 게처럼 목표에 접근하는 사람이다. 느릿느릿하게 옆걸음으로, 베를 짜듯 찬찬하게. 그, 크롬웰은 손에 받아든 숫자들을 눈으로 훑는 헨리를 지켜본다. 큰돈이 못 된다. 왕의 기준으로는 턱도 없다. 차츰 헨리는 점점 더 규모가 큰 수도원을 욕심내게 될 것이다. 자기애에 푹 젖어 살찐 배때기를 두드리며 빈둥거리는 수도원장들. 일단 시작부터 하도록 하자, 그는 말한다, 대수도원장들의 식탁에 수도 없이 앉아봤지만, 힘없는 평수도사들한테는 날마다 청어나 주면서 정작 대수도원장 자신은 대추와 건포도를 먹는 경우가 비일비재합니다. 그는 생각한다, 내 마음대로 할 수만 있다면 그 모두를 풀어주고 다른 삶을 살도록 할 텐데. 수도사들은 자기네들이 비타 아포스톨리카*를 살고 있다고 주장하지만, 사도들이 서로 불알을 만지작거리지는 않았을 것이다. 떠나고 싶은 사람들은 떠나도록 해주자. 사제 서품을 받은 수도사들은 성직록**을 주고 교구에서 쓸모 있는 일을 시키면 된다. 남녀를 막론하고 스물네 살 이하의 젊은이는 다시 세상으로 돌려보내면 된다.

---

* vita apostolica. '사도로서의 삶'이라는 뜻의 이탈리아어.
** 성직자의 생활 유지를 위한 교회 재산 또는 수입.

서약에 평생 구속당해 살기에는 너무 젊은 나이다.

크롬웰의 생각은 미래를 내다본다. 왕이 수도사들의 땅을 압수하면, 그것도 일부가 아니라 전체를 갖게 되면, 지금보다 왕권이 세 배는 강력해질 것이다. 더이상 공손하게 의회에 찾아가서 특별 보조금을 받아내려고 설득할 필요가 없어진다. 아들 그레고리가 말한다. "아버지, 글래스턴버리의 대수도원 원장이 섀프츠베리 수녀원장과 동침했다고 해요. 두 사람의 자식은 잉글랜드에서 가장 부유한 지주가 될 거라는데요."

"몹시 그럴싸하구나." 그가 말한다. "하지만 섀프츠베리 수녀원장을 본 적이 있느냐?"

그레고리가 걱정스러운 표정을 한다. "봤어야 하나요?"

아들과의 대화는 이런 식이다. 불쑥불쑥 튀어나온 이야기가 어디로 귀결될지 알 수 없다. 크롬웰은 어린 시절 자신이 아버지 월터와 볼멘소리로 의사소통을 했던 기억을 떠올린다. "보고 싶으면 한번 볼 수 있다. 머지않아 내가 섀프츠베리를 방문해야 하거든. 거기서 볼일이 있어서 말이야."

섀프츠베리의 수도원은 울지가 딸을 둔 곳이다. 크롬웰은 덧붙여 말한다. "그레고리, 내가 잊지 않도록 쪽지를 하나 적어주겠니? 가서 도로테아를 만날 것."

그레고리는 묻고 싶은 마음이 굴뚝같다. 도로테아가 누군데요? 크롬웰은 아들의 얼굴을 가로질러 연달아 꼬리에 꼬리를 무는 질문들을 본다. 그리고 드디어 마지막에 "그 여자 예뻐요?"라는 말이 나온다.

"모르겠다. 그 아버지는 딸을 아주 가까이 두고 아꼈는데." 그는 웃음을 터뜨린다.

하지만 헨리에게 한번 더 상기시킬 때 크롬웰은 얼굴에 떠오른 미소를 금세 싹 지운다. 수도사들이 반역자가 되면, 그 저주받은 무리 중에서도 가장 악질이 됩니다. '죽도록 괴롭혀주겠다'라고 협박을 해도, 원래 태어날 때부터 삶의 목표가 고난이라고 대답합니다. 감옥에서 굶어 죽거나 기도하며 타이번 집행장으로 가서 망나니의 시중을 받는 쪽을 선택하지요. 그는 토머스 모어에게 말했듯이 수도사들에게도 말했다. 이건 당신네들의 신에 대한 문제가 아니오. 나의 신과 상관있는 것도 아니고. 아예 신이 문제가 아닐 수도 있소. 이건 당신네들이 어느 쪽을 선택할 것인가의 문제요. 헨리 튜더냐, 알레산드로 파르네세 추기경*이냐? 화이트홀의 잉글랜드 왕이냐, 아니면 바티칸에 있는 턱없이 타락한 이방인이냐? 수도사들은 고개를 돌렸다. 충성서약을 하지 않고 죽은 그들의 거짓된 심장은 가슴에서 도려내어졌다.

그가 드디어 오스틴프라이어스에 있는 자신의 저택 현관으로 말을 타고 들어서자, 제복을 입은 하인들이 옷자락이 긴 회색 코트 차림으로 나와 빙 둘러 에워싼다. 그레고리가 크롬웰의 우측에 있고 좌측에 사냥개 스패니얼들을 조련하는 험프리가 있다. 여행길의 마지막 1.5킬로미터를 오면서 편한 대화 상대가 되어준 그다. 크롬웰의 등뒤로 사냥매를 다루는 조련사인 휴와 제임스와 로저가 서 있다. 그들은 어떤 몸싸움이나 위협에도 기민하게 대처할 태세가 되어 있는 초병들이다.

---

* 이탈리아의 추기경 겸 외교관. 교황 특사로 카를황제와 프랑수아왕을 중재했다.

현관 밖에는 수많은 사람들이 몰려와 적선을 기대하고 있다. 험프리와 나머지 부하들에게는 풀어줄 돈이 있다. 오늘밤 저녁식사를 하고 나면 여느 때와 다름없이 빈민에게 돈과 음식을 나눠줄 예정이다. 수석 요리장 서스턴은 하루에 두 번씩 이백 명의 런던 사람들을 먹이고 있다고 말한다.

빽빽한 인파 속에서 한 남자가 크롬웰의 눈에 띈다. 왜소하고 고개 숙인 남자는 발을 제대로 딛고 서 있으려는 노력조차 별로 하지 않는다. 이 남자는 울고 있다. 다음 순간 남자는 시야에서 사라진다. 다시 찾아냈다. 남자의 눈물이 파도가 되어 현관문 쪽으로 그를 떠밀어가고 있는 것처럼 남자가 인파 속에서 출렁인다. 그는 말한다. "험프리, 저 사람의 고민이 뭔지 좀 알아보게."

그리고 잊어버린다. 집안 식구들은 모두 그를 보고 반가워한다. 빛나는 얼굴의 가족들, 작은 개 한 무리가 발치에 몰려든다. 크롬웰은 강아지들을 두 팔로 안아올린다. 꿈틀거리는 몸뚱어리와 살랑거리는 꼬리, 그간 잘 지냈느냐고 인사를 건넨다. 하인들이 그레고리 주변에 몰려들어 모자에서 장화까지 멋있다고 칭찬을 늘어놓는다. 하인들은 다들 그 아이의 유쾌한 태도를 사랑한다. "대장님!" 조카 리처드가 외쳐 부르며 크롬웰을 으스러져라 껴안는다. 리처드 크롬웰은 직설적이고 잔혹한 크롬웰 가문 특유의 눈빛과, 부드럽게 달래주는가 하면 힘차게 반박하기도 하는 크롬웰 가문 특유의 목소리를 지닌 든든한 청년이다. 땅을 밟고 걷는 것이라면 무서울 게 없고, 땅 밑으로 다니는 것도 두렵지 않다. 오스틴프라이어스에 악마가 나타난다 해도 리처드는 그 털이 숭숭 난 엉덩이를 뻥 차 아래층으로 굴러떨어뜨릴 것이다.

만면에 웃음을 띤 질녀들, 이제는 결혼해 젊은 부인이 된 그 아이들은 불러오는 배를 감싸기 위해 드레스의 레이스를 약간 느슨하게 묶었다. 크롬웰은 둘 모두에게 키스한다. 질녀들의 몸이 부드럽게 닿아온다. 임신한 여자들이 쓰는 생강절임으로 따뜻해진 숨결이 달다. 그립다, 한순간…… 무엇이 그리운가? 부드럽고 기꺼이 휘어드는 속살, 이른아침 멍하니 주고받던 소소한 대화. 여자와 상대할 때는 무조건 조심해야 한다. 신중해야 한다. 그의 몰락을 바라는 인간들에게 욕할 빌미를 주어서는 안 된다. 심지어 왕조차 신중을 기하는 마당이다. 유럽이 헨리를 포주라고 멸시하는 사태는 원치 않으니까. 아마 차라리 당분간은, 얻을 수 없는 여자를 바라보는 편이 나을지 모르겠다. 미스트리스 시모어 말이다.

엘베섬에서 제인은 한 떨기 꽃 같았다. 고개를 푹 숙이고, 녹색과 흰색의 크리스마스로즈 꽃무리처럼 정숙했다. 그녀 오빠의 저택에서, 그녀 가족 앞에서, 왕은 대놓고 그녀를 칭찬했다. "상냥하고 정숙하고 참한 처녀요. 요즘 참으로 보기 드물지."

호시탐탐 대화에 끼어들어 형의 선수를 칠 생각만 하고 있는 톰 시모어가 말했다. "신심과 겸손으로 말하자면 우리 제인한테 비견할 상대가 별로 없지요."

크롬웰은 형 에드워드가 미소를 숨기는 걸 보았다. 관심을 가지고 주시하니, 제인의 가족은—어리둥절해하면서도—어느 쪽으로 바람이 불고 있는지 눈치채기 시작한 모양이었다. 톰 시모어가 말했다. "나라면 철면피처럼 밀어붙이기 힘들 텐데. 내가 왕이라도 대놓고 제인 같은 여자를 침대로 불러들일 수는 없을 거예요. 어디서 어떻게 시작해야 할지 알 수가 있어야지. 아니, 안 그렇겠어요? 왜 안 그렇겠어요? 돌한테 키스하는 것 같을 텐데. 매트리스 한끝에서 다른 끝까지 굴리기만 해도 추위로 손발이 마비될걸요."

"오라비는 남자의 품에 안긴 누이를 상상할 수 없는 법이지." 에드워드 시모어가 말한다. "자칭 기독교인이라고 하는 남자 형제는 절대 그러지 않아. 궁정에서는 사람들 말이 조지 불린이 앤 불린을—" 그는 얼굴을 찌푸리고 말끝을 흐린다. "물론 왕께서는 어떻게 구애해야 할지, 여자를 어떻게 다뤄야 할지 잘 알고 계시지. 신사로서 몸가짐을 어떻게 해야 할지 아시고. 하지만 너는 모르는구나."

톰 시모어의 기를 꺾는 건 쉽지 않다. 톰은 그냥 씩 웃는다.

그러나 헨리는 엘베섬에서 말을 타고 떠날 때까지도 별다른 언질을 주지 않았다. 호탕하게 작별인사를 하고는 그 처녀에 대해서는 한마디도 하지 않았다. 제인은 그에게 속삭여 물었다. "마스터 크롬웰, 제가 왜 여기 있는 거죠?"

"오라버니들께 여쭤보시지요."

"마스터 크롬웰에게 여쭤보라고 하시더군요."

"그러니까 정말로 전혀 모르겠습니까?"

"그래요. 제가 마침내 시집을 가게 되는 게 아니라면 말이죠. 제가 장관님과 결혼하게 되는 건가요?"

"아쉽지만 그런 앞날은 포기해야 하겠군요. 결혼 상대로 난 너무 늙었어요, 제인. 아버지라고 해도 될 나이 아닙니까."

"그런가요?" 제인이 궁금하다는 듯 말한다. "글쎄요, 울프홀에서는 그보다 더 이상한 일들도 있었으니까요. 우리 어머니를 아셨다는 것도 전 몰랐어요."

스치는 미소와 함께 제인은 사라지고, 크롬웰만 덩그러니 남아 그녀의 뒷모습을 바라본다. 그렇게 결혼해서 살 수도 있겠다고, 그런 생각이 든다. 그러면 제인이 자기 말을 어떻게 오해했을까 생각하느라 바쁠 테니 마음이 늙는 일은 없겠다 싶다. 일부러 저러는 걸까?

하지만 헨리가 제인과의 일을 마무리짓지 않는 한 내 차지가 될 수는 없다. 그리고 나는 헨리가 쓰고 버린 여자를 취하지는 않겠다고 맹세하지 않았던가, 안 그런가?

아무래도 시모어 형제들을 위해 비망록이라도 적어줘야겠다. 제인이 어떤 선물을 받고 어떤 선물을 받지 말아야 할지 확실하게 알 수 있도록. 규칙은 간단하다. 보석은 된다, 돈은 안 된다. 그리고 거래가 성사될 때까지 헨리 앞에서 옷가지를 단 한 벌도 벗지 말아야 한다. 심지어 장갑도 벗으면 안 된다고 충고해야겠다.

매정한 사람들은 크롬웰의 집을 바벨탑이라고 묘사한다. 스코틀랜드만 빼고 태양 아래 모든 나라에서 온 하인들을 부린다는 얘기가 돈다. 그래서 혹시나 하는 마음에 스코틀랜드인들이 계속해서 그 집에 취직하고자 한다는 것이다. 잉글랜드는 물론이고 외국의 신사들, 심지어 귀족들까지도 아들들을 크롬웰의 집안에 들이고 싶어하고, 그는 훈련시켜봄직하면 최대한 받아준다. 오스틴프라이어스에서는 언제라도 한 무리의 독일 학자들이 얼굴을 찌푸린 채 각 지역 출신 복음주의자들의 글을 앞에 두고 각양각색 방언으로 토론을 벌인다. 저녁식사 때는 젊은 케임브리지 학생들이 그리스어를 주고받는다. 크롬웰의 도움을 받았던 학자들이 이제 그를 도우러 온 것이다. 가끔 이탈리아 상인들이 저녁식사를 하러 오면 크롬웰은 피렌체와 베네치아의 은행업자들 밑에서 일하던 때 배운 그 나라 말로 대화한다. 이웃인 샤퓌의 하인들이 크롬웰의 식품저장고에 있는 식음료를 마음껏 먹고 마시고 빈둥거리며 에스파냐어로, 플라망어로 가십을 떠들어댄다. 크롬웰 본인도 샤퓌에게는 샤퓌의 모국어인 프랑스어로 말하고, 자신의 하인 크리스토프에게는 좀더 통속적인 프랑스어를 쓴다. 크리스토프는 땅딸막한 꼬마 양아치로서 프랑스 칼레에서부터 따라와 그의 곁에서 멀리 떨어지는 법이 없다. 크롬웰 역시 늘 그를 곁에 둔다. 크리스토프 근처에서는 시비가 끊이지 않아 마음이 놓이질 않는다.

이제 여름 한철 분량의 가십을 따라잡아야 하고, 회계장부를 살펴봐야 하고, 저택과 영지의 영수증과 비용을 점검해야 한다. 그렇지만 무엇보다 먼저 주방으로 가서 수석 요리장을 만나야 한다. 식사를 하고 양치를 하고 주석 술잔을 치우고 쌓아놓은 이른 오후의 나른함, 계피와 정향 냄새. 요리장 서스턴은 밀가루를 뿌린 도마 옆에 혼자 서서 침례교 교인의 머리라도 되는 것처럼 반죽덩어리를 바라보고 있다. 그림자가 빛을 차단하자 요리사는 "그 시커먼 손가락 치우지 못해!"라고 버럭 소리를 지른다. 그러더니 "아, 장관님이시군요. 때가 되기 전에 오시면 안 됩니다. 오실 시각에 딱 맞춰서 근사한 사슴 고기 파이를 만들어놨단 말입니다. 상하기 전에 친구분들에게 나눠드려야 했다고요. 장관님께도 좀 올려드렸는데 어찌나 바삐 돌아다니시는지."

요리사 서스턴은 양손을 내밀어 그에게 보여준다.

"죄송합니다." 서스턴이 말한다. "하지만 보시다시피 회계장부만

보던 젊은 토머스 에이버리가 내려와서 저장고를 여기저기 들쑤시고 다니면서 이것저것 무게를 재겠다고 난리란 말입니다. 그다음에는 마스터 레이프가 와서 이봐요, 서스턴, 네덜란드 사람들이 몇 명 와 있어요. 네덜란드 사람들한테는 뭘 만들어주면 되죠? 그리고 또 마스터 리처드가 벌컥 쳐들어와서, 루터가 전령들을 보냈소, 독일인들은 어떤 케이크를 좋아하죠? 이런단 말입니다."

그는 반죽을 한 번 꼬집어본다. "이게 독일인들 건가?"

"신경쓰지 마십쇼. 잘되면 장관님이 드실 거니까."

"마르멜루는 땄나? 머지않아 서리가 내릴 것 같군. 뼈가 시린 걸 보니 말이야."

"무슨 그런 말씀을 하십니까." 요리장 서스턴이 말한다. "꼭 장관님 할머니 같습니다."

"자네는 우리 할머니를 몰랐을 텐데. 아니, 알았나?"

서스턴이 킬킬 웃는다. "교구에서 유명한 술꾼이셨죠."

그랬겠지. 부친 월터 크롬웰에게 젖을 먹이고 키우면서 술을 찾지 않을 여자가 어디 있을까? 서스턴이 갑자기 생각났다는 듯 말한다. "그런데 원래 할머니는 두 분 아닙니까? 외가는 어떤 분들이셨습니까?"

"북부 출신이었지."

서스턴이 씩 웃는다. "동굴에서 기어나오셔서 바깥 구경도 하세요, 애송이 프랜시스 웨스턴 아시죠? 폐하의 시중을 드는? 그쪽 집안 사람들이 장관님이 할례를 받은 유대인이라는 얘기를 퍼뜨리고 있답니다."
크롬웰은 앓는 소리를 낸다. 전에 들은 적이 있는 얘기다. "다음번에 궁정에 들어가시면 말입니다," 서스턴이 조언을 한다. "거시기를 꺼내서 테이블에 딱 놓고 보여주시고 그놈이 무슨 소리를 하나 보십시오."

"안 그래도 원래 그러지." 그가 말한다. "대화에 김이 빠지면 늘 그런다네."

"하지만 말입니다……" 서스턴이 망설인다. "사실, 이자를 받고 돈을 빌려주는 일을 하시니 장관님이 유대인인 건 맞네요."

웨스턴의 주장에 힘을 실어주는 얘기군. "아무튼 말일세," 크롬웰은 반죽을 한번 더 꼬집는다. 좀 딱딱한데, 아닌가? "저잣거리에 새로운 소식은 없나?"

"전 왕비께서 몸이 안 좋으시다는 얘기가 돕니다." 서스턴이 말을 하고 기다린다. 그러나 요리장의 주인은 건포도 한줌을 집어들고 먹고 있다. "마음의 병이 들었겠죠. 사람들 말로는 전 왕비가 앤 불린에게 저주를 걸어서 아들이 생기지 않는 거랍니다. 아니, 아들을 가지더라도 헨리의 아들이 아닐 거랍니다. 헨리에게 다른 여자들이 있고, 앤이 가위를 들고 내실로 왕을 쫓아다니며 거세하겠다고 소리를 지른다는 얘기도 하더군요. 캐서린 왕비께서는 조신한 부인답게 눈감아주었지만 앤은 그런 성질이 아니라 반드시 후회하게 만들겠다고 엄포를 놓고 다닌다고 말이지요. 그러니 괜찮은 복수 아니겠습니까?" 서스턴이 킬킬 웃는다. "헨리한테 복수하기 위해서 바람을 피우고 자기 사생아를 왕좌에 올린다면 말입니다."

런던 사람들의 마음은 분주하고 윙윙거린다. 쓰레깃더미 같은 마음들이다. "그 사생아의 아비에 대해서도 추측이 도나?" 크롬웰이 묻는다.

"토머스 와이엇?" 서스턴이 던져본다. "왕비가 되기 전부터 총애하기로 유명하니까요. 아니면 옛 애인인 해리 퍼시—"

"퍼시는 자기 영지에 있지 않나, 안 그래?"

서스턴이 눈을 굴린다. "거리가 멀다고 못할 여자가 아니죠. 노섬벌랜드에서 불러오고 싶으면 휘파람만 불어도 바람처럼 채찍질해서 달려올 텐데요. 해리 퍼시에서 그칠 것도 아니고 말입니다. 세간에서는 앤 왕비가 왕의 내실 시중을 드는 신사들을 전부 다 차례로 갖는다는 얘기도 하더군요. 질질 끄는 걸 좋아하지 않아서 남자들이 다들 딸을 치며 줄을 서서 기다린다는 겁니다. 왕비가 '다음' 하고 외칠 때까지 말이죠."

"그러면 씩씩하게 들어가는 거군." 크롬웰이 말한다. "한 사람씩."

그는 웃음을 터뜨린다. 그리고 손바닥에 남아 있던 마지막 건포도를 먹는다.

"돌아오시니 좋습니다." 서스턴이 말한다. "원래 런던이라는 데가 별별 얘기를 다 믿죠."

"앤 왕비가 왕관을 쓰고 나서 가문의 식솔을 모두 불러모았던 기억이 나는군. 시종과 하녀를 다 불러모아서 어떻게 처신해야 하는지 훈계했지. 현금을 걸고 도박하지 말 것, 음탕한 말은 쓰지 말고 맨살을 보이지 말 것, 뭐 그런 거였는데. 그때보다는 약간 느슨해졌다고 할 수는 있지. 그건 나도 동의하네."

"장관님." 서스턴이 말한다. "소매에 밀가루를 묻히셨습니다."

"뭐, 난 이층에 가서 자문회의에 참석해야 하네. 저녁식사는 늦지 않게 준비하게."

"언제 늦는 일이 있기나 합니까?" 서스턴이 다정하게 크롬웰의 소매를 털어준다. "언제 늦은 적이 있느냐고요?"

이건 왕이 아니라 크롬웰 집안의 자문회의다. 친숙한 자문역인 젊은 레이프 새들러와 리처드 크롬웰은 숫자 계산에 빠르고 능하며 논쟁을 비트는 데도 일가견이 있고 요점도 재빨리 파악한다. 그리고 또 아들 그레고리도 있다.

이번 계절에는 청년들이 부드러운 밝은색 가죽가방에 소지품을 넣고 다닌다. 전 유럽을 돌아다니면서 유행을 선도하는 푸거은행의 중개사들을 모방한 스타일이다. 가방은 하트 모양이어서 늘 그의 눈에는 금방이라도 구애를 시작할 것 같지만 절대 아니라고 부인하는 꼬락서니로 보인다. 조카 리처드 크롬웰이 자리에 앉아 그 가방들을 짓궂게 흘겨본다. 리처드는 외숙부와 비슷한 성격으로 소지품은 반드시 몸에 소지한다. "저기 '콜미'가 오는군요. 저 친구 모자에 달린 깃털 좀 보시겠습니까?"

토머스 라이어슬리가 중얼거리는 하인을 남겨두고 방으로 들어온다. 붉은 구릿빛 머리칼의 훤칠한 미남이다. 한 세대 전만 해도 라이스 Writh라는 성을 쓰던 가문이지만 우아한 어미를 붙여 성을 길게 하면 무게감이 더해질 거라는 판단을 내렸다. 직업이 인장사무관인지라 평범한 선조들을 좀더 기사에 가깝게 재창조하기에 좋은 입지였다. 그러나 이런 변화에 조롱이 따르지 않을 리 없다. 토머스 라이어슬리는 오스틴프라이어스에서 '콜미 리즐리'*라는 별명을 얻었다. 최근 들어 라이어슬리는 깔끔한 수염을 기르고 아들을 봤으며 해마다 위엄이 더해

---

* '리즐리라고 불러다오'라는 뜻으로, 새로운 성 Wriothesley가 '리즐리'라고도 발음되는 것을 농담거리로 삼은 것.

가고 있다. 라이어슬리는 테이블에 가방을 털썩 내려놓고 자연스럽게 자기 자리에 앉는다. "그레고리는 잘 지냅니까?" 인사를 한다.

그레고리의 얼굴이 기쁨으로 환해진다. 콜미를 우러러보는 아이는 콜미의 말투에 깃든 짓궂은 생색을 미처 알아채지 못한다. "아, 전 잘 지내요. 여름 내내 사냥을 했고 이제 윌리엄 피츠윌리엄의 집안으로 돌아가서 같이 지낼 겁니다. 그분이 폐하의 측근이라 아버지께서 제가 배울 점이 많다고 하셨거든요. 피츠는 제게 아주 잘해주세요."

"피츠라." 라이어슬리는 흥미롭다는 듯 코웃음을 친다. "크롬웰가 사람들이란!"

"뭐." 그레고리가 말한다. "피츠는 아버지를 크럼*이라고 부르시는 걸요."

"라이어슬리 자네는 안 그러는 게 좋을 거야." 크롬웰이 유쾌하게 말한다. "적어도 내 등뒤에서 크럼, 크럼 소리를 하고 다니는 짓은 하지 말게. 하긴, 방금 주방에 다녀왔는데 사람들이 왕비를 두고 하는 말에 비하면 크럼 정도는 아무것도 아니더군."

리처드 크롬웰이 말한다. "독이 든 냄비를 계속 휘젓는 건 여자들입니다. 여자들은 남의 남자를 훔쳐가는 여자를 좋아하지 않지요. 그래서 앤은 벌을 받아 마땅하다고 생각하고 있어요."

"처음 순행을 떠날 때 왕비님은 앙상하게 말라 있었거든요." 그레고리가 의외의 말을 한다. "팔꿈치도 뾰족하고 몸에 뼈밖에 없었는데. 이제는 한층 얼굴이 핀 것 같아요."

---

* 왕이 크롬웰을 부르는 애칭이지만 왕의 식탁에서 떨어지는 빵 부스러기(crumb)를 주워먹는다는 의미의 멸칭으로도 쓰인다.

"그렇구나." 어린 녀석이 그런 걸 눈치챘다는 게 놀랍다. 경험이 있는 유부남들은 자기 아내를 살피듯 앤 왕비의 몸이 붇는 기미가 있는지 지켜본다. 테이블에 앉은 남자들이 서로 시선을 교환한다. "뭐, 두고 보면 알겠지. 두 분은 여름 내내 떨어져 있었지만 그래도 충분히 그럴 수 있어."

"그편이 좋을 겁니다." 라이어슬리가 말한다. "왕이 조바심을 내기 시작했어요. 여자의 의무를 다할 때까지 대체 몇 년을 기다려준 겁니까? 앤은 결혼하면 아들을 낳아주겠다고 약속했어요. 그런데 처음부터 다시 수태해야 한다고 하면 그렇게까지 잘해줄까요?"

리처드 리시가 늦어서 미안하다고 사과하며 마지막으로 테이블에 앉는다. 이 리처드 역시 하트 모양 가방 따위는 들고 다니지 않는다. 하지만 한때는 색색으로 다섯 개쯤 갖고 다녔을 법한 젊은 멋쟁이였다. 십 년의 세월로 얼마나 많은 게 달라졌는지! 리시는 한때 최악의 법학도였다. 죄상을 참작해달라고 탄원서를 한 꾸러미 제출해야 하는 일이 비일비재했고, 법조인들이 해충이라고 부르는 저급한 술집을 찾아다니고, 응당 먼저 시비를 걸어 싸움을 시작하고, 새벽녘이 되어서야 싸구려 와인 냄새를 풍기며 갈가리 찢어진 상의를 걸쳐 입고 템플의 법대 기숙사로 돌아오고, 링컨스 인 광장에서 사냥개 한 무리를 도발해 부추기는 그런 부류 말이다. 그러나 리시는 이제 정신을 차리고 철이 들어 대법관 토머스 오들리의 수하가 되었고, 끊임없이 오들리와 크롬웰 사이를 오가느라 분주하다. 청년들은 리시를 퍼스 경이라고 부른다. 지갑purse이 점점 뚱뚱해지는데, 하고 놀려댄다. 공직의 시름이 덮쳐오고 대가족을 부양할 아버지의 책무에 시달려, 한때 그토록 훤칠하던 미남도 희미한 먼지의 겹이 내려앉은 것처럼 생김새가 흐릿해졌다. 리시가 법무차관이 될 줄 누가 생각이나 했을까? 하지만 리시는 훌륭한 법률가의 두뇌를 소유하고 있고, 훌륭한 법관이 필요할 때는 언제나 쓸모가 있다.

"가드너 주교의 책은 장관님의 목적에는 맞지 않습니다." 리시가 말을 꺼낸다.

"그렇다고 완전히 나쁜 것도 아니야. 왕의 권력에 대해서는 의견이 일치하네."

"그렇습니다, 하지만," 리시가 말한다.

"어쩐지 가드너에게 이런 성경 말씀을 읊어주고 싶은 마음이 들더군. '왕의 말은 권능이 있나니 누가 그에게 이르기를 왕께서 무엇을 하시나이까 할 수 있으랴.'"

리시가 눈썹을 치켜올린다. "의회가 그래야겠죠."

라이어슬리가 말한다. "의회의 권한에 대해서야 마스터 리시가 모르는 게 없죠."

리시가 토머스 모어의 허를 찌르고 쓰러뜨렸던 논제가 바로 의회의 권한이었던 모양이다. 그는 모어의 허를 찌르고 쓰러뜨리고, 결국은 반역자로 몰아갔다. 아무도 그 방안에서, 그 감옥에서 무슨 말이 오갔는지 모른다. 리시는 분홍빛으로 달아오른 얼굴을 하고 그 감방에서 나왔고, 충분한 증거를 모았다고 바라고 또 반쯤은 확신하며 런던탑에서 곧장 토머스 크롬웰에게로 갔다. 그때 그는 차분하게 말했다. 그래, 이거면 됐군. 우리가 그를 잡았어, 고맙네. 고마워, 퍼스, 잘했네.

이제 그의 조카 리처드가 리시에게로 몸을 바짝 기울인다. "말 좀 해보게, 퍼스 이 친구야. 자네의 고견으로는 의회가 왕비의 뱃속에 후계자를 넣어줄 수 있을 것 같은가?"

리시는 살짝 얼굴을 붉힌다. 그는 이제 거의 마흔이지만, 안색이 워낙 희어 아직도 홍조를 띨 수 있다. "신께서 하지 않으시는 일을 의회가 할 수 있다는 얘기는 한 적이 없네. 난 그저 의회에는 토머스 모어가 허락하는 선 이상의 권한이 있다는 얘기를 한 걸세."

"순교자 모어." 그가 말한다. "로마에서 모어와 피셔를 성자로 추대한다는 소문이 돌더군." 라이어슬리가 웃음을 터뜨린다. "나도 웃기는 얘기라는 데 동의하네." 그가 말하면서 조카에게 매서운 눈길을 던진다. 그만하면 됐어, 더이상 왕비 얘기는 꺼내지 마. 그 여자 배고 뭐고 한마디도 하지 말라고.

그는 최소한 조카 리처드에게는 에드워드 시모어의 저택 엘베섬에서 있었던 사건들에 대해 긴한 얘기를 해주었다. 왕의 행차가 그렇게 급작스럽게 목적지를 바꾸었는데도 에드워드는 적극적으로 나서서 훌륭하게 접대를 했다. 그러나 왕은 그날 밤 잠을 이루지 못하고 애송이 웨스턴을 보내 잠들어 있던 크롬웰을 깨웠다. 낯선 실내에서 촛불 빛이 춤을 추었다. "세상에, 지금 몇신가?" 여섯십니다, 웨스턴은 짓궂게 말했다. 지각하셨군요.

사실 네시도 채 되지 않은 시각에 하늘도 아직 캄캄했다. 환기를 위해 창문을 열어둔 채로 헨리가 크롬웰에게 속삭여 말했다. 밤하늘의 별들이 유일한 목격자였다. 크롬웰은 웨스턴을 가청거리 밖으로 내보내고 문이 닫힐 때까지 아무 말도 하지 않았다. 오히려 다행이었다. "크롬웰," 왕이 말했던 것이다. "만일 내가. 만일 내가 겁이 좀 난다면,

앤과의 결혼생활에 뭔가 문제가 있다는 의혹을 품게 되었다면 어떻겠나? 그러니까 혼인이 성립될 수 없는 어떤 사유라든가, 전능하신 하느님의 심기를 거스를 일이 있다면 말이야?"

그는 속절없이 흘러가는 세월을 실감했다. 크롬웰은 이제 과거의 울지 추기경 입장이 되어 똑같은 대화를 듣고 있었다. 유일하게 다른 점은 그때 왕비의 이름은 캐서린이었다는 사실뿐.

"하지만 어떤 사유 말씀이십니까?" 크롬웰은 약간 심드렁하게 말했다. "그런 게 대체 뭘까요?"

"모르겠네." 왕은 속삭여 말했다. "지금은 모르겠지만 곧 알게 될 수도 있지. 앤이 원래 해리 퍼시와 결혼서약을 하지 않았던가?"

"아닙니다. 폐하. 퍼시는 성서에 맹세컨대 그런 일이 없다고 합니다. 폐하께서도 그 맹세를 들으셨지 않습니까."

"아, 하지만 자네가 그를 만나러 갔었지 않나, 안 그런가, 크롬웰. 천한 여인숙까지 직접 쫓아가서 의자에 앉은 그의 멱살을 잡고 일으켜세워 주먹으로 그의 머리를 때리지 않았던가?"

"아닙니다. 폐하. 노섬벌랜드 백작뿐 아니라 이 나라의 귀족 그 누구에게도 제가 그렇게 심한 짓을 할 리가 없습니다."

"아, 뭐, 그 말을 들으니 안심이 되는군. 자세한 내용은 내가 잘못 알았던 모양이네. 하지만 그날 백작은 내가 듣고 싶어하는 말을 해줬을 뿐이야. 앤과는 결혼한 적도, 결혼 약속을 한 적도 없었고, 당연히 합방은 꿈도 꾸지 않았다고 했지. 그게 거짓말이었다면 어떻게 되나?"

"맹세 말씀입니까?"

"자네는 아주 무서운 사람이잖나, 크럼. 하느님 앞에서도 도리를 까맣게 잊을 만큼 혼을 쑥 빼놓을 수 있지. 그가 거짓말을 했다면 어떻게 되는 거지? 앤이 퍼시와 합법적인 결혼에 상응하는 계약을 맺었다면? 그렇다면 나와는 결혼이 성사되지 않는 거 아닌가?"

그는 침묵을 지켰지만 헨리의 마음속에서 어지럽게 돌아가는 생각을 보았다. 그의 머릿속 역시 소스라치게 놀란 사슴처럼 치달리고 있었다. "그리고 아무래도 의심이 드는데," 왕은 속삭여 말했다. "토머스 와이엇과의 관계가 몹시 수상하네."

"아닙니다. 폐하." 미처 생각하기도 전에 그만 격한 감정이 앞서고 말았다. 와이엇은 크롬웰의 친구였다. 와이엇의 아버지 헨리 와이엇 경이 아들의 앞날을 평탄하게 해달라고 부탁했었다. 와이엇은 이제 소년이 아니었지만, 그건 상관없다.

"아니라 이거지." 헨리는 그에게로 바짝 몸을 기울였다. "하지만 와이엇이 국내에 있는 걸 피하고 이탈리아에 갔던 건, 자신을 총애하지 않는 앤의 모습을 보면서 마음의 평화를 찾을 수 없었기 때문이 아닌가?"

"자, 바로 그겁니다. 폐하께서 직접 말씀하신 대로입니다. 왕비님께서는 와이엇을 총애하지 않습니다. 그랬다면 와이엇이 잉글랜드에 남았겠지요."

"하지만 확신이 서지 않네." 헨리가 우긴다. "그때는 거절했다 해도 다른 때는 마음을 주었을 수도 있지 않나? 여자들은 약하고 칭찬에 쉽게 넘어가지. 특히 남자들이 시를 써주면 말이야. 게다가 내가 왕인데도, 와이엇이 나보다 더 좋은 시를 쓴다고 말하는 사람들이 세간에 있다던데."

그는 헨리를 보며 눈을 껌벅인다. 네시, 잠도 못 잤다. 맙소사, 새벽 네시만 아니라도 귀엽게 봐줄 수 있는 허영심이라고 생각했을 것이다. "폐하." 그는 말한다. "마음을 편히 잡수십시오. 와이엇이 왕비님의 희디흰 순결에 그 어떤 흠집이라도 냈다면 자랑하고 싶은 마음을 주체하지 못했을 거라 믿어 의심치 않습니다. 시를 쓰든, 천박한 산문을 쓰든 말입니다."

헨리는 그저 끙, 하고 앓는 소리를 낼 뿐이다. 그러더니 눈을 든다. 비단으로 맵시 있게 잘 차려입은 와이엇의 모습이 창문을 스쳐 차가운 별빛을 가린다. 저리 가, 유령 따위. 마음속으로 눈앞에 어른거리는 그 모습을 치워버린다. 누가 와이엇을 이해할 수 있나, 누가 그를 사면해주나? 왕이 말한다. "뭐, 그럴 수도 있지. 앤이 와이엇에게 넘어갔다 해도 내 결혼에 장애가 될 수는 없을 거야. 와이엇이 어렸을 때 결혼했으니 앤에게 자유롭게 청혼할 수 있는 입장이 아니었을 테니까. 두 사람 사이에 결혼서약이 성립할 수가 없지 않나. 그렇지만 말이야, 앤에 대한 나의 믿음에는 장애가 될 수 있어. 나한테 거짓말을 하고 처녀가 아닌 주제에 처녀의 몸으로 내 침대로 왔다고 말하는 여자는 용서할 수 없단 말일세."

울지 추기경 전하, 어디 계십니까? 이런 모든 이야기를 들어보셨지요? 지금 제게 충고를 해주십시오.

그는 일어선다. 이 독대를 슬그머니 끝내려 한다. "폐하, 뭐 좀 들이라고 할까요? 한두 시간이라도 더 주무실 수 있도록 뭐 도움이 될 만한 거라도?"

"달콤한 꿈을 꿀 수 있도록 해줄 게 필요한데. 그게 뭔지 알면 나도 좋겠군. 이 문제로 가드너 주교하고도 의논했다네."

그는 충격이 얼굴에 드러나지 않게 하려 애썼다. 가드너를 찾았다고? 나에게 한마디 말도 없이?

"그런데 가드너가 그러더군." 헨리의 얼굴은 쓸쓸한 외로움 그 자체였다. "그 문제에 의혹의 여지가 충분히 있다고 했지만, 결혼이 유효하지 않더라도, 어쩔 수 없이 앤을 내쳐야 하는 경우가 있더라도 캐서린에게 돌아가야 한다더군. 그런데 난 그럴 수는 없네, 크롬웰. 그리스도 왕국 전체를 적으로 돌리더라도 절대 그 시들고 늙은 여자한테 손대지 않겠다고 결심했단 말이야."

"그렇군요." 그는 말했다. 땅바닥만, 헨리의 커다랗고 하얀 맨발만 쳐다보고 있었다. "전 그보다는 좋은 수가 있을 거라고 생각합니다. 가드너의 논리에 전적으로 동의할 수는 없지만, 그래도 교회법에 대해서는 주교가 더 잘 알지요. 그렇지만 저는 어떤 문제에서도 폐하께서 원하는 바를 못하신다거나 싫으신 일을 억지로 해야 한다고 생각하지 않습니다. 폐하는 왕실과 국가와 교회의 주인이시니까요. 아마 가드너는 다른 사람들이 그런 이의를 제기할 수 있으니까 미리 대비하시라고 폐하께 그런 말씀을 드렸을 겁니다."

아니면, 그저 당신이 식은땀을 흘리며 악몽을 꾸길 원해서 한 말일지도 모르지, 그는 속으로 생각했다. 가드너는 그런 위인이다. 그러나 헨리는 벌떡 일어나 앉았다. "난 내 마음 내키는 대로 할 수 있어." 그의 군주가 말했다. "하느님께서는 내 쾌감이 섭리를 거스르는 것도 허락하지 않으시고, 나의 계획이 그 뜻에 반하는 것도 허락하지 않으시지." 교활한 잔꾀의 그림자가 그 얼굴에 스쳤다. "그리고 가드너도 그렇게 말했지."

헨리가 하품을 했다. 신호였다. "그럼, 자네 그렇게 잠옷 바람으로 인사하는 꼴이 영 품위가 서지 않는군. 일곱시에 출발할 준비를 갖출 수 있나, 아니면 자네는 두고 갔다가 저녁식사 때 얼굴을 볼까?"

폐하께서 준비가 되면 난 준비가 됩니다, 그는 그렇게 생각하며 침대로 터덜터덜 돌아간다. 동이 트면 폐하는 우리가 이런 대화를 했다는 사실 자체를 잊으실 겁니까? 궁정은 깨어나 떠들썩할 테고, 말들은 고개를 젖히며 바람의 냄새를 맡을 것이다. 오전이 되면 왕비의 일행과 다시 합류하게 될 것이다. 앤은 사냥 말 위에서 쯧쯧 혀를 차며 박차를 가할 것이다. 그리고 꿈에도 생각지 못할 것이다. 애송이 친구 웨스턴이 일러바치지 않는다면, 전날 밤 엘베섬에서 왕이 다음 애첩을 지켜보며 앉아 있었다는 걸 앤은 절대로 모르리라. 제인 시모어는 간절한 왕의 눈빛을 외면하고 평안하게 닭고기를 먹었다. 그레고리는 눈을 휘둥그레 뜨며 말했다. "미스트리스 시모어는 굉장히 먹성이 좋지 않아요?"

그렇게 여름은 끝이 났다. 울프홀, 엘베섬, 모두 어스름 속으로 사라졌다. 왕의 의심과 두려움에 대해서는 입을 꾹 다물고 있었다. 가을이 되었고, 이제 크롬웰은 오스틴프라이어스에 있다. 머리를 숙이고 궁정의 소식에 귀를 기울이고, 문서에 달린 비단 꼬리표를 만지작거리면서 꼬는 리시의 손가락을 지켜본다. "길거리에서 그 집안사람들이 서로 도발하고 있습니다." 조카 리처드가 말한다. "서로 모욕하고 욕설을 퍼붓고 검에도 손을 댄답니다."

"미안하네, 누가?" 그가 묻는다.

"니컬러스 커루의 식솔들 말입니다. 로치퍼드 경의 하인들과 주먹다짐을 한다는데요."

"궁정까지 끌고 들어오지만 말라고 하게." 그는 날카롭게 쏘아붙인다. 왕궁 내에서 칼을 뽑는 행위의 대가는 죄를 저지른 손의 절단이다. 대체 시비가 붙은 이유가 뭔지 따져 물으려다가 질문을 바꾼다. "싸움의 핑계가 뭔가?"

아니, 커루의 모습을 떠올려보란 말이다. 헨리의 옛친구이자 국왕 사실의 시종이며 전 왕비의 헌신적인 충신을. 어디 보란 말이다. 진중한 얼굴의 고리타분한 사내는 기사도 교본에서 걸어나온 듯한 세련된 풍모를 지녔다. 당연하지 않은가. 만사 타당성을 올곧게 따지는 니컬러스 경이 조지 불린이 부리는 졸부의 허세를 참아줄 수 있을 리가. 니컬러스 경은 철갑을 두른 발끝까지 철저히 가톨릭이라, 종교개혁의 가르침을 지지하는 조지가 뼛속까지 거슬리고 짜증스러울 것이다. 그러니 원칙의 문제가 두 사람 사이를 가로막고 있다. 그러나 대체 어떤 사소한 사건이 이 불화에 불을 당겨 활활 타오르게 만들었단 말인가? 니컬러스 경이 거울에 비친 자기 모습을 바라보며 감탄한다거나 하는 중요한 볼일을 보고 있는데, 그 방 밖에서 조지와 사악한 패거리가 시끌벅적하게 소란을 부리기라도 했던 걸까? 그는 비어져나오는 웃음을 꾹 참았다. "레이프, 두 신사 모두와 이야기 좀 해보게. 개들을 풀어서 물어뜯게 하라고 해." 그리고 말했다. "그 얘기는 잘 꺼낸 거야." 궁정기사들의 불화와 그 원인 이야기를 듣는 건 언제나 흥미롭다.

누이가 왕비가 되고 나서 조지 불린은 그를 불러 앞으로 처신을 어떻게 해야 앞길이 순탄할지 훈계했다. 젊은 친구는 보석이 박힌 황금

팔찌를 눈앞에서 휘둘렀고, 그, 크롬웰은 마음속으로 그 무게를 쟀다. 마음의 눈으로 조지의 웃옷을 벗겨 바늘땀을 다 뜯고 천을 필 단위로 말아서 값을 매겼다. 직물 사업에 한 번이라도 종사한 적이 있는 사람은 천의 질감과 주름을 보는 안목을 잃기 힘들다. 그리고 국가의 세수를 책임지는 입장이 되면, 곧 사람의 가치를 한눈에 알아보게 된다.

젊은 불린은 그를 세워둔 채 방안에 딱 하나밖에 없는 의자를 차지하고 앉아 있었다. "기억하게, 크롬웰." 불린은 말을 시작했다. "자네가 왕의 자문관이긴 하지만 신사계급 출신이 아니라는 걸. 말은 물어볼 때만 하고, 물어보지 않으면 가만히 있게. 자네보다 높으신 분의 일에는 끼어들지 말고. 폐하께서는 자네와 자주 독대를 즐기시는데, 폐하 눈에 드는 자리까지 올려준 게 누군지 기억하게."

흥미로웠다, 조지 불린이 말해주는 자신의 인생 이야기란. 그는 자신을 훈련시킨 건 울지 추기경이라고 생각했다. 울지가 출세를 시켜줬고 울지가 지금의 자신을 만들었다고 생각했다. 하지만 조지는 그게 아니라고, 그건 바로 불린 가문이라고 말한다. 보아하니 그가 적절한 감사를 표하지 않은 게 틀림없다. 그래서 그때 정중하게 감사를 표했다. 예, 알겠습니다. 아니요, 괜찮습니다. 공손하게 대답하며 경이야말로 연세에 비해 탁월한 판단력을 지닌 분이라 생각한다고 비위를 맞췄다. 그럼요, 부친이신 몽세뇌르 윌트셔 백작님, 외숙부인 노퍽 공작님 토머스 하워드, 두 분께서 더할 나위 없는 가르침을 주셨지요. "제게는 큰 힘이 될 일입니다. 지금부터는 제가 좀더 겸손하게 행동하겠다고 장담합니다."

조지의 태도가 누그러졌다. "그렇게 하도록 하게."

지금 와서 그 생각을 하니 웃음이 나온다. 그는 다시 눈앞의 끼적거려 쓴 서류를 읽기 시작한다. 아들 그레고리가 테이블 주위를 눈으로 훑으며, 사람들이 말로 하지 않은 이야기를 놓친 게 있나 살핀다. 리처드 크롬웰을 봤다가 콜미 리즐리를 봤다가 아버지를 봤다가 합석한 다른 신사들을 보기도 한다. 리처드 리시가 눈앞의 서류를 보며 얼굴을 찌푸리고, 콜미는 펜을 만지작거린다. 둘 다 걱정이 많지, 그는 생각한다. 리즐리와 리시, 어떤 면에서는 비슷하기도 하다. 영혼의 변두리에서 내면을 타진해보는 지극히 현실적인 인간들 말이다. 그리고 말하겠지, 아, 저 공허한 소리는 뭐지? 내 안에 깊은 영혼 따위는 없구나. 그러나 왕에게는 재주 있는 신하들을 대령해야 한다. 저들은 기민하고, 끈질기며, 왕과 자기 자신을 위한 노력을 아끼지 않는다.

"해산하기 전에 마지막 한 가지." 크롬웰은 말한다. "윈체스터 주교가 왕을 어찌나 기쁘게 해드렸는지 몰라. 폐하께서 내 권고를 들으시고 윈체스터 주교를 다시 프랑스 대사로 파견하셨네. 파견 기간은 짧지 않을 것으로 예상된다네."

천천히 테이블 주위로 미소가 번진다. 그는 콜미를 주시한다. 한때 콜미는 스티븐 가드너의 총신이었다. 하지만 지금은 다른 사람들만큼이나 기뻐하는 눈치다. 리처드 리시는 안색이 분홍빛이 되어 테이블에서 일어나 손을 비튼다.

"길을 떠나라고 하라지요." 레이프가 말한다. "그리고 멀리멀리 두십시오. 가드너는 만사에 이중적이니까요."

"이중적이라고?" 크롬웰이 말한다. "그놈은 삼지창 같은 혀를 갖고 있어. 일단 가드너는 교황이 우선이고, 그다음이 헨리야. 그리고 내 말

106

잘 듣게. 곧 다시 교황의 충복이 될 거야."

"외국에 둬도 믿을 수 있을까요?" 리시가 말한다.

"가드너한테 유리한 지점이 어디인지 파악하고 있을 만큼만 믿으면 돼. 일단 지금은 왕이 그 친구의 힘이지. 그리고 주교를 감시하면서 우리 부하 몇 명을 수행진에 넣으면 되네. 마스터 라이어슬리, 그 부분은 알아서 할 수 있겠지?"

오로지 그레고리만 미심쩍어한다. "윈체스터 주교가 대사라고요? 피츠윌리엄 말로는 대사의 첫번째 임무는 무례한 짓을 하지 않는 거라던데요."

그가 고개를 끄덕인다. "그런데 스티븐 가드너는 입만 열면 모욕을 내뱉는다 이거지?"

"대사는 쾌활하고 싹싹한 사람이어야 하는 것 아닌가요? 피츠윌리엄은 그렇게 말했거든요. 누구와 어울려도 유쾌하고, 대화도 잘하고 편안하고, 파견국 사람들에게 잘 보여야 하고요. 그래서 집에 방문할 기회도 만들어야 하고, 같이 식사도 해야 하고, 부인과 후계자와도 우호적인 관계를 유지하며 그 집안이 자기를 위해 일하도록 매수해야 하지 않습니까."

레이프의 눈썹이 휙 치켜올라간다. "피츠가 그렇게 가르쳤어?" 청년들이 웃음을 터뜨린다.

"맞는 얘기야." 그가 말한다. "그게 대사가 해야 할 일이지. 설마 샤퓌가 너를 매수하고 있는 건 아니겠지, 그레고리? 내게 아내가 있다면 샤퓌는 은근슬쩍 소네트를 지어 바치고 우리집 개들한테도 뼈다귀를 갖다 먹일 위인이지. 아, 아무튼…… 샤퓌, 그 친구는 같이 있으면 기분좋기는 해. 스티븐 가드너와는 전혀 다르지. 하지만 사실 말이다, 그레고리. 프랑스에는 단호한 대사가 필요하단다. 독하고 악감도 품는 그런 사람이라야 해. 프랑스인들은 위선자라 거짓 우정을 내세우며 그 대가로 돈을 요구하지. 두고 보라고." 아들을 교육시키기 위해서 하는 말이다. "일단 프랑스인들은 밀라노 공국을 황제에게서 빼앗아오려는 계획을 갖고 있는데, 우리의 지원을 바라지. 그러니 비위를 맞춰줘야 해. 아니면 시늉이라도 해야 하고. 그러지 않으면 일탈해서 황제와 힘을 합쳐 우리를 누르려 할 거야. 그래서 그쪽에서 '약속한 황금을 내놓으시오'라고 말할 날이 오면, 바로 그때 스티븐 같은 대사가 필요한 거야. 그 사람이라면 뻔뻔하게 '아, 황금 말이오? 이미 헨리왕한테 진 빚이 있으니 거기서 제하시오'라고 말할 수 있을 테니까. 프랑수아왕이 노발대발 입에서 불을 뿜겠지만 어떤 면에서는 우리가 약속을 지킨 셈이야. 이해가 되니? 우리는 최고로 성격 사나운 사람들을 아껴두었다가 프랑스 궁정에 보내는 거란다. 노퍽이 언젠가 그곳 대사였다는 걸 기억해보려무나."

그레고리가 머리를 푹 숙인다. "외국인들이 다들 노퍽을 무서워하겠네요."

"잉글랜드 사람도 무서워하지. 그럴 만한 타당한 이유도 있고. 공작은 튀르크족이 갖고 있다는 거대한 대포 같은 사람이거든. 한번 발포하면 충격이 무시무시하지만 다시 발포하려면 세 시간 동안 식히는 시간을 가져야 해. 반면 가드너 주교는 동틀 때부터 해질녘까지 십 분 간격으로 꾸준히 폭발할 수 있는 사람이야."

"하지만 아버지." 그레고리가 불쑥 말한다. "우리가 그들에게 돈을 약속해놓고 주지 않으면, 그쪽에서는 어떻게 합니까?"

"그때쯤엔 우리가 다시 카를황제와 공고한 우호관계를 맺게 되었기를 바라는 거지." 한숨이 나온다. "오래된 게임인데 아무래도 우리는 계속 그 게임을 해야만 할 것 같구나. 내 판단에 상황이 좀 나아졌거나, 정황이 호전됐다고 왕이 생각할 때까지 말이다. 황제가 최근에 튀니지에서 승리를 거뒀다는 소식은 들었나?"

"온 세상이 온통 그 얘기만 하고 있어요." 그레고리가 말한다. "기독교의 기사는 누구라도 거기 현장에 있었기를 바라지요."

그는 어깨를 으쓱한다. "시간이 흐르면 얼마나 큰 영광인지 알게 되겠지. 바르바로사*는 곧 새로운 해적질의 본거지를 찾게 될 거야. 하지만 그런 승리를 거둔 터라 한동안 튀르크족도 조용할 테니, 황제가 우리한테 관심을 돌리고 우리 해안선을 침략할지도 몰라."

"그러면 어떻게 막죠?" 그레고리는 절박한 표정이다. "캐서린 왕비를 다시 추대해야 하는 것 아니에요?"

콜미가 웃음을 터뜨린다. "그레고리가 우리가 하는 일의 어려움을 이제 좀 알 것 같은가봅니다, 장관님."

"지금의 왕비님 얘기를 할 때가 더 좋았어요." 그레고리가 나지막한 목소리로 말한다. "왕비님 몸이 불었다는 걸 알아차렸다고 칭찬도 받았잖아요."

콜미가 친절하게 말한다. "내가 웃으면 안 되지. 넌 그럴 자격이 있다, 그레고리. 우리가 하는 온갖 노고, 궤변, 획득했거나 아는 척하는

---

* 지중해의 해적 두목. 오스만족 해군 총사령관으로 임명되어 오스만족의 지중해 패권 장악을 주도한 인물.

학식, 국정 전략, 법조인의 강령, 교회의 저주, 종교나 세속의 재판에서 내려지는 판결, 이 모든 게 한 여자의 몸에 패배할 수 있어, 안 그러니? 신은 여자들의 배를 투명하게 만들었어야 해. 그래야 이렇게 희망을 품거나 겁먹지 않아도 되지. 그렇지만 아마 그 뱃속에서 자라는 건 어둠 속에서 자라나야 할지도 모르겠다."

"캐서린이 아프다는 얘기가 항간에 돌더군요." 리처드 리시가 말한다. "일 년 내에 캐서린이 죽는다면 그때는 어떤 세상이 될까요?"

그렇지만 보라. 우리는 너무 오래 여기 앉아 있다! 내무장관의 자랑인 오스틴프라이어스의 정원으로 나가자. 크롬웰은 이국에서 본 아름다운 화초와 튼실한 열매들을 탐내어, 외교관들 사이에 오가는 배송 물품에 묘목과 접목용 가지들을 넣어 보내달라고 대사들을 들볶았다. 예리한 젊은 사무관들이 외교문서의 암호를 해독할 태세를 갖추고 대기하고 서 있는데, 막상 외교관들이 보낸 소포에서 굴러나오는 건 도버해협을 건너온 뒤에도 생명력으로 아직 펄떡거리는 화초의 알뿌리밖에 없기 일쑤였다.

그는 보드라운 것들이 살아나고 젊은이들이 번창하기를 바란다. 그래서 테니스장을 지었다. 리처드와 그레고리와 집안의 모든 젊은이들에게 주는 선물이었다. 테니스에 미련을 완전히 버린 건 아니었다…… 말로는 눈먼 사람이나 다리가 하나밖에 없는 상대라면 아직도 경기할 수 있다고 한다. 테니스 게임은 상당 부분이 전략이다. 다리가 따라오지 못하니, 속도보다는 잔꾀에 의존해야 한다. 그러나 그는 무엇보다자기가 지은 건물이 자랑스럽고 그 비용을 감당할 수 있다는 사실이 뿌듯하다. 최근에는 햄프턴코트의 테니스장 관리인들과 의논해서 헨리가 좋아하는 규격에 맞추었다. 왕도 오스틴프라이어스에 와서 식사를 한 적이 있으니 어느 날 오후 테니스장에서 시간을 보내겠다고 하는 일도 불가능한 건 아니다.

이탈리아에서 프레스코발디 집안의 하인으로 일할 때 그는 무더운 저녁에 밖에 나가 거리에서 운동을 했다. 죄드폼jeu de paume이라는 일종의 테니스 게임으로 라켓 없이 손바닥으로만 하는 경기였다. 몸싸움을 하고 밀치고 소리를 질렀고, 벽에 공을 튀기고 양복점 천막 위로 굴리기도 했다. 그러다보면 결국 양복점 주인이 나와 호통을 쳤다. "네놈들이 우리 가게 천막을 험하게 다루면, 가위로 불알을 싹둑 잘라서 리본으로 문간에 매달아놓을 거다." 그러면 죄송해요, 나리, 죄송합니다, 라고 사과하고 물러나 다시 거리로 나와 풀죽은 채로 뒷마당에서 얌전히 놀았다. 하지만 그들은 반시간만 지나면 다시 만나곤 했다. 크롬웰의 꿈속에서는 아직도 공의 거친 솔기가 금속을 치고 공기를 가르던 시끌벅적한 소리가 선하게 들려온다. 손바닥을 철썩 치던 가죽의 느낌 역시 기억에 또렷하다. 그 시절에는 부상 후유증이 있었는데도 불구하고 굳은 몸을 뛰면서 풀려 했었다. 그전해에 프랑스 군대에서 용병으로 복무하면서 가릴리아노강의 전투에 참전했다가 입은 부상의 후유증이었다. 가르조니*들은 그에게 묻곤 했다. 이봐, 토마소, 어쩌다가 뒷다리에 부상을 입었냐? 도망치다가 다친 거냐? 그러면 크롬웰은 대답했다. 맙소사, 당연하지. 그때 받은 돈이 딱 도망칠 정도밖에 안 됐거

---

* garzoni. '소년' '잔심부름꾼'이라는 뜻의 이탈리아어.

든. 내가 대적해서 싸우게 만들려면 그 두 배는 컸어야지.

이 대학살의 결과로 프랑스군은 산산이 흩어졌는데, 당시 그는 프랑스군 소속으로 프랑스 왕한테서 봉급을 받고 있었다. 기어가다가 절뚝거리며 뛰었고, 전우들과 함께 만신창이가 된 몸을 이끌고 승승장구하는 에스파냐군을 어떻게든 피해서 피의 수렁을 벗어나기 위해 발버둥 쳐야 했다. 웨일스의 거친 궁수이자 스위스 반군이었던, 크롬웰과 같은 처지의 잉글랜드 청년도 몇 명 있었다. 다들 혼란스럽고 무일푼이었다. 참패의 여파 속에서 정신을 차리려고 안간힘을 쓰며 앞날의 계획을 세워야 했다. 국적과 이름을 필요에 따라 바꾸고 이 도시 저 도시로 떠밀려 북으로 올라가며 다음번 전투나 좀더 안전한 다른 일자리를 찾았다.

그러던 어느 날, 대저택의 뒷문 앞에서 집사가 크롬웰을 보고 따져 물었다. "프랑스 사람?"

"잉글랜드인이요."

남자는 눈을 굴렸다. "그러면 할 수 있는 일이 뭐야?"

"싸울 수 있습니다."

"그렇게 잘 싸우는 거 같지는 않군."

"요리할 수 있습니다."

"우리는 야만인의 음식은 필요 없어."

"회계를 볼 수도 있습니다."

"여기는 은행업을 하는 집안이야. 그런 인력은 충분해."

"시키고 싶으신 일을 말씀만 하십시오. 다 할 수 있습니다." (벌써 그는 이탈리아 사람들처럼 허세를 떨고 있다.)

112

"우리는 일꾼이 필요하네. 자네 이름이 뭔가?"

"헤라클레스요." 크롬웰이 대답한다.

남자는 생각과 달리 웃음을 터뜨리고 만다. "들어오게, 에르콜레.*"

에르콜레는 절뚝거리며 문턱을 넘어선다. 남자는 부지런히 집안을 돌아다니며 자기 볼일을 본다. 그는 너무 아파서 거의 눈물이 날 지경으로 계단에 앉아 있다. 주위를 둘러본다. 가진 건 이 바닥뿐이다. 이 땅바닥이 그의 세계다. 배고프고 목마르고 집에서 약 1천 킬로미터나 멀리 떨어져 있다. 그래도 그가 가진 이 바닥만큼은 지금보다 훨씬 더 나아지도록 개선할 수 있다. "맙소사, 미치겠군!" 그는 외친다. "물! 양동이! 알레, 알레!**"

사람들은 간다. 신속하게 움직인다. 양동이가 온다. 크롬웰은 마룻바닥 상태를 개선한다. 이 집 전체를 개선한다. 개선에는 저항이 따른다. 그들은 주방에서부터 일을 시작하라고 한다. 이방인인 그는 그곳에서 환영받지 못하고, 칼과 꼬치와 끓는 물이 난무하는 주방에는 폭력 사태가 발발할 여지가 너무나 많다. 그러나 사람들 생각보다 그는 훨씬 더 싸움에 능하다. 키도 작고 기술도 기예도 없지만, 그를 때려눕힌다는 건 거의 불가능에 가깝다. 그리고 유럽 전역에 걸쳐 싸움꾼으로 약탈자로 강간범으로 도둑으로 명성을 날리는 모국 잉글랜드 사람의 악명이 큰 도움이 된다. 동료들의 모국어로 욕설을 퍼부을 수가 없어서 크롬웰은 퍼트니 사투리를 쓴다. 그리고 동료들에게 지독한 잉글랜드 욕설을 가르친다. "그리스도의 성혈이 줄줄 흐르는 못 박힌 구멍

---

* ercole. 헤라클레스를 이탈리아식으로 읽은 별명.
** allez, allez. '어서, 어서'라는 뜻의 프랑스어.

에 대고 맹세하건대" 같은 말은 주인들이 못 듣게 분풀이할 때 쓸모가 있다. 소녀가 아침에 이슬 젖은 허브를 바구니에 잔뜩 담아 들고 오면 그들은 물러서서 미모를 감상하며 묻곤 한다. "어이, 아가씨, 오늘은 기분이 어때요?" 누군가 까다로운 작업을 방해하면 이렇게들 말한다. "당장 여기서 꺼지지 않으면 네 머리를 이 냄비에 넣고 삶아버린다."

얼마 되지 않아 그는 행운의 여신이 자신을 이 도시에서 가장 유서 깊은 가문의 문간에 데려다주었다는 사실을 깨닫게 되었다. 돈과 공단, 양모와 와인뿐 아니라 족보에 위대한 시인도 있는 가문이었다. 가주 프란시스코 프레스코발디가 주방으로 와서 크롬웰에게 말을 걸었다. 가주는 다른 사람들과 달리 잉글랜드인에 대한 편견이 없었고 오히려 그런 하인을 쓰게 되어 운이 좋다고 생각했다. 그렇지만 자기 선조들 중에는 오래전 죽은 잉글랜드의 왕들에게 진 빚 때문에 하마터면 파멸할 뻔했던 사람도 있다고 했다. 자기한테도 잉글랜드인의 피가 약간 섞여 있다면서 가주는 말했다. "우리 집안에서는 늘 자네 동포들이 할 만한 일이 있고, 써야 할 편지들도 많다네. 글은 쓸 줄 알겠지?" 토마소 또는 에르콜레라고 불리웠던 크롬웰은 이제 토스카나 말을 너무나 잘하게 되어 의사소통은 물론이고 농담까지 할 수 있었다. 프레스코발디는 약속했다. 언젠가 때가 되면 자네를 상인계산사무소로 부르겠네. 그래서 자네를 시험해보겠어.

그날은 왔다. 그는 시험을 쳤고 통과했다. 그래서 피렌체에서 베네치아로, 로마로 갔다. 간혹 그 도시들을 꿈꿀 때면, 잘난 척 뻐기던 걸음걸이의 흔적이 희미하게 남아 오늘날까지 따라오곤 한다. 한때 젊은 이탈리아인이었던 흔적. 젊은 시절의 자신을 생각하면 그리 뿌듯하지도 않지만 흠을 잡고 싶지도 않다. 항상 생존하기 위해 필요한 일을 해왔고, 필요한 일이 무엇인가에 대한 판단이 가끔 미심쩍을 때가 있다 해도…… 원래 젊다는 게 그런 것 아닌가. 요즘은 가난한 학자들을 식솔로 받아들인다. 언제나 일자리를 주고, 훌륭한 정부에 대한 논문이나 시편 번역을 끼적거릴 수 있는 구석자리도 제공한다. 그러나 또한 거칠고 야성적인 젊은이들도 받아준다. 그 역시 한때 거칠고 야성적이었기에, 참을성을 가지고 지켜봐주면 그런 청년들이 충성을 바칠 거라는 사실을 알고 있다. 지금까지도 그는 프레스코발디를 아버지처럼 사랑한다. 세월이 흘러 익숙해지면 결혼의 친밀감도 시들고, 자식들은 못되고 반항적으로 변하지만, 좋은 주인은 받은 것보다 더 많이 베풀고 그런 후의는 평생의 길을 인도하는 법이다. 울지를 생각해보라. 크롬웰의 마음속 귀에 대고 추기경은 말한다. 크럼, 엘베섬에 있을 때 자네를 봤다네. 새벽녘에 불알을 긁으며 왕의 변덕이 그토록 격하다는 사실에 의문을 품었지. 왕이 새 아내를 원한다면 자네가 구해주게. 나는 그러지 않았고, 그래서 죽었다네.

서스턴의 케이크는 저녁식사 시간에 올라오지 않은 걸로 봐서 실패한 게 틀림없지만, 성곽 모양의 아주 맛있는 젤리가 나온다. "서스턴은 총안 설비 면허가 있어요." 리처드 크롬웰이 말하더니, 그 즉시 테이블 건너편에 앉은 이탈리아인과 논쟁하기 시작한다. 요새에 가장 적합한 총안의 형태는 무엇인가, 원형인가, 별 모양인가?
젤리로 만든 성곽은 붉은색과 흰색의 줄무늬인데, 붉은색은 깊은 진홍빛이고 흰색은 완벽하게 투명해서 마치 벽이 둥둥 떠 있는 것처럼 보인다. 총안이 있는 탑에서 밖을 내다보는 식용 궁수들이 설탕을 바른 화살을 쏘고 있다. 심지어 법무차관까지 미소 짓게 만든다. "우리집 꼬마 따님들한테 보여주고 싶군."

"내 주형틀을 자네 집으로 보내주지. 요새는 아니더라도. 꽃이 만발한 정원 어때?" 어린 여자아이들은 뭘 좋아하지? 이제 그는 다 잊어버렸다.

저녁식사를 마치고 나서 문을 두드리는 전령이 더 없으면, 크롬웰은 한 시간쯤 시간을 내어 책들 사이에 푹 파묻힌다. 저택마다 서재를 비치해두었다. 오스틴프라이어스에도, 챈서리 레인의 기록보관소에도, 스테프니에도, 해크니에도. 요즘은 별의별 주제에 대한 책이 나온다. 훌륭한 군주가 되는 법, 혹은 나쁜 군주가 되는 법을 가르쳐주는 책. 시집이며 회계 기장을 가르치는 책, 해외에서 쓸 만한 표현을 담은 책, 사전, 죄를 깨끗하게 씻는 법을 가르치는 책과 생선 염장법을 가르치는 책. 의사 친구 앤드루 보어드는 수염에 대한 책을 쓰고 있다. 수염을 기르는 걸 반대한다고 한다. 그는 가드너가 한 말을 생각한다. 장관이나 책을 한 권 써보시지요. 그러면 대단한 볼거리가 나올 것 같은데.

그가 책을 쓴다면 『헨리라는 제목의 책』이 될 것이다. 헨리를 읽는 법, 헨리의 시중을 드는 법, 헨리의 목숨을 보전하는 최선의 방법. 마음속으로 서문을 써본다. "공과 사를 망라해, 세상에서 가장 축복받은 이 사람의 자질을 그 누가 헤아릴 수 있을까? 사제들 사이에서 그는 신심이 깊고, 병사들 사이에서는 용맹하며, 학자들 사이에서는 박학하다. 궁정기사들 사이에서는 누구보다 신사답고 세련되었다. 헨리왕은 이 모든 자질을 탁월한 수준으로 한몸에 지니고 있어, 그와 같은 인물은 세상이 시작된 이래로 다시 찾아볼 수 없으리라."

에라스뮈스는 군주를 찬양하려면 없는 장점까지 찾아야 한다고 말한다. 아첨은 생각할 거리를 주기 때문이다. 그리고 현재 결핍된 자질을 갖추려고 군주가 노력하게 될 수도 있다.

문이 열리자 그가 눈길을 든다. 웨일스 꼬마가 뒷걸음치며 방안으로 들어온다. "초를 밝히실 준비가 다 되셨습니까?"

"그래, 준비가 되고말고." 불빛이 파르르 떨리더니, 짙은 색 나무를 배경으로 진주조개에서 도려낸 둥근 자개처럼 자리를 잡았다. "저기 등 없는 의자 보이지. 거기 앉아라."

소년이 풀썩 주저앉는다. 집안일이 많아 이른아침부터 계속 뛰어다녔나보다. 어째서 늘 작은 다리들이 돌아다니며 큰 다리들을 쉽게 해줘야 할까? 위층으로 가서 뭘 좀 갖다오…… 어렸을 때는 그러면 으쓱해지곤 했다. 중요한 사람, 아니 없어서는 안 될 사람이 된 것 같은 기분이 들었다. 그 자신도 아버지 월터 대신 심부름을 하느라 퍼트니 전역을 전속력으로 뛰어 돌아다니곤 했다. 오죽이나 바보였는지. 이제는 아이에게 편히 쉬어라, 하고 말해주게 되어 기쁘다. "어렸을 때는 나도 웨일스어를 좀 할 줄 알았지. 지금은 못하지만."

그는 생각한다. 이게 쉰 살 먹은 영감의 푸념이라고. 웨일스어, 테니스, 옛날에는 할 수 있었는데 이제는 못한다네. 하지만 잃은 만큼 반대급부의 보상이 있다. 머리에는 더 많은 정보가 들어차 있으며 심장은 더 튼튼해져 쉽게 쪼개지고 갈라지지 않게 되었다. 그는 이제 막 왕비의 웨일스 영지에 대해 조사하기 시작한 참이다. 이 영지를 비롯해 더 막중한 이유들 때문에 웨일스를 날카롭게 관찰하고 있다. "네가 살아온 얘기를 해다오." 그는 아이에게 부탁한다. "여기 어떻게 오게 됐는지 말해다오." 소년의 짧은 잉글랜드어를 들으며 사연을 짜맞춘다. 방화, 가축 약탈, 흔한 국경지대의 이야기, 결국은 극심한 빈곤과 고아의 탄생으로 귀결되는 진부한 이야기다.

"주기도문은 읊조릴 수 있나?" 그는 묻는다.

"파테르 노스테르." 소년이 떠듬떠듬 말한다. "아니면 하늘에 계신 우리 아버지."

"웨일스어로는?"

"아뇨. 웨일스어로 기도 없어요."

"이런 세상에. 그 일에 사람을 붙여줘야겠군."

"네. 그러면 아버지 어머니 기도할 수 있어요."

"존 라이스를 아니? 오늘밤 우리와 함께 저녁을 먹었는데."

"나리의 질녀 조핸의 남편 말씀이세요?"

소년이 라이스를 부르러 쏜살같이 달려나간다. 작은 다리가 다시 일한다. 웨일스인들이 모두 잉글랜드어로 말하게 만드는 게 목표이지만 아직은 요원한 일이라 그때까지는 하느님의 가호가 필요하다. 산적들이 웨일스 전역을 장악하고 뇌물과 협박으로 법망을 피하고 있다. 해적들이 해안선을 유린한다. 국왕 사실의 노리스와 브레러턴처럼 웨일스에 영지를 가지고 있는 귀족들은 크롬웰의 관심에 반감을 품고 있다. 그들은 왕국의 평화보다 사적인 이득을 더 중시한다. 자기네 활동을 감시받는 게 달갑지 않은 거다. 정의는 안중에도 없다. 하지만 크롬웰은 에식스에서 앵글시까지, 콘월에서 스코틀랜드 국경까지 평등한 정의를 이루고자 한다.

라이스는 작은 벨벳 상자를 가지고 들어와 책상에 놓는다. "선물입니다. 한번 맞춰보십시오."

크롬웰은 상자를 흔들어본다. 낟알 비슷한 것이다. 손가락으로 작은 조각들을 만져본다. 비늘 같고, 회색이다. 라이스는 그를 위해 대수도원들을 조사하고 있다. "성 아폴로니아의 치아는 아니겠지?"

"다시 맞춰보십시오."

"막달라마리아의 무덤에서 나온 치아인가?"

라이스의 태도가 누그러진다. "성 에드먼드의 손톱이라고 파는 거랍니다."

"아. 그것들도 나머지와 같이 압수하게. 그 인간은 손가락이 오백 개쯤 되었던 모양이군."

1257년에 런던탑의 동물원에서 코끼리 한 마리가 죽어 예배당 근처의 구덩이에 묻혔다. 그러나 이듬해 다시 파내진 유골은 웨스트민스터 수도원으로 보내졌다. 그런데 웨스트민스터 수도원에서는 코끼리 유골을 왜 원했을까? 그걸로 어마어마한 양의 유골을 조각해 동물의 뼈를 성자의 뼈로 탈바꿈시키려 했던 게 아니라면?

성스러운 유골의 관리자들에 따르면, 성물의 권능 중에는 증식하는 힘도 있다고 한다. 뼈, 나무, 그리고 돌에, 살아 있는 짐승처럼 번식하면서도 원래의 본성을 유지하는 능력이 있다는 거다. 새끼를 쳐도 원본의 권능이 약해지지는 않는다. 그렇게 예수의 가시 면류관에 꽃이 핀다. 그리스도의 십자가에 싹이 튼다. 살아 있는 나무처럼 울창하게 우거진다. 솔기가 없는 그리스도의 겉옷이 저절로 복제를 양산한다. 손톱이 손톱을 낳는다.

존 라이스가 말한다. "이성으로는 이러한 사람들에 대적해 이길 수 없습니다. 장관님께서는 그들의 눈을 뜨게 해주려 애쓰시지요. 하지만 장관님의 상대는 피눈물을 흘리는 성모마리아의 조각상이란 말입니다."

"그런데 나보고 속임수를 쓴다고 한단 말이지!" 크롬웰은 깊은 생각에 잠긴다. "존, 자네는 좀 앉아서 글을 써야겠네. 자네 동포들도 기도문이 있어야 하니까."

"웨일스인들에게도 모국어로 된 성경이 있어야 하지요."

"일단 잉글랜드인을 위한 모국어 성경에 왕의 축복을 확실하게 받아놓고." 그건 크롬웰이 날마다 은밀히 수행하는 성전聖戰이다. 헨리가 잉글랜드어로 쓰인 위대한 성서를 후원해 모든 교회에 비치하게 하는 일. 이제는 목표에 아주 가까워져서 헨리를 설득할 수 있을 거라 생각한다. 크롬웰이 꿈꾸는 이상은 하나의 나라, 하나의 화폐, 측량과 계량의 단 한 가지 척도, 그리고 무엇보다 모두가 공유하는 단 하나의 언어다. 서로 말이 통하지 않는 곳을 찾아 굳이 웨일스까지 갈 필요도 없다. 이 나라에는 런던에서 80킬로미터도 떨어져 있지 않은 곳에만 가도 청어 요리를 해달라는 부탁에 멍하니 무슨 소린지 모르겠다는 표정이 돌아오는 지방이 나온다. 냄비를 가리키며 생선 시늉을 해야 아, 하면서 말을 알아듣는 것이다.

그러나 잉글랜드를 위한 크롬웰 최고의 야심은 이것이다. 군주와 왕국이 하나로 합치는 것. 그는 왕국이 퍼트니에 있는 아버지 월터의 집구석처럼 운영되기를 바라지 않는다. 늘 싸움이 벌어지고 밤낮으로 비명소리와 쿵쾅거리는 소리가 끊이지 않는 집구석은 필요 없다. 잉글랜드라는 나라가, 식솔들 하나하나가 해야 할 일을 잘 알고, 그 일을 하면서 안전하다는 느낌을 받는 그런 집안이 되기를 바란다. 크롬웰은 라이스에게 말한다. "스티븐 가드너가 나더러 책을 한 권 쓰라더군. 자네 생각은 어떤가? 아마 언젠가 은퇴하면 쓸 수도 있겠지. 뭐하러 그전에 비밀을 다 터놓는단 말인가?"

크롬웰은 마키아벨리의 책을 읽은 기억이 선하다. 아내가 죽고 어두웠던 시절에 두문불출하며 읽었다. 그 책은 이제야 세상에 엄청난 반향을 일으키기 시작했다. 하지만 실제로는 읽은 사람보다 말로만 떠드는 사람이 더 많다. 그때 크롬웰은 집밖 출입을 삼가고 레이프와 가장 가까운 식솔들과 집안에 머물며 열병을 도시에 퍼뜨리지 않으려 했었다. 그 책을 덮으며 크롬웰은 이렇게 말했다. 이탈리아의 공국들에서 교훈을 끌어내 웨일스와 우리의 북부 국경에 적용할 수는 없지. 우린 똑같은 방식으로 돌아가지 않으니까. 사실 마키아벨리의 책은 진부하게까지 느껴졌다. 아무것도 없고 미덕이니 공포니 하는 추상적 관념들과, 천박한 행동거지나 오류가 있는 계산 같은 사소하고 구체적인 사례들뿐이었다. 어쩌면 크롬웰이 조금 더 낫게 고쳐 쓸 수도 있겠지만, 도무지 시간이 없다. 어찌나 업무가 과중한지, 펜을 든 채 받아쓸 준비를 갖추고 기다리는 사무원들에게 이런저런 구절을 간신히 불러주는 게 고작이다. 이를테면 이런 식으로 말이다. "진심으로 안부를 전합니다…… 든든한 친구, 사랑하는 친구, 당신의 친구 토머스 크롬웰." 내무장관 직책에 따라오는 수당은 없다. 직무 범위도 제대로 규정되어 있지 않았는데, 그건 크롬웰의 성정에 딱 맞았다. 대법관은 역할이 제한된 반면 내무장관은 나랏일과 정부 행정의 어떤 분야라도 조사할 수 있다. 크롬웰에게는 전국 방방곡곡에서 편지가 쇄도한다. 토지 분쟁을 중재해달라거나 모르는 사람 일에 명의를 빌려달라는 청탁들이다. 알지도 못하는 사람들이 자기 이웃에 대해 객쩍은 험담을 하기도 하고, 수도사들이 윗사람의 불충한 발언을 적어 보내기도 하며, 사제가 주교들이 한 말을 걸러 전해주기도 한다. 왕국 전역에서 일어난 사건들이 크롬웰의 귓가에 속삭여 전해지며, 국왕 휘하에서 수행하는 수많은 다양한 업무와 잉글랜드의 위대한 국정이 직인과 인장이 찍히기를 기다리는 양피지와 두루마리의 형태로 크롬웰의 책상에서 끊임없이 끌어당겨졌다 밀쳐졌다 한다. 탄원자들은 달콤한 맘지 와인과 무스카텔 와인, 거세된 말, 사냥감과 황금, 선물과 금일봉, 토지 증서, 행운의 증표와 부적을 보내온다. 청탁을 하면 당연히 대가를 지불해야 한다고 생각하는 것이다. 처음 크롬웰이 왕의 총애를 받기 시작할 때부터 그래왔다. 크롬웰은 부자다.

그래서 자연스럽게 질시가 따라온다. 크롬웰의 적들은 초년의 행적에 대하여 닥치는 대로 정보를 캐낸다. "그래서 퍼트니에 가봤는데 말이오." 가드너가 말한 적이 있다. "아니, 정확히 말하자면 사람을 보냈지요. 거기서 사람들이 그랬다던데. 맨날 칼날을 퍼렇게 세워주겠다고 하고 다니던 칼갈이가 그렇게 출세할 줄 어떻게 알았느냐고? 지금쯤은 교수형을 당해 죽었을 줄 알았다고 하더랍니다."

아버지는 칼날을 가는 일을 했었다. 사람들은 거리에서 소리쳐 크롬웰을 불렀다. "톰, 이것 좀 갖다줄래, 아버지한테 이걸 어떻게 해보실 수 있느냐고 물어봐라." 그러면 크롬웰은 아무리 무딘 연장이라도 덥석 받아서 갖고 왔다. 저한테 주세요. 아버지가 잘 들게 날을 세워줄 거예요.

"기술이지요." 크롬웰은 가드너에게 말했다. "칼날을 세우는 것 말입니다."

"사람을 여럿 죽여봤다지요. 나도 압니다."

"잉글랜드 법이 적용되는 관할구 안에서는 그런 적 없습니다."

"해외는 셈에 안 넣는가봅니다?"

"정당방위를 처벌하는 국가는 없습니다."

"하지만 사람들이 장관을 왜 죽이고 싶어하는지, 그건 좀 생각해봅니까?"

그때 크롬웰은 너털웃음을 터뜨렸다. "저런, 스티븐, 이승의 삶이란 게 워낙 대부분이 수수께끼지만 그건 답이 명확하군요. 난 언제나 아침에 제일 일찍 일어납니다. 그리고 마지막까지 버티지요. 난 언제나 돈이 많았습니다. 언제나 여자를 취했죠. 아무 고지나 보여주고 올라가라면 정상까지 타고 올라갑니다."

"아니면 창녀라든가." 스티븐이 중얼거렸다.

"당신도 한때는 젊은이였지요. 그간 저에 대해 연구하신 결과를 들고 왕을 찾아가보긴 하셨습니까?"

"폐하께서도 밑에서 일하는 사람이 어떤 위인인지 아셔야 할 텐데." 그러다가 가드너는 말끝을 흐렸다. 크롬웰은 미소를 지으며 가드너에게 다가갔다. "최악의 짓거리를 해봐요, 스티븐. 부하들을 풀어보시오. 돈을 걸고. 유럽을 샅샅이 뒤져봐요. 내가 가진 재주 중에서 잉글랜드에 쓸모가 없는 건 하나도 없다는 걸 알게 될 테니." 크롬웰은 코트에서 가상의 단검을 슬며시 꺼내드는 시늉을 했다. 그리고 부드럽게, 편안하게, 가드너의 갈비뼈 사이에 꾹 찔러넣었다. "스티븐, 화해 좀 하자고 내가 그렇게 시도 때도 없이 빌지 않았습니까? 그런데 거절하지 않았나요?"

가드너도 대단했던 것이, 움찔하는 기색도 없었다. 그저 살에 으스스 소름이 좀 돋았을 뿐. 옷자락을 여미며 가드너는 자연스럽게 공기로 된 칼날에서 몸을 뺐다. "장관이 퍼트니에서 칼로 찌른 청년은 죽었지요." 가드너가 말했다. "도망친 건 잘한 일이오, 크롬웰. 그 집안에서 올가미를 준비해놓고 있었으니까. 당신 부친이 돈을 주고 진정시켰지."

크롬웰은 놀란다. "뭐라고? 월터가? 아버지가 그러셨다고?"

"큰돈을 쓰진 않았소. 다른 자식들도 있었으니까."

"그래도." 아연실색한 크롬웰은 멍하니 서 있었다. 월터. 월터가 그 집안에 돈을 주었다. 월터가, 그에게 발길질 말고는 아무것도 준 적이 없는 아버지가.

가드너는 웃음을 터뜨렸다. "그것 보시오. 난 당신 인생에 대해서 당신 자신도 모르는 걸 알고 있다니까."

이제 늦은 시간이다. 크롬웰은 책상에서 업무를 마치고 내실로 들어가 책을 읽을 것이다. 눈앞에는 우스터 수도원에서 가져온 비품 목록이 있다. 크롬웰의 부하들은 철저하다. 여기에는 없는 게 없다. 손을 따뜻하게 데우는 벽난로용 돌부터 마늘을 으깨는 절구까지 낱낱이 기록되어 있다. 그리고 비단 천을 바꿔 달 수 있는 사제의 제의, 금사로 짠 장백의,* 검은 비단을 오려 만든 하느님의 어린양, 상아 빗, 놋쇠 등잔, 가죽 물병 세 개와 낫 하나, 시편, 성가집, 방울이 달린 여우잡이 그

124

물 여섯 개, 외바퀴 손수레 두 개, 각종 삽과 부삽, 성 우르술라와 그녀를 따르는 만 천 명의 처녀들의 유골, 성 오즈월드의 주교관과 가대식 탁자 한 무더기.

1535년 가을, 오스틴프라이어스에서 들려오는 소리들은 다음과 같다. 중간에서 끊겼다가 다시 시작하는, 모테트 성가를 연습하는 어린이 성가대 노랫소리. 이 어린 소년들이 계단에서 서로를 외쳐 부르는 소리. 더 가까이에서 개들이 앞발로 무대 널판을 할퀴는 소리. 돈궤로 금화들이 쩔렁거리며 쏟아지는 소리. 태피스트리에 가로막혀 잘 들리지 않는, 다국어로 이루어진 속살거리는 대화 소리. 종이를 가로지르는 잉크의 속삭임. 사방 벽 너머 도시의 소음이 들려온다. 크롬웰의 저택 현관문 앞에서 몸싸움을 하고 있는 군중의 소음. 강에서 아득하게 들려오는 외침. 끊임없이 나직하게 이어지는 크롬웰 마음속의 혼잣말. 공무를 보는 집무실에서 그는 울지 추기경을 생각한다. 드높은 아치형 천장이 있는 방에서 메아리치던 추기경의 발소리를 생각한다. 사적인 공간에서는 아내 엘리자베스를 생각한다. 이제 아내는 마음속에서 흐릿하게 번진 희미한 형상이 되었다. 모퉁이를 돌아 치맛자락 스치는 소리가 되었다. 아내 인생의 마지막날 아침, 집을 나서던 크롬웰은 뒤쫓아나오는 아내를 보았다고 생각했다. 흰 두건이 섬광처럼 스치는 광경을 보았다고 생각했다. 그래서 반쯤 몸을 돌리며 말했다. "가서 좀더 자." 그러나 아무도 없었다. 그날 밤 집에 돌아와보니 아내의 턱은 리넨으로 묶여 있고 머리와 발치에 촛불들이 밝혀져 있었다.

---

* 흰 삼베로 만든 미사 제복.

그로부터 일 년도 못 되어 딸들이 같은 병으로 죽었다.* 스테프니에 있는 크롬웰의 집에는 아직도 딸들의 진주와 산호 목걸이들, 앤이 라틴어 공부를 하며 베껴 쓰기를 연습한 책들을 보관하는 밀폐된 상자가 있다. 그리고 창고에는 딸들이 크리스마스 연극을 할 때 입었던 의상들도 있다. 아직도 그레이스가 교구 성극에 나올 때 달았던, 공작 깃털로 만든 날개를 간직하고 있었다. 그레이스는 연극이 끝난 후에도 날개를 벗지 않고 이층으로 올라갔다. 창에 내린 서리가 반짝였다. 나 이제 기도할 거예요, 그레이스는 말했었다. 날개에 폭 감싸여 멀어져가던 그애는 어스름 속으로 사라졌다.

그리고 이제 오스틴프라이어스에 밤이 내린다. 걸쇠를 딸깍 내리고, 자물쇠에 열쇠를 꽂아 찰칵 돌리고, 쪽문을 가로질러 튼튼한 사슬 소리가 철컹거리고, 거대한 빗장이 대문을 가로질러 쿵 떨어진다. 소년 딕 퍼서가 경비견들을 풀어놓는다. 개들이 펄쩍펄쩍 뛰며 질주하고, 달빛을 보고 컹컹 짖으며, 과실수 밑에 벌렁 드러눕고, 앞발로 머리를 긁고 귀를 움찔거린다. 저택이 조용해지면—토머스 크롬웰의 모든 저택들이 다 조용해지면—죽은 사람들이 계단을 배회한다.

앤 왕비가 왕비의 내실로 그를 불러들인다. 저녁식사를 마친 후다. 한 걸음만 더 가면 되는 거리다. 이제 주요 궁마다 크롬웰 내무장관을 위한 자리가 왕의 내실 가까이에 준비되어 있다. 계단 하나만 오르면 된다. 그리고 거기, 벽에 고정된 촛대 불빛이 황금빛 테두리를 따라 일

---

* 크롬웰의 아내와 딸들은 당시 유행하던 급성전염병인 발한병(영국다한증)으로 사망했다고 알려져 있다.

렁이는 그곳에, 궁중악사 마크 스미턴의 빳빳한 새 웃옷이 보인다. 마크 본인은 새 옷 속에 숨어 있다.

마크가 무슨 용건으로 여기에 온 걸까? 핑계로 악기를 들고 오지도 않았고, 앤의 시중을 드는 젊은 귀족들처럼 화려하게 차려입고 있다. 세상에 정의라는 게 있긴 한 건가, 토머스 크롬웰은 생각해본다. 아무 일도 안 하고 노는 마크는 볼 때마다 점점 더 훤하게 인물이 나는데, 온갖 일을 도맡아 하는 나는 날마다 백발이 성성해지고 살집이 붙지 않나.

보통 두 사람이 만나면 불쾌한 감정만 생기므로, 그냥 고개만 끄덕여 인사하고 지나치려는데 마크가 벌떡 일어나 미소를 짓는다. "크롬웰 경, 안녕하십니까?"

"아, 아니." 그가 말한다. "아직은 경이라고 불릴 처지는 아니지."

"자연스러운 실수죠. 어느 모로 보나 경의 풍모를 갖고 계시니까요. 그리고 당연히 왕께서도 마땅한 조처를 취해주실 테고요."

"그러시진 않을 거야. 내가 평민원*에 머물기를 바라시니까."

"그렇군요." 청년이 중얼거린다. "그러시면 매정하게 보이실걸요. 훨씬 한 일이 없는 사람들도 상을 받는 마당에 말입니다. 그런데 장관님의 집안에는 음악가들도 있으시다고요?"

수도원에서 구해온 여남은 명의 쾌활한 젊은이들이 있긴 하다. 악보를 공부하고 악기를 연주하고 식사 예절을 배운다. 그리고 저녁이면 손님들에게 여흥을 제공한다. 활쏘기 연습도 하고 사냥개들과 공놀

---

* 오늘날의 하원으로, 상원에 해당하는 귀족원과 함께 의회를 구성한다.

이도 하고, 제일 어린 아이들은 자갈길로 나와 장난감 말을 질질 끌고 뛰어다니면서 나리, 나리, 이것 좀 보세요, 제가 물구나무서기 하는 것 좀 보시겠어요? 하고 외치며 뒤를 졸졸 따라다닌다. "덕분에 집안에 활기가 돌지." 그는 말한다.

"혹시 그 아이들의 연주를 세련되게 다듬어줄 사람이 필요하시다면 제 생각을 해주십시오."

"그러지, 마크." 그는 속으로 생각한다. 우리집 어린애들을 네놈한 테 맡겨놓고 내 마음이 편할 리가 있나.

"왕비께서는 기분이 언짢으실 겁니다." 젊은이가 말한다. "동생인 조지 로치퍼드가 최근에 특별 대사직을 맡아 프랑스로 가셨다는 건 아 시지요. 그런데 오늘 편지 한 장을 보내왔답니다. 거기서는 캐서린이 교황에게 편지를 보내 우리의 수장에게 포고한 무시무시한 파문을 실 행에 옮기라고 부탁했다는 얘기가 공공연하게 돌고 있다더군요. 그렇 게 되면 우리 나라는 유례없는 타격을 입고 큰 위험에 빠지게 될 겁니 다." 크롬웰은 고개를 끄덕인다. 그래, 그래, 안다고, 알아. 굳이 마크 의 입으로 파문이 뭔지 설명을 들을 이유가 없다. 좀 짧게 말 못하나? "왕비께서는 화가 나셨습니다." 청년이 말을 잇는다. "이렇게 되면 캐 서린이 반역자가 되는 셈인데 왕비께서는 어째서 아무런 처벌도 하지 않는 건지 궁금해하십니다."

"내가 그 이유를 자네한테 말해준다면, 마크? 그러면 직접 왕비께 말씀을 전해드릴 셈인가? 그럼 덕분에 한두 시간 정도 아낄 수 있겠는 데 말이야."

"저를 믿고 말씀해주신다면—" 말머리를 꺼내던 청년은 그의 싸늘한 미소를 본다. 청년의 얼굴이 붉게 상기된다.

"모테트 합창은 자네를 믿고 맡기겠네, 마크." 크롬웰은 주의깊게 청년을 찬찬히 본다. "확실히 자네가 왕비님의 총애를 받고 있는 티가 나는군."

"내무장관님, 저도 그렇게 믿습니다." 우쭐해진 마크가 이미 다시 통통 튀어오르고 있다. "군주의 속내를 털어놓는 상대로는 우리처럼 미천한 사람들이 더 좋을 때가 많지요."

"뭐, 그럼. 자네가 스미턴 남작이 될 날이 멀지 않았군그래? 내가 제일 먼저 축하해주지. 나는 여전히 미천한 평민원 자리에 앉아 고생하고 있더라도 말이야."

앤은 손을 휙 한 번 저어 주변의 시녀들을 쫓아버리고, 시녀들은 크롬웰에게 까딱 인사한 후 서로 속삭이며 물러난다. 올케인 조지의 아내는 슬그머니 남아 있다. 앤이 말한다. "고마워요, 레이디 로치퍼드, 오늘밤에는 다시 볼 일이 없을 것 같군요."

왕비의 어릿광대만 남는다. 난쟁이 여자 광대가 왕비의 의자 뒤에서 크롬웰을 빼꼼히 훔쳐본다. 앤의 머리카락은 초승달처럼 생긴 은빛 천 두건 아래로 길게 늘어뜨려져 있다. 그 모습을 잘 보고 기억해둔다. 주변의 여자들이 항상 앤 왕비가 뭘 입고 있느냐고 물어보기 때문이다. 이 모습은 왕비가 남편을 맞는 모습이다. 길게 땋은 검은 머리칼은 오직 왕에게만 보여주는 것인데, 우연찮게 장사꾼의 아들이며 별로 중요하지도 않은 존재인, 하등 애송이 마크보다 나을 게 없는 그가 보게 된 것이다.

왕비는 종종 그러듯이, 뚝 자른 문장 중간에서부터 뜬금없이 말을 꺼낸다. "그러니까 가주시면 좋겠어요. 북부로 가서 그 여자를 만나줘요. 아주 비밀스럽게. 꼭 필요한 사람들만 데려가세요. 여기, 내 동생 로치퍼드의 편지를 읽어보시고." 앤은 손가락 끝에 편지를 끼워 내밀려다가 마음을 바꾸고 획 다시 낚아채간다. "아니…… 안 돼." 그러더니 그냥 자기만 갖고 있는 걸로 결정한다. 아마 새로운 소식 가운데 토머스 크롬웰을 깎아내리는 말들이 섞여 있겠지? "나는 캐서린이 아주 의심스러워요, 몹시 의심스러워. 프랑스 사람들은 우리가 짐작하는 내용을 이미 알고 있는 것 같더군요. 부하들이 별로 민첩하지 못한가봐요? 동생은 전 왕비가 카를황제를 부추겨 침공을 도발하고 있다고 하고, 샤퓌 역시 마찬가지라고 알고 있어요. 아무튼 샤퓌 그 사람은 이 나라 밖으로 추방해야만 한다고요."

"네, 아시다시피," 크롬웰은 말한다. "저희가 대사들을 마구 추방할 수는 없습니다. 그러면 아예 아무것도 모르게 되거든요."

진실을 말하자면, 크롬웰은 캐서린의 계략이 두렵지 않다. 프랑스와 신성로마제국 사이에 현재 무자비한 적대감이 팽배해 있으니, 행여 전면전이 발발한다면 아무리 황제라도 잉글랜드를 침공할 병력의 여유는 없을 것이다. 이런 정황은 일주일 단위로 획획 바뀌고 있는데, 불린 가문은 늘 한발 늦게 정황을 파악할 뿐 아니라 프랑스의 발루아 궁정에 특별한 친구가 있는 척하려다가 판단에 영향을 받곤 한다. 앤은 여전히 빨간 머리 어린 딸의 결혼을 추진하고 있다. 예전에 크롬웰은 앤이 시행착오를 거쳐 배우고, 퇴각해 다시 계산할 줄 아는 사람이었기에 인간적으로 존경했다. 하지만 고집을 피우기 시작하면 옛 왕비 캐서린

못지않게 완강하고 이런 점에서는 계속 똑같은 실수를 반복하는 것 같다. 조지 불린은 다시 프랑스로 가서 결혼을 성사시키려 온갖 수를 다 썼지만 아무 성과가 없다. 조지 불린 같은 인물을 대체 어디다 쓴단 말인가? 토머스 크롬웰은 마음속으로 혼자 묻는다. "왕비님, 폐하께서는 옛 왕비를 부당하게 대우해 명예에 흠집을 내실 수 없습니다. 그런 사실이 알려진다면 폐하가 개인적으로도 망신을 당하실 테니까요."

앤은 회의적인 표정이다. 이 여자는 망신이라는 개념 자체를 잘 모른다. 불빛은 어둑어둑하고, 작고 반짝이는 왕비의 은빛 머리가 까닥거린다. 난쟁이가 부산을 떨며 킬킬거리고, 보이지 않는 데서 벨벳 쿠션에 앉아 혼잣말로 뭐라고 중얼거린다. 앤은 냇물에 발끝을 담그려는 아이처럼 벨벳 슬리퍼를 달랑거리고 있다. "내가 캐서린이라면, 나 역시 계책을 꾸밀 거예요. 용서하지 않을 거예요. 지금 그 여자처럼 할 거예요." 앤은 그를 향해 위험한 미소를 던진다. "봐요, 난 그 여자 마음을 알아요. 그 여자는 에스파냐 사람이지만 그래도 나도 그 여자 입장이 되어볼 수 있다고요. 헨리가 날 내치면, 나도 유순하게 굴지 않을 거예요. 나 역시 전쟁을 원할 거예요." 앤은 엄지와 검지로 머리카락 한 가닥을 잡더니 생각에 잠겨 길게 당긴다. "하지만 말이죠, 폐하는 그 여자가 아프다고 생각하고 있어요. 캐서린과 그 딸 둘 다 항상 낑낑 우는소리를 하잖아요. 배탈이 났다, 이가 빠진다, 오한이 든다, 류머티즘에 시달린다, 밤새도록 토하고 오전 내내 자리보전하고 누워 앓는 소리를 내면서, 이 모든 아픔이 다 앤 불린 탓이라고 말하죠. 그러니 봐요. 크레뮈엘, 당신이 가서 불시에 그 여자를 만나요. 그리고 꾀병인지 아닌지 알아내서 말해줘요."

앤은 귀여운 척 혀 짧은 소리를 내는 억양을 고집하고 있다. 희한한 프랑스 억양, 크롬웰의 이름을 제대로 발음하지 못하는 것도 그 탓이다. 문간에 기척이 있다. 왕이 들어오고 있다. 크롬웰은 정중하게 인사를 한다. 앤은 일어나지도 않고 인사도 하지 않는다. 거두절미하고 말한다. "헨리, 내가 크롬웰에게 가라고 말했어요."

"그래줄 수 있으면 좋겠군, 크롬웰. 그리고 직접 보고해줘. 본질을 꿰뚫어보는 데는 자네만한 사람이 없지. 황제는 나를 후려칠 회초리가 필요하다 싶으면, 자기 이모가 홀대와 추위와 수치심으로 죽어가고 있다고 말한단 말이야. 뭐, 하인들도 있고 땔감도 있지만."

"수치심으로 말하자면," 앤이 말한다. "자기가 한 거짓말을 생각해보면 수치스러워 죽어야 마땅하겠죠."

"폐하." 그는 말한다. "동이 트면 말을 달려 출발하겠습니다. 그리고 폐하께서 허락해주시면 당일 의제는 레이프 새들러 편에 보내겠습니다."

왕은 신음소리를 낸다. "그 잘난 의제 목록을 피할 길은 없는 거군."

"아닙니다, 폐하. 폐하를 쉽게 해드리면 무슨 핑계를 대서든 저를 영원히 노상의 나그네로 떠돌게 하실까봐 그러지요. 제가 돌아올 때까지 그냥…… 국정은 방치해두시겠습니까?"

앤은 의자에서 몸을 들썩인다. 동생 조지의 편지를 깔고 앉은 채로. "자네가 없으면 난 아무 일도 안 할 걸세." 헨리가 말한다. "조심해, 도로가 위험하니까. 내 자네를 위해 기도하지. 잘 자게."

크롬웰은 바깥의 방을 돌아보지만, 마크는 자취를 감춘 뒤고 한 무리의 시녀와 몸종만 남아 있다. 메리 셸턴, 제인 시모어와 우스터 백작의 아내 엘리자베스. 누가 없는 거지? "레이디 로치퍼드는 어디 계시지요?" 크롬웰은 미소를 지으며 말한다. "커튼 너머에서 아른거리는 저분인가요?" 이어서 그는 앤의 방을 가리킨다. "왕비님은 침소에 드시는 모양입니다. 그러면 숙녀분들께서는 왕비님을 잘 모신 후에 남은 밤시간 동안 마음껏 못된 짓을 하며 즐기세요."

여자들이 낄낄거리고 웃는다. 레이디 우스터가 손가락으로 소름 돋는 손짓을 한다. "아홉시예요. 맨몸에 셔츠만 걸친 해리 노리스가 와요. 도망쳐, 메리 셸턴, 좀 느릿느릿하게 도망쳐야겠어……"

"레이디 우스터께서는 누구를 피해 도망치시는 건가요?"

"토머스 크롬웰, 그런 건 말씀드릴 수 없죠. 나 같은 유부녀가 말이에요." 놀리듯 웃으며 레이디 우스터는 크롬웰의 팔뚝 위를 손가락으로 훑는다. "해리 노리스가 오늘밤 어디서 자고 싶어하는지는 우리 모두가 알아요. 일단 지금은 그 침대를 따뜻하게 데워줄 상대가 셸턴뿐이지요. 노리스는 왕비를 탐내고 있어요. 아무한테나 말하고 다닐걸요. 노리스는 왕비님 때문에 상사병을 앓고 있어요."

"저는 카드 게임을 할 거예요." 제인 시모어가 말한다. "혼자서요. 부당하게 돈을 잃을 일은 없겠지요. 마스터, 레이디 캐서린에 대한 소식은 없나요?"

"드릴 말씀이 없군요. 죄송합니다."

레이디 우스터의 시선이 그를 따라온다. 아름다운 여인으로 부주의하고 돈 씀씀이가 크며 왕비와 비슷한 또래다. 남편은 외지에 있으니 그가 살짝 눈짓만 해도 도망치는 발걸음을 늦출 거라는 느낌이 든다. 그러나 그녀는 백작부인. 그는 미천한 마스터. 게다가 그는 동이 트기 전에 길을 떠나기로 맹세한 몸이다.

소수 정예의 무장한 기사들이 탄탄한 진용으로 깃발도 기치도 없이 캐서린이 있는 북부로 달린다. 맑은 날씨는 에이도록 춥고 풀이 듬성듬성 난 갈색 땅에 겹겹이 서리가 쌓이고 왜가리들이 얼어붙은 연못에서 날개를 퍼덕거린다. 지평선에 뭉게뭉게 쌓여 아른거리는 구름은 짙은 먹색에 기만적이게도 유순한 장미꽃 모양을 하고 있다. 이른 오후부터 이 빠진 동전처럼 초라한 그믐달이 그들의 길을 인도한다. 크리스토프가 크롬웰의 옆에서 나란히 말을 달리고 있다. 도시의 편리로부터 멀어질수록 녀석은 점점 더 가시 돋쳐 염증을 내며 말수도 많아진다. "풍문으로는 왕이 캐서린에게 일부러 험한 지방을 골라줬다더군요. 뼈에 곰팡이가 피어서 죽기를 바랐다나요."

"그런 생각은 없으셨네. 킴볼턴은 낡았지만 아주 튼튼한 저택이야. 캐서린이 안락하게 지낼 수 있도록 만반의 채비를 해주었고. 그 집을 관리하는 데 왕실에서 연간 4천 파운드를 쓰고 있어. 절대 인색한 금액이 아니지."

크롬웰은 크리스토프가 그 말을 잠시 곱씹을 수 있게 내버려둔다. 인색한 금액이 아니다. 마침내 소년이 말한다. "에스파냐 사람들은 어차피 메르드*죠."

"길을 잘 보고 제니가 구덩이에 빠지지 않도록 조심해. 조금이라도 짐을 흘리면 집까지 나귀를 타고 따라오게 해줄 테니까."

---

* merde. 제정신이 아니라는 뜻의 프랑스어 욕설.

"이히히잉." 크리스토프가 울부짖는다. 말 탄 무장 병사들이 돌아볼 만큼 시끄러운 소리로. "프랑스 당나귀 소리랍니다." 그가 설명한다.

프랑스 바보 천치겠지, 누군가 장난기 섞어 말한다. 그 첫날 여정이 끝나갈 무렵 어두운 숲을 지나 말을 달리며 그들은 노래를 부른다. 피로에 지친 마음에 활력을 불어넣고, 우거진 녹음 속에 숨어 있는 정령들을 쫓아내려고. 평범한 잉글랜드인의 미신을 절대 무시하면 안 된다. 올해가 저물어가는 지금, 가장 사랑받는 노래는 왕이 직접 쓴 곡이다. "좋은 벗들과 즐거운 시간 / 지금도 사랑하고 죽을 때까지 사랑하리라." 변형된 노래는 아주 조금 더 외설적일 뿐이라서, 크롬웰이 굳이 나서서 말리지 않아도 될 정도다.

여인숙 주인은 안달복달하는 소심한 말라깽이인데, 손님의 정체를 어떻게든 알아내보려고 헛수고를 한다. 주인장의 아내는 욕구불만에 찬 강인한 젊은 여인으로 성난 파란 눈과 쩌렁쩌렁한 목소리의 소유자다. 크롬웰은 담당 요리사를 대동하고 여행하고 있다. "아니, 나리, 뭐 하시는 겁니까?" 주인장의 아내가 말한다. "우리가 독이라도 탈까봐서요?" 주방에서 쿵쾅거리고 돌아다니며 자기 냄비로 해도 되는 요리와 안 되는 것을 설명하는 여자의 말소리가 들린다.

그 여자는 늦은 밤 크롬웰의 방에 찾아와 나리, 원하시는 게 있으신가요? 하고 묻는다. 아니라고 거절하지만 또다시 돌아온다. 정말 아무것도 없으신가요? 자네 언성을 좀 낮추게, 하고 크롬웰이 말한다. 런던에서 이렇게 멀리 떨어진 곳에서라면, 왕의 대리로 교회 업무를 맡아보는 그 역시 경계심을 좀 풀어도 되지 않을까? "그럼 좀 있다가 가게." 그는 여자에게 말한다. 좀 시끄러울 수는 있지만 그래도 레이디 우스터보다는 훨씬 안전한 선택이다.

다음날 아침 동이 트기 전에 잠에서 깬다. 화들짝 소스라쳐 잠에서 깬 그는 잠시 자기가 어디에 있는지 몰랐다. 한순간 다시 페가수스 저택으로 돌아가, 수선을 떠는 누나 캣과 함께 있는 줄 알았다. 그것도 아버지에게서 도망치던 그날 아침으로. 그의 미래가 눈앞에 놓여 있던 그날로. 그러나 정신을 차린 그는 신중하게, 촛불 하나 없는 어두운 방 안에서 팔다리를 움직여본다. 타박상도 없다. 칼에 베인 곳도 없다. 지금 어디 있는지, 자기가 어떤 사람인지 기억해낸 크롬웰은 여인의 몸이 남기고 간 온기 속으로 파고들어, 덧베개 위로 한 팔을 펼치고 꾸벅꾸벅 존다.

곧 여주인이 층계에서 노래를 부르는 소리가 들려온다. 열두 처녀가 5월의 아침에 외출했지만 아무도 돌아오지 않았다는 요지의 노래 같다. 여자는 그가 준 돈을 챙겨갔다. 반갑게 인사하는 여인숙 여주인의 얼굴에는 어젯밤 살을 섞었던 기미를 전혀 찾아볼 수 없다. 하지만 일행이 말을 탈 준비를 하고 있을 때는 다시 다가와 목소리를 깔고 은근히 말을 걸어온다. 크리스토프가 위풍당당하게 주인에게 숙박비를 정산해준다. 날씨는 한층 온화해졌고 여정은 신속하고 무탈하다. 잉글랜드 중부로 들어가는 기마 여행에서는 몇몇 이미지만 또렷하게 남아 있다. 덤불에서 빨갛게 농익어 불타고 있던 호랑가시나무 열매. 하마터면 말발굽에 밟힐 뻔했던, 후다닥 소스라쳐 날아가는 딱따구리. 습지로 들어간다는 실감. 흙과 늪이 같은 색깔인 그곳에서 발밑의 땅은 위험천만하다.

킴볼턴은 시장이 서는 분주한 마을이지만 황혼녘의 저잣거리는 텅 비어 있다. 전속력으로 달려온 건 아니지만, 중요하긴 해도 급박하지 않은 일에 말들의 기운을 빼는 짓은 괜히 할 필요가 없다. 캐서린은 때가 오면 알아서 죽든가 살든가 할 것이다. 게다가 시골로 나오는 건 크롬웰에게도 좋은 일이다. 비좁은 런던 뒷골목에 끼어 건물 처마와 박공 밑에서 말이나 나귀를 피하며 부서진 지붕에 꿰찔린 초라한 캔버스 같은 런던의 하늘을 보고 있으면, 잉글랜드가 어떤 나라인지 잊게 된다. 벌판이 얼마나 광활한지, 하늘이 얼마나 드넓은지, 잉글랜드 사람들이 얼마나 추레하고 무지한지 잊게 된다. 일행은 최근에 땅을 파낸 흔적이 보이는 길가의 십자가들을 지나친다. 무장한 병사 한 사람이 말한다. "사람들은 수도사들이 자기네 보물을 파묻고 있다고 생각해요. 여기 우리 마스터한테서 숨기려는 거죠."

"그렇군." 크롬웰은 말한다. "그렇지만 십자가 밑은 아니겠지. 그 정도로 바보들은 아니지."

대로에서 그들은 교회 앞에 고삐를 묶는다. "뭐하시려고요?" 크리스토프가 말한다.

"축복이 필요해." 그가 답한다.

"고해성사를 하셔야 할 겁니다." 한 남자가 말한다.

의미심장한 미소가 오간다. 해로울 것 없다. 그런다고 그를 더 나쁘게 볼 사람은 아무도 없다. 부하들은 그저 자기네 잠자리는 여인의 온기 없이 차가왔다는 생각을 할 뿐이다. 크롬웰이 그간 알게 된 사실이 하나 있다. 그를 직접 만나보지 못한 사람들은 다들 그를 싫어하지만, 직접 만나보고 나면 일부만 그를 싫어한다. 호위 하나가 투덜거린다.

수도원에서 묵을 수도 있지 않을까요. 하지만 수도원에는 여자가 없겠죠. 그가 안장 위에서 돌아본다. "자네 정말 그렇게 생각하나?" 사내들로부터 의미심장한 웃음이 터져나온다.

교회 예배당의 차디찬 실내에서 크롬웰의 호위병들이 두 팔로 몸을 철썩철썩 친다. 형편없는 배우들처럼 발을 구르면서 "부르르" 하고 입으로 외친다. "휘파람을 불어서 사제를 불러야겠어요." 크리스토프가 말한다.

"그런 짓을 하기만 해봐." 그렇지만 그는 씩 웃는다. 젊었을 때의 자신이 그런 말을 하고 그런 짓을 하는 상상이 되기 때문이다.

그렇지만 휘파람까지 불 필요는 없다. 의심을 품은 관리인이 등불을 들고 슬며시 들어온다. 당연히 전령이 소식을 전하러 캐서린의 거대한 저택으로 허둥지둥 달려가고 있을 것이다. 조심해요, 준비하고 있어요, 귀족들이 왔어요. 캐서린에게 약간의 사전 통보를 하는 게 예의긴 하지만, 지나친 경고는 필요 없다. "상상해봐요." 크리스토프가 말한다. "캐서린이 수염을 뽑고 있을 때 우리가 들이닥칠 수도 있어요. 그 나이대 여자들은 그러잖아요."

크리스토프에게 전 왕비는 쇠약한 말이고 쭈그렁 할멈이다. 크롬웰은 생각한다. 캐서린은 내 나이 또래일 텐데. 그러나 삶은 여자들에게 더 가혹하다. 특히 캐서린처럼 다복해서 자식을 많이 낳고 또 그 자식들의 죽음을 지켜본 여자들에게.

조용히 사제가 가까이 다가온다. 소심한 성격의 사제는 교회의 보물을 보여주고자 한다. "그렇다면 혹시 자네……" 크롬웰은 머릿속의 명단을 훑는다. "윌리엄 로드?"

"아, 아닙니다." 이 사람은 또다른 윌리엄이다. 기나긴 해명이 이어진다. 크롬웰은 말허리를 끊는다. "자네 주교가 누군지 알고 있다면 상관없네." 그 뒤로 성 에드먼드의 그림이 걸려 있다. 오백 개의 손가락을 가진 성자는 춤을 추듯 발끝을 참하게 쭉 펴고 있다. "등불을 치켜들게." 그가 말한다. "저건 인어인가?"

"예, 그렇습니다." 불안의 그림자가 사제의 얼굴을 스친다. "내려야 할까요? 금지된 형상입니까?"

그는 미소를 짓는다. "그저 바다에서 참 멀리 떨어진 데까지 왔다는 생각을 했을 뿐일세."

"비린내 나는 생선이에요." 크리스토프가 시끌벅적하게 폭소를 터뜨린다.

"저 녀석은 용서해주게. 시인으로 봐줄 수는 없는 녀석이지."

사제가 희미한 미소를 띤다. 참나무 차양에는 성녀 안나가 어린 딸 성모마리아를 가르치기 위해 책을 들고 있는 그림이 있다. 대천사 성 미카엘이 발을 휘감고 매달리는 악마를 반달도로 내려치고 있다. "왕비님을 뵈러 오셨습니까? 아니, 그러니까," 사제는 고쳐 말한다. "레이디 캐서린 말씀입니다."

이 사제는 내가 누군지 전혀 감을 잡지 못하고 있군, 그는 생각한다. 누군지 몰라도 그저 밀사라고 생각하고 있는 거야. 나는 서퍽 공작 찰스 브랜던일 수도 있다. 노퍽 공작 토머스 하워드일 수도 있고. 두 사람 다 캐서린에게 한심한 설득력으로 양아치 같은 협박을 시도해보았으나 별 소용이 없었다.

그는 자기 이름을 밝히지 않고 헌금을 남긴다. 사제의 손이 따뜻하게 데우기라도 하려는 듯 동전들을 꼭 감싸쥔다. "제 말실수는 용서해주시겠습니까? 레이디의 칭호에 대한 것 말입니다. 맹세컨대 나쁜 의도는 아니었습니다. 저처럼 늙은 시골 사람은 변화를 따라가기가 쉽지 않아서요. 런던에서 새 소식을 듣게 되면, 곧바로 전혀 다른 새로운 소식이 전해지거든요."

"우리 모두 쉽지 않다네." 그는 어깨를 으쓱하며 말한다. "일요일마다 앤 왕비를 위해 기도하나?"

"물론입니다."

"그러면 교구 사람들이 뭐라고 하는가?"

사제는 당혹스러운 눈치다. "저, 나리, 다들 어리석은 사람들입니다. 무슨 말을 하든 신경쓰지 않으셔도 될 텐데요. 물론 다들 충성심이 깊지만 말입니다." 서둘러 덧붙여 말한다. "몹시 충성스러운 백성입니다."

"물론 그렇겠지. 그럼 부탁인데, 오는 일요일에 톰 울지를 위해 기도해주겠나?"

돌아가신 추기경 전하 말씀입니까? 그는 늙은 사제가 머릿속으로 생각을 다시 정리하는 모습을 지켜본다. 이 사람은 토머스 하워드나 찰스 브랜던일 리가 없어. 그랬다면 울지의 이름이 나오기가 무섭게 발밑에 침을 뱉었을 테니. 그렇게 생각하고 있는 게 틀림없다.

교회를 나오는데 마지막 석양빛이 막 하늘에서 사라지고 뜬금없는 눈송이가 남쪽으로 표표히 날아가고 있다. 일행은 다시 말에 오른다. 긴 하루였다. 걸치고 있는 옷의 무게가 등에 느껴진다. 망자에게 우리의 기도가 필요하다고도, 쓸모가 있다고도 믿지 않는 그였다. 그러나 성서를 그만큼 깊이 공부한 사람이라면 우리의 하느님이 변덕스러운 신이며, 그렇기에 도박판에서 위험을 분산해 나쁠 건 없다는 사실을 잘 알 터이다. 딱따구리가 붉은 갈색 섬광이 되어 쏜살같이 날아가는 순간, 그의 심장이 무겁게 쿵, 떨어졌다. 말을 달리면서도 계속 심장박동을 의식했다. 쿵쿵 뛸 때마다 묵직하게 날개가 퍼드덕거렸다. 새가 숲에서 은닉처를 찾았을 때, 깃털의 흔적이 먹처럼 물들어 까맣게 변했다.

일행은 날이 반쯤 어두워졌을 무렵 도착한다. 장벽 위에서 보초병이 외쳐 부르자 크리스토프가 소리쳐 대답한다. "토머스 크레뮈엘, 왕의 내무장관이고 기록보관관이요."

"그걸 우리가 어떻게 안단 말이오?" 보초병이 버럭 소리를 지른다. "깃발을 보여주시오."

"불을 비춰보고 우리를 들여보내달라고 말하게." 그가 말한다. "안 그러면 등짝을 장화발로 차주겠다고 해."

북부에 오면 이런 식으로 말해야만 한다. 왕의 천출 자문관인 토머스 크롬웰이 할 법한 언행이라고 생각하기 때문이다.

그들을 위해서 도개교를 내려야 한다. 낡아빠진 널판, 삐걱거리는 소리, 볼트와 사슬이 철컹거린다. 킴볼턴에서는 문을 일찍 잠근다. 좋다. "기억하게." 그는 일행에게 일러둔다. "사제가 한 실수는 하지 말게. 캐서린의 식솔들에게 캐서린을 칭할 때는 '미망인 웨일스 공비'라고 부르게."

"뭐라고요?" 크리스토프가 말한다.

"그 여자가 왕의 아내가 아니라는 말일세. 왕비인 적도 없어. 서거하신 폐하의 형님 웨일스 공 아서의 미망인이라는 말이야."

"서거가 죽었다는 말이죠." 크리스토프가 말한다. "그건 나도 알아요."

"그 여자는 왕비도 아니고, 전 왕비도 아니야. 소위 두번째 결혼이라는 게 합법적인 게 아니니까."

"그 말은, 허락되지 않는다. 이거군요." 크리스토프가 말한다. "캐서린은 두 형제와 합방하는 실수를 저질렀죠. 처음에는 아서, 다음에는 헨리."

"그러면 우리가 그런 여자를 어떻게 생각해야 하겠나?" 그는 미소를 지으며 대답한다.

눈부신 횃불이 밝혀지고 어둠 속에서 형체가 나타난다. 캐서린을 지키는 에드먼드 베딩필드 경이다. "우리한테 사전에 경고라도 했어야 되는 거 아닌가, 크롬웰!"

"맙소사, 어차피 경고 따위 좋아하지도 않잖나." 그는 레이디 베딩필드에게 키스한다. "저녁식사는 직접 챙겨오지 못했습니다. 하지만 저 뒤에 노새가 끄는 수레가 오는데 내일 도착할 겁니다. 식탁에 올려드릴 사슴 고기는 있고, 공비께 드릴 아몬드도 있고, 샤퀴가 공비가 좋아하신다기에 달콤한 와인도 가져왔습니다."

"캐서린의 입맛을 돋울 먹거리라면 반가울 따름이지요." 그레이스 베딩필드가 앞서서 일행을 그레이트홀로 안내한다. 불빛 앞에서 부인이 발길을 멈추고 그를 돌아본다. "주치의는 캐서린의 뱃속에 종양이 자라고 있다고 생각해요. 하지만 과정은 오래 걸릴 수도 있지요. 그 정도면 충분히 시련을 겪으신 것 같은데, 불쌍한 분."

그는 장갑과 승마용 코트를 크리스토프에게 건네준다. "지금 곧장 만날 건가?" 베딩필드가 그에게 묻는다. "우리는 자네가 올 줄 모르고 있었지만 캐서린은 다를 수도 있지. 우리도 힘들다고. 마을 사람들은 캐서린을 더 좋아해서 하인들한테 말을 흘리는데, 그걸 막을 길이 없어. 성곽 주위로 파놓은 해자 건너편에 서서 신호를 보내는 것 같더군. 그래서 캐서린도 밖에서 무슨 일이 벌어지고 있는지, 누가 길거리를 돌아다니는지 다 안다고 생각하네."

 드레스로 볼 때 에스파냐 출신이고 나이도 지긋한 부인 두 명이 석고 벽에 몸을 딱 붙이고 서서 마뜩잖은 눈빛으로 그를 바라본다. 그가 고개 숙여 인사하자 한 여자가 자기 나라 말로 이 사람이 잉글랜드 왕의 영혼을 판 장본인이라고 말한다. 여자들이 기대선 벽에는 빛바랜 낙원의 한 장면이 그려져 있다. 아담과 이브가 손을 잡고 새로 창조되어 제 이름도 알지 못하는 짐승들 사이를 한가로이 거닐고 있다. 작은 코끼리가 눈을 굴리며 무성한 잎사귀 사이로 수줍게 바라본다. 그는 코끼리를 한 번도 본 적이 없지만 전투용 말보다는 훨씬 우월하다고 알고 있다. 어쩌면 이 코끼리는 아직 자랄 여유가 없었나보다. 과일이 주렁주렁 열린 나뭇가지들이 머리 위에 늘어졌다.

 "절차는 알고 있지?" 베딩필드가 말한다. "두문불출하고 방안에 살면서 시녀들을 부린다네. 그 사람들, 아니 시녀들한테 벽난로에서 요리를 하라고 시키고. 문을 두드리고 들어가서 레이디 캐서린을 찾으면 쫓겨날 테고, 왕비마마라고 부르면 있으라고 할 걸세. 그래서 난 그냥 호칭을 안 불러. 당신이라고 부르지. 걸레로 계단 닦는 하녀를 부르듯이 말일세."

캐서린은 아주 훌륭한 족제비털 속에 쭈그러들어가 벽난롯가에 앉아 있다. 저 여자가 죽으면 왕은 저 모피를 다시 돌려받으려 하겠지, 그는 생각한다. 캐서린은 눈길을 들더니 손을 내밀어 키스를 하라고 한다. 영 내키지 않는 기색이지만, 그건 크롬웰을 인정하지 않아서라기보다는 추위 때문이라고 생각한다. 캐서린의 안색은 누렇게 떠 있고, 방안에는 병자의 퀴퀴한 냄새가 난다. 모피의 희미한 동물냄새, 버리지 않은 채수의 야채 냄새, 한 처녀가 황급히 들고 나가는 그릇의 시큼한 악취. 그 안에는, 폐비의 위장에 들어 있던 토사물이 담겨 있으리라 짐작한다. 밤에 몸이 아플 때면, 그녀는 아마도 자신이 태어나 자랐던 알람브라궁의 정원을 꿈꿀 것이다. 대리석 도로, 대야로 보글보글 흘러내리는 수정처럼 맑은 물, 질질 끌리는 하얀 공작 꼬리와 레몬향. 선물꾸러미에 레몬을 하나 넣어 갖다줬어도 괜찮았겠네, 하는 생각이 든다.

마치 생각을 읽은 사람처럼 캐서린은 카스티야 말로 말한다. "마스터 크롬웰, 지긋지긋한 위장은 벗어던지시지요. 내 나라 말을 못하는 척하지 않으셔도 됩니다."

그는 고개를 끄덕인다. "예전에는 옆에 서서 시녀들이 제 얘기를 하는 걸 듣고 있는 게 힘들었지요. '세상에, 정말 못생기지 않았어? 저 사람 사탄처럼 몸에 털이 많을까?'"

"내 시녀들이 그런 소리를 했단 말이오?" 캐서린은 재미있어하는 눈치다. 그녀는 내밀었던 손을 보이지 않는 곳으로 치운다. "사라진 지 오래됐지, 그 활기찬 여자애들은. 이젠 늙은 여자들만 남아 있어요. 세상이 다 아는 반역자 몇 사람하고."

"마담, 여기서 시중드는 사람들은 마담을 사랑합니다."

"그 여자들은 내 일거수일투족을 보고하지요. 내가 한 모든 말도, 심지어 내 기도도 엿들어요. 글쎄요, 마스터." 캐서린이 고개를 들자 불빛이 얼굴을 밝힌다. "내가 어떻게 보여요? 폐하께서 물으시면 뭐라고 할 건가요? 지난 몇 달 동안 내 얼굴을 거울에 비춰본 적이 없어요." 캐서린은 털모자를 손으로 톡톡 두드리더니 귀덮개를 내려 귀를 덮고 웃는다. "폐하께서는 나를 천사라고 부르셨어요. 꽃이라고 부르셨지요. 첫아들이 태어났을 때는 한겨울이었어요. 잉글랜드 전역이 눈에 뒤덮였지요. 갖고 싶어도 꽃이 없었을 거예요. 그렇지만 헨리는 완벽하게 새하얀 비단으로 만든 일흔 송이의 장미를 주었지요. '당신의 손만큼 흰색이오, 내 사랑.' 그렇게 말하면서 내 손가락에 키스를 해주었어요." 족제비털 아래 무언가가 꿈틀거려 꾹 쥔 주먹이 지금 어디 있는지 가늠할 수 있다. "서랍장에 아직도 갖고 있지요, 그 장미들이요. 적어도 시들지는 않으니까요. 지난 몇 년에 걸쳐서 내게 충성을 바친 사람들에게 나누어주었어요." 캐서린이 잠시 말을 끊는다. 입술이 달싹거린다. 말없는 기도다. 떠나버린 영혼을 위한 기도. "말해봐요, 불린의 딸은 어떤가요? 기도를 많이 한다더군요. 종교개혁의 신에게."

"신심으로 워낙 유명하시지요. 학자와 주교들의 인정을 받은 왕비니까요."

"그 사람들이 그 여자를 이용하는 거죠. 그 여자가 그 인간들을 이용하듯이. 참된 성직자라면 배교자를 보듯 그 여자를 피할 텐데요. 하지만 그 여자는 아들을 내려달라고 기도하겠군요. 지난번 아이는 사산했다고 들었어요. 아, 아무튼 난 그게 어떤지 알아요. 내 심장의 밑바닥에서부터 연민이 우러나요."

"폐하와 곧 또 아이를 가질 희망을 갖고 계십니다."

"뭐라고요? 구체적인 희망인가요, 막연한 희망인가요?"

크롬웰은 잠시 말이 없다. 확실한 얘기는 아무것도 나온 바가 없다. 그레고리의 말이 틀릴 수도 있다. "난 또 그 여자가 당신한테는 속내를 다 털어놓는 줄 알았지." 캐서린이 매섭게 말한다. 그녀의 시선이 그의 얼굴을 훑는다. 뭔가 불화가 있나, 냉랭한 기운이 감도나? "헨리가 다른 여자들 꽁무니를 쫓는다는 말도 들리더군요." 캐서린의 손가락이 모피를 쓸어내린다. 멍하니 빙글빙글 가죽을 어루만진다. "너무 이르잖아요. 결혼해 산 기간도 그렇게 짧은데. 아마 그 여자는 주변 여자들을 둘러보며 늘 의심하고 혼잣말할걸요. 당신이야, 마담? 아니면 당신? 믿음을 주지 못하는 사람들이 신뢰를 둘 곳을 찾을 때 얼마나 맹목적인지를 보면 항상 놀랍더군요. 라 아나*는 자기한테 친구들이 있다고 생각하죠. 하지만 조만간 왕자를 낳아주지 못하면 그 사람들도 등을 돌리겠죠."

그는 고개를 끄덕인다. "아마 그럴지도 모르지요. 누가 제일 먼저 돌아설까요?"

"내가 왜 그 여자한테 알려줘야 하죠?" 캐서린이 무미건조하게 말한다. "사람들 말이 그 여자는 심기가 불편해지면 천한 계집처럼 시끄럽게 잔소리를 한다면서요. 왕비는, 자칭 왕비라고 하죠, 그 여자가, 아무튼 왕비란 온 세상이 지켜보는 가운데 살면서 괴로워해야 해요.

---

* 에스파냐에서 앤 왕비를 칭하는 호칭.

그 여자보다 높은 여자는 천국의 여왕밖에 없지요. 그러니까 시련 속에서 우정을 구할 수가 없을 거예요. 괴로움도 혼자 감내해야 하는데, 그걸 견뎌내려면 특별한 은총이 필요하답니다. 불린의 딸은 이런 은총을 받지 못한 것 같군요. 왜 그런지 생각해본답니다."

말끝이 흐려진다. 입술이 벌어지더니, 꿈틀거리며 옷을 벗으려는 듯 몸이 움츠러든다. 통증이 있으시군요, 하고 그가 말머리를 꺼내지만 캐서린은 손사래를 치며 말을 막는다. 아무것도 아니에요. 아무것도. "왕 주변의 젊은 귀족들, 지금은 앤이 미소를 보여주면 목숨이라도 내놓겠다고 난리지만 곧 다른 사람에게 충성을 맹세할걸요. 똑같은 충성심을 나한테 바치던 사람들이니까. 그건 내가 왕과 결혼했기 때문이지, 나라는 사람과는 아무 상관이 없어요. 그러나 라 아나는 그걸 자신의 매력에 바치는 경의라고 받아들이죠. 게다가 두려워해야 할 사람들은 그 남자들뿐만이 아니랍니다. 올케인 제인 로치퍼드, 그 여자야말로 참 젊고 눈치 빠르죠…… 내 시중을 들던 시절에 비밀 얘기들을 많이 물어 가지고 왔답니다. 사랑의 비밀들, 차라리 몰라도 좋을 비밀들. 그리고 아마 그 여자의 눈과 귀는 여전히 무뎌지지 않았을 거예요." 캐서린은 그 말을 하는 지금도 손가락으로는 바삐 자기 쇄골 근처를 마사지하고 있다. "그러니까 당신은 추방된 캐서린이 궁정의 동향을 어떻게 알고 있는지 궁금하겠죠? 그건 그쪽이 곰곰 생각해서 알아낼 문제죠."

오래 생각할 필요도 없지, 그는 생각한다. 당신의 특별한 친구 니컬러스 커루의 아내일 테니까. 그리고 엑서터 공작의 아내 거트루드 코트니일 테고. 작년에 음모를 꾸미는 걸 발견했을 때 잡아넣었어야 했어. 어쩌면 심지어 그 작은 제인 시모어일지도 모르지. 제인도 울프홀 이후로 챙겨야 할 잇속이 생겼지만. "정보원을 갖고 계신 건 압니다." 크롬웰이 말한다. "그렇지만 그 사람들을 믿을 수 있을까요? 마담의 이름으로 움직이지만 마담의 이익을 최선으로 두지는 않습니다. 따님의 이익도 마찬가지고요."

"공주가 나를 보러 오게 해줄래요? 마음을 진정시킬 조언이 그 아이한테 필요하다면, 나보다 적임자가 어디 있겠어요?"

"제 힘이 닿는 일이라면, 마담……"

"폐하께 무슨 해가 되겠어요?"

"폐하의 입장에서 생각해보시지요. 샤퓌 대사가 메리에게 외국으로 나갈 수 있게 해주겠다고 편지를 보냈을 수도 있습니다."

"그럴 리가! 샤퓌는 그런 생각을 할 리 없어요. 내 목숨을 걸고 보장합니다."

"폐하께서 메리가 호위병들을 매수할 수도 있다고 생각하십니다. 혹시 마담을 뵙도록 여행을 허락해주면 도망쳐서 배를 타고 친척인 황제의 영토로 가버릴 수도 있고요."

깡마르고 겁에 질린 공주가 그렇게 필사적인 범죄자의 길을 떠난다니, 그런 생각을 하다 자칫 입가에 웃음기를 머금을 뻔한다. 캐서린도 설핏 미소를 짓는다. 악의에 차 일그러진 미소다. "그런 다음에는요? 헨리는 우리 딸이 옆구리에 외국인 남편이라도 꿰차고 돌아와서 자기를 왕좌에서 몰아내 추방할까봐 겁이라도 난다던가요? 가서 확실히 안심을 시켜주세요. 그애한테 그런 의도는 없으니까. 그 역시 내 목숨을 걸고 책임을 지도록 하지요."

"책임지실 일이 참 많기도 하군요, 마담. 이것도 보장하고 저것도 책임지고. 마담이 거실 목숨은 하나뿐일 텐데요."

"그 목숨이 헨리한테 도움이 되길 바라요. 어떤 식으로든 내게 죽음이 찾아온다면 왕이 자기 죽음을 앞두고 모범으로 삼을 수 있도록 의연하게 맞고 싶군요."

"알겠습니다. 왕의 죽음에 대해 많이 생각하십니까?"

"그이의 사후에 대해 생각해요."

"왕의 영혼을 지켜주고 싶으시다면서 어째서 계속 앞길을 막으십니까? 그런다고 왕의 천성이 좋아지지는 않을 텐데요. 수년 전에 고집을 꺾고 왕의 바람을 들어줬더라면, 수도원에 순순히 들어가서 왕이 재혼할 수 있게 해주었다면, 헨리는 절대 로마와 관계를 끊지 않았을 거라는 생각은 안 하십니까? 그럴 필요가 없었습니다. 마담과의 결혼에는 어차피 의혹이 많았으니, 얼마든지 품위를 지키며 물러날 수 있었습니다. 마담의 명예를 모두가 존중했을 겁니다. 그러나 지금 당신이 집착하는 작위는 공허할 뿐입니다. 헨리는 로마의 착한 아들이었어요. 이런 극단적인 선택으로 몰아간 건 당신입니다. 헨리가 아니라 당신이 기독교 왕국을 분열시켰어요. 마담도 아실 겁니다. 고요한 밤에는 잠 못 들고 자책을 하겠지요."

잠시 침묵이 흐르는 사이 캐서린은 무시무시한 분노의 책을 획획 넘기다가 딱 적합한 단어를 찾아 짚어내듯 말한다. "크롬웰, 당신 말은…… 경멸스럽군요."

저 여자의 말이 아마 맞겠지, 크롬웰은 생각한다. 그러나 나는 계속해서 저 여자를 괴롭힐 것이다. 환상을 싹 걷어내고 자신의 참모습을 보여줄 것이다. 그건 그녀의 딸 메리를 위한 일이다. 메리가 미래다. 왕에게 남은 유일한 장성한 자식, 신이 헨리를 불러 왕좌가 갑자기 비게 된다면 잉글랜드의 앞날을 짊어질 단 한 사람이다. "저는 그 비단 장미를 아무래도 못 받겠군요." 그가 말한다. "혹시 주실까 했는데."

오랫동안 쳐다보는 눈길. "최소한 적으로서 크롬웰 당신은 눈에 훤히 보이는 자리에 서 있기는 하지요. 나의 친구들도 그렇게 눈에 띄는 자리를 지킬 수 있다면 좋으련만. 잉글랜드는 위선자들의 나라예요."

"배은망덕한 인간들의 나라죠." 그도 동의한다. "타고난 거짓말쟁이들. 저도 익히 겪어봐서 압니다. 차라리 이탈리아인들이 낫죠. 피렌체 사람들은 정말 겸손하고, 베네치아 사람들은 거래를 할 때 속내가 투명하게 들여다보이니까. 그리고 마담의 민족 에스파냐 사람들. 정직하기 짝이 없는 이들이고요. 부인의 부친 페르디난드왕에 대해서도, 허심탄회하게 터놓는 그 심장 때문에 결국 망하게 될 거라고들 말했으니까."

"재미있나보군요." 캐서린이 말한다. "죽어가는 여자를 괴롭히는 일이."

"죽는 일에 생색도 참 대단하게 내십니다. 한편으로는 목숨을 내걸고 보장하겠다면서, 다른 한편으로는 특혜를 원하시니."

"나 같은 신세한테는 보통 다들 친절하게 대해주더군요."

"친절하게 대하려 노력하고 있는데 몰라주시는군요. 마담, 마지막으로 뜻을 양보하시고 따님을 위해 왕과 화해하실 생각은 없으십니까? 마담이 왕을 등지고 이승을 떠나면 메리한테 책임을 묻게 될지 모릅니다. 메리는 젊고 앞으로 창창한 삶을 살아야 하는데 말입니다."

150

"왕은 메리 탓을 하지 않을 겁니다. 난 왕을 알아요. 그 사람이 그렇게 비열한 인간은 아니죠."

그는 침묵을 지킨다. 캐서린이 여전히 남편을 사랑한다는 생각을 한다. 늙어 가죽처럼 질겨진 그녀 심장의 옹이나 주름살 어딘가에 여전히 왕의 발걸음을, 왕의 목소리를 기다리는 희망이 남아 있다. 왕의 선물을 간직하고 있으면서 어떻게 한때 왕이 자신을 사랑했다는 사실을 잊을 수 있을까? 아무튼, 그 비단 장미들에는 몇 주일의 품이 들어갔을게 분명하다. 태아가 아들이라는 사실을 알기 오래전에 주문을 넣었을 것이다. "우리는 아기를 새해의 왕자라고 불렀지." 울지가 그런 말을 했었다. "왕자는 오십이 일을 살았고, 나는 하루도 거르지 않고 날짜를 셌네." 겨울의 잉글랜드. 눈은 마치 무덤을 덮는 하얀 천처럼 내려와 들판과 궁정의 지붕을 폭 감싸 뒤덮고 타일과 박공의 숨구멍을 막고서 소리 없이 창유리를 타고 흘러내린다. 수레바퀴 자국이 난 길을 깃털처럼 보드랍게 뒤덮고, 참나무와 주목에 쌓여 나뭇가지를 묵직하게 휘게 하고, 얼음 속 물고기들을 밀봉해 가두고 홰를 치고 앉은 새들을 꽁꽁 얼어붙게 한다. 그는 진홍빛 커튼이 드리워지고 잉글랜드의 문장이 금박으로 새겨진 요람을 상상한다. 요람을 흔드는 유모들은 황급히 옷을 걸쳐 입었다. 화로가 불타고 있고 공기는 새해답게 계피와 노간주나무 열매 향이 배어 신선했다. 비단 장미꽃들은 득의양양한 캐서린의 침대맡으로 전달되었다―어떻게? 금박 입힌 바구니에? 관처럼 생긴 긴 상자 속, 자개로 장식한 손궤에 든 채? 아니면 석류가 수놓인 비단 포장에서 이불 위로 우수수 쏟아져 떨어졌을까? 행복한 두 달이 지나간다. 아이가 튼튼하게 자란다. 튜더의 후계자가 생겼다는 사실이 온 세상에 공포되어 기정사실로 굳어간다. 그리고 쉰두번째 되는 날, 커튼 너머로 정적이 흐른다. 숨소리가 아닌 숨소리. 아기방의 여자들이 충격과 공포로 울부짖으며 아기를 낚아채 안는다. 절망적으로 십자성호를 그으며, 요람 옆에서 겁에 질려 쭈그려앉아 기도를 한다.

"제가 무슨 조치를 취할 수 있을지 알아보지요." 그가 말한다. "따님 말씀입니다. 찾아뵙도록 할 수 있을지 말입니다." 하긴 어린 소녀 하나가 국토 횡단 여행을 한다고 뭐가 얼마나 위험하겠는가? "당신이 메리에게 모든 면에서 왕의 뜻을 존중하고 지금과 달리 왕을 교회의 수장으로 인정하라고 조언해준다면 왕께서도 허락해주실 겁니다."

"그 문제라면 메리 공주가 알아서 양심대로 하겠지요." 캐서린은 크롬웰을 향해 손바닥을 펼쳐 든다. "당신은 나를 동정하는군요, 크롬웰. 그러면 안 됩니다. 난 오랫동안 죽음을 준비해왔어요. 전능하신 하느님께서 주님의 종인 제 노력에 상을 내리실 거라 믿어요. 그러면 난 먼저 간 내 아기들을 다시 보게 되겠지요."

저 여자가 안쓰러워서 심장이 무너질 수도 있겠다고, 그는 생각한다. 그러나 그의 심장은 결코 무너지지 않는 불패의 심장이다. 캐서린은 형장에서 순교자의 죽음을 맞기를 원한다. 그러나 동부의 습지에서 홀로 죽어갈 것이다. 모르긴 몰라도 자기가 토한 토사물에 목이 메어 질식해 죽어가겠지. "메리는 어떤가요? 메리도 죽음을 맞을 준비가 되었습니까?"

"메리 공주는 놀이방의 아기 때부터 그리스도의 수난에 대해 명상했어요. 주님이 부르시면 이미 마음의 준비를 갖추고 있겠지요."

"마담은 천륜을 거스르는 부모로군요." 그가 말한다. "어떤 부모가 자기 자식의 목숨을 무릅쓴단 말입니까?"

그러나 아버지 월터 크롬웰을 기억한다. 월터는 무지막지한 장화로 아들의 몸을 밟고 길길이 날뛰었다. 하나밖에 없는 아들이었는데. 크롬웰은 정신을 차리고 최후의 승부수를 띄운다. "마담, 왕과 추밀원에 고집스럽게 거역할 경우 마담께서 가장 혐오하는 결과가 어떻게 발생할 수 있는지 예를 들어드린 겁니다. 그러니 마담이 틀릴 수도 있는 겁니다, 알겠습니까? 마담께서는 한 번 이상 오판을 할 수 있다는 가능성을 고려해보십시오. 부디 메리에게 왕의 뜻에 순종하라고 조언하시지요."

"메리 공주예요." 캐서린은 멍하니 말한다. 이제 숨이 딸려 항변조차 할 수 없는 모양이다. 그는 잠시 지켜보다가 물러날 준비를 한다. 그러나 그때 캐서린이 문득 눈길을 든다. "궁금한 게 있는데, 어느 나라 말로 고해성사를 하나요? 아니면 고해성사는 안 하나요?"

"우리 마음은 하느님이 다 아십니다, 마담. 쓸데없는 허례허식이나 중개자는 필요 없지요." 언어도 필요 없어, 그는 생각한다. 신은 번역을 초월하는 존재다.

크롬웰은 문밖으로 나오다가 하마터면 베딩필드의 품에 안길 뻔한다. "내 방은 준비가 다 됐나?"

"하지만 자네 저녁식사는⋯⋯"

"그냥 국물이나 한 그릇 올려보내주게. 말하다가 진이 다 빠졌어. 내가 바라는 건 침대뿐이야."

"그 안에 뭐 딴 건 필요 없고?" 베딩필드가 짓궂은 표정을 짓는다.

그러니까 수행원들이 그새 일러바친 모양이다. "그냥 베개만 하나 있으면 되네, 에드먼드."

그레이스 베딩필드는 크롬웰이 그렇게 일찍 잠자리에 든다는 말에 실망한다. 궁정의 소식을 시시콜콜 들을 수 있을 줄 알았던 것이다. 긴 겨울을 앞둔 지금, 말도 없는 에스파냐 사람들과 여기 처박혀 있는 게 영 마뜩잖은 눈치다. 크롬웰은 왕의 지령을 반복해 말해야 한다. 바깥 세상을 철저히 경계하라는 것이다. "샤퓌의 편지들이 전달되는 건 괜찮네. 그럼 캐서린이 암호를 해독하려고 애쓰며 시간을 보낼 수도 있고. 지금 캐서린은 황제에게 그리 중요한 사람이 아니지. 관심이 메리에게 있으니. 그렇지만 왕이나 내가 봉인한 밀서를 갖고 온 사람이 아니면 절대 만나게 하면 안 되네. 하지만―" 크롬웰은 말끝을 흐린다. 언젠가 닥칠 그날이 눈에 선하다. 이듬해 봄까지 캐서린이 살아 있다면 황제의 군대가 북부로 진군할 그날이 오고야 말 것이다. 그때가 오면 에스파냐 군대의 진로를 피해 캐서린을 빼돌려 인질로 잡을 필요가 있다. 그때 가서 에드먼드 베딩필드가 캐서린을 내놓지 않겠다고 버티면 모양새가 영 좋지 않을 것이다. "이보게." 크롬웰은 터키석 반지를 보여준다. "이거 보이나? 돌아가신 추기경 전하께서 주신 반지일세. 내가 끼고 다니는 건 다들 알고 있지."

"그게 바로 그 마술 반지인가요?" 그레이스 베딩필드가 그의 손을 잡는다. "석벽을 녹이고, 만국의 공주들이 당신과 사랑에 빠지게 만든다는?"

"이게 그거요. 혹시라도 전령이 이걸 들고 오면 반드시 들여보내줘요."

그날 밤, 눈을 감자 둥근 천장의 모습이 떠오른다. 머릿속에 킴볼턴

교회의 조각 세공된 천장이 보인다. 작은 종을 흔들어 울리는 남자. 백조 한 마리, 양 한 마리, 지팡이를 짚은 불구자, 하나로 얽힌 두 연인의 심장 그리고 석류나무 한 그루. 캐서린의 문장이다. 그건 아무래도 없애야겠다. 하품이 난다. 깎아서 사과 모양으로 만들면 되겠지. 굳이 불필요한 노력을 들이기엔 너무 피곤하다. 그는 여인숙의 여인을 떠올리고 죄책감을 느낀다. 베개를 자기 쪽으로 당겨 끌어안는다. 그냥 베개만 하나 있으면 되네, 에드먼드.

여인숙 주인의 아내는 말에 오르는 크롬웰 일행을 보고 말했다. "선물 보내주세요. 런던에서 선물을 보내줘요. 여기서는 구할 수 없는 물건을요." 몸에 걸칠 수 있는 물건을 보내줘야지 안 그러면 손버릇 나쁜 여행자들이 쥐도 새도 모르게 훔쳐가버릴 것이다. 물론 해야 할 도리는 기억하겠지만 런던에 돌아갈 무렵이면 여자가 어떻게 생겼는지조차 까맣게 잊을 것이다. 촛불 빛에 비춘 얼굴을 보았지만 불은 곧 꺼졌다. 환한 대낮에 본 여인은 다른 여자였을 수도 있다. 아마 다른 여자였을 것이다.

잠이 든 그는 에덴동산의 선악과를 내미는 이브의 통통한 손을 꿈꾼다. 순간적으로 잠에서 깬다. 선악과가 그렇게 잘 익은 상태였다면 선악과 나뭇가지에 꽃은 언제 피었을까? 대체 어느 봄에, 어느 달에 꽃을 피울 수가 있었던 걸까? 학자들은 이런 문제를 놓고 연구하리라. 미간을 찌푸린 수십 명의 학자들. 정수리를 드러낸 수도사들의 푹 숙인 머리. 황급히 두루마리를 짚어 찾는 동상 걸린 손. 이런 게 수도사들의 천성에 딱 맞는 유의 어리석은 질문이다. 크랜머에게 물어봐야지, 그는 생각한다. 우리 대주교. 앤을 없애버리고 싶다면 헨리는 어째서 크랜머에게 자문을 구하지 않는 걸까? 캐서린과 이혼하게 해준 장본인도 크랜머 대주교였다. 크랜머라면 왕이 쉬어터진 캐서린의 침대로 돌아가야 한다고는 절대 말하지 않을 것이다.

그러나 헨리는 그쪽으로는 자기 의혹을 털어놓을 수 없다. 크랜머는 앤을 사랑한다. 앤 불린이 기독교 여인의 모범이며 유럽 전역에 걸친 신실한 성경 독자들의 희망이라고 믿는다.

그는 다시 잠들어 세상의 동이 트기 전 만들어진 꽃들에 대한 꿈을 꾼다. 하얀 비단으로 만든 꽃들이다. 꽃을 꺾을 덤불도 줄기도 없다. 창조되지 않은 맨땅에 꽃들이 누워 있다.

돌아가서 보고하는 날, 그는 앤 왕비를 찬찬히 살핀다. 유들유들하고 기분이 좋아 보인다. 그가 앤과 헨리에게 가까이 다가갈수록 두 사람이 온화한 목소리로 나누는 사적인 대화가 들려온다. 그 모습을 보니 사이는 좋은 것 같다. 두 사람은 머리를 맞대고 뭔가 분주하다. 왕은 그림 그리는 도구들을 곁에 꺼내놓고 있다. 컴퍼스와 연필, 자, 잉크와 펜나이프, 테이블 위에는 펼쳐진 설계 도면들과 발명가의 금형이며 도면이 들어 있는 봉들이 어지럽게 널려 있다.

두 사람에게 정중히 인사하고 본론으로 들어간다. "캐서린의 병세가 좋지 않습니다. 샤퓌 대사의 문안을 허락하면 자비를 베푸시는 일이 될 듯합니다."

앤이 의자에서 벌떡 일어난다. "아니, 더 편하게 모의를 꾸미게 해주라는 말인가요?"

"왕비님, 의사들 말로는 무덤에 들어갈 날만 헤아리고 있다니까 왕비님의 심기를 불편하게 하지는 못할 겁니다."

"나를 꺾을 기회가 보이기만 하면 수의 자락을 펄럭거리면서 무덤에서 기어나올 여자예요."

헨리가 한 손을 쭉 뻗는다. "여보, 샤퓌는 한 번도 당신을 인정한 적이 없소. 하지만 캐서린이 죽어서 쓸데없는 골칫거리가 없어지면, 내 확실히 그놈 무릎을 꿇리리다."

"그래도 샤퓌를 런던 밖으로 내보내면 안 된다고 생각해요. 캐서린의 변태짓을 부추길 테고, 그러면 그 여자가 자기 딸을 선동할 거예요." 앤은 크롬웰을 무섭게 쏘아본다. "크레뮈엘, 당신도 같은 생각이죠? 메리를 궁정으로 불러서 아버지 앞에서 무릎 꿇고 서약하게 만들어야 해요. 무릎을 꿇고 앉아서 반역에 버금가는 고집을 부린 죄를 용서해달라고 애원하게 말이에요. 그리고 메리 자신이 아니라 우리 딸 엘리자베스가 잉글랜드 왕의 후계자라는 걸 인정하게 만들어야겠어요."

그는 설계도를 가리킨다. "짓지는 않으십니까, 폐하?"

헨리는 손가락을 설탕 상자에 넣고 있다가 들킨 아이 같은 얼굴을 한다. 그러더니 두루마리 하나를 크롬웰 쪽으로 밀어준다. 아직 잉글랜드인들의 눈에는 낯설어 보이지만 그는 이탈리아에 체류할 때 익히 보았던 디자인이다. 목이 긴 도자기와 화병, 망토를 걸치고 날개가 달린 것도 있고, 황제와 신의 눈먼 두상도 있다. 요즘 들어 토종 화초와 나무, 얽히고설키는 넝쿨이며 꽃송이는 천대받는 반면, 화환을 씌운 무기, 승리의 월계수, 릭토르*의 도끼자루, 화려한 창 자루가 인기를

---

* 로마 집정관을 수행하며 죄인을 잡아들이는 관리.

얻고 있다. 그는 앤의 입지가 소박함으로 다져지는 게 아니라는 사실을 안다. 벌써 칠 년이 넘어가는 지금껏 헨리는 앤에게 취향을 맞춰왔다. 예전의 헨리는 잉글랜드의 여름이 낳은 과실로 담근 산뜻한 과일주를 즐겼지만 이제는 무겁고 향이 풍성하고 졸리는 와인을 선호한다. 몸집도 한층 무거워져 가끔은 빛을 가로막는 것처럼 보일 때가 있다. "우리가 기초공사부터 해야 하는 건가요?" 크롬웰이 묻는다. "아니면 그냥 장식만 한 겹 덧붙이는 건가요? 둘 다 돈이 듭니다."

"정말 매정하시네요." 앤이 말한다. "폐하께서는 해크니에 있는 장관의 집을 위해 오크 목재를 보내실 생각입니다. 그리고 새집을 짓는 마스터 새들러한테도 좀 보내고요."

크롬웰은 고개를 깊이 숙여 감사를 표한다. 그러나 왕의 마음은 이미 북방에 가 있다. 아직도 자신의 아내임을 주장하는 여인이 있는 그곳에. "이제 캐서린에게 목숨이 무슨 쓸모가 있단 말인가?" 헨리가 묻는다. "분명히 불화도 지긋지긋할 거야. 모르긴 몰라도 나는 그래. 차라리 성자와 순교자의 반열에 드는 게 본인한테도 좋을 텐데 말이야."

"성자와 순교자님들도 참 오래 기다리고 계세요." 앤이 웃음을 터뜨린다. 귀에 거슬리게 시끄럽다.

"임종을 맞는 모습이 아주 눈에 선해." 왕이 말한다. "설교를 하면서 나를 용서하겠지. 그 여자는 허구한 날 나를 용서하니까. 용서가 필요한 건 그 여자 자신이야. 자궁이 말라비틀어진 죄. 태어나기도 전에 내 자식들을 독살시킨 죄."

그, 크롬웰은 앤에게 휙 눈길을 준다. 혹시 앤이 뭔가 할말이 있다면, 지금이 적절한 순간이 아니겠는가? 그러나 앤은 고개를 돌리고 허리를 숙여 스패니얼 강아지 퍼코이를 안아 무릎에 올린다. 앤이 얼굴을 개의 털에 묻자 작은 개는 자다가 소스라쳐 놀라 깨서 그녀의 손아귀에 잡힌 채 낑낑거리며 몸을 뒤채다가, 인사를 올리고 물러나는 내무장관을 물끄러미 쳐다본다.

밖에서 그를 기다리고 있는 사람은 조지 불린, 그러니까 로치퍼드 경의 아내다. 한쪽으로 불러 세우는 은밀한 손길, 속삭임 소리. 레이디 로치퍼드는 누가 "비가 와요"라고 말하면 당장 그걸 음모로 꾸밀 여자다. 그 여자가 소문을 전하면 어쩐지 더 음탕하게 들리고, 아무리 황당무계한 얘기도 서글프게 사실인 것처럼 느껴진다.

"어때요." 그가 말한다. "왕비가 임신을 하신 겁니까?"

"아. 아직 아무 말도 안 했어요? 당연히 왕비는 워낙 현명하신 분이니까, 태동이 있을 때까지는 말을 할 리가 없지요." 그는 돌처럼 무표정한 눈길로 여자를 내려다본다. "그래요." 불안한 눈빛으로 어깨 너머를 살피며 부인이 드디어 말한다. "예전에는 틀렸던 적이 있으니까요. 하지만 맞아요."

"폐하께서도 아십니까?"

"당신이 말씀드려야 해요, 크롬웰. 좋은 소식을 전하는 전령이 되세요. 누가 알아요, 폐하가 그 자리에서 기사 작위를 내릴지."

뇌리를 스치는 생각은 이렇다. 레이프 새들러를 데리고 오게, 토머스 라이어슬리를 데리고 오고, 에드워드 시모어에게 편지를 한 통 보내고, 휘파람이라도 불어 조카 리처드를 급히 불러오고, 샤퓌와의 저녁식사는 취소하되 준비한 음식은 헛되이 할 수 없지, 토머스 불린 경을 초대하세.

"예상대로라고 생각해요." 제인 로치퍼드가 말한다. "왕비는 여름에 폐하와 상당 시간 함께했어요, 안 그런가요? 일주일은 여기서, 일주일은 저기서. 그리고 함께하지 못할 때는 폐하께서 연서를 써서 해리 노리스 편으로 직접 전하셨죠."

"레이디, 전 물러가봐야겠습니다. 할일이 있습니다."

"당연히 그러시겠죠. 아, 아무튼. 그래도 보통은 참 얘기를 잘 들어주시는 분이시잖아요. 항상 내가 하는 말을 경청하시고. 제 말은 이번 여름에 왕께서 왕비에게 연서들을 보냈고, 해리 노리스가 직접 전하게 하셨다는 얘기예요."

그는 이미 너무 동작이 빨라져서 마지막 문장은 잘 알아듣지도 못한다. 훗날 돌이켜보며 스스로 깨닫게 되리라. 그 문장의 마지막 세부사항이 앞으로 그가 쓰게 될 문장들과 이어져 의미를 갖게 된다는 사실을. 그때는 아무것도 아닌 구절이었다. 그저 생략된 표현이었을 뿐이다. 그저 조건문이었을 뿐이다. 하긴 그때는 모든 게 만약을 가정하는 조건문이었다. 캐서린이 실패하자 앤이 꽃피고 있다. 그가 떠올리는 앤과 캐서린의 모습은, 심각한 얼굴로 치마를 잔뜩 말아쥐고서 진흙탕 길에서 돌멩이 하나에 널을 괴어놓고 올라갔다 내려갔다 널뛰기를 하는 어린 두 소녀 같다.

톰 시모어가 즉시 운을 뗀다. "지금, 이게 바로 제인의 기회입니다. 왕은 더이상 주저하지 않고 새 잠자리 상대를 찾을 테니까요. 출산할 때까지 왕비한테는 손도 대지 않을 겁니다. 못하겠죠. 위험부담이 너무 크니까."

그는 생각한다. 비밀에 싸인 미래의 잉글랜드 왕에게 손가락과 얼굴이 생겼을지도 모르겠군. 하지만 전에도 그런 생각을 한 적이 있지, 그는 스스로에게 상기시킨다. 대관식 때 왕비는 너무나도 당당하게 부른 배를 과시했었다. 그래 봤자 하찮은 딸자식에 불과했던 것을.

"아직도 모르겠군그래." 간통의 당사자인 존 경이 말한다. "왜 제인을 원한다는 건지 모르겠어. 우리 딸 베스라면 몰라도. 왕도 베스와 춤을 췄단 말이야. 그 아이를 아주 마음에 들어했지."

"베스는 유부녀잖아요." 에드워드가 말한다.

톰 시모어가 웃음을 터뜨린다. "그 목적에 더 맞을 수도 있죠."

에드워드는 무섭게 화를 낸다. "베스 얘기는 하지도 마. 베스가 좋다고 할 리가 없으니. 베스는 논의 대상이 아니야."

"잘된 일일 수도 있지." 존 경이 조심스럽게 말한다. "지금까지는 제인이 우리한테 아무런 효용이 없었으니."

"맞아요." 에드워드가 말한다. "제인은 블랑망제*만큼도 쓸모가 없었지요. 이제 그애도 밥값은 하게 합시다. 왕은 동반자가 필요할 거예요. 하지만 제인을 왕 앞에 억지로 밀어넣지는 않을 겁니다. 여기 크롬웰의 조언대로 하지요. 헨리는 제인을 본 적이 있어요. 관심도 생겼어요. 이제는 그애가 왕을 피해야 합니다. 아니, 확 밀쳐내야 해요."

"아하, 도도하게 군다?" 존 경이 말한다. "어디 그럴 여유가 있으면 해보든지."

---

* 우유에 녹말과 설탕을 넣어 차게 굳힌 디저트.

"정숙하고 참한 행실을 보인다는데 여유라니 무슨 말씀입니까?" 에드워드가 쌀쌀맞게 대꾸한다. "아버지야 절대 못하시겠죠. 입 닥치고 조용히 계십시오, 왕은 아버님의 죄과를 모른 척하고 있지만 정말로 잊는 사람은 아무도 없습니다. 사람들의 손가락질을 받고 있단 말입니다. 아들의 신부를 훔친 음탕한 영감이라고 말이에요."

"예, 조용히 계세요, 아버지." 톰이 말한다. "우리는 크롬웰에게 말하는 겁니다."

"내가 걱정하는 한 가지는, 두 분의 누이는 옛날에 모시던 어른인 캐서린에게 애정이 있다는 겁니다. 현 왕비도 이 사실을 잘 알고 있고, 그래서 기회가 오면 잔인한 짓을 서슴지 않을 사람이지요. 왕이 제인에게 눈길을 준다는 걸 알게 되면 더 심한 핍박을 받을 수 있습니다. 앤은 남편이 다른 여자를 음, 그러니까 동반자로 삼는 걸 옆에서 팔짱 끼고 지켜볼 여자가 아니에요. 아무리 한시적인 조치라는 걸 안다 해도 말이지요."

"제인은 전혀 개의치 않을 겁니다." 에드워드의 말이다. "꼬집히거나 뺨을 좀 맞으면 어떻습니까? 잘 알아서 참을성 있게 대처할 겁니다."

"그걸 가지고 왕에게서 커다란 보상을 얻어낼 수도 있지." 존 경이 말한다.

톰 시모어가 말한다. "왕은 앤을 취하기 전에 먼저 공작부인으로 만들어줬지요."

에드워드의 얼굴은 참형을 선고하는 사람처럼 음침하다. "앤을 뭘로 만들어줬는지는 다들 알지. 일단 공작부인. 그다음에 왕비."

의회는 정회에 들어갔으나 런던의 변호사들은 검은 가운을 까마귀처럼 펄럭거리며 겨울 회기를 본격적으로 준비한다. 좋은 소식은 슬그머니 궁정으로 흘러들어가 퍼져나간다. 앤은 몸을 옥죄던 보디스를 풀어 내놓는다. 내기들이 오간다. 펜들이 글을 끼적인다. 편지들이 접힌다. 봉인들이 밀랍을 꾹꾹 누른다. 말들에 올라탄다. 배들이 출항한다. 잉글랜드의 옛 명문가들이 무릎을 꿇고 어째서 신은 튜더왕조를 사랑하시는 거냐고 묻는다. 프랑수아왕은 인상을 찌푸린다. 카를황제는 입술을 빤다. 헨리왕은 춤을 춘다.

엘베섬에서의 대화, 그 이른 새벽의 담소는 마치 아예 없었던 일 같다. 결혼에 대해 품었던 왕의 의혹도 사라져버린 것만 같다.

그러나 황량한 겨울 정원에서 제인과 함께 산책하는 왕의 모습이 눈에 띄곤 했다.

제인의 가족들이 제인을 에워싼다. 그리고 크롬웰을 부른다. "폐하께서 뭐라고 하시더냐?" 에드워드 시모어가 동생에게 묻는다. "낱낱이 말해다오. 폐하가 하신 말씀은 하나도 빼놓지 말고."

제인이 말한다. "저보고 착한 애인이 될 수 있겠느냐 하셨습니다."

그들은 눈빛을 교환한다. 애인과 착한 애인은 다르다. 제인도 그 사실을 알고 있는 걸까? 전자가 애첩을 말한다면 후자는 그보다 덜 직접적인 관계를 암시한다. 증표의 교환, 정숙하고 나른한 흠모, 오랜 시간 이어지는 구애…… 그러나 당연히 구애가 너무 길어지면 안 된다. 앤이 출산하면 제인이 기회를 놓쳐버리게 될 테니. 여자들은 후계자가 세상 빛을 볼 날이 언제인지 예측하지 못하고, 크롬웰 역시 앤의 주치의들에게서 정보를 얻어내지 못하고 있다.

"제인." 에드워드가 말한다. "지금은 수줍어할 때가 아니다. 우리한테 세세한 부분까지 모두 털어놓아야 해."

"친절한 눈빛으로 폐하를 보아주겠느냐고 여쭤보셨어요."

"언제 친절하게 봐달라는 말이냐?"

"예를 들어서, 제게 시를 써주신다면 말이지요. 제 아름다움을 칭송하는 시요. 그래서 그러겠다고 했습니다. 감사히 받겠다고요. 절대 웃지 않겠다고, 손으로 가리고 웃지도 않겠다고 했습니다. 그리고 시로 표현하시는 감정에 이의를 제기하는 일도 없을 거라고요. 과장된 표현이라 할지라도 말이에요. 시란 보통 과장하기 마련이잖아요."

그, 크롬웰이 축하의 인사를 건넨다. "미스트리스 시모어, 여러 면에서 아주 잘 대처하셨습니다. 아주 명민한 변호사가 되셨겠는데요."

"그 말씀은, 제가 남자로 태어났다면 그랬을 거라는 말씀이시지요?" 제인이 얼굴을 찌푸린다. "하지만 그랬다 해도 변호사가 될 가능성은 희박하답니다, 내무장관님. 시모어가는 전문직 계급이 아니니까요."

에드워드 시모어가 말한다. "착한 애인이라. 시를 써준다, 이거지. 아주 좋아. 지금까지는 잘되고 있군. 하지만 네 몸에 어떻게든 손을 대려 한다면 소리를 질러야 한다."

제인이 말한다. "아무도 오지 않으면 어떻게 하죠?"

그가 에드워드의 팔에 손을 얹는다. 이 소란이 이 이상 진전되는 걸 막아야 한다. "잘 들어요, 제인. 비명은 지르지 마요. 기도를 하세요. 큰 소리로 기도하는 겁니다. 머릿속으로 기도하는 건 아무 소용 없어요. 성모마리아가 나오는 기도문을 읊으세요. 폐하의 신심과 명예 의식을 자극하는 걸로 말이에요."

"알겠습니다." 제인이 말한다. "혹시 갖고 다니시는 기도서 있으신가요, 장관님? 오라버니들은요? 됐어요. 제가 가서 찾아보지요. 틀림없이 조건에 꼭 맞는 책을 찾을 수 있을 테니까요."

12월 초에 그는 캐서린의 의사들에게서 소식을 듣는다. 기도 시간을 줄이진 않았지만 훨씬 잘 먹고 있다는 소식이다. 죽음은 비켜섰다. 아마도 침대 머리맡에서 발치로 내려왔을 테지. 최근 들어 심했던 통증은 가라앉았고 의식도 또렷하다고 한다. 그 시간을 틈타 유서를 쓰고 있다고 했다. 딸 메리에게 에스파냐에서 가져온 황금 옷깃과 모피들을 물려주었다. 그리고 자신의 영혼을 위해 오백 번의 미사 봉헌과 월싱엄 순례를 요청했다.

상세한 유언장의 내역이 다시 화이트홀로 전달된다. "이 모피들 말이야." 헨리가 말한다. "크롬웰, 자네가 봤나? 쓸모가 있던가? 괜찮다면 나한테 보내주면 좋겠는데."

널을 뗀다, 한 여자가 올라가면 다른 여자는 내려간다.

앤 주변의 여자들이 그에게 넌지시 말해준다. 임신한 것 같지는 않아요. 10월에는 얼굴이 좋아 보였지만 요즘은 살이 붙기는커녕 빠지고 있어요. 제인 로치퍼드가 말한다. "자기 상태를 부끄러워하는 것처럼 보일 정도예요. 게다가 폐하께서도, 전에 배가 불러올 때처럼 신경을 써주지 않으시거든요. 하지만 그 이상 잘해주실 수도 없긴 하죠. 온갖 변덕에 다 맞춰주고 시녀처럼 시중을 들어주고 계시니까요. 한번은 들어가보니 폐하가 무릎에 앤의 두 발을 올려놓고는, 마부가 발굽 찢어진 암말을 돌보듯이 주무르고 계시더라니까요."

"주무른다고 찢어진 발굽이 좋아지진 않지요." 그는 진지하게 말한다. "잘라내고 특별한 신발을 맞춰줘야 합니다."

로치퍼드가 그를 물끄러미 바라본다. "제인 시모어하고는 연락하고 지내세요?"

"왜 그러시죠?"

"별일 아니에요."

그는 제인을 바라보는 왕을 바라보던 앤의 표정을 본 적이 있다. 무섭게 분노하며 길길이 날뛸 줄 알았다. 바느질감을 가위로 갈가리 잘라버린다거나 거울을 깨뜨린다거나. 그러나 오히려 앤의 얼굴은 초췌하다. 보석이 박힌 소매로 아이가 자라고 있는 제 몸을 감싼다. "심기가 불편해서는 안 돼." 앤은 말한다. "왕자한테 해가 될 수도 있으니까." 앤은 제인이 지나가자 치맛자락을 끌어 비켜준다. 소담한 어깨를 옴츠려 몸을 웅크린다. 문간에 선 고아처럼 추워 보인다.

올라가면 내려간다.

장안에는 크롬웰 내무장관이 얼마 전 하트퍼드셔인지 베드퍼드셔를 방문했다가 어떤 여자를 데리고 와서 스테프니, 아니면 오스틴프라이어스나 해크니의 킹스플레이스에 있는 자기 집에 처소를 마련해주고, 그 여자를 위해 화려하게 실내장식을 새로 단장하고 있다는 소문이 돈다. 여자는 여인숙의 여주인이고 남편은 토머스 크롬웰이 꾸며낸 신종 죄목으로 체포되어 수감되었다고 한다. 불쌍한 남편은 다음번 순회재판 때 선고를 받고 교수형을 당할 것이다. 하지만 이미 옥중에서 사체

로 발견되었다는 얘기도 있다. 그것도 몽둥이찜질을 당하고 독극물에
중독되어 목이 잘린 채로.

III
천사들
1535년 크리스마스~1536년 새해,
스테프니와 그리니치

크리스마스 아침이다. 그는 다음에 닥쳐올 골칫거리를 해결하기 위해 뛰쳐나온다. 커다란 두꺼비로 분장한 누군가가 앞길을 막는다. "매슈라고 했나?"

양서류의 입에서 새어나오는 소년의 웃음소리. "사이먼입니다. 메리 크리스마스, 나리. 안녕하세요?"

한숨이 나온다. "과로했네. 어머님, 아버님께는 인사드렸나?"

노래하는 아이들은 여름에 집에 간다. 크리스마스에는 노래하느라 바쁘다. "왕을 뵈러 가실 거죠, 나리?" 사이먼이 두꺼비처럼 꾸르륵거린다. "정말 장담하지만 궁정에서 하는 연극은 우리 것만큼 훌륭하지 않을 거예요. 우리는 로빈 후드를 공연하는데, 아서왕도 나온답니다. 전 마법사 멀린의 두꺼비 역할을 해요. 리처드 크롬웰 나리는 교황 역을 하는데 깡통을 차고 있죠. '멈시머스 섬시머스, 호커스 포커스' 하고 주문을 외치고 다닌답니다. 돌멩이로 자선을 베풀었더니 지옥에나 가라며 협박하더군요."

그는 물사마귀가 잔뜩 난 사이먼의 피부를 톡톡 두드린다. 두꺼비는 육중하게 쿵쿵거리며 사라진다.

킴볼턴에서 돌아온 이래로 그는 런던이 답답하고 옥죄는 듯 느껴졌다. 늦은 가을, 흐릿하고 우울한 저녁, 때 이른 밤의 어둠. 진중한 왕실 업무에 파묻혀 낮에는 꼼짝없이 책상머리에 붙어 앉아 내리 일하고 밤이면 촛불의 힘을 빌려 또 야근을 해야 했다. 때로는 햇빛을 볼 수만 있다면 엄청난 돈을 지불해도 좋다는 생각마저 든다. 잉글랜드의 비옥한 토지들을 사들이고 있지만, 막상 현지를 답사할 여가가 없다. 그래서 이 농장들, 담장으로 둘러싸인 유서 깊은 이 정원들, 작은 부둣가가 있는 이 강들, 낚싯바늘에 걸려 올라오는 황금색 물고기가 노니는 이 연못들, 이 포도밭들, 화원들, 정자들, 산책길들은 여전히 종이 위에서만 존재하는 평면의 인공 구조물일 뿐이고, 회계장부 위의 숫자에 불과하다. 그것들은 양들이 질겅대며 풀을 뜯는 물가도, 무릎 높이까지 자란 풀 속에 암소들이 서 있는 진짜 목초지도 아니다. 흰 사슴이 꼿꼿이 서서 떨고 있는 잡목림도 소담한 숲도 아니다. 오래된 산울타리나 경계석도 아니며, 오로지 잉크로 쓴 조항들로 구획한 양피지상의 토지이고 임대차계약이며 문서상의 보유권일 뿐이다. 사유한 토지는 관념상의 땅, 소득의 원천이며, 야심한 밤에 문득 잠에서 깨어 지세를 마음으로 훑어 그려볼 때마다 찾아오는 불만족의 근원이다. 음울하거나 차가운 새벽이 찾아올 때까지 뜬눈으로 지새우게 되는 그런 밤이면, 토지를 소유하게 됨으로써 얻게 될 자유를 생각하지 않는다. 쿵쾅거리며 토지 경계선을 침범하는 다른 사람들, 편안하게 멋대로 행동해도 되는 귀족들의 타고난 권리, 선을 넘어와 크롬웰의 땅을 잠식하고 미래의 고요한 사유지를 방해할 권리를 갖고 있는 그 귀족들의 절대적으로 유리한 위치를 생각한다. 누가 뭐래도, 그는 절대로 시골뜨기가 아니다. 물론 태어나고 자란 선창 주변 골목 바로 뒤로, 수많은 사람들이 들어갔다가 실종되고 만 황무지 퍼트니 히스가 있긴 했지만 말이다. 그는 황량한 히스에서 같은 처지의 소년들과 뛰어놀며 많은 나날을 보냈다. 하나같이 그처럼 거친 사내아이들이었다. 하나같이 아버지를 피해서, 아버지가 휘두르는 혁대와 주먹을 피해서, 잠깐만 가만 서 있으면 닥쳐올 무서운 교육을 피해서 도망치고 있었다. 하지만 런던은 도시의 창자 속으로 그를 휙 끌어당겼다. 그는 내무장관 전용 바지선을 타고 템스강을 오가기 훨씬 전부터 해류와 조수를 빠삭하게 꿰고 있었다. 들어오는 배에서 짐을 부리고 그 짐짝들을 손수레에 실어서, 스트랜드에 줄지어 선 근사한 집들, 즉 지금 회의에서 어깨를 나란히 하고 앉아 있는 저 귀족들과 주교들의 집까지 끌고 올라가기만 하면, 뱃사공들의 교역이 얼마나 엄청난 이문을 남길 수 있는지도 잘 알고 있었다.

　겨울이 되자 왕의 행차는 익숙한 경로를 따라—헨리가 유년기를 보낸 그리니치와 엘섬, 한때 추기경의 집이었던 화이트홀과 햄프턴코트—순행하고 있다. 요즈음 왕은 왕실이 어디에 묵든 자기 방에서 혼자 식사를 하는 일이 잦다. 왕의 거처 밖 경계실이나 호위실—이름이 뭔지 몰라도 아무튼 그때그때 왕을 수행하는 우리, 신하들이 거처하게 되는 안쪽 홀 말이다―에는 왕의 사적인 살림살이를 떠맡은 총책 궁내부장관이 귀족들을 위한 어전회의를 주관하는 상석의 식탁이 있다. 앤 불린의 외숙부인 노퍽 공작은 우리와 함께 다닐 때면 이 식탁에 앉는다. 서퍽 공작 찰스 브랜던, 왕비의 아버지인 윌트셔 백작도 마찬가지다. 그리고 지체가 좀 낮지만 예를 갖춰 대해야 할 인물들의 자리도 있다. 자신과 같은 관리들을 비롯해 귀족은 아니라도 왕의 오랜 친구들을 위해 따로 마련된 식탁이다. 거마관리장 니컬러스 커루는 물론이고, 헨리왕이 어렸을 때부터 보아온 국고관리장 윌리엄 피츠윌리엄도 당연히 여기 앉는다. 감사관 윌리엄 폴렛이 회의를 이 식탁의 상석에서 주관한다. 그는 그 자리에 없는 사람을 위해 잔을 드는 (그러면서 눈썹도 치켜올리는) 관습이 이상하다고 지적한다. 그러자 폴렛이 다소 당황하며 설명한다. "내 자리에 먼저 앉았던 사람을 위해 건배하는 겁니다. 전임 감사관 헨리 길퍼드 경의 행복한 추억을 기리는 거죠. 크롬웰 장관도 당연히 아는 분이죠."

그렇다. 길퍼드, 노련한 외교관이자 선망받는 궁정기사였던 그를 모르는 사람이 어디 있겠는가? 왕의 동갑내기 길퍼드는 사람 좋고 낙천적이지만 경험이 일천했던 열아홉 살의 왕자 헨리가 왕위에 오른 이래로 듬직한 오른팔 역할을 했다. 영광과 호기를 성심껏 추구했던 빛나는 두 영혼, 주인과 가신은 함께 늙어갔다. 만약 땅이 꺼져도 살아남고 싶다면 길퍼드를 지지해야 했다. 하지만 그런 길퍼드도 앤 불린을 넘지 못했다. 길퍼드가 충성을 바친 당파는 명백했다. 캐서린 왕비를 사랑했고 그 사랑을 떠벌리고 다녔다. (길퍼드는 말했다. 캐서린 왕비를 사랑하지 않는다 해도 정당성과 기독교인으로서의 양심만으로 지지하지 않을 수 없다고.) 왕은 오랜 우정으로 길퍼드를 용서하며 그 문제는 묻어두고 불화는 말하지 말자고 간청했다. 앤 불린의 이야기는 꺼내지도 말게. 우리가 친구로 남을 수 있게 해줘.

하지만 앤은 침묵으로 만족하지 않았다. 앤은 길퍼드에게 말했다. 내가 왕비가 되는 날이 경이 자리를 잃게 되는 날이 될 거예요.

헨리 길퍼드 경은 말했다. 마담께서 왕비가 되시는 날이 제가 사임하는 날이 될 겁니다.

그리고 길퍼드는 정말로 사임했다. 헨리는 애원했다. 제발 부탁하네! 여자가 귀찮게 잔소리한다고 자리를 내놓다니 말이 되나! 한낱 여자의 질투와 원한일 뿐이잖나. 무시하게.

하지만 저는 신변이 두렵습니다. 길퍼드는 말했다. 제 가족과 제 평판도요.

날 버리지 말게, 왕이 말했다.

새 부인을 원망하십시오, 헨리 길퍼드는 말했다.

그렇게 길퍼드는 궁전을 떠났다. 그리고 시골의 자택으로 내려갔다. "그리고 죽었지," 윌리엄 피츠윌리엄이 말한다. "겨우 몇 달 뒤에 세상을 떠났어. 깊은 상심 때문이라고들 했다네."

테이블 둘레로 한숨이 한 바퀴 돌아간다. 남자들은 그렇게 가는 거야. 평생의 일이 끝나고 시골의 권태가 눈앞에 펼쳐지면 하루하루가, 일요일에서 일요일로, 형체도 없이 흘러가는 거지. 헨리 없이 그 무엇이 남을까? 헨리의 빛나는 미소가 사라진다면? 그건 마치 영원한 11월, 어둠 속에서 보내는 삶과 같아.

"그래서 이렇게 추모를 하는 거요." 니컬러스 커루 경이 말한다.

"잔을 들어 기리는 거지. 여기 앉은 폴렛도 개의치 않는다네. 시절이 이렇게 혼란스럽지만 않았다면 여전히 감사관으로 남아 있을 친구를 위해서."

거참 음침하게 건배하는 재주가 있는 사람이다, 니컬러스 커루 경은. 하긴 워낙 고귀하셔서 경박함을 알 리가 있나. 크롬웰이 식탁에 새로 앉은 지 일주일이 흐른 뒤에야 니컬러스 경께서는 싸늘한 눈길을 보내며 양고기를 슬쩍 밀어주는 은혜를 베풀어주셨다. 하지만 그 일이 있은 후 두 사람 사이는 곧 누그러졌다. 누가 뭐래도 크롬웰은 어울리기 쉬운 사람이다. 이런 남자들, 즉 불린에게 패배한 사나이들 사이에는 끈끈한 동지애가 있다는 걸 그는 안다. 항상 세상의 종말을 기대하면서 불의 심판이 내리면 그때 비로소 영광의 자리에 등극할 거라 믿는 이런 유럽의 종교적 파벌들에는 반항적인 동지 의식이 있었다. 온 세계가 다 타버리고 나면, 자기네들도 영광에 파삭파삭해지도록 구워지고 군데군데 시커멓게 탄 몰골이겠지만 그래도 하느님의 은총으로 영생을 얻어 그 오른편에 앉을 거라 믿는 위인들이었다.

폴렛의 말대로 그는 헨리 길퍼드와 친분이 있었다. 켄트의 리즈성에서 극진한 대접을 받았던 게 오 년 전의 일이다. 물론 그때는 길퍼드가 원하는 게 있었다. 그가 모시던 울지 추기경의 후의를 바랐던 것이다. 하지만 어쨌든 그때 크롬웰은 길퍼드와의 대화에서, 식솔들을 부리는 태도에서, 신중함과 분별 있는 위트에서 많은 걸 배웠다. 그리고 최근에는 길퍼드의 예를 통해 앤 불린이 어떻게 한 노장의 경력을 박살낼 수 있는지를 배웠고, 식탁에 둘러앉은 길퍼드의 동료들이 앤 불린에게 얼마나 깊은 원한을 품고 있는지도 배웠다. 커루 같은 사람들이 앤의 출세를 그, 크롬웰의 탓으로 돌린다는 걸 알고 있다. 그가 거사를 도왔으며 옛 혼인을 깨고 새 신부를 들였다고 믿는다. 그는 그들이 자신에게 품은 원망이 누그러지거나 그들의 우정에 자신을 끼워주기를 기대하지 않는다. 그저 자기 몫의 밥에 침을 뱉지 않기를 바랄 뿐이다. 하지만 이야기를 함께 나누다보면 커루의 뻣뻣함은 조금 사라진다. 때로 도도하신 거마관리장은 실제로 말을 좀 닮은 그 긴 머리를 돌려 그를 보기도 하고 느릿한 암말처럼 눈을 꿈벅거리며 말하기도 한다. "뭐, 내무장관님, 잘 지내시오?"

니컬러스가 알아들을 만한 대답을 찾는 그를 보며 윌리엄 피츠윌리엄이 싱긋 웃는다.

12월에는 서류들이 산사태처럼 크롬웰의 책상을 휩쓸고 갔다. 분개와 좌절감에 휩싸인 채 하루 일과를 마감하는 일이 잦다. 헨리에게 중요하고 긴급한 메시지를 보냈는데 사실의 시종들이 자기네들 편하자고 제멋대로 왕의 기분이 좋아질 때까지 갖고 있었던 것이다. 왕비에게 좋은 소식이 있는데도 헨리는 신경질을 내고 변덕을 부린다. 느닷없이 괴상하기 짝이 없는 정보를 요구하는가 하면, 답이 없는 질문을 던지기도 한다. 버크셔 울의 시장 가격이 어떻게 되나? 자네 튀르크어를 할 수 있나? 왜 못하나? 누가 튀르크어를 하나? 헥섬의 수도원 창립자가 누군가?

자루당 7실링이고 오르고 있습니다, 폐하. 아뇨, 그쪽으로는 가본 적이 없어서요. 그런 사람이 있는지 알아보겠습니다. 성 윌프레드입니다, 폐하. 헨리는 눈을 감는다. "내가 알기론, 스코틀랜드인들이 완전히 파괴했다가 헨리 1세 때 다시 지었어."

"독일의 마르틴 루터는 대체 왜 그러는 건가?" 왕은 묻는다. "왜 내가 자기 교회에 순응해야 한다고 생각하지? 자기가 내게 맞춰줄 생각을 해야 하지 않나?"

성 루시의 날 즈음, 케임브리지대학 업무를 처리하고 있던 크롬웰을 앤이 불러들인다. 하지만 앤을 만나기 전 레이디 로치퍼드가 앞길을 막아선다. "왕비 상태가 엉망이에요. 계속 엉엉 울기만 한다고요. 못 들으셨어요? 애완견이 죽었거든요. 직접 소식을 전할 수도 없어서 왕께 부탁드려야 했답니다."

퍼코이? 앤이 그토록 아끼던 개? 제인 로치퍼드가 크롬웰을 안으로 안내하며 앤을 슬쩍 곁눈질한다. 가엾은 분, 울어서 눈이 퉁퉁 부었네. "아세요?" 로치퍼드가 속삭인다. "지난번 유산했을 때는 눈물도 안 흘렸다는 거?"

시녀들은 앤에게 가시라도 돋친 듯 멀찌감치 거리를 둔 채 둘러싸고 있다. 그는 그레고리가 했던 말을 떠올린다. 왕비님은 팔꿈치도 뾰족하고 몸에 뼈밖에 없었는데. 크롬웰이 위로할 수 있는 일이 아니다. 손만 뻗어도 주제넘은 짓이나 위협으로 오해할 테니까. 캐서린의 말이 옳다. 왕비는 혼자다, 남편을 잃건, 스패니얼을 잃건, 아이를 잃건 간에.

앤이 고개를 돌린다. "크레뮈엘." 왕비는 시녀들을 내보낸다. 까마귀를 쫓는 아이처럼 격렬한 손짓이다. 여인들은 매끈하고 화려한 까마귀떼처럼 차분하게 옷자락을 정리하더니 나른하게 파닥거리며 나간다. 그네들의 말소리가, 뜬금없는 허공의 소리처럼 그 뒤를 쫓는다. 한가로운 뒷담이, 뭔가 알고 있다는 듯 깔깔대는 웃음소리가 뚝 끊겨 사라진다. 레이디 로치퍼드는 미련이 남아 깃털을 질질 끌며 마지막으로 날개를 편다.

이제 방안에는 크롬웰과 앤, 구석에서 흥얼거리며 손가락을 얼굴 앞에서 흔들고 있는 난쟁이 광대뿐이다.

"정말 유감스러운 일입니다." 그는 눈을 내리깔고 말한다. 다른 개를 들이시면 되지 않습니까 따위의 헛소리를 하는 우는 범하지 않는다.

"사람들이 개를 발견했어요." 앤 왕비가 손을 뻗는다. "저 밖에서. 저 아래 정원. 저 위 창문이 열려 있고, 목이 뚝 부러져 있었죠."

떨어진 게 틀림없어, 앤은 그런 말을 하지 않는다. 그런 생각을 하고 있는 게 아니니까. "기억하지요? 당신도 여기 있었잖아요. 내 사촌 프랜시스 브라이언이 칼레에서 그앨 데려왔던 날? 프랜시스가 걸어들어오자마자 난 번개처럼 퍼코이를 그 품에서 빼앗아 가져왔지요. 퍼코이는 누구에게도 해를 끼치지 않았어요. 도대체 어떤 괴물이 그앨 집어들어 죽일 수 있는 걸까요?"

위로해주고 싶지만, 왕비는 마치 본인이 직접 공격당하기라도 한 양 괴롭고 상처 입은 모습이다. "창턱에 기어올라갔다가 발을 헛디뎠을지도 모릅니다. 작은 개들은 그럴 수도 있어요. 사람들은 그런 개들이 고양이처럼 똑바로 착지할 거라 생각하지만 그렇지가 못하죠. 제가 기르던 스패니얼도 쥐를 보고 아들 녀석 품 안에서 뛰어내렸다가 다리가 부러졌습니다. 흔히 일어나는 일입니다."

"그래서 어떻게 됐는데요?"

그는 부드럽게 말한다. "치료할 수 없었습니다." 고개를 들어 난쟁이 광대를 쳐다본다. 광대는 구석에서 히죽거리며 민첩하게 주먹을 휙

176

획 날리고 있다. 앤이 왜 저걸 옆에 두는 거지? 병원에 보내야 하는 상태인데. 앤이 뺨을 북북 문지른다. 고상한 프랑스식 예법은 다 버린 채 아이처럼 주먹을 쥐고 손등뼈를 쓰고 있다. "킴볼턴 소식은 어때요?" 앤은 손수건을 찾아 코를 푼다. "캐서린이 육 개월은 더 살 수 있다고 하던데."

뭐라 말해야 할지 알 수가 없다. 혹시 앤은 그가 킴볼턴으로 사람을 보내 캐서린을 높은 데서 떨어뜨리길 원하는 걸까?

"프랑스 대사가 두 번 집으로 찾아갔는데 장관이 만나주지 않았다고 불평하더군요."

"바빴습니다." 크롬웰이 어깨를 으쓱한다.

"무슨 일로?"

"정원에서 잔디 볼링을 하고 있었습니다. 네, 두 번요. 늘 연습을 하거든요. 경기에 지면 하루종일 홧김에 걸어찰 가톨릭교도를 찾게 되니까요."

예전이라면 앤은 웃었을 것이다. 지금은 아니다. 앤이 말한다. "나라고 이 프랑스 대사가 마음에 드는 건 아니에요. 예를 갖추지 않거든요. 그 이전 사절이 그랬던 것처럼 말이죠. 그래도 장관은 신경을 쓰셔야죠. 최대한 정중하게 대하셔야 합니다. 교황이 우리 목을 치지 못하게 막아주고 있는 사람은 프랑수아왕뿐이니까요."

이리 같은 파르네세. 으르렁대며 침을 질질 흘리는 잔인한 바보. 그는 앤이 과연 이야기를 들을 기분인지 확신할 수 없지만, 그래도 노력해볼 생각이다. "프랑수아왕이 우리를 돕는 건 우릴 사랑해서가 아닙니다."

"사랑 때문이 아니라는 건 나도 알고 있어요." 왕비는 마른 부분을 찾아 젖은 손수건을 만지작댄다. "어쨌든, 나를 사랑해서도 아니고. 내가 그 정도로 바보는 아니에요."

"그건 오로지 카를황제가 우릴 침략해서 세상의 주인이 되기를 바라지 않기 때문이죠. 그리고 파문교서를 원하지도 않고요. 로마 주교나 어떤 사제가 나서서 왕에게서 자기 나라를 빼앗는 건 옳지 않다고 생각하거든요. 하지만 저는 프랑스가 자기 이익을 바라보길 바랍니다. 폐하처럼 교회의 지배권을 가져갈 때 얼마나 큰 이익을 얻을 수 있는지에 대해 프랑수아왕에게 터놓고 말할 수 있을 만큼 솜씨 좋은 사람이 없다는 게 안타까운 일이죠."

"하지만 크레뮈엘이 세상에 둘 있는 건 아니잖아요." 앤은 간신히 쓴웃음을 짓는다.

그는 기다린다. 앤은 지금 프랑스가 자신을 어떻게 보고 있는지 알고 있을까? 저들은 앤이 헨리에게 영향을 끼칠 수 있다고 더이상 믿지 않는다. 앤은 이제 힘이 없다고 생각한다. 전 잉글랜드가 앤의 자식들을 지지하겠다고 맹세했지만, 해외에서는 앤이 헨리에게 아들을 낳아주지 못할 때 어린 엘리자베스가 왕위에 오를 수 있을 거라 아무도 믿지 않는다. (지난번 예방했을 때) 프랑스 대사가 말했듯이 두 공주 중에서 선택해야 한다면 나이가 많은 쪽이 낫지 않을까? 메리의 혈통은 에스파냐계지만 적어도 그건 왕가의 피다. 게다가 최소한 메리는 똑바로 걷고 대소변도 가리지 않는가.

구석에 있던 난쟁이가 엉덩이를 질질 끌며 앤을 향해 다가오더니 주인의 치맛자락을 잡아당긴다. "저리 가, 메리," 앤이 말한다. 앤은 그의 표정을 보고 웃음을 터뜨린다. "내가 광대 이름을 새로 지어준 걸 몰랐어요? 사실 캐서린의 딸은 거의 난쟁이나 다름없잖아요? 제 어미보다 더 땅딸막하죠. 프랑스 사람들은 메리를 보면 충격받을 거예요. 흘낏 보기만 해도 계획을 단념하게 될걸. 아, 난 알아요, 크레뮈엘, 내 등뒤에서 그자들이 뭘 하려고 하는지 안다고요. 내 동생을 오라 가라 하면서 혼담을 넣곤 있지만, 사실 엘리자베스와 결혼을 성사시킬 생각은 전혀 없다는 걸." 아, 그는 생각한다, 결국 파악했구나. 앤은 말한다. "그자들은 프랑스 왕세자와 에스파냐 사생아를 맺어주려고 애쓰고 있지요. 내 앞에서 미소를 짓는 내내 내 뒤에서는 딴 일을 꾸미거든. 장관은 알고 있으면서 내게 말도 안 해줬고."

"왕비님," 그는 중얼댄다. "말씀드리려고 했습니다."

"내가 세상에 존재하지도 않는 것처럼 굴어. 내 딸이 태어나지도 않은 것처럼. 캐서린이 여전히 왕비인 것처럼." 앤의 목소리가 날카로워진다. "내 참지 않을 거야."

그래서 뭘 어쩌시려는데요? 바로 다음 숨에 앤이 말한다. "방법을 생각했지. 여기 있는 메리와 같이." 그는 기다린다. "메리를 찾아가볼까 해요. 혼자서는 말고. 멋진 젊은 신사들을 좀 데리고서."

"그런 사람들은 충분히 데리고 계시지 않습니까."

"아니면 장관이 방문하는 게 어때요, 크레뮈엘? 장관의 집에도 잘생긴 청년들이 있잖아. 그 가엾은 계집이 평생 찬사라곤 못 들어봤다는 거 알아요?"

"아버지에게서는 들어봤겠죠."

"여자애가 열여덟이 되면, 아버지는 더이상 중요하지 않아요. 다른 짝을 간절히 원하게 되지. 내 말 믿어요, 난 알아요, 한때 나도 다른 여자애들처럼 멍청했으니까. 그 나이 때의 처녀는 누군가 시를 써주길 바라지요. 자기가 방에 들어가면 눈길을 돌리며 한숨을 짓는 누군가를. 이제 인정하세요, 이게 우리가 아직 해보지 않은 방책이에요. 아첨하고, 유혹하는 거."

"제가 메리를 타락시키기를 바라십니까?"

"우리끼리 몰래 계획을 세워볼 수는 있잖아요. 심지어 장관이 직접 유혹해봐도 좋죠, 난 상관없어요. 메리가 장관을 좋아한다고 누가 그러더군요. 난 크레뮈엘이 사랑에 빠진 척하는 걸 보고 싶고."

"메리에게 접근하는 남자는 바보일 겁니다. 왕이 죽여버릴 테니까요."

"잠자리를 같이하라는 말이 아니에요. 맙소사, 내가 친구한테 그런 걸 강요할 것 같나요? 필요한 건 메리가 망신을 당하도록, 그것도 공개적으로 망신당하게 만드는 거예요. 더러운 오명을 뒤집어쓰도록."

"싫습니다." 그는 말한다.

"뭐라고요?"

"그런 건 제 목표가 아니고, 제 방식도 아닙니다."

앤의 얼굴이 화끈 달아오른다. 분노로 목덜미에 얼룩이 진다. 무슨 짓이라도 할 여자야, 그는 생각한다. 앤은 끝을 몰라. "아마 후회하게 될걸요." 앤이 말한다. "나한테 그런 식으로 말하다니. 이젠 꽤나 대단해져서 더이상 내가 필요 없다고 생각하나보지요." 목소리가 파르르 떨리고 있다. "시모어 집안사람들과 얘기를 하고 있다는 건 알아요. 비밀이라고 생각하겠지만 나한테 비밀이란 없어요. 솔직히 충격을 받았어요. 그렇게 위태로운 도박을 할 사람이라고는 생각하지 않았는데. 순결 말고 제인 시모어가 가진 게 뭐가 있다고? 게다가 어차피 다음날 아침이면 순결은 아무 소용도 없는데? 첫날밤까지는 그이 마음을 지배하겠지만, 그러고 나면 치맛자락을 내리지도 못하는 또하나의 창녀에 불과해요. 제인은 미모도 위트도 없는 여자고. 헨리를 일주일도 붙들고 있지 못할걸. 울프홀로 쫓겨나서 까맣게 잊히겠지."

"그럴지도 모르지요." 그가 말한다. 앤의 말이 맞을 가능성도 있다. 그런 가능성을 무시하지도 않을 것이다. "한때는 우리 사이가 더 좋았었죠. 왕비님도 제 조언을 들으셨고요. 지금 제가 충고를 해드리지요. 계획과 음모를 버리세요. 그 짐을 놓으십시오. 아이가 태어날 때까지 조용히 지내세요. 마음을 어지럽혀 아이의 평안을 위태롭게 하지 마세요. 직접 말씀하시지 않았습니까, 싸움과 논쟁은 아이가 세상 빛을 보기도 전에 아이에게 영향을 미칠 수 있다고. 왕께서 바라시는 것에 맞춰주세요. 제인으로 말하자면, 창백하고 눈에 띄지 않는 여잡니다, 안 그런가요? 못 본 척하십시오. 왕비님께 좋지 않은 광경에선 눈을 돌리세요."

왕비는 꽉 쥔 주먹을 무릎에 올려놓고 앉은 채 몸을 앞으로 내민다. "내 충고 하나 하지요, 크롬웰. 내 아이가 태어나기 전에 나와 화해하세요. 딸이라 해도 난 또 애를 낳을 거예요. 헨리는 날 절대 버리지 않아요. 헨리는 오랫동안 날 기다렸어요. 그동안 난 그 기다림을 헛되지 않게 했고요. 헨리가 나를 등지게 되면, 아마 내가 이 자리에 오른 후 이 왕국에 벌어진 위대하고도 놀라운 기적 역시 모른 체하겠지요. 개신교의 복음을 위해 내가 행한 수많은 위업 말이에요. 헨리는 절대

로마에 돌아갈 수 없습니다. 절대 무릎을 꿇지 않을 거예요. 내가 즉위한 후 이 나라는 새로운 잉글랜드가 됐어. 그건 나 없이는 존재할 수 없어."

그렇지 않아요, 왕비님, 그는 생각한다. 필요하다면, 내가 당신을 역사에서 떼어놓을 수 있단 말입니다. "우리가 반목하는 건 바라지 않습니다. 제가 친구 대 친구로 소박한 충고를 드리죠. 제가 한 가정의 아버지였고, 지금도 그렇다는 걸 아시지요. 전 항상 제 아내에게 이럴 때는 침착하라고 조언했습니다. 제가 왕비님을 위해 할 수 있는 일이 있다면 말해주십시오. 하겠습니다." 그는 고개를 들어 앤을 본다. 눈빛이 형형히 빛나고 있다. "하지만 협박하지는 마십시오, 왕비님. 불편합니다."

앤은 쏘아붙인다. "그쪽 마음이 편하건 말건 그건 내 알 바 아니고. 자기 이익을 잘 따져보셔야 할 겁니다, 내무장관님. 흥한 자는 얼마든지 몰락할 수 있으니까."

그는 말한다. "전적으로 옳으신 말씀입니다."

인사를 하고 나온다. 앤이 불쌍하다. 가진 거라곤 여자의 무기뿐인 앤은 그걸 휘두르며 싸우고 있다. 앤의 방으로 가는 대기실에는 레이디 로치퍼드가 혼자 있다. "아직도 훌쩍거리고 있나요?" 레이디 로치퍼드가 묻는다.

"추스르신 것 같습니다."

"미모가 사라지고 있어요, 그렇게 생각하지 않으세요? 올여름에 햇볕을 너무 많이 받았나? 주름이 생기기 시작해요."

"전 왕비님을 쳐다보지 않습니다. 신하로서 적절한 선을 넘을 수는 없지요."

"아, 그러세요?" 레이디 로치퍼드가 흥미롭다는 듯 말한다. "그럼 제가 말씀드리죠. 앤 왕비는 나날이 자기 나이로, 아니 더 들어 보여요. 사람의 얼굴은 우연이 아니랍니다. 우리 죄악이 고스란히 거기 적혀 있지요."

"세상에! 그럼, 전 무슨 짓을 했답니까?"

레이디 로치퍼드가 웃는다. "장관님, 그건 우리 모두가 알고 싶어하는 거죠. 하지만 언제나 그런 것만도 아닐 거예요. 시골에 있는 앤 왕비의 언니 메리 불린 말이에요, 듣자 하니 그녀는 5월처럼 피어나고 있다는군요. 하얗고 포동포동하게. 어떻게 그럴 수가 있는 거죠? 메리같이 닳아빠진 계집이 말이에요, 어찌나 남자 손을 많이 탔는지 메리하고 못 자본 마구간지기 청년을 찾을 수가 없다는데. 하지만 둘을 나란히 놓고 보면 누가 봐도 앤이, 그걸 뭐라고 하더라, 닳고 닳은 것처럼 보인단 말이에요."

다른 여인들이 재잘대며 방안으로 몰려들어온다. "왕비님을 혼자 둔 거예요?" 메리 셸턴이 앤을 혼자 두다니 큰일날 일이라는 듯 말한다. 그러더니 치맛자락을 들고 내실로 사뿐사뿐 들어간다.

그는 레이디 로치퍼드와 인사를 하고 헤어진다. 그런데 뭔가 걸리적거리며 발에 챈다. 땅바닥에 붙어 기어다니는 난쟁이 여자다. 여자는 목구멍으로 으르렁거리며 물어뜯을 기세로 덤빈다. 발로 뺑 차버리고 싶은 마음을 간신히 억누른다.

그리고 하루 일과를 처리한다. 그러면서 생각한다. 어떻게 매춘부를 밝히고 그런 취향을 적나라하게 드러내 아내에게 모욕을 주는 남자와 레이디 로치퍼드 같은 여자가 결혼했을까? 그 질문에 대답할 길이 없다. 레이디 로치퍼드는 진짜 감정을 읽을 수 없는 여자다. 레이디 로치퍼드가 자기 팔뚝을 잡는 게 싫다. 그 여자 온몸의 모공에서 불행이 스멀스멀 스며나오는 느낌이다. 큰 소리로 웃으면서도 그 눈은 절대 웃지 않는다. 그 여자의 두 눈은 이 얼굴에서 저 얼굴로 옮겨다니며 모든 것을 흡수한다.

퍼코이가 칼레에서 궁전으로 오던 날, 그는 프랜시스 브라이언의 소맷자락을 붙잡고 물었다. "어디서 저도 그런 걸 하나 구할 수 있을까요?" 그러자 아하, 자네 정부를 위해서? 그 외눈박이 악마 프랜시스 브라이언이 물었다. 가십거리를 낚아보겠다는 속내로 하는 말이 빤했다. 아닙니다, 그는 미소 지으며 말했었다. 그냥 제가 키우려고요.

곧 칼레는 온통 난리가 났다. 편지들이 해협을 가로질러 날아다녔다. 내무장관이 예쁜 개를 좋아한다고 하니 당장 한 마리를 구하라고, 다른 사람이 공을 차지하기 전에 빨리 서두르라고. 총독의 부인 레이디 라일은 자기 개를 내놓을 수 있을지 고민했다. 여차저차해서 순식간에 스패니얼 여섯 마리가 생겼다. 모두 알록달록한 색깔에 복슬복슬한 꼬리, 앙증맞고 섬세한 발에 웃는 얼굴이었다. 그중 귀를 쫑긋 세우고 '푸르쿠아?'* 하고 따져 묻던 퍼코이와 닮은 녀석은 하나도 없었다. 푸르쿠아?

좋은 질문이다.

강림절. 처음에는 단식, 그리고는 축제. 창고에는 건포도, 아몬드,

---

* pourquoi. '왜요'라는 뜻의 프랑스어.

육두구, 메이스,* 정향, 감초, 무화과와 생강이 그득하다. 잉글랜드 왕의 사절은 독일에서 개신교 군주들의 연합인 슈말칼덴 동맹과 회담중이다. 황제는 나폴리에 있고, 바르바로사는 콘스탄티노플에 있다. 하인 앤서니는 달과 별이 수놓인 예복 차림으로 스테프니의 대연회장 사다리에 걸터앉아 있다. "됐습니까, 크롬웰 나리?" 앤서니가 소리친다.

크리스마스 별이 그의 머리 위에서 흔들린다. 크롬웰은 면도날처럼 날카로운 별의 은빛 테두리를 바라보며 서 있다.

앤서니가 집안에 들어온 건 겨우 지난달의 일이다. 하지만 지금 보면 그가 문간에 매달려 있던 거지였다고 생각하기 힘들다. 그가 캐서린을 방문하고 돌아왔을 때 평소와 다름없이 런던의 떼거지들이 오스틴프라이어스 바깥에 모여들었다. 북부에서는 크롬웰을 모를지도 모르지만, 여기 사람들은 다 안다. 런던 사람들은 크롬웰의 하인, 말과 마구, 휘날리는 깃발을 구경하러 온다. 하지만 그날 그는 이름 없는 호위병 하나와 어딘지도 모를 곳에 다녀오느라 기진맥진 지친 수행원들을 이끌고 말을 타고 왔다. "어디를 다녀오십니까, 크롬웰 경?" 한 남자가 고함친다. 크롬웰이 런던 사람들에게 행선지를 보고해야 할 의무라도 있는 것처럼 말이다. 간혹 이렇게 군중 속에서 마음의 눈으로 과거의 자신을 보게 될 때가 있다. 남의 옷을 훔치거나 주워 입은 패잔병, 굶주림에 시달리는 소년, 낯선 이방인, 대문 앞에 서서 얼이 빠진채 쳐다보고 있는 사람.

일행이 안뜰로 막 들어서던 차에 그가 말한다. 잠깐, 기다려. 초췌한

---

* 육두구 껍질을 말린 향료.

얼굴이 바로 곁에서 휙 흔들린다. 왜소한 사내가 잽싸게 군중을 헤치고 나오더니 그의 말안장을 덥석 잡는다. 울상을 한 사내는 누가 봐도 해를 끼칠 인상이 아니라 아무도 제지하지 않는다. 하지만 그의 목덜미에는 으스스 소름이 돋는다. 이렇게 함정에 빠지는구나. 미리 짜고 하는 연극에 정신이 팔린 틈을 타 자객이 등뒤에서 칼을 들고 덮치겠지. 하지만 무장한 무사들이 배후에 진을 치고 있고, 고개 숙인 이 불쌍한 인간은 어찌나 떨고 있는지 행여 칼을 휙 꺼낸다 해도 기껏해야 제 무릎이나 그으면 다행일 것 같다. 그는 몸을 숙인다. "우리가 아는 사이인가? 전에도 여기서 자네를 봤는데."

눈물이 줄줄 흐르고 있다. 이가 하나도 없다. 누가 봐도 불편한 몰골이다. "하느님의 축복이 함께하시기 바랍니다, 주인님. 부디 하느님의 은총이 있어 재물을 늘려주시길."

"아, 벌써 그러고 계신다네." 사람들에게 자기는 그들의 주인님이 아니라고 말하는 것도 지친다.

"제발 일자리 하나만 주십시오." 사내가 간청한다. "보시다시피 누더기 꼴입니다. 괜찮으시면 개들이랑 같이 자도 좋습니다."

"개들이 싫어할지도 모르는데."

호위병 하나가 다가온다. "채찍으로 쫓아버릴까요, 나리?"

그 말을 듣더니 사내는 새삼 서럽게 통곡하기 시작한다. "아, 쉬쉬." 그는 아이를 어르듯 말한다. 설움이 더욱 복받치는지 콧속에 펌프라도 달린 것처럼 눈물이 주체할 수 없이 뿜어져나온다. 하도 울어서 이가 죄다 머리 밖으로 빠져버린 게 아닐까? 그게 말이 되는 소린지?

"전 모실 주인도 없는 놈입니다." 가엾은 몰골은 흐느낀다. "제 주인님께선 폭발로 돌아가셨어요."

"하느님께서 용서하시길. 대체 어떤 폭발이었나?" 크롬웰은 관심을 집중한다. 사람들이 화약을 헛되이 남용하고 있는 걸까? 황제가 진군해오면 필요할 텐데.

사내가 팔짱을 끼고 휘청거린다. 다리가 당장이라도 푹 꺾일 것만 같다. 그는 팔을 아래로 뻗어 늘어진 조끼를 잡아 끌어올린다. 사내가 땅바닥에 구르는 바람에 말이 놀라는 건 질색이다. "일어서. 이름이 뭔가."

목멘 흐느낌. "앤서니라고 합니다."

"뭘 할 수 있나, 우는 거 말고?"

"실례지만 예전에는 높이 인정받았…… 아이고, 아이고!" 사내는 괴로움에 휘청거리며 완전히 무너진다.

"폭발 전에 말이지." 그는 북받쳐오르는 성질머리를 꾹꾹 누르며 말한다. "자, 어떤 일을 했지? 과수원에 물 주기? 화장실 청소?"

"아이고," 사내가 울부짖는다. "둘 다 아니에요. 그렇게 쓸모 있는 일들이 아니에요." 가슴이 들썩거린다. "나리, 전 어릿광대였습니다."

그는 잡고 있던 조끼를 놓고 사내를 쳐다보며 껄껄 웃기 시작한다. 기가 막혀 터져나오는 웃음이 이 사람 저 사람에게로 옮겨가 군중 전체에 퍼진다. 호위병들이 안장 위로 허리를 굽힌 채 킥킥거린다.

왜소한 사내는 그가 잡아주자 팔짝 튀어오른다. 그러더니 몸의 균형을 잡고 서서 그를 올려다본다. 뺨에는 눈물이 마르고 절망한 표정 대신 교활한 미소가 피어올랐다. "그럼," 사내가 말한다. "소인, 들어가도 됩니까?"

크리스마스가 다가오는 요즘 앤서니는 성탄절 즈음에 아는 사람들이 당했다는 온갖 무시무시한 이야기로 집안사람들의 입을 다물지 못하게 하고 있다. 여인숙 주인들의 습격, 마구간에 일어난 불, 언덕을 헤매는 가축 등등. 앤서니는 남녀의 목소리를 다르게 낼 줄 알고, 주인한테 건방지게 대꾸하는 개 시늉을 하는가 하면, 샤퓌 대사를 위시해 이름만 대면 누구든 성대모사를 기가 막히게 해낸다. "자네 내 흉내도 내나?" 크롬웰이 묻는다.

"주인님은 제게 기회를 안 주세요." 앤서니가 말한다. "저희가 성대모사하기 좋은 주인님들은 입안에서 단어를 굴리거나, 늘 가슴에 십자를 긋고 예수-마리아를 외쳐 부르거나, 싱글거리거나 눈살을 찌푸리거나 경련을 일으키는 사람이죠. 하지만 주인님께선 콧노래도 안 부르시고, 발을 질질 끌거나 엄지손가락을 비틀지도 않으시잖아요."

"아버지가 무시무시한 분이셨거든. 어릴 때부터 조용히 있는 법을 배웠네. 아버지 눈에 띄면 호된 매질을 당했으니까."

"그 속에 뭐가 들었는지," 앤서니는 그의 눈을 바라보며 이마를 톡톡 두드린다. "나리 머릿속에 뭐가 들었는지 말입니다. 그걸 누가 알겠어요? 문짝 흉내를 내는 게 더 낫지요. 차라리 나무판자한테 표정이 더 있겠네. 거름통이나."

"새 주인을 원한다면, 좋은 특징을 주지."

"결국에는 주인님 흉내를 내고 말 겁니다. 문기둥 흉내내는 법을 배우게 되면요. 서 있는 돌이나. 동상. 눈을 움직이는 동상들이 있어요. 북쪽 지역에."

"나도 몇 개 보관하고 있다네. 금고실에."

"그 열쇠 좀 주시면 안 될까요? 파수꾼 없이 어둠 속에서도 여전히 눈을 움직이는지 보고 싶어요."

"자넨 가톨릭교도인가, 앤서니?"

"그럴지도 모르죠. 전 기적이 좋아요. 젊었을 땐 순례자였답니다. 하지만 크롬웰 나리의 주먹이 하느님의 손보다 더 가깝죠."

크리스마스 전야에 앤서니는 왕관 대신 접시를 쓰고 왕 흉내를 내며 〈좋은 벗들과 즐거운 시간〉을 부른다. 광대의 야윈 팔다리가 어느새 굵어지더니 눈앞에서 덩치가 거대해진다. 사실 헨리왕은 풍채에 어울리지 않게 목소리가 높아 좀 우스꽝스럽다. 물론 우리는 다 모른 척한다. 하지만 지금 그는 앤서니를 보며 입을 가리고 웃고 있다. 앤서니가 언제 왕을 봤지? 왕의 사소한 손짓을 낱낱이 다 아는 것 같다. 앤서니가 지난 몇 해 동안 궁전에서 일당을 챙기며 부산을 떨고 다녔다 해도, 저 사람이 왜 저기 있으며 어떻게 임금대장에 올랐는지 묻는 사람이 아무도 없었다 해도 놀랍지는 않지. 왕 흉내를 낼 수 있다면 갈 곳도 많고 할일도 많은 바쁘고 쓸모 있는 친구 흉내쯤은 식은 죽 먹기지.

크리스마스 날이다. 던스턴의 교회에서 종이 울린다. 바람결에 눈송이가 날린다. 스패니얼들은 리본을 달고 있다. 처음 도착한 사람은 라이어슬리다. 케임브리지 재학 당시 대단한 배우였던 그는 최근 몇 년 동안 집안 연극을 총괄하고 있다. "그냥 작은 역할이나 하나 주게." 크롬웰은 간청했다. "나무를 해도 되나? 그럼 아무것도 안 외워도 되잖아. 나무들에게는 즉흥적인 위트가 있다네."

"인도에서는 말이죠," 그레고리가 말한다. "나무들이 걸어다닌대요. 뿌리로 지탱해 몸을 들어올려서, 바람이 불면 더 안전한 장소로 움직여 갈 수 있대요."

"그런 얘기는 누구한테 들었니?"

"죄송하지만 저 같은데요." 콜미 리즐리가 말한다. "하지만 그 이야기를 어찌나 좋아하는지. 전혀 해로울 것 없잖아요."

라이어슬리의 예쁜 아내는 머리를 허리까지 치렁치렁 풀어헤치고 극중에 나오는 하녀 매리언의 차림새를 했다. 콜미 리즐리는 치마를 입고 억지웃음을 짓고 있고, 이제 걸음마를 하는 딸아이는 아빠의 치맛자락에 매달려 있다. "전 처녀 역할을 맡았어요. 요즘은 처녀들이 하도 귀해서 유니콘을 보내 찾고 있다던데."

"가서 갈아입게." 그가 말한다. "마음에 안 드네." 크롬웰은 라이어슬리의 베일을 걷는다. "수염 때문에 도무지 그럴싸하지가 않아."

콜미가 무릎을 까닥하고 인사한다. "하지만 가장을 하긴 해야 한답니다."

"벌레 의상이 남아 있어요." 앤서니가 말한다. "아니면 거대한 줄무늬 장미를 하실 수도 있고요."

"성 언컴버는 처녀였는데 수염이 있었어요." 그레고리가 나선다. "구혼자들을 쫓아내서 순결을 지키기 위해서요. 남편이 없어지길 바라는 여자들이 성 언컴버에게 기도를 드린대요."

콜미는 옷을 갈아입으러 간다. 벌레일까, 꽃일까? "라이어슬리 나리, 꽃봉오리 안에 든 벌레 역할을 하셔도 됩니다." 앤서니가 제안한다.

레이프와 크롬웰의 조카 리처드가 들어온다. 두 사람이 눈빛을 교환하는 게 보인다. 크롬웰은 라이어슬리의 아이를 번쩍 들어올려 안고 남동생의 안부를 묻고 아이가 쓴 모자를 칭찬한다. "미스트리스, 제가 이름을 잊어버렸네요."

"전 엘리자베스예요." 아이가 말한다.

리처드 크롬웰이 말한다. "요즘은 아이들 이름이 전부 엘리자베스 아니야?"

콜미의 마음을 내가 빼앗아오겠어, 그는 생각한다. 그 친구의 마음을 얻어 스티븐 가드너에게서 완전히 떼어놓겠어. 콜미도 자기의 진정한 이익이 어디에 놓여 있는지 깨닫고 나와 왕에게만 충성을 다하겠지.

리처드 리시가 아내와 함께 들어오자, 크롬웰은 적갈색 공단으로 지은 새 옷소매에 찬사를 표한다. "로버트 패킹턴이 6실링이나 청구했답니다." 리시의 아내가 분하다는 투로 말한다. "거기다 안감을 대는 걸로 4펜스나 달라지 뭐예요."

"리시가 돈을 줬습니까?" 크롬웰은 껄껄 웃고 있다. "패킹턴에게는 돈을 안 주는 게 나아요. 부추길 뿐이니까."

패킹턴 본인이 도착한다. 표정이 심각하다. 뭔가 할말이 있는 게 분명한데, 그저 "안녕하십니까?" 같은 말은 아니다. 포목 상인 길드의 충실한 회원인 친구 험프리 몬머스가 옆에 서 있다. "윌리엄 틴들이 아직도 옥중에 있는데 듣자 하니 사형을 당할 것 같다고 하네." 패킹턴은 머뭇거리지만 결연하게 마음을 먹고 하는 말이 분명하다. "축제를 즐기고 있자니 옥고를 치르는 친구 생각이 한층 더 나는군. 자네는 그를 위해 뭘 할 건가, 토머스 크롬웰?"

패킹턴은 복음서파, 개혁론자이다. 그의 가장 오랜 친구들 중 하나다. 친구로서 패킹턴은 고충을 터놓고 말한다. 패킹턴 본인은 저지대의 권력자들과 협상을 할 수가 없기에 헨리의 허가가 필요한 것이다.

그러나 헨리가 허락할 리 없다. 틴들이 이혼 문제에 있어서 좋은 소리를 해주지 않았던 탓이다. 마르틴 루터와 마찬가지로 틴들은 헨리와 캐서린의 결혼이 유효하다고 믿고 있고, 정치적 계산에 흔들릴 위인도 아니다. 잉글랜드 왕의 비위를 맞춰주고 친구가 되기 위해 틴들이 고집을 꺾을 거라고들 생각하지만, 사실 틴들은 완고한 사람이다. 돌덩어리처럼 꾸밈없고 완강하다.

"그래서 우리 형제 틴들이 화형에 처해져야 마땅하다는 얘긴가? 지금 내게 그런 소리를 하는 건가? 즐거운 크리스마스 보내게, 내무장관." 패킹턴은 돌아선다. "사람들 말이 요즘 자네한텐 주인 뒤를 졸졸 쫓는 스패니얼처럼 돈이 따라다닌다고 하더군."

그는 패킹턴의 팔을 붙잡는다. "로버트一" 그러다가 물러서서 진심으로 말한다. "틀린 말은 아니네."

친구가 무슨 생각을 하고 있는지 안다. 내무장관의 막강한 세도는 왕의 마음도 움직일 수 있다고 생각하겠지. 할 수만 있다면 왜 그러지 않겠는가? 설마 제 호주머니에 안감을 대느라 너무 바빠서? 크롬웰은 부탁하고 싶다. 제발 하루만 쉬게 해주게.

몬머스가 말한다. "토머스 모어가 태워 죽였던 우리 형제들을 잊지는 않으셨죠? 사냥개를 풀어 죽인 사람들도? 몇 달 동안 옥고를 치르고 폐인이 된 사람들도?"

"자네는 폐인이 되지 않았지. 살아서 모어가 몰락하는 걸 봤잖나."

"하지만 모어는 무덤에서도 밖으로 팔을 뻗고 있어." 패킹턴이 말한다. "모어의 부하는 사방에 깔려 있고, 다들 틴들의 뒤를 캤어. 틴들을 배신한 자도 모어의 끄나풀이었지. 자네가 왕을 움직일 수 없다면 왕

192

비는 어떤가?"

"왕비부터가 도움이 필요한 처지네. 왕비를 돕고 싶다면 자네 아내들 독한 혓바닥에 재갈이나 물리라 하게."

크롬웰은 자리를 떠난다. 레이프의 아이들—아니, 레이프의 양자들이라 해야겠다—이 와서 분장한 모습을 좀 봐달라고 그를 불러댄다. 하지만 방금 뚝 끊긴 대화 생각에 축제 내내 입안에 쓴맛이 돈다. 앤서니가 재미있는 이야기를 하며 뒤를 졸졸 따라다니지만 그의 눈길은 천사 옷을 입은 아이에게 머문다. 레이프의 의붓딸, 레이프의 아내 헬렌의 첫째 딸이다. 아이는 그가 오래전 그레이스를 위해 만들어준 공작 날개를 달고 있다.

오래전? 아직 십 년은 안 됐지, 십 년까지는 안 됐어. 공작 깃털에 박힌 눈들이 번들거린다. 어두침침한 날이지만 즐비하게 늘어선 촛불 빛을 받아 벽에 장식된 금실과 호랑가시나무 열매, 은별 모서리들이 반짝거린다. 그날 밤, 눈송이가 하늘하늘 떨어져 내릴 때 그레고리가 묻는다. "죽은 사람들은 지금 어디서 살아요? 연옥은 있어요, 없어요? 사람들은 여전히 연옥이 있다고 하지만 아무도 어디 있는지 모르잖아요. 고통받는 영혼들을 위해 기도해봤자 아무 소용 없대요. 예전에는 기도를 해서 영혼들이 연옥에서 풀려나게 해줄 수 있었지만, 이젠 그럴 수가 없다면서요."*

---

* 세상을 떠난 영혼들이 지옥이나 천국에 가기 전 심판을 기다리며 속세의 죄를 정화하는 곳인 일종의 저승 대기실인 연옥은 가톨릭 신앙에만 있는 개념이다. 현세의 사람들이 연옥의 영혼을 위해 기도를 바치면 영혼이 천국에 갈 수 있다고 믿었다. 종교개혁을 통해 연옥의 개념은 철폐되었다.

가족이 죽었을 때 그는 그 시절 관습에 따라 할 수 있는 모든 것을 다 했다. 봉납을 하고 미사를 봉헌했다. "모르겠구나." 그는 말한다. "왕은 연옥에 대한 설교를 허락하지 않을 거야, 너무 논쟁의 소지가 많거든. 크랜머 대주교님께 이야기해보려무나." 입가가 실룩거린다. "최신 사상을 말씀해주실 거다."

"어머니를 위해 기도할 수 없다는 게 받아들이기 힘들어요. 아니 기도를 허락해준다 해도, 만일 아무도 듣는 사람이 없고 헛되이 기운만 쓰는 거라면 슬프겠죠."

한 시간이 만 년이었던, 이젠 존재하지 않는 연옥, 하느님께로 나아가기 위한 대기실의 고요함을 상상해보라. 한때는 영혼들이 하느님께서 짠 거대한 그물에 잡혀 있다고, 죄를 속죄하고 풀려나 하느님의 눈부신 영광 속으로 들어가기 전까지 안전하게 갇혀 있다고 상상했다. 하지만 그물이 끊어지고 망이 망가진다면, 영혼들은 차가운 공간 속으로 쏟아져 세월이 흐를수록 점점 더 멀리멀리 침묵과 고요 속으로 빨려들어가 끝내는 어떤 흔적도 남지 않게 되는 걸까?

그는 아이가 자기 날개를 볼 수 있도록 거울 앞으로 데리고 간다. 아이의 걸음걸이가 조심스럽다. 아이는 자기 옷차림에 넋을 잃는다. 거울 속 공작 깃털에 박힌 눈들이 그에게 말을 걸어온다. 우릴 잊지 마요. 세월이 흘러도 우린 여기에 있어요. 속삭임, 손길, 깃털 하나면 우리에게 닿을 수 있어요.

나흘 뒤, 에스파냐와 신성로마제국을 대표하는 대사 외스타슈 샤퓌가 스테프니에 도착한다. 집안사람들이 샤퓌에게 다가가 라틴어와 프랑스어로 행복을 기원하며 따뜻하게 환영한다. 사부아 사람 샤퓌는 에스파냐어는 약간 할 줄 알지만 잉글랜드어는 거의 못한다. 하지만 말하는 것보다는 훨씬 잘 알아듣는다.

런던에서 두 집안은 형제처럼 지내왔다. 폭풍우가 몰아치던 어느 가을날 밤, 샤퓌 대사의 숙소에 불이 나는 바람에 검댕이 온통 시커멓게 묻은 종자들이 불속에서 겨우 건진 물건들을 들고 울부짖으며 오스틴 프라이어스의 대문을 두드렸던 날 이후의 일이다. 그날 대사는 가구와 옷을 다 잃었다. 셔츠만 입은 채 그을린 커튼을 휘감은 샤퓌의 초라한 몰골을 봤다면 웃지 않을 수 없을 것이다. 대사의 수행원들은 홀 바닥에 짚으로 만든 요를 깔고 하룻밤을 보냈고, 크롬웰의 동서인 존 윌리엄슨이 뜻밖의 귀한 손님에게 자기 방을 내줬다. 다음날 대사는 몸에 맞지 않아 헐렁한 옷을 빌려 입고 일행에게 돌아가는 곤혹을 무릅써야 했다. 그것 말고는 크롬웰 하인들의 제복밖에 입을 게 없었는데, 그러면 경력에 돌이킬 수 없는 타격을 받으며 구경거리가 되었을 것이다. 샤퓌는 즉시 재봉사들에게 작업을 맡겼다. "대사께서 좋아하시는 강렬한 불꽃 색깔의 비단을 어디서 똑같이 지을 수 있을지 모르겠군요. 하지만 베네치아에 전언을 보내보겠습니다." 다음날 크롬웰은 샤퓌와 함께 시커멓게 탄 대들보 아래 관저를 함께 둘러봤다. 대사는 공식 문서들이었던 축축하고 시커먼 찌꺼기를 막대로 휘적거리며 나지막이 신음했다. 샤퓌가 고개를 들며 말했다. "불린 가문의 짓이라고 생각하십니까?"

대사는 절대 앤 불린을 인정하지 않았고, 공식적으로 소개받은 적도 없었다. 샤퓌가 앤의 손에 키스하고 왕비라고 부를 태세가 될 때까지 그런 즐거움은 포기해야 할 거라고 헨리왕이 공공연히 선포했던 것이다. 샤퓌의 충절은 킴볼턴에 유배된 다른 왕비를 향한다. 하지만 헨리는 말한다. 크롬웰, 언젠가 우리는 샤퓌가 진실을 대면하게 만들고야 말 거야. 앤과 마주쳐 도저히 피할 수 없는 상황에 놓이게 되면 샤퓌가 어떻게 나올지 보고 싶군.

오늘 대사는 깜짝 놀랄 모자를 쓰고 왔다. 진중한 자문관이 아니라 허세 가득한 조지 불린에게나 잘 어울릴 모자다. "어떻게 생각하십니까, 크레뮈엘?" 샤퓌가 모자를 까딱한다.

"잘 어울리십니다. 저도 어디서 하나 구해야겠군요."

"내 선물로 드리지……" 샤퓌가 과장된 몸짓으로 머리에서 모자를 벗다가 생각을 고쳐먹는다. "아니지, 이건 경의 커다란 머리에는 안 맞을 겁니다. 하나 만들어드리죠." 샤퓌는 크롬웰의 팔뚝을 잡는다. "몽셰르,* 장관님의 가족을 만나는 건 언제나 기쁘고 반갑습니다만, 혹시 우리끼리 얘기할 수는 없을지요?"

조용한 방에 들어가자 대사가 공격을 해온다. "사람들 말로는 왕이 성직자들에게 결혼하라고 명령을 내릴 거라고 하던데요?"

크롬웰은 무방비 상태로 급습당했다. 그러나 좋은 기분을 잡치지는 않을 작정이다. "그런 조치에도 부분적으로는 장점이 있습니다. 위선을 피하게 되니까요. 하지만 그런 일은 절대 일어나지 않을 거라고 분명히 말씀드릴 수 있습니다. 왕이 절대로 들어줄 리가 없어요." 그는 샤퓌를 유심히 바라본다. 혹시 캔터베리 대주교 크랜머에게 숨겨둔 아내

---

* mon cher. 남성을 부르는 프랑스어.

196

가 있다는 소리를 들은 건가? 설마 샤퓌가 알 리가 없다. 그걸 안다면 샤퓌는 대주교를 비난하고 파멸시킬 테니까. 소위 가톨릭교도는 토머스 크랜머를 토머스 크롬웰만큼이나 미워한다. 그는 샤퓌 대사에게 제일 좋은 의자를 가리킨다. "앉아서 레드와인 한잔하시지 않겠습니까?"

하지만 샤퓌는 화제를 돌릴 생각이 없다. "장관께서 모든 수도사와 수녀를 길거리로 내몰 거라는 이야기도 있더군요."

"어디서 그런 소리를 들었습니까?"

"바로 왕의 수하들에게서요."

"제 말 들으세요, 므슈. 제 감찰관들이 여기저기 돌아다니는데, 들어 보면 수도사들이 하는 소리라고는 제발 내보내달라는 탄원뿐입니다. 수녀들도 마찬가지로 구속을 참지 못하고 있어요. 제 부하들에게 와서 울면서 자유를 달라고 청합니다. 전 수도사들에게 연금을 주거나 쓸모 있는 자리를 마련해줄 힘이 있어요. 학자라면 봉급을 받을 수 있겠죠. 성직 수임을 받는다면 교구로 갈 수 있을 거고요. 수도사들이 깔고 앉은 돈 말인데요. 전 그 돈의 일부가 교구 성직자들에게 가는 걸 보고 싶습니다. 대사의 나라에서는 어떤지 모르겠지만 어떤 성직록은 일 년에 겨우 4, 5실링에 불과합니다. 땔감값도 못 되는 돈을 받고 누가 영혼의 치료를 맡겠습니까? 사제들이 생활이 되는 수입을 받게 되면, 성직자 한 사람이 가난한 학자 한 사람의 스승 역할을 맡게 만들고 대학 교육 비용을 보조하게 할 겁니다. 그러면 차세대 성직자들은 제대로 배운 사람들이 될 테고, 그 사람들은 또다시 교육자가 될 겁니다. 황제에게 이렇게 전하세요. 토머스 크롬웰은 좋은 종교를 중흥시킬 작정이라고요. 시들게 하는 게 아니라는 말입니다."

하지만 샤퓌는 고개를 돌린다. 신경질적으로 소매를 잡아뜯으며 두서없는 말을 지껄인다. "전 황제께 거짓을 고하지 않습니다. 제가 본 걸 말하죠. 제 눈에는 불안한 사람들이 보입니다. 크레뮈엘, 불만이 보여요, 비참함이 보입니다. 봄이 오기 전의 기아가 보입니다. 장관께서 플랑드르에서 곡물을 사들이고 있다고 알고 있습니다. 황제가 자기 땅에서 난 곡식을 당신들에게 허락하는 걸 감사히 여기십시오. 그런 교역은 중단될 수도 있으니까."

"우리 백성을 굶주리게 해서 무슨 이익을 얻겠습니까?"

"말씀드리지요. 사람들은 자신들이 얼마나 사악한 통치를 받았는지 보게 되겠죠, 왕의 조처가 얼마나 야비한지도 깨닫게 될 겁니다. 잉글랜드의 사절들은 독일 제후들과 뭘 하고 있습니까? 달이 가고 또 가도 그저 말. 말, 말뿐이죠. 루터파와 조약을 체결해서 그들의 예배의식을 여기 들여오고 싶어한다는 걸 잘 알고 있습니다."

"왕은 미사 형식을 바꾸지 않을 겁니다. 그 점은 분명히 하고 있어요."

"하지만," 샤퓌가 허공을 손가락으로 찌른다. "이단자 멜란히톤이 헨리왕에게 자기 책을 헌정했습니다! 책은 감출 수가 없죠, 안 그렇습니까? 부정하려면 어디 해보세요. 헨리는 결국 성사*의 절반은 폐지하고 이단을 대의로 만들 겁니다. 황제이자 대군주이신 우리 주군께 거역할 목적으로요. 헨리는 교황을 능멸하는 데서 시작해 결국 악마를 껴안게 될 겁니다."

"대사께선 저보다 그분을 더 잘 아시는 것 같군요. 헨리왕 말입니다.

---

* 가톨릭교회에서 신자들에게 하느님의 특별한 은총을 베풀어주는 종교의식.

악마가 아니라."

크롬웰은 대화가 흘러가는 방향에 놀란다. 열흘 전만 해도 대사와 기분좋게 저녁식사를 즐겼고, 샤퓌는 황제의 관심이 오로지 왕국의 평안 뿐이라고 거듭 말했다. 그때는 교역 봉쇄나 잉글랜드를 굶겨 죽이는 이야기는 전혀 없었다. "외스타슈." 그가 묻는다. "대체 무슨 일입니까?"

샤퓌가 갑자기 털썩 의자에 주저앉더니 무릎에 팔꿈치를 괴고 몸을 앞으로 내민다. 모자가 자꾸 흘러내리자 아예 벗어 테이블에 놓으면서 잠시 아쉬운 눈길을 준다. "토머스, 킴볼턴에서 소식을 들었습니다. 왕비께선 음식을 삼키지도 못하시고 심지어 물도 못 드십니다. 엿새 동안 도합 두 시간도 제대로 못 주무셨다는군요." 샤퓌는 주먹으로 눈을 문지른다. "하루나 이틀밖에 더 못 사실 것 같아요. 왕비께서 사랑하는 사람 하나 없이 홀로 돌아가시게 하고 싶지 않습니다. 다만 왕이 못 가게 할까봐 걱정입니다. 찾아뵐 수 있도록 허락해주겠습니까?"

그 남자의 슬픔이 심금을 울린다. 사절로서의 소관을 넘어선, 가슴에서 우러나는 진심이다. "함께 그리니치에 가서 왕께 청합시다." 그가 말한다. "바로 오늘. 지금 갑시다. 모자를 다시 쓰세요."

궁정으로 가는 바지선에서 그는 말한다. "눈을 녹이는 훈풍이군요." 샤퓌는 별다른 감흥이 없어 보인다. 양가죽을 겹겹이 둘러싸고 잔뜩 웅크리고 있는 걸 보니.

"왕은 오늘 마상 시합을 할 예정이었습니다." 그가 말한다.

샤퓌가 코웃음을 친다. "눈 속에서요?"

"경기장을 치우라고 하면 되니까요."

"물론 수도사들이 뼈빠지게 하겠죠."

대사의 끈덕진 고집에는 웃을 수밖에 없다. "경기가 잘 진행됐길 바라야 합니다. 그래야 헨리가 기분이 좋을 테니까. 엘섬의 어린 공주님을 막 보고 온 참이니, 공주님 안부를 꼭 여쭤야 합니다. 그리고 공주님께 새해 선물을 드려야 하고요. 그 생각은 하셨습니까?"

대사가 무섭게 노려본다. 그가 엘리자베스에게 줄 거라곤 머리통을 한 대 치는 것뿐이다.

"얼어붙지 않아 다행입니다. 때론 몇 주나 강을 못 쓰거든요. 강이 다 얼어붙었을 때 본 적 있습니까?" 대답이 없다. "캐서린은 강해요, 알잖아요. 눈이 그치고 왕의 허락이 떨어지면 내일 말을 타고 가면 됩니다. 캐서린은 예전에도 병세가 심했지만 회복했잖아요. 막상 가보면 침대에 앉아서 대사에게 왜 왔느냐고 물을 겁니다."

"왜 그렇게 떠들어대는 겁니까?" 샤퓌가 침울하게 말한다. "장관답지 않군요."

정말 왜일까? 캐서린이 죽는다면, 그건 잉글랜드에 좋은 일이다. 카롤루스는 캐서린의 사랑을 한몸에 받는 조카일지 몰라도 죽은 여자를 위해 계속 싸우지는 않을 것이다. 전쟁의 위협은 사라질 것이다. 새로운 시대가 열릴 것이다. 그는 그저 캐서린이 고통받지 않기만을 바랐다. 그 아픔은 무의미하니까.

그들은 왕의 선착장에 배를 묶는다. 샤퓌가 말한다. "이곳의 겨울은 너무 길어요. 아직도 이탈리아에서 수련하던 청년 시절이라면 좋겠군요."

눈이 선착장에 둑방처럼 쌓여 있고 땅바닥도 여전히 눈으로 뒤덮여 있다. 대사는 토리노에서 교육을 받았다. 거기에서는 이런 바람이 불지 않아요. 고통에 몸부림치는 영혼처럼 탑을 둘러싸고 비명을 지르는 바람이. "습지와 나쁜 공기는 다 잊어버리셨군요, 안 그래요?" 크롬웰이 말한다. "저도 마찬가집니다. 오직 환하던 햇빛만 기억하죠." 크롬웰은 대사의 팔꿈치를 붙들어 부축해 마른땅 위로 끌어올린다. 샤퓌는 손으로 모자를 단단히 붙들고 있다. 모자의 술들은 축축 늘어졌고 대사 본인도 금방이라도 울 것 같은 얼굴이다.

해리 노리스가 그들을 맞이한다. "아 '점잖은 노리스'시군." 샤퓌가 속삭인다. "최악은 아니군요."

노리스는 언제나 그렇듯이 예의의 귀감이다. "마상 시합은 몇 회전 정도 시행되었습니다." 노리스는 질문에 대답한다. "폐하께서 이기셨죠. 기분이 좋으실 겁니다. 지금은 다들 가장무도회를 위해 옷을 갈아입고 있습니다."

크롬웰은 노리스를 볼 때마다 왕의 부하들 앞에서 비틀거리며 자기 집을 나와 이셔의 싸늘한 빈집으로 도망쳤던 울지 추기경의 기억을 떠올리지 않을 수 없다. 진흙바닥에 무릎을 꿇은 채 더듬거리며 감사의 인사를 드리던 추기경의 모습. 그때 왕은 호의의 징표로 노리스를 보냈다. 울지는 하느님께 감사를 올리려고 무릎을 꿇었지만, 노리스 앞에 무릎을 꿇은 것처럼 보였다. 노리스가 지금 크롬웰 주변에서 얼마나 미끈하게 비위를 잘 맞추는지는 중요치 않다. 크롬웰의 마음속에서는 그 장면이 절대 지워지지 않을 것이다.

궁전 안은 열기가 들끓고 쿵쾅거리는 발소리가 분주하다. 연주자들은 악기를 나르고 상급 하인들은 하급 하인들에게 고함지르며 거칠게 명령을 내린다. 그들을 맞으러 나온 왕은 프랑스 대사를 대동하고 있다. 샤퓌는 깜짝 놀란다. 과장된 인사는 필수다. 키스 또 키스. 샤퓌가 얼마나 매끈하고 수월하게 자신의 가면을 되찾는가. 얼마나 과장되게 공손한 인사로 폐하께 경의를 표하는가. 저 정도로 숙련된 외교관은 심지어 뻣뻣한 무릎관절도 감언이설로 구워삶을 수 있다. 샤퓌가 안무가를 연상시키는 건 이번이 처음이 아니다. 옆구리에 끼고 있는 저 놀라운 모자를 보라.

"메리 크리스마스, 대사," 왕이 말한다. 그리고 희망을 담아 덧붙인다. "프랑스에서는 이미 굉장한 선물을 보냈소."

"황제의 선물은 새해에 폐하께 도착할 겁니다." 샤퓌가 큰소리친다. "그건 훨씬 더 굉장할 겁니다."

프랑스 대사가 그를 매섭게 노려본다. "메리 크리스마스, 크레뮈엘. 오늘은 볼링 안 합니까?"

"오늘은 전적으로 대사의 뜻에 따르겠습니다, 므슈."

"전 물러나겠습니다." 프랑스 대사가 말한다. 냉소적인 표정이다. 왕은 벌써 샤퓌와 팔을 엮고 있다. "폐하, 물러가면서 저희 프랑스 왕과 폐하의 마음이 군건히 결합되었다고 분명히 말씀드려도 되겠습니까?" 프랑스 대사의 시선이 샤퓌를 훑고 지나간다. "프랑스의 우정을 얻으면 성가신 일 없이 통치하시며 더이상 로마를 두려워할 필요도 없으실 겁니다."

"성가신 일 없이요?" 그가 말한다. "음, 대사께서는 참으로 자비로우시군요."

프랑스 대사는 짧게 묵례하고 그의 옆을 스쳐지나간다. 프랑스 대사의 옷이 스치고 지나가자 샤퓌가 뻣뻣하게 굳더니, 모자에 부정 타지 않게 하려는 듯 획 옆으로 치운다. "제가 들어드릴까요?" 노리스가 속삭인다.

하지만 샤퓌는 왕에게 시선을 고정하고 있다. "캐서린 왕비께서⋯⋯" 샤퓌가 말을 꺼낸다.

"웨일스 공의 미망인 말이군," 헨리가 단호하게 말한다. "그래, 그 여인이 또 곡기를 끊었다는 소리를 들었소. 그래서 대사가 여기 온 거요?"

해리 노리스가 속삭인다. "전 무어인의 복장을 준비해야 해서요. 물러가도 되겠습니까, 장관님?"

"이번에는 얼마든지." 크롬웰이 말한다. 노리스는 스르르 소리 없이 사라진다. 크롬웰은 그후로 십 분 동안 거기 서서 왕의 거침없는 거짓말을 듣고 있어야 한다. 왕은 말한다. 프랑스에서 왕에게 엄청난 약속들을 했고 그걸 다 믿는다고 한다. 밀라노 공작이 죽었는데 카롤루스와 프랑수아 둘 다 밀라노 공국에 대한 권리를 주장하고 있으며 문제가 해결되지 않으면 양국 사이에 전쟁이 발발할 거라는 사정도 잘 안다고 한다. 물론 헨리왕 본인은 늘 황제의 친구이지만, 프랑스는 여러 마을들을 약속했고, 성들을 약속했고, 심지어 항구까지 약속했으니, 잉글랜드의 국익을 위해 프랑스와의 동맹을 심각하게 고려해야 할 의무가 있다고 헨리는 말한다. 하지만 황제께서도 그 정도 약속은 하실 수 있는 힘이 있다는 걸 안다고 한다. 물론 더 대단하지는 않다 해도⋯⋯

"대사에게 굳이 숨기지 않겠소." 헨리가 샤퓌에게 말한다. "잉글랜드인으로서 짐은 언제나 거래에 있어 분명하고 솔직하오. 잉글랜드인은 절대 거짓말도 속임수도 쓰지 않소, 심지어 자기 이익을 위해서라해도."

"그렇게 말씀하시니," 샤퓌가 받아친다. "폐하께선 너무 올바르셔서 삶이 힘드실 것 같군요. 폐하께서 이 나라의 이익을 생각하실 수 없다면 제가 대신 생각해야겠습니다. 듣기 좋은 소리야 얼마든지 할지몰라도 프랑스는 영토를 내주지 않을 겁니다. 폐하께서 백성을 거두지 못하셨던 요 몇 달 동안 프랑스가 폐하께 어떤 친구였는지 제가 상기시켜드릴까요? 우리 황제께서 허락하신 곡물이 들어오지 않았다면, 폐하 백성의 시체가 여기서부터 스코틀랜드 경계까지 쌓였을 겁니다."

약간의 과장은 섞여 있다. 헨리가 휴일을 즐기는 기분이라 다행이다. 헨리는 향연, 오락, 마상 시합 한 시간, 그뒤의 가면극을 좋아한다. 전 부인이 북부의 습지대에 누워 마지막 숨을 몰아쉬고 있는 상황은 훨씬 더 좋아한다. "자, 샤퓌." 왕이 말한다. "내 방에서 따로 이야기하도록 하지." 왕은 황제의 대사를 잡아끌며 그 머리 너머로 크롬웰에게 눈을 찡긋해 보인다.

하지만 샤퓌는 걸음을 멈춘다. 왕도 발길을 멈출 수밖에 없다. "폐하, 이 이야기는 나중에 할 수 있습니다. 그러나 지금 제 임무는 조금도 지체할 수 없습니다. 간청하오니⋯⋯ 캐서린의 거처로 갈 수 있도록 허락해주시기 바랍니다. 그리고 따님도 어머니를 볼 수 있도록 허락해주시기를 간청합니다. 이번이 마지막이 될 수도 있습니다."

"아, 추밀원의 조언 없이 내 마음대로 레이디 메리를 이리 가라 저리가라 할 수는 없는데. 그런데 오늘은 추밀원을 소집할 가능성이 없단 말이지. 길 때문에 말이오, 아시다시피. 대사는 어떻게 가려고 하는 거요? 날개라도 있소?" 왕이 낄낄 웃는다. 그러더니 다시 대사를 붙잡아 끌고 간다. 문이 닫힌다. 크롬웰은 그 문을 노려보며 서 있다. 그 문 뒤에서 어떤 거짓말이 더 나올까? 헨리가 프랑스에서 받았다고 주장하는 엄청난 제안에 대적하려면 샤퓌는 어머니의 유골이라도 내놔야 할 것이다.

그는 생각한다, 추기경이라면 어떻게 할까? 울지 추기경은 말하곤 했다. "'닫힌 문 뒤에서 무슨 일이 벌어지는지는 알 수 없죠' 같은 말은 내 앞에서 하지 말게, 알아내."

그렇다. 그들을 따라 그 방으로 들어갈 핑계를 생각해낼 작정이다. 하지만 여기 노리스가 앞길을 막고 있다. 무어인의 옷을 입고 얼굴을 검게 칠한 채 기분좋게 웃고 있지만 날 선 경계는 여전히 늦추지 않는다. 크리스마스 놀이라면 뭐니 뭐니 해도 크롬웰을 엿 먹이기만한 게 없지. 노리스의 비단옷 어깨를 붙들고 돌려세워 보내려는데 조그만 용 한 마리가 엉덩이를 흔들며 다가온다. "저 용은 누구요?" 크롬웰은 묻는다.

노리스가 코웃음을 친다. "프랜시스 웨스턴이요." 그는 덥수룩한 가발을 뒤로 젖혀 귀티 나는 이마를 드러낸다. "앞에서 말씀드린 용은 먹이를 구걸하러 살랑살랑 엉덩이를 흔들며 왕비의 처소에 가는 길이죠."

그는 씩 웃는다. "분해 보이는군요, 해리 노리스."

왜 안 그렇겠나? 그 역시 한때는 왕비의 문을 지켰는데. 바로 문 앞에서.

노리스가 말한다. "왕비께서 같이 놀면서 저 조그만 엉덩이를 툭툭 두드려주실 거요. 강아지들을 좋아하시니까요."

"퍼코이를 누가 죽였는지 알아냈습니까?"

"그렇게 말하지 마시지요." 무어인으로 분장한 노리스가 탄원한다. "그건 사고였어요."

팔꿈치를 잡고 그를 돌려세운 사람은 바로 윌리엄 브레러턴이다. "세 번 벼락 맞아 죽을 그놈의 용은 어디 있습니까?" 브레러턴이 묻는다. "내가 그 용을 쫓게 되어 있어서."

브레러턴은 자기가 사냥한 짐승 가죽을 걸치고 고대의 사냥꾼 차림을 하고 있다. "그거 진짜 표범 가죽입니까, 윌리엄? 어디서 잡았습니까, 저 위 체스터에서?" 그는 못마땅하게 가죽을 만져본다. 브레러턴은 걸친 가죽 말고는 아무것도 입지 않은 맨몸으로 보인다. "차림이 그래도 됩니까?" 그가 묻는다.

브레러턴이 으르렁댄다. "요즘은 자유를 누려도 되는 시절 아닙니까? 장관께서는 고대 사냥꾼 역할을 억지로 떠맡고도 웃옷을 걸칠 건가요?"

"왕비께서 경의 물건을 보시는 사태만 없게 하십시오."

무어인이 킬킬댄다. "왕비께서 생전 처음 보시는 건 아닐 겁니다."

그의 눈썹이 올라간다. "보신 적 있단 말입니까?"

노리스는 무어인 역을 하는 사람치고 얼굴이 쉽게 붉어진다. "내 말 뜻을 알지 않습니까. 윌리엄이 아니라 폐하 말입니다."

그는 한 손을 든다. "분명히 해둡시다, 처음 이 얘기를 꺼낸 사람은 결코 내가 아니라는 걸. 그건 그렇고 용은 저쪽으로 갔습니다."

작년 일이 생각난다. 브레러턴이 마구간 소년처럼 휘파람을 불면서 화이트홀을 활개치며 가로지르다 걸음을 멈추고는 이렇게 말했다. "듣자 하니 폐하께서는 서류가 마음에 안 들면 경의 머리를 갈기신다면서요."

네놈이나 얻어맞겠지, 그가 혼자 생각했다. 이 인간만 만나면 왠지 모르게 다시 소년 시절, 퍼트니 강둑에서 쌈박질이나 일삼던 뚱하고 거친 불량배로 돌아가는 기분이 든다. 그런 소문은 전에도 들은 적 있다, 그를 깎아내리기 위해 떠도는 소문들. 헨리를 아는 사람이라면 말도 안 되는 헛소리라는 걸 안다. 헨리왕은 나무랄 데 없는 예의를 갖춘 유럽 최고의 신사다. 누구를 괴롭히고 싶으면 신하를 시켜서 하지, 자기 손을 더럽히지는 않을 것이다. 솔직히 크롬웰도 가끔은 헨리와 의견이 맞지 않을 때가 있다. 헨리가 손찌검을 한다면 그냥 그만두고 떠나버릴 것이다. 유럽에는 그를 원하는 군주들이 많다. 성을 통째로 주겠다는 제안도 한두 번 받아본 게 아니다.

지금 그는 모피를 두른 어깨에 활을 걸쳐 메고 왕비의 처소로 향하는 브레러턴을 보고 있다. 그가 몸을 돌려 노리스에게 뭐라고 말하는데 그 목소리는 근위병들이 칼을 맞부딪치듯 챙그랑거리는 금속성 소음에 묻혀버린다. "서퍽 공작님 지나가십니다"라는 고함소리가 들려온다.

서퍽 공작은 상반신에 아직도 철갑을 두르고 있다. 혼자서 마상 시합을 하며 야외에 있었던 모양이다. 공작의 커다란 얼굴은 벌겋게 상기되었고, (해가 갈수록 강렬한 인상을 주는) 턱수염은 갑옷 가슴받이 위에 어수선하게 흩어져 있다. 용감한 무어인 노리스가 나서서 말한다. "폐하께서는 회의중―" 하지만 찰스 브랜던은 십자군 원정에 나선 기사처럼 노리스를 단호히 밀쳐버린다.

그, 크롬웰은 공작의 뒤를 따른다. 그물이 있다면 공작에게 덮어씌우기라도 할 것이다. 찰스 브랜던은 왕의 방문을 주먹으로 한 번 두드리더니 활짝 열어젖힌다. "지금 하시던 일은 당장 그만두십시오, 폐하. 단연코 이 말부터 들으셔야 합니다. 폐하께서는 전 부인에게서 해방되셨습니다. 캐서린은 임종의 침상에 누워 있습니다. 폐하께서는 곧 홀아비가 되실 겁니다. 그럼 또다른 아내를 제거해버리시고 프랑스와 결혼하실 수 있습니다. 노르망디를 지참금으로 손에 넣는 거죠……" 그때 찰스 브랜던이 샤퓌를 발견한다. "아, 대사. 음, 대사는 나가봐도 좋습니다. 계셔봤자 빵 부스러기 하나 얻을 수 없을 테니. 댁에 가서서 크리스마스를 즐기세요. 여기선 대사를 원치 않으니까요."

헨리의 얼굴이 하얗게 질린다. "생각을 좀 하고 말하게." 왕은 한 대칠 기세로 찰스 브랜던에게 다가간다. 사실 도끼만 있다면 정말 그럴 수도 있다. "내 아내는 아이를 가지고 있네. 난 법적으로 혼인했고."

"아." 찰스 브랜던은 뾰루퉁해져 볼멘 얼굴을 한다. "네, 그거야 그렇죠. 하지만 폐하께서 말씀하시길……"

크롬웰이 허둥지둥 공작에게 돌진한다. 도대체 어디서 저런 소리를 들은 걸까? 프랑스와 결혼한다고? 그것은 왕의 계획이 분명하다. 찰스 브랜던에게 자기 생각이라곤 없으니까. 헨리가 두 개의 대외 정책을 끌고 가는 모양이다. 크롬웰이 알고 있는 것 하나와 모르고 있는 것 하나. 크롬웰이 브랜던을 붙든다. 그는 찰스 브랜던과 머리 하나 차이가 나는 작은 키다. 아직도 방한용 솜을 덧대고 갑옷도 다 벗지 않은 반 톤짜리 바보 천치를 자기 힘으로 움직일 수 있을 것 같지가 않다. 하지만 빨리, 빨리 재촉해 대경실색한 표정으로 서 있는 대사의 귀가 닿지 않는 곳으로 데려갈 수는 있을 것이다. 크롬웰은 찰스 브랜던을 어전 구석으로 몰고 가서야 걸음을 멈추고 묻는다. "서퍽 공작 저하, 어디서 그런 말씀을 들으셨습니까?"

"아, 우리 귀족들은 장관보다 더 많은 걸 알고 있다네. 폐하께선 폐하의 진정한 의도를 우리에게 명백히 밝히시니까. 자네가 폐하의 비밀을 다 알고 있다고 생각하겠지만 그건 오해네, 크롬웰."

"폐하의 말씀을 들으셨잖습니까. 앤은 폐하의 아이를 가지고 있어요. 폐하께서 지금 앤을 쫓아내실 거라 생각한다면 그건 저하께서 미친 겁니다."

"그 아이가 폐하의 아이라고 생각하신다면 폐하께서 미친 거고."

"뭐라고요?" 철갑에 데기라도 한 것처럼 크롬웰은 소스라쳐 물러선다. "왕비의 명예에 누가 되는 일을 알고 있다면, 신하로서 저하는 분명히 이야기해야 할 의무가 있으십니다."

브랜던은 팔을 비틀어 뺀다. "난 분명히 이야기했는데, 그 결과를 보게. 앤과 와이엇에 대해 폐하께 말씀드렸더니, 날 궁전에서 쫓아내서 동부로 돌려보내더군."

"이 일에 와이엇을 끌어들이면, 내가 나서서 저하를 중국으로 쫓아버릴 겁니다."

공작의 얼굴이 분노로 이글거린다. 어쩌다 일이 이렇게 되었을까? 불과 몇 주 전만 해도 브랜던은 크롬웰에게 새 아내에게서 얻은 아들의 대부가 되어달라고 청했다. 하지만 이제 공작은 으르렁거리고 있다. "가서 다시 주판이나 튕기게, 크롬웰. 능력도 안 되면서 주제넘게 외교에 끼어들지 말고. 외교에 관한 한 자네가 할 일이라고는 돈을 끌어오는 것뿐이야. 어차피 지위 없는 평민 아닌가. 왕도 그렇게 말씀하셨지. 자네는 군주들과 대담을 나누기에는 격이 떨어진다고."

가슴에 닿는 공작의 손이 세차게 그를 뒤로 밀친다. 공작은 또다시 왕의 앞으로 향한다. 위엄과 슬픔으로 얼어붙은 샤퓌가 좌중의 질서를 되찾으려 나선다. 샤퓌는 분노를 주체하지 못하고 헐떡거리는 공작의 거구와 왕 사이를 막아선다. "이만 물러나겠습니다, 폐하. 늘 그러하듯 은혜에 감사드립니다. 제가 시간에 맞추어 갈 수만 있다면, 물론 그러리라 믿어 의심치 않습니다만, 저의 주군께서는 직접 파견하신 특사로부터 이모님의 마지막 순간에 대한 소식을 들으시고 마음의 위로를 얻으실 수 있을 겁니다."

"당연히 그쯤은 내가 해야 할 도리지." 헨리는 정신을 차리고 말한다. "어서 가게."

"내일 아침 동이 트자마자 떠나겠습니다." 샤퓌가 말한다. 그들은 재빨리 걸어나온다. 가장무도회에서 모리스 춤을 추는 사내들과 까딱거리는 장난감 말들을 헤치고, 남자 인어를 따르는 물고기떼로 분장한 사람들을 헤치고, 쿵쾅거리며 돌진해오는 거대한 성채를 에둘러 피한다. 성채는 목공으로 짓고 색을 칠해 기름칠한 바퀴를 단 조형물이다.

밖으로 나와 선창에 이르자 샤퓌가 크롬웰을 돌아본다. 샤퓌의 마음속에서는 틀림없이 기름칠한 바퀴가 빙글빙글 돌아가고 있을 것이다. 자신이 첩이라고 부르는 여자에 대해 들은 이야기를 벌써부터 암호로 만들어 급송 문서로 작성하고 있을 테니까. 서로 도저히 못 들은 척할 수가 없었다. 브랜던이 호통을 치면 독일의 나무들이 쓰러진다. 대사가 속으로 까마귀처럼 울어 젖히며 득의양양하고 있다 해도 놀라울 건 없다. 물론 프랑스와의 혼담이 아니라 앤의 황혼이 멀지 않았다는 생각 때문일 것이다.

그러나 샤퓌는 평정을 잃지 않는다. 핏기가 싹 가신, 몹시 심각한 표정이다. "크레뮈엘." 샤퓌가 말한다. "공작의 말이 마음에 걸립니다. 당신 신변과 당신의 입지에 대한 말이." 샤퓌는 목청을 가다듬는다. "솔직히 터놓고 말하자면 나 역시 미천한 계층 출신입니다. 아마 그렇게까지는 아니……"

그는 샤퓌의 과거를 안다. 변변찮은 변호사 집안 출신이다. 두 세대 위로 거슬러올라가면 농사를 지었다고 한다.

"역시 터놓고 말하자면, 장관은 국가 간의 담판을 맡을 자격이 있다고 봅니다. 이 지상의 어떤 회합에서라도 난 장관을 지지할 겁니다. 달변가이고 학식도 높으니까요. 내 목숨이 걸린 재판에서 변호인을 찾는다면 장관에게 브리핑을 할 거요."

"칭찬이 과하니 어질어질합니다, 외스타슈."

"헨리에게 돌아가요. 왕의 마음을 움직여서 공주가 어머니를 뵐 수 있게 해줘요. 죽어가는 여잔데, 그런다고 무슨 정책에 해가 될 것이며 무슨 이득을……" 가엾은 남자의 목에서 분을 못 이긴 메마른 흐느낌이 터져나온다. 그러나 샤퓌는 금세 감정을 추스른다. 모자를 벗더니 어디서 샀는지 생각이 안 난다는 듯이 물끄러미 바라보고 서 있다. "이 모자를 쓰면 안 될 것 같군요." 외스타슈 샤퓌가 말한다. "성탄절에 더 어울리는 모자 아닙니까? 그래도 버리기는 정말 싫군요. 꽤나 독창적이란 말입니다."

"저한테 주세요. 자택으로 보내드릴 테니 돌아오셔서 쓰시면 됩니다." 탈상을 하실 때 말입니다, 라고 크롬웰은 생각한다. "그런데……메리에 대해서는 너무 큰 희망을 갖지 마십시오."

"잉글랜드 사람이시니, 거짓말도 기만도 당연히 모르겠지요." 샤퓌는 호탕하게 너털웃음을 터뜨린다. "하느님 맙소사!"

"왕은 메리의 반항적인 성질을 돋울 만한 회합은 절대 허락하지 않을 겁니다."

"친어머니의 임종을 지키는 일인데도 말입니까?"

"그래서 더 그렇겠죠. 맹세나 임종의 서약 같은 건 우리가 원하는 게 아니니까요. 아시겠습니까?"

크롬웰은 바지선 선장에게 말한다. 난 여기 남아서 용이 어떻게 되는지 보고 가겠네. 사냥꾼을 잡아먹든지 뭐가 어떻게 되겠지. 대사님을 런던까지 모셔다 드리게. 대사님은 여행 준비를 하셔야 하니까. "하지만 그러면 어떻게 돌아가실 생각입니까?" 샤퓌가 묻는다.

"브랜던이 이기면 기어가야겠지요." 크롬웰은 작은 남자의 어깨에 손을 얹는다. "이를 계기로 길이 열릴 겁니다, 아시겠어요? 당신 주군과의 동맹으로 가는 길 말입니다. 국익은 물론이고 교역에도 이득이 되겠지요. 대사님과 내가 둘 다 원하는 바이기도 하고. 캐서린이 우리 사이의 장애물이었으니까요."

"그러면 프랑스 혼담은 어떻게 된 겁니까?"

"프랑스와의 결혼은 없을 겁니다. 그건 동화에나 나오는 얘기죠. 어서 가세요. 한 시간 뒤에는 어두워질 겁니다. 오늘밤은 푹 쉬시면 좋겠군요."

이미 석양이 템스강을 가로질러 슬그머니 다가든다. 철썩이는 물결에 어스레한 골이 생기고 푸른 어스름이 강둑을 따라 기어든다. 사공한 사람에게 크롬웰이 묻는다. 북부로 향하는 도로가 트일 것 같나? 죄송합니다, 나리, 사공이 대답한다. 저는 그저 강밖에 몰라요. 어쨌든 엔필드 북쪽으로는 한 번도 가본 적이 없어요.

그가 다시 스테프니로 돌아왔을 때 저택에서는 횃불 불빛이 흘러넘치고 노래하는 아이들은 한창 흥분에 들떠 정원에서 캐럴을 부르고 있다. 개들이 짖어대고 검은 형체들이 흰 눈을 배경으로 팔짝팔짝 뛴다. 그리고 유령처럼 희끄무레한 눈사람 십여 개가 얼어붙은 관목을 굽어보며 우뚝 서 있다. 다른 것들보다 훨씬 큰 눈사람 하나는 주교관을 쓰고 있다. 푸른빛이 도는 당근 조각으로 코를 만들고 좀더 작은 꽁다리가 거시기 자리에 꽂혀 있다. 그레고리가 그를 향해 전력 질주해 달려온다. 아들은 휘몰아치는 흥분을 어쩔 줄 모른다. "저기, 아버지, 우리가 교황 눈사람을 만들었어요."

"우리는 제일 먼저 교황을 만들었어요." 크롬웰 곁에 있는, 발그레상기한 얼굴은 경비견을 돌보는 소년 딕 퍼서다. "나리, 우리가 교황을 만들었는데, 혼자서는 해를 끼치지 못할 것처럼 보여서 일군의 추기경들도 만들었어요. 마음에 드십니까?"

주방에서 일하는 소년들이 크롬웰을 에워싼다. 꽁꽁 언 손에서 물을 뚝뚝 떨어뜨리고 있다. 온 집안 식솔들이, 아니 적어도 서른 이하의 식솔들은 모두 나타났다. 모닥불을 피워놓고—눈사람들에게서 멀찌감치 떨어진 곳에서—크리스토프의 인솔하에 빙글빙글 돌며 춤을 추고 있는 모양이었다.

그레고리가 밭은 숨을 고른다. "국왕의 주권을 더 뚜렷하게 강조하려고 만든 거예요. 잘못됐다고 생각지 않습니다. 우리가 진격의 트럼펫을 불고 나아가면 황제의 군대를 납작하게 깔아뭉갤 수 있으니까요. 리처드가 그래도 된다면서 직접 교황의 머리를 만들어주었어요. 그리고 여기서 아버지가 언제 오시나 살피던 마스터 라이어슬리도 교황의 거시기를 조그맣게 만들어 푹 찔러 꽂고 웃으셨어요."

"너희 어린애들은 정말 대단하구나!" 그가 말한다. "아주 마음에 든다. 내일 좀더 밝아지면 팡파르를 울리도록 하자. 어떠냐?"

"그럼 우리 대포를 쏠 수 있어요?"

"내가 어디서 대포를 구하겠니?"

"폐하께 말씀드리세요." 그레고리는 웃고 있다. 녀석도 대포는 좀도를 넘은 요구라는 걸 알고 있다.

딕 퍼서의 날카로운 눈이 대사의 모자를 주시한다. "그 모자 좀 빌려주시겠습니까? 교황의 주교관을 제대로 못 만들었거든요. 어떤 모양으로 만들어야 할지 잘 몰라서."

크롬웰은 손에 든 모자를 빙글빙글 돌린다. "그래, 네 말이 맞다. 이게 파르네세가 써야 할 물건에 좀더 가깝구나. 하지만 안 된다. 이 모자는 신성한 보관품이거든. 잃어버리면 황제가 나한테 책임을 물을 거다. 자, 이제 좀 놓아다오." 그는 웃으며 말한다. "써야 할 편지들이 많단다. 곧 엄청난 변화가 밀어닥칠 거야."

"스티븐 본이 여기 있어요." 그레고리가 말한다.

"그래? 아, 잘됐구나. 시킬 일이 있는데."

그는 터벅터벅 저택을 향해 걷는다. 불빛이 그의 발꿈치를 핥는다. "마스터 본이 안됐네요." 그레고리가 말한다. "저녁을 들러 오신 것 같은데."

"스티븐!" 허둥지둥 포옹을 한다. "시간이 없네." 그가 말한다. "캐서린이 죽어가고 있어."

"뭐라고요?" 그의 친구가 말한다. "안트베르펜에서는 그런 소리를 전혀 못 들었습니다."

본은 언제나 이동중이다. 그리고 곧 또 이동할 예정이다. 본은 크롬웰의 하인이고, 왕의 하인이며, 해협 너머에서 왕의 눈과 귀 역할을 하고 있다. 플랑드르의 상인이나 칼레의 길드를 거치는 소문을 스티븐은 낱낱이 파악하고 보고한다. "이 말은 꼭 해야겠는데요, 내무장관님, 집안 살림이 어수선합니다. 차라리 들판에서 저녁을 먹는 게 낫겠어요."

"자네는 벌판에 있는 거야." 크롬웰이 말한다. "아니, 적어도 머지않아 벌판으로 나가게 될 걸세. 길을 떠나야 하니까."

"하지만 방금 배에서 내렸단 말입니다!"

스티븐 본은 이런 식으로 우정을 표현했다. 끝없이 불평을 늘어놓고, 넋두리를 하며 투덜거리고. 크롬웰은 돌아서서 일사불란하게 명령을 내린다. 본에게 밥을 먹여라, 본에게 물을 먹여라, 본의 침소를 마련해주어라, 새벽에 떠날 수 있도록 좋은 말을 준비해놓아라. "안달 말게, 오늘밤은 자고 갈 수 있으니까. 그다음에는 샤퓌와 동행해서 킴볼턴까지 가게. 자네가 그 나라 말들에 능통하지 않은가, 스티븐! 프랑스어나 에스파냐어나 라틴어로 오가는 얘기는 한마디도 놓치지 않고 나한테 알려줘야 하네."

"아. 알겠습니다." 스티븐은 태도를 반듯이 한다.

"캐서린이 죽으면 메리가 필사적으로 황제의 영토로 배를 타고 넘어가려 할 거라는 생각이 들어서 그래. 카롤루스는 메리의 친척이니까 말이야. 메리가 믿어서는 안 될 위인이지만 메리는 잘 모를 수도 있지. 그렇다고 메리를 벽에다 사슬로 묶어둘 수도 없고."

"북부에 가둬두십시오. 이틀을 말을 달려도 항구를 발견할 수 없는 곳에 두시면 되지요."

"샤퓌가 메리의 탈출 경로를 파악하면, 아마 바람을 타고 달려서 구멍이 뻥뻥 난 체를 타야 한대도 바다로 나갈 걸세."

"토머스." 진중한 성격의 본이 토머스 크롬웰에게 한 손을 올린다. "왜 이렇게 불안해하십니까? 장관님답지 않게. 어린아이한테 뒤통수를 맞을까봐 겁나는 겁니까?"

무슨 일이 있었는지 본에게 말해주고 싶지만 그 생생한 감각을 어떻게 묘사해야 할까. 헨리의 유창하고 미끈한 거짓말, 떠밀고 질질 끌어내어 왕에게서 떼어놓을 때 느껴지던 브랜던의 육중한 무게감. 얼굴에 닿던 숨결의 축축하고 시린 냉기, 입안에 느껴지는 피맛. 언제나 이런 식이겠지, 그는 생각한다. 앞으로 계속 이런 식일 거야. 강림절, 사순절, 오순절에도 이럴 거야. "이보게." 크롬웰은 한숨을 쉰다. "난 가서 프랑스에 나가 있는 스티븐 가드너에게 편지를 써야겠어. 이것이 캐서린의 종말이라면, 다른 사람이 아니라 나한테서 소식을 듣게 해야만 하네."

"이제 프랑스 사람들에게 비굴하게 구원을 구걸하는 일도 끝이군요." 스티븐 본이 말한다. 방금 스티븐 본이 씩 웃은 건가? 늑대 같은 웃음이다. 스티븐은 상인이고, 저지대의 교역을 높이 평가한다. 황제와의 관계가 주춤해지면 잉글랜드는 돈이 고갈된다. 황제가 우리 편에서면 우리는 부자가 된다. "우리는 온갖 불화를 잠재울 수 있습니다." 스티븐 본의 말이다. "캐서린이 모든 문제의 근원이었지요. 캐서린의 조카인 황제는 우리만큼이나 마음이 놓일 겁니다. 우리를 침공하고 싶었던 적은 한 번도 없었을 테니까. 게다가 지금은 밀라노만 상대하는 것도 벅차지요. 꼭 싸움을 해야 한다면 프랑스와 하라지요. 우리 왕은 자유로워질 겁니다. 양손이 다 풀려나 무슨 일이든 마음대로 할 수 있게 되겠지요."

그게 바로 내가 걱정되는 점이야, 그는 생각한다. 자유롭게 풀려난 손이. 그는 구구절절 변명을 늘어놓는다. 순간 스티븐 본이 말린다. "토머스. 이런 속도로 일하다가는 몸이 버티질 못할 거예요. 벌써 평생 살날의 절반이나 지났다는 생각을 하긴 하는 겁니까?"

"반? 스티븐, 나는 오십이야."

"깜박 잊었어요." 작은 너털웃음. "벌써 쉰이요? 제가 처음 알게 된 이후로 달라진 데가 없으신 거 같은데."

"그건 내가 부리는 눈속임이야." 그는 말한다. "하지만 자네가 쉬면 나도 쉬겠다고 약속하지."

집무실은 따뜻하다. 창문을 내려 바깥의 새하얗고 눈부신 눈밭의 빛을 차단한다. 스티븐 가드너에게 격려의 편지를 쓰려고 책상에 앉는다. 왕은 친히 프랑스에 파견한 대사를 몹시 마음에 들어한다. 자금도 더 보내주겠단다.

깃펜을 내려놓는다. 찰스 브랜던한테 대체 무슨 귀신이 씐 걸까? 앤의 아이가 헨리의 자식이 아니라는 소문이 돌고 있다는 건 알고 있다. 심지어 아예 아기를 가진 적도 없고 흉내만 낸다는 얘기까지 떠돈다. 출생 예정일에 대해 왕비가 확신이 없어 보이는 것도 사실이다. 그러나 예전에는 이런 소문이 프랑스에서 잉글랜드로 흘러들어오는 거라고 믿었다. 프랑스 궁정에서 뭘 안다고? 그래서 공허한 악의로 치부하고 무시했다. 앤은 원래 타인의 악의를 한몸에 끌어모으는 재주가 있다. 그게 그 여자의 불행이다. 아니 수많은 불행 중 하나다.

그의 손 밑에는 칼레의 라일 경이 보내온 편지가 있다. 생각만 해도 진이 다 빠지는 느낌이다. 라일은 서리가 내린 새벽녘에 처음 눈을 떴을 때부터 시작해서 성탄절을 어떻게 보냈는지 구구절절 설명하고 있다. 축제 분위기를 즐기던 라일 경이 뜬금없이 모욕을 당했다는 것이다. 칼레의 시장이 그를 기다리게 했다나. 그래서 라일 경은 복수로 칼레의 시장을 기다리게 만들었다는 거다…… 그래서 지금 양측이 다 그, 크롬웰에게 편지를 보내 다그쳐 묻고 있다. 어느 쪽이 더 중요합니까, 내무장관님, 총독입니까 시장입니까? 나라고 말해요, 어서 나라고 말해줘요!

아서 라일 경은 세상에서 가장 유쾌한 사나이다. 물론 시장이 앞에서 거슬리게 굴 때만 빼고 말이다. 다만 라일 경은 왕에게 빚을 지고 있으면서 칠 년 동안 한푼도 갚지 않았다. 아무래도 그가 나서서 뭔가 조치를 취해야 할 것 같다. 왕실 재무관이 그 문제로 비망록을 보내왔다. 그리고 그 주제에 관련해서…… 어떤 유래로 무슨 목적으로 생겼는지 도저히 알 수 없는 관례로, 왕실 최측근이라는 입지 덕을 본 해리 노리스가 긴급사태를 대비한 왕의 비밀 자금을 주요 대저택에 쌓아두고 관

218

리하고 있다. 과연 어떤 국면에 이 돈이 풀릴지, 어디서 나오는 돈인지, 얼마나 많은 동전들을 쌓아두고 있는 건지, 혹시 노리스가…… 노리스가 불가피하게 해직되거나 우연히 사고를 당하기라도 한다면 대체 누가 그 돈에 접근할 권리를 갖게 되는지 확실히 정해진 바가 없다. 다시 한번 깃펜을 내려놓는다. 그리고 있을 수 있는 사고들을 상상해본다. 양손으로 머리를 받치고 손가락 끝으로 지친 눈을 꾹 누른다. 노리스가 말에서 휙 떨어지는 모습이 보인다. 노리스가 진흙에 처박힌다. 혼잣말로 읊조려본다. "가서 주판이나 다시 튕기게, 크롬웰."

신년 선물들이 벌써 들어오기 시작했다. 아일랜드의 조력자가 하얀 아일랜드 담요들과 화주 한 병을 보내왔다. 그 담요로 몸을 돌돌 감싸고 술병을 싹 비운 다음 마룻바닥에서 뒹굴며 잠이나 자고 싶다.

아일랜드는 이번 크리스마스에 조용하다. 이 나라에 사십 년 만에 찾아온 크나큰 평화다. 대체로 그가 사람들 목을 매달아 죽여서 가져다준 평화다. 많이 죽인 건 아니고, 그냥 꼭 죽여야 할 사람들만. 그건 예술, 반드시 필요한 기예다. 아일랜드 호족들은 카를황제에게 자기 조국을 교두보로 삼아 잉글랜드를 쳐달라고 간청하고 있다.

깊은숨을 들이쉰다. 라일, 시장, 모욕, 라일. 칼레, 더블린, 비자금. 샤퓌가 제시간에 킴볼턴에 도착했기를 바란다. 그러나 캐서린의 기세가 등등해지기를 바라진 않는다. 그 어떤 인간의 죽음도 바라서는 안 된다는 걸 알고 있다. 죽음은 사람을 통치한다. 사람이 죽음을 후원하는 게 아니다. 죽음은 어디 다른 데서 볼일을 보고 있다고 믿는 순간 그 집 현관문을 두드리고 들어와 장화로 짓밟는 법이니.

서류를 훑어보며 걸러낸다. 밤새도록 술집에 퍼질러 앉아 놀다가 새벽녘이 되어서야 수도원으로 돌아오는 수도사들 얘기가 좀더 나온다. 창녀와 덤불숲에서 뒹굴다가 발각된 부원장도 더 있다. 기도문과 간절한 탄원서, 유아세례나 장례미사를 하지 않는 나태한 사제들의 사연. 서류를 획 쓸어 치워버린다. 이만하면 됐다. 그런데 모르는 사람이 보내온 편지가 있다. 글씨로 보아 노인 같은데, 모하메드교도들의 개종이 임박했다는 내용이다. 그런데 우리는 그들을 어떤 교회로 이끌어야 한단 말입니까? 조만간 파격적인 변화가 있지 않다면 이교도들이 종전보다 더 큰 혼란에 빠져들 겁니다. 크롬웰 내무장관 당신이 바로 국교의 총대리가 아닙니까, 왕의 대리가 아닙니까. 이 일을 어떻게 처리하시겠습니까?

튀르크에서는 헨리가 자신을 부리는 것보다 백성을 더 혹사시키는지 문득 궁금해진다. 내가 이교도로 태어났다면 해적이 되었을지도 모르지. 지중해를 항해했을 수도 있는데.

다음 서류를 넘기는 순간 하마터면 폭소를 터뜨릴 뻔한다. 모종의 손이 그의 선수를 치고 알짜배기 무상 불하 토지를 빼돌려 왕에게서 찰스 브랜던으로 명의를 옮겼다. 목초지와 삼림지, 금작화 벌판과 히스가 무성한 황야, 귀족의 영지들이 여기저기 흩어져 있는 땅이다. 노섬벌랜드 백작인 해리 퍼시가 어마어마한 부채를 일부 상환하기 위해 왕실에 넘긴 땅이다. 해리 퍼시, 그는 생각한다. 울지를 파멸시키는 데 일익을 담당했던 죗값을 반드시 치르게 해주겠다고, 내 손으로 반드시 끌어내리겠다고 장담했었다. 그런데 정말이지 힘 하나 들이지 않고 해치울 수 있었다. 방탕하게 살다가 스스로 자멸해버렸으니까. 이제는 맹세대로 백작 작위와 영지를 박탈하기만 하면 된다.

문이 조심스럽게 열린다. 레이프 새들러다. 그는 놀라 고개를 든다.
"자네 가족들과 함께 있어야지."

"입궁하셨다고 들었습니다. 쓰셔야 할 편지들이 있을 것 같아서."

"이걸 좀 살펴봐주게. 하지만 오늘밤에는 말고." 크롬웰은 무상 불하 토지 관련 문서를 한데 모은다. "브랜던이 이번 새해에 그 이상 좋은 선물을 받을 수 있을 것 같지가 않군." 레이프에게 궁에서 있었던 일을 말해준다. 서펔의 폭발, 샤퓌의 경악한 표정. 하지만 서펔이 했던 말은 전하지 않는다. 크롬웰은 높으신 분들의 일에 끼어들 자격이 못된다고 했던 말. 그는 절레절레 고개를 저으며 말한다. "찰스 브랜던, 오늘 그 친구를 봤는데 말이야…… 옛날에는 미남이라고 꽤나 칭송받았던 거 기억나나? 왕의 누이가 그치한테 반했었지. 하지만 지금 보니 그 커다란 상판하며…… 기름 뚝뚝 떨어지는 프라이팬만큼도 기품이 없더군."

레이프는 낮은 의자를 끌어당겨 앉아 생각에 잠긴다. 책상에 팔을 올리고 머리를 괴고 있다. 두 사람은 말없이 함께 있는 데 익숙하다. 그는 촛불을 살짝 더 가까이 끌어당겨 서류들을 살펴보며 얼굴을 찌푸리고, 여백에 메모를 한다. 왕의 얼굴이 눈앞에 둥실 떠오른다. 오늘 보았던 헨리가 아니라, 울프홀에서 보았던 헨리의 모습. 넋이 빠진 얼굴로 젖은 웃옷에서 빗물을 뚝뚝 떨어뜨리며 정원에서 나오던 모습이다. 그리고 그 옆에 서 있던 하얀 동그라미 같은 제인 시모어의 얼굴도.

한참 뒤 레이프를 슬쩍 본다. "자네 그러고 있어도 괜찮나?"

레이프가 말한다. "이 집에서는 언제나 사과향이 나요."

사실이다. 그레이트 플레이스 저택은 과수원 한가운데 자리잡고 있고, 과일을 보관하는 다락에는 여름이 한참을 더 머물다 가는 것 같았다. 오스틴프라이어스의 정원은 아직 다듬어지지 않아, 묘목들이 말뚝에 묶여 있다. 그러나 여기는 오래된 저택이다. 한때는 농장 주택이었던 이 집은 학식 높은 성 바오로 대성당 수석 사제의 부친인 헨리 콜렛 경이 직접 쓰려고 지었다. 헨리 경이 세상을 떠나고는 레이디 크리스천이 여생을 여기서 보냈고, 그후에는 헨리 경의 유언장에 따라 포목상 길드에 양도되었다. 크롬웰은 오십 년 임대차계약을 맺어 저택을 쓰고 있으니, 그가 나간 뒤엔 그레고리가 들어와 살게 될 것이다. 그레고리의 아이들은 빵 굽는 향기, 꿀과 사과 과편, 건포도와 정향의 달콤한 향에 에워싸여 자라날 수 있으리라. 그가 말한다. "레이프. 그레고리를 장가보내야 되겠는데 말이야."

"잊지 않도록 비망록에 적어놓지요." 레이프가 말하면서 웃음을 터뜨린다.

일 년 전 레이프는 웃지 못했다. 첫아이 토머스가 유아세례를 받고 하루이틀 만에 세상을 떠난 것이다. 레이프는 기독교인답게 의연히 받아들였지만 그 일로 철이 들어버렸다. 벌써부터 철이 들어버린 젊은이가 되었다. 아내 헬렌은 첫 남편한테서 얻은 자녀들이 있었지만 한 번도 아이를 잃은 적이 없었기에 몹시 괴로워했다. 그러나 올해에 정말로 무서웠던 혹독한 진통과 산고를 겪은 후 헬렌은 또다른 아들을 요람에 눕히게 되었고, 부부는 이번에도 그 아기에게 토머스라는 이름을 지어주었다. 그 이름이 형보다는 나은 운세를 가져다주면 좋으련만. 세상으로 나오길 그렇게 싫어했던 아기는 튼튼해 보였고, 레이프는 마음놓고 편안히 아버지 노릇을 하기 시작했다.

"마스터." 레이프가 말한다. "여쭤보고 싶은 게 있는데요. 저건 마스터께서 새로 사신 모자입니까?"

"아니." 크롬웰은 심각하게 말한다. "에스파냐 황제의 대사가 쓰던 모자일세. 자네가 한번 써보겠나?"

문간에서 시끌벅적한 소란이 벌어진다. 크리스토프다. 평범하게 문을 열고 들어올 줄을 모르는 녀석은 문짝을 철천지원수 대하듯 한다. 모닥불에 그을린 얼굴이 아직도 시커멓다. "어떤 여자가 나리를 뵈러 왔습니다. 아주 긴한 일이라고 합니다. 아무리 가라고 해도 가질 않는군요."

"어떤 차림의 여자인데?"

"꽤 나이가 들었어요. 하지만 나리가 발길질을 해서 아래층으로 쫓아버릴 만큼 늙은 노파는 아닙니다. 이런 추운 날씨에는 더욱이 그렇지요."

"아, 그런 짓은 안 될 말이지." 그는 말한다. "세수 좀 하게, 크리스토프." 그리고 레이프를 보고 말한다. "모르는 여잔데. 나한테 잉크가 많이 묻었나?"

"괜찮습니다."

널찍한 접견실로 내려가니 벽에 걸린 양초 불빛 아래 기다리고 있던 숙녀가 베일을 걷고 카스티야어로 말을 걸어온다. 처녀 때는 마리아 드 살리나스였던 레이디 윌러비다. 크롬웰은 너무 놀라서 입이 딱 벌어진다. 런던의 자택에서 여기까지, 한밤중에 눈밭을 헤치고 어떻게 혼자 오셨습니까? 그가 묻는다.

여인은 말허리를 뚝 끊는다. "절박한 상황이라 찾아왔습니다. 폐하를 뵐 길이 없어서요. 지체할 시간이 없어요. 통행증을 구해야 합니다. 저한테 통행증을 주십시오. 아니면 킴볼턴까지 가도 들여보내주지 않을 겁니다."

그는 잉글랜드어로 바꿔 말한다. 캐서린의 친구들을 대할 때는 무조건 증인이 필요하다. "부인, 이런 날씨에 여행하시면 안 됩니다."

"여기요." 여인은 황급히 편지 한 장을 꺼낸다. "이걸 읽어보세요. 왕비의 주치의가 자필로 쓴 문서입니다. 제가 모시는 왕비님이 아픔과 두려움 속에서 홀로 계세요."

그는 문서를 받아든다. 이십오 년 전쯤, 캐서린의 수행진이 처음 잉글랜드에 도착했을 때 토머스 모어가 그들을 보고 지옥의 난민, 곱사등이 난쟁이 같다고 했었다. 그가 가타부타할 수는 없다. 그때는 잉글랜드 밖에 있었고 궁정에서도 멀리 떨어져 있었으니까. 그러나 역시 모어가 이번에도 시적인 과장을 했다고 생각한다. 이 부인은 조금 늦게 왔는데, 캐서린이 가장 총애하던 시녀였다. 잉글랜드인과 결혼하는 바람에 헤어지게 되었지만 말이다. 그때도 아름다웠지만 미망인이 된 지금도 여전히 미모의 여인이다. 그녀 역시 그 사실을 잘 알고 언제라도 미모를 무기로 쓸 태세가 되어 있다. 이토록 슬픔에 움츠러들고 추위에 새파랗게 질린 지금도 마찬가지다. 부인은 망토를 휙 벗어 레이프 새들러에게 건네준다. 마치 그러려고 옆에 서 있던 시종을 다루듯이. 그리고 방을 가로질러 다가와 크롬웰의 손을 잡는다. "제발 부탁입니다, 토머스 크롬웰, 저를 보내주세요. 이 간청만은 거절하시면 안 됩니다."

크롬웰은 레이프를 흘끗 본다. 청년은 에스파냐 사람들의 격정에 워낙 익숙해서 흠뻑 젖은 개가 문짝을 긁어대는 정도로도 생각지 않는다. "이해해주셔야 합니다, 레이디 윌러비." 레이프가 냉정하게 말한다. "이건 집안일이지, 추밀원 일거리도 못 됩니다. 내무장관님께 애원하시는 건 얼마든지 맘대로 하셔도 되지만, 캐서린에게 문안드릴 사람을 정하시는 분은 폐하십니다."

"이것 보세요, 부인." 크롬웰이 말한다. "날씨가 험합니다. 오늘밤에 좀 누그러지더라도 북부는 기상이 더 나쁠 겁니다. 호위를 붙여드린다 해도 안전을 보장할 수 없어요. 말에서 떨어질 수도 있습니다."

"그렇다면 걸어가겠어요!" 부인이 말한다. "저를 어떻게 막으시려고요, 내무장관님? 사슬에라도 묶어두시겠어요? 시키면 촌놈들한테 시켜 저를 결박해서 왕비가 서거하실 때까지 곁방에 가둬두기라도 하시겠습니까?"

"말도 안 되는 억지를 부리시는군요." 레이프가 말한다. 자기가 나서서 여자의 계책에서 크롬웰을 구해야 한다는 사명감이라도 느끼는 모양이다. "내무장관님께서 말씀하신 대로입니다. 이런 날씨에 말을 타실 수는 없습니다. 이제 젊은 나이도 아니시니까요."

소리 죽여 부인은 기도를, 아니면 저주를 읊조린다. "신사답게 그런 걸 상기시켜주셔서 참으로 감사하군요, 마스터 새들러. 충고를 듣지 못했다면 내가 아직 열여섯 살인 줄 착각할 뻔했어요. 아, 보이세요, 전 이제 잉글랜드 여자예요. 이제 진심과 전혀 다른 말을 내뱉을 줄 알게 되어버렸어요." 약삭빠른 계산이 그림자처럼 부인의 얼굴을 스친다. "추기경 전하라면 절 보내주셨을 겁니다."

"그렇다면 여기 그런 얘기를 해주실 추기경 전하가 안 계신 게 더욱 유감이네요." 하지만 크롬웰은 레이프의 손에서 망토를 받아 부인의 어깨에 둘러준다. "그럼 가세요. 결심을 단단히 하신 걸 알겠습니다. 샤퓌가 통행증을 가지고 북부로 갈 예정이니 아마……"

"새벽에 맹세코 길을 떠나겠어요. 그러지 않으면 주님이 제게 등을 돌리셔도 좋아요. 샤퓌는 저만큼 절박하지 않으니 제가 먼저 도착할지도 몰라요."

"거기 가더라도…… 워낙 지세가 험하고 길이라는 이름을 붙여주기 어려운 길들도 많습니다. 성까지 다 가서 낙상할 수도 있어요. 바로 성벽 밑에서 쓰러질 수도 있겠지요."

"뭐라고요?" 부인이 말한다. "아, 알겠어요."

"베딩필드는 명령을 따라야 합니다. 그래도 눈발 속에 쓰러진 숙녀를 방치하긴 어렵겠지요."

부인이 크롬웰에게 키스를 한다. "토머스 크롬웰. 하느님과 황제께서 보상을 내리실 겁니다."

그가 고개를 끄덕인다. "하느님을 믿습니다."

부인이 황급히 물러난다. 높은 언성으로 따져 묻는 부인의 말소리가 들린다. "대체 이 괴상한 눈사람들은 뭡니까?"

"애들이 부인에게 말하지 말았으면 좋겠는데." 크롬웰이 레이프에게 말한다. "저 여자는 가톨릭이야."

"나한테 그렇게 키스해주는 여자는 없던데." 크리스토프가 투정을 한다.

"아마 세수를 하면 얘기가 좀 다를 거다." 그가 말한다. 그리고 레이프를 날카롭게 쳐다본다. "자네라면 보내주지 않았겠지."

"그렇습니다." 레이프가 뻣뻣한 말투로 답한다. "그런 계책은 저한 테 먹히지 않았을 겁니다. 그리고 혹시 통했다 하더라도…… 아니, 저 라면, 저라면 왕의 심기를 거스르는 걸 두려워했을 겁니다."

"그래서 자네가 잘 먹고 잘살면서 늙어갈 거라는 얘기야." 크롬웰이 어깨를 으쓱한다. "부인은 말을 타고 갈 걸세. 샤퓌도 말을 타고 갈 거 고. 그리고 스티븐 본이 두 사람을 감시할 거야. 아 참, 자네는 내일 아 침에 올 건가? 헬렌과 의붓딸들을 데리고 오게. 아기는 두고 오고, 너 무 추우니까. 우리는 그레고리 말대로 팡파르를 울릴 거야. 그리고 교 황청을 발로 짓뭉개 무너뜨려야지."

"날개를 정말 좋아하더군요." 레이프가 말한다. "우리 꼬마 딸 말입 니다. 해마다 그 날개를 달아도 되느냐고 물어봤어요."

"안 될 것도 없지. 그레고리가 딸을 낳아서 그만큼 키운다면 모를까."

두 사람은 포옹을 한다. "되도록 좀 주무세요, 마스터."

그는 머리를 베개에 대는 순간 브랜던의 말이 뇌리를 떠나지 않고 빙빙 감돌 거라는 걸 잘 알고 있다. "능력도 안 되면서 주제넘게 외교 에 끼어들지 말고. 군주들과 대담을 나누기에는 격이 떨어진다고." 기 름투성이 프라이팬 공작에게 복수를 맹세해봤자 아무 소용 없다. 어차 피 스스로 제 무덤을 팔 위인이고, 이번에는 영영 재기하지 못할지도 모른다. 그리니치를 돌아다니며 헨리의 아내가 바람을 피웠다고 떠벌 리다니. 아무리 늙은 총신이라도 그런 짓을 하고 무사할 수 있을까?

게다가 브랜던의 말은 옳다. 공작은 외국 국왕의 궁전에서 주군을 대표할 수 있다. 추기경도 마찬가지다. 울지처럼 미천한 출신이라도 교회의 봉직으로 위엄을 차릴 수 있다. 가드너 같은 주교도 그렇다. 출신이 의심스럽긴 하지만 잉글랜드의 가장 부유한 대교구의 성직록을 받고 있으니 스티븐 윈체스터로 통할 수 있다. 그러나 크레뮈엘은 여전히 하찮은 평민이다. 왕이 준 직위들은 외국인 누구도 이해 못할 것들이고, 떠맡은 일거리는 내국인 누구도 할 수 없는 것들이다. 크롬웰의 직책은 눈덩이처럼 불어나고 해야 할 일거리는 산더미처럼 쌓인다. 평민 마스터 크롬웰은 아침에 나가서 평민 마스터 크롬웰로 밤에 퇴근한다. 헨리왕은 대법관 자리를 제안했지만 크롬웰이 아니, 오들리 경을 괜히 들쑤시지 마십시오, 라고 고했다. 오들리 경은 일을 잘합니다. 사실 오들리는 시키는 일만 한다. 그렇다면 수락했어야 하는 걸까? 대법관의 공직을 상징하는 묵직한 사슬 목걸이를 할 생각을 하니 한숨이 나온다. 아무리 그래도 대법관과 내무장관을 겸직할 수는 없는 일 아닌가? 크롬웰은 내무장관 자리를 포기할 생각이 없다. 지체가 낮은 자리라도 상관없다. 프랑스 사람들이 이해하지 못해도 상관없다. 결과를 보고 판단하라지. 브랜던은 왕 주변에서 소란을 피우고 다녀도 문책을 받지 않을 수 있다. 왕의 등을 철썩 치며 해리라고 부를 수도 있다. 해묵은 농담과 마상 시합의 무용담을 지껄이며 왕과 함께 킬킬 웃어댈 수도 있다. 그러나 기사도의 시절은 끝났다. 머지않아 마상 시합장에는 이끼가 자랄 것이다. 이제 대출업자의 시대가 왔다. 허세를 부리며 뻐기는 사략선* 선장의 시대가 왔다. 은행가가 은행가와 마주앉고 왕들은 그들의 시중을 드는 심부름꾼이 된다.

마지막으로 그는 창문을 열고 눈사람 교황에게 작별인사를 고한다.

---

* 전시에 적의 상선을 나포할 수 있는 허가를 받은 민간 무장선.

머리 위 배수구에서 뚝뚝 떨어지는 빗물소리와 눈더미가 지붕의 타일을 가로질러 미끄러지며 내는 깊은 신음소리에 귀를 기울인다. 지붕에 쌓인 눈이 깨끗한 흰색 보자기 같은 눈밭에 툭 떨어지며 한순간 시야를 막는다. 크롬웰은 눈길로 뒤좇는다. 하얀 연기 같은 눈보라가 풀썩 피어오르더니 떨어진 눈더미가 땅바닥의 질척한 진창과 뒤섞인다. 강에서 불어오던 훈풍에 대해서는 그의 생각이 맞았다. 창문을 당겨 꼭 닫는다. 해빙이 시작되었다. 수많은 영혼을 타락시키는 원흉인 교황은 추기경단과 함께 어둠 속에 버려져 물을 뚝뚝 떨어뜨리고 서 있다.

새해에 크롬웰은 해크니에 있는 레이프의 새집에 방문한다. 성 아우구스티누스 교회 근처에 자리한 벽돌과 유리로 지은 삼층집이다. 여름이 끝나갈 무렵 처음 방문했을 때 그는 레이프가 행복한 삶을 영위할 수 있도록 모든 것이 제자리에 구비되어 있는지 눈여겨보았다. 주방 창턱의 바질 화분, 씨앗을 뿌려 가꾼 텃밭과 벌집의 꿀벌, 비둘기들은 새집에 있고, 장미 넝쿨이 타고 오를 아치형 철문도 제자리에 있었다. 연한 오크 목재를 댄 벽은 페인트칠을 기다리며 은은히 빛났다.

이제 이 집도 자리를 잡고 삶의 터전이 되었으며 복음서의 풍경이 벽에 걸려 빛나고 있다. 사람을 낚는 어부가 되신 그리스도, 가나에서 훌륭한 와인을 맛보고 깜짝 놀란 시종. 헬렌은 마루에서 가파른 계단으로 올라가야 나오는 이층 방에서 바느질하는 하녀들에게 틴들의 복음서를 읽어주고 있다. "……은총으로 그대는 구원받았도다." 성 바오로는 여자가 가르치는 꼴을 참아주지 못했을지 모르지만 엄밀하게 말해 그건 가르침도 아니었다. 헬렌은 초창기에 겪었던 가난의 티를 벗었다. 폭력을 행사하던 남편은 비명횡사했거나, 아니면 어디 멀리 달아나버려서 다들 죽은 사람으로 친다. 헬렌은 헨리를 모시는 시종 중에서 떠오르는 인물인 레이프 새들러의 아내가 되는 행운도 맞았다. 차분한 여주인, 학식 깊은 여인이 될 수도 있다. 하지만 과거사를 떨쳐 버릴 수는 없다. 어느 날 왕은 말할 것이다. "새들러, 왜 자네는 아내를 궁정으로 데려오지 않나? 그렇게 인물이 못났나?"

크롬웰이 끼어들어 두둔한다. "아닙니다. 아주 아름답습니다." 그러나 레이프는 덧붙여 말할 것이다. "헬렌은 태생이 미천하여 궁정의 범절을 알지 못합니다."

"어째서 그런 여자와 결혼했나?" 헨리는 꼬치꼬치 따져 물을 것이다. 그리고 표정이 누그러지겠지. 아, 알겠군. 사랑 때문이지.

헬렌은 지금 크롬웰의 손을 잡고 행운이 지속되기를 빌어주고 있다. "나리를 위해서 매일 주님께 기도드린답니다. 나리가 집안 식솔로 받아주셔서 제 행운이 시작되었으니까요. 주님께서 나리께 건강과 행운과 왕의 경청하는 귀를 내려달라고 빌고 있어요."

그는 헬렌에게 키스를 하고 친딸처럼 꼭 끌어안는다. 그의 대자인 레이프의 아들이 옆방에서 울어대고 있다.

주현절*에 마지팬으로 빚은 달 모양 과자를 마지막으로 먹어치운다. 크리스마스 별 장식도 앤서니의 감독하에 떼어낸다. 사악하게 뾰족한 모서리들을 주머니에 넣어 조심스럽게 보관 창고로 옮긴다. 공작 날개들도 사각거리는 소리를 내는 리넨 보자기로 싸서 문 뒤의 고리에 걸

---

* 크리스마스 경축 기간이 끝나는 1월 6일을 가리킨다.

어놓는다.

스티븐 본에게서 옛 왕비가 나아졌다는 보고가 들어온다. 샤퓌도 왕비의 건강을 확신하고 런던으로 다시 돌아온다. 처음에 캐서린을 보았을 때는 쇠약해져서 똑바로 일어나 앉지도 못했다고 한다. 그러나 지금은 다시 음식을 입에 대기 시작했고, 친구인 마리아 드 살리나스와 함께 있으면서 마음의 위로를 얻고 있다고 한다. 캐서린의 교도관들은 바로 성벽 아래에서 사고를 당한 부인을 도저히 모른 체할 수 없어 들여보내주었다.

그러나 얼마 후 크롬웰은 1월 6일 저녁에 —우리가 성탄절 물품들을 철거해 보관실로 옮기고 있던 바로 그 시각에— 캐서린이 갑자기 불안증에 시달렸다는 소식을 듣게 된다. 몸이 급속도로 쇠약해지는 걸 느끼고, 그날 밤 예배당 사제에게 영성체를 모시고 싶다고 말했다. 캐서린은 불안하게 지금이 몇시인가? 하고 물었다. 아직 새벽 네시가 못 된 시각입니다, 라고 사제가 말했다. 그러나 위급한 상황에서는 교회의 표준시를 앞당길 수도 있지요. 캐서린은 끝까지 기다린다. 손바닥에 성스러운 메달을 꼭 쥐고 입술을 달싹이며 기도한다.

자기는 오늘 죽을 거라고, 캐서린이 말한다. 죽음을 연구했고 여러 번 고대한 적이 있는지라, 다가오는 죽음 앞에서 수줍어하지 않는다. 장례 절차에 대한 희망사항을 불러주어 받아쓰게 하지만, 그대로 지켜질 거라 기대하지는 않는다. 식솔들한테 봉급을 지불하고 채무를 청산해달라는 부탁을 남긴다.

오전 열시에 사제가 기름 부음의 성사를 받든다. 성유를 눈꺼풀과 입술, 손발에 발라준다. 이 눈은 이제 굳게 감겨 다시 뜨지 않을 테고,

영영 앞을 보지도 못할 것이다. 이 입술은 기도를 마쳤다. 이 손은 앞으로 서류에 서명하지 않을 것이다. 이 발은 여정을 끝마쳤다. 정오가 되자 코를 고는 것처럼 호흡이 거칠어지면서 캐서린은 힘겹게 죽음에 다가간다. 두시에 눈밭에 반사된 빛이 방안을 환히 비추고 캐서린은 이승에서 떠나간다. 최후의 숨을 거두는 순간, 교도관들의 어두컴컴한 형체가 다가든다. 노쇠한 예배당 사제와 침대 옆에서 느릿하게 움직이는 나이든 여인을 방해하고 싶지 않은 눈치다. 두 사람이 사체를 다 씻기기도 전에 베딩필드는 가장 빠른 전령을 파견한다.

1월 8일. 소식이 궁정에 도달한다. 소식은 왕의 내실들을 거쳐 미친 듯이 계단을 타고 왕비의 시녀들이 몸단장을 하고 있는 이층으로 퍼져나간다. 주방 심부름을 하는 소년들이 웅크리고 앉아 꾸벅꾸벅 조는 반침으로 전해진다. 양조장과 생선을 보관하는 싸늘한 창고의 통로들을 거쳐간다. 다시 위로 올라가 정원들을 지나 회랑들로 번진 소식이 팔짝 튀어올라 마침내 카펫이 깔린 방안으로 들어가자 앤 불린이 무릎을 털썩 꿇으며 말한다. "드디어 하느님, 때가 늦지 않았어요!" 음악가들이 축하곡을 연주하기 위해 악기를 튜닝한다.

앤 왕비는 처음 궁정에 들어 가면무도회에서 춤을 추던 그날처럼 노란 옷을 차려입고 있다. 그때가 1521년이었다. 모두가 그때를 기억한다, 아니 기억한다고 말한다. 당돌한 검은 눈과 민첩한 동작과 기품을 갖춘 불린 가문의 둘째 딸을. 노란색 유행은 스위스 바젤의 부자들 사이에서 시작되었다. 몇 달 동안 노란 천을 구할 수만 있다면 살인이라도 하겠다는 포목상들이 부지기수였다. 그러다가 갑자기 노란 천이 사방으로 번졌다. 소맷자락과 반바지에 덧대거나, 심지어 한 쪼가리밖에 못 사는 형편의 사람들은 헤어밴드까지 만들어 썼다. 앤이 궁정에 데 뷔하던 무렵에는 해외에서 유행이 한풀 꺾이고 있었다. 황제의 영토에 서는 집창촌의 창녀들이나 퉁퉁한 젖통이를 치켜들고 노란 보디스 끈 을 세차게 졸라매곤 했다.

앤이 그 사실을 알고 있었을까? 오늘 앤의 드레스는 아버지의 돈밖 에 쓸 수 없던 당시 입었던 옷과 비교하면 다섯 배는 더 값이 나간다. 드레스 전체에 진주알을 달아 움직임에 따라 은은한 프림로즈 빛이 반 짝인다. 크롬웰은 레이디 로치퍼드에게 묻는다. 저걸 새로운 색깔이라 고 해야 할까요, 아니면 옛날 색깔이 돌아왔다고 해야 할까요? 부인도 저런 옷을 입으실 겁니까?

레이디 로치퍼드가 대답한다. 솔직히, 저런 옷이 어울리는 피부색은 세상에 없어요. 그리고 앤은 검정 옷이나 입었어야 했지요.

이 행복한 날을 맞아 헨리는 공주를 자랑하고 싶어한다. 그렇게 어 린 아기라면—이제 두 살 반이 되었다—유모를 찾아 두리번거리는 게 보통이지만, 엘리자베스는 신사들의 손에서 손으로 건네지면서 깔깔 웃으며 수염을 잡아뜯고 모자를 내리친다. 아버지가 아기를 안고 어른 다. "꼬마 남동생을 너도 어서 보고 싶지, 우리 아가?"

궁정기사들이 웅성거리며 동요한다. 전 유럽이 앤의 상태를 알고 있 지만, 공공연히 언급한 건 이번이 처음이다. "아버지도 너처럼 조바심 이 난단다." 왕이 말한다. "이만큼이면 오래 기다렸지."

엘리자베스의 얼굴에서 동그란 아기 티가 사라져가고 있다. 흰담비 같은 얼굴의 공주님 만세. 나이든 궁정기사들은 공주가 왕의 아버지와 친형인 아서 왕자를 닮았다고 말한다. 하지만 엘리자베스의 눈은 홍채가 꽉 찬 눈동자를 바삐 굴리는 것이, 어머니를 꼭 닮았다. 크롬웰은 앤의 눈이 아름답다고 생각한다. 제일 예쁠 때는 고양이가 작은 동물의 수염을 봤을 때처럼 흥미롭다는 듯 총기로 반짝거릴 때다.

왕은 사랑하는 아기를 다시 안고 우쭈쭈 소리를 내며 어른다. "하늘 높이 날아가자!"라고 말하면서 공중으로 던졌다 휙 받아서 이마에 뽀뽀를 해주기도 한다.

레이디 로치퍼드가 말한다. "헨리가 속정이 깊지 않아요? 물론 모두가 아이만 보면 엎어지지만. 헨리가 딱 저런 식으로 전혀 모르는 사람의 아기한테 키스해주는 것도 본 적 있어요."

아기가 투정을 부리려는 기미가 비치자 곧장 모피로 감싸 데리고 나간다. 앤의 눈길이 아기를 좇는다. 헨리는 갑자기 예의를 차려야겠다는 생각이 든 것처럼, "온 나라가 웨일스 공의 미망인을 추모하는 사태를 인정해야겠소"라고 말한다.

앤이 말한다. "백성들은 미망인을 알지 못했어요. 그러니 어떻게 추모하겠어요? 그 여자가 백성들한테 뭐나 되나요? 이방인일 뿐이에요."

"그래도 그게 범절에 맞다고 생각하오." 왕은 내키지 않는다는 듯 말한다. "한때는 왕비의 칭호를 누렸던 여인이니."

"실수였죠." 앤이 말한다. 무자비하다.

풍악을 울린다. 왕이 메리 셸턴의 손을 잡아끌고 춤을 추러 나간다. 메리는 깔깔 웃고 있다. 직전 삼십 분의 춤을 놓쳐서 서운하던 참이라, 뺨을 분홍빛으로 물들이고 눈을 반짝인다. 무슨 짓을 하고 있는지는 명명백백하다. 그는 생각한다. 늙은 피셔 주교가 저런 망측한 다리 차기 춤 동작을 봤다면 적敵그리스도가 드디어 세상에 왔다고 생각했겠군. 찰나의 순간이지만 자기가 피셔의 눈으로 세상을 바라보았다는 사실에 깜짝 놀란다.

참수형에 처해진 피셔의 머리는 런던교에 효수되었는데, 어쩌나 오랫동안 변형 없이 보존되었는지 런던 사람들이 기적을 말하기 시작했다. 결국 그는 교각 관리인을 시켜 머리를 내려 묵직하게 추를 단 부대에 넣어 템스강에 던져버리라고 했다.

킴볼턴에서 캐서린의 시신은 염하는 사람들의 손으로 이양되었다. 그는 잉글랜드인이 다 같이 기도할 채비를 갖추며 어둠 속에서 기척을 내고 깊이 한숨을 쉬는 모습을 상상한다. "나한테 캐서린이 편지를 한 통 보냈더군." 헨리가 말한다. 노란 웃옷 자락에서 편지를 슬며시 꺼낸다. "난 갖고 있기 싫네. 자네가 치워주게, 크롬웰."

그는 편지를 접으면서 슬쩍 눈길을 준다. "그리고 마지막으로 맹세하지만, 제 눈은 세상 그 무엇보다 당신을 원한답니다"라고 쓰여 있다.

춤이 끝나고 앤이 크롬웰을 불러들인다. 진중하고 건조하게 사람의 말을 경청하는, 철저히 사무적인 분위기다. "왕의 딸 메리에게 내 생각을 전하고 싶어요." 예를 지키는 말투에 주목한다. '메리 공주'는 아니지만 '에스파냐 사생아'도 아니다. "어머니가 세상을 떠나 영향력을 행사할 수 없으니, 메리도 좀더 나긋나긋한 태도로 그간의 잘못을 고치려 노력할 거라는 희망을 품어도 좋겠지요. 내가 메리와 화해할 필요는 없어요, 당연히. 하지만 내가 나서서 왕과 메리 사이에 있는 악감정을 종식할 수는 있어요. 그러면 폐하도 나한테 고마워하겠죠."

"그러면 폐하가 큰 빚을 지시게 되겠지요. 또 자선을 베푸는 일이 될 테고."

"그애에게 어머니가 되어주고 싶어요." 앤이 얼굴을 붉힌다. 도대체 말이 되지 않는 얘기다. "나를 '어마마마'라고 부르길 기대하는 건 아니에요. 하지만 왕가의 사람들끼리, 가족 사이에서, 젊은 사람들이 연장자한테 지켜야 할 평범한 도리는 지켜줘야지요. 절대로 내 옷자락을 들게 만들지는 않을 거라고 안심시켜주세요. 여동생 엘리자베스 공주와 같은 식탁에 앉혀서 낮은 신분을 부각시키는 일도 없을 거예요. 이정도면 공정한 제안이라고 생각합니다." 그는 기다린다. "마땅히 내가 받아야 할 경의를 표하겠다고 한다면, 보통 때도 내가 앞장서 걷지 않고 나란히 손을 잡고 걷겠어요."

앤 왕비처럼 체면치레에 까다로운 사람치고는 전례 없는 양보가 아닐 수 없다. 그러나 이 말을 들은 메리의 표정이 눈에 선하다. 직접 가서 보지 않아도 된다는 게 다행이다.

예를 갖춰 인사를 드리고 물러서는데 앤이 그를 다시 불러 세운다. 그리고 언성을 낮춰 말한다. "크레뮈엘, 이게 내가 하는 제안이고, 이 이상은 절대 물러서지 않을 거예요. 비난을 피하기 위해 이런 제안을 하기로 결심한 거예요. 하지만 메리가 받아들일 거라 생각지는 않아요. 그러면 우리 둘 다 유감이겠죠. 우리는 이 몸으로 마지막 숨결을 뱉는 그 순간까지 서로 싸울 운명이니까. 그애가 살면 내가 죽고, 내가 살면 그애가 죽어요. 그러니까 이 말을 전해요. 절대로 내가 죽은 뒤 살아서 회심의 미소를 짓게 만들지는 않겠다고."

크롬웰은 위로를 전하러 샤퓌의 저택에 들른다. 대사는 검은 옷으로 몸을 휘감고 있다. 강에서부터 직통으로 불어오는 듯한 외풍 한줄기가 쌩하니 방안을 가른다. 샤퓌는 자책에 빠져 있다. "왕비님을 두고 오지 말았어야 했는데! 하지만 병세가 한층 호전된 것 같았어요. 그날 아침 똑바로 일어나 앉아 계셨고, 시녀들이 머리를 빗겨주었지요. 빵도 고작 한두 입이지만 좀 드시고, 그래서 회복하시는 줄 알았어요. 희망에 차서 길을 떠났는데, 몇 시간 만에 급속히 기력이 떨어지셨습니다."

"자책하시면 안 됩니다. 황제도 대사님이 최선을 다하셨다는 걸 아실 겁니다. 어쨌든 왕을 감시하기 위해 파견되신 분이니, 겨울에 런던을 오래 비우실 수도 없고요."

그는 생각에 잠긴다. 캐서린의 재판이 시작될 때부터 나는 그 자리에 있었군. 백 명의 학자, 천 명의 변호사, 만 시간의 논쟁. 결혼에 반대한다는 첫마디 말이 나왔을 때부터 추기경 전하가 계속해서 자세한 속내를 알려주셨지. 늦은 밤 와인 한잔을 앞에 놓고 왕의 중대한 거사에 대해 이야기를 들려주고, 거사의 향방에 대한 견해를 말씀하시곤 하셨다.

실패할 거야, 추기경은 말했다.

"아, 이 모닥불." 샤퓌가 말한다. "이런 걸 불이라고 합니까? 이따위 날씨를 기후라고 불러요?" 땔감에서 올라오는 연기가 핑그르르 돌아 그들을 스친다. "연기와 냄새만 나고 하나도 따뜻하지가 않아요!"

"난로를 하나 구하세요. 우리집에는 난로를 놓았습니다."

"아, 그렇군요." 대사가 앓는 소리를 낸다. "하지만 그러면 하인들이 쓰레기를 처넣어서 폭발하게 만들거든요. 아니면 굴뚝이 터져서 수리공을 부르러 바다 건너로 사람을 보내야 하거나. 난로라면 모르는 게 없어요." 샤퓌는 새파랗게 언 손을 비빈다. "왕비의 사제한테 말을 해 놨어요. 임종을 맞으실 때가 되면, 아서 왕자가 서거하셨을 때 아직 처녀의 몸이셨는지 여부를 여쭤보라고. 죽어가는 여인의 선언이라면 온 세상이 다 믿을 겁니다. 하지만 사제는 늙은이였어요. 슬픔과 고뇌에 빠져 까맣게 잊었답니다. 그래서 이제는 영영 알 길이 없어졌지요."

이건 대단한 자백인데, 그는 생각한다. 캐서린이 그 오랜 세월 동안 해왔던 이야기가 진실과 동떨어진 것일 가능성이 있다니. "하지만 이거 아십니까." 샤퓌가 말한다. "떠나오기 전에 왕비님이 저한테 심란한 얘기를 해주셨습니다. '전부 내 잘못일 수도 있어요. 명예롭게 물러나고 마음대로 결혼하게 해줄 수도 있는데, 고집을 피우며 왕에게 맞섰으니까.' 그래서 내가 말씀드렸죠. 정말 놀랐습니다. 마담, 무슨 생각을 하시는 겁니까, 정당한 권리가 왕비님 편이고, 평민과 사제를 막론하고 여론 역시 왕비님께로 무겁게 기울었습니다. '아, 하지만 변호사들은 이번 판례에 의혹이 있다고 했어요. 내가 실수한 거라면, 반대를 용납하지 않는 왕이 최악의 본성에 따라 행동할 수밖에 없게 몰았던 겁니다. 그래서 헨리의 죄를 일부 내가 떠맡아야 하는 거예요.' 그래서 제가 말씀드렸죠. 착하신 분, 가혹하기 짝이 없는 사람들만 그렇게 말할 겁니다. 왕의 죄는 알아서 떠맡고 자기가 책임지게 하세요. 하지만 왕비님은 고개를 가로저었어요." 샤퓌는 황망하고 괴로운 표정으로 고개를 저었다. "얼마나 많이 죽었습니까. 선한 피셔 주교, 토머스모어, 카르투시오회 수도원의 성인이 된 수도사들…… '이제 활력이다 했어요.' 왕비님이 그러더군요. '그들의 시체들을 끌고 다니다 지쳐버렸죠.'"

그는 침묵을 지킨다. 샤퓌는 방을 가로질러 그의 책상에 와서 상감 문양이 새겨진 작은 상자를 연다. "이게 뭔지 아십니까?"

크롬웰은 혹시라도 먼지로 변해 손가락 사이로 사라질까봐 걱정하듯 조심스레 하얀 비단 장미 한 송이를 집어든다. "그래요. 헨리가 캐서린에게 보낸 선물이지요. 새해의 왕자가 태어났을 때."

"덕분에 왕을 좋게 보게 됐습니다. 그렇게 다정한 사람이라고는 생각도 못했는데요. 나도 그런 선물은 못했을 겁니다."

"당신은 딱한 노총각이잖아요, 외스타슈."

"그쪽도 딱한 홀아비고. 사랑스러운 그레고리가 태어났을 때 아내에게 무슨 선물을 했습니까?"

"아, 아마…… 황금 접시였을 겁니다. 금 술잔하고요. 아내가 찬장에 놓을 수 있는 물건이었죠." 크롬웰이 비단 꽃을 다시 건네준다. "도시의 아내는 무게를 가늠해볼 수 있는 선물을 원하거든요."

"우리가 헤어질 때 캐서린한테서 이 장미꽃을 받았습니다." 샤퓌가 말한다. "줄 게 이것뿐이라고 하시더군요. 궤짝에서 꽃 한 송이를 골라서 가라고. 그래서 손에 키스를 하고 길을 떠났습니다." 깊은 한숨을 쉰다. 꽃을 책상에 툭 떨어뜨리고 다시 양손을 소매 속에 넣는다. "그 첩이 요즘 자식의 성별을 말해달라고 점쟁이들을 불러 묻는다더군요. 전에도 해본 일인데 말입니다. 그때도 다들 아들이라고 했었죠. 뭐, 왕비의 죽음 덕분에 첩의 위상이 좀 달라졌지요. 앤이 원하는 방향은 아마 아니겠지만."

그 말은 못 들은 척하기로 한다. 그는 기다린다. 샤퓌가 말한다. "헨리가 임종 소식을 듣고 꼬마 사생아를 궁정에 데려다 선을 보였다고 하던데요."

엘리자베스는 당돌한 아이더군요, 그는 대사에게 말한다. 그렇지만 이건 기억해야 합니다. 지금 공주의 나이보다 한 살쯤 더 컸을 때, 어린 헨리는 180센티미터 높이의 전투용 말의 안장에 앉아 통통한 아기 손으로 고삐를 꼭 쥐고 런던 전역을 돌았단 말입니다. 어리다고 해서 공주를 우습게 보면 안 됩니다. 튜더 가문 사람들은 요람에서부터 전사니까.

"아, 뭐, 알겠습니다." 샤퓌는 소매에 묻은 재를 털어낸다. "튜더 가문 사람일 경우에 그렇겠죠. 의심하는 사람들도 있으니까. 그리고 그 머리색은 아무것도 증명하지 못합니다, 크레뮈엘. 나라도 당장 길거리에 나가서 그물 없이도 빨간 머리를 십여 명은 낚아올 수 있겠는데요."

크롬웰은 웃으며 말한다. "그러니까 앤이 낳은 아기가 길거리에 지나가던 사람의 씨앗일 수도 있다는 얘기입니까?"

대사는 잠시 망설인다. 프랑스의 소문을 귀담아듣고 있었다는 시인을 하고 싶지는 않다. "아무튼요." 대사는 코웃음을 친다. "헨리의 자식이라 해도, 여전히 혼외자식입니다."

"전 이만 가봐야겠습니다." 그가 일어선다. "아 참, 대사님의 성탄절 모자를 가져왔어야 하는데."

"그냥 보관하고 계셔도 됩니다." 샤퓌는 추위를 타며 몸을 한껏 웅크린다. "한동안은 상중일 테니까요. 하지만 쓰지는 마요, 토머스. 늘어나서 모양이 망가질 거란 말이오."

콜미 리즐리가 왕을 알현하고 나서 장례식 절차 소식을 입수해 곧장

이리로 온다.

"그래서 제가 그랬지요. 폐하, 시신을 성 바오로 대성당으로 모셔오실 생각이시지요? 그러자 폐하가 말씀하시더군요. 왕비는 피터버러에서 영면할 수도 있어. 피터버러는 유서 깊고 영예로운 곳이며 비용도 적게 들지. 저는 경악했습니다. 그래서 우겼지요. 이런 일은 전례에 따라 행해야 합니다. 폐하의 누이이자 서퍽 공작부인인 메리 공주는 성 바오로 대성당으로 위풍당당하게 모셨지요. 캐서린도 형수님이 아니십니까? 그러자 폐하가 이러시는 겁니다. 아, 하지만 우리 누이 메리는 왕실의 혈통이고, 한때는 프랑스 왕과 혼인한 몸이었다네." 라이어슬리는 얼굴을 찌푸린다. "그런데 캐서린은 왕가가 아니라고 주장하더란 말입니다. 캐서린의 양가가 모두 군주의 혈통인데도요. 그러더니 미망인 웨일스 공비의 품격에 어울리는 장례식을 누릴 자격이 있지, 하시는 거예요. 아서 형님이 돌아가셨을 때 관을 덮었던 문장이 수놓인 천이 어디 있지? 의상계가 어디 보관하고 있을 텐데. 재활용을 하면 될 거야, 이러시는 겁니다."

"그건 말이 되는군." 그가 말한다. "웨일스 공의 문장이라니. 새로 관 덮는 천을 짤 시간은 없을 거야. 그사이 땅에 묻히지도 못하게 시신을 붙들고 있다면 모를까."

"캐서린이 자기 영혼을 위해 오백 번의 미사를 봉헌해달라고 청한 모양이더군요." 라이어슬리가 말한다. "하지만 왕한테는 그 얘기를 하지 않을 생각입니다. 날이 갈수록 대체 폐하의 의중을 알 수가 없단 말입니다. 아무튼, 트럼펫소리가 나서 왕이 씩씩하게 미사를 보러 가셨습니다. 앤 왕비도 함께 갔지요. 앤은 미소를 짓고 있었어요, 왕은 새로 황금 체인을 맞춘 모양이고요."

라이어슬리의 말투에는 호기심이 배어 있다. 딱 그것뿐이다. 헨리를 멋대로 재단하거나 판단하지는 않는다.

"뭐, 죽고 나면 피터버러건 어디건 무슨 상관인가."

리처드 리시가 킴볼턴에 가서 재산 목록을 작성하다가 캐서린의 유품을 놓고 헨리와 말다툼을 했던 모양이다. 리시가 전 왕비를 좋아했기 때문이 아니라 법을 중시한 탓이었다. 헨리는 캐서린의 접시와 모피들을 원하지만 리시는 폐하, 폐하가 결혼을 하신 적이 없다면 캐서린은 기혼 여성이 아니라 미혼 여성이 됩니다. 남편이 아니라면 재산에 손을 댈 권리도 없으신 거죠, 라고 말한 것이다.

그 생각만 하면 웃음이 났다. "헨리는 결국 모피를 손에 넣을 거야." 크롬웰이 말한다. "리시가 법망을 피하는 길을 찾아줄 거니까, 내 말을 믿게. 캐서린이 그 모피들을 어떻게 했어야 하는지 아나? 바리바리 싸서 샤퓌한테 줬어야 해. 그 친구야말로 추위를 더럽게 타더군."

전갈이 도착한다. 메리가 어머니가 되어주겠다는 친절한 제안에 대한 답을 앤 왕비에게 보내온 것이다. 메리는 세계 최고의 어머니를 잃은 지금 대체품은 필요 없다고 말한다. 아버지의 첩과 우정을 맺는 저열한 짓거리를 해서 품위를 더럽힐 수는 없다는 것이다. 악마의 앞발을 잡고 악수를 한 사람과 손을 잡다니 그럴 수는 없다고.

크롬웰이 말한다. "아마 타이밍이 좀 틀어진 것 같군. 무도회 얘기는 들어봤을 텐데. 그리고 노란 드레스 얘기도 말이야."

메리는 명예와 양심이 허락하는 한 아버지의 뜻에 순종하겠다고 말한다. 그러나 할 수 있는 건 그것뿐이라고 덧붙인다. 어머니와 아버지의 결혼을 부정하는 그 어떤 공적인 발표나 서약도 할 수 없으며, 앤 불린의 자식을 잉글랜드의 후계자로 인정할 수도 없다고 한다.

앤이 말한다. "아니, 감히 어떻게 이럴 수가 있어? 어떻게 타협을 해볼 생각조차 안 할 수가 있어? 내가 아들을 낳으면 무사하지 못할 텐데. 지금 아버지와 화해하는 게 신상에 좋을 거야. 나중에 뒤늦게 울며 달려와서 붙잡고 자비를 구하지 말고."

"훌륭한 충고입니다." 크롬웰이 말한다. "과연 그 충고를 받아들일지는 잘 모르겠군요."

"그러면 나도 더이상은 못하죠."

"솔직히 저도 못하실 거라 생각합니다."

그리고 그 또한 앤 불린을 위해 무엇을 더 해줄 수 있을지 막막하다. 왕관을 쓰고, 왕비로 공포되고, 그 이름이 조각상에, 또 공식 문서에 새겨졌다. 그러나 백성이 앤을 왕비로 받아들이지 않는다면······

캐서린의 장례식은 1월 29일로 예정되었다. 때 이른 청구서들이 날아든다. 상복과 촛불의 대금이다. 왕은 여전히 신이 나서 들뜬 기분이다. 궁정의 여흥을 지시하고 있다. 그달 세번째 주에 있는 마상 시합에 그레고리가 참가하기로 했다. 벌써부터 소년은 땀흘려 준비하느라 여념이 없다. 갑옷을 제작해 입히는 사람을 불렀다가 내보냈다가 또다시 부르기 일쑤고, 말에 대해서도 마음이 하루에 열댓 번씩 바뀐다. "아버지, 폐하와 맞붙지는 않았으면 좋겠습니다." 그레고리는 말한다. "무서워서는 아니지만요. 폐하라는 걸 기억하는 한편으로 잊으려고 애쓰는 게 너무 어려울 것 같아요. 최선을 다해 찌르려 하면서도 살짝 스치는 정도의 부상에 그치게 해달라고 하느님께 애원해야 하고 말입니다. 혹시라도 제가 운이 나빠서 폐하께서 낙마라도 하시면 어떻게 합니까? 저 같은 애송이한테 져서 낙마하시면, 그다음이 상상이 가십니까?"

"나 같으면 걱정하지 않겠다." 크롬웰이 말한다. "헨리는 네가 걸음마를 하기 전부터 창을 쓴 사람이야."

"그게 또 굉장히 어려운 점이란 말입니다. 폐하께서는 옛날처럼 민첩하지 못하세요. 신사분들이 그러시더군요. 노리스 말로는 감각을 잃으셨다나요. 겁이 없어지면 잘할 수 없는 게 마상 시합인데, 폐하는 최고라고 확신하시는 바람에 그 어떤 적도 두려워하지 않으신답니다. 그러니까 두려워해야 한다고 노리스가 그러더군요. 그래야 예리한 감각을 유지한다고."

"다음부터는 제비뽑기를 할 때부터 아예 왕의 팀에 들어가도록 해라. 그래야 이런 문제를 피할 수 있으니까."

"어떻게 그럴 수가 있습니까?"

아, 세상에. 그레고리, 무슨 일이든 어떻게 해결해야 하겠나? "내가 넌지시 담당자들한테 귀띔을 하마." 그는 참을성 있게 말한다.

"아니, 그러지 마십시오." 그레고리는 화가 났다. "그러면 제 명예가 어떻게 됩니까? 이런저런 일을 아버지가 나서서 처리해주시면 제가 어떻게 되겠어요? 이건 제가 알아서 감당할 일이에요. 아버지께서 모르시는 일이 없는 건 압니다. 하지만 한 번도 마상 시합을 해보신 적은 없잖아요."

그는 고개를 끄덕인다. 마음대로 하렴. 아들이 갑옷을 철컹거리며 멀어져간다. 다정한 내 아들.

　새해가 시작되고, 제인 시모어는 왕비 주변에서 언제나처럼 해야 할 일을 하고 있다. 구름 속에서 움직이는 사람처럼 도저히 읽을 수 없는 표정이 그 얼굴을 스친다. 메리 셸턴이 크롬웰에게 고한다. "왕비는 제인이 헨리에게 넘어가면 하루 만에 질려서 버림받을 테고, 끝까지 넘어가지 않아도 어차피 지겨워하게 될 거라고 말해요. 그러면 제인은 다시 울프홀로 돌려보내질 테고, 더이상 쓸모가 없어졌으니 집안 식구들 손에 수녀원에 갇힐 거라면서요. 그런 얘기를 들으면서도 제인은 아무 말도 하지 않아요." 셸턴은 깔깔 웃지만, 그래도 다정한 말투다. "제인은 그렇다고 크게 달라질 게 없다고 생각하나봐요. 지금은 자기 의지로 구속된, 말하자면 이동식 수녀원에 있다고 생각하니까요. 제인이 '내무장관님께서는 폐하께 손을 허락하면 절대로 안 된다고 생각하세요. 하지만 폐하께서는 그 조그만 손을 좀 잡게 해달라고 애타게 부탁하시죠. 교회의 문제에 있어 내무장관님보다 높은 분은 폐하뿐이고 워낙 신실하신 분이니, 전 늘 그분 말씀을 마음에 깊이 새겨들어요'라고 하더군요."

　어느 날 헨리는 지나가는 제인을 붙잡고 무릎에 앉힌다. 장난스러운 행위일 뿐이다. 소년처럼 유치하고, 성마르고, 별다른 해가 될 것도 없는 그런 짓일 뿐이라고, 왕은 훗날 그렇게 말한다. 수줍게 변명을 하면서. 제인은 웃지도 말하지도 않는다. 왕의 무릎이 여느 등 없는 의자와 다를 것 없다는 듯, 놓아줄 때까지 그저 조용히 앉아 있을 뿐.

크리스토프가 그에게 다가와 속삭인다. "나리, 캐서린이 살해당했다는 소문이 길거리에 퍼지고 있습니다. 왕이 방안에 가둬두고 굶겨 죽였다고들 합니다. 왕이 하사한 아몬드를 캐서린이 먹고 독이 퍼져 죽었다고요. 나리가 칼잡이 암살자들을 보냈고, 그들이 캐서린의 심장을 도려냈는데, 나중에 살펴보니 그 심장에 나리의 이름이 검은 글씨로 낙인찍혀 있더라는 얘기도 있습니다."

"뭐라고? 캐서린 심장에? '토머스 크롬웰' 이렇게?"

크리스토프가 머뭇거린다. "그게 아니라…… 아마 그냥 이니셜이 겠지요."

2부

I
블랙북
1536년 1월~4월, 런던

"불이야!"라는 외침소리를 들은 크롬웰은 돌아누워 다시 꿈속으로 헤엄쳐 돌아간다. 화재는 꿈이라고 생각한다. 원래 그런 꿈을 잘 꾼다.

그런데 크리스토프가 귓전에 대고 호통을 치는 바람에 화들짝 잠에서 깬다. "일어나세요! 왕비가 불타고 있어요."

침대에서 일어난다. 추위가 살을 베듯 아리다. 크리스토프가 외친다. "어서요, 어서! 완전히 활활 타서 재만 남았어요."

잠시 후 왕비가 기거하는 층에 다다른 크롬웰은 공기 중에 묵직하게 배어 있는 그을린 천 냄새와 횡설수설하는 여자들에게 둘러싸여 있지만 다친 곳은 한 군데도 없이 멀쩡한 모습으로 검은 비단옷을 걸친 채 의자에 앉아 따뜻하게 데운 와인잔을 들고 있는 앤의 모습을 발견한다. 잔이 부들부들 떨리다가 살짝 술이 넘쳐흐른다. 헨리는 눈물이 글

썽한 얼굴로 앤과 뱃속에 있는 후계자를 꼬옥 껴안고 있다. "내가 당신과 함께 있기만 했어도 좋았을 것을, 여보. 밤에 여기 같이 있었어야 했는데. 그럼 순식간에 위험에서 구해줄 수 있었을 텐데."

그렇게 끝도 없이 떠들어댄다. 우리를 가호하시는 하느님 감사합니다. 잉글랜드를 보우하시는 신이시여 감사합니다. 내가 이러기만 했다면 저러기만 했다면. 담요로, 퀼트로, 불을 껐을 텐데. 내가, 순식간에, 불길을 쳐서 잡았을 텐데.

앤이 와인을 꿀꺽 삼킨다. "다 끝났어요. 전 무사하고요. 제발, 여보. 조용히 좀 해요. 이것 좀 마시게 해줘요."

섬광처럼, 그는 앤이 헨리의 어떤 면모에 짜증을 내는지 퍼뜩 깨닫는다. 애원, 눈먼 애착, 질척한 집착. 그리고 1월 한밤 깊은 어둠 속에서 앤은 그 짜증을 위장하지 못한다. 회색 재를 덮어쓴 몰골에 잠도 설친 상태였으니까. 앤은 그, 크롬웰 쪽을 돌아보며 프랑스어로 말한다. "예언에 따르면 잉글랜드의 왕비가 화형을 당할 거라고 하더군요. 자기 침대에서 타죽는 것일 줄은 몰랐어요. 미처 살피지 못한 촛불이라고 하던데요. 추정이지만."

"누가 미처 살피지 못했답니까?"

앤이 부르르 몸을 떤다. 그리고 시선을 돌린다.

"질서를 갖춰두는 게 좋겠습니다." 그가 왕에게 말한다. "물을 늘 손닿는 곳에 둘 것, 교대할 때마다 시녀 한 사람이 왕비님 주변의 촛불이 모두 꺼졌는지 확인할 것. 어째서 관례로 행하지 않는지 모르겠군요."

이런 건 전부 에드워드왕 시절부터 내려오는 블랙북에 적혀 있다. 블랙북은 왕실 살림살이의 규범을 질서정연하게 정리한다. 일처리가 투명하지 않은 왕의 사실만 제외하고, 모든 것에 질서를 부여한다.

"내가 앤과 같이 있어줬더라면," 헨리가 말한다. "하지만 짐의 욕구를 도대체 어찌⋯⋯"

잉글랜드의 국왕은 왕실의 후사를 임신한 여자와 육체적인 관계를 맺을 수 없다. 유산의 위험이 너무 컸다. 그리고 같이 잘 여자는 다른 데서 찾기도 한다. 오늘밤에는 앤이 남편의 손길을 굳은 태도로 물리치는 모습이 설핏 비쳤다면, 밝은 대낮에는 그 관계가 역전된다. 딴생각하는 왕을 대화로 끌어들이려고 애쓰던 앤의 모습을 본 적도 있다. 헨리는 불쑥 뜬금없는 소리를 하는 건 비일비재하고, 어깨를 휙 돌리기도 한다. 그런 몸짓만 보면 앤이 필요하지 않은 사람 같다. 그러나 왕의 눈길은 앤을 좇는다⋯⋯

짜증이 난다. 이런 건 여자들이나 신경쓸 일이다. 연분홍색 능직 담요만 걸친 왕비의 몸매가, 봄에 출산할 여자치고 너무 가늘다는 사실도 신경에 거슬린다. 이것도 여자들의 일인데. 왕이 말한다. "불길이 그리 가까이 퍼지진 못했어. 불탄 건 커튼 모서리뿐이야. 나무에 목이 매달린 압살롬의 모습이 그려진 부분이지. 아주 좋은 작품인데 자네가 혹시⋯⋯"

"제가 브뤼셀에서 사람을 불러오겠습니다." 크롬웰이 말한다.

불길은 다윗왕의 아들 압살롬은 건드리지도 못했다. 압살롬은 자신의 긴 장발로 나뭇가지에 목매달려 있다. 눈은 달떠 희번득거리고 입은 비명을 지르느라 헤벌렸다.

밝은 낮이 되기까지는 몇 시간이나 남았다. 해명을 기다리는 궁전 내실들은 쥐죽은듯 고요하다. 경비들이 밤시간에 순찰을 돌게 되어 있다. 그들은 대체 어디 가 있었는가? 시녀 중 누군가가 왕비와 함께 침대 발치의 간이 침상에서 자야 하는 게 아닌가? 크롬웰은 레이디 로치퍼드에게 말한다. "왕비에게 적이 있는 건 압니다만, 어떻게 이렇게 바로 옆까지 다가오도록 방치할 수가 있습니까?"

제인 로치퍼드는 거만한 태도를 취한다. 자기를 힐난하려 한다고 생각하는 것이다. "이봐요, 내무장관님. 솔직하게 툭 터놓고 얘기해도 될까요?"

"그러셨으면 좋겠군요."

"일단, 이건 집안일이에요. 장관님 소관이 아니란 말입니다. 둘째, 앤은 전혀 위험하지 않아요. 셋째, 촛불은 누가 켰는지 모르겠어요. 넷째, 안다 해도 장관님께는 말 못해요."

그는 기다린다.

"다섯째, 다른 사람들이 아무도 얘기해주지 않을 거예요."

기다린다.

"등불이 다 꺼진 후에 어떤 사람이 왕비를 찾아온다면, 그건 우리가 장막을 쳐야 할 사안이지요."

"어떤 사람이라." 크롬웰은 이 말을 곱씹는다. "방화나 뭐 다른 목적으로 들어온 어떤 사람 말입니까?"

"침실을 보통의 용도로 쓰러 온 사람이지요." 레이디 로치퍼드가 말한다. "그런 사람이 있다고 드리는 말씀은 아닙니다. 그런 건 알고 싶지도 않아요. 왕비님이 알아서 비밀을 지키실 줄 아니까."

"제인." 그는 말한다. "양심의 짐을 덜어놓고 싶은 때가 오면, 사제를 찾지 말고 제게 오십시오. 사제는 보속을 내리겠지만 저는 보상을 드리지요."

진실과 거짓의 경계, 그 본질은 무엇일까? 그 경계는 투과할 수 있으며 흐릿하게 번져 있다. 소문과 허구와 오해와 왜곡된 이야기들이 두텁게 뒤덮고 있기 때문이다. 진실은 거대한 성문을 무너뜨릴 수 있고, 진실은 길거리에서 울부짖을 수도 있다. 진실이 유쾌하고 싹싹하고 호감 가지 않는다면, 뒷문 앞에 앉아 앓는 소리나 내고 있어야 할 운명이 될 수도 있다.

캐서린의 죽음 이후 뒷정리를 하다보니 그녀가 젊었던 시절의 여러 이야기를 탐구하게 되었다. 회계장부는 바다 괴물이나 식인종이 나오는 이야기만큼이나 흥미진진한 서사를 만들어낸다. 캐서린은 항상 말하기를, 아서의 죽음과 젊은 왕 헨리와의 결혼 사이의 기간 동안 참담하게 홀대받았다고 했다. 끔찍하게 가난해서 전날 산 생선을 먹었다는 둥 그런 소리를 하고 다녔다. 미망인이 된 며느리를 홀대한다고 선왕 헨리 7세를 비난하는 사람들도 있었지만, 장부를 보면 선왕이 그만하면 충분히 너그러웠음을 알 수 있다. 캐서린은 집안 식솔들한테 속았던 것이다. 접시와 보석은 암시장으로 흘러나갔다. 캐서린도 공모자였을까? 그럴 수도 있다. 캐서린은 사치스럽고 손도 컸다. 한마디로 말해서 한정된 예산 안에서 사는 법을 전혀 모르는 왕족 그 자체였던 것이다.

이러니 그 밖에도 사람들이 무턱대고 아무 근거도 없이 믿어버린 얘기가 또 뭐가 있을까 궁금해진다. 부친 월터가 크롬웰을 위해 돈을 냈다고, 가드너는 말했다. 크롬웰이 칼로 찔러 입힌 부상에 대한 보상금으로 아버지가 거액을 내놓았고 부상자의 가족들은 꽤나 수지맞는 거래를 했다고. 혹시라도 아버지 월터가 나를 미워했던 게 아니라면? 그는 생각한다. 그저 나 때문에 답답하고 속이 터졌을 뿐인데, 그 감정을 양조장 마당에서 발길질하는 걸로 표현한 거라면 어떨까? 아니면 내가 발길질당해 마땅한 짓을 했다면? 나는 허구한 날 잘난 척만 하고 앉아 있지 않았던가. 얼마나 얄밉게 굴었던가. "또한, 나는 아버지보다 술에 더 일가견이 있습니다. 또한, 아버지보다는 모든 것에 더욱 일가견이 있습니다. 또한, 나는 퍼트니의 왕이며 윔블던에서 온 녀석들은 모조리 때려눕힐 수 있습니다. 모틀레이크에서 온 놈들은 잘근잘근 짓이겨 주겠습니다. 또한, 나는 이미 아버지보다 3센티미터나 키가 큽니다. 내가 눈금을 그어놓은 문을 보십시오. 어서요, 어서, 아버지, 어서 가서 벽에 기대서보시라고요."

크롬웰은 쓴다.

앤서니의 치아
질문: 어떻게 된 것인가?

본인 토머스 크롬웰의 질의에 대한 실제 앤서니의 증언: 짐승처럼 무식한 아버지한테 맞아서 다 빠졌다.

리처드 크롬웰에게 말해준 이야기: 그는 교황에게 포위된 요새 안에 있었다고 한다. 외국 어디에. 과거의 어느 해에. 어떤 교황에게. 요새가 전복되고 공격이 감행된다. 불운하게도 자리를 잘못 잡고 서 있다가 폭발로 이가 입에서 죄다 뽑혀나갔다.

토머스 라이어슬리에게 말해준 이야기: 아이슬란드를 항해하는 선원이었을 때, 선장이 사람 이로 체스 말을 깎는 남자에게 다 팔아넘겼다. 털옷을 입은 사람들이 와서 이를 쳐서 뽑을 때까지 거래 내역을 정확히 알지 못했다.

리처드 리시에게 말해준 이야기: 의회 권력을 비난하던 남자와 싸움이 붙어 이를 다 잃고 말았다.

크리스토프에게 말해준 이야기: 누군가의 주술에 걸려서 이가 다 빠지고 말았다. 크리스토프가 말한다. "어렸을 때 잉글랜드의 악마주의자들 얘기를 들었어요. 거리마다 마녀가 한 명씩 있는 거나 마찬가지래요."

서스턴에게 해준 이야기: 철천지원수가 있었는데 요리사였다. 그런데 이 원수가 돌멩이 한줌을 헤이즐넛처럼 색칠해서 그에게 먹어보라고 주었다.

그레고리에게 해준 이야기: 땅바닥에서 기어나와 아내를 잡아먹은 거대한 벌레가 그의 입에서 이를 다 빨아먹어버렸다. 작년에 요크셔에서 있었던 일이다.

크롬웰은 결론을 내리고 밑줄을 긋는다. "그레고리, 그 거대한 벌레를 어떻게 하면 좋겠니?"

"직권을 위임하셔서 대리를 파견하세요." 소년이 말한다. "반드시 잡아야죠. 롤런드 리 주교라면 대적할 수 있을 겁니다. 아니면 피츠를 부르시든가요."

그는 아들을 한참 물끄러미 쳐다본다. "너 이 이야기가 벤 아서 코블러산의 전설이라는 건 알고 있지?"

이번에는 그레고리가 아버지를 한참 물끄러미 쳐다본다. "네, 알고 있어요." 후회된다는 말투다. "하지만 제가 그런 얘기를 믿어주면 사람들이 너무 좋아하더라고요. 특히 마스터 라이어슬리가요. 요즘은 너무 심각해졌지만. 예전에는 제 머리를 잡고 수도꼭지 밑에 밀어넣으면서 굉장히 좋아하셨어요. 하지만 지금은 눈을 천국에 두고 '존엄하신 폐하' 어쩌고 읊조린단 말이에요. 예전에는 대놓고 왕을 고매하신 대참사라고 불렀으면서. 폐하 특유의 걸음걸이를 흉내내고 장난치고 그랬잖아요." 그레고리는 주먹을 골반에 놓고 쿵쾅쿵쾅 걷는다.

그는 웃음기를 숨기려고 손으로 입을 가린다.

마상 시합의 날이 왔다. 그리니치에 있긴 하지만 그는 마상 시합의 관객석에 앉아 있지 않다. 왕은 그날 아침 미사를 드리고 개인용 곁방에 나란히 앉아 계속 그를 추궁했다. "리폰의 영지는 소득을 얼마나 내주는가? 요크 대주교한테 말이야?"

"260파운드 약간 넘습니다."

"사우스웰은 얼마나 되고?"

"150파운드 좀 안 될 겁니다."

"그런가? 더 될 거라 생각했는데."

헨리는 주교들의 재정에 지대한 관심을 갖고 있다. 주교들에게 일정한 봉급을 주고 주교구의 수입을 국가 재정으로 돌리자고 누군가 말하면 헨리는 절대 이의를 제기하지 않는다. 그렇게 모은 돈으로 국가 상비군을 운영하면 되겠다는 것까지 이미 다 생각해두었다.

그러나 지금은 헨리에게 그런 소리를 할 때가 아니다. 왕은 무릎을 꿇고 마상 시합에서 기사들을 수호하는 성인들을 닥치는 대로 부르며 기도한다. "폐하." 크롬웰이 말한다. "혹시 제 아들 그레고리와 맞붙게 되시면 말에서 떨어뜨리는 건 피해주실 수 있을까요? 그러실 수 있다면 말입니다."

그러나 왕은 말한다. "그레고리가 나를 말에서 떨어뜨려도 개의치 않을 걸세. 그럴 가능성은 별로 없지만 기분좋게 받아들일 거야. 그리고 사실 그게 우리 맘대로 되는 게 아니라네. 상대를 향해 무서운 기세로 달려가다보면 자제하기가 어렵거든." 왕은 뭔가 말을 하려다 말더니 다시 친절하게 설명한다. "상대를 낙마시키는 건 굉장히 흔치 않은 일이야. 그건 마상 시합의 유일한 목적이 아니라네. 아들이 얼마나 잘할까 걱정하는 모양인데 그럴 필요 없네. 그애는 아주 뛰어나니까. 그렇지 않다면 애초에 출전할 수도 없었을 거야. 소심한 상대를 만나면 창이 부러지지가 않아. 상대가 전속력으로 달려와줘야 되는 거지. 게다가 형편없는 친구들은 아무도 없다네. 자네도 문장관들이 어떻게 쓰는지 알지 않나. '그레고리 크롬웰은 훌륭한 경기를 했다. 해리 노리스는 아주 훌륭한 경기를 했다. 그러나 우리의 주군이신 폐하께서 가장 훌륭한 경기를 하셨다.' 이러겠지 뭐."

"정말 그러셨습니까?" 혹시나 그 말에서 가시가 느껴질까봐 크롬웰은 미소를 짓는다.

"자네 자문관들은 내가 이제 관객석에 앉아야 한다고 생각한다는 건 아네. 결국 그럴 거야. 내 나이면 전성기는 지났다는 걸 아예 모르는 건 아니라네. 하지만 이것 보게, 크럼, 어린 시절부터 갈고닦아온 무언가를 포기하는 건 정말 어려워. 한번은 이탈리아에서 사절이 왔는데, 브랜던과 나를 응원했지. 아킬레우스와 헥토르가 환생한 줄 알았대. 아무튼 그런 말을 했어."

하지만 누가 헥토르고 누가 아킬레우스였던 걸까요? 아킬레우스는 헥토르를 흙먼지 속에서 질질 끌고 다녔는데……

왕은 말한다. "아들을 아주 잘 키웠어. 조카인 리처드도 그렇고. 그보다 나은 귀족들도 찾기 힘들어. 자네 가문의 자랑들일세."

그레고리가 잘했다. 그레고리가 아주 잘했다. 그레고리가 가장 잘했다. "저는 그 녀석이 아킬레우스가 되기를 바라지 않습니다." 그가 말한다. "그저 납작하게 뭉개지지만 않으면 좋겠어요."

종이에 머리와 몸통으로 나뉘어 표시된 칸이 있으니 채점표는 인간의 몸에 상응한다. 가슴받이에 창이 스치면 기록이 되지만 부러진 갈비뼈는 기록되지 않는다. 투구에 창이 닿으면 기록이 되지만 금이 간 두개골은 기록되지 않는다. 나중에 채점표를 집어들면 그날의 기록을 읽을 수 있지만, 종이 위의 점수는 부러진 발목의 통증이나 호흡 불능이 되어서도 투구 안에 토하지 않으려는 사람의 노력은 말해주지 않는다. 시합에 참가하는 사람들이 늘 말하듯, 정말이지 눈으로 보아야 안다, 현장에 있었어야 안다.

아버지가 참관을 포기하고 물러나자 그레고리는 실망한다. 그는 서류를 작성해야 하는 선약이 있다고 둘러댔다. 바티칸은 헨리에게 돌아와 순종할 시한을 삼 개월 주었다. 만일 헨리가 거역하면 바티칸은 파문의 칙서를 인쇄해 유럽 전역에 배포할 것이고, 그러면 이 세상 모든 기독교인의 손이 헨리를 노릴 것이다. 한편으로 사만의 무장 병력을 자랑하는 황제의 군단이 알제*를 향해 출정 태세를 갖추었다. 그런가 하면 잉글랜드 파운틴스 수도원장은 체계적으로 재정을 갈취하고 여섯 명의 창녀를 데리고 놀았다고 한다. 물론 간간이 휴식이 필요하긴 했겠지만 말이다. 마지막으로 의회 회기는 십사 일 후에 열린다.

크롬웰은 베네치아에서 한 늙은 기사를 만난 적이 있다. 유럽 전역을 순회하며 마상 시합에 참가하는 걸 업으로 삼고 살아온 사람이었다. 기사는 자기 인생 이야기를 들려주었다. 시중드는 종자와 말들로 이루어진 무리를 데리고 국경을 넘나들며 포상을 좇아 이 시합 저 시합을 찾아다니면서 흘러간 세월이었다. 나이와 축적된 부상으로 결국 시합에서 은퇴했다. 이제 혼자가 된 기사는 비웃음과 시간 낭비를 무릅쓰고 젊은 귀족을 가르치는 일로 생계를 유지하려 했다. 기사는 말했다. 우리 때는 젊은이들이 예의를 배웠지요. 하지만 요즘 나는 말들을 돌보면서 옛날 같으면 장화나 닦게 시켰을 젊은 양아치를 위해 갑옷을 반질반질하게 닦고 삽니다. 지금 내 모습을 좀 보시오. 그러니까 당신

---

* 알제리의 수도.

같은, 뭐 잉글랜드인 따위하고 술이나 마시는 신세가 된 거 아니오?

가사는 포르투갈 사람이지만 어설픈 라틴어와 독일어 비슷한 말을 쓰면서 중간중간 모든 유럽 언어에서 다 쓰이는 구체적인 전문용어들을 섞어 말했다. 옛날에 마상 시합은 시험장이었어요. 나태한 사치를 과시하는 일은 없었지요. 여자들로 하여금 금박을 입힌 천막에 앉아서 억지웃음을 짓게 하지 않고 다 끝나고 나중에 즐길 수 있도록 아껴뒀다오. 그 시절에는 채점도 복잡하고 심판들도 규칙 위반을 절대 용서하지 않았어요. 창이 박살나도 점수는 잃을 수 있고, 상대를 납작하게 짓밟고 나와도 금화 주머니가 아니라 벌금을 받고 기록에 오점을 남길 수도 있었다오. 규칙 위반을 하면 오명이 유럽 전역을 따라다녔어요. 어디 보자, 예를 들어 리스본 같은 데서 반칙을 하면 페라라까지 그게 따라오는 거지. 원래 평판이 사람보다 빠른 법이니, 결국 불운이 연속되는 힘든 시즌이 오면 남는 건 이름뿐인 거요, 라고 기사는 말했다. 그러니 행운의 별이 빛나고 있을 때 절대 과하게 행운을 시험하지 마요. 별빛은 한순간에 꺼져버릴 수도 있으니. 그 얘기가 나왔으니 말인데, 절대로 점성술에 큰돈을 쓰지 마시오. 어차피 불행이 찾아올 운명이라면 안장을 달고 말에 오를 때부터 미리 알 필요가 있겠소?

술이 한잔 들어가자, 늙은 기사는 세상 모든 사람이 자기와 같은 일을 하는 것처럼 떠벌리기 시작했다. 종자들을 장애물 양쪽에 서 있게 해야 말이 모퉁이를 지날 때 널찍하게 여유를 두고 우회한단 말이오, 기사는 말했다. 양끝을 지켜 서는 사람이 없으면 잘못하다 발을 삐게 되는데, 뒤지게 아프다오. 그런 적 있소? 가끔 바보들이 한가운데에다 애들을 세워놓는데, 그러면 아탱이 일어나지. 그럼 무슨 소용이겠소?

그럼요, 크롬웰은 추임새를 넣었다, 그럼요, 무슨 소용입니까? 그러면서 무서운 충격의 여파를 뜻하는 아탱이라는 섬세한 단어를 곱씹어 생각했다. 용수철을 댄 방패 말이오, 늙은이가 말했다. 그런 거 본 적 있소? 격돌하면 펄쩍 튕겨나가는 거? 애들 장난이지. 옛날 심판들 같으면 그따위 장비가 없어도 터치가 있었는지 확실히 파악할 수 있었어요. 암, 두 눈을 썼거든, 그 당시에는 안목이 있었다고. 이것 보쇼, 기사는 말했다. 실패하는 데는 세 가지 원인이 있단 말이오. 말이 실패할 수도 있고. 시종들이 실패할 수도 있고. 배짱이 실패할 수도 있어요.

투구를 단단하게 동여매고 써야 시야를 잘 확보할 수 있어요. 몸을 똑바로 하고, 타격을 하는 순간, 바로 그때만큼은 고개를 돌려서 적수가 한눈에 들어오게 하고, 강철 창끝으로 목표물을 정면 겨냥하는 거요. 어떤 사람들은 충돌하기 일 초 전에 방향을 꺾는단 말이야. 당연한 본능이지. 하지만 타고난 본능 같은 건 다 잊어버려야 돼. 본능을 꺾을 때까지 연습을 해야 되는 거요. 기회가 주어지면 방향을 틀고 싶거든. 육신은 보호본능이 있어서, 그 본능이 철갑을 두른 전투마와 갑옷을 입은 자기 몸을 반대편에서 전속력으로 달려오는 다른 철갑 전투마와 기수에게 부딪치게 하는 건 피하려고 할 테니까 말이오. 방향을 틀지 않고 대신 충돌하는 순간 눈을 감는 사람들도 있어요. 이런 사람들은 두 가지 종류지. 자기가 그런다는 걸 알면서도 막상 그 순간에 어쩌지 못하는 사람 그리고 자기가 그러는 줄도 모르는 사람. 연습할 때 종자들에게 꼭 봐달라고 해요. 이 두 종류 다 안 됩니다.

그러면 어떻게 해야 실력이 좋아질까요? 그는 늙은 기사에게 물었다. 어떻게 하면 성공할 수 있을까요? 기사의 지시는 다음과 같았다.

바람 쐬러 야외에 나가는 것처럼 편안하게 안장에 앉아야 해요. 느슨하게 고삐를 잡되 말은 정신을 똑바로 차리게 해요. 색색 깃발이 펄럭이고 꽃다발들이 장식되어 있고 완충용 보호막을 씌운 무딘 창칼을 쓰는 콩바 아 플레장스*에서는 사람을 죽이러 나온 것처럼 말을 달려야죠. 콩바 아 루트랑스**에서는 놀이를 하듯 사람을 죽여야 합니다. 자, 이것 보쇼, 하고 기사는 말하면서 테이블을 철썩 쳤다. 헤아릴 수도 없으리만큼 내가 많이 본 게 뭔 줄 아시오. 아탱에 대비해서 단단히 각오를 하는데, 마지막 순간에 살고 싶은 욕망이 지나치게 급박해 망하게 되는 거요. 근육에 힘이 들어가고, 팔을 몸에 꼭 붙이고 창을 내리는데 끝이 위로 휙 치켜올라가 목표에서 벗어나게 되는 거지요. 딱 하나의 실수를 피하려 한다면 바로 그걸 조심해야 되는 거요. 창을 잡을 때 살짝 힘을 빼고 팔을 안으로 딱 붙여야 창끝이 정확하게 목표를 타격하게 됩니다. 하지만 무엇보다 이걸 명심해요. 본능을 이겨야 합니다. 영예에 대한 사랑이 생존본능을 반드시 정복해야 합니다. 안 그러면 뭐하러 싸운단 말이오? 대장장이나 양조업자나 양모 상인이 되지. 이길 게 아니면 무엇하러 마상 시합을 한단 말이오? 이기지 않으면 죽으려고 하는 거요?

다음날 크롬웰은 그 기사를 다시 보았다. 당시 토마소로 불리던 그는 친구 카를 하인츠와 술을 마시고 돌아오던 길이었고, 두 사람이 보았을 때 노인은 테라 피르마***에 얼굴을 처박고 발을 물속에 담근 채

---

* combat à plaisance. 재미로 하는 전투를 가리키는 프랑스어. 마상 시합.
** combat à l'outrance. 목숨을 건 전투를 가리키는 프랑스어.
*** terra firma. 단단한 땅이라는 뜻의 라틴어.

쓰러져 있었다. 황혼녘의 베네치아에서는 머리가 물에 처박히는 일도 흔한데 그나마 다행이었다. 그는 친구와 함께 늙은 기사를 강둑으로 끌어내 똑바로 눕혔다. 이 사람을 알아. 그가 말했다. 주인이 누구인데? 친구가 물었다. 주인은 없어. 하지만 독일어로 욕을 하는 사람이니 독일 공관으로 데리고 가자고. 나 역시 토스카나 공관에서 묵는 게 아니라 파운드리*에서 먹고 자고 있지 않나. 카를 하인츠가 말했다. 파운드리가 뭔가? 자네 지금 무기 거래를 한단 말인가? 그가 대답했다. 아니, 성당 제대를 덮는 천이야. 그러자 카를 하인츠는 이렇게 말했다. 에라이, 잉글랜드 사람한테서 비밀을 캐느니 차라리 루비 똥을 쌀 공산이 높지.

이야기를 나누면서 두 사람은 노인을 똑바로 일으켜세웠다. 카를 하인츠가 말했다. 지갑에 칼집이 났는데, 이것 보게. 강도들이 할배를 죽이지 않은 게 신기하군. 그들은 늙은 기사를 나룻배에 태워 독일 상인들이 묵는 폰다코로 데리고 갔다. 불이 나서 막 재건축을 하는 중이었다. 창고의 궤짝들 사이에 눕혀놓고 갈 수도 있어. 그가 말했다. 덮을 걸 좀 찾아주고, 깨어나면 먹을 음식과 음료수를 주게. 살아날 걸세. 노인이긴 하지만 강하니까. 여기 돈이 있네.

거참 변덕이 죽 끓듯 하는 잉글랜드인일세. 카를 하인츠가 말했다. 크롬웰이 말했다. 나 역시 변장한 천사 같은 타인에게서 은혜를 입은 적이 있거든.

수문에는 문지기가 있다. 상인들이 아니라 나라에서 돈을 받는 보

---

* 잉글랜드인의 주물공장.

초다. 베네치아인들은 각국 공관에서 일어나는 일을 낱낱이 알고자 했다. 그래서 문지기에게도 동전을 듬뿍 집어줘야 했다. 그들은 거룻배에서 노인을 끌어냈다. 이제 반쯤 정신이 들어 두 팔을 허우적거리며 뭐라고 말하고 있었는데, 모르긴 몰라도 포르투갈어 같았다. 주랑 현관 아래로 노인을 질질 끌고 들어가는데 카를 하인츠가 말한다. "토머스, 여기 그림들 보았나?" 그가 말한다. "거기 문지기님, 횃불 좀 치켜 들어주십쇼. 아니면 그것도 따로 돈을 내야 됩니까?"

횃불 빛이 눈부시게 벽화를 비춘다. 벽돌 벽으로부터 흐르는 비단 천, 붉은 천, 아니면 흥건히 고인 피가 꽃처럼 피어난다. 하얀 곡선, 가느다란 달, 낫 같은 초승달이 보인다. 빛이 벽을 휩쓸고 지나가는 사이 크롬웰은 여자의 얼굴, 황금빛으로 윤곽을 칠한 두 뺨의 곡선을 본다. 여신이다. "횃불을 높이 들어요." 크롬웰이 말한다. 그림 속 여자의 흩날리는, 헝클어진 머리칼 위에 금관이 놓여 있다. 여자의 등뒤로 행성과 별들이 보인다. "누구를 고용해서 그린 그림이지?" 하고 묻는다.

카를 하인츠가 말한다. "우리 집안은 조르조네가 그리고 있고 그의 친구 티치아노는 리알토의 전면을 그리고 있고, 귀족원에서 보수를 주지. 하지만 내 장담하지만 우리한테서 수수료를 죄다 뜯어갈 거야. 자네 마음에 드나?"

빛이 여신의 하얀 살을 쓰다듬는다. 그러더니 흔들거리며 멀어져가고, 여신의 몸은 그림자로 얼룩덜룩해진다. 초병은 횃불을 내리고 말한다. 뭐요, 내가 이 시린 추위에 당신네들 재미 보라고 밤새도록 여기 서 있을 사람으로 보이쇼? 돈을 더 뜯어내기 위한 과장된 반응이지만, 안개가 다리와 인도 위로 스멀스멀 올라오고 싸늘한 바람이 바다로부터 불어오는 건 사실이다.

카를 하인츠와 헤어지고 달이 해협 수면 위에 돌처럼 가만히 서 있을 때, 늦은 시각 외출을 나온 값비싼 창녀를 본다. 양 팔꿈치를 붙든 하인들의 부축을 받으며, 여자는 높은 초핀*을 신고 비틀거리면서 자갈길을 걷고 있다. 그녀의 웃음소리가 대기 중에 울리고 노란 프린지 스카프 자락이 하얀 목덜미에서 뱀처럼 꿈틀거리며 안개 속으로 사라져간다. 그는 여자를 지켜본다. 여자는 그의 기척을 느끼지 못한다. 그러고는 여자는 자취를 감춘다. 어디선가 여자를 위해 문이 열리고 어디선가 문이 닫힌다. 벽에 그려진 여자처럼 그녀는 어둠 속으로 녹아 사라져버린다. 광장은 다시 텅 비었다. 그는 벽돌 벽을 등진 검은 형체, 밤에서 오려내어진 실루엣일 뿐이다. 내가 언젠가 세상에서 사라져야 할 일이 있다면 바로 여기가 적격이군, 그는 말한다.

하지만 그건 오래전 다른 나라에서의 일이다. 지금 눈앞에는 레이프가 긴급한 메시지를 들고 왔다. 어서 정신을 차리고 비가 내릴락 말락 하는 으슬으슬한 아침의 그리니치로 돌아와야 한다. 그런데 카를 하인츠는 지금 어디 있을까? 아마 죽었겠지. 여신이 벽화에서 자라나는 모습을 보았던 그날부터 그도 그런 그림을 한 점 주문하고 싶었지만 다른 업무들―돈을 벌고 법을 입안하는 일들―에 시간을 다 빼앗겼다.

"레이프?"

레이프는 문간에 서서 아무 말도 하지 않는다. 그는 청년의 얼굴을

---

* 밑바닥이 두꺼운 여자용 높은 구두.

올려다본다. 그의 손에서 깃펜이 툭 떨어지고 잉크가 종이에 튄다. 벌떡 일어난 그는 앞으로 닥칠 충격에서 조금이라도 몸을 보호해주길 바라듯 모피 가운의 앞섶을 당겨 꼭 여민다. 그가 묻는다. "그레고리?" 그러자 레이프가 고개를 젓는다.

그레고리는 무사하다. 경기를 하나도 하지 않았다.

토너먼트는 중단되었다.

폐하십니다, 레이프가 말한다. 헨리왕이, 세상을 떠났어요.

아, 크롬웰이 말한다.

상아 상자에 담긴 가루로 잉크를 말린다. 당연히, 온통 피투성이겠군, 하고 말한다.

그는 늘 손닿는 곳에 철로 된 튀르크 단검을 둔다. 칼집에 해바라기 문양이 새겨져 있었다. 지금까지는 장식품이라고만 생각했다. 그저 신기한 물건이었을 뿐이다. 그는 비수를 옷 사이에 잘 챙겨넣는다.

하지만 훗날 그는, 복도를 지나쳐 발길을 마상 시합 경기장으로 돌리기가 얼마나 어려웠는지 또렷하게 기억하게 될 것이다. 기운이 하나도 없었다. 그레고리가 다친 줄 알고 펜을 떨어뜨렸던 충격의 후유증이다. 마음속으로 말한다, 그레고리가 아니야. 그러나 몸은 멍해져 소식을 금세 알아듣지 못한다. 크롬웰 본인이 치명적인 타격을 입은 것만 같다. 바로 지금, 나아가 정권을 장악해야 하는가 아니면 이 순간 현장을 떠나 퇴로가 막히기 전에 멋지게 도망칠 마지막 기회를 잡아야 하는가, 그렇다면 어디로 가야 하는가? 아마 독일로? 황제나 교황 아니면 누가 될지 모르지만 잉글랜드의 새 군주로부터 자유로울 수 있는

266

국가가 세상에 있을까?

후퇴를 몰랐던 그다. 아니, 있다면 단 한 번, 일곱 살 때 아버지 월터로부터 도망쳤던 그때일까. 하지만 어차피 월터는 그를 쫓아왔다. 그 후로는 줄곧 전진, 전진, 아나방*이었다. 그래서 망설임은 길지 않았지만 나중에는 어떻게 그 천장 높은 금박 천막에 도착했는지 아무런 기억이 없을 터였다. 잉글랜드의 문장과 도안이 수놓인 천막에 가서, 잉글랜드 왕 헨리 8세의 시신을 어떻게 굽어보게 되었는지 생각이 나질 않을 것이다. 레이프는 말한다. 시합은 시작도 하지 않았고, 헨리는 창 끝으로 동그라미 한가운데를 겨냥하며 시합장을 달리고 있었다고. 그때 말이 발을 헛디뎠고 말과 기수가 함께 넘어졌으며 헨리가 말의 몸통에 깔렸다고. 신사 노리스가 관 옆에서 무릎을 꿇고 두 뺨에 폭포수처럼 눈물을 흘리며 기도하고 있다. 철갑에 반사되어 은은하게 번지는 햇살, 투구에 가려 보이지 않는 얼굴들, 강철처럼 굳은 턱들, 개구리 같은 입술들, 면갑**의 틈새들. 누군가 말한다. 말이 마치 다리라도 부러진 것처럼 쓰러졌는데, 그때 아무도 왕 근처에 없었고 아무도 죄가 없다고. 그 끔찍한 소음이 지금도 들리는 것처럼 귀에 선하다. 전속력으로 달리는 말이 공포에 울부짖는 소리, 관객들의 비명, 거대한 동물들끼리 뒤엉키는 순간 발굽이 강철에 닿아 부딪는 새된 쇳소리, 전투마와 왕이 함께 쓰러지고 금속이 살을 뚫고 발굽이 뼈를 꺾는 소리.

"거울을 가져오시오." 크롬웰이 말한다. "폐하의 입술에 대어보게. 깃털을 가져와 흔들리는지 봐요."

---

* en avant. '앞으로'라는 뜻의 프랑스어.
** 투구의 전면에 달린 얼굴 보호 장비.

왕의 몸에서 간신히 철갑을 벗겼으나 여전히 검은 패드가 대어진 마상 경기용 웃옷을 꼭꼭 여며 입고 있다. 피가 난 부분이 잘 보이지 않아 그가 묻는다, 어디를 다치신 겁니까? 누군가 말한다, 머리를 부딪히셨습니다. 천막을 가득 채운 통곡과 횡설수설 속에서 그나마 알아들을 수 있는 말은 그것뿐이다. 깃털, 거울, 저들은 이미 끝난 일이라고 생각한다. 종의 추처럼 시끄럽게 쩔렁이는 혓바닥들, 머리에 박힌 돌멩이 같은 눈들, 충격을 받아 텅 빈 얼굴들이 서로 마주보고, 욕설과 기도가 난무하고, 다들 천천히, 느릿느릿, 움직인다. 아무도 시신을 안으로 모시는 역할을 떠맡고 싶어하지 않는다. 혼자 떠맡기에는 부담스러운 일이야. 이목을 끌고 사람들 입에 오르내릴 거야. 왕이 죽으면 자문관들이 "왕이여 만수무강하시기를!" 하고 외친다는 건 잘못된 생각이다. 서거 사실 자체가 며칠 동안 공표되지 않는 일도 자주 있다. 이 사실을 숨겨야 한다…… 헨리는 창백하다. 그는 철갑에서 빠져나온 인간의 살결이 충격적으로 보드랍다는 생각을 한다. 헨리는 똑바로 누워 있다, 바다처럼 새파란 천 위에 위풍당당한 풍채를 길게 늘어뜨리고 있다. 팔다리는 반듯하다. 다친 데가 없어 보인다. 헨리의 얼굴을 만져본다. 아직 따뜻하다. 운명이 전리품으로 가져간 것도 아니고, 육신이 훼손된 것도 아니다. 멀쩡하다. 신들에게 바치는 선물이다. 신들은 처음 태어난 모습 그대로 그를 데려가고 있다.

그는 입을 열어 호통을 친다. 이게 무엇 하는 짓들인가, 폐하를 여기 이렇게 누워 계시도록 내버려두다니, 이미 파문이라도 당하셔서 그리스도인의 손길이 닿아서는 안 되는 몸이라는 뜻인가? 낙마한 기사가 다른 사람이었다면 장미 꽃잎과 독한 향기가 나는 몰약을 가져와 감각을 깨우려 했을 것이다. 머리카락을 쥐어뜯고 귀를 꼬집어보고 코밑에 종이를 태워보고 억지로 입을 벌려 성수 방울을 떨어뜨리고 귓전에 대고 뿔나팔을 불었을 게 아닌가. 이런 조치를 모두 취하라. 그런데—크롬웰은 눈을 들어 노퍽 공작인 토머스 하워드가 악마처럼 그를 향해 달려오는 걸 본다. 노퍽 공작, 왕비의 외숙부이자 잉글랜드의 유력한 귀족이다. "하느님 맙소사, 크롬웰!" 노퍽이 으르렁거린다. 하느님 맙소사, 이제 자네도 꼼짝없이 잡혔어. 반드시, 그 주제넘은 배때기를 째고 창자를 꺼내줄 테니. 하느님께 맹세코, 오늘이 가기 전에 그 머리는 창끝에 꿰이게 될 게야. 그런 뜻이리라.

그럴지도 모른다. 그러나 다음 몇 초간, 크롬웰의 풍채가 점점 더 위풍당당해지더니 쓰러진 사내를 에워싼 공간을 가득 채우는 것만 같다. 천막 천장에서 내려다보는 기분으로 그는 자기 모습을 본다. 몸집도 커지고, 심지어 키마저 훤칠하게 커진 기분이다. 그렇게 그는 영역을 확장한다. 더 넓은 공간을 차지하고, 더 많은 공기를 호흡하고, 견고하고 굳건하게 발을 딛고 서서 파르르 떨며, 분노를 못 이겨 씰룩이며 자신을 향해 돌진하는 노퍽을 맞는다. 그러나 크롬웰은 반석의 요새처럼 평온하다. 토머스 하워드는 소스라쳐 움찔하며 벽에 튕겨 물러나 누구한테 대고 하는 말인지 알 수 없는 허튼소리를 지껄인다. "노퍽 공작 저하!" 크롬웰은 포효한다. "노퍽 공작 저하! 왕비님은 어디 계십니까?"

노퍽은 심하게 헐떡거리고 있다. "바닥에 쓰러져 있네. 내가 말했어. 내가 직접. 내가 할 일이야. 외숙부인 내가 할 일. 발작하며 쓰러졌어. 쓰러지셨어. 난쟁이가 일으켜세우려 하기에. 내가 발로 차서 치웠네. 아, 하느님 맙소사!"

이제 누가 통치하는가, 앤의 태어나지 않은 아기를 위해서? 헨리는 프랑스 예방 계획이 있던 당시 앤을 섭정으로 남겨두겠다 했지만 그건 벌써 일 년도 더 된 일이다. 게다가 헨리는 아예 프랑스에 가지 않았으니, 실제로 뭘 어떻게 했을지 우리는 모른다. 앤은 그에게 말했었다. 크레뮈엘, 내가 섭정이 되면 몸조심하도록 해요. 순종하지 않으면 목을 칠 테니. 앤이 섭정이 되었다면 캐서린과 메리를 순식간에 처단했을 것이다. 캐서린은 세상을 떠나 앤의 손이 미치지 못할 테지만, 메리는 살인의 표적으로 남아 있다. 노퍽 외숙부는 시신 옆에 털썩 무릎을 꿇고 짤막하게 기도를 올리더니 다시 비틀거리며 일어섰다. "아니, 안 돼, 안 돼." 그는 중얼거리고 있다. "배가 부른 여자는 절대 안 돼. 임신한 여자가 통치할 수는 없어. 앤은 안 돼. 나야, 나, 나."

그레고리가 군중을 헤치고 온다. 기특하게도 기지를 발휘해 국고관리장 피츠윌리엄을 모시고 왔다. "메리 공주 말이야." 그가 피츠에게 말한다. "어떻게 해야 메리 공주의 신병을 확보할까. 반드시 붙잡아야 하네. 안 그러면 이 나라는 끝장이야."

피츠윌리엄은 헨리의 가장 오래된 친구이고 동년배다. 천만다행으로, 워낙 선천적으로 유능해 공황에 짓눌려 허튼소리를 할 사람이 아니다. "불린 가문 쪽 사람들이 지키고 있어." 피츠가 말한다. "우리한테 순순히 내줄지는 모르겠군."

그래, 내가 얼마나 멍청이었던가, 그는 생각한다. 이럴 경우를 대비해 미리 그들에게 침투해서 매수하고 뇌물을 줬어야 하는 건데. 캐서린의 경우에는 만일의 사태를 대비해 내 반지를 보내겠다고 말해두었지만 메리 공주는 그런 조치를 취하지 않았다. 메리를 불린가의 손아

귀에 방치하면 반드시 죽임을 당할 것이다. 행여 가톨릭교도의 손에 들어가게 되면 여왕으로 추대될 것이고, 그러면 나는 죽는다. 내전이 일어날 것이다.

궁정기사들이 천막으로 밀려들어오고 있다. 하나같이 헨리가 어떻게 사망했는지 온갖 이야기를 꾸며대며 한탄하고 부정하고 슬퍼한다. 소란스러운 소리가 높아지자 크롬웰은 피츠의 팔뚝을 잡는다. "이 소식이 우리보다 먼저 북부에 닿으면 절대 살아 있는 메리를 보지 못할 걸세." 메리를 지키는 자들은 층계 위에 메리의 목을 매달지는 않을 것이다. 칼로 찌르지도 않을 것이다. 그러나 반드시 사고를 당하게 만들 것이다. 길에서 목이 부러진다든가. 그러면 앤의 뱃속에 있는 태아가 딸이라도 엘리자베스가 여왕이 될 테고, 다른 후계는 없을 것이다.

피츠윌리엄이 말한다. "잠깐 기다리게, 생각 좀 하게. 리치먼드는 어디 있지?" 왕의 사생아는 열여섯 살이다. 리치먼드 역시 쓸모가 있는 고려 대상이니 반드시 확보해야 한다. 리치먼드는 노퍽의 사위다. 노퍽이 리치먼드의 행방을 알고 있을 것이다. 노퍽은 리치먼드에게 접근해서 거래를 하고 감금하거나 풀어주기에 가장 적합한 자리에 있는 인물이다. 그러나 사생아 소년이 두렵지 않다. 게다가 소년은 그를 좋아한다. 놈들이 어떤 술수를 쓸지는 몰라도, 어쨌든 그는 이미 소년을 버터 바른 순무처럼 잘 구워삶아놓았다.

노퍽은 이제 미친 말벌처럼 윙윙거리며 방 끝에서 끝으로 왔다 갔다 서성거리고, 구경꾼들은 말벌을 피하듯 휘몰아치며 그로부터 멀찌감치 물러선다. 공작이 웅웅거리며 다가온다. 그, 크롬웰이 손으로 후려쳐 쫓는다. 헨리를 물끄러미 내려다본다. 그때, 환상인지 모르지만 눈꺼풀이 씰룩거리는 모습을 본 것만 같다. 그것으로 충분하다. 그는 무덤의 석상처럼 헨리 옆에 우뚝 선다. 든든하고 말 없고 추한 수호자다. 그는 기다린다. 그때 찰나의 미동이 다시 스친다, 그는 보았다고 생각한다. 심장이 철렁 내려앉는다. 손을 왕의 가슴에 대고, 거래를 성사시킨 상인처럼 찰싹찰싹 두드린다. 차분하게 말한다. "폐하께서 숨을 쉬고 계신다."

불경한 난리가 난다. 신음소리와 환호성과 패닉의 울부짖음 사이의 어떤 소리, 신을 향한 외침이자, 악마에 대한 반격이다.

웃옷 아래, 말총으로 만든 완충재 아래, 미세한 움직임이, 파르르 떨리는 생명이 느껴진다. 왕의 가슴에 닿는 크롬웰의 손은 묵직하고 판판하다. 죽은 나사로*를 다시 일으키는 기분이다. 손바닥이 자석이 되어 생명을 군주에게 다시 불어넣는 느낌이다. 왕의 호흡은 얕지만 안정되어 있다. 그는 미래를 보았다. 헨리가 없는 잉글랜드를 보았다. 그는 큰 소리로 기도한다. "왕이여, 만수무강하소서!"

"의사들을 데려오게." 그가 말한다. "버즈를 데려오게. 솜씨 좋은 사람이면 전부 다 데려오게. 폐하가 다시 숨을 거두시더라도 책임을 묻지 않겠다고 하게. 내가 장담하겠네. 내 조카 리처드 크롬웰을 데리고 오게. 여기 노퍽 공작 저하께 앉을 의자를 갖다드리고. 큰 충격을 받으셨네." 하마터면 덧붙여 말할 뻔했다. 여기 계신 신사분 노리스 머리에다 찬물 한 양동이를 갖다 들이붓게. 황망한 겨를에 노리스가 누가 봐도 가톨릭의 기도를 올리고 있다는 걸, 크롬웰은 그 와중에도 놓치지

---

* 예수의 기적으로 사후 나흘 만에 부활한 사람.

않고 눈치챈 것이다.

사람들이 어찌나 북적거리는지 천막의 고정장치가 풀려 다들 천막 천장을 머리로 떠받치고 다니는 것 같다. 그는 헨리의 움직이지 않는 몸이, 치료를 하는 의사와 사제들에 가려 사라지는 모습을 마지막으로 한참 물끄러미 바라본다. 토하는 듯 긴 신음소리가 들린다. 하지만 시체도 저런 소리를 내는 걸 본 적이 있다.

"호흡을," 노퍽이 외친다. "왕께서 호흡하시게 하라!" 그리고 마치 그 말을 순순히 듣는 것처럼, 쓰러진 왕은 깊이, 빨아들이듯, 거친 숨을 몰아쉰다. 그러더니 욕설을 내뱉는다. 그리고 일어나 앉으려 한다.

그렇게 끝이 났다.

그러나 완전히 끝난 건 아니다. 그는 주위를 돌아보며 불린 가문의 표정을 살핀다. 그들은 마비되어 무감각하다. 얼굴의 언 살을 꼬집는 것 같다. 불린 가문이 권세를 휘두를 영광의 시간은 미처 왔다는 걸 실감할 새도 없이 지나가버렸다. 대체 어떻게 다들 이렇게 빨리 달려올 수가 있었던 걸까? 다들 어디서 온 건가? 그는 피츠에게 묻는다. 그때 비로소 주위가 어둑해지고 있다는 걸 깨닫는다. 십 분처럼 느껴진 시간은 두 시간이었다. 레이프가 문간에 서 있고, 들고 있던 펜을 서류 위에 내팽개쳤던 그때부터 두 시간.

그는 피츠윌리엄에게 말한다. "당연히 아예 그런 일은 일어나지도 않았던 걸로 해야 하네. 아니, 있었다 해도 전혀 중요한 사건이 아니었던 거지."

샤퓌와 다른 대사들에게는, 원래 처음에 나온 얘기대로 고집할 생각이었다. 왕이 낙마해 머리를 부딪히고 십 분 동안 의식을 잃으셨다. 아니, 우린 한순간도 폐하께서 승하하셨다는 생각을 해본 적이 없다. 십분 후에 멀쩡하게 일어나셨다. 그리고 지금은 몹시 건강하시다.

내가 그런 얘기를 할 때 보면 말이야, 그는 피츠윌리엄에게 말한다. 머리를 한 방 맞아서 헨리가 오히려 정신을 번쩍 차린 것처럼 들리거든. 실제로도 그런 느낌이 드네. 때때로 왕들은 머리를 세게 한 방씩 맞아야 정신을 차리지.

피츠윌리엄은 재미있다는 눈치다. "그런 순간에 이성적으로 생각하기는 쉽지 않지. 대법관을 불러야 하는 게 아닌가, 난 그런 생각을 했던 기억이 나는데 말이야. 막상 데려오면 뭘 시켜야 할지 전혀 아무 생각이 없었다네."

"내 생각은 말이야." 그는 솔직히 고백한다. "누가 캔터베리 대주교를 모셔와야 한다는 거였지. 캔터베리 대주교의 주관 없이 왕이 승하한다는 건 있을 수 없는 일이라고 믿었던 거야. 템스강을 가로질러 부산스럽게 크랜머가 왔다는 상상을 좀 해보게. 일단 복음부터 다 같이 읽자고 했을 거야."

블랙북에는 뭐라고 쓰여 있더라? 이런 상황에 대해서는 아무 지시도 없다. 아무도 찰나에 피습당해 쓰러지는 왕에 대한 계획을 세우지 않았다. 한순간 당당하게 말을 타고 전력으로 달리다가 다음 순간 나뒹굴어 흙바닥에 짓뭉개지는 경우에 대해 아무도 대책을 세우지 않았다. 아무도 감히 할 수 없는 일이다. 아무도 감히 생각조차 하지 못한다. 정해진 관례가 실패하면, 그때부터는 목숨을 건 사투다. 크롬웰은 곁에 있던 피츠윌리엄을 기억한다. 군중 속에 그레고리가 있고, 레이프가 자기편이고, 조카 리처드가 있었다. 일어나 앉으려던 왕을 부축했던 게 리처드였던가? 의사들은 "안 돼, 안 돼, 폐하를 눕히시오!"라고 외쳤다. 헨리는 제 심장을 쥐어짜내려는 듯 가슴을 꽉 움켜쥐었다. 일어나려고 발버둥을 쳤고, 성령이 강림해서 방언이 터진 사람처럼 말 같지만 말이 아니었던 알아들을 수 없는 소리를 냈다. 온몸을 훑고 지나가는 공포 속에서 크롬웰은 생각했다. 다시는 제정신을 찾지 못하면 어떻게 하나? 왕이 바보가 되었을 경우에는 어떻게 하라고 블랙북에 쓰여 있나? 크롬웰은 헨리의 쓰러진 말이 밖에서 일어나려 애쓰며 울부짖는 소리를 들었다. 그러나 설마 그런 소리가 들릴 리가 없지 않나? 이미 잡아 죽였을 텐데?

그런데 그 비명소리는 헨리 본인의 울부짖음이었다. 그날 밤 왕은 머리를 감싼 붕대를 뜯어버렸다. 타박상과 부종은 그날 신이 내린 선고였다. 왕은 궁정에 모습을 드러내고, 자기가 부상당하거나 죽었다는 소문을 정면으로 대적할 결심을 하고 있었다. 앤이 아버지의 부축을 받아 왕에게 다가간다. "몽세뇨르." 백작은 시늉이 아니라 정말로 앤을 부축하고 있다. 앤은 새하얗고 기운 없는 얼굴이다. 이제 임신한 태가 확실히 난다. "폐하." 앤이 말한다. "제발 부탁입니다. 잉글랜드 전역이 기도하오니, 다시는 마상 시합에 출전하지 마셔요."

헨리가 가까이 다가오라고 앤에게 손짓한다. 얼굴이 바짝 가까이 닿을 때까지 계속 손짓한다. 헨리의 언성은 낮고 격하다. "차라리 시작한 김에 내 불알을 까지 그랬소? 그러면 당신한테 딱 좋았을 텐데, 안 그렇소, 마담?"

사람들의 입이 충격에 떡 벌어진다. 불린 가문은 앤을 뒤로, 뒤로,

멀리 데리고 퇴장할 눈치는 있다. 메리 셸턴과 제인 로치퍼드는 드레스 자락을 펄럭거리며 쯧쯧 혀를 차고, 하워드를 위시한 불린 가문 전체가 앤을 둘러싼다. 제인 시모어는 시녀들 중 유일하게 움직이지 않는다. 그냥 서서 헨리를 바라보고 있고, 왕의 눈길이 똑바로 그녀에게 날아가 꽂힌다. 제인 주위에 어떤 공간이 열리더니 한순간, 제인은 텅 빈 공간에 혼자 서 있다. 대열이 이미 동작을 마치고 이동한 자리에 혼자 남겨진 발레리나처럼.

나중에 크롬웰은 왕의 침소에 헨리와 함께 있다. 왕은 벨벳 의자에 축 늘어졌다. 헨리가 말한다. 어렸을 때 어느 여름밤 열한시쯤에 리치먼드의 회랑을 아버님과 함께 걷고 있었다네. 아버지와 팔짱을 끼고 대화에 깊이 몰두하고 있었지. 그런데 갑자기 와르르 무너지는 끔찍한 소리가 나더니 파편이 튀고 건물 전체가 깊은 신음소리를 내더군. 그리고 마룻바닥이 발밑에서 무너져내렸어. 평생 절대 잊지 못할 걸세. 바로 가장자리에 서 있는데 세상이 우리 발밑에서 사라져버린 거야. 한순간 무슨 소리를 들었는지 파악조차 하지 못했다네. 박살나 바스러지는 게 목재인지 우리 뼈인지도 알 수가 없더군. 우리는 둘 다 신의 가호로 탄탄한 바닥에 멀쩡하게 서 있었지만 그 마룻바닥에 난 구멍으로 끝없이, 끝없이, 추락해서 땅바닥에 부딪히는 내 모습이 눈에 선했고, 그 냄새를, 무덤처럼 축축한 그 흙냄새를 맡았지. 글쎄…… 오늘 말에서 떨어졌을 때 딱 그랬네. 목소리들이 들렸어. 아주 까마득하게. 무슨 말인지 알아들을 수는 없었네. 허공에 내 몸이 둥둥 떠서 가는 느낌도 받았지. 신을 보지는 못했어. 천사들도.

"정신이 드셨을 때 실망하시지는 않았을까 모르겠습니다. 고작 보이는 게 토머스 크롬웰이라니."

"자네가 그렇게 반가운 적이 없었다네." 헨리가 말한다. "자네가 태어났을 때 자네 어머니도 오늘 나만큼 기뻐하지는 않으셨을 거야."

방 정리하는 시종들이 와서 발소리도 없이 늘 하던 일들을 처리한다. 왕의 이부자리에 성수를 뿌린다. "조심들 좀 하게." 헨리가 뾰루퉁하게 말한다. "자네들은 내가 오한이라도 나면 좋겠나?" 그리고 크롬웰을 보고 말한다, 나직하게. "성수에 빠져 죽느니 차라리 말에서 떨어져 죽는 게 훨씬 효과가 제대로지. 크흠, 자네 이번 일은 없었던 거라는 거 잘 알고 있지?"

그는 고개를 끄덕인다. 이미 기록된 문서들은 폐기 처분을 하도록 조처해놓았다. 후대에는 어떤 날, 왕의 말이 넘겨졌다고만 전해질 것이다. 그러나 신의 손이 땅에서 왕을 일으켜 왕좌에 웃으며 다시 앉을 수 있게 해주셨다고 기록될 것이다. 『헨리라는 제목의 책』을 쓰기 위해 또 한 가지 메모해둘 것. 쳐서 쓰러뜨리면 헨리는 되팅겨 벌떡 일어난다.

그러나 왕비의 간청에도 일리는 있다. 선왕의 시대에 마상 시합 참가자들이 궁정에서 절뚝거리고 다니는 모습을 본 적이 있다. 머리가 썩어 문드러져 씰룩거리며 돌아다니는, 시합의 생존자들이었다. 머리에 충격을 너무 많이 받은 사람들, 굽은 벽돌처럼 휘어져 비틀린 걸음걸이로 걷는 사람들. 그리고 심판의 날이 오면 온갖 기량은 아무 가치도 없다. 말이 실패할 수도 있다. 시종들이 실패할 수도 있다. 배짱이 실패할 수도 있다.

그날 밤 그는 조카 리처드 크롬웰에게 말한다. "나한테는 끔찍한 순

간이었어. 나처럼 어쩔 수 없이 '내 유일한 친구는 잉글랜드 왕뿐이오'
라고 말할 수 있는 사람이 몇 사람이나 있겠나? 내가 모든 걸 가졌다고
생각하겠지. 하지만 헨리가 사라지면 내겐 아무것도 없어."

리처드는 무기력한 진실을 꿰뚫어본다. 그리고 말한다. "그렇습니
다." 달리 무슨 할말이 있을까?

나중에 똑같은 생각을 좀더 조심스럽고 정제된 형태로 피츠윌리엄
에게 전한다. 피츠윌리엄이 그를 본다. 생각에 잠긴, 그러나 연민의 빛
이 어린 표정으로. "모르겠네, 크럼. 자네에게 지지 세력이 없는 건 아
니야, 알잖나."

"미안하네." 그는 회의적으로 말한다. "그러나 이 지지 세력이 어떤
식으로 나타나겠나?"

"자네가 불린 가문에 맞설 필요가 있다고 하면, 지지 세력이 생길 거
라는 얘길세."

"왜 그래야 하지? 왕비와 나의 우정에는 흠이 없네."

"샤퓌한테는 그렇게 말하지 않았더군."

그는 고개를 모로 꼰다. 흥미롭군, 샤퓌와 이야기를 나누는 사람들
이란 흥미로워, 이쪽에서 저쪽으로 샤퓌가 전달하기로 선택한 내용이
라는 게.

"그 소리 들었나?" 피츠가 말한다. 혐오스럽다는 말투다. "천막 밖
에서 왕이 서거하셨다고 우리 모두 생각하고 있을 때? '불린, 불린!' 하
고 외치더군. 염치도 없이 자기네 이름을 자기 입으로 불렀어. 뻐꾸기
들처럼."

그는 기다린다. 물론 그 소리를 들었다. 여기서 진짜 질문은 무엇인

가? 피츠는 왕과 가까운 사이다. 귀족이 아니라 점잖은 신사계급이지만 어린 소년 때부터 헨리와 함께 왕궁에서 자랐다. 전쟁에도 출정했다. 몸속에 화살촉이 들어 있다. 외교를 맡아 해외 파견도 나갔고, 프랑스를 알고, 칼레를 알고, 칼레의 잉글랜드인 거주지도 알고, 그쪽의 정치도 안다. 특별히 선출된 집단인 가터 기사단*의 일원이다. 편지도 훌륭하게 쓸 줄 안다. 용건이 명확하고, 급작스럽지도 빙빙 돌리지도 않고, 아부로 기름칠하지도 않고, 인사말이 퉁명스럽지도 않은 편지를 쓸 줄 아는 사람이다. 추기경도 그를 좋아했고, 호위실에서 함께 식사를 할 때 크롬웰에게도 싹싹하게 대해주었다. 피츠는 언제나 싹싹하다. 그런데 이제 내게 한층 더 상냥하게 구는 것인가? "무슨 일이 벌어졌겠는가, 크럼, 폐하께서 다시 살아나시지 않았더라면 말일세? 하워드가 '나야, 나, 나!'라고 소리를 지르며 들어오던 걸 절대 잊지 못할걸세."

"그런 구경거리를 마음속에서 지워버릴 수는 없지. 그런데……" 크롬웰은 망설인다. "뭐, 최악의 일이 일어났다면, 왕의 육신은 죽음을 맞더라도 국왕의 정체政體는 지속되지. 법관으로 구성된 통치 자문위원회를 소집해서 그 자문관들이……"

"……그중에 자네가 끼겠군……"

"그렇지, 나 역시, 물론." 자격이 여럿 되지 않나, 그는 생각한다. 누구보다 신뢰받고, 누구보다 왕과 가까운 측근이며, 단순히 내무장관이 아니라 고위 법관인 기록보관관의 자격까지 갖추고 있으니. "의회가

---

* 국왕을 단장으로 하는 궁정기사단.

허락하면, 왕비가 출산할 때까지 섭정을 할 기구를 결성할 수도 있고, 그러면 왕비의 허락을 얻어……"

"하지만 앤이 그런 허락을 내려줄 리가 없다는 건 자네도 알잖나." 피츠가 말한다.

"그래, 혼자 권력을 독차지하고 지배하려 하겠지. 노픽 외숙부와 싸우는 한이 있더라도 말이야. 두 사람을 놓고 보면 누구 편을 들어야 할지 모르겠어. 아마 왕비 편을 들겠지."

"신이 왕국을 가호하시기를." 피츠윌리엄이 말한다. "그리고 모든 잉글랜드 백성도 말일세. 두 사람을 놓고 보면, 차라리 나는 토머스 하워드를 선택하겠네. 적어도 그 영감은 밖으로 나와서 한판 붙자고 할 수라도 있으니까. 우리는 그 집안의 살아 있는 카펫이 될 거야. 우리 살갗에 왕비의 이니셜 'AB'가 수놓아질 거라고." 피츠는 턱을 문지른다. "하지만 어차피 그렇게 되겠지. 앤이 헨리에게 왕자를 낳아준다면."

자신을 지켜보는 피츠의 시선을 의식한다. "아들이라는 화두가 나왔으니 말인데," 크롬웰이 말한다. "내가 제대로 예를 갖춰 감사를 한 적이 있나? 자네를 위해 내가 해줄 수 있는 일이 있으면 언제든 기탄없이 말하게. 그레고리는 자네 밑에서 훌륭한 청년으로 자라났어."

"천만의 말씀. 조만간 우리집에 다시 보내게."

그러지, 그는 생각한다. 새 법이 통과되면 작은 수도원 한두 군데의 임대료도 얹어 보내지. 책상에는 새로 열리는 의회 회기를 위한 집무 서류가 산더미처럼 높이 쌓여 있다. 세월이 너무 많이 흐르기 전에, 그레고리가 그와 어깨를 나란히 평민원의 한자리를 차지한다면 좋으련만. 아들이 이 나라의 국정이 어떻게 돌아가는지 모든 면을 살피게 해주어야 한다. 의회 회기는 답답해 속 터지는 일들의 연속이니 도를 닦는 기간이지만 참을성이라는 교훈을 주기도 한다. 어느 쪽으로 바라보느냐는 선택의 문제다. 의회는 전쟁, 평화, 갈등, 불화, 논쟁, 중얼거림, 투덜거림, 부, 가난, 진실, 거짓, 정의, 자산, 억압, 반역, 살인, 백성의 교화와 지속을 주관한다. 그리고 선임자들이 했던 그대로 따라 하다가―그러니까, 할 만한 일이라면 말이다―시작한 일을 완수하지도 않고 떠나버린다.

　왕이 사고를 당한 후 모든 게 똑같지만 아무것도 똑같지 않다. 그는 여전히 불린가부터 시작해 메리의 지지자들과 노퍽 공작, 서퍽 공작, 부재하는 윈체스터 주교는 물론 프랑스 왕, 황제, 다른 말로는 교황이라 불리는 로마 주교와 반대편에 서 있다. 그러나 경합―모든 경합은―은 이제 훨씬 치열해졌다.

　캐서린의 장례식 당일에는 기분이 왠지 울적했다. 우리는 적을 얼마나 가깝게 포옹하는가! 적은 익숙한 지인이 되고, 우리의 또다른 자아가 된다. 캐서린이 알람브라궁에서 비단 방석을 깔고 앉아 처음 수를 놓던 일곱 살짜리였을 때, 그는 램버스궁의 주방에서 요리사인 숙부 존의 감시를 받으며 뿌리채소를 벅벅 씻고 있었다.

　추밀원에서 크롬웰은 담당 변호사라도 된 것처럼 여러 번 캐서린의 편을 들었다. "여러분의 논증은 이러합니다." 그는 말했다. "그러나 미망인 웨일스 공비께서는 아마도……" 그리고 "공비께서는 이렇게 여러분의 의견을 반박할 것입니다"라는 식으로. 캐서린의 입장을 옹호해서가 아니라 시간을 아껴주기 때문이었다. 그는 적수로서 캐서린의 관심사를 꿰뚫어보았고, 캐서린의 전략을 판단하고, 캐서린보다 먼저 모든 논점을 살펴보았다. 찰스 브랜던에게는 이것이 오랜 의문점이었다. "이 친구는 대체 누구 편이란 말인가?" 언제나 그는 묻곤 했다.

그러나 지금도 캐서린의 권리는 로마에서 이미 해결된 문제로 간주되지 않는다. 바티칸의 변호사들은 일단 소송을 시작하면 소송당사자 한쪽이 죽었다고 멈추지 않는다. 아마도, 우리 모두가 죽고 난 후에도, 어디 바티칸의 지하감옥에서는 해골이 된 서기가 교회법의 논점을 다른 해골에게 물어가며 덜컥거리고 있을지도 모른다. 서로를 보며 이빨을 딱딱 맞부딪고 싸워댈 것이다. 해골들은 이제는 아예 없어진 눈알을 안와 속에서 내리깔고 삭아빠진 양피지 문서들이 햇살을 받아 먼지가 되어 날리는 광경을 끝내 보고야 말 때까지 싸움을 그치지 않을 것이다. 캐서린의 처녀성은 누구 차지였는가, 첫 남편인가 둘째 남편인가? 영겁의 시간이 지나도록 싸워봤자 우리는 끝내 알 수 없을 것이다.

크롬웰은 레이프에게 말한다. "여자들의 삶을 누가 이해할 수 있을까?"

"혹은 그들의 죽음도요." 레이프가 말한다.

그가 슬쩍 올려다본다. "설마 자네까지! 캐서린이 독살당했다고 생각하는 건 아니지, 그런가?"

"소문이 돕니다." 레이프가 심각한 얼굴로 말한다. "독극물이 독한 웨일스 맥주에 섞여서 캐서린에게 투입되었다는 겁니다. 마지막 몇 달간 상당히 즐겨 마시던 주종이었던 모양입니다."

레이프의 눈을 본 크롬웰은 터져나오는 웃음을 눌러 참느라 코웃음이 나온다. 웨일스 공비가 독한 웨일스 술을 마신다니. "가죽 술통에서 따라 마셨다고 하네요." 레이프가 말한다. "테이블에 술잔을 탁 내려 놓으면서 '다시 가득 채우게'라고 외치는 모습을 상상해보십시오."

달려오는 발소리가 들린다. 이번엔 또 뭐지? 문을 쾅 두드리는 소리, 그리고 어린 웨일스 꼬마가 숨을 헐떡이며 나타난다. "나리, 당장 폐하께 가보셔야 합니다. 피츠윌리엄 가문 사람이 모시러 왔어요. 누가 돌아가신 모양입니다."

"뭐라고, 또 누가?" 그가 말한다. 그는 서류 다발을 집어들어 서랍장에 던져넣고 열쇠를 돌려 잠그고는 레이프에게 열쇠를 건네준다. 지금부터는 그 어떤 비밀도 소홀하게 다루면 안 된다. 마르지 않은 잉크가 공기 중에 노출되어서도 안 된다. "이번엔 또 누구를 내가 살려내야 하나?"

길에서 수레가 전복되면 어떤지 아는가? 만나는 사람 모두가 그것을 목격했다고 한다. 사람의 다리가 싹둑 잘려나가는 걸 보았다. 여자가 마지막 숨을 내쉬는 걸 보았다. 마차꾼이 앞에 버젓이 깔려 있는데, 뒤에서는 물품이 약탈당하고 도둑들이 물건을 훔치는 것을 보았다. 한 남자가 최후의 고해성사를 올릴 때 다른 남자는 유언을 읊조리는 것도 보았다. 그리고 그때 거기 현장에 있었다고 주장하는 모든 사람들이 정말 거기 있었다면, 런던의 인간쓰레기들이 쏙 빠져나가 한군데 모였을 것이고 감옥은 도둑들이 다 사라져 텅 비었을 것이며 침대의 창녀들도 자취를 감추었을 테고 변호사들은 죄다 조금이라도 잘 보려고 백정의 어깨 위에 목말을 탔을 것이다.

1월 19일 그날 저녁, 크롬웰은 피츠윌리엄의 하인들이 가지고 온 소식에 충격을 받고 두려움에 떨며 그리니치로 향하게 된다. 사람들은 말할 것이다. "내가 그 자리에 있었소. 앤이 갑자기 하던 말을 뚝 그치던 그때, 내가 그 자리에 있었단 말입니다. 책이었는지 바느질감이었는지 류트*였는지 모르겠지만, 아무튼 손에 들고 있던 걸 내려놓았을 때 내가 거기 있었어요. 캐서린의 관이 땅속으로 내려진다는 생각만 해도 즐겁다고 말하다가 말을 뚝 그쳤을 때 내가 바로 그 자리에 있었단 말입니다. 왕비의 표정이 싹 달라지는 걸 봤어요. 시녀들이 황급히 왕비를 에워싸는 걸 봤소. 서둘러 왕비를 내실로 모시고 문을 잠그는 것도 봤어요. 그리고 왕비가 걸어간 자리에 뚝뚝 떨어진 혈흔도 봤어요."

그런 말을 다 믿을 필요는 없다. 혈흔이라니. 설마 마음속으로 보았겠지. 크롬웰은 물을 것이다, 언제 왕비님의 산통이 시작되었습니까? 하지만 그렇게 그 사건을 샅샅이 안다던 사람들 중에 정확히 사건이 일어난 시각을 말해줄 수 있는 사람은 아무도 없다. 혈흔에 집중하느라 사실관계를 모조리 놓친 것이다. 나쁜 소식이 왕비의 침소에서 새어나가는 데 꼬박 하루가 걸릴 것이다. 가끔 여자들이 피를 흘려도 태아가 버텨내고 자라는 경우도 있다. 이번에는 아니었다. 무덤에 잠자코 누워 있기에는 캐서린의 시체가 너무나 싱싱하다. 캐서린이 무덤 밖으로 팔을 뻗어 앤의 아기를 흔들어 털어냈고, 때가 되지 않았는데 세상에 나온 아기는 기껏해야 생쥐 한 마리 크기였다.

저녁때, 왕비의 침소 바깥에서 난쟁이가 깃발을 깔고 앉아 몸을 흔

---

* 14~16세기에 널리 연주했던 현악기.

들흔들하며 앓는 소리를 낸다. 산통을 흉내내는 것이다. 누군가 말한다, 쓸데없는 산통이지. 저것 좀 갖다 치울 수 없겠나? 크롬웰은 시녀들에게 명한다.

제인 로치퍼드가 말한다. "아들이었어요, 내무장관님. 보아하니 사개월 정도 된 것 같더군요."

그렇다면 10월 초다. 우리는 여전히 순행중이었다. 레이디 로치퍼드가 중얼거린다. "여행 기록을 참조해보시면 되겠죠. 그때 왕비가 어디 있었는지?"

"그게 중요합니까?"

"알고 싶어하실 거라 생각했는데요. 아, 여행 일정이 바뀌었다는 것도 알아요. 가끔은 즉흥적으로 변하기도 했지요. 가끔은 왕비가 왕과 함께 있었고, 또 그렇지 않을 때도 있었어요. 가끔은 노리스가 왕비와 함께 있었고, 가끔은 다른 신사들과 있었죠. 하지만 장관님 말씀이 옳아요. 중요한 일이 아니죠. 의사들이 확실히 알 수 있는 게 별로 없으니까요. 언제 잉태되었는지 말하기 힘들어요. 누가 여기 있었고 누가 거기 있었는지도."

"그 얘기는 거기까지만 하지요."

"그러지요. 불쌍한 왕비가 이제 또 한번 기회를 잃었으니…… 세상이 어떻게 될까요?"

난쟁이가 꾸물꾸물 일어난다. 크롬웰의 시선을 피하지 않고 똑바로 쳐다보다가 갑자기 자기 치맛자락을 획 들추더니 속을 보여준다. 재빨리 눈길을 돌리려 했으나 이미 늦었다. 난쟁이는 음부의 털을 깎았다, 아니 누군가에게 깎였는지도 모르겠다. 그곳은 노파나 어린애의 음부처럼 민둥민둥했다.

나중에, 메리 셸턴의 손을 잡고 왕 앞에 선 제인 로치퍼드는 확실히 아는 게 하나도 없다고 한다. "외관상 아들처럼 보였습니다." 그녀는 말한다. "그리고 대략 십오 주 정도 되었다고 추정됩니다."

"무슨 뜻인가, 외관이 그렇다니?" 왕이 따져 묻는다. "보면 알 수가 없나? 아, 썩 물러나게, 한 번도 아이를 낳아본 적이 없으니 뭘 알겠나? 나이든 부인들한테 왕비의 침대맡을 지키게 했어야 하는 건데. 대체 뭘 원한 거야? 자네 불린 가문 사람들은 비키고 좀 쓸모 있는 사람들을 쓰면 안 되겠나? 참사가 있을 때 꼭 구경꾼들 사이에 있어야 하는 건가?"

레이디 로치퍼드의 목소리가 떨리지만, 원래의 논점을 고집한다. "폐하께서는 의사들에게 물어보시면 될 겁니다."

"이미 물어봤네."

"그들이 한 말을 다시 전할 수밖에 없습니다."

메리 셸턴이 울음을 터뜨린다. 헨리가 보더니 누그러진 투로 말한다. "미스트리스 셸턴, 미안하네. 울릴 생각은 아니었어."

헨리는 아프다. 의사들이 다리를 꽁꽁 동여매놓았다. 십 년 전 마상 시합에서 다친 다리다. 원래 자주 궤양이 생겼는데, 최근의 낙마 사건으로 살점이 꿰뚫린 모양이었다. 헨리 특유의 허장성세도 온데간데없이 사라졌다. 옛날에 형 아서의 꿈을 꾸며 죽은 자들에게 쫓겨 너덜너덜해지던 그 시절처럼 초라하다. 그날 밤 왕은 사석에서 말한다. 벌써 유산한 아이가 둘이야. 누가 아나, 또다른 애들도 있을지, 여자들은 배가 부풀 때까지 이런 일을 숨기니까. 내 후계가 몇 명이나 출혈로 사라졌을지 어떻게 알겠느냐고? 이제 신이 내게 무엇을 원하시는 걸까? 하느님을 기쁘게 하기 위해 내가 무엇을 해야 할까? 아무리 봐도 내게 아들 후계자를 내려주지 않을 것 같군.

그, 크롬웰은 멀찌감치 물러서서, 창백한 얼굴에 유들유들한 토머스 크랜머가 왕의 슬픔을 도맡아 위로해주는 모습을 보고 있다. 우리는 조물주의 의중을 크게 오해하고 있습니다, 대주교는 말한다. 타락한 본성이 일으키는 사고를 모두 조물주의 탓으로 돌리니 말입니다.

주님은 떨어지는 제비 한 마리 한 마리를 낱낱이 지켜보고 계시는 줄 알았는데, 어린애처럼 반항적으로 왕이 따진다. 그렇다면 어째서 잉글랜드를 굽어보지 않으시는가?

크랜머가 뭔가 이유를 댈 것이다. 크롬웰은 거의 듣지 않고 있다. 그는 앤 주위의 여자들을 생각하고 있다. 뱀처럼 현명하고 비둘기처럼 유순한 여자들. 이미 그날의 사건에 대해서는 소정의 노선이 존재한다. 왕비의 내실에서 자아내는 선이다. 앤 불린은 이 불행에 책임이 없다. 잘못은 노퍽 공작, 토머스 하워드에게 있다. 왕이 낙마했을 때 왕비의 침소로 쳐들어와 헨리가 죽었다고 외친 건 노퍽이었다. 앤 왕비는 돌이킬 수 없는 충격을 받았고 태아의 심장은 멈춰버렸다.

그리고 나아가서 그건 헨리의 잘못이다. 제인 시모어를 멍하니 그리며, 그녀가 있는 예배당에 편지를 보내고 식탁의 진미들을 보낸 헨리의 행실 탓이다. 왕이 다른 여자를 사랑한다는 걸 왕비가 알게 된 순간, 치명적인 충격을 받았던 것이다. 슬픔으로 자궁이 뒤틀려 여린 아기를 품지 못하게 되었다.

확실히 해두려고 하는 말인데, 헨리는 싸늘하게 말한다. 왕비의 침대 발치에 서서 이러한 사건 개요를 듣고 있던 참이다. 이거 하나는 확실히 해둬야겠소, 마담. 이 일에 여자의 잘못이 있다면, 그건 지금 내가 보고 있는 그 여자의 잘못이오. 몸이 좀 나으면 얘기하겠소. 그리고 일단 잘 지내고 있으시오. 나는 화이트홀로 가서 의회 회기를 준비해야 하고 당신은 몸이 회복될 때까지는 침대에 누워 있어야 하니까. 하지만 내 마음은 영영 회복될 수 있을까 의심스럽구려.

그러자 왕의 등에 대고 앤이 악을 쓴다. 아니 적어도 레이디 로치퍼드의 말에 의하면 그렇다. "가지 마세요, 가지 마요, 폐하. 금세 다른 아이를 낳아드릴게요, 그리고 이제 캐서린이 세상을 떠났으니 훨씬 더 빨리 낳을 수 있을 거예요……"

"캐서린이 죽는다고 어떻게 그 속도가 빨라지는지 알다가도 모르겠군." 헨리는 절뚝이며 멀어져간다. 그리고 왕의 사실에서 사실 담당 신사들은 왕이 유리로 만든 사람인 양 손만 대면 바스러질세라 조심조심 움직이며 출발 준비를 한다. 헨리는 성급한 공언을 후회하고 있다. 왕비를 남겨두고 가면 시녀들을 모조리 남겨두고 가야 하고, 그러면 제인의 작고 동그란 얼굴을 맘껏 볼 수 없게 될 테니 말이다. 아마 앤이 쓴 쪽지인지, 구구절절한 변명이 또 이어진다. 이 잃어버린 태아는 캐서린 생전에 잉태되어 앞으로 언제인지 알 수 없으나 곧 다시 잉태하게 될 태아보다 열등합니다. 아이가 살아서 장성했다 해도 정통성을 의심하는 사람들이 있을 겁니다. 하지만 이제 헨리는 홀아비가 되었으니, 기독교 왕국의 그 누구라도 앤과의 결혼이 불륜이라 주장할 수 없고, 두 사람의 자식이 잉글랜드의 후계자가 될 수 없다고 말할 수 없을 겁니다.

"뭐, 이런 논리를 어떻게 생각하나?" 헨리가 묻는다. 붕대로 감아 뻣뻣한 다리를 팔로 들어 의자 위에 올려놓는다. "아니, 의논은 하지 말게. 각자의 견해를 듣고 싶네. 두 사람의 토머스 모두에게서 말이야." 왕은 웃으려 하지만 쓴웃음만 지을 뿐이다. "프랑스 사람들이 자네 둘을 얼마나 헷갈려 하는지 아나? 둘을 합쳐서 한 사람의 자문관으로 만들어놓고, 정황 보고에서 자네들을 크라뮈엘 박사라고 한다네."

두 사람 크롬웰과 크랜머는 눈빛을 교환한다. 돼지 잡는 도살자와 천사. 그러나 왕은 두 사람의 충고를 기다리지 않는다. 각자의 견해건 의논한 견해건 안중에 없다. 얼마나 아픈지 증명하려고 비수를 제 몸에 꽂아넣는 사람처럼 계속 말을 할 뿐이다. "왕이 아들을 가질 수 없다면, 그걸 못하면, 다른 무슨 일을 해도 소용없어. 전쟁에서 승리해도, 승리의 전리품을 얻어도, 공정한 법을 입안해도, 아무리 궁정의 유명세를 널리 떨친다 해도, 모조리 무의미할 뿐이지."

사실이다. 왕국의 안정을 유지하기 위해서는. 이것이 왕이 백성과 맺은 맹약이다. 친자를 가질 수 없다면, 국가가 의심과 혼란, 파당과 음모에 빠져들기 전에 후계자를 찾아 공포해야 한다. 그런데 헨리가 누구를 지명할 수 있겠는가, 누구를 지명해야 웃음거리가 되지 않을까? 왕은 말한다. "지금의 왕비를 위해 내가 무엇을 했는지 생각해보면, 귀족도 아닌 자의 딸을 출세시켜준 걸 생각하면…… 지금은 도대체 왜 그랬나 싶군." 마치 자네들은 아나, 크랜머와 크롬웰. 소위 크라뮈엘 박사? 하고 묻는 듯 두 사람을 쳐다본다. "내가 보기에는 말이야." 왕은 당혹스러워하며 적당한 표현을 찾지 못해 고민한다. "내가 보기에는, 사기를 당해서 결혼을 하게 된 것 같네."

크롬웰은 거울을 통해 보는 것처럼, 또다른 자신의 모습인 크랜머를 쳐다본다. 크랜머는 충격에 말을 잃은 표정이다. "사기라니, 어떻게 말입니까?" 대주교가 묻는다.

"그때는 내 정신이 아니었던 것 같네. 지금처럼 머리가 또렷하지 않았어."

"하지만 폐하." 크랜머가 말한다. "폐하. 지금 폐하의 정신이 맑을 리가 없습니다. 크나큰 사별을 겪지 않으셨습니까."

그것도 둘이나, 하고 그는 생각한다. 오늘 당신의 아들이 사산아로 태어났고, 첫 아내는 땅에 묻혔지. 그렇게 바들바들 떠는 것도 무리는 아니야.

"아무래도 유혹을 당한 것 같아." 헨리가 말한다. "그 말은, 무슨 마법이나 주술 같은 데 걸렸을지도 모르겠다는 얘길세. 여자들은 그런 술수를 쓰지 않나. 그리고 만일 그렇게 된 거라면 결혼은 무효지, 안 그런가?"

크랜머는 밀어닥치는 파도를 밀치려는 사람처럼 두 손을 내민다. 자신이 모시는 왕비가 속절없이 허공으로 사라지는 모습을 지켜보고 있다. 참된 종교를 위하여 수많은 위업을 이룩한 왕비가. "폐하, 폐하······ 폐하······"

"아, 조용히 좀 하게!" 헨리가 말한다. 이 모든 사태를 시작한 원흉이 바로 크랜머라는 듯이. "크롬웰, 자네가 용병 노릇을 할 때 나 같은 다리를 고치는 비법 얘기를 들은 적 없나? 이번에 또 타박상을 입었는데 의사들 말로는 더러운 고름이 나와야 한다더군. 썩은 부분이 뼈까지 들어갔을까봐 걱정이라고 했어. 하지만 아무에게도 말하지 말게. 말이 밖으로 새나가는 건 싫으니까. 심부름꾼 아이를 보내 토머스 비커리를 찾아오겠나? 비커리가 내 피를 좀 뽑아줘야 할 것 같아. 통증을 좀 완화해야겠어. 그럼 다들 가보게." 그리고, 들릴락 말락 하는 소리로 덧붙여 말한다. "이런 날도 끝은 오겠지."

두 명의 크라뮈엘 박사는 밖으로 나온다. 전실에서 둘은 서로를 쳐다본다. "내일은 달라지시겠지." 대주교가 말한다.

"그렇지. 통증에 시달리는 사람은 무슨 말이든 내뱉는 법이니까."

"귀담아들어서는 안 될 말이야."

"물론이네."

두 사람은 얄팍한 살얼음을 함께 건너는 두 사내다. 서로에게 기대어 소심하게, 살살, 한 발 한 발 내딛는다. 사방에서 얼음이 무너질 때 그런다고 무슨 소용이 있을까마는.

크랜머가 자신 없이 말한다. "아이를 잃고 너무 슬퍼서 정신이 없으신 걸세. 저렇게 빨리 내칠 거면 앤을 그렇게 오래 기다렸겠는가? 두 분이 곧 완벽하게 화해할 걸세."

"게다가," 크롬웰이 말한다. "폐하는 자신이 틀렸다는 걸 인정하지 못하는 분이야. 결혼에 대해 미심쩍어하실 수는 있지. 그러나 그런 의혹을 제기하고 나서는 사람은 하느님의 가호가 필요할걸."

"우리가 그런 의혹을 잠재워야 하네." 크랜머가 말한다. "우리 둘이서 반드시 그래야 해."

"폐하는 황제와 우방이 되고 싶을 거야. 두 사람 사이에 악감을 초래할 캐서린이 사라졌으니. 그리고 우리가 인정해야 할 사실은 현재의 왕비가⋯⋯" 그는 계륵이야, 라고 말하려다 망설인다. 정말 하려다 망설인 말은 평화의 장애물이라는 말이다.

"왕비가 앞길을 막고 있지." 크랜머가 퉁명스럽게 말한다. "하지만 왕이 왕비를 희생하지 않겠느냐고? 당연히 그럴 리가 없어. 카를황제는 물론이고 세상 어떤 사내를 위해서라도. 그런 생각은 할 필요가 없네. 로마도 그런 생각을 할 필요가 없어. 절대 원래대로 돌아가지는 않을 거야."

"그럼. 우리 훌륭하신 주군께서 성공회를 지켜주실 거라 믿어야지."

크랜머는 크롬웰이 하다 만 이야기가 귓전에 선하다. 왕은 그런 일을 하기 위해서 왕비가 필요하지 않네.

하지만, 크롬웰은 크랜머에게 말한다. 앤 이전의 왕은 기억하기도 힘들어. 앤이 없는 폐하는 상상도 하기 어렵네. 앤은 폐하 주위를 맴돌지. 어깨 너머를 훔쳐보고. 왕의 꿈에 나타난다네. 바로 옆에 누워 있을 때도 왕과 더 가까워지고 싶어 안달이 난 여자야. "우리 이렇게 하지." 크랜머의 팔을 잡은 손에 힘을 준다. "만찬을 열어서 노퍽 공작을 초대하는 거야."

크랜머가 움찔한다. "노퍽을? 어째서 우리가?"

"화해를 위해서." 그는 명랑하게 말한다. "폐하께서 사고를 당하시던 날, 아무래도 내가, 어, 노퍽의 권리를 좀 무시했던 것 같네. 천막에서 말이야. 그가 천막 안으로 들이닥쳤을 때. 상당한 자격을 갖춘 권리인데도." 그는 예를 갖추어 말한다. "노퍽이 우리보다 연배가 높지 않나? 그럼, 난 정말 공작을 진심으로 안쓰럽게 생각한다네."

"무슨 짓을 한 건가, 크롬웰?" 대주교의 안색이 창백하다. "그 천막에서 무슨 짓을 했나? 최근 서퍽 공작한테 한 것처럼 손찌검이라도 한 겐가?"

"뭐라고, 찰스 브랜던 말인가? 그저 자리를 좀 옮겨줬을 뿐이야."

"그쪽에서는 옮겨질 생각이 없었는데 말이지."

"그자를 위해서였어. 내가 그날 폐하 앞에 그를 두고 나왔으면, 떠벌리다 결국 런던탑에 갇혔을 걸세. 왕비를 중상모략했거든." 어떤 중상도, 어떤 의혹이라 해도, 헨리 자신이 제기해야 한다. 그 어떤 사람의 입에서도 아니고, 헨리 본인의 입에서 나와야만 한다. "제발, 제발 부탁이네." 크롬웰이 말한다. "우리 만찬을 열지 않겠나. 램버스궁에서 만찬을 열어야 해. 노퍽은 우리집에 오지 않을 거야. 자기 술잔에 수면제라도 넣어 노예선에 팔아버릴까봐 전전긍긍하거든. 자네 집이라면 기꺼이 올 걸세. 사슴 고기는 내가 제공하지. 공작의 성채 모양을 딴 젤리들도 갖고 가지. 자네 비용은 전혀 들지 않을 거야. 요리사들한테도 부담이 되지 않을 거고."

크랜머가 웃는다. 마침내, 그가 웃는다. 힘든 싸움이었다. 미소라도 짓게 만드는 건. "마음대로 하게, 토머스. 저녁식사를 하자고."

대주교는 양손으로 그의 팔뚝을 붙들고 왼쪽 오른쪽 뺨에 키스를 한다. 평화의 키스다. 부자연스럽게 조용한 궁을 지나 자기 방으로 돌아오는 그의 마음은 진정되지도 달래지지도 않는다. 아득한 방들에서는 음악소리도, 하다못해 기도 소리도 들리지 않는다. 사산된 아기를 상상해본다. 작은 모형 같은 인체, 자라나고 있는 사지, 늙고 현명한 얼굴.

그런 건 아마 몇 사람 못 봤을 것이다. 그도 확실히 본 적이 없다. 예전에 이탈리아에서 의사를 위해 불을 치켜들고 암막 커튼을 친 밀실에서 죽은 이를 조각조각 잘라 해부하는 모습을 본 적이 있다. 무시무시한 밤이었다. 내장과 피의 악취가 목구멍까지 차올랐고, 그림을 그리는 화가들은 구경할 자리를 얻겠다고 뇌물을 주고 들어와 그를 팔꿈치로 밀어냈다. 그러나 그는 단단히 버티고 서 있었다. 자기가 반드시 해내겠다고, 불을 들고 서 있겠다고 약속했기 때문이었다. 그래서 그는 근육이 뼈에서 뜯겨져나가는 장면을 본 선택된 소수, 선각자들의 일원이 되었다. 그러나 여자의 몸속은 본 적이 없고, 임신한 시체는 더욱더 본 적이 없었다. 아무리 돈을 많이 줘도 구경꾼을 위해 그런 짓을 할 만한 의사는 없었다.

그는 캐서린을 생각한다. 향기로운 기름을 발라 무덤 속에 안치한 캐서린. 그녀의 영혼은 족쇄를 끊고 자유롭게 날아가 첫 남편을 찾아갔다. 이제 방황하는 넋이 되어, 남편의 이름을 부르면서. 아서는 캐서린이 그렇게 뚱뚱하고 나이든 여자가 되었다는 사실을 알고 충격을 받을까? 아서는 아직도 깡마른 소년일까?

축복된 기억 속의 아서왕은 아들을 후사로 보지 못했다. 그리고 아서가 죽고 나서 어떻게 되었던가? 우리는 모른다. 그러나 아서의 영광이 세상에서 사라졌다는 건 안다.

그는 앤이 직접 골라 문장에 칠한 모토를 생각한다. '가장 행복한 이.'

그는 제인 로치퍼드에게 물어봤다. "왕비님은 어떠십니까?"

로치퍼드는 대답했다. "일어나 앉아서 슬퍼하고 계시죠."

그의 말뜻은 출혈이 많았느냐는 거였다.

캐서린은 죄 없는 사람은 아니었지만, 이제 그 죄악을 훌훌 떨쳐버렸다. 그 죄는 모조리 앤의 머리 위에 쌓였다. 앤을 따라 움직이는 유

294

령, 밤의 가운을 두른 여자. 옛 왕비는 찬란한 영광의 신과 함께 있지만 앤은 아이를 가지려는 힘든 잠자리, 더럽혀진 침대에서 욕망으로 들끓으며 이 죄 많은 땅에 남아 있다. 그러나 앤의 양손과 양발은 차고 심장은 돌처럼 단단하다.

그래서 여기 노퍽 공작이 배불리 먹을 생각을 하며 왔다. 최고의 옷, 적어도 램버스궁에 어울릴 만한 예복을 차려입은 노퍽은 개가 씹다 버린 동아줄 끝이나 참호 파는 사람 옆에 버려진 물렁뼈 같은 꼬락서니다. 제멋대로 자란 눈썹 아래 매섭게 빛나는 눈, 짧은 철사처럼 뻣뻣한 머리카락. 몸집은 볼품없고 깡말랐지만 몸에서는 말과 가죽과 갑옷 제작업자의 체취가 나고, 신비스럽게도 벽난로나, 아니 어쩌면 식어가는 재의 코를 찌르는, 바싹 메마른 향내도 풍긴다. 살아 있는 사람들 중에 헨리 튜더를 제외하면 그 누구도 두려워하지 않는다. 헨리 튜더는 한순간의 변덕으로 공작 작위를 빼앗아갈 수 있기 때문이다. 그러나 노퍽은 죽은 자들을 두려워한다. 하루가 저물 때 노퍽의 저택을 보면, 그가 창문을 쾅쾅 내리고 빗장을 잠그는 소리를 들을 수 있다고 한다. 행여 죽은 울지 추기경이 바람을 타고 창문 틈새로 들어와 스멀스멀 층계를 올라올까봐 두려워한다는 것이다. 울지가 노퍽을 원한다면, 나뭇결을 따라 숨을 쉬면서 식탁 위에 가만히 누워 있을 것이다. 열쇳구멍을 통해 스며들어올 것이고, 굴뚝 재로 얼룩진 비둘기처럼 보드라운 먼지를 일으키며 굴뚝 밑으로 툭 떨어질 것이다.

유서 깊은 노퍽 가문의 질녀인 앤 불린이 득세할 때, 공작은 이제 고생은 끝났다고 생각했다. 노퍽에게는 수많은 문제들이 산적해 있었다.

잉글랜드에서 가장 위대한 귀족에게는 경쟁자도 있고, 그가 망하기만 바라는 원수도 있고, 중상모략자도 있었다. 그러나 공작은 조만간 앤이 왕관을 쓰면 언제까지나 자기가 왕의 오른팔 노릇을 할 수 있을 거라 믿었다. 하지만 일은 그런 식으로 돌아가지 않았고, 공작은 불만을 품었다. 그 결혼은 노퍽 공작이 예상했던 부와 명예를 가져다주지 않았다. 앤은 그 보상을 독차지했고, 토머스 크롬웰이 결실을 가져갔다. 공작은 앤이 남자 친척의 지도편달을 받아야 한다고 생각했지만 앤은 지도편달 자체를 싫어하는 여자였다. 사실을 말하자면 앤은 공작이 아니라 자기가 이제 가문의 우두머리라는 점을 명확히 밝혔다. 공작의 관점에서 그건 부자연스러운 일이었다. 여자는 그 무엇의 수장도 되어서는 안 된다. 순종과 복종이 여자의 역할이었다. 왕비가 되고 부를 누리게 되더라도 여자는 여전히 자기 분수를 알아야 한다, 모르면 가르쳐야 했다. 노퍽은 가끔 공공연히 불만을 토로했다. 헨리가 아니라 앤 불린에 대한 성토였다. 편의상 그는 자기 땅이 있는 시골에 머무르며 아내를 학대하면서 소일을 했다. 공작부인은 토머스 크롬웰에게 편지를 보내 노퍽의 학대를 호소하곤 했다. 그가, 토머스 크롬웰이 마음만 먹으면 공작을 세계 최고의 연인으로, 아니 적어도 이성이 있는 인간 비슷한 꼴로 탈바꿈시켜줄 수 있다고 생각하는 것 같았다.

그러나 앤이 최근 임신을 했다는 소식을 접한 공작은 잘난 척 비웃음을 머금은 종복들을 대동하고 입궁했고, 곧 괴짜 같은 아들도 일행에 합류했다. 노퍽 공작의 아들인 헨리 하워드, 서리 백작은 자기가 잘생기고 재능 넘치고 운이 좋다는 거대한 착각에 빠진 젊은이였다. 그러나 그의 얼굴은 비뚤어졌고, 사발처럼 머리를 깎아 전혀 어울리지 않는 몰골을 하고 있었다. 한스 홀바인도 그를 그리는 건 정말 힘든 도전이라고 시인했을 정도다. 서리는 오늘밤 매음굴을 찾지 못하고 램버스궁에 있다. 눈길 둘 데를 모르고 방안을 배회한다. 아마 크랜머가 저 커튼 너머에 벌거벗은 여자들을 숨겨놓은 게 아닐까 생각하는지도 모른다.

"자, 자." 노퍽 공작이 양손을 비비며 말한다. "케닝홀로 나를 만나러 언제 올 건가, 토머스 크롬웰? 장담하는데 우리는 아주 훌륭한 사냥터가 있네. 사시사철 쏠 거리가 있단 말이야. 그리고 침대를 데워줄 여자도 얼마든지 구해줄 수 있지. 좋아한다는 평민 스타일의 여자도 좋고, 지금도 여자 몸종이 하나 있는데," 공작은 숨을 훅 들이켰다. "그년 젖꼭지는 꼭 봐야 된다고." 옹이진 손가락이 허공을 쥐어짠다.

"뭐, 저하의 여자라면 제가 빼앗으면 안 되겠지요." 크롬웰은 중얼거린다.

공작은 눈길을 확 돌려 크랜머를 살핀다. 그럼 여자 얘기를 하면 안 된다는 건가? 그렇지만 노퍽이 보기에 크랜머는 제대로 된 대주교가 아니었다. 헨리가 더펜스 지역에서 찾아서 주워온 하찮은 서기일 뿐이었다. 주교관을 씌워주고 하루에 두 끼니 배불리 먹어주면 보상으로 무슨 짓이라도 해줄 위인이라면서.

"이런, 병색이 완연하구려, 크랜머." 공작은 우울한 몸짓을 하며 말한다. "뼈에다 살을 붙여놓기가 참 힘들어 보인단 말이지. 나도 그렇다네. 이것 좀 보게." 공작은 식탁에서 뒤로 물러나며 와인 단지를 든 채 대기하고 서 있던 불쌍한 젊은이를 팔꿈치로 밀쳤다. 공작은 벌떡 일어나 가운 자락을 열어젖히며 앙상한 종아리를 보여주었다. "이걸 어떻게 보시오?"

끔찍하군, 그도 동의한다. 토머스 하워드를 저렇게 뼈만 남도록 피말리게 하는 건 분명 수치심이겠지? 질녀는 함께 있을 때 그의 말을 끊거나 그가 말하고 있는데도 묵살하고 자기 말을 한다. 외숙부가 걸고 다니는 성스러운 메달과 몸에 지니고 다니는 성물을 비웃는다. 아주 신비로운 효험이 있는 성물도 있는데 말이다. 식탁에서 앤은 외숙부 쪽으로 바짝 몸을 기울이고 말한다. 오세요, 외숙부님, 제 손에서 빵 부스러기를 받아먹어요. 그러다 말라 죽겠어요. "정말로 말라 죽고 있네." 노퍽이 말한다. "대체 자넨 어떻게 그러는지 모르겠군, 크롬웰. 아주 가운 밑에 몸이 포동포동하게 살집이 붙었어. 도깨비가 구워 먹으면 딱 좋겠어."

"아, 뭐." 그는 미소를 지으며 말한다. "그럴 위험도 있겠죠."

"이탈리아에서 가져온 무슨 가루 같은 걸 마시는 거 아닌가. 그렇게 보기 좋은 몸매를 유지하는 게. 비결을 알려주지는 않겠지?"

"젤리를 다 드세요, 공작님." 그는 참을성 있게 말한다. "혹시 그런 가루 얘기를 들으면 제가 꼭 표본을 구해서 드리겠습니다. 제 유일한 비결은 밤에 잠을 잘 잔다는 거죠. 주님과 저 사이에 평화가 깃들어 있거든요. 그리고 물론," 크롬웰은 편안하게 뒤로 기대앉으며 말한다. "제겐 적이 없습니다."

"뭐라고?" 공작이 말한다. 눈썹이 머리카락에 닿을 정도로 휙 치켜 올라간다. 크롬웰은 서스턴의 젤리 성채를 좀더 덜어 먹는다. 진홍색과 연한색, 투명한 돌과 피 같은 벽돌. 크롬웰은 입안에서 젤리를 굴리며 몇 가지 주제에 대해 의견을 개진한다. 대체로 앤의 아버지 월트셔에 대한 이야기다. 앤을 좀더 제대로 잘 키웠어야 했어요. 훈육에 더 신경을 쓰면서 말입니다. 하지만 천만의 말씀, 프랑스어로 딸 자랑을 하느라 여념이 없었어요. 앞으로 딸이 어떤 존재가 될지 동네방네 자랑이나 하고 다니고.

"뭐, 실제로 대단한 존재가 되긴 했죠." 젊은 서리가 노퍽을 보고 말한다. "아버님, 그렇지 않습니까?"

"앤 그애 때문에 내가 쭉쭉 말라가는 것 같다니까." 공작이 말한다. "앤은 온갖 가루에 대해서 모르는 게 없어. 집안에 독극물 전문가들을 데리고 있다는 소문이 돌 정도지. 늙은 피셔 주교한테 그애가 무슨 짓을 했는지 다 알지 않나."

"무슨 짓을 했습니까?" 젊은 서리가 묻는다.

"아무것도 모르느냐? 피셔의 요리사한테 돈을 주고 수프에 독극물 가루를 풀라고 했지. 피셔는 죽을 고비를 넘겼어."

"그래도 뭐 아쉽지는 않았겠지요." 서리가 말한다. "반역자였으니까."

"그래." 노퍽이 말한다. "하지만 그때는 아직 모반으로 재판을 받던 시절이었단 말이다. 여기는 이탈리아가 아니야. 우리한테는 재판정이 있단 말이지. 뭐, 그 늙은이는 살아나긴 했지만 다시는 몸이 예전처럼 건강해지지 못했지. 헨리가 그 요리사를 산 채로 삶아 죽였어."

"하지만 요리사는 끝내 자백하지 않았습니다." 크롬웰이 말한다. "그래서 불린 가문에서 한 짓인지 확실히 말하기 어렵습니다."

노퍽이 코웃음을 친다. "동기가 있지 않았나. 메리도 조심하는 게 좋을 거야."

"저도 그렇게 생각합니다." 크롬웰이 말했다. "하지만 저는 메리에게 가장 위험한 건 독극물이 아니라고 생각합니다."

"그럼 뭐죠?" 서리가 묻는다.

"질 나쁜 조언이지요, 서리 경."

"그러면 메리가 당신 조언을 받아야 한다고 생각하는 겁니까, 크롬웰?" 노퍽의 아들 서리는 나이프를 내려놓고 투덜거리기 시작한다. 잉글랜드가 위대했던 과거와 달리 요즘의 귀족들은 존경을 받지 못한단 말입니다, 하면서 앓는 소리를 낸다. 현왕은 주위에 미천한 계급 출신들을 골고루 모아서 데리고 있으니, 그래서야 어떤 후의가 나올 수 있습니까. 크랜머가 슬그머니 의자에서 몸을 앞으로 기울여 대화에 끼어들려 하나, 바로 그때 서리가 노려보며 눈빛으로 이렇게 말한다. 바로 당신이야말로 내가 말하는 그런 사람이오, 대주교.

그는 고갯짓으로 시종에게 서리의 술잔을 채워주라고 지시한다. "경은 듣는 사람을 생각지 않고 말씀을 하시는 모양입니다."

"내가 왜 그래야 한단 말입니까?" 서리가 말한다.

"토머스 와이엇한테서 경이 시 쓰는 연습을 한다는 얘기를 들었습니다. 저도 이탈리아에서 청년 시절을 보내서 시를 좋아합니다. 괜찮으시다면 몇 편 읽고 싶습니다만."

"당연히 읽고 싶겠지요." 서리가 말한다. "하지만 나는 친구들한테만 시를 보여줍니다."

집에 돌아오자 아들이 나와 맞아준다. "왕비님께서 뭘 하고 계신지 들으셨습니까? 유산한 후 누워 있다가 침대에서 일어나셨다는데, 믿을 수 없는 풍문이 돌고 있어요. 사람들 말이 왕비가 자기 방에서 개암나무 열매를 볶는 걸 본 사람이 있다고 해요. 황동 냄비에 개암을 볶아서 메리에게 보낼 독이 든 진미를 요리한다는 거예요."

"황동 냄비를 들고 볶는 건 딴사람일 거다." 그는 미소를 지으며 말한다. "앞잡이. 웨스턴. 그 애송이 마크."

그레고리는 고집스럽게 자기가 들은 얘기를 계속한다. "왕비님 본인이셨대요. 열매를 볶은 게. 그런데 왕이 들어오셔서 그런 짓을 하고 있는 왕비를 보고 눈살을 찌푸리셨답니다. 폐하는 무슨 뜻인지는 몰랐지만 의심을 하신 거죠. 뭐하고 있는 거요, 하고 왕이 물었대요. 그러니까 앤 왕비가 아, 폐하, 저는 그저 성문 앞에 서서 큰 소리로 인사를 하던 불쌍한 여인을 위해 맛있는 음식을 만들고 있을 뿐이에요, 라고 대답했고 그러자 왕이 말했죠. 그렇단 말이오? 그러면 축복을 받아 마땅하지. 그렇게 완전히 오해를 하셨단 말이지요."

"그런데 대체 이 일이 어디서 일어났다고 하더냐, 그레고리? 알다시피 왕비님은 그리니치에 계시고 폐하는 화이트홀에 기거하시는데?"

"그런 건 상관없죠." 그레고리가 밝게 말한다. "프랑스에서는 마녀들이 날아다닌대요. 황동 냄비에 개암나무 열매도 있고요. 그래서 프랑스에서 다 배워온 거래요. 알고 보면 불린 가문이 전부 다 마녀나 마법사가 되어서 아들을 훔쳐오려고 한답니다. 왕에게서 왕자를 얻을 수가 없으니까요."

그의 미소가 근심으로 얼룩진다. "그런 얘기는 집안사람들에게 퍼뜨리고 다니지 마라."

그레고리는 행복하게 대꾸한다. "너무 늦었어요. 집안사람들이 나한테 퍼뜨렸거든요."

제인 로치퍼드가 했던 말이 떠오른다. 아마 이 년 전이었을 것이다. "왕비가 캐서린의 딸에게 다시는 회복할 수 없으리만큼 치명적인 아침 식사를 준비해주겠다고 떠벌리고 다니거든요."

흥겨운 아침식사, 점심엔 시체. 크롬웰의 아내와 딸을 죽인 발한병에 대해 사람들이 했던 말이다. 부자연스러운 죽음은 일단 일어났다 하면 보통 그보다 훨씬 더 빠르다. 일격에 쓰러뜨린다.

"내 방으로 들어가야겠다." 그는 말한다. "작성해야 할 문서가 있거든. 되도록 방해하지 말아다오. 리처드는 마음 내킬 때 들어와도 되고."

"저는요, 저도 들어가도 되나요? 예를 들어서 집에 불이 나면요, 그러면 그 소식을 들으실 거죠?"

"너한테서 듣고 싶지는 않구나. 내가 네 말을 어떻게 믿겠니?" 그는 아들을 툭툭 토닥여준다. 그리고 황급히 자기 방으로 가서 문을 꼭 닫는다.

노퍽과의 만남은 겉으로 보면 전혀 복수라고 할 수 없었다. 그러나. 그는 종이를 앞에 놓는다. 그리고 맨 위에 이렇게 쓴다.

토머스 불린

왕비의 아버지다. 마음속으로 크롬웰은 그의 모습을 그려본다. 꼿꼿한 사내로, 아직도 몸이 낭창낭창하고 외모에 자긍심이 있어 아들 조지와 마찬가지로 겉모습에 엄청난 신경을 쓴다. 런던의 금세공업자들의 기발한 상상력을 시험하는 사내, 외국 통치자들이 선물했다는 보석을 손가락에 주렁주렁 끼고 빙글빙글 돌리는 사내. 오랜 세월 외교관으로서 헨리를 보좌해온 사내. 그 싸늘한 온화함으로 인해 외교가 천직인 사내. 불린, 그는 행동파가 아니라 비웃음을 머금고 턱수염을 쓰다듬으며 옆에 서서 지켜보는 데 어울리는 위인이다. 그러면서 본인은 신비주의를 고수한다고 생각하지만, 사실 제 기분만 좋으면 그만인 사람으로 보일 뿐이다.

그러나 그는 기회가 보이면 어떻게 행동해야 할지 알고 있다. 가문을 나무 꼭대기로 위로, 위로, 쑥쑥 밀어올려 출세하는 방법을 안다. 바람이 불면 저 꼭대기는 춥다. 1536년에 저 꼭대기에는 살이 에이도록 시리디시린 바람이 분다.

우리가 알다시피, 윌트셔 백작이라는 작위는 그에게 자신의 특별한 위상을 표현하는 데 충분치 않게 느껴졌고, 그래서 그는 프랑스 말인 '몽세뇌르'라는 호칭을 자처했다. 그렇게 불러주면 몹시 좋아한다. 어디서나 이 호칭으로 불러달라는 입장을 명백하게 한다. 궁정기사들이 순순히 그렇게 불러주는가 아닌가 여부는 그들의 태도를 판단하는 데 있어 의미심장한 잣대가 된다.

그래서 토머스 크롬웰은 다음과 같이 쓴다.

그를 '몽세뇌르'라고 부르는 사람들:
불린 가문 전원. 그 집안 여자들. 예배당 목사들. 하인들.
왕의 처소에 모여든 모든 불린가의 아첨꾼들, 즉

해리 노리스

프랜시스 웨스턴

윌리엄 브레러턴 등등.

그냥 평범하게 '윌트셔'라고 무뚝뚝한 억양으로 말하는 사람들:

노퍽 공작.

니컬러스 커루 경(왕의 사실 소속), 에드워드 시모어의 사촌이자
프랜시스 브라이언 경의 누이와 결혼했다.

프랜시스 브라이언 경, 불린가의 친척이지만 시모어의 친척이기
도 하다. 윌리엄 피츠윌리엄의 친구이다.

윌리엄 피츠윌리엄, 국고관리장.

크롬웰은 이 목록을 본다. 그리고 두 거물의 이름을 덧붙여 쓴다.

엑서터 후작 헨리 코트니.

몬터규 경 헨리 폴.

이들은 잉글랜드의 유서 깊은 가문이다. 두 사람은 아주 오랜 혈통
을 근거로 정통성을 갖는다. 불린가의 허식 때문에, 우리 중 그 누구보
다 괴로워하고 있다.

그는 종이를 돌돌 만다. 노퍽, 커루, 피츠. 프랜시스 브라이언. 코트
니 가문, 몬터규 가문과 친족들. 그리고 앤을 증오하는 서퍽. 이것이

한 세트로 묶인 이름들이다. 여기서 그리 많은 걸 얻어낼 수는 없다. 이런 건 그저, 정도의 차이는 있지만, 과거의 통치자에게 호의를 갖고 있으면서 불린 가문과 적대적인 관계를 유지하는 이들의 명단에 불과하다.

그는 눈을 감고 머릿속으로 상상하기 시작한다. 차분하게 숨을 고르며 자리에 앉는다. 마음속에 어떤 광경이 보인다. 천장이 높은 홀. 그 안으로 상을 들여오라고 명령한다.

하인들이 끙끙거리며 가대식 탁자를 들고 들어온다.

식탁 상판이 제자리에 고정된다.

제복을 차려입은 시종들이 돌돌 말린 식탁보를 풀어 손보고 매끄럽게 펼친다. 왕의 식탁보처럼 축성*을 받는다. 라틴어 기도문을 읊조리는 사이, 하인들은 뒤로 물러서서 살펴보고 모퉁이까지 반듯하게 마무리한다.

식탁은 이만하면 됐다. 이제 손님들이 앉을 자리 차례다.

하인들이 바닥에 끌릴 만큼 묵직한 의자를 가지고 온다. 하워드 가문의 문장이 의자 등에 새겨져 있다. 노픽 공작을 위한 자리에 앙상한 엉덩짝이 자리를 잡는다. "입맛을 당길 만한 게 뭐가 있나, 크럼?" 공작이 처량하게 묻는다.

이제 다른 의자를 가져오라, 그가 하인들에게 명령한다. 우리 노픽 공작 저하 오른편에 내려놓아라.

이것은 헨리 코트니, 엑서터 후작을 위한 자리다. 후작이 말한다.

---

* 가톨릭과 성공회 교회에서 사물에 복을 내리는 기도를 하는 것.

"크롬웰, 내 아내가 꼭 오고 싶다고 해서 데려왔네!"

"만나 뵙게 되어 진심으로 반갑습니다, 레이디 거트루드." 크롬웰은 고개 숙여 인사하며 말한다. "자리에 앉으시지요." 그는 이 만찬 이전까지 이 성마르고 오지랖 넓은 여자를 마주치지 않으려고 애썼다. 하지만 이제는 예의바른 얼굴을 한다. "레이디 메리의 친구분이라면 얼마든지 환영이지요."

"메리 공주님이라고 해야죠." 거트루드 코트니가 쌀쌀맞게 대꾸한다.

"마음대로 하십시오." 그는 한숨을 쉰다.

"헨리 폴이 오는군!" 노픽이 외친다. "저 친구가 내 저녁식사를 빼앗아 먹을 건가?"

"다 함께 배불리 먹을 음식이 있습니다." 크롬웰이 말한다. "몬터규 경을 위해 의자를 하나 더 가지고 오라. 왕족의 혈통을 지닌 분께 어울리는 것으로."

"우리는 그걸 왕좌라 하지요." 몬터규가 말한다. "그건 그렇고 우리 어머니를 모셔왔습니다."

솔즈베리 백작부인 레이디 마거릿 폴, 일각에서는 그녀가 당연히 잉글랜드의 여왕이 되어야 한다고 주장한다. 헨리왕은 그녀를 위시한 가문 전체에 대해 현명한 노선을 취했다. 명예를 주고 극진히 대접하고 가까이에 두었던 것이다. 하지만 돌아온 보상은 참으로 한심했다. 그들은 여전히 튜더 가문을 찬탈자라고 생각하고 있었다. 게다가 백작부인은 어린 시절에 훈육을 맡았던 메리 공주를 각별히 아꼈다. 하지만 공주의 아버지를 웨일스 출신의 약탈꾼 자식이라고 생각했으니, 메리에 대한 존경 역시 왕족인 어머니 캐서린 덕분이었다.

이제 그의 마음속에서 백작부인이 삐걱거리며 자리에 앉는다. 부인은 주위를 둘러본다. "크롬웰, 여기 아주 화려한 홀을 갖고 있군요." 뾰루퉁하게 말한다.

"죄악을 저지른 대가로 얻은 보상이지요." 아들 몬터규가 말한다.

그는 다시 한번 인사를 한다. 이 시점에서는 어떤 모욕도 달게 참을 것이다.

"뭐," 노퍽이 말한다. "첫 요리는 어디 있나?"

"조금만 참으십시오, 공작 저하." 그는 말한다.

그는 식탁 맨 아래쪽 끄트머리에 소박한 다리 세 개짜리 의자를 가져다가 자리 자리로 삼는다. 그리고 자기보다 지체 높은 사람들을 바라본다. "잠시 후 요리들이 들어올 겁니다. 하지만 먼저 감사 기도를 올리도록 할까요?"

그리고 눈길을 들어 서까래를 올려다본다. 저 위에는 죽은 이들의 얼굴이 조각으로 새겨지고 그림으로 그려져 있다. 토머스 모어, 존 피셔, 울지 추기경, 캐서린 왕비. 그 아래로 살아 있는 잉글랜드의 꽃들이 모여 있다. 천장이 무너져내리지 않기만을 바라도록 하자.

토머스 크롬웰은 이런 상상을 해보고 바로 다음날 현실 세상에서 자신의 입장을 명확하게 할 필요성을 느낀다. 그리고 초대 명단에 손님을 추가해야 할 필요성도. 백일몽으로 실제 만찬까지 상상한 건 아니었기에 무슨 요리를 내놓을지 아직 모른다. 뭔가 근사한 요리를 내놓지 않으면 거물들이 상을 뒤엎고 하인들을 걷어차며 다 나가버릴 것이다.

그리하여 지금 시모어 가족과 논의를 하고 있다. 사적으로, 하지만 허심탄회하게. "왕이 지금의 왕비를 지지하는 한 나 역시 왕비를 지지할 겁니다. 하지만 왕이 내치면 나 역시 재고해야겠지요."

"그렇다면 이 문제에 개인적 이익을 고려하지 않는다는 겁니까?" 에드워드 시모어가 회의적으로 말한다.

"왕의 이익을 대변하는 겁니다. 원래 제가 그런 역할을 하는 사람이니까요."

에드워드는 크롬웰이 이 선을 넘지 않을 거라는 사실을 안다. "그렇지만……" 앤은 곧 불행한 유산을 극복할 테고 헨리가 앤을 다시 침소로 불러들일 가능성도 있다. 그러나 그렇다 해도 왕이 제인에게 보이는 관심은 식지 않았다. 게임이 변했기 때문에 제인 역시 위치를 재조정해야 한다. 그런 도전이 시모어의 눈에 번득이는 총기를 던진다. 이제 앤이 다시 실패하면, 헨리가 재혼을 원할 수도 있다. 궁정 전체가 그 얘기로 시끄러웠다. 그런 상상을 가능하게 한 게 바로 앤 불린이 이전에 거두었던 성공이다.

"당신네 시모어 가문은 큰 희망을 갖지 말아야 합니다." 크롬웰이 말한다. "헨리가 앤과 불화하다가 화해하는 건 비일비재하고, 또 원래 헨리는 앤에게 해달라는 대로 다 해줬지요. 두 사람은 항상 그랬습니다."

톰 시모어가 말한다. "통통한 영계를 두고 왜 질긴 노계를 더 좋아한단 말이지? 무슨 쓸모가 있다고."

"육수를 내야지요." 그는 말하지만, 톰에게 들릴 정도는 아니다.

시모어 가문은 상중이었다. 웨일스 공비 캐서린의 죽음을 추모하는 건 아니었지만. 저지 총독 앤서니 오트레드가 죽고 제인의 동생 엘리자베스가 미망인이 된 것이다.

톰 시모어가 말한다. "왕이 제인을 애첩이나 뭐 그런 걸로 들인다면, 베스에게도 훌륭한 짝을 다시 찾아주어야만 하겠군요."

에드워드가 말한다. "당장 해결해야 할 일에 집중하도록 하자."

팔팔한 젊은 미망인 엘리자베스가 가족의 거사를 돕기 위해 궁정으로 온다. 그녀가 리지라는 별명으로 불리는 줄 알았는데, 그건 죽은 남편이 부르던 애칭이었고 가족들 사이에 통하는 이름은 베스였다. 이유는 알 수 없지만 그는 기쁘다. 다른 여자들이 아내의 이름을 가지면 안 된다는 생각은 합리적이지 못하지만 말이다. 베스는 대단한 미녀는 아니고 언니보다 피부색도 어둡지만, 눈길을 잡아끄는 생기발랄한 자신감이 있다. "제인한테 잘해주세요, 내무장관님." 베스가 말한다. "사람들 생각처럼 도도한 사람이 아니에요. 왜 말을 안 하느냐며 사람들이 오해를 하는데, 제인은 그저 무슨 말을 해야 할지 몰라서 그러는 거예요."

"하지만 저한테는 얘기를 잘합니다."

"얘기를 잘 듣겠지요."

"여성에게는 매력적인 자질이지요."

"누구한테든 매력적인 자질이에요. 그렇지 않은가요? 여자들 중에 제인만큼 이래라 저래라 하는 남자들의 충고를 잘 들어주는 이도 없을걸요."

"듣고 그대로 합니까?"

"꼭 그런 건 아니죠." 베스가 웃는다. 손끝으로 그의 손등을 슬쩍 훑는다. "오세요. 제인이 준비하고 기다릴 겁니다."

잉글랜드 왕의 욕망을 햇살처럼 따뜻하게 한몸에 받고 있는데, 그 어떤 처녀가 환하게 꽃피지 않으랴? 그러나 제인은 그렇지 않았다. 제인은 다른 가족들보다 더 깊은 어둠에 휩싸여 있는 것처럼 보였다. 그리고 죽은 캐서린의 영혼을 위해 자청해서 기도하고 있었다. 사실, 별 필요는 없는 일이겠지만, 세상에 곧장 천국으로 갈 여자가 있다면……

"제인." 에드워드 시모어가 말한다. "지금 단단히 일러두지만 내가 앞으로 하는 말 잘 들어라. 네가 왕과 함께 있을 때는, 죽은 캐서린 같은 여자는 아예 세상에 존재하지도 않았다는 듯이 굴어야 한다. 네 입에서 그 여자의 이름이 나오는 순간 은혜를 거두실 테니."

"그런데." 톰 시모어가 말한다. "여기 크롬웰이 알고 싶어하는데, 너 정말 확실히 처녀냐?"

그가 오히려 부끄러워 얼굴이 붉어질 지경이다. "미스트리스 제인, 그렇지 않다 해도 방도는 있습니다. 하지만 지금 말씀을 해주셔야 합니다."

연한 색깔의 눈동자, 아무것도 모른다는 눈빛. "뭘요?"

톰 시모어가 말한다. "제인, 아무리 너라도 그 질문은 알아들어야지."

"아무한테서도 청혼을 받은 적이 없습니까? 계약이나 묵약이라도?" 그는 필사적인 심정이 된다. "아무도 좋아한 적이 없나요, 제인?"

"윌리엄 도머를 좋아했었죠. 하지만 그 남자는 메리 시드니하고 결혼했어요." 제인이 눈을 들어 쳐다본다. 섬광처럼 번득이는 아이스블루의 눈빛. "두 사람이 아주 불행하게 산다고 들었어요."

"도머 가문에서 우리가 격이 떨어진다고 생각했지요." 톰이 말한다. "그렇지만 두고 보라지."

그가 말한다. "미스트리스 제인, 가문에서 혼사를 추진하기 전에 연

310

애를 하지 않은 건 정말 칭찬할 만한 일입니다. 젊은 아가씨들이 흔히 그러지만 끝이 좋지 않거든요." 요점을 정확하게 말해야겠다는 생각이 든다. "남자들은 상사병에 걸려서 시름시름 앓는다고 말하곤 하지요. 먹지도 못하고 잠도 못 잔다고 말합니다. 당신을 갖지 못한다면 죽을 것 같다고 말하기도 하지요. 그렇지만 그런 말에 넘어가는 순간, 남자들은 흥미를 잃고 그대로 일어나서 뒤도 돌아보지 않고 떠나버립니다. 바로 다음주에 만나면 아예 알지도 못하는 사람처럼 굴지요."

"내무장관님도 그러셨나요?" 제인이 묻는다.

그는 망설인다.

"어때요?" 톰 시모어가 말한다. "우리도 알고 싶은데."

"아마 그랬을 겁니다. 젊었을 때는요. 오빠들이 차마 여동생한테 직접 말해주지 못할까봐 제가 이런 얘기를 하는 겁니다. 남자의 추한 속내를 여동생한테 인정하기는 힘드니까요."

"그것 봐라." 에드워드가 거든다. "그러니 왕의 구애에 넘어가면 안 된다."

제인이 말한다. "제가 왜 그러길 원하겠어요?"

"왕의 꿀 바른 언변도 그렇고―" 에드워드가 말머리를 꺼낸다.

"왕의 뭐요?"

황제의 대사는 집안에 처박혀 뾰루퉁하게 삐져 있고, 밖으로 나와 토머스 크롬웰을 만나려 하지 않는다. 합당한 왕비의 장례식이 아니라면서 피터버러의 캐서린 장례식에도 가지 않더니, 이제는 애도 기간이 끝날 때까지 예를 지켜야 한다고 한다. 간신히 접견이 성사되었다.

대사가 때마침 오스틴프라이어스 교회에서 미사를 보고 돌아올 때, 현재 챈서리 레인의 기록보관소에 기거하고 있는 토머스 크롬웰이 근처에 있는 자기 저택의 확장공사 현장을 살펴보러 들렀던 것이다. "대사님!" 크롬웰은 굉장히 놀랍다는 듯 외친다.

오늘 쓰려고 준비해둔 벽돌은 지난여름에 구운 것이었다. 왕이 서부 카운티들을 순행하고 있던 때였다. 벽돌을 구운 진흙은 그전해 겨울에 채취한 것으로, 서리가 진흙덩이 사이를 파고들어 부수고 있던 그때 그, 크롬웰은 토머스 모어를 무너뜨리려 하고 있었다. 샤퓌가 나타나기를 기다리면서 그는 방수 문제로 벽돌공들을 들들 볶았다. 습기가 투과하는 건 정말로 원치 않는 바였다. 이제 그는 샤퓌를 붙잡고 톱질하는 구덩이에서 나는 시끄러운 소리와 먼지를 피해 멀찌감치 데리고 간다. 샤퓌는 그에게 묻고 싶은 의문점으로 부글부글 끓고 있다. 팔근육 속에서 펄떡펄떡 불안하게 뛰고 옷자락 짜임 속에서 웅웅 울리는 그 수많은 의문이 생생하게 느껴진다. "이 세메르라는 여자……"

빛이 없는 날이다. 아직도 공기는 차디차다. "오늘은 창꼬치 낚시를 하기 좋은 날씨군요." 크롬웰이 말한다.

대사는 답답한 마음을 다스리려고 안간힘을 쓴다. "분명히 장관의 하인들이…… 이 물고기를 잡고 싶다면……"

"아, 외스타슈, 그러고 보니 이 스포츠를 모르시는군요. 겁낼 것 없어요, 제가 가르쳐드리죠. 머리 위로 녹음이 우거진 강둑에 새벽부터 나가서 어스름녘까지 자기 입에서 뿜어져나오는 김을 보며 몇 시간이고 낚시를 하는 것보다 건강에 더 좋은 건 없단 말입니다. 혼자서도 좋고, 좋은 동행과 함께해도 좋지요."

대사의 머릿속에서 각양각색의 생각들이 서로 싸우고 있다. 한편으로는 크롬웰과 몇 시간이고 함께 지낸다는 생각. 그러다보면 자칫 무장을 해제하고 아무 말이나 하게 될지 모른다. 또 한편으로는, 두 다리가 꼼짝없이 얼어붙어 들것이라도 타고 입궁해야 할 상황이 오면 황제한테 무슨 쓸모가 있단 말인가? "창꼬치는 여름에 잡으면 안 됩니까?" 큰 기대 없이 외스타슈 샤퓌가 묻는다.

"대사님의 위험을 무릅쓸 수는 없지요. 여름의 창꼬치는 사람을 물속으로 끌고 들어갑니다." 그러다 크롬웰은 누그러진다. "말씀하신 그 숙녀분은 시모어라고 합니다. '대사님, 좀더 자주 뵙고 싶습니다see more'할 때처럼 발음하시면 됩니다. 노인들은 세이머라고 부르기도 하지만요."

"잉글랜드어는 도무지 늘지를 않는군요." 대사가 투덜거린다. "사람들이 자기 이름을 제멋대로 부르는데다가, 허구한 날 바뀐다 이 말입니다. 내가 듣는 얘기로는 유서 깊은 가문이고, 여자분이 그리 어리지 않다고요."

"돌아가신 웨일스 공비를 모시던 분입니다. 캐서린을 좋아했지요. 사실 그분의 운명을 안타까워하고 애도했답니다. 레이디 메리 때문에 속상해하고, 기운을 북돋워주려고 소식도 전해드렸다 하더군요. 왕의 총애를 계속 받게 된다면, 메리에게 도움이 될 수도 있겠지요."

"음." 대사는 회의적인 눈치다. "저도 그런 얘긴 들었습니다만, 또 아주 유순하고 경건한 성격이라고요. 하지만 꿀 밑에 전갈이 도사리고 있을 수도 있지요. 미스트리스 세메르를 한번 보고 싶은데 만남을 주선해줄 수 있을까요? 직접 만날 필요는 없고. 한번 얼굴이나 보고 싶습니다."

"그렇게 관심을 가지시다니 놀라운데요. 헨리가 지금의 결혼을 무
효화하면 다음에 어떤 프랑스 공주와 결혼할까에 더 관심이 있으신 줄
알았는데요."

그러자 대사는 공포의 사다리에 단단히 매달린 형국이 된다. 차라리
잘 아는 악마가 나은가? 새로운 위험, 새로운 조약, 프랑스와 잉글랜드
의 새로운 동맹보다는 차라리 앤 불린이 나은가?

"하지만 그럴 리가요!" 샤퓌는 폭발한다. "크레뮈엘, 그런 건 동화
에나 나오는 얘기라고 하지 않았습니까! 우리 주군의 친구라고 장담해
놓고, 이제 와서는 프랑스와의 결혼을 막지 않을 겁니까?"

"진정하세요, 대사님, 진정하세요. 제 뜻대로 헨리를 움직일 수는 없
단 말입니다. 그리고 어쨌든 지금의 결혼을 계속 유지하겠다고 결정할
수도 있고요. 아니면 독신으로 살겠다고 할 수도 있죠."

"지금 나를 비웃고 있군요!" 대사가 비난한다. "크레뮈엘! 지금 손
으로 가리고 웃고 있지 않습니까!"

그건 사실이다. 건설업자들이 두 사람을 멀찍이 피해 슬슬 돌아가고
있다. 혁대에 연장을 줄줄이 꽂은 거친 런던의 기술자들이다. 잘못했
다는 생각이 든 그가 말한다. "너무 큰 희망은 갖지 마세요. 왕과 왕비
가 늘 그러듯 또 화해하면, 그사이에 공공연히 왕비를 비방한 사람들
은 험한 꼴을 당할 테니까요."

"그 여자를 계속 데리고 갈 겁니까? 그 여자를 지지할 겁니까?" 대
사의 온몸이 뻣뻣하게 굳는다. 정말로 하루종일 그 강둑에 서 있기라도
한 것처럼 말이다. "어쩌면 그 여자는 당신과 같은 종교를 믿어서―"

"뭐라고요?" 크롬웰이 눈을 부릅뜬다. "나와 같은 종교? 우리 주군이신 폐하와 마찬가지로, 나는 성스러운 가톨릭교회의 충실한 아들입니다. 그저 지금 잠시 우리가 교황과 같은 입장이 아닐 뿐이지요."

"그럼 표현을 바꿔 말해보겠습니다." 샤퓌가 말한다. 실눈을 가늘게 뜨고 회색 런던 하늘을 올려다본다. 하늘에 도움을 구하기라도 하듯. "그 여자와 장관의 관계가 영적인 게 아니라 물적인 거라고 합시다. 동시에 장관이 앤의 총애를 받았다는 것도 아닙니다. 그건 잘 알아요."

"오해하지 마십시오. 앤에게 빚진 건 아무것도 없습니다. 저는 왕의 총애를 받았을 뿐, 다른 그 어느 누구의 후의도 받은 적 없습니다."

"가끔 앤을 소중한 친구라고 부르잖소. 몇 번 그랬던 걸 기억하는데."

"가끔 저는 대사님을 소중한 친구라고 불렀지요. 하지만 그게 아니었군요, 예?"

샤퓌가 크롬웰의 요점을 곱씹어 생각한다. "내가 세상에서 가장 보고 싶은 건 양국 간의 평화입니다. 수년에 걸친 불화 끝에 친선을 도모했다면, 그보다 임기중 대사의 성공을 더 잘 입증하는 일이 어디 있겠습니까? 그런데 이제 우리에게 기회가 온 겁니다."

"캐서린이 죽었으니까."

샤퓌는 그 말에 반박하지 않는다. 그저 몸을 감싼 겉옷을 더 꼭 여밀 뿐이다. 그리고는 이렇게 말한다. "왕은 그 애첩을 취해 아무런 득도 얻지 못했고, 앞으로도 아무것도 얻지 못할 거요. 유럽의 패권국가 중에 그 결혼을 인정하는 나라는 없습니다. 심지어 이단들도 그 결혼은 인정하지 않아요. 앤이 최선을 다해 우호관계를 맺으려 했는데도요. 그런데 지금 이 상태로 끌고 가는 게 대체 귀국에 무슨 도움이 됩니까?

왕은 불행하고, 의회는 조바심을 치고, 귀족들은 분열하고, 온 나라가 그 여자의 허위에 염증을 내고 있는데 말입니다."

빗방울이 느릿느릿 떨어지기 시작했다. 사색에 잠긴 듯, 얼음처럼 차가운 비. 샤퓌는 짜증스럽게 하늘을 올려다본다. 이 중요한 순간에 하늘이 도와주지 않는구나, 하는 표정으로. 크롬웰은 대사를 한번 더 붙잡고 끌어 거친 땅을 지나 비를 피할 만한 곳으로 데리고 간다. 건설 일꾼들이 쳐놓은 임시 천막에 들어가 일꾼들을 쫓아낸다. "잠깐만 시간을 주게, 괜찮겠나?" 난롯가에 몸을 잔뜩 움츠리고 선 샤퓌는 은밀한 속내를 털어놓는다. "왕이 주술 얘기를 했다고 들었습니다." 샤퓌가 속삭인다. "어떤 주술이나 거짓된 마법에 유혹당해 결혼을 하게 됐다는 얘기를 한다고요. 장관한테는 속내를 터놓지 않는 모양인데. 고해할 때 사제에게 얘기했다고 합니다. 그렇다면 미망의 상태에서 결혼을 하게 된 셈이니, 아예 결혼을 하지 않은 거라는 사실을 깨닫고 홀가분하게 새 아내를 취하면 됩니다."

크롬웰은 샤퓌의 어깨 너머를 물끄러미 바라본다. 보세요, 크롬웰이 말한다. 앞으로 이렇게 될 겁니다. 일 년 뒤에는 이 축축하고 추운 공간에 사람이 사는 방들이 들어설 거예요. 크롬웰의 손이 돌출된 이층과 유약을 바른 창의 윤곽을 그려 보인다.

이 프로젝트의 물품 명세서. 석회와 모래, 오크 재목과 특별한 시멘트. 삽과 쟁기, 바구니와 밧줄, 징과 가는 못, 굵은 못, 납파이프, 노란 타일과 파란 타일, 창문 자물쇠, 빗장 볼트와 경첩, 장미 모양의 철제 문손잡이, 도금 재료, 페인트, 새 방에 향 처리를 할 유향 1킬로그램, 일당 6펜스, 일꾼들을 밝혀줄 야간 촛불의 비용.

316

"이봐요, 친구." 샤퓌가 말한다. "앤은 필사적이고 위험합니다. 사냥당하기 전에 먼저 사냥하세요. 저들이 울지를 어떻게 무너뜨렸는지 기억하세요."

크롬웰의 과거가 불에 탄 저택처럼 둘러서 있다. 크롬웰이 쌓고 또 쌓아올린 집인데, 하지만 불에 타버린 잔해를 치우는 데는 몇 년이 걸렸다.

기록보관소에서 크롬웰은 상급 교육을 받기 위해 떠나려고 짐을 꾸리는 아들을 본다. "그레고리, 성녀 언컴버를 아느냐? 여자들이 쓸모없는 남편들을 제거해달라고 그 성녀에게 기도한다고 했지. 자, 남자들이 아내가 없어졌으면 좋겠다고 생각할 때도 기도할 성인이 있니?"

"없을걸요." 그레고리는 충격받은 눈치다. "여자들은 달리 방도가 없으니 기도를 하지요. 남자는 결혼이 정당한 게 아니라는 근거를 찾기 위해 사제와 의논을 할 수 있잖아요. 아니면 여자를 쫓아버리고 별채에 기거하는 대가로 돈을 줄 수도 있고요. 노퍽 공작이 부인에게 돈을 지불하듯이 말입니다."

크롬웰이 고개를 끄덕인다. "큰 도움이 됐다, 그레고리."

앤 불린이 화이트홀로 와서 왕과 함께 성 마티아스의 만찬을 축하한다. 계절 하나 바뀌었을 뿐인데 앤은 딴사람이 되었다. 굶어서 몸이 가벼워진 앤은 크롬웰이 나타나서 난제를 해결해주기 전 기나긴 협상을 하며 헛되이 기다리던 시절의 외모를 되찾았다. 경박한 활기는 빛이 바래어 엄하고, 깡마르고, 심지어 수녀 같은 분위기로 변했다. 그러나 앤에게는 수녀의 차분한 평온이 없다. 앤의 손가락은 거들의 보석들을 만지작거리고, 소매를 잡아당기고, 목에 걸린 보석을 만지고 또 만진다.

레이디 로치퍼드는 말한다. "왕비가 되면 대관식의 나날을 시간 시간 쪼개어 되새기며 위안을 얻을 거라 생각했대요. 그런데 이제는 다 잊었답니다. 기억하려 하면 마치 다른 사람한테 일어난 일처럼, 본인은 그 자리에 없었던 것처럼 느껴진다고 해요. 물론 나한테 해준 얘기는 아니에요. 남동생 조지한테 한 얘기죠."

왕비의 내실에서 속보가 온다. 어느 여자 예언자가 앤에게 말하기를, 메리가 살아 있는 한 헨리에게 왕자를 낳아줄 수는 없다고 했단다.

참 감탄하지 않을 수가 없어, 그는 조카 리처드에게 말한다. 앤은 공격하는 쪽에 있단 말이야. 뱀 같은 여자야. 언제 기습할지 알 수가 없어.

그는 전략가로서의 앤을 언제나 높이 평가했다. 한 번도 격정에 휩쓸리는 즉흥적인 여자라고 믿지 않았다. 앤의 일거수일투족은 그와 마찬가지로 철저히 계산된 것이다. 지난 몇 년 동안에도 그랬지만 섬광처럼 번득이는 앤의 눈이 얼마나 조심스럽게 사방을 살피고 있는지 새삼스럽게 눈에 들어온다. 과연 어떤 일이 앤을 공황에 빠지게 할까 궁금하다.

왕이 노래한다.

"내 가장 바라는 것 내 손닿을 곳에 있고
내 뜻은 언제나 내 손에 있으니.
오래 간청할 필요도 없네,

318

내게 명령을 내릴 힘을 지닌 그녀에게."

그게 왕의 진심이다. 애원하고 간청해도 제인에게는 아무런 효과가 없다.

그러나 국정은 진척되어야 하고, 다음과 같이 처리하게 된다. 웨일스에 의회 의원을 할당하고 재판정의 언어로 잉글랜드어를 지정함. 웨일스 변경령의 호족들의 영향력을 끊어내는 법, 연소득 200파운드 이하의 소규모 수도원들을 해체하는 법. 확대재판소라는 새로운 기구를 설립해 이 지역 수도원들에서 흘러들어오는 수입을 처리하게 하는 법, 리처드 리시를 확대재판소 소장으로 임명.

3월에 의회는 새로운 빈민법을 퇴짜 놓는다. 부자들도 빈민들에게 일정한 책임을 져야 한다는 생각을 평민원이 받아들이기에는 지나치게 파격적이었다. 빈민법의 내용은, 잉글랜드 신사들이 보통 그러듯 양모 교역으로 돈을 두둑하게 벌었다면 그 대가로 땅을 내놓은 사람들, 노동을 박탈당한 노동자들, 논밭 없이 씨 뿌리는 소작농들에게 소정의 보상을 해야 한다는 것이었다. 잉글랜드에는 도로가, 요새가, 항만이, 교각이 필요했다. 사람들은 일자리가 필요했다. 백성에게 정직한 일감을 주면 왕국의 안정을 확보할 수 있는데, 구걸이나 하고 다니게 만드는 건 수치다. 일손과 일감을 하나로 엮어줄 수는 없는가?

그러나 의회는 일자리 창출이 어째서 국가의 의무인지 이해하지 못한다. 이런 일은 신의 소관이 아닌가, 빈곤과 태만은 신의 영원한 질서를 이루는 일환이 아닌가? 세상에 있는 모든 것에는 때가 있는 법이다.

굶어죽을 때도 있고 도둑질할 때도 있다. 비가 여섯 달 동안 줄곧 내려서 논밭의 모종이 썩어버렸다면 뭔가 신의 섭리가 개입한 것이다. 하느님은 당신의 역사를 잘 아신다. 소득세를 내서 일을 열심히 하지 않는 게으름뱅이들의 입에 빵을 처넣어줘야 한다니 부자와 기업가들에게는 기함할 얘기였다. 그리고 크롬웰 장관은 기근이 범죄를 양산한다고 주장한다. 아니, 교수형을 집행하는 인력은 충분하지 않은가?

왕 본인도 평민원에 등원해 법안을 지지하는 논쟁을 편다. 사랑받는 헨리왕, 백성의 아버지, 양떼를 먹여 살리는 양치기가 되고 싶다고 한다. 그러나 평민원은 벤치에 돌처럼 굳은 얼굴로 앉아 왕을 무섭게 노려볼 뿐이다. 그 법안은 총체적으로 괴멸된다. "결국 거지들을 매질로 다스리는 법을 입안하는 걸로 끝났습니다." 리처드 리시가 말한다. "가진 자들의 이익을 위한 법이라기보다는 빈민들을 적대시하는 법안이죠."

"다시 상정할 수 있을 거야." 헨리가 말한다. "좀 사정이 나은 해에 말이야. 너무 낙심하지 말게, 내무장관."

그렇다면 사정이 나은 해라는 게 있다는 건데, 정말 그럴까? 그는 계속해서 노력할 것이다. 저들이 방심하고 있을 때 슬쩍 통과시키고, 귀족원에서부터 법안을 시작해서 반대파를 눌러서…… 의회를 다룰 방법이야 많고도 많지만, 가끔은 그냥 의원들의 엉덩짝을 걷어차서 출신 지역으로 돌려보내고 싶은 마음이 굴뚝같다. 그치들이 없으면 훨씬 더 신속하게 국사를 처리할 수 있다. 그는 말한다. "내가 왕이라면 절대 그렇게 조용히 받아들이지 않겠네. 온몸이 사시나무 떨듯 떨리게 해주 겠어."

리처드 리시는 이번 의회의 대변인이다. 그가 불안하게 말한다. "왕을 부추기지 마십시오, 장관님. 모어가 예전에 하던 말 생각나지 않으십니까. 사자가 자기 힘을 안다면 훨씬 더 장악하기 어려울 것이라고."

"고맙군." 그가 말한다. "어마어마하게 위로가 되네, 퍼스 경. 피에 젖은 위선자를 무덤에서 불러내 경구를 읊어주다니 말이야. 이 상황에 대해서 달리 뭐 할말이 더 있다던가? 그렇다고 하면 내가 그 머리를 다시 딸에게서 빼앗아와 장홧발로 화이트홀 바닥에 잘근잘근 밟아줄 테니까. 그래야 영원히 입을 닥치지." 그는 호탕하게 너털웃음을 터뜨린다. "평민원놈들. 다 썩어 문드러질 놈들. 그 인간들은 머리가 텅텅 비었어. 호주머니 사정보다 고차원적인 생각은 전혀 안 한다니까."

하지만 의회의 귀족들이 수입을 걱정할 때 크롬웰의 수입은 오히려 신나게 늘어나고 있었다. 소규모 수도원들은 해체될 예정이지만 예외 신청을 할 수 있고 이 신청서들이 모두 크롬웰에게 왔는데, 이런 신청은 어김없이 임대료나 기부금을 수반했기 때문이다. 왕은 새 토지를 자기 명의로 하지 않고 장기임대를 할 것이기 때문에, 또 이런 자리 저런 자리, 영지, 농장, 목초지를 원하는 신청이 꾸준히 들어왔다. 신청자들은 모두 소정의 보수를 지불했다. 일시불로 지불하기도 하고, 해마다 나누어 지급하다가 때가 되면 그레고리에게로 양도되는 형태도 있었다. 사업은 언제나 이런 식으로 하는 법이다. 청탁을 하고, 설탕을 치고, 잘 봐달라고 때맞춰 거금을 양도하고, 아니면 수익을 양분하자는 제안을 해오고. 요즘은 사업이 커지고, 거래가 많아지고, 청탁도 너무 많이 들어와서 도저히 정중하게 거절할 수가 없었다. 잉글랜드에서 그만큼 과중한 업무량을 소화하는 사람은 없었다. 토머스 크롬웰에 대해 무슨 욕을 해도 좋지만 그는 적어도 받는 만큼 대가는 확실하게 쳐주는 사람이었다. 그리고 언제나 기꺼이 돈을 빌려주었다. 윌리엄 피츠윌리엄, 니컬러스 커루 경, 나이들어가는 외눈박이 무뢰한 프랜시스 브라이언까지.

그는 프랜시스 경을 회유해 술에 취하게 한다. 그는, 크롬웰은 자기 자신을 믿는다. 젊었을 때 독일인들과 술을 마시는 법을 배웠으니까. 프랜시스 브라이언이 조지 불린과 말다툼을 한 지 일 년이 넘었다. 무슨 일 때문이었는지 프랜시스는 잘 기억도 못하지만, 원한은 남아 있고 다리가 붙어 있는 한 얼마든지 벌떡 일어나 무기를 흔들며 좀더 화려하게 결투할 힘이 있다고 말한다. 사촌 앤에 대해서는 이렇게 말한다. "그러니까 앤이 어떤 여잔지 알고 싶다 이거군. 창녀인가, 아니면 정숙한 숙녀인가? 앤은 성모마리아처럼 대접받고 싶어하지만 또 한편으로 식탁에 현금을 딱 올려놓고 일을 치르고 나가버리길 원하기도 한단 말이야."

프랜시스 경은 방탕하게 죄를 짓는 사람들이 보통 그러듯 간혹 뜬금없이 경건하게 굴 때가 있다. 이제 사순절이 다가왔다. "자네 해마다 치르는 광적인 회개 대열에 합류할 때가 됐지, 안 그런가?"

프랜시스는 멀어버린 눈의 안대를 위로 치켜올리고 흉터 조직을 비빈다. 이게 가려워서, 라고 해명하면서. 그러더니 또 한소리 한다. "당연히 토머스 와이엇도 앤을 따먹었지."

그, 토머스 크롬웰은 기다린다.

그러나 다음 순간 프랜시스는 테이블에 머리를 처박고 코를 골기 시작한다.

"'지옥의 목사'*라." 그는 생각에 잠겨 말한다. 청년들에게 들어오라고 명한다. "프랜시스 경을 집까지 모셔다드리고 집안 식솔들한테 인도해라. 하지만 따뜻하게 몸을 감싸드려. 앞으로 경의 증언이 필요할 수도 있으니까."

앤 앞의 테이블에 정확히 얼마쯤 되는 액수를 내놔야 하는 걸까. 궁금하다. 헨리는 앤을 얻고 명예와 마음의 평화를 대가로 치렀다. 그에게 앤은 그저 평범한 거래 상대일 뿐이다. 다만 앤이 자기 상품을 진열하는 방식이 감탄스럽다. 개인적으로 사고 싶지는 않지만, 고객은 충분히 널려 있다.

이제 에드워드 시모어는 왕의 사실 담당 시종으로 특채되었는데, 이는 특별한 총애의 징표다. 그리고 왕은 크롬웰에게 말한다. "젊은 레이프 새들러를 내 시종으로 데려오고 싶네. 신사계급 태생이고 유쾌한 젊은이라 가까이 두면 기분이 좋지. 그러면 자네한테도 도움이 되지 않겠나? 다만 한도 끝도 없이 내 코밑에 서류를 밀어넣으면 안 된다고 하게."

레이프의 아내 헬렌은 이 소식을 듣고 울음을 터뜨린다. "한번 가면 몇 주일씩 궁정에서 살아야 하잖아요."

크롬웰은 브릭 플레이스 저택의 거실에 헬렌과 함께 앉아 최대한 위로를 해준다. "레이프에게 이보다 더 좋은 일은 없다는 건 저도 알아요." 헬렌은 말한다. "이런 일로 울고 짜는 제가 바보죠. 하지만 그이

---

* 프랜시스 브라이언의 별명.

와 헤어진다는 건 견딜 수가 없어요. 그이도 저와 헤어져서 못 살 거예요. 그이가 늦게 들어오는 날이면 전 사람을 보내 길을 살핀답니다. 우리가 살아가는 동안 매일 밤 같은 지붕에서 지내면 좋겠어요."

"레이프는 행운아요." 그가 말한다. "왕의 총애를 받아서 행운이라는 얘기가 아니오. 부부 두 사람이 모두 행운이라는 거예요. 그렇게 사랑하니까."

헨리는 캐서린과 살던 시절에 노래를 부르곤 했다.

"나는 사람을 다치게 하지 않고, 아무 잘못도 하지 않아
결혼한 사람을 진심으로 사랑하네."

레이프가 말한다. "헨리와 늘 함께하시는 걸 보면 대단한 배짱이십니다."

"자네도 배짱은 두둑해, 레이프."

크롬웰은 레이프에게 조언을 해줄 수 있다. 『헨리라는 제목의 책』의 발췌분이다. 아이였을 때, 청년이었을 때, 헨리는 다정한 본성과 금발의 미모로 찬양을 받았다. 온 세상이 자기 친구이고 모두가 자신의 행복을 빈다고 믿으며 성장했다. 그러니 종류를 막론하고 고통, 지연, 좌절이나 불운은 그에게 비정상이고 터무니없는 일이다. 어떤 일이 지루하거나 불쾌하다고 생각하면 헨리는 솔직하게 그 일을 오락으로 바꾸려 할 것이고, 실낱만큼의 기쁨도 느끼지 못하게 되면 회피할 것이다. 헨리에게 이런 일은 합리적이고 자연스러운 것이다. 자기 대신 자문관들이 두뇌를 쥐어짜게 만들고, 기분이 나쁘면 자문관들 탓으로 돌

린다. 참모들은 왕을 방해하거나 도발해서는 안 된다. 헨리는 "아닙니다, 하지만……"이라고 말하는 사람들을 싫어한다. "그렇습니다, 그리고……"라고 말하기를 원한다. 자기가 기가 막히게 환상적인 계획을 제안하면 입꼬리를 늘어뜨리고 종이의 여백에 끼적거리며 원가를 계산하는 비관적이고 회의적인 사람들을 싫어한다. 그러니 계산은 아무도 볼 수 없는 머릿속에서만 하라. 헨리에게 일관성을 기대하지 마라. 헨리는 자문관들을 샅샅이 파악하는 능력을 자랑스러워한다. 은밀한 견해와 욕망들까지 알고 있다고 생각하지만, 자문관들 중 그 누구도 자기 자신을 이해해서는 안 된다고 단호히 믿는다. 애초에 자기한테서 시작되지 않은 계획은, 혹은 그렇게 보이는 계획은 미심쩍어한다. 논쟁은 해도 좋지만 때와 방식에 관해서는 신중해야 한다. 최대한 모든 점에서 져주다가 결정적인 쟁점에서만 이기는 편이 낫다. 그리고 처음부터 정해진 의견을 피력하기보다는 지도편달이 필요한 사람인 척하는 편이 낫고, 왕보다 더 많이 안다는 내색을 하지 않는 게 좋다. 논증은 복잡하게 하고 왕에게 퇴로를 열어주어라. 궁지로 몰거나 벽으로 밀치지 마라. 왕의 기분이 다른 사람들에 따라 좌우된다는 걸 기억하고, 마지막으로 함께 있었을 때 이후로 누구를 만났는지 파악하라. 헨리는 권력에 대한 자문을 받기보다는 옳다고 말해주는 걸 더 원한다는 사실을 기억하라. 왕은 절대 틀리지 않는다. 다른 사람들이 자기 대신 오류를 저지르거나 허위 정보로 기만할 뿐이다. 신과 인간 앞에서 훌륭하게 행동하고 있다는 얘기를 들으면 좋아한다. "크롬웰," 헨리는 말한다. "우리가 뭘 해야 하는지 아나? 크롬웰, 만일 내가…… 이러저러하면 명예를 드높일 수 있지 않겠나? 내가…… 하면 적들의 혼이

쑥 빠지지 않겠나?" 그러나 이 모든 아이디어는 사실 일주일 전 크롬 웰이 심어준 것이다. 상관없다. 아이디어가 누구 것이든 그런 공은 필요 없다. 그저 실천을 원할 뿐이다.

그러나 이런 가르침을 굳이 해줄 필요도 없다. 평생 동안 레이프는 바로 이 일을 위해 수련해왔다. 가녀린 청년 레이프는 운동선수도 아니고, 마상 시합이나 토너먼트에서 기량을 겨룰 수도 없었다. 뜬금없이 산들바람만 불어와도 안장에서 휙 떨어질 테니까. 그러나 이 일에는 적임자다. 레이프는 관찰할 줄 안다. 경청할 줄도 안다. 암호로 메시지를 보내는 법도 알고, 아무런 메시지도 나타나지 않는 극비 전갈도 보낼 줄 안다. 단단히 발로 밟아 다진 흙으로 쓰인 것처럼 내용이 실하고 막중한 전갈도, 천사들이 보낸 것처럼 연약한 형식으로 보낼 줄 안다. 레이프는 누가 주인인지 잘 안다. 헨리가 그의 주인이다. 그러나 크롬웰은 아버지이고 친구다.

왕과 흥청망청 즐겁게 지낼 수는 있다. 농담을 할 수도 있다. 그러나 토머스 모어가 입버릇처럼 말했듯이, 그건 길들인 사자와 함께 노는 것과 같다. 갈기를 쓸어주고 귀를 잡아당길 수는 있지만, 줄곧 생각해야만 한다. 저 발톱, 저 발톱, 저 무서운 발톱을.

헨리의 새 교회에서 사순절은 교황 치하 때보다 오히려 더 고달프고 시리고 춥다. 불행하고 고기맛을 못 보는 시절은 사람의 성질을 버린다. 헨리는 제인에 대해 말하면서, 눈을 껌벅거리며 눈물이 그렁그렁하다. "그애의 그 작은 손 말이야, 크럼. 어린애처럼 작은 손. 간계라고는 아예 모르는 아이야. 그리고 말도 없고. 말을 하더라도 어찌나 기어들어가는지 고개를 바짝 숙여야 간신히 들려. 그리고 그사이에 내 심장소리가 들리지. 그애의 작은 수공예품, 비단 쪼가리, 언젠가 구애하던 소년이 주었다는 천을 재단해 만든 화려한 소맷자락…… 상사병에 걸린 불쌍한 남자애였겠지…… 그런데 절대 넘어가지 않았대. 그 작은 소매, 진주 목걸이…… 그애는 아무것도 없어…… 아무것도 기대하지 않아……" 마침내 눈물 한 방울이 헨리의 눈에서 주르르 떨어져 뺨을 타고 배회하다 회색과 생강색이 뒤섞인 턱수염 속으로 사라진다.

제인 얘기를 하는 저 태도에 주목하라. 얼마나 겸손한가, 얼마나 수줍은가. 심지어 크랜머 대주교마저도 그 대조적인 초상을, 현 왕비를 흑백으로 뒤집어놓은 그 인물화를 알아볼 것이다. 신세계의 모든 부를 다 갖다주어도 앤을 만족시킬 수 없을 것이다. 그러나 제인은 한 번의 미소에 만족한다.

제인에게 편지를 쓸 거야, 헨리가 말한다. 지갑을 좀 보내줘야겠어. 이제 왕비 침실 시중드는 일을 그만뒀으니 용돈이 필요할 거야.

종이와 깃펜을 대령해온다. 헨리는 앉아서 한숨을 쉬고 글을 쓰기 시작한다. 왕의 필체는 반듯한 정자다. 헨리는 어렸을 때 어머니에게서 글씨를 배웠다. 절대 속도를 내지 않는다. 노력을 쏟아부을수록 글자들이 마음대로 써지지 않는다. 헨리는 그런 자신이 불쌍하다고 한다. "폐하, 불러주시면 제가 받아써드릴까요?"

헨리를 위해 연애편지를 쓰는 게 처음은 아니다. 군주의 푹 수그린 머리 위로 크랜머가 고개를 들어 크롬웰의 눈을 똑바로 본다. 힐책과 원망으로 가득하다.

"한번 보게." 헨리가 말한다. 크랜머에게 내밀지는 않는다. "그래,

내가 그애를 원하는 마음을 알아주겠지?"

그는 처녀의 입장이 되려고 애쓰며 편지를 읽어본다. 헨리가 눈길을 든다. "아주 섬세한 표현이십니다, 폐하. 그리고 제인은 정말 순진하군요."

헨리는 편지를 다시 받아 몇 구절을 더 써넣어 보강한다.

3월의 끝이다. 패닉에 빠진 미스트리스 시모어가 내무장관에게 면담을 요청한다. 니컬러스 커루 경이 주선한 만남이지만, 아직 논의를 할 정도로 발을 담글 준비가 안 된 니컬러스 경은 면담 자리에 나타나진 않는다. 미망인이 된 동생 베스도 제인과 함께 온다. 베스가 탐색하는 눈길을 보내다가 반짝이는 눈빛을 떨군다.

"이게 제 문제예요." 제인이 말한다. 절박한 눈빛으로 그를 본다. 크롬웰은 생각한다, 어쩌면 저 말이 하려는 이야기의 전부일지 모른다고. 이게 제 문제예요.

제인이 말한다. "도저히…… 폐하, 폐하가 누구신지 단 한순간도 잊을 수가 없어요. 폐하는 계속 잊으라고 하시지만요. '제인, 나는 보잘것없는 구애자일 뿐이야'라고 말씀하실수록 절대 보잘것없는 분이 아니라는 생각이 드는 거예요. 그리고 시시각각, 혹시 폐하가 말씀을 그치시면 내가 뭐라고 말해야 하나 고민이 돼요. 꼭 가시방석에 앉은 기분이에요. 계속 그런 생각이 들어요. 익숙해질 거야, 다음에는 괜찮아질 거야. 하지만 폐하가 '제인, 제인……' 하고 말씀하시면, 저는 꼭 불에 덴 고양이처럼 화들짝 놀라는 거예요. 불에 덴 고양이를 본 적이 있으세요, 내무장관님? 전 못 봤어요. 하지만 이렇게 짧은 시간 같이 있어도 너무 무서워서―"

"폐하는 사람들이 두려워하기를 바라요." 내뱉자마자 그 말의 진실이 새삼 실감난다. 그러나 제인은 자신의 고충에 너무나 몰입한 나머지 그의 말을 듣지 못했다.

"―지금 이렇게 무서운데, 날마다 뵙게 되면 어떻겠어요?" 제인은 말을 잇지 못한다. "아, 아실 거예요. 장관님은 거의 매일 폐하를 보시잖아요. 그래도. 저와 똑같지는 않겠죠."

"그럼요, 똑같지는 않지요." 그는 말한다.

그리고 연민의 눈길로 언니를 바라보는 베스를 본다. "그렇지만 크롬웰 장관님," 베스가 말한다. "설마 날이면 날마다 의회며 대사들에게 보내는 외교문서며 수입이며 웨일스며 수도사들이며 해적들이며 반역의 음모며 성경이며 맹세며 신탁이며 억류며 임대며 양모 가격이며 죽은 사람들을 위해서 기도하느냐 마느냐 그런 얘기만 하시는 건 아니겠지요. 가끔은 다른 화제들도 오갈 텐데요."

크롬웰은 자기 상황을 꿰뚫어보는 베스의 통찰에 놀란다. 그의 삶을 이해하는 것 같다. 베스의 손을 잡고 결혼해달라고 매달리고 싶은 충동이 불쑥 복받친다. 혹시 속궁합이 잘 맞지 않더라도, 베스는 그의 서기들 대다수에게 없는 요약의 재능이 있어 보인다.

"네?" 제인이 말한다. "있나요? 다른 화제들이?"

그는 생각을 할 수가 없다. 손에 쥔 부드러운 모자를 쥐어짠다. "말들이요." 크롬웰이 말한다. "헨리는 교역과 수공업처럼 단순한 것들에 대해 배우는 걸 좋아합니다. 젊었을 때 저는 말굽 편자 만드는 일을 배웠는데 그런 것도 알고 싶어하시죠. 경우에 맞는 편자가 뭔지, 그런 걸 알아내서 대장장이들을 깜짝 놀라게 하는 걸 좋아합니다. 대주교도 마찬가지지요. 어떤 말이라도 붙잡아 길들여서 탈 수 있는 사람이거든요. 소심한 사람이지만 말들한테 인기가 있어서 젊었을 때 말을 다루는 법을 배웠답니다. 신과 인간 모두에게 지겨워지면 이런 얘기들을 폐하와 함께 나누죠."

"그리고요?" 베스가 말한다. "오랜 시간 동안 함께 계시잖아요."

"가끔은 개들 얘기를 합니다. 사냥개들, 품종과 장점. 요새. 요새 짓는 이야기. 대포. 대포의 반경. 대포 공장. 맙소사." 크롬웰은 손으로 머리를 쓸어넘긴다. "우리는 가끔 그런 얘기를 합니다. 언제 하루 날을 잡아서 외출을 하자고, 켄트까지, 삼림지대까지 말을 달려서 그곳의 철기 장인을 보러 가자고요. 그들의 공법을 연구하고 대포를 주조하는 신공법을 제안하자고 했지요. 하지만 절대 그러지 못하죠. 언제나 뭔가가 앞길을 막아요."

주체할 수 없는 슬픔이 덮친다. 갑자기 누군가와 사별이라도 하게 된 것처럼. 그리고 동시에, 누군가 방안에 깃털 이부자리를 던져주면 (그럴 리 없겠지만) 베스를 눕히고 섹스를 하고 싶다.

"글쎄요, 그렇군요." 제인은 체념한 말투다. "제 목숨을 구해줄 대포를 제작할 수도 없고. 시간을 빼앗아서 죄송해요, 장관님. 웨일스로 어서 돌아가보셔야죠."

크롬웰은 제인의 말뜻을 안다.

다음날, 왕의 연애편지가 묵직한 돈지갑과 함께 제인에게 배달된다. 목격자들 앞에서 잘 연출된 장면이다. "이 지갑은 돌려드려야겠어요."

제인이 말한다. (하지만 먼저 그 작은 손으로 무게를 가늠해보고 어루만져본 후에야 그 말을 한다.) "폐하께 간청을 드려야겠어요. 제게 돈을 선물로 주고 싶으시다면, 명예로운 결혼서약을 해야 할 때 다시 보내달라고요."

왕의 편지를 받은 제인은 뜯어보지 않는 게 좋겠다고 말한다. 폐하의 마음, 품격 있고 뜨거운 그 사랑의 마음은 잘 알고 있다고. 다만 그녀가 가진 건 오로지 여자의 마음, 처녀성뿐이라고. 그러니—아니, 정말이에요—봉인은 뜯어보지 않는 게 좋겠다고.

그리고 전령에게 돌려주기 전에 제인은 양손으로 편지를 받쳐들고 봉인에 순결한 키스를 한다.

"키스를 했다고!" 톰 시모어가 외친다. "아니 저런 천재적인 생각을 어떻게 한 거지? 일단 봉인에 키스부터 하고. 다음에는," 톰이 킬킬 웃는다. "왕홀에 키스를 해야지!"

기쁨에 겨워 톰은 형 에드워드의 모자를 쳐서 벗긴다. 이런 농담을 이십 년 이상 지껄여왔는데 한 번도 에드워드를 웃겨본 적이 없다. 그러나 이번만큼은 에드워드도 희미하게 입가에 웃음기를 머금는다.

제인이 돌려준 서한을 다시 받아드는 왕은 전령이 해주는 이야기를 찬찬히 듣고 안색이 환해진다. "그런 걸 보낸 내가 잘못했군. 여기 크롬웰이 제인의 순수함과 미덕 얘기를 했는데, 충분히 그럴 만해. 이제부터 제인의 명예를 더럽힐 만한 일은 하지 않겠네. 친척들이 함께 있을 때만 제인과 이야기를 나눠야겠어."

에드워드 시모어의 아내가 궁정으로 들어오면 가족 파티를 열 수도 있다. 그러면 왕은 그들과 함께 제인의 정숙함에 아무런 누가 되지 않게 저녁식사를 함께할 수 있다. 혹시 궁정에 에드워드가 묵을 방을 하나 마련해줄까? 그리니치에 있는 제 방들 말입니다. 크롬웰이 왕에게 상기시킨다. 그 방이 곧장 폐하의 방과 통합니다. 제가 짐을 챙겨 나가고 시모어가 사람들한테 들어와 있으라고 하면 어떨까요? 헨리가 크롬웰을 보고 환하게 웃는다.

울프홀을 방문한 이후로 크롬웰은 시모어 형제를 찬찬히 살펴보아 왔다. 그 사람들과 함께 일을 해야 할 테니까. 헨리의 여자들에게는 가족들이 줄줄이 딸려온다. 헨리는 숲속 나뭇잎 아래에 숨어 사는 신부를 찾아오는 남자가 아니다. 에드워드는 심각하고 진중하지만 기꺼이 속내를 터놓는 사람이다. 톰은 주도면밀하다. 그게 크롬웰의 생각이다. 주도면밀하고 약삭빠르고, 쾌활한 호인인 척하지만 그 밑으로는 잔머리가 분주히 돌아가고 있다. 하지만 최고의 두뇌는 아마 아닐 것이다. 톰 시모어는 말썽을 부리지 않을 거야, 그는 생각한다. 그리고 에드워드는 내가 떠안고 갈 수 있어. 크롬웰의 마음은 이미 앞서나가고 있다. 왕이 자기가 좋은 대로 하게 될 그때를 향해서. 그레고리와 황제의 대사가 이미 전향적인 방향을 제안했다. "참된 아내와 살았던 이십 년의 세월을 무효로 돌릴 수 있다면, 헨리를 애첩한테서 해방시켜줄 방법도 장관께서 찾을 수 있을 거라 믿습니다." 샤퓌가 크롬웰에게 그런 말을 했다. "애초에 아무도 그 결혼의 효력을 믿지 않았지요. 왕에게 좋다는 대답만 하도록 고용된 사람들만 빼고."

하지만 대사가 말하는 '아무도'가 누구일까 생각하게 된다. 황제의 궁정 사람들을 말하겠지. 하지만 잉글랜드 전체가 그 결혼에 충성을 맹세했다. 가벼운 사안이 아니야, 크롬웰은 조카 리처드에게 말한다.

합법적으로 결혼을 무효화한다는 게, 아무리 왕이 명령을 내려도 말이야. 좀 기다려야 할 거야, 우리는 아무도 찾아가지 않아, 그들이 찾아오게 해야 해.

그는 1524년 이후 불린 가문에 지급된 모든 양도 재산을 전부 기록한 문서를 구해오라고 시킨다. "그런 문서를 수중에 갖고 있으면 좋을 거야, 만의 하나 왕이 요구할 수도 있으니."

뭐든 빼앗을 의도는 없다. 차라리 보유 재산을 늘려줄 생각이다. 한껏 영예를 누리게 해주고. 농담을 하면 웃어주고.

다만 웃을 때는 조심해야만 한다. 왕의 광대 마스터 섹스턴은 앤에 대한 농담을 하다가 음탕하다고 말하고 말았다. 그 정도는 표현의 자유가 있다고 생각했던 모양이지만, 왕은 홀을 쿵쾅쿵쾅 가로질러 걸어가 광대를 때리고 머리를 나무판자에 쿵쿵 박은 후 궁정에서 내쫓았다. 니컬러스 커루가 딱한 마음에 광대에게 은신처를 제공했다고 한다.

크롬웰의 광대 앤서니는 섹스턴의 일로 몹시 마음이 상했다. 광대는 다른 광대의 몰락 얘기를 듣는 걸 즐기지 않는다. 더구나 앤서니 말대로 그 광대의 유일한 잘못은 앞날을 내다보는 혜안뿐이었으니. 아, 크롬웰이 말한다. 주방에서 풍문을 주워들은 모양이구나. 그러나 광대는 말한다. "헨리는 마스터 섹스턴과 함께 진실을 발로 차 쫓아낸 겁니다. 하지만 요즘 같은 시절에 진실은 빗장을 걸어 잠근 문 아래나 굴뚝으로 스멀스멀 기어들어오는 재주를 부리지요. 언젠가는 헨리왕도 두 손을 들고 진실을 안에 들이고 벽난로로 와서 불 좀 쐬라고 할 겁니다."

윌리엄 피츠윌리엄이 기록보관소를 찾아와 그와 함께 앉는다. "그런데 왕비는 어떤가, 크롬? 자네가 시모어가와 식사를 같이하는데도 아직 완벽한 친구인가?"

크롬웰은 미소를 짓는다.

피츠윌리엄이 벌떡 일어나 문을 홱 열어 밖에 누가 있는지 살피더니 다시 자리에 앉아서 하던 얘기를 이어간다. "마음을 다시 먹게. 이 불린 가문과의 친교, 이 불린 가문과의 결혼. 다 큰 성인들의 눈에 왕이 대체 어떻게 보였나? 자기 쾌락만 쫓는 사람처럼 보였지. 그러니까 어린애처럼 보였다는 말일세. 그렇게 격정에 사로잡히고, 여자 치마폭에 싸여서 꼼짝 못하고. 하지만 결국 그 여자도 다른 여자들과 전혀 다를 바 없는 신세가 되지 않았나—어떤 이들은 남자답지 못하다고도 말하네."

"그런가? 아니, 충격이군. 헨리가 사내가 아니라는 말은 절대 못하게 해야 하는데."

"남자는"—피츠윌리엄은 그 말에 방점을 찍어 말한다—"남자는 자기 격정을 절제할 줄 알아야 하네. 헨리는 엄청난 의지력을 보여주지만 지혜는 별로 보이지 않아. 그게 자신에게 해가 되지. 그 여자는 헨리에게 해로워. 그 폐해는 계속될 거야."

보아하니 그 여자의 이름을 부르지 않을 작정이었다. 안나 볼레나, 라 아나, 그 애첩. 그러니까 그 여자가 왕을 해한다면, 그 여자를 제거하는 게 충성스러운 잉글랜드인의 행동이 될까? 가능성은 그 사이에 있다. 근접하게 다가가고 있지만 아직 탐색하지는 않은 영역에. 물론 현재의 왕비와 그 후계자에 대한 이야기를 하는 건 모반이다. 그런 모반에서 자유로울 수 있는 건 오로지 왕뿐이다. 왕 본인이 자신의 이득에 반하는 일을 할 수는 없는 법이니까. 피츠윌리엄에게도 이 사실을 상기시킨다. 행여 헨리가 앤을 모함하는 말을 하더라도 절대 끌려들어 가지 말게.

"하지만 우리가 왕비에게 원하는 자질은 뭔가?" 피츠윌리엄이 묻는다. "평범한 여자의 미덕을 고루, 그것도 높은 수준으로 갖추고 있어야 하지 않나. 심지어 평범한 여자들보다 더 겸손하고, 더 차분하고, 더 분별 있고, 더 순종적이어야만 하네. 그래야 만인의 모범이 되지 않겠나. 스스로에게 묻는 사람들이 생기고 있네, 과연 앤 불린이 이런 조건을 하나라도 충족하는가 말이야."

그는 국고관리장 피츠윌리엄을 바라본다. 계속하게.

"자네한테는 솔직히 털어놓아도 될 거라 생각하네, 크롬웰." 피츠윌리엄이 말한다. 그리고 (다시 한번 문을 살핀 후) 정말로 솔직히 털어놓는다. "왕비는 온화하고 측은지심이 있어야 해. 왕이 자비를 행하도록 마음을 움직여주어야 한다고―왕을 잔혹함으로 모는 게 아니라."

"특별히 생각하는 사례가 있나?"

피츠는 젊었을 때 울지의 집안에서 일했다. 추기경의 몰락에 앤이 어떤 역할을 했는지 아무도 모른다. 앤의 손은 소맷자락 아래 감춰져 있었다. 울지는 앤으로부터 어떤 자비도 기대해서는 안 된다는 걸 알았고, 끝까지 자비를 얻지 못했다. 그러나 피츠는 추기경 얘기는 털어 버리는 눈치다. "토머스 모어를 변호할 생각은 추호도 없네. 그는 자기 생각처럼 국정에 그리 능하지 않았어. 자기가 왕을 쥐고 흔들며 통제할 수 있을 거라 생각했고, 헨리가 여전히 손을 잡고 데리고 다니던 다정한 소년이라고 생각했지. 그러나 헨리는 왕이고 순종을 원했어."

"그래, 그래서?"

"그런데 난 모어의 경우에는 좀 다르게 끝났더라면 좋았을 거라 생각한다네. 학자이고 대법관이었던 사람을 그렇게 빗속에서 질질 끌고 가서 참수하다니……"

그는 말한다. "이보게, 가끔 나는 모어가 죽었다는 걸 깜박 잊곤 하네. 어떤 소식이 들려오면 생각하는 거야, 모어가 이 소식을 들으면 무슨 말을 할까?"

피츠가 눈을 치켜뜬다. "설마, 모어하고 대화를 하는 건 아니겠지?"

그는 웃음을 터뜨린다. "모어한테 충고를 구하지는 않네." 하지만 물론 추기경에게는 조언을 구하지. 새벽녘에 잠을 설칠 때 내밀한 꿈속에서 말이야.

피츠가 말한다. "토머스 모어는 앤의 대관식 참석을 거절했을 때부터 이미 앤과의 가능성을 걷어찬 거지. 모어의 반역을 입증할 수만 있었다면, 앤이 일 년은 더 빨리 모어가 죽는 꼴을 봤을 거야."

"하지만 모어는 영특한 변호사였지. 다른 수많은 직함들이 있었지만 말이야."

"메리 공주—아니, 레이디 메리라고 해야지—메리는 변호사와 거리가 멀지. 친구 하나 없는 소녀야."

"아, 황제인 사촌을 친구로 쳐줄 수 있을 것 같은데. 그리고 곁에 두면 아주 좋은 친구이기도 하잖나."

피츠는 심기가 편치 않은 눈치다. "황제는 타국에 세워진 거대한 우상이야. 매일 메리를 좀더 가까이서 지켜줄 수 있는 수호자가 필요하네. 메리의 이익을 위해 힘을 써줄 사람이 필요하단 말일세. 이제 그만

두게. 크럼─요점을 두고 빙글빙글 춤이나 추며 변죽을 울리는 짓 따위는."

"메리는 그저 숨이 붙어 있기만 하면 돼." 그는 말한다. "그리고 나한테 춤을 춘다고 비난하는 사람은 별로 없는데."

피츠윌리엄이 일어난다. "뭐, 이만 가보겠네. 좋은 충고였어."

잉글랜드가 어딘가 잘못되어 반드시 바로잡아야 한다는 느낌이다. 잘못된 건 법도 관습도 아니다. 훨씬 더 깊은 무엇이다.

피츠윌리엄이 방에서 나가다가 다시 돌아온다. 불쑥 말한다. "만일 다음이 시모어 영감의 딸 제인이라면, 고귀한 혈통의 자기 가문이 더 잘되어야 한다고 생각하는 사람들이 좀 질투할 걸세─하지만 뭐, 시모어는 유서 깊은 가문이고, 폐하도 그 여자라면 이런 식의 골칫거리는 없을 테니. 내 말은, 남자들이 꼭 개처럼 꽁무니를 졸졸 쫓아다니는…… 뭐…… 아무튼 좀 보게, 시모어의 딸 말이야. 딱 봐도 치맛자락을 들춘 남자가 없다는 걸 알 수 있지." 이번에는 정말로 나간다. 하지만 모자 쪽으로 화려하게 손짓을 하며 그, 크롬웰에게 짐짓 경례를 붙이고서 사라진다.

니컬러스 커루 경이 크롬웰을 만나러 온다. 수염 한 올 한 올이 음모의 기운으로 바짝 서 있다. 그는 기사가 자리에 앉으면서 윙크라도 던질 것 같다고 생각한다.

막상 할말이 있을 때 커루는 놀랄 만큼 단도직입적이다. "우리는 그 첩을 축출하길 원하네. 자네도 그걸 원한다는 걸 우리도 알아."

"우리라고요?"

커루는 뻣뻣한 눈썹 밑에서 그를 올려다본다. 하나 남은 화살을 쏘아버렸기 때문에, 이제는 땅바닥을 터벅터벅 걸어 돌아다니면서 친구든 원수든 하룻밤 묵을 곳이든 찾아내야 하는 사내 같은 얼굴이다. 찬찬히 숙고하며 커루 경이 말뜻을 부연 설명한다. "내 친구들은 이 나라의 유서 깊은 귀족 가문 상당수를 포함하고 있네. 명예로운 혈통을 지닌 사람들 말이야. 그리고……" 경은 그의 얼굴을 보고 황급히 말한다. "에드워드왕의 혈통 쪽으로 왕좌에 아주 가까운 사람들의 뜻을 대변해 말하고 있는 걸세. 엑서터 경과 코트니 가문 말이야. 그리고 몬터규 경과 형제인 제프리 폴. 백작부인 마거릿 폴. 자네도 알다시피 어렸을 때 메리 공주의 훈육 담당이었지."

그는 눈길을 내리깐다. "레이디 메리겠죠."

"꼭 그래야 한다면 그렇다고 치지. 우리는 공주라고 부르네."

그는 고개를 끄덕인다. "그렇다고 해서 그 얘기를 안 하겠다는 건 아닙니다."

"내가 말한 사람들은," 커루 경은 말한다. "내가 대변하는 인물들 중에서 주요한 거물이지. 하지만 자네도 알다시피, 잉글랜드 대부분의 지역에서는 왕이 그 여자한테서 해방되면 다들 기뻐할 거야."

"잉글랜드 대부분의 지역은 잘 모르고 신경도 안 쓸 겁니다." 커루는 물론 자기의 잉글랜드 대부분 지역을 말한 것이다. 유서 깊은 혈통의 잉글랜드. 니컬러스 경에게 다른 나라는 존재하지도 않는다.

"제가 보기에는 엑서터 후작의 부인 거트루드가 이 문제에 대단히 적극적인 것 같더군요."

"그랬지." 커루는 아주 비밀스러운 얘기를 해주겠다는 듯 앞으로 바짝 당겨 앉았다. "메리와 내통해서."

"압니다." 그가 한숨을 쉰다.

"그들이 보낸 편지들을 읽었나?"

"모든 사람의 편지를 다 읽습니다." 경의 편지도요. "하지만 이것 보세요." 그는 말한다. "어쩐지 폐하에 맞서는 모의라는 냄새가 풍기는데요, 그렇지 않습니까?"

"전혀 그렇지 않네. 폐하의 명예가 핵심에 있지."

그는 고개를 끄덕인다. 요점은 알겠다. "그런데요? 저한테서 뭘 원하시는 겁니까?"

"우리는 자네가 우리 편에 합류해주길 바라네. 시모어의 딸이 왕비의 관을 써도 만족하네. 그 젊은 처녀는 내 친척이고, 참된 종교를 받드는 걸로 알려져 있으니. 우리는 제인이 헨리를 다시 로마로 이끌어줄 거라 믿네."

"거참 저의 신앙과 부합되는 방향이군요." 그가 아이러니하게 중얼거렸다.

니컬러스 커루 경이 상체를 숙여 다가온다. "이게 우리의 난관일세, 크롬웰. 자네는 루터파 아닌가."

그는 웃옷에 손을 댄다. 심장을 에워싸듯이. "아니요, 저는 은행가입니다. 루터는 이자를 받고 대출을 하는 사람들이 지옥에 가야 한다고 저주했습니다. 내가 그런 자의 편을 들 것 같습니까?"

니컬러스 경이 호탕하게 웃는다. "그건 몰랐군. 아니, 크롬웰이 돈을 빌려주지 않으면 우린 다 어떻게 되겠나?"

그가 묻는다. "앤 불린은 어떻게 될까요?"

"모르겠네, 수녀원?"

그리하여 거래는 성사되었다. 그, 크롬웰은 오래된 명문가들, 참된 종교 가톨릭을 믿는 자들의 조력자가 될 것이다. 그리고 나중에 새로운 체제가 들어서면 그들도 크롬웰의 후의를 고려하게 될 것이다. 이 사안에서 그가 열의를 보여주면 그들도 지난 삼 년간의 신성모독을 잊어줄 것이다. 그렇지 않으면 나중에 죗값을 치르게 될지도 모른다.

"딱 한 가지만 더, 크롬웰." 커루가 일어난다. "다음번에는 날 기다리게 하지 말게. 자네 같은 부류의 인간이 나쯤 되는 사람을 감히 곁방에서 구두 뒤축을 차게 만드는 건 예의가 아니야."

"아, 그 시끄러운 소리가 그거였습니까?" 커루는 궁정기사답게 솜을 넣은 비단옷을 입었지만 왠지 늘 의례용 갑옷을 입고 있는 모습으로 상상하게 된다. 전투용 갑옷이 아니라 친구들에게 과시하려고 이탈리아에서 사오는 갑옷 말이다. 그렇다면 뒤축을 차면 엄청나게 시끄러울 것이다. 철컹, 쩔렁. 크롬웰이 올려다본다. "전혀 깎아내리는 말씀이 아닙니다, 니컬러스 경. 지금부터 우리는 전속력으로 달립니다. 저는 갑옷을 갖춰 입고 싸울 채비를 완전히 마친 뒤 경의 오른편에 서겠습니다."

커루는 그렇게 허세를 섞어 말해야 말귀를 알아들었다.

이제 피츠윌리엄이 커루에게 말하고 있다. 커루는 프랜시스 브라이언의 여동생인 자기 부인에게 말하고 있다. 커루의 부인이 말, 아니 적어도 편지를 쓰고 있다. 메리에게 시시각각 사정이 좋아지고 있으며 앤 불린, 라 아나가 축출될 수도 있다는 사실을 알려주는 편지다. 최소한 이런 식으로 한동안 메리를 잠잠하게 할 수 있다. 그는 앤이 새삼스럽게 적의를 품고 있다는 소문이 메리의 귀에 들어가지 않기를 바랐다. 괜히 메리가 겁에 질려서 이성을 잃고 도망칠 수도 있다. 사람들은 메리에게 여러 가지 황당무계한 계획이 있다고 한다. 주변의 불린 가문 여자들에게 약을 먹이고 밤에 말을 타고 도망친다든가. 그는 샤퓌에게 경고한 바 있다. 물론 뜻을 전하되 말은 상당히 아꼈지만 말이다. 메리가 정말 도망치면 헨리가 샤퓌에게 책임을 물을 것이고 외교관의 면책특권도 전혀 고려하지 않을 거라고 했다. 최소한 광대 섹스턴처럼 여기저기서 발길질을 당하는 벌을 받을 겁니다. 최악의 경우 다시는 고국의 해변을 못 볼 수도 있어요.

프랜시스 브라이언이 울프홀의 시모어 가족들에게 궁정의 동향을 알려주고 있다. 피츠윌리엄과 커루는 엑서터 후작과 후작부인 거트루드에게 말한다. 거트루드는 함께 저녁식사를 하며 황제의 대사에게, 그리고 폴 가문에게 말한다. 폴 가문은 대담한 가톨릭이고 지난 사 년간 위태롭게 반역에 가까운 줄타기를 하고 있었다. 아무도 프랑스 대사에게 말하지 않는다. 그러나 모두가 그, 토머스 크롬웰에게 말한다.

합쳐보면, 새로운 친구들이 묻는 질문은 바로 이것이다. 헨리가 아내 하나를 내칠 수 있다면, 심지어 그 여자가 에스파냐의 딸이었는데도 그랬다면, 결혼문서에서 오류를 발견했다는 명목하에 불린의 딸에게도 보상금을 주고 어디 시골 가택으로 보내버릴 수는 없는가? 이십 년의 결혼생활 후에 캐서린을 버린 헨리의 행위는 전 유럽의 눈살을 찌푸리게 했다. 앤과의 결혼은 이 나라 밖 어디에서도 인정받지 못하고 있고, 겨우 삼 년밖에 되지 않았다. 어리석은 짓이었다고 인정하고 무효 처리하면 되지 않은가. 어쨌든, 그런 일을 해줄 자기 교회, 자기 대주교를 갖고 있으니 말이다.

머릿속에서 부탁의 말을 연습해본다. "니컬러스 경? 윌리엄 경? 우리 소박한 집으로 오셔서 저녁을 드시지 않겠습니까?"

정말로 부탁할 의도는 아니다. 금세 왕비의 귀에 말이 들어갈 것이다. 암호화된 눈짓이면 충분하다, 고갯짓과 윙크. 그러나 이번에도 마음속으로 만찬을 대접하는 상상을 한다.

노퍽 공작이 상석에 앉는다. 몬터규와 성녀 취급을 받는 어머니. 코트니와 빌어먹을 아내. 그 뒤로 스르르 미끄러져들어오는, 우리의 친구 므슈 샤퓌. "아, 저런." 노퍽이 투덜거린다. "이제 프랑스 말로 얘기해야 하나?"

"제가 통역하지요." 그가 제안한다. 그렇지만 이렇게 철컹거리며 들어오는 사람은 누구인가? 프라이팬 공작이시다. "어서 오십시오, 서퍽 경." 크롬웰이 말한다. "자리에 앉으세요. 그 멋진 수염에 빵 부스러기*가 들어가지 않도록 유의하시고요."

"빵 부스러기가 있어야 말이지." 노퍽은 배가 고프다.

마거릿 폴이 빙벽처럼 차가운 시선으로 그를 꿰찌른다. "만찬의 주인은 당신이지요. 우리 모두에게 자리를 내주었어요. 하지만 식탁보는 하나도 깔지 않았군요."

"죄송합니다." 그가 하인을 부른다. "손을 더럽히고 싶지는 않으시지요."

---

* 크롬웰의 별명인 '크럼'과 발음이 같다.

마거릿 폴이 냅킨을 휙 흔들어 펼친다. 냅킨에는 죽은 캐서린의 얼굴이 찍혀 있다.

바깥의 식품저장고 쪽에서 소란스러운 소리가 들려온다. 프랜시스 브라이언이 비틀거리며 들어온다. 벌써 한 병 거나하게 들이켠 눈치다. "좋은 벗들과 즐거운 시간……" 노래 부르며 들어온 그는 우당탕 자기 자리에 앉는다.

이제 그, 크롬웰이 하인들에게 고갯짓을 한다. 여분의 의자를 들고 들어온다. "비좁아도 사이사이에 자리를 더 놓아주게."

커루와 피츠윌리엄이 들어온다. 미소도 고갯짓도 없이 각자 자기 자리에 앉는다. 그들은 만반의 준비를 갖추고 만찬장에 들어왔다. 나이프를 손에 들고 온 것이다.

손님들을 둘러본다. 모두 준비가 되었다. 라틴어로 식전 기도를 올린다. 그러면 잉글랜드어를 선택했겠지만 여봐란듯 가톨릭식 성호를 긋는 손님들의 기분을 맞춰줄 생각이다. 손님들은 기대에 찬 눈길로 그를 바라보고 있다.

웨이터들을 소리쳐 부른다. 문이 벌컥 열린다. 땀에 젖은 남자들이 접시들을 테이블에 힘겹게 올려놓는다. 고기는 싱싱해 보인다. 사실 아직 도살조차 되지 않았다.

그래 봤자 이 정도는 약간의 결례에 불과하다. 하객들은 자리에 앉아 군침을 흘려야 한다.

불린 가문이 통째로 식탁에 올라 크롬웰의 나이프에 조각조각 썰려 나뉘어지기만 기다린다.

레이프가 왕의 사실에 들어가자 크롬웰은 하인들 중에서 출세가도를 달리고 있는 음악가 마크 스미턴을 좀더 잘 알 수 있게 된다. 처음 마크가 추기경의 문 앞에 나타났을 때는, 훨씬 더 덩치 큰 남자가 사용하던 누덕누덕 기운 장화와 싸구려 캔버스 천으로 지은 바지 차림이었다. 추기경이 그에게 소모사로 만든 옷을 지어주었는데, 왕실로 들어간 후부터는 알록달록한 옷을 입기 시작하더니 에스파냐 가죽으로 만든 안장을 얹은 훌륭한 거세마를 타고 금술 달린 장갑으로 고삐를 쥐는 게 아닌가. 그 돈은 어디서 오는 걸까? 앤이 무모하게 씀씀이가 큽니다, 레이프가 말한다. 뒷소문에 따르면 앤이 프랜시스 웨스턴에게 빚쟁이들을 쫓아버릴 만한 거액을 주었다고 합니다.

마스터께서도 아시겠지만, 레이프가 말한다. 요즘 폐하께 예전처럼 사랑받지 못하다보니 왕비는 제 말 한마디에 목을 매는 젊은이들을 주위에 거느리는 걸 굉장히 좋아합니다. 왕비의 거처가 북적북적한 시장통 같습니다. 폐하 처소의 시중을 드는 신사들이 이런저런 심부름을 핑계로 오가고, 게임을 한판 한다든가 노래 한 곡 부른답시고 눌러앉곤 하지요. 전달할 메시지가 없을 때는 없는 걸 꾸며내서라도 옵니다.

왕비의 총애를 덜 받는 신사들이 입이 근질거려 신참에게 온갖 가십들을 다 말해주지요. 군이 말해주지 않아도 아는 어떤 것들은 직접 두 눈으로 보고 귀로 들을 수 있습니다. 꼭 닫힌 문 뒤에서 속삭이며 갈팡질팡하는 소리. 넌지시 왕을 조롱하는 소리. 왕의 옷과 음악을 놀리고, 침대에서의 결함을 슬쩍 암시하는 농담들. 그런 암시들이 어디서 왔겠습니까, 왕비가 아니라면?

말 얘기만 하루종일 하는 신사들도 있습니다. 이 녀석이 지구력이 좋지만 옛날에는 훨씬 빠른 말도 타봤다네. 자네 것도 아주 좋은 암망아지이지만, 내가 눈여겨보고 있는 구렁말을 한번 봐야 해. 헨리의 경우에는 관심사가 오로지 여자들입니다. 눈앞에 지나가는 여자면 거의 다, 뭐든 좋은 점을 찾아내고 아무리 늙고 못생기고 성깔이 더러워도 어떻게든 칭찬을 해주지요. 그러니 젊은 여자들은 어떻겠습니까, 하루에도 두 번씩 반하는 겁니다. 정말 최고의 눈을 가지지 않았나, 목덜미가 하얗지 않나, 목소리가 다정하군, 손이 정말 예쁘지 않나? 보통은 쳐다만 보고 손은 대지 않지요. 기껏 용기를 낸다는 게, 얼굴을 살짝 붉히며 '자네도 그녀가 정말 어여쁜 엉덩이를 가졌다고 생각지 않나?' 그런 말씀만 하시고요.

어느 날 레이프는 옆방에서 웨스턴의 목소리를 듣는다. 신이 나서 주체를 못하고 왕을 흉내내고 있다. "정말 그녀 보지가 만져본 것 중에서 제일 축축하지 않나?" 킬킬거리는 웃음소리, 공모하는 듯한 비웃음. 그러더니 "쉿! 크롬웰의 스파이가 요즘 숨어서 활동한다지."

해리 노리스는 최근 궁정을 비워두고 자기 영지에서 시간을 보낸다. 레이프는 말한다. 그래도 노리스가 자리에 있으면 그런 얘기들을 자제시키려 하고 가끔은 짐짓 화를 내는 척도 합니다. 하지만 가끔은 웃음기를 띠기도 합니다. 그들은 왕비 얘기를 하면서 쑥덕이는데……

계속 말해, 레이프, 크롬웰이 다그친다.

레이프는 이런 말을 하는 걸 싫어한다. 몰래 엿듣는 짓은 성정에 맞지 않는다. 한참 고민하더니 결국 털어놓는다. "왕비가 왕의 기분을 맞춰주려면 빨리 수태를 해야 하는데, 하지만 아기가 어디서 온담? 이런 소리를 합니다. 헨리가 잘할 거라 믿을 수가 없으니, 우리 중 누가 왕에게 좋은 일을 해주나?'라고 하더군요."

"그 얘기가 무슨 결론이 났나?"

레이프가 정수리를 하도 비벼대서 머리카락이 다 바짝 섰다. 아시잖아요, 레이프가 말한다. 정말로 그런 짓은 안 할 겁니다. 아무도요. 왕비는 신성해요. 아무리 그런 색정에 찬 사내들이라 해도 그건 너무 큰죄고, 놀리기는 해도 폐하를 굉장히 두려워하니까요. 게다가 왕비는 그렇게 어리석은 짓을 할 리가 없습니다.

"다시 한번 묻겠네. 그 얘기가 무슨 결론이 났나?"

"각자 알아서 자기 앞가림을 해야지, 였던 것 같습니다."

그는 웃음을 터뜨린다. "소브 키 푀."*

그는 이 모든 게 필요가 없기를 빈다. 앤을 치게 된다 해도 이보다는 깨끗한 방식을 원한다. 다 바보 같은 잡담일 뿐이다. 하지만 그런 얘기가 있다면, 레이프는 들은 걸 안 들었다 할 수도 없고, 그 역시 알아버린 걸 모르게 되돌릴 수도 없다.

3월의 날씨, 4월의 날씨, 얼음 같은 소나기와 파편처럼 쏟아지는 햇살. 크롬웰은 샤퓌를 만난다, 이번에는 실내에서.

"생각이 많아 보이는군요, 내무장관님. 난롯가로 오십시오."

그는 모자의 빗방울을 털어낸다. "마음이 무겁습니다."

"그런데 말입니다, 나와 이런 만남을 주선하는 건 순전히 프랑스 대사를 짜증나게 만들려는 목적 같은데요."

---

* sauve qui peut. '달아나기 바쁘구먼'이라는 뜻의 프랑스어.

346

"아, 그럼요." 그가 한숨을 쉰다. "많이 질투하죠. 사실 좀더 자주 찾아뵙고 싶은데, 말이 꼭 왕비한테 흘러가더군요. 그리고 왕비는 어떤 식으로든 그걸로 내게 복수할 궁리를 하고요."

"좀더 우아한 여주인을 만나셔야겠습니다." 대사의 암묵적인 질문은 바로 이런 것이다. 어떻게 되어가고 있나요, 새 여자를 들이는 건? 샤퓌는 그에게 귀띔을 한 것이다. 우리 주군 사이에 새로운 조약을 맺을 수는 없소? 메리와 그녀의 이익을 보호해줄 수 있는, 어떤 조치 말이오. 그리고 앞으로 헨리가 아이를 갖게 되면, 그 아이 바로 다음으로 메리를 왕위 계승 2순위로 복원할 그런 조치는 없을까요? 물론, 지금의 왕비가 사라진다고 가정할 때 말입니다.

"아 레이디 메리." 최근 크롬웰은 메리의 이름이 나올 때마다 손을 모자에 얹는 버릇이 생겼다. 대사가 이에 감동하는 걸 그는 볼 수 있다. 그 이야기를 외교 보고서에 넣으려고 준비하는 걸 알 수 있다. "왕은 공식적인 회담을 개최할 의향이 있습니다. 황제와 우정으로 굳게 맺어진다면 흔쾌히 수락하실 겁니다. 폐하께서 하신 말씀입니다."

"이제 왕한테도 핵심 용건을 말해야 합니다."

"폐하에게 영향력이 있기는 하지만 제가 폐하 대신 답을 줄 수는 없습니다. 그 어떤 신하도 못합니다. 이건 제가 봉착한 난관이지요. 폐하 휘하에서 출세하려면 폐하가 무엇을 원하는지 미리 알아차려야 합니다. 그러나 만일 폐하가 마음을 바꾸면, 신하가 무방비로 노출됩니다."

그가 모셨던 울지는 이런 충고를 했다. 하고 싶은 말은 뭐든 하게 해라, 미루어 짐작하지 마라, 지레짐작은 자기 파멸로 몰고 갈 것이다. 하긴 울지의 시절 이후로, 왕이 군이 입 밖에 내지 않은 명령들을 묵살하기는 점점 더 어려워졌는지도 모르겠다. 왕은 부글부글 끓어오르는 불만으로 방안을 가득 채우고, 결재를 요청하면 딴청을 피우며 하늘만 쳐다본다. 하늘의 구원을 바라기라도 하듯이.

"왕이 장관에게 등을 돌릴까봐 두려워하는군요." 샤퓌가 말한다.

"그럴 거라 생각합니다, 언젠가는요."

가끔 밤에 잠이 깨면 그런 생각을 한다. 명예롭게 은퇴한 대신들도 있다. 그런 사례를 생각한다. 물론 한밤중에 잠을 이루지 못하고 깨어 있다면 다른 부류가 훨씬 더 커다란 존재감으로 다가온다. "만일 그런 날이 닥친다면 어떻게 하실 겁니까?" 대사가 묻는다.

"제가 뭘 할 수 있을까요? 참을성으로 무장하고 나머지는 하느님께 맡겨야지요." 그리고 신속하게 끝나기만 바라야지.

"신심이 깊으십니다." 샤퓌가 말한다. "행운이 장관께 등을 돌리면 친구들이 필요할 겁니다. 황제께서는—"

"황제께서는 제 생각까지 하실 여유가 없으십니다, 외스타슈. 저를 위시한 미천한 사람들 생각까지 해주실 여유가 어디 있겠습니까. 추기경을 위해서도 누구 하나 손가락도 까딱하지 않았는데요."

"불쌍한 추기경. 내가 좀더 그를 깊이 알았으면 좋았을 텐데요."

"제 비위를 맞추는 건 그만하면 됐습니다." 크롬웰이 날카롭게 말한다. "충분히 하셨어요."

샤퓌가 탐색하는 눈길로 크롬웰을 훑는다. 불길이 화르륵 치솟아오른다. 옷에서 몽글몽글 김이 오른다. 빗방울이 창문을 때린다. 그는 부르르 떤다. "몸이 아픕니까?" 샤퓌가 묻는다.

"아니, 전 그럴 여유가 없습니다. 제가 앓아누우면 왕비가 꾀병이라고 당장 일어나라고 하겠지요. 제 기분을 좋게 해주고 싶으시면 그 크리스마스 모자나 좀 꺼내 쓰십시오. 상중이라 못 쓰셔서 아쉬웠습니다. 부활절까지 기다려야 볼 수 있다니 너무 멀어요."

"농담하는 거라 생각하겠소, 토머스. 감히 내 모자를 가지고 말이오. 장관이 보관하는 동안 놀림을 많이 받았다고 들었는데요. 서기들뿐만 아니라 마구간지기나 사냥개 돌보는 애들까지 놀려댔다고요."

"오히려 그 반대입니다. 써보고 싶다고들 난리였지요. 교회에 중요한 만찬이 있을 때마다 꼭 보고 싶은 모자입니다."

"역시 장관의 신심은 참으로 깊소." 샤퓌가 말한다.

크롬웰은 그레고리를 친구 리처드 사우스웰의 집으로 보내 웅변 기술을 배우게 한다. 런던 밖으로 나가서 일촉즉발의 궁정으로부터 멀리 떨어져 있는 게 그 아이에게 좋다. 사방에 불편한 증표들이 난무한다. 삼삼오오 모여 있던 궁정기사들은 크롬웰이 다가가면 흩어진다. 모든 걸 걸고 도박을 해야 한다면—그래야 할 거라고 생각한다—그레고리가 시시각각 죄어오는 고통과 의혹의 시간을 겪어서는 안 된다. 그 아이는 사태의 결말만 들으면 된다. 굳이 과정을 생생하게 체험하지 않아도 된다. 멍청이들과 어린애들에게 세상을 설명해줄 시간이 지금은 없다. 유럽 전역의 기병대와 병기부대, 해상의 선박, 상인이며 전사 들의 동태를 살펴야 한다. 아메리카에서 황제의 국고로 흘러들어가는 황금을 지켜봐야 한다. 가끔 평화가 전쟁처럼 보일 때가 있다. 도무지 분간할 수가 없다. 가끔 이 섬나라가 아주 작아 보일 때도 있다. 유럽에서 전해오는 소식에 따르면 이탈리아의 에트나산이 분화해 시칠리아 전역에 홍수가 일어났다고 한다. 포르투갈에서는 기근이 한창이다. 그리고 사방에 질시와 분쟁, 미래에 대한 불안감, 굶주림에 대한 두려움과 굶주림이 기정사실이라는 두려움, 신에 대한 두려움과 신의 마음을 어떻게 달랠까, 어느 언어로 달랠까 그런 문제들을 두고 제기되는 의혹들이 판친다. 그가 소식을 받을 때는 항상 이 주일쯤 시간차가 있다. 우편은 느리고 조수는 그의 뜻을 거스른다. 도버 요새를 강화하는 작업이 끝나가려 하니 칼레의 벽이 무너져내린다. 서리에 미장이 금가고 워터게이트와 랜턴게이트 사이가 쩍 갈라져버렸다.

사순절 제5일요일에 왕의 교회에서 앤의 자선관* 존 스킵이 설교를 한다. 겉보기에는 우화 같지만, 그 설교의 힘은 토머스 크롬웰을 겨냥하고 있는 듯하다. 예배에 참석했던 사람들이 전부 와서 한 문장 한 문장 그 설교를 설명해주는 걸 듣고 있으면서 크롬웰은 활짝 미소를 짓는다. 크롬웰이 잘되기를 바라는 사람, 못되기를 바라는 사람을 가리지 않고 하나같이 찾아와 설교 얘기를 전해준다. 크롬웰은 설교 따위에 쓰러질 사람이 아니다. 비유 따위로 박해를 받는다고 억울해할 사람도 아니다.

어렸을 때 아버지 월터에게 격분해 머리로 아버지의 배를 치받겠다고 덤벼들었던 적이 있다. 그러나 그때는 하필 콘월의 역도들이 나라를 떼거지로 휩쓸던 때였고, 퍼트니 역시 나아가 싸워야 한다고 생각했기 때문에 월터는 자기와 친구들을 위해 갑옷을 뚝딱거리며 만들고 있었다. 그래서 그가 박치기했을 때, 무슨 느낌보다도 쿵 하는 소리

---

* almoner. 자선활동을 담당하는 교회의 사제.

가 먼저 들렸다. 월터는 직접 제작한 갑옷을 속에 입고 있었던 것이다. "그걸로 좀 배운 바가 있겠구나." 아버지는 흥분하지도 않고 차분하게 말했다.

그 생각을 자주 한다, 그 철통같던 배를. 그리고 자기 역시 귀찮고 무거운 금속은 아니라도 그런 갑옷이 있다고 생각한다. "크롬웰은 배짱이 두둑하지." 친구들이 말한다. 적들도 그렇게 말한다. 입맛도 좋고 원기 왕성하고 한 방이 있다는 말이다. 아침에 일어나자마자 혹은 밤에 잠들기 전에, 선혈 낭자한 육회를 보아도 구역질이 나는 법이 없다. 누가 새벽에 잠을 깨워도, 그때도 배가 고프다.

틸니 수도원에서 상납품 목록이 들어온다. 튀르크산 붉은 새틴과 고운 최고급 흰색 실로 짜서 금색으로 짐승들을 수놓은 정복. 벨기에 브루게 지역의 흰색 새틴으로 지은 제단포 두 장. 핏방울 같은 붉은 벨벳 무늬가 있는 하얀 공단, 그리고 주방에서 쓰는 물품들. 반죽을 누르는 추, 집게와 불쏘시개, 고기를 걸어두는 고리.

겨울이 녹아 봄이 된다. 의회는 해산한다. 부활절 당일이 되었다. 생강소스에 재운 양고기를 먹어도 되고, 드디어 생선을 식탁에 올리지 않아도 되는 축복의 날이다. 그는 예전에 아이들이 그림을 그리던 달걀을 생각한다. 얼룩덜룩한 달걀마다 추기경 모자를 씌워주었지. 크롬웰은 물감이 흐르도록 달걀 껍질을 작고 따뜻한 손으로 감싸쥐고 있던 자신의 어린 딸 앤을 기억한다. "이것 봐요! 르가르데*!" 그해에 앤은 프랑스어를 공부하고 있었다. 그리고 놀라움으로 가득하던 얼굴, 손에

---

* regardez. '보세요'라는 뜻의 프랑스어.

묻은 얼룩을 핥으려고 살짝 내밀던 호기심에 찬 혓바닥.

황제는 로마에 있고, 풍문에 따르면 교황과 일곱 시간에 걸쳐 담화를 나누었다고 한다. 그중 잉글랜드에 대한 음모를 꾸미는 데 할애된 시간은 얼마였을까? 아니, 황제는 형제 군주를 오히려 두둔하고 나섰을까? 황제가 프랑스와 강화조약을 맺을 거라는 뜬소문이 돈다. 그렇다면 잉글랜드에는 나쁜 소식이다. 협상을 밀어붙여야 할 때다. 크롬웰은 샤퓌와 헨리의 대담을 주선한다.

이탈리아에서 크롬웰에게 보낸 편지의 서두는 크롬웰을 이렇게 칭하는 것으로 시작된다. "몰토 마니피코 시뇨르……"* 그는 노동자였던 과거의 자신, 헤라클레스를 생각한다.

부활절 이틀 후 조지 불린이 궁에서 황제의 대사를 반가이 맞는다. 치아와 진주 단추를 번쩍이는 조지 불린을 보자마자 대사의 눈이 소스라친 말처럼 둘 곳을 찾지 못해 헤맨다. 예전에도 조지의 영접을 받은 적이 있지만, 오늘은 만나게 될 거라 미처 예상치 못했다. 차라리 불린의 친구들 중 한 사람, 커루라면 나았을 것을. 조지가 우아한 궁정 프랑스어로 장황하게 인사를 한다. 폐하와 함께 미사를 받드시기를 부탁드립니다. 그리고 혹시 실례가 되지 않는다면 역시 만찬을 제가 개인적으로 대접해도 될까요?

샤퓌는 주위를 두리번거린다. 크레뮈엘, 도와주게!

크롬웰은 조지의 공작을 보고 미소를 지으며 물러서 있다. 저 친구

---

* molto magnifico signor. '아주 힘센 사람'이라는 뜻의 이탈리아어.

가 끝장나고 난 뒤에는 오히려 좀 보고 싶어지겠는데. 그는 생각한다. 내가 놈을 뻥 차서 켄트로 돌려보내서, 양떼 숫자나 헤아리고 곡물 수확에 소박한 관심을 갖는 신세로 만들어줄 테다.

왕이 직접 샤퓌에게 미소 짓고 환영 인사를 한다. 헨리는 씩씩하게 위층의 자기 자리로 올라가버린다. 샤퓌는 조지의 부하들 사이에 자리를 잡는다. "유디카 메, 데우스."* 사제가 읊조린다. "오 하느님, 저를 심판하시고 성스럽지 않은 민족과 나의 명분을 갈라놓으소서. 부당하고 기만적인 인간으로부터 저를 구원해주십시오."

샤퓌는 이제 뒤를 돌아보며 그에게 비수처럼 날카로운 눈길을 던진다. 그는 씩 웃는다. "어째서 슬퍼하는가, 오, 나의 영혼이여?" 사제가 묻는다. 물론 라틴어로.

대사가 느릿느릿 제단으로 나가 영성체를 받들자, 신사들이 연습한 무용수처럼 깔끔하게 반 발자국 망설이며 그 뒤를 따른다. 샤퓌는 비틀거린다. 조지의 친구들이 그를 에워쌌다. 어깨 너머로 샤퓌가 흘끗 시선을 던진다. 샤퓌의 눈빛이 말하고 있다. 나는 어디 있나, 어떻게 해야 하나?

그 순간, 바로 그의 시선이 닿는 곳에서 앤 왕비가 전용 예배석에서 거침없이 내려온다. 고개를 빳빳이 치켜들고 벨벳과 흑담비털로 치장하고 루비 목걸이를 걸고 있다. 샤퓌는 망설인다. 앤 왕비를 똑바로 마주칠까봐 앞으로 나아갈 수도 없다. 조지와 하인들이 압박하고 있어서 뒤로 물러설 수도 없다. 앤이 고개를 돌린다. 가시 돋친 미소다. 그

---

* judica me, deus. '저를 심판하소서, 하느님'이라는 뜻의 라틴어.

리고 왕비는 보석을 주렁주렁 단 목을 우아하게 기울여 적에게 경의를 표한다. 샤퓌는 눈을 질끈 감고 첩에게 고개 숙여 인사한다.

그 오랜 세월을 견뎠는데 이제 와서! 그 오랜 세월 동안 샤퓌는 절대, 절대로 앤과 얼굴을 마주치는 일이 없도록, 이런 적나라한 선택의 순간에 처할 일이, 이 저주받을 예의를 차릴 일이 없도록 세심하게 행로를 선택해왔다. 그렇지만 달리 어떻게 할 수 있었을까? 곧 보고가 올라갈 것이다. 황제의 귀에 들어갈 것이다. 카롤루스가 이해해주기만 바라며 기도할 수밖에.

이 모든 생각이 대사의 얼굴에 훤히 드러난다. 그, 크레뮈엘은 무릎을 꿇고 영성체를 모신다. 신이 그의 혓바닥 위에서 밀가루 반죽으로 변한다. 이 절차가 행해지는 동안은 눈을 감는 것이 도리다. 그러나 특별히 이번 한 번만은, 신께서도 주위를 둘러보는 그를 용서해주시리라. 쾌감에 분홍빛으로 물든 조지 불린이 보인다. 굴욕감에 하얗게 질린 샤퓌가 보인다. 왕의 예배석에서 깊은 생각에 잠겨 내려오는 헨리가 보인다. 왕의 걸음걸이는 의도적이고, 느릿느릿하다. 얼굴은 진중한 승리감으로 불타고 있다.

진주 범벅을 한 조지가 최선의 노력을 다했음에도 불구하고, 예배당을 나오던 대사는 황급히 일행을 벗어난다. 허둥지둥 크롬웰에게로 오더니 그를 손으로 덥석 잡는다. "크레뮈엘! 미리 짜인 계획을 알고 있지 않았소? 어떻게 내게 이런 망신을 줄 수가 있습니까?"

"이게 최선입니다, 제가 장담하지요." 그는 진중하고 사려 깊게 덧붙여 말한다. "군주의 성격을 이해하지 못한다면 외교관으로 무슨 쓸모가 있습니까, 외스타슈? 군주들은 다른 사람들과 사고방식이 다릅니다. 우리 같은 평민이 보기에는 헨리가 도착적으로 보이지요."

대사의 눈빛이 깨달음으로 환해진다. "아아." 그러더니 긴 한숨을 토한다. 그 순간, 어째서 헨리가 그로 하여금 자기가 더이상 원치 않는 왕비에게 공개적으로 경의를 표하게 만들었는지 파악했던 것이다. 헨리는 끈질기게 자기 의지를 관철한다. 완고하기 짝이 없다. 이제 헨리는 자기주장을 관철했다. 두번째 결혼이 인정받은 것이다. 그러니 이제는 마음이 내키면 그 결혼도 파기할 수 있다.

샤퓌는 앞으로 외풍이 닥칠까 두려워하는 사람처럼 옷매무새를 가다듬는다. 그리고 속삭인다. "정말로 그 첩의 동생과 식사를 해야 하는 겁니까?"

"아, 그럼요. 보시면 아주 매력적인 만찬 주최자라고 생각하실 겁니다. 어쨌든……" 크롬웰은 손으로 얼굴을 가려 미소를 숨긴다. "그는 방금 승리를 만끽하지 않았습니까? 조지를 위시해서 온 가문이 말이지요."

샤퓌가 몸을 한층 더 웅크린다. "왕비를 보고 충격을 받았습니다. 그렇게 가까이서 본 건 처음이었어요. 깡마르고 늙은 여자로 보이더군요. 금빛 소맷자락의 그 여인이 미스트리스 시모어입니까? 아주 평범하던데요. 헨리는 어떤 점을 좋아하는 겁니까?"

"멍청하다고 생각해요. 그걸 편안하다고 여기지요."

"확실히 사랑에 푹 빠져 있더군요. 타인의 눈에 금방 드러나지 않는 어떤 매력이 있는 게 틀림없어요." 대사는 킬킬 웃는다. "틀림없이 아주 훌륭한 에니금*의 소유자겠지요."

"그야 아무도 모를걸요." 그는 무표정하게 말한다. "숫처녀니까요."

"당신네 궁정에 그렇게 오래 있었는데도 말입니까? 틀림없이 헨리가 잘못 알고 있는 거겠죠."

"대사님, 이 얘기는 나중에 합시다. 대사님을 만찬에 초대한 사람이 왔군요."

샤퓌는 심장 위로 두 손을 겹쳐 모은다. 로치퍼드 경 조지에게 화려하게 예를 갖춰 인사를 한다. 로치퍼드 경도 똑같이 응대한다. 두 사람은 팔짱을 끼고 점잔을 빼며 걸어간다. 로치퍼드 경이 봄을 찬미하는 시를 읊고 있는 것 같다.

"으음." 오들리 경이 말한다. "대단한 쇼군." 미약한 햇살이 대법관의 징표인 사슬에 반사되어 번득인다. "이리 오게, 친구. 가서 빵이나 좀 갉아먹자고." 오들리가 낄낄거린다. "불쌍한 대사. 바버리 해안**에 노예로 끌려가는 사람 같군. 내일 어느 나라에서 눈을 뜨게 될지도 모르고 말이야."

그건 나도 모르겠네. 그는 생각한다. 오들리는 언제나 쾌활한 친구다. 그는 눈을 감는다. 어떤 단서, 어떤 암시가 문득 떠오른다, 겨우 열 시밖에 되지 않았지만 오늘 최고의 하루를 보냈다는 느낌. "크럼?" 대법관이 말한다.

모든 게 산산조각으로 해체되기 시작한 건 만찬이 끝난 직후다, 그것도 가능한 최악의 방식으로. 크롬웰은 헨리와 대사를 한자리에 있게 했다. 창가에 서서 서로를 따뜻한 말로 어루만지고 동맹에 대해 정담

---

* énigme. '수수께끼, 불가사의'라는 뜻의 프랑스어.
** 북아프리카의 중서부 해안 지역.

을 나누고 서로 허심탄회한 제안을 할 수 있도록. 처음 크롬웰의 눈에 띈 건 왕의 안색이 변했다는 것이다. 분홍빛 어린 흰색에서 벽돌 같은 붉은빛으로. 그러더니 높은 언성으로 말을 딱딱 끊는 헨리의 말소리가 들린다. "내 생각에는 지나치게 주제넘은 생각을 하는 것 같소, 샤퓌. 당신은 내가 당신네 주군이 밀라노를 통치할 권리를 인정한다고 말하고 있는 건데, 아마 모르긴 몰라도 프랑스 왕에게도 권리는 있지 않소? 어쩌면 프랑스 왕이 밀라노를 통치하는 쪽이 명분은 더 나을지도 모르고. 감히 주제넘게 내 정책을 아는 척하지 마시오, 대사."

샤퓌는 소스라쳐 물러난다. 크롬웰은 제인 시모어의 질문을 떠올린다. 불에 덴 고양이를 본 적이 있으세요, 내무장관님?

대사가 말한다. 뭔가 나지막하게 간곡히 탄원한다. 헨리가 그를 향해 딱딱거린다. "그러니까 내가 한 나라의 군주로서 다른 나라의 군주에게 베푼 예의가 사실은 거래의 조건이었다는 말이오? 내 아내인 왕비에게 인사를 했다고, 그다음에 청구서를 보내는 거요?"

그, 크롬웰은 샤퓌가 회유하듯 한 손을 치켜드는 모습을 본다. 대사가 말을 끊고 손해를 최소화하려 애쓴다. 그러나 헨리는 대사의 말을 묵살하고 계속 자기 할말을 한다. 입을 떡 벌리고 쳐다보고 있는 온 방안의 사람들에게 다 들리도록, 그 뒤에 몰려든 구경꾼들한테까지 다 들리도록. "당신네 주군은 예전에 곤궁에 처했을 때 내가 어떤 일을 해줬는지 기억하지 못한단 말이오? 에스파냐 백성들이 들고 일어났던 그때? 바다를 개방해주지 않았소. 돈도 빌려줬고. 그런데 나한테 돌아온 게 뭐요?"

잠깐의 침묵. 샤퓌는 황급히 정신을 추슬러 자기 임기 이전의 세월들을 기억해내려 애쓴다. 그리고 힘없이 되묻는다. "돈이요?"

"돌아온 건 깨진 약속뿐이었소. 기억 좀 해보시오. 내가 프랑스에 대적해서 당신네 주군을 얼마나 도와줬는지를. 그때 나한테 영토를 약속했었소. 그런데 내가 다음에 들은 소식은 프랑스의 프랑수아와 강화조약을 맺는다는 거였지. 그러니 그 입에서 나오는 말을 내가 어떻게 믿겠소?"

샤퓌는 반듯하게 몸을 편다. 왜소한 사내로서 할 수 있는 최대치로 똑바로 선다. "갖고 놀기 재밌는 장난감이야." 오들리가 크롬웰의 귀에 대고 말한다.

그러나 그는 농담에 정신을 팔 여유가 없다. 그의 눈은 왕에게 못박혀 있다. 그는 샤퓌의 말을 듣는다. "폐하, 그건 한 나라의 군주가 다른 나라의 군주에게 해서는 안 되는 질문입니다."

"그런가?" 헨리가 비웃는다. "옛날에는 그런 질문을 아예 할 필요가 없었소. 모든 형제 군주들이 나처럼 신의를 지킨다고 믿었지. 그러나 가끔 말이오, 므슈, 쓰디쓴 체험 앞에서 그간의 우호적이고 다정한 전제들이 무너져내릴 때가 있소. 내 하나 묻겠는데, 당신네 군주는 나를 바보로 아는 거요?" 헨리의 목소리가 하늘로 휙 날아오른다. 헨리는 허리를 살짝 굽히고 손가락으로 무릎을 톡톡 치고 있다. 마치 어린아이나 작은 개를 꼬드기려 하는 것처럼. "헨리!" 헨리는 꽥꽥 소리를 지른다. "카롤루스 형님한테 오렴! 친절한 네 주인의 품으로 어서 와라!" 헨리는 몸을 똑바로 펴면서 격분으로 침을 튀기다시피 한다. "황제는 나를 유아 취급하고 있소. 처음에는 채찍질을 하더니 애완동물처럼 귀여워하다가 또 채찍질이군. 그에게 가서 짐은 갓난애가 아니라고 전하시오. 나는 내가 다스리는 왕국의 황제이며, 남자이고, 아버지라고 말하시오. 우리 집안일에 관심을 끊으라고 말하시오. 그의 내정간섭을 너무 오래 참아줬어. 처음에는 내가 결혼해도 되는 상대를 지정해주려고 하다니. 다음에는 내 딸을 어떻게 다뤄야 하는지 보여주려 하는군. 가서 말하시오, 내가 알아서 합당하게 메리를 다룰 거라고, 순종하지 않는 딸을 다루는 아버지로서 말이오. 그애 어머니가 누구든 그건 상관없소."

왕의 손이—맙소사, 그의 주먹이—대사의 어깨를 거칠게 밀친다. 방해물 없이 앞길이 훤히 트이자 헨리가 쿵쾅거리며 나간다. 황제다운 퍼포먼스였다. 한쪽 다리를 질질 끄는 게 한 가지 흠일 뿐. 헨리는 어깨 너머로 소리를 지른다. "공개적으로 진심어린 사과를 받길 원하오."

크롬웰은 참았던 숨을 뱉는다. 대사가 횡설수설하며 비실비실 방을 가로질러 다가온다. 정신이 혼미한 채로 크롬웰의 팔을 붙잡는다. "크레뮈엘, 내가 무엇 때문에 사과해야 하는지 모르겠소. 친선을 위해 입궁했는데 처음에는 덫에 걸려서 그 괴물과 똑바로 마주치지를 않나, 식사 내내 그 동생과 서로 칭찬의 말을 주고받아야 하질 않나, 그다음에는 헨리에게서 공격을 받았소. 헨리는 우리 주군을 원하고 우리 주군을 필요로 하는데, 그저 몸값을 비싸게 받으려고 케케묵은 전략을 구사하고 있을 뿐이오. 프랑수아왕에게 군대를 보내 이탈리아에서 싸우게 만들려는 시늉을 하면서—그 병력들은 어디 있소? 눈에 보이지도 않는데. 나도 눈이 있어요. 왕의 군대는 보이지 않는단 말입니다."

"진정해요, 진정해." 오들리가 달랜다. "우리가 알아서 사과하겠습니다, 므슈. 폐하의 분노가 가라앉게 두세요. 걱정하지 마시고, 훌륭하신 군주께 보내는 외교 서한은 잠시 보류하고, 오늘밤에는 쓰지 마세요. 우리가 회담이 이어질 수 있도록 해보겠습니다."

오들리의 어깨 너머로, 군중들 사이로 유유하게 걸어들어오는 에드워드 시모어가 보인다. "아, 대사님." 에드워드 시모어는 어울리지도 않는 유들유들한 자신감을 보이며 말한다. "때마침 대사님을 만나뵐 기회가 이렇게—"

에드워드가 펄쩍 뛰어 앞으로 나온다. "몽 셰르 아미······"*

불린 가문에서 시커먼 눈길을 보낸다. 에드워드가 자신만만한 프랑스어로 무장하고 공격을 감행한다. 샤퀴를 순식간에 채간다. 문간이 소란스럽다. 왕이 돌아와 신사들 한가운데로 불쑥 쳐들어온다.

"크롬웰!" 헨리가 크롬웰 앞에 떡 멈춰 선다. 숨결이 거칠다. "저 친구한테 이해시키게. 짐한테 조건을 붙이는 건 황제가 할 일이 아니라고. 전쟁으로 위협을 가한 점에 대해 황제가 사과해야 한다고." 왕의 얼굴이 험상궂게 일그러진다. "크롬웰. 방금 자네가 뭘 했는지 정확히 아네. 이 문제에서는 도를 넘었어. 대체 저놈에게 뭘 약속한 거지? 그게 뭐든 자네한테는 그럴 권한이 없네. 자네는 내 명예를 위태롭게 만들었어. 하지만 내가 뭘 기대하겠나, 어떻게 자네 같은 사람이 군주의 명예를 알겠나? 자네가 이렇게 말했겠지. '오, 난 헨리를 확실히 아네, 왕은 내 호주머니에 들어 있거든.' 부인하지 말게, 크롬웰, 자네가 그런 소리를 하는 게 귓전에 선하니까. 날 조련이라도 하려는 거겠지, 안 그런가? 오스틴프라이어스에서 자네가 부리는 젊은 애들처럼 말이야?

---

* mon cher ami. '내 소중한 친구'라는 뜻의 프랑스어.

아침에 자네가 내려오면 모자에 경례를 붙이면서 '안녕히 주무셨습니까?' 인사라도 해야 하나? 화이트홀을 걷는 자네를 반걸음 뒤에서 졸졸 따라다니면서. 자네 서류철과 잉크통과 인장을 들어주고. 그러면 왕관도, 뭐, 가죽가방에 넣어서 자네 뒤에 대령 못할 이유가 있나?" 헨리는 분노로 씰룩거리고 있다. "크롬웰, 진심으로 하는 말인데, 자네는 자네가 왕이고 내가 대장장이의 아들이라고 믿고 있는 게 분명하네."

크롬웰은 훗날에도 그때 심장이 내려앉지 않았다고 허세를 부리지 않았다. 분별이 있는 사람이라면, 그 누구도 냉정할 수 없는 순간에 차분했다고 자랑할 수는 없다. 헨리는 언제라도 호위병에게 손짓해 체포명령을 내릴 수 있다. 그러면 갈비뼈에 차가운 쇠맛을 볼 테고, 그의 시대 역시 막을 내리리라.

그러나 크롬웰은 한발 물러선다. 그는 자기 얼굴에 아무 표정도 없다는 걸 잘 안다. 회개도 후회도 공포도 드러내지 않는다. 그는 생각한다, 당신은 절대로 대장장이의 아들이 될 수 없어. 월터는 절대 대장간에 당신을 들이지 않을 거야. 무식하게 힘만 있다고 되는 일이 아니야. 불길 속에서는 싸늘한 머리가 필요해. 불꽃이 서까래까지 튀는 상황에서는 대장장이들이 나만 믿고 있다는 걸 잘 알고, 단단한 손바닥을 딱 한 번 쳐서 불길을 잡을 줄 알아야 한단 말이야. 공포에 질려 이성을 잃는 사람은 끓는 금속으로 가득한 대장간에서 아무 쓸모가 없어. 그리고 지금 크롬웰의 군주가 땀으로 범벅이 된 얼굴을 바짝 코앞에 들이댄 이 순간, 그는 아버지가 해준 말을 문득 기억한다. 손바닥을 불에 데면 말이다, 톰, 양손을 치켜들고 양 손목을 교차해서 그대로 물이나 연고가 있는 곳까지 가거라. 원리는 모르지만 그러면 헷갈려서 고통이

덜 느껴지거든. 그와 동시에 기도문을 외우면 최악의 화상을 입지는 않을 거야.

크롬웰은 양손을 치켜든다. 그리고 손목을 교차한다. 물러서요, 헨리. 그 손짓이 혼란스러운 듯—마치 그쯤에서 제지당해 오히려 안심이 되는 듯이—왕이 분노에 찬 비난을 그친다. 그리고 한 발짝 물러서서 고개를 돌리고 핏발 선 눈을 잠시 멀리한다. 왕의 튀어나올 듯한 파란 눈동자와 음란하리만큼 가까이 있지 않아도 된다. 크롬웰이 부드럽게 말을 건다. "하느님의 가호가 있기를, 폐하. 그럼 신이 이만 물러가도 되겠습니까?"

그렇게, 허락이 떨어지건 말건 크롬웰은 걸어나온다. 옆방으로 걸어들어간다. 그런 표현을 들어본 적이 있는가? '내 피가 끓고 있다'는 표현? 그의 피가 끓고 있다. 그는 양 손목을 교차한다. 궤짝에 털썩 주저앉아 술 한잔을 청한다. 술을 받아든 크롬웰은 오른손으로 차가운 주석잔을 잡고 손가락 끝으로 그 곡선을 어루만진다. 술은 독한 레드와인이다. 술 한 방울을 흘린 그는 검지로 번지게 했다가 깔끔하게 없애려고 혓바닥을 대어 핥는다. 그러자 얼룩이 사라진다. 크롬웰은 월터의 말대로 그런 술수가 고통을 누그러뜨렸다고 말할 수 없다. 그러나 아버지가 함께 있어서 다행이라는 생각이 든다. 누군가는 곁에 있어야 한다.

그가 눈길을 든다. 샤퓌의 얼굴이 그 앞에 떠 있다. 미소를 짓고 있는, 악의의 가면이다. "내 소중한 친구, 당신의 마지막 시간이 드디어 온 줄 알았지 뭡니까. 그거 아시오? 난 장관이 분별을 잃고 헨리를 칠 줄 알았습니다."

그는 미소를 지으며 올려다본다. "내가 누군지 절대 잊는 법은 없습니다. 나는 내 일을 할 때 진심으로 합니다."

"하지만 말은 진심으로 하지 않겠지요."

그는 생각한다, 그저 자기 일을 했을 뿐인데 대사도 그 대가를 혹독하게 치렀군. 게다가 나도 대사의 감정을 상하게 했고, 모자에 대해서도 냉소적으로 굴었고. 내일은 대사에게 선물을 보내야겠어. 말이 좋겠군, 훌륭한 품종의 말, 대사가 개인적으로 탈 말 말이야. 내 마구간에서 그 말을 떠나보내기 전에 내가 직접 발굽을 들어 편자를 확인해야겠어.

다음날 추밀원 회의가 열린다. 월트셔 백작 혹은 몽세뇌르가 참석했다. 불린 가문 사람들은 미끈한 고양이처럼 자리에 퍼질러 앉아 빈둥거리면서 수염을 다듬는다. 그들의 친척인 노퍽 공작은 초췌하고 불안한 기색이다. 회의실로 들어오는데 공작이 크롬웰을 붙잡아 세운다─그, 크롬웰을 붙잡아 세운다. "이 친구야, 괜찮나?"

잉글랜드의 문장원 총재*가 기록보관관을 이렇게 불렀던 적이 과연 있을까? 추밀원 회의실에서 노퍽은 의자들과 갈팡질팡 씨름하다가 마음에 드는 걸 간신히 골라 앉는다. "원래 저러지 않나." 그러더니 크롬웰을 보고 씩 웃는다, 송곳니가 다 드러나는 웃음이다. "균형을 잘 잡고 서 있는 사람한테 와서 발밑의 포장도로를 쑥 빼버리지."

그는 참을성 있게 웃으며 고개를 끄덕인다. 헨리가 들어와 테이블

---

* 대관식과 장례식 등의 왕실 행사를 주관하는 문장원의 수장. 현재까지도 노퍽 공작 집안의 세습직이다.

상석에 거대한 뾰루퉁한 아기처럼 앉는다. 누구와도 눈을 마주치지 않는다.

이제 그는 동료들이 자기 의무를 알기를 바란다. 이미 여러 번 일러둔 터다. 헨리의 비위를 맞추시오. 헨리에게 간곡히 청하시오. 어쨌든 왕이 해야 할 일이라는 걸 알아도 무조건 부탁하시오. 그래서 헨리가 자기에게 선택의 여지가 있다는 느낌을 갖게 하시오. 그래야 자기 이익이 아니라 여러분의 이익을 위해 행동하는 것처럼, 스스로를 뿌듯하게 생각할 수 있으니까.

폐하, 추밀원 자문관들이 말한다. 간청하옵니다. 왕국을 위하여 비열한 속내를 내비친 황제를 용서해주십시오. 이런 곡소리와 애원에 귀를 기울여주소서.

이 일이 십오 분 걸린다. 마침내 헨리가 말한다. 뭐, 왕국을 위해서라면 짐이 샤퓌를 궁에 들이고 협상을 재개하겠네. 아무래도 내가 받은 개인적 모욕은 꾹 참고 넘겨야겠군.

노퍽이 몸을 앞으로 굽힌다. "약을 삼켰다고 생각하십시오. 쓰지만 잉글랜드를 위해서 뱉지만 마십시오."

약이니 건강 이야기가 나오자 레이디 메리의 결혼이 논의된다. 왕이 어디로 거처를 옮겨주든 메리는 공기가 나쁘다, 음식이 부족하다, 사생활 보장이 안 된다, 사지가 아파서 괴롭다, 두통도 있고 기분도 우울하다며 불평을 늘어놓는다. 의사들은 남자와 어울리면 건강에 좋을 거라고 간언했다. 젊은 처녀의 생명력이 꽉 막히면 창백하고 야위며, 입맛도 없어지고, 시들시들해진다고. 결혼으로 메리에게 할일이 생기면 사소한 병세들을 잊게 될 거라고 한다. 자궁이 자리를 잡고 잘 무르익어, 아무 할 일이 없다는 듯 몸속을 휘젓고 다니는 일이 없어질 거라고. 남자가 없다면, 메리는 꾸준히 승마를 해야 한다고 말한다. 하지만 가택연금 상태에 있는 사람에게 그건 힘든 일이다.

헨리는 마침내 목청을 가다듬고 말한다. "황제가 자기네 자문관들과 메리 이야기를 한 건 비밀도 아니네. 황제는 메리를 결혼시켜서 이 나라 밖으로 내돌리길 원할 거야. 자기 영토 내에 있는 자기네 친척집으로 데려가고 싶겠지." 왕의 입술이 뻣뻣하게 굳는다. "절대 이 나라 밖으로 나가는 꼴은 참고 보지 않겠어. 그렇게 마땅히 해야 할 도리도 하지 않고 멋대로 구는 한 아무데도 못 간다고 하게."

그, 크롬웰이 말한다. "모친의 죽음 때문에 아직 마음의 상처가 큽니다. 몇 주일만 더 참고 두고 보시면 아마 의무를 다할 겁니다."

"드디어 말씀을 하시는 걸 보니 내 기분이 다 좋군요, 크롬웰." 몽세뇌르가 비웃음을 머금고 말한다. "대체로 제일 먼저 발언하고 마지막에 하고, 또 중간에도 아무때나 불쑥불쑥 발언하시더니. 그래서 우리처럼 겸손한 자문관들은 말을 하더라도 언성을 낮춰 속삭여야 하고, 쪽지로 의견을 주고받을 수밖에 없었지요. 혹시 새삼스레 이렇게 과묵한 게 어제의 일 때문인지 물어봐도 될지요? 폐하께서, 내 기억이 정확하다면, 장관의 야심에 제동을 거신 걸로 아는데?"

"거참 고마우신 말씀입니다." 대법관이 딱 잘라 말한다. "월트셔 경."

왕이 말한다. "제군, 안건은 우리 딸일세. 미안하지만 다시 한번 상기시켜야 하겠군. 과연 추밀원에서 논해야 할 주제인지는 나도 잘 모르겠지만."

"신이 직접 북부로 가서 메리에게 맹세를 시키겠습니다." 노픽이 말한다. "손을 성경에 얹고 서약을 하게 만들겠습니다. 왕과 제 질녀의 아이에게 충성의 맹세를 하지 않는다면, 구운 사과처럼 뭉그러질 때까지 머리를 벽에다가 처박아주겠습니다."

"역시나 참 도움이 되시는 말씀입니다." 오들리가 말한다. "노퍽 경."

"아무튼," 왕이 서글프게 말한다. "짐한테 자식이 그리 많지 않아서 한 자식을 다른 왕국에 빼앗길 여유가 없네. 차라리 곁에 두고 보겠네. 언젠가는 나한테 좋은 딸 노릇을 하겠지."

불린 가문이 미소를 지으며 뒤로 기대앉는다. 왕이 메리를 위해 외국 거물과의 결혼을 주선하지 않는 한 메리는 중요하지 않다. 그저 안쓰러워서 자비를 베풀어야 하는 혼외자식에 불과하다. 불린 가문 사람들은 황제의 대사가 가져다준 어제의 승리로 만족하고도 남았다. 그러나 득의양양하게 뻐기지 않음으로써 천박하지 않은 척 과시하고 있다.

회의가 끝나자마자 자문관들이 크롬웰 주위에 몰려와 에워싼다. 불린 가문 사람들만 다른 방향으로 스르르 몰려나간다. 회의는 잘 진행되었다. 크롬웰은 원하는 걸 모두 얻었다. 헨리는 다시 황제와 협정을 맺기 위한 절차를 재개했다. 그런데 왜 이렇게 불안하고 숨막히는 기분이 들까? 그는 동료들을 밀치고 나아간다, 정중하게. 맑은 공기를 마시고 싶다. 헨리가 곁을 지나치다가 발길을 멈추더니, 크롬웰을 돌아보고 말한다. "내무장관. 잠깐 같이 걷겠나?"

그들은 걷는다. 아무 말 없이. 서두를 꺼내는 건 장관이 아니라 군주가 할 일이다.

그는 기다릴 수 있다.

헨리가 말한다. "이보게, 언젠가 옛날에 얘기했던 것처럼 정말 삼림지대로 가서 철 만드는 장인들과 얘기를 해보면 참 좋겠어."

그는 기다린다.

"우리 화기를 개선할 방향과 관련해서 내가 다양한 설계도를 받았거든. 수학적인 설계 도면 말이야. 여러 가지 조언도 받았고. 하지만 솔직히 말해서, 나보다는 자네가 들으면 훨씬 잘 알아들을 것 같아."

좀 겸손해졌군, 그는 생각한다. 이제 조금만 더 겸손해지면 되겠어.

헨리가 말한다. "숲속에서 숯을 굽는 사람들을 만났다고 했지. 언젠가 자네가 해준 얘기가 기억나네. 아주 가난한 사람들이겠지."

그는 기다린다. 헨리는 말한다. "갑옷을 만들든 대포를 만들든, 내 생각에는 처음부터 공정을 잘 알아야 할 것 같아. 제조 공정도 모르고 장인들이 맞닥뜨리는 고충도 모르면서 금속에 이런저런 성분을 넣어 달라고, 이런저런 경도와 탄성을 갖게 해달라고 요구해봤자 소용이 없지. 사실 나는 내 오른손을 무장하게 해주는 사슬 장갑 제조자와 한 시간 동안 앉아서 얘기할 만큼 자존심 같은 건 내세우지 않았네. 내 생각에는 우리가 핀 하나하나, 못 하나하나까지 다 연구해야 해."

그래서요? 예?

왕이 더듬더듬 말을 계속하도록 그대로 둔다.

"그래서, 뭐. 그렇다고. 경, 자네는 내 오른손이야."

그는 고개를 끄덕인다. 경이라, 참으로 감동적이군.

헨리가 말한다. "그러니까, 켄트로, 삼림지대로 말이야. 같이 가주겠나? 언제 일주일 정도 시간을 내볼까? 이삼일이면 될 것 같은데."

그는 미소를 짓는다. "이번 여름에는 안 됩니다, 폐하. 다른 일로 많이 바쁘실 겁니다. 하지만 철 장인들은 우리 모두와 마찬가지지요. 그 사람들도 휴가를 가야 합니다. 햇볕을 받으며 누워 있기도 해야 하고요. 사과도 따야 하지요."

헨리가 파란 눈꼬리로 온화하게, 애원하듯 그를 바라본다. 내게도 행복한 여름을 주게. 헨리가 말한다. "난 지금까지 살아왔던 대로 살 수가 없네, 크롬웰."

그는 지시를 받으러 이 자리에 서게 된 거다. 내게 제인을 얻어줘. 제인을. 너무나 친절하고, 달콤한 버터처럼 구미 돋게 한숨을 쉬는 그 여자를. 이 쓰디쓴 악감으로부터, 증오로부터 나를 구원해줘.

"허락해주신다면 집에 좀 가봐야겠습니다." 그가 말한다. "이 일을 진행시키려면 해야 할 일이 많습니다. 그리고 아무래도……" 잉글랜드어 실력이 그를 저버린다. 가끔 이럴 때가 있다. "욍 푀……"* 그렇지만 프랑스어 실력도 그를 저버린다.

"하지만 아픈 건 아니지? 곧 돌아올 거지?"

"교회법 전문가들에게 자문을 구하겠습니다." 그가 말한다. "며칠 걸릴지도 모르겠습니다. 폐하도 어떤 사람들인지 잘 아시지요. 최대한 속도를 내보겠습니다. 제가 대주교와도 의논하지요."

"그리고 아마 해리 퍼시하고도 얘기를 해봐야 할 걸세." 헨리가 말한다. "그 여자랑…… 약혼, 아무튼 그 두 사람 관계가 뭐, 결혼한 거나 마찬가지라고 생각하네, 그렇지 않나? 그리고 그게……" 헨리는 수염을 비빈다. "내가, 내가 왕비와 함께하기 전에, 내가, 가끔씩, 그 언니, 언니인 메리와 함께 잠자리를 했다는 걸 알지 않나, 그러니까―"

---

* un peu. '약간'이라는 뜻의 프랑스어.

"아, 네, 폐하. 메리 불린을 기억합니다."

"─그러니 앤과 그렇게 가까운 친척과 연루되어 있어서, 효력이 합당한 결혼을 할 수가 없었다고…… 하지만 반드시 필요할 때만 그걸 이용해야 하네, 난 괜히 불필요하게……"

그는 고개를 끄덕인다. 지나간 일로 거짓말쟁이가 되는 건 싫은 거지. 궁정기사들을 다 불러놓고 그 앞에서 내게 당신은 메리 불린과 아무 관계가 없다는 진술을 공공연하게 시켰지. 그리고 그 앞에 앉아서 고개를 끄덕였어. 당신은 모든 장애물을 다 제거했어. 메리 불린, 해리 퍼시, 그 사람들을 삽시간에 내쳐버렸다. 그러나 우리의 필요가 변하니 우리 배후의 사실관계들도 변해버렸군.

"그러면 잘 다녀오게." 헨리가 말한다. "비밀을 철저히 지켜주게. 자네 분별력과 솜씨를 믿겠네."

헨리의 사과를 받는 건 얼마나 필요하고, 또 얼마나 서글픈가. 크롬웰은 "이 친구야, 괜찮나?" 하고 투박하게 내뱉던 노퍽에게 비뚤어진 경의를 품게 되었다.

크롬웰의 자택 전실에서는 라이어슬리가 그를 기다리고 있다. "그래서 결국 지시를 받으신 겁니까?"

"그래, 암묵적으로 넌지시 흘리시긴 했지."

"그 암시가 언제 형체가 생긴답니까?"

그가 미소를 짓는다. 콜미가 말한다. "추밀원에서 폐하께서 메리를 가신과 결혼시키겠다고 선언하셨다는데요."

설마 회의에서 그런 결론이 나지는 않았을 텐데? 한순간, 다시 자기다워진 느낌이 든다. 껄껄 웃으며 말하는 자기 목소리가 들린다. "오,

미치겠군, 콜미. 대체 누가 그런 소리를 했단 말인가? 가끔은 말이야,"
크롬웰은 말한다. "이해관계가 있는 당사자들이 모조리 추밀원에 모이
면 시간과 일이 절약될 거라는 생각이 든다네. 외국 대사들까지 다 포
함해서 말이야. 어차피 회의 내용은 다 새어나갈 텐데, 말을 잘못 알아
듣고 잘못된 추측까지 난무하느니 그보다는 차라리 모든 걸 자기 귀로
똑똑히 듣는 게 낫지 않은가."

"그럼 제가 잘못 들었군요." 콜미가 말한다. "왜냐하면 저는 메리를
신하에게, 신분이 낮은 사람에게 시집보낸다는 건 지금의 왕비가 생각
해낸 계획이라고 생각했단 말입니다."

크롬웰은 어깨를 으쓱한다. 젊은이가 그에게 어리둥절한 눈길을 보
낸다. 그걸 이해하려면 앞으로 몇 년은 더 지나야 할 것이다.

에드워드 시모어가 독대를 요청한다. 크롬웰의 마음속 만찬에 시모
어 가족들도 초대된 건 확실하다. 다만 식탁 밑에 쭈그리고 앉아 빵 부
스러기를 받아먹어야 할 뿐.

에드워드는 긴장으로 뻣뻣하게 굳어 있고, 마음이 급하고, 불안하
다. "내무장관님, 장기적인 관점에서ㅡ"

"이 문제에서는, 단 하루라도 기나긴 시간이 될 수 있어요. 그 집 딸
을 빼내서 서리에 있는 커루 가문의 자택으로 데리고 가세요."

"장관님의 비밀을 제가 알고 싶어한다고 생각지는 마십시오." 에드
워드는 조심스럽게 말을 고른다. "제가 알아서는 안 될 것들을 꼬치꼬
치 캐묻는다고 생각지는 마십시오. 그렇지만 우리 누이를 위해서 제게
도 좀 단서를ㅡ"

"아, 알겠습니다. 결혼식 예복을 준비해야 하는지 알고 싶다는 말입니까?" 에드워드가 애원하는 눈길로 쳐다본다. 크롬웰은 차분하게 말한다. "우리는 결혼 무효 방도를 모색할 겁니다. 일단 지금은 어떤 근거에서 추진해야 하는지 모르겠습니다."

"하지만 저들이 싸울 겁니다." 에드워드가 말한다. "불린 가문은 조용히 몰락할 사람들이 아닙니다. 우리를 끌고 같이 내려갈 겁니다. 죽어가면서도 살갗으로 독을 내뿜는 뱀 얘기를 들은 적이 있습니다."

"뱀을 잡아본 적 있습니까?" 크롬웰이 묻는다. "나는 이탈리아에서 한 번 잡아본 적이 있습니다." 그러면서 손바닥을 내민다. "아무 상처도 없지 않습니까."

"그렇다면 철저히 비밀리에 움직여야 합니다." 에드워드가 말한다. "앤이 알면 절대로 안 됩니다."

"뭐," 크롬웰이 짓궂게 말한다. "영원히 숨길 수는 없을 것 같군요."

새로운 친구들이 이렇게 계속 곁방에서 불러 세우고, 앞길을 막고, 그에게 인사를 하면 앤이 훨씬 더 빨리 알게 될 것이다. 이렇게 속삭이고 눈썹을 치켜올리고 서로 팔꿈치로 쿡쿡 찔러대는 짓거리를 그만두지 않는다면 금세 들키고 말 것이다.

크롬웰은 에드워드에게 말한다. 나는 집에 가서 문을 꼭 걸어 잠그고 혼자 생각을 좀 해야겠습니다. 왕비가 뭔가 음모를 꾸미고 있다. 뭔지는 모르겠지만, 뭔가 간교한 계략, 어두운 계략을 꾸미고 있다. 어쩌면 칠흑처럼 어둡다못해 스스로도 그게 뭔지 모를지도 모르고, 그저 꿈을 꾸고 있을지도 모른다. 그러나 나는 빨리 대처해야 한다, 그녀 대신 그 꿈을 상상해줘야 한다. 그녀의 꿈을 장악해 내 현실로 만들어야 한다.

레이디 로치퍼드에 따르면, 앤이 산후조리를 끝내고 일어난 이래로 헨리가 항상 감시한다는 불평을 한다고 한다. 예전과 방식도 다르다는 것이다.

오랫동안 그는 해리 노리스가 왕비를 지켜보고 있다는 걸 눈치채고 있었다. 언젠가부터는 그 자신이 조금 더 높은 곳에서, 문간에 홰를 치고 앉아 있는 사냥매 조각처럼 도사리고서 해리 노리스를 지켜봐왔다.

일단 지금 앤은 자기 머리 위로 날고 있는 날개들, 그녀가 쩔렁거리고 살랑거리며 돌아다니는 길을 주시하는 시선을 까맣게 모르는 것 같다. 앤은 방금 침모한테서 받아온 아주 작은 모자, 예쁜 리본이 달린 아기 모자를 손가락으로 들고 딸 엘리자베스 이야기로 수다에 여념이 없다.

헨리는 무표정하게 앤을 바라본다, 어째서 내게 이것을 보여주는가. 그게 대체 내게 무슨 의미라고? 하고 묻는 얼굴로.

앤은 비단 모자를 손으로 쓸어본다. 크롬웰은 바늘로 찌르는 듯한 연민, 한순간 양심의 가책을 느낀다. 왕비의 소매 끝단을 빙 두른 고급 실크 노끈을 찬찬히 살펴본다. 크롬웰의 죽은 아내와 같은 솜씨를 가진 어떤 여자가 그 노끈을 꼬았다. 크롬웰은 왕비를 아주 찬찬히 뜯어보고 있다, 어머니가 자식을 알 듯, 자식이 어머니를 알 듯, 그렇게 크롬웰 자신이 왕비를 너무나 잘 알고 있다는 느낌이 든다. 그는 왕비가 입은 드레스의 한 땀 한 땀을 다 안다. 숨을 쉴 때마다 들썩거리는 가슴의 움직임을 안다. 그 심장 속에 무엇이 있습니까, 마담? 그것이 마지막으로 열어야 할 문이다. 이제 문턱에 서 있고 열쇠를 손에 쥐고 있는데, 그는 그 열쇠를 자물쇠에 넣어보는 게 두려워지려 한다. 안 맞으면 어떻게 할 것인가, 맞지 않아서 허둥지둥 더듬어야 한다면, 그리고 헨리가 그를 지켜보고 있다면, 그래서 왕의 혓바닥이 조바심에 끌끌거리는 소리를 들어야 한다면 어떻게 하나? 틀림없이 울지 추기경도 그 소리를 들었을 텐데?

뭐, 할 수 없다. 예전에 한번은—벨기에 브루게였을 것이다. 맞나?—문을 부수고 들어간 적이 있었다. 문을 부수는 건 보통 그가 쓰는 방법은 아니었지만 고객이 결과를 원했고 오늘 당장 내놓으라고 했다. 자물쇠를 딸 수도 있지만 그건 시간 여유가 있을 때 숙련된 기술자가 할 일이다. 기술이 없어도 되고 시간이 없어도 된다. 어깨와 장화만 있으면 된다고 생각한다, 그때 나는 서른도 채 안 된 나이였어. 청년이었지. 멍하니 오른손이 왼쪽 어깨, 앞 팔뚝을 만진다. 마치 그때의 타박상을 기억해내려는 것처럼. 크롬웰은 앤 속으로 들어가는 자신을 상상한다. 연인으로서가 아니라 법률가로서, 그리고 손에 쥔 서류를, 칙서를 돌돌 말았다. 왕비의 심장에 들어가는 자신을 상상한다. 심장 속에서 자신의 장화 굽이 내는 철컹 소리를 듣는다.

집에 돌아온 크롬웰은 궤짝에서 아내의 것이었던 성무일도서를 꺼낸다. 첫 남편 톰 윌리엄스가 아내에게 주었던 선물이다. 그만하면 괜찮은 친구였지만 크롬웰 자신처럼 재산이 많은 남자는 아니었다. 톰 윌리엄스를 생각하면, 이제 크롬웰가의 제복을 입고 크롬웰의 코트를 들거나 말고삐를 쥐고 있는 멍하고 얼굴 없는 시종밖에 떠오르지 않는다. 왕의 서가에 있는 가장 훌륭한 책들까지도 마음대로 다룰 수 있게 된 지금, 기도서는 한심한 물건이다. 금테 두른 책은 어디 있단 말인가? 그러나 그의 아내 엘리자베스의 정수가 이 책에 담겨 있다. 하얀 두건을 쓴 불쌍한 그의 아내, 단도직입적인 태도, 곁눈질과 분주한 장인의 손가락. 언젠가 아내 리즈가 실크로 노끈을 꼬는 것을 본 적이 있다. 한쪽 끝을 벽에 고정해놓고 치켜든 손의 손가락을 모두 다 써서 노끈을 자아내어 타래로 엮고 있었다. 손가락들이 정신없이 빨리 날아다녀, 대체 어떤 원리로 꼬아지는 건지 알아볼 수도 없었다. "천천히 해." 그는 말했다. "당신이 어떻게 하는지 좀 보게." 하지만 리즈는 웃으며 말했다. "천천히 할 수 없어. 손을 멈추고 내가 어떻게 하는지 생각하면 아예 할 수 없게 되거든."

II

유령들의 배후 조종자
1536년 4월~5월, 런던

"여기 와서 나랑 좀 앉아 있읍시다."

"왜요?" 레이디 우스터는 신중하다.

"케이크가 있으니까요."

부인은 미소를 짓는다. "전 먹성이 좋아요."

"심지어 케이크를 서빙해줄 웨이터도 있답니다."

부인은 크리스토프를 본다. "이 청년이 웨이터인가요?"

"크리스토프, 일단 레이디 우스터께서는 쿠션이 필요하시다."

거위털을 퉁퉁하게 넣어 매와 꽃 무늬를 수놓은 쿠션이다. 부인은 양손으로 쿠션을 받아들고 무심하게 쓰다듬더니 등뒤에 대고 편하게 기대앉는다. "아, 훨씬 낫네요." 부인은 미소를 짓는다. 이 작은 방에서, 창문을 활짝 열어 온화한 봄 공기를 들이면서 크롬웰은 청문회를 주재하고 있다. 그를 만나러 누가 들어오든, 드나드는 사람들이 누구를 눈여겨보든 하등 신경쓸 필요 없다. 케이크를 대접하는 남자와 한가로이 놀아주지 않을 여자가 어디 있다고? 게다가 내무장관은 언제나 유쾌하고 쓸모도 많은 사람인데. "크리스토프, 숙녀분에게 냅킨을 드리고, 어디 가서 십 분쯤 볕이나 쬐고 와라. 나갈 때 문은 꼭 닫고."

레이디 우스터—이름은 엘리자베스다—가 문 쪽을 조심스럽게 지켜본다. 그러더니 바짝 다가와 속삭인다. "내무장관님, 저 정말 요즘 곤란해요."

"사실 이게," 크롬웰은 임신한 그녀의 몸을 가리킨다. "쉬울 리가 없죠. 왕비께서 질투를 하십니까?"

"글쎄요, 저를 항상 가까이 두시는데 그럴 필요가 없거든요. 날마다 어떻게 지내느냐고 물어요. 겉으로만 보면 세상에 이렇게 상냥한 상전이 또 있을까 싶어요." 하지만 부인의 표정은 의구심을 드러내고 있다. "어떤 면에서는 시골 고향집으로 가버리는 게 나을 것 같기도 해요. 지금처럼 궁정에 있다보니 사람들이 모두 저를 손가락질하잖아요."

"그렇다면 요즘 소란스러운 뒷이야기를 시작한 게 바로 왕비라는 말씀입니까?"

"그게 아니라면 또 누구겠어요?"

레이디 우스터의 아기가 우스터 백작의 자식이 아니라는 소문이 궁정에 돌고 있었다. 악의를 품고 퍼뜨린 풍문일 수도 있다. 그런 걸 장난이라고 생각하는 사람이 있는지도 모른다. 그저 누가 세상 사는 재미가 없어서 한번 해본 소리일 수도 있다. 아무튼 신사계급인 레이디 우스터의 오빠 앤서니 브라운이 부인의 거처로 쳐들어가 막무가내로 따져 물었다고 한다. "그래서 제가 말했죠. 나를 못살게 굴지 말라고. 왜 하필이면 나냐고." 부인의 분노에 공감한다는 듯 손바닥에 올려진 커드 타르트가 파이껍질 속에서 파르르 떨린다.

크롬웰이 얼굴을 찌푸린다. "한 발짝만 뒤로 물러나 생각해보시죠. 부인의 가족들은 부인이 사람들 입에 회자된다고 화를 내는 겁니까, 아니면 실제로 그 사람들 말에 일말의 진실이 있어서 부인 탓을 하는 겁니까?"

레이디 우스터가 입술을 문지른다. "제가 기껏해야 케이크 하나 얻어먹고 그런 고백을 할 거라 생각해요?"

"제가 대신 문제를 봉합해드리지요. 힘닿는 한 도와드리고 싶습니다. 남편께서 화를 낼 만한 이유가 있는 겁니까?"

"아, 남자들이란." 부인이 말했다. "시도 때도 없이 화가 나 있잖아요. 어찌나 화가 많은지 자기 손가락만 잘못 만져도 버럭 성을 내지요."

"그러면 백작의 아기일 수도 있다는 겁니까?"

"감히 말하지만 튼튼한 아들이라면 그이가 자기 자식이라고 할 거예요." 부인은 케이크에 한눈을 판다. "저 하얀 거, 아몬드 크림이에요?"

레이디 우스터의 오빠 앤서니 브라운은 피츠윌리엄의 이부동생이다. (이 사람들은 다 서로서로 연결되어 있다. 운좋게도 추기경이 남겨준 관계도가 있어서, 크롬웰은 결혼식이 있을 때마다 업데이트를 하고 있다.) 피츠윌리엄과 브라운과 악에 받친 백작은 구석에서 쑥덕쑥덕 논의했다. 그리고 피츠윌리엄이 크롬웰에게 부탁한 것이다. 좀 알아봐 줄 수 있겠나, 크럼, 난 도저히 알아낼 재간이 없어. 왕비의 시녀들 사이에서 대체 무슨 일이 벌어지고 있는 걸까?

"게다가 부채 문제도 있지요." 크롬웰이 부인에게 말한다. "지금 굉장히 딱한 처지에 있어요, 부인. 별별 사람한테 돈을 빌렸더군요. 대체 뭘 사셨습니까? 왕 주위에 다정한 젊은 남자들이 많다는 걸 저도 압니다. 위트도 넘치고, 항상 연애할 태세를 갖추고 얼마든지 숙녀들에게 연애편지를 쓸 작자들이지요. 아첨을 돈 주고 사신 겁니까?"

"아니요. 찬사를 산 거죠."

"그런 건 공짜로 받으셔야죠."

"정말 신사다운 말씀이군요." 부인은 손가락을 훑는다. "하지만 장관님은 세상 이치를 잘 아시는 분이지요, 내무장관님. 그러니 본인은 여자한테 시를 써줄 때 수표를 동봉할 테고요."

그가 웃음을 터뜨린다. "맞습니다. 제 시간의 가치도 잘 알고 있지요. 하지만 부인에게 구애하는 남자들이 그런 구두쇠일 줄은 몰랐는데요."

"하지만 워낙 할일이 많다니까요, 이 남자애들이!" 부인은 설탕을 입힌 바이올렛 꽃을 골라 야금야금 먹는다. "요즘 젊은 애들을 두고 게으르다느니 그런 말을 왜들 하는지 모르겠어요. 출세해보겠다고 밤낮으로 그렇게나 바쁜데 말이에요. 물론 계산서를 보내지는 않겠지요. 하지만 모자에 달 보석을 사줘야 해요. 소매에 달 금단추나. 양복장이한테 대신 대금을 지불하거나 말이죠."

그는 마크 스미턴을, 그 호사스러운 차림을 생각한다. "왕비도 그렇게 돈으로 남자를 삽니까?"

"우리는 후원이라고 불러요. 돈 주고 산다고 하진 않죠."

"그렇게 고쳐 부르도록 하겠습니다." 맙소사, 그는 생각한다. 남자가 창녀를 사도 '후원'이라고 부르면 되겠군. 레이디 우스터가 식탁에 건포도를 몇 알 떨어뜨렸는데, 그걸 주워서 입에 먹여주고 싶은 충동을 느낀다. 그래도 부인은 괜찮다고 할지 모른다. "그러니까 왕비가 후원자면, 혹시, 혹시라도 개인적으로 후원도 합니까?"

"개인적으로요? 그걸 내가 어떻게 알아요?"

크롬웰이 고개를 끄덕인다. 이건 테니스야, 그는 생각한다. 그렇게 좋은 공을 나한테 줄 리가 없지. "후원할 때는 왕비가 무슨 옷을 입습니까?"

"난 한 번도 왕비의 나체를 본 적이 없어요."

"그러니까, 이 아첨하는 남자들 말입니다. 왕비하고 거기까지 가지는 않는다고 생각하나요?"

"내가 보거나 들을 때는요."

"하지만 닫힌 문 뒤에서는?"

"문이야 종종 닫혀 있죠. 흔한 일이에요."

"증인을 서달라고 요청하면, 서약을 하고도 똑같은 말씀을 하시겠습니까?"

부인이 작은 크림 덩어리를 손가락으로 톡 튕겨낸다. "문은 자주 닫혀 있다는 말이요? 거기까지는 말할 수 있겠죠."

"그러면 그 대가로 얼마나 받으시면 될까요?" 크롬웰은 미소를 짓는다. 눈으로는 부인을 주시하고 있다.

"우리 남편이 좀 무서워요. 제가 돈을 많이 빌려서요. 그이는 몰라요, 그러니까 제발…… 조용히."

"부인의 빚쟁이들을 저한테 보내십시오. 그리고 앞으로는 남자들의 칭찬을 사고 싶으면 크롬웰 은행에서 출금하세요. 우리는 고객들의 뒤를 봐주고 조건도 아주 후합니다. 그런 걸로 꽤나 유명하지요."

부인은 냅킨을 내려놓고 마지막 남은 치즈케이크에서 프림로즈 꽃
잎 한 장을 건져낸다. 그리고 문 쪽으로 돌아선다. 그때 불쑥 부인의
뇌리를 스치는 어떤 생각이 있다. 부인은 손가락으로 치맛자락을 꼭
모아쥔다. "폐하께서 왕비를 내칠 구실을 찾고 있군요, 그렇죠? 그리
고 닫힌 문이면 충분하고요? 왕비가 해를 입는 건 바라지 않아요."

부인은 사태를 파악한다. 적어도 부분적으로는. 통치자의 아내는 비
난받을 구실 자체를 만들어서는 안 되는 법이다. 의혹만으로도 왕비를
무너뜨릴 수 있다. 빵 부스러기 같은. 미미한 진실의 파편이라면 훨씬
더 빨리 파멸을 불러올 수 있다. 프랜시스 웨스턴이나 다른 소네트 쓰
는 젊은이들이 침대 시트에 남긴 정액의 흔적 따위는 굳이 필요도 없
다. "내친다라," 크롬웰이 말한다. "네, 그럴 수 있죠. 이런 소문이 오
해로 밝혀지지 않는다면 말입니다. 부인의 경우는 틀림없이 오해일 겁
니다. 아이가 태어나면 남편분도 만족하실 거고요."

부인의 얼굴이 환해진다. "그러면 장관님께서 그이한테 얘기해주시
겠어요? 빚 얘기는 빼고요? 그리고 오빠한테도 말 좀 해주실래요? 윌
리엄 피츠윌리엄한테도요? 제발 날 좀 가만 놔두라고 그 사람들 좀 설
득해주세요, 네? 전 아무 짓도 안 했고, 다른 숙녀들도 마찬가지예요."

"미스트리스 셸턴은요?" 크롬웰이 묻는다.

"그거야 새삼스러운 소식도 아니잖아요."

"미스트리스 시모어는?"

"그거야말로 뉴스거리겠네요."

"레이디 로치퍼드는?"

레이디 우스터는 머뭇거린다. "제인 로치퍼드는 그 놀이를 좋아하지 않아요."

"왜요. 로치퍼드 경이 영 그 방면으로 무능력하답니까?"

"무능력이라." 부인은 그 말을 음미해본다. "그런 말로 표현하는 건 못 들어봤는데요." 부인이 웃음기를 머금는다. "하지만 그 비슷한 표현을 하긴 했죠."

크리스토프가 다시 돌아왔다. 부인은 마음의 짐을 털고 홀가분해져서 크리스토프 옆을 쌩하니 지나친다. "아, 저것 좀 봐요." 크리스토프가 말한다. "케이크의 꽃잎은 죄다 뽑아 먹고 빵 부스러기만 남겼네요."

크리스토프는 털썩 앉더니 남은 음식으로 목구멍을 채운다. 그는 꿀과 설탕을 보면 환장한다. 배를 곯으며 자라난 아이는 반드시 티가 나기 마련이다. 우리는 달콤한 계절의 초입에 있다. 공기는 온화하고 잎사귀는 연하며, 레몬 케이크는 라벤더로 향을 낸다. 갓 만들어 보들보들한 에그 커스터드는 바질로 장식한다. 설탕 시럽에 달콤한 엘더플라워를 조려 반으로 자른 딸기 위에 부어 낸다.

성 조지의 날. 잉글랜드 전역에서 천과 종이로 만든 용들이 거리에 시끌벅적하게 행차하고, 그 뒤로 용을 죽이는 전사가 양철 갑옷을 입고 낡고 녹슨 칼로 방패를 치며 뒤따른다. 처녀들이 나뭇잎으로 화환을 엮고, 봄꽃들이 교회로 배달된다. 오스틴프라이어스의 홀에는 앤서니가 녹색 비늘의 괴물을 천장 서까래에 매달아두었다. 눈을 굴리며 혀를 날름거리는 괴물의 음탕한 모습이 뭔가를 닮았다는 생각이 드는데, 크롬웰은 그것이 무엇인지 기억할 수 없다.

이날은 가터 기사단이 회합을 열어, 죽은 단원이 있으면 새 단원을 선출하는 날이다. 가터 기사단은 기독교 왕국에서 가장 명망 높은 기사단이다. 프랑스 국왕은 물론, 스코틀랜드 왕도 단원이다. 왕비의 아버지 몽세뇌르와 왕의 혼외자식 해리 피츠로이도 소속되어 있다. 올해의 회합은 그리니치에서 열린다. 외국인 단원들은 참석하지 않는 눈치였지만, 이 회합은 크롬웰의 새로운 우군들이 한데 모이는 자리로 유용했다. 윌리엄 피츠윌리엄, 엑서터 후작 헨리 코트니, 노퍽 공작 그리고 찰스 브랜던. 찰스 브랜던은 폐하의 방에서 그를 밀쳐 데리고 나온 토머스 크롬웰을 이제 용서한 것 같았다. 오히려 굳이 크롬웰을 찾아와 이렇게 말하기까지 했다. "크롬웰, 우리가 입장 차이가 좀 있었지. 하지만 난 우리 해리 튜더*에게 항상 이렇게 말했던 사람이야. 자, 저 크롬웰을 잘 봐주세요. 배은망덕한 주인 울지에 딸려서 같이 망하게 하지 말고. 울지가 저 친구에게 온갖 요령을 가르쳤으니 쓸모가 있을 겁니다. 그렇게 내가 헨리한테 잘 말해줬단 말이네."

"그러셨습니까, 경? 제가 큰 은혜를 입었군요."

"아, 뭐, 그 결과가 대단하지, 장관이 이렇게 큰 부자가 되었으니, 안 그런가?" 찰스 브랜던은 킬킬 웃는다. "해리도 마찬가지로 부자가 됐고."

"그리고 저는 마땅히 드려야 할 곳에 언제나 기꺼이 감사를 드립니다. 혹시 경께서 가터 기사단의 누구에게 표를 던질지 여쭤봐도 될까요?"

브랜던이 크롬웰에게 기운차게 한 눈을 찡긋 감아 보인다. "나만 믿

---

* 헨리 8세의 애칭.

으시게."

버개버니 경의 사망으로 인해 공석이 하나 생겼다. 그 자리를 차지
할 기대에 부푼 사람은 두 명이다. 앤 왕비는 동생 조지의 장점을 역설
해왔다. 또다른 후보는 니컬러스 커루 경이다. 그리고 조심스럽게 의
중을 살피고 표를 헤아려본 결과 왕의 입에서 낭송된 이름은 니컬러스
커루 경이다. 조지 쪽 사람들은 아무 기대도 없었던 척 재빨리 피해를
최소화한다. 커루가 어차피 내정되어 있었던 것처럼, 프랑수아 왕이
친히 삼 년 전 그 자리를 커루 경에게 주도록 부탁했다는 얘기도 한다.
왕비는 불쾌했는지 몰라도 겉으로는 내색하지 않고, 왕과 조지 불린은
함께 의논할 계획이 있다고 한다. 오월제 다음날 왕의 일행이 항만 신
축 공사를 답사하기 위해 도버로 가는데, 조지가 싱크 포츠*의 총감 자
격으로 동행할 예정이다. 크롬웰의 견해로는, 조지 불린의 직무 수행
능력은 형편없다. 크롬웰 역시 왕과 함께 말을 달릴 것이다. 심지어 하
루이틀 칼레로 가서 그쪽에 이런저런 명령을 내리고 올 수도 있다. 적
어도 공식적으로는 그렇게 발표해놓았다. 크롬웰이 온다는 소식만으
로도 수비대가 경계 태세를 늦추지 않도록 하는 효과가 있으니까.

해리 퍼시는 가터 기사단 회합을 위해 자기 영지에서 일부러 올라와
스토크뉴잉턴의 자택에 묵고 있다. 그게 쓸모가 있을지도 몰라, 크롬
웰은 조카 리처드에게 말한다. 내가 사람을 보내서 그 친구를 만나보
고 의중을 타진하게 할 수도 있지. 이 약혼 문제에 대해 그쪽에서도 자
기 할말을 할 준비가 됐는지 알아봐야겠다. 필요하면 내가 직접 가든

---

* 잉글랜드 남동 연안의 다섯 개 항구.

지. 하지만 이번주는 한 시간 한 시간을 잘 보내야 해. 리처드 샘프슨이 크롬웰을 기다리고 있다. 왕실 예배당 수석 사제이자 교회법 박사(케임브리지, 파리, 페루자, 시에나)다. 첫번째 이혼 당시 왕의 변호를 맡았다.

"여기 골칫거리를 잔뜩 가져왔소." 샘프슨은 그 말만 하고 특유의 정확한 방식으로 가져온 서류철을 늘어놓는다. 밖에도 악천후로부터 보호하기 위해 꽁꽁 감싼 서류 다발을 잔뜩 실은 수레 한 대가 대기하고 있다. 문서들의 날짜는 왕이 첫번째 왕비에게 처음으로 불만을 표했던 시점으로 거슬러올라간다. 그 당시에 우리는 모두 젊었지요, 크롬웰이 수석 사제 샘프슨에게 말한다. 샘프슨은 웃음을 터뜨린다. 예배당 제대가 삐걱거리는 소리를 닮은, 성직자의 웃음소리다. "젊었던 적이 있는지 기억도 잘 나지 않지만 아마 그랬을 거예요. 그리고 우리 중에는 근심 걱정 모르던 이들도 있었고."

두 사람은 결혼 무효를 목표로 하고, 헨리를 자유의 몸으로 만들 수 있을지 살펴볼 생각이다. "해리 퍼시가 장관의 이름만 들어도 울음을 터뜨린다 들었어요." 샘프슨이 말한다.

"과장이 지나칩니다. 백작과 저는 지난 몇 달 동안 서로 예의바르게 인사를 잘 나누었습니다."

첫 이혼 당시의 서류를 계속 훑어보던 크롬웰은 추기경의 필체를 자꾸 보게 된다. 수정하고, 제안하고, 여백에 화살표를 그려넣은 필체를.

"앤 왕비가 종교에 귀의할 결심을 한다면 얘기는 달라지지요." 크롬웰이 말한다. "그때는 결혼이 저절로 무효가 될 테니까요."

"왕비께서는 아주 훌륭한 수녀원장이 되실 겁니다." 샘프슨이 정중하게 말한다. "대주교님의 의사는 타진해보셨습니까?"

크랜머는 수도에 없다. 크롬웰은 크랜머와의 만남을 미루고 있었다. "제가 대주교를 설득해야 합니다." 크롬웰은 샘프슨에게 말한다. "우리 명분, 그러니까, 잉글랜드 성서의 명분을 더 잘 지켜나가기 위해서 왕비가 없는 게 낫다고요. 우리는 살아 계신 주님의 말씀이 왕의 귀에 음악처럼 들리기를 원하지, 앤의 배은망덕한 투정으로 들리기를 원치 않는다고 말입니다."

그는 예의상 수석 사제를 포함해 '우리'라고 말한다. 솔직히 마음 깊은 곳에서는 샘프슨에게 정말 헌신적으로 종교를 개혁할 의지가 있는지 전혀 확신이 없었지만 중요한 건 외면적 순종이고 사제는 언제나 협조적이다.

"사소하지만 이 주술 문제 말입니다." 샘프슨이 침을 꿀걱 삼키고 목청을 가다듬는다. "폐하께서 설마 이 문제를 진지하게 파고드실 생각은 아니겠지요? 폐하를 결혼으로 유도하기 위해 부자연스러운 수단이 사용되었다는 걸 입증할 수만 있다면야 당연히 폐하의 결혼 동의가 자유의사가 아닌 것이 되고, 계약은 효력이 없어지지요. 그렇지만 폐하께서 마술이라든가 주술에 홀리신 거라는 말씀은, 그래도 설마 비유적인 의미겠지요? 아름다운 요정 같은 숙녀의 마법, 매력…… 이런 걸 시인으로서 시적으로 표현하시는 거겠죠? 아, 저런." 사제는 유순하게 말한다. "저를 그런 눈으로 보지 마십시오, 마스터 크롬웰. 이런 문제에는 굳이 끼어들고 싶지 않아서 말입니다. 우리끼리 하는 말이지만, 차라리 해리 퍼시를 다시 잡아 정신이 번쩍 들게 족치고 싶어요. 차라리 메리 불린 문제를 꺼내는 게 낫단 말입니다. 솔직히 그 이름은 영영 다시는 듣고 싶지 않지만."

크롬웰은 어깨를 으쓱한다. 그도 가끔 메리 불린을 생각할 때가 있다. 어땠을까, 그 여자의 제안을 선뜻 받아들여 그녀를 취했더라면. 칼레에서 그날 밤, 그는 그녀의 숨결과 거기 섞인 사탕과 향료와 와인을 거의 맛볼 뻔했다…… 하지만 물론, 그날 밤 칼레에서 메리 불린은 연장이 서는 남자라면 그가 아닌 아무라도 좋았을 것이다. 사제가 꼬리를 무는 그의 생각을 부드럽게 끊고 들어온다. "제가 한 가지 제안을 해도 될까요? 가서 왕비의 아버지에게 얘기 좀 해보십시오. 윌트셔 백작과 얘기해요. 합리적인 사람입니다. 몇 년 전 빌바오 공관에서 함께 있었는데, 언제 봐도 분별 있는 사람이었어요. 윌트셔 백작에게 딸을 조용히 물러나게 만들라고 하세요. 우리 모두 이십 년 맘고생을 덜어봅시다."

그래서 '몽세뇌르'에게로 간다. 회담을 기록할 서기로 라이어슬리를 대동한다. 앤의 아버지는 자기 나름의 서류철을 가지고 나오고, 남동생 조지는 그저 잘난 자신만 믿고 아무것도 들고 오지 않는다. 언제 봐도 참 대단한 구경거리다. 조지는 많은 매듭과 술로 장식하고 줄무늬에 얼룩무늬에 여기저기 트임이 있는 옷을 좋아했다. 오늘은 붉은 실크 위에 하얀 벨벳을 겹쳐 입어 웃옷의 트임 아래로 진홍빛 공단이 물결친다. 조지를 보니 언젠가 저지대에서 보았던 그림이 생각났다. 산 채로 껍질이 벗겨지는 성자의 그림이었다. 성인의 종아리 거죽은 깔끔하게 벗겨져 부드러운 장화처럼 발목 위로 늘어져 있었지만, 성인의 얼굴에는 눈도 꿈쩍하지 않는 평온한 표정이 떠올라 있었다.

크롬웰은 서류를 탁자에 놓는다. "쓸데없이 말을 낭비하진 않겠습니다. 상황을 잘 아시겠지요. 폐하께서 그간 모르고 계셨던, 그러나 알고 계셨다면 레이디 앤과 이런 허식의 결혼을 하지는 않으셨을, 그런 상황들을 요즘 주시하고 계십니다."

조지가 말한다. "노섬벌랜드 백작 해리 퍼시와 직접 얘기해봤는데, 명예를 걸고 장담한다고 하더군. 혼전계약 같은 건 없었네."

"그렇다면 불행한 일이군요." 크롬웰이 말한다. "제가 어떻게 해야 할지 모르겠습니다. 좀 도와주시면 안 되겠습니까, 로치퍼드 경? 뭔가 해주실 제안은 없을까요?"

"당신이 런던탑까지 탄탄대로로 갈 수 있게 도와주지." 조지가 말한다.

"이 발언을 꼭 적어두게." 그는 라이어슬리에게 일러둔다. "윌트셔 경, 여기 아드님께서 잘 모르시는 몇 가지 상황을 상기시켜드려도 되겠습니까? 따님과 해리 퍼시의 문제로 돌아가신 추기경께서 윌트셔 경을 불러 해명을 요청했었습니다. 그리고 귀댁의 낮은 신분과 퍼시 가문의 높은 혈통 문제로 두 사람의 결혼은 있을 수 없다고 경고했습니다. 그때 경은 앤의 행실에 대한 책임은 질 수 없다고 하셨지요. 따님이 경의 말을 듣지 않으니 통제할 수 없다고요."

토머스 불린이 얼굴 표정을 가다듬는다. 소정의 깨달음을 얻은 눈치다. "그러니까 당신이었군, 토머스 크롬웰. 그때 그늘 속에서 끼적거리고 있던 사람이."

"그 사람이 제가 아니라고 한 적 없습니다, 경. 자, 그때 경은 추기경의 공감을 별로 얻지 못하셨지요. 저도 한 집안의 가장이다보니 이런 일들이 어떻게 일어나는지 잘 압니다. 그 당시에는 따님과 해리 퍼시가 상당히 진척된 관계라고 주장하셨습니다. 그 말씀은 그러니까—추기경께서 유쾌한 표현을 쓰셨듯이—건촛더미에서 뜨뜻한 밤을 보냈다는 뜻이겠지요. 두 사람이 육체적인 관계를 맺었고, 진정한 결혼을 한 셈이라고 암시하셨습니다."

토머스 불린이 씩 웃는다. "하지만 그때 폐하께서는 우리 딸에 대한 감정을 이미 공표하셨지."

"그래서 경이 입장을 재고하신 거죠. 사람이 다 그러듯 말입니다. 한 번 더 재고하시기를 부탁드립니다. 차라리 해리 퍼시와 결혼했다고 하는 게 따님 신상에 더 좋을 겁니다. 그러면 왕과의 결혼은 무효 처리될 수 있으니까요. 그리고 폐하께서는 자유의 몸이 되어 다른 여인을 선택하실 수 있게 되지요."

딸이 왕에게 음부를 흘끗 보여준 이후 십 년에 걸쳐 허세를 떨며 불린은 부유해지고 안정되고 자신감이 생겼다. 그의 시대는 이제 끝을 향해 달려가고 있었고, 크롬웰은 그가 굳이 시류에 저항하지 않으려 한다는 걸 알 수 있었다. 여자들은 나이를 먹고 남자들은 늘 새로운 여자를 좋아한다. 고루한 이야기다. 아무리 대관식을 거친 왕비라 해도 그 고루한 이야기가 치닫는 결말을 피할 수는 없다. "그럼 앤은 어떻게 되지?" 토머스 불린이 말한다. 그 질문에서 특별한 애정은 느껴지지 않는다.

크롬웰이 말한다, 커루가 그랬듯이. "수녀원?"

"후한 보상을 기대했는데." 불린이 말한다. "내 말은, 가문을 위해서 말이네."

"잠깐." 조지가 말한다. "아버지, 이 남자와는 거래를 하지 마십시오. 논의도 아예 하지 마십시오."

토머스 불린은 아들에게 차갑게 말한다. "조용히 해. 현실은 현실이야. 크롬웰, 앤에게 여후작으로서 따로 영지를 하사하시면 어떤가? 그리고 가족인 우리는 현재의 재산을 계속 지키는 것으로 하고."

"폐하께서는 앤이 세상에서 물러나길 원하실 것 같습니다. 어디 잘 관리된 신성한 집을 찾아내서, 왕비의 믿음과 견해가 편안히 기거할 수 있도록 조처할 수 있을 겁니다."

"역겹군." 조지가 말한다. 그는 아버지에게서 서서히 물러선다.

크롬웰이 말한다. "로치퍼드 경의 메스꺼움을 잘 기록해두게."

라이어슬리의 펜이 쓱쓱 종이를 긁는다.

"하지만 우리 토지는?" 토머스 불린이 말한다. "우리가 맡고 있는 공직은? 나는 국새상서*로서 계속 폐하를 모실 수 있겠지? 그리고 여기 내 아들의 존엄과 작위는—"

"크롬웰은 날 내쫓고 싶어합니다." 조지가 벌떡 일어난다. "그게 적나라한 진실이지요. 내가 왕국을 수호하기 위해 하는 일에 모조리 끼어들어 끝없이 방해해왔단 말입니다. 도버에 서한을 보내고 샌드위치에 서한을 보내고, 사방에서 부하들이 암약하고 내 편지들이 다시 크롬웰의 수중에 들어가고, 내 명령들이 중간에서 크롬웰에게 새치기를 당하고—"

"아, 좀 앉으세요." 라이어슬리가 말한다. 크롬웰이 웃음을 터뜨린

---

* 왕의 국새를 관리하는 직책.

다. 질린다는 듯 못 참고 내뱉은 라이어슬리의 말투도 웃기지만, 조지의 표정도 우스꽝스럽기 짝이 없다. "아니 뭐, 경, 서 계세요. 그러고싶으시면."

이제 조지는 어찌 할 바를 모른다. 그 자리에서 펄쩍 뛰면서 자기가서 있다는 사실을 강조하는 수밖에 달리 할 수 있는 일이 없다. 모자를 집어들 수는 있다. 이렇게 말할 수는 있다. "안쓰럽군, 내무장관. 우리 누나를 쫓아내는 데 성공하더라도 당신네 새 친구들은 앤이 없어진마당에 당신 하나 처리하는 건 우습게 생각할 거고, 반대로 당신의 계략이 성공하지 못해 앤과 폐하가 화해하게 되면 내가 당신부터 척결할테니까. 그러니 어느 방향으로 돌아서더라도, 크롬웰, 이번에는 주제넘은 짓을 한 거야."

그는 온화하게 말한다. "이 회담을 하자고 한 건 말입니다, 로치퍼드경. 누나에게 당신보다 더 큰 영향력을 가진 사내가 없기 때문이지요.친절한 도움을 구하는 대가로 신변의 안전을 보장하겠다고 제가 제안하는 겁니다."

나이 지긋한 불린이 눈을 감는다. "내가 말을 해보겠소. 내가 앤하고얘기해보겠소."

"그리고 여기 아드님한테도 얘기 좀 하세요. 나는 더이상 말을 안 섞을 거니까."

토머스 불린이 말한다. "조지, 상황이 어떻게 되어가고 있는지 네가전혀 모른다는 게 정말 놀랍구나."

"뭔데요?" 조지가 말한다. "뭐가요, 뭐요?" 아버지의 손에 끌려가면서도 조지는 뭐라고 중얼거린다. 문간에서 노^老 불린은 정중하게 고개를 숙인다. "내무장관. 마스터 라이어슬리."

두 사람은 그들이 떠나는 모습을 본다. 아버지와 아들. "거참 흥미진 진했네요." 라이어슬리가 말한다. "그런데 어떻게 돌아가는 겁니까?"

크롬웰은 서류를 다시 뒤적거린다.

"기억나는데," 라이어슬리가 말한다. "추기경 전하가 물러난 다음 궁정에서 연극이 공연되었습니다. 광대 섹스턴이 추기경 역할을 맡아 진홍빛 가운을 입고 있었는데, 악마 넷이 팔다리를 하나씩 붙잡고 그 를 지옥으로 끌고 갔어요. 그 사람들은 가면을 쓰고 있었습니다. 그런 데 혹시 조지가—"

"오른쪽 앞다리를 잡았지." 크롬웰이 말한다.

"아." 콜미 리즐리가 말한다.

"홀 뒤편의 가림막 뒤로 갔었다네. 그 사람들이 악마의 의상인 털북 숭이 옷을 벗고 있었는데, 로치퍼드 경이 가면을 벗는 게 보이더군. 어 째서 나를 따라오지 않았나? 자네도 직접 볼 수 있었는데."

라이어슬리는 미소를 짓는다. "그 장면의 배후를 캐고 싶지는 않았 습니다. 혹시나 장관님이 저를 연극하는 사람들과 헷갈려서 제 이미지 가 장관님 마음속에서 영원히 더럽혀질까 겁이 나더군요."

크롬웰은 그 연극을 기억했다. 야만의 악취가 풍기는 밤이었다. 기 사도의 꽃이 사냥개가 되어 피를 찾아 울부짖는 느낌이었다. 추기경의 형체가 마룻바닥을 가로질러 쿵쿵 부딪히며 질질 끌려가는데 궁정 전 체가 휘파람을 불고 야유를 했다. 그리고 홀에서 어떤 목소리가 큰 소 리로 외쳤다. "부끄러운 줄 아시오!" 크롬웰은 라이어슬리에게 묻는 다. "그렇게 외친 게 자네 아니었나?"

"아니요." 콜미는 거짓말을 모른다. "제 생각엔 토머스 와이엇이었던 것 같습니다."

"그랬던 것 같군. 그간 꽤 오랜 세월 그 생각을 했지. 이보게, 콜미, 가서 폐하를 만나야겠어. 그전에 먼저 우리 와인 한잔할 수 있을까?"

라이어슬리가 일어선다. 시중드는 아이를 큰 소리로 부른다. 빛이 주석잔 곡면에 반사되고, 가스코뉴 와인이 따라진다. "프랜시스 브라이언에게 이 와인의 수입권을 내어줬지." 크롬웰이 말한다. "삼 개월 전이었을 거야. 그 친구는 전혀 맛을 모르나봐, 안 그런가? 그때는 그 친구가 왕실 식료품 창고로 저걸 다시 팔 줄은 전혀 몰랐지 뭔가."

크롬웰은 헨리에게 가서, 경비와 시종과 신사 들을 모두 해산시킨다. 미리 안내도 제대로 하지 않고 들어갔기 때문에, 헨리는 읽고 있던 악보로부터 눈을 들더니 그를 보고 깜짝 놀란다. 그가 말한다. "토머스 불린은 자기 앞날을 알고 있습니다. 다만 폐하 앞에서 자기 평판을 지키지 못할까 불안해할 뿐입니다. 그러나 아들한테서는 전혀 협조를 얻을 수 없더군요."

"왜 안 된다던가?"

그 친구가 바보라서요? "폐하의 마음을 돌릴 수 있을 거라고 믿는 눈치였습니다."

헨리는 발끈한다. "그만하면 내가 어떤 사람인지 알 텐데 말이야. 조지는 처음 입궁했을 때 겨우 열 살짜리 꼬마였지. 이제는 나를 알 텐데. 난 절대로 마음을 바꾸지 않아."

사실이지, 일방통행이야. 헨리는 게처럼 옆걸음을 쳐서 목적지로 기어가, 집게발을 들어 푹 찔러넣는다. 꼬집히는 건 제인 시모어다. "로치퍼드에 대한 내 생각을 알려주지." 헨리가 말한다. "그 친구는, 뭐야, 이제 서른둘이지. 하지만 아직도 윌트셔의 아들이라 불리고, 아직도 왕비의 동생이라 불리고, 자기도 어른이 됐다고 생각지 않고, 후사를 이을 아들도 없고 심지어 딸 하나도 없지. 난 그 녀석을 위해 할 만큼 했어. 몇 번이나 나를 대리하는 자격으로 외국에 파견을 보냈고. 하지만 이제 그런 특혜도 끝이야. 이제 더이상 내 처남도 아니니, 아무도 그 친구를 굳이 주목하지 않을 걸세. 하지만 가난한 신세로 전락하게 하진 않을 거야. 계속 후의를 베풀지도 모르지. 방해가 되지 않는다면 말이지만. 그러니 미리 경고를 해줘야 하네. 내가 직접 말해야 할까?"

헨리는 짜증이 잔뜩 난 얼굴이다. 이런 일은 그가 처리할 일이 아니다. 크롬웰이 대신 처리해줬어야 한다. 불린 가족을 수월하게 떨쳐버리고 시모어 가족에게로 수월하게 옮겨가는 이런 일은. 헨리는 좀더 왕다운 일을 해야 한다. 이 계획의 성공을 기도하며 제인에게 노래나 써서 바치는 일 같은 것.

"하루나 이틀만 더 두고 보십시오, 폐하. 그러면 아들을 따로 불러서 제가 면담을 하겠습니다. 윌트셔 경 앞에서는 더 뻐기고 잘난 척할 필요를 느끼는 것 같았습니다."

"그래, 내 사람 보는 눈은 잘 틀리지 않아." 헨리가 말한다. "허영심, 그게 문제야. 자, 들어보게." 헨리가 노래를 부른다.

"데이지는 유쾌하고
바이올렛은 초췌하게 푸르르고

나는 변하지 않는다네……"

"보다시피 오래된 노래를 다시 작업해보려 한다네. 파란색하고 잘
어울리는 단어가 뭐가 있나? '새롭고'는 빼고 말이야."

그것 말고 또 뭐가 필요하겠어, 크롬웰은 생각한다. 인사를 하고 물
러 나온다. 회랑은 횃불로 밝혀져 있고, 사람들의 형체들은 스르르 녹
아 사라진다. 궁정의 분위기, 4월의 이런 금요일 밤은 로마에 있는 공
공목욕탕을 연상시킨다. 로마 공공목욕탕의 공기는 탁하고 다른 남자
들의 헤엄치는 듯한 형체가 스르르 곁을 스쳐간다―아는 사람일지도
모르지만, 옷을 벗고 있으면 알아보기 힘들다. 피부는 뜨거웠다 차가
웠다 다시 뜨거워진다. 발밑에 느껴지는 타일은 미끄럽다. 양쪽의 문
은 살짝, 몇 센티미터가량 열려 있고, 시야 밖으로, 하지만 아주 가까
운 곳에서 변태적인 짓거리들이 행해지고 있다. 부자연스러운 육신의
얽힘, 남자들과 여자들과 남자들과 남자들. 끈적한 열기와 인간의 본
성에 대한 깨달음으로 메스꺼움이 복받치고, 어째서 이런 데 왔을까
후회하게 된다. 그러나 남자라면 평생 한 번쯤은 로마에서 공공목욕탕
에 가봐야 한다는 말을 들어봤을 것이다. 왜냐하면 직접 가보지 않고
서는 거기서 벌어지는 일들에 대해 남들이 아무리 말해봤자 믿지 않을
테니까.

"솔직히 말씀드리면," 메리 셸턴이 말한다. "부르지 않으셔도 제가
먼저 장관님을 찾을까 하던 참이었어요." 그녀의 손이 떨린다. 와인 한
모금을 마시더니 뭔가 깊은 생각에 잠긴 것처럼 그릇을 하염없이 바라

보다가 수많은 말이 담긴 눈길을 든다. "이런 날을 다시는 겪지 않을 수 있기를 기도해요. 낸 코범이 장관님을 뵙고 싶어해요. 마저리 호스맨도요. 침실 시중을 드는 여자들 전부 다요."

"나한테 해줄 무슨 이야기가 있는 겁니까? 아니면 그냥 내 서류를 눈물범벅으로 만들어서 잉크나 번지게 만들려는 겁니까?"

메리 셸턴은 잔을 내려놓고 그에게 손을 내민다. 크롬웰은 그 손짓에 마음이 움직인다. 자기 손이 깨끗하다는 걸 보여주는 어린아이 같은 동작이다. "얽힌 걸 한번 풀어볼까요?" 크롬웰은 부드럽게 말한다.

왕비의 거처에서는 하루종일 고함소리, 쾅쾅 닫히는 문소리, 요란스럽게 뛰어다니는 발소리가 들렸다. 숨죽여 속삭이는 대화가 오갔다. "궁정에서 멀리 떠나 있다면 좋겠어요." 셸턴이 말한다. "제가 아예 다른 데 있으면 좋겠어요." 그녀는 스르르 손길을 거둔다. "결혼을 했어야 해요. 아직 젊은 나이인데 어서 결혼해서 자식을 낳고 사는 게 그렇게 지나친 바람인가요?"

"자, 이제 자기 연민은 그만둬요. 해리 노리스하고 결혼하는 줄 알았는데요."

"저도 그런 줄 알았죠."

"두 사람 사이가 약간 틀어졌다는 건 알고 있는데, 일 년 전쯤부터인가요?"

"레이디 로치퍼드한테 들으셨나보군요. 그런 얘기는 귀담아듣지 마세요. 없는 얘기를 꾸며내는 여자니까요. 하지만 네, 그건 사실이에요. 해리와 말다툼을 했죠. 아니, 해리가 저와 말다툼을 했을까요. 시도 때도 없이 왕비의 거처를 드나드는 프랜시스 웨스턴 때문이었는데, 해리는 그가 저한테 반해서 그런다고 믿었어요. 그리고 저도 그렇게 생각했죠. 하지만 전 절대 웨스턴을 부추기지 않았어요, 맹세해도 좋아요."

크롬웰이 웃음을 터뜨린다. "하지만 메리, 당신은 남자들을 부추기는 여자예요. 원래 그런 걸 당신도 어쩔 수 없지요."

"해리도 그렇게 말하더군요. 그 애송이 갈비뼈를 발로 차서 절대 잊지 못하게 해주겠다고요. 해리가 사실 젊은 애송이들을 발로 차고 다니는 그런 사람은 아니거든요. 그리고 제 사촌인 왕비는 또 말하기를, 부탁이니 내 방에서는 발길질은 삼가주세요, 하더라고요. 해리가 대답했죠. 그렇다면 왕비님의 성은을 구하고 제가 이놈을 궁정 안뜰로 끌고 가서 발로 차게 해주십시오―" 메리 셸턴도 웃지 않을 수가 없다. 불안하고, 슬픈 웃음이지만. "―그리고 프랜시스는 사람들이 그 자리에 없는 사람 얘기하듯 자기 얘기를 하는 걸 들으며 내내 서 있었어요. 그러다 프랜시스가 말했죠. 뭐, 그런 노구로 나한테 발길질을 날리는 걸 한번 보고 싶군요. 노리스. 아마 비틀거리다가 쓰러질 겁니―"

"좀 짧게 줄여 말할 수는 없어요?" 그가 말한다.

"하지만 한 시간도 넘게 이런 식으로 말싸움을 했는걸요. 왕비의 환심이라면 쪼가리라도 주워먹고 땅을 파서라도 얻어내고 박박 긁어내려고 난리들이었죠. 그리고 왕비님도 절대 질리지 않고 계속 옆에서 부추겼어요. 그러다가 웨스턴이, 괜히 흥분하지 마요, 노리스, 내가 여기 온 건 미스트리스 셸턴 때문이 아니라 다른 분 때문이고, 그게 누군지는 당신도 알잖아요, 라고 말했죠. 그러자 왕비님이 말했어요. 어머, 말해봐요, 난 짐작도 가지 않네. 레이디 우스터인가? 레이디 로치퍼드인가? 어서, 말해봐요, 프랜시스. 누구를 사랑하는지. 그러자 웨스턴이 말했어요. 바로 왕비님입니다."

"그러니까 왕비가 뭐라고 하던가요?"

"아, 그 말을 반박했지요. 그런 말을 하면 안 돼요. 내 착한 동생 조지가 와서 발길질에 가담할걸요. 잉글랜드 왕비의 명예를 위해서. 그러면서 깔깔 웃어댔어요. 하지만 그때 해리가 저를 붙잡고 프랜시스 웨스턴 문제로 시비를 거는 거예요. 그러자 웨스턴이 왕비를 두고 노리스에게 시비를 걸었어요. 그리고 두 사람 다 윌리엄 브레러턴과 싸웠죠."

"브레러턴? 그 사람은 또 무슨 상관이라고?"

"뭐, 어쩌다가 그때 들어왔거든요." 셸턴이 얼굴을 찌푸린다. "바로 그때였을 거예요. 아니면 다른 때 어쩌다가 들어와 있었거나. 그러니까 왕비님이 말했죠, 자, 여기 내 남자가 왔네. 윌이야말로 화살을 똑바로 쏘는 남자지. 그러면서 그 남자들 모두를 괴롭혔어요. 도저히 왕비님이 이해가 안 돼요. 어느 순간 보면 마스터 틴들이 쓴 경건한 복음서를 읽고 있는가 하면, 바로 다음 순간에는⋯⋯" 메리 셸턴은 어깨를 으쓱했다. "입술을 벌릴 때마다 악마의 혓바닥을 날름거리죠."

셸턴의 이야기에 따르면, 그렇게 해서 그때로부터 일 년이 흐른다. 해리 노리스와 셸턴은 다시 말을 섞게 되고 곧 화해하고 해리가 다시 셸턴의 침대로 기어들어온다. 그리고 모든 게 예전과 다름없이 돌아간다. 오늘, 4월 29일 전까지는 그랬다. "오늘 아침에는 마크 스미턴이 원인이었어요." 메리 셸턴이 말한다. "원래 주위를 빙빙 도는 거 아시죠? 마크는 언제나 왕비님이 거하시는 방 바로 바깥에 있잖아요. 그리고 왕비는 그 곁을 지나칠 때마다 별말은 안 해도 웃어주고 마크의 소맷자락을 당기고 팔꿈치를 치고, 한번은 마크 모자의 깃털을 뚝 부러뜨려 가져간 적도 있어요."

"이게 사랑의 유희라는 얘기는 못 들어봤는데요." 크롬웰이 말한다. "프랑스에서는 그렇게 하나요?"

"그런데 오늘 아침에는 왕비님이 이렇게 말했어요. 오, 우리 꼬마 강아지 좀 봐, 그러더니 마크의 머리를 마구 흩뜨리며 귀를 잡아당겼죠. 그러니까 바보처럼 마크의 눈에 눈물이 그렁그렁해지는 거예요. 그래서 왕비님이 왜 그렇게 슬프니, 마크, 슬플 일이 없잖아, 우리를 즐겁게 해주려고 여기 있는 건데, 그랬어요. 그러자 마크가 무릎을 털썩 꿇으면서 '왕비님—' 하고 말머리를 꺼내자 왕비님이 쌀쌀맞게 말허리를 끊는 거예요. 아, 미치겠네, 제발 좀 두 발로 일어서라, 내가 알아봐주는 것만 해도 감지덕지한 줄 알아, 그럼 뭘 기대한 거야. 네가 신사라도 되는 것처럼 말을 걸어달라는 거니? 난 못해, 마크, 왜냐하면 넌 신분이 낮으니까. 그러자 마크가 말했어요, 아니, 아닙니다. 한마디도 기대하지 않습니다, 눈길 한 번이면 전 충분합니다. 그러자 왕비님이 다음 말을 기다리더군요. 눈길의 강력한 권능을 찬미할 줄 알았나봐요. 왕비님의 눈길은 천연자석과 같아 사람들의 마음을 끕니다, 어쩌고저쩌고. 하지만 마크는 그러지 않더군요. 그냥 울음을 터뜨리더니 '안녕히 계십시오' 하고 밖으로 나가버렸어요. 그냥 왕비님한테 등을 돌리고 갔어요. 그러자 왕비님이 깔깔 웃었어요. 그래서 우리는 왕비님 방으로 다 들어갔죠."

"천천히 말해요." 크롬웰이 말한다.

"앤 왕비가 그랬어요. 저 아이는 내가 무슨 파리 가든*에서 온 신상품인 줄 아나봐? 그 말은, 아시겠지만―"

"파리 가든이 뭔지는 압니다."

메리 셸턴은 얼굴을 붉힌다. "물론 그러시겠죠. 그러니까 레이디 로치퍼드가 말했어요. 마크도 그 개 퍼코이처럼 높은 데서 밀어 떨어뜨려 죽여도 되겠네요. 그러니까 왕비님이 울음을 터뜨렸어요. 그리고 레이디 로치퍼드를 때렸지요. 그러니까 레이디 로치퍼드가 말했어요, 한 번만 더 해봐, 어디, 당신은 왕비가 아니라 그저 기사의 딸이야, 내무장관이 당신 뒤를 캐고 있으니 이제 당신이 뻐길 날도 얼마 안 남았어."

크롬웰이 말한다. "레이디 로치퍼드가 한참 앞서가는군요."

"그때 해리가 들어왔어요."

"그자가 어디 있었는지 궁금하던 참입니다."

"그러더니 말했죠, 이 소란은 다 뭡니까? 앤이 말했어요. 제발 나한테 좋은 일 하나만 해줘요. 내 올케를 데려가서 물에다 빠뜨려 죽여줄래요? 그러면 내 동생도 어디 쓸데가 있는 싱싱한 아내를 새로 얻을 수 있지 않겠어요? 그러자 해리가 기겁을 한 거예요. 앤이 말했죠. 내가 원하는 건 뭐든지 해준다고 맹세했잖아? 나를 위해서라면 맨발로 중국까지도 간다고? 그러자 해리가 말했어요, 장관님도 그 사람이 원래 의뭉스럽게 능치면서 허튼소리를 잘하는 건 아시죠. 제 제안은 맨발로 월싱엄까지였던 걸로 아는데요, 그러더라고요. 그래요, 하고 왕비가 말하더군요. 그리고 거기서 당신 죄를 회개해요. 죽은 자의 자리를 탐내는 죄를. 왕에게 뭐든 나쁜 일이 생기면 나를 차지하고 싶어할 거잖아."

---

* 투견업자와 포주들이 공동으로 운영하던 유명한 유흥업소.

크롬웰은 셸턴의 말을 받아 적고 싶었지만, 혹시라도 하던 말을 멈출까봐 손가락도 까닥하지 못한다.

"그러더니 왕비가 저를 보는 거예요. 미스트리스 셸턴, 노리스가 왜 그쪽하고 결혼을 안 하는지 알아? 나를 사랑하기 때문이야. 말로는 그렇다고 하는데, 그것도 꽤나 오래전부터 그랬거든. 하지만 레이디 로치퍼드를 포대에 넣어서 강둑에다 갖다버리고 그 사랑을 증명하고 싶지는 않다네, 난 정말 죽도록 그걸 원하는데 말이야, 라고 말했어요. 그러자 레이디 로치퍼드가 뛰쳐나갔어요."

"이유는 알 것 같군요."

메리가 올려다본다. "우리를 비웃으시는 거 알고 있어요. 하지만 끔찍한 일이었어요. 저한테는 그랬어요. 왜냐하면 해리가 왕비를 사랑한다는 건 두 사람 사이의 농담인 줄 알았는데, 그게 아니라는 걸 알았거든요. 맹세해도 좋아요. 해리의 얼굴이 하얗게 질리더니 앤에게 말하더군요. 왕비님은 비밀을 모조리 다 폭로하실 생각입니까, 아니면 그냥 몇 가지만 흘리시려는 겁니까? 그러더니 그대로 뒤돌아 나가버렸어요. 왕비한테 인사도 하지 않았어요. 그러자 왕비가 뒤쫓아 나가더군요. 무슨 말을 했는지는 몰라요. 우리 모두 조각상처럼 그 자리에 굳어서 꼼짝달싹도 못했으니까."

비밀을 모조리 폭로한다. 전부를 아니면 일부만. "이 얘기를 들은 사람들이 누굽니까?"

메리 셸턴은 고개를 흔든다. "아마 여남은 명일 거예요. 어쩔 수 없이 듣고 서 있을 수밖에 없었어요."

그뒤로 왕비는 필사적이 되었던 모양이다. "둘러선 우리를 보더니,

400

노리스를 다시 불러오라고 했어요. 사제를 한 분 모셔와야 한다면서, 노리스한테 왕비는 정절을 지켰다는 서약을 받아내야 한다고 했어요. 자기는 절개가 곧은 충실한 아내라면서요. 노리스가 내뱉은 말은 모조리 취소해야 한다면서, 그러면 자기가 한 말도 취소하겠다고 하더군요. 두 사람이 왕비의 처소에서 성경에 손을 얹고 서약하고, 그건 다 헛튼소리였다는 걸 모두가 알아야 한다고 했어요. 레이디 로치퍼드가 폐하를 찾아갈까봐 공포에 질려 있었어요."

"제인 로치퍼드가 나쁜 소식을 전하는 걸 좋아하는 건 알지요. 하지만 그렇게까지 나쁜 소식을 전할 수는 없을 겁니다." 그것도 남편한테. 그 남편의 절친한 친구와 아내가 그의 죽음을 논하며, 그다음에 서로 어떻게 위로를 찾을지 들먹였다는 얘기를 어떻게 전할 수가 있나.

반역이다. 얼마든지 반역이 될 수 있다. 왕의 죽음을 상상하다니. 그건 법률이 인정하는 범죄다. 몽상에서 욕망으로, 욕망에서 실행으로 가는 길은 얼마나 짧은가. 우리는 왕의 죽음을 '상상'한다고 말한다. 생각은 행위의 아버지고, 행위는 쭈글쭈글하고 여린 맨살로 태어나는 못생긴 미숙아다. 메리 셸턴은 자기가 무엇을 목격했는지 모른다. 그저 연인들의 말다툼이라고 생각한다. 자신의 오랜 연애 경력에 또 한번 일어난 별난 사건, 또 한번의 쓰라린 실연이라고 생각할 뿐이다. "이제는 말이에요," 메리 셸턴은 멍하니 말한다. "아무래도 해리가 저와 결혼할 것 같지 않아요. 심지어 저와 결혼할 거라는 시늉조차 안 할 것 같아요. 지난주에 왕비님이 해리에게 마음을 준 것 같으냐고 물으셨다면 아마 아니라고 했을 거예요. 하지만 지금 두 사람을 보면 그런 말들이, 그런 표정들이 오간 게 분명하다는 생각이 들어요. 그러니 어떤 행동을 했는지 어떻게 알겠어요? 제 생각에는…… 아니, 무슨 생각을 해야 할지도 모르겠어요."

"내가 당신과 결혼할게요, 메리." 그가 말한다.

메리는 자기도 모르게 웃음이 비어져나온다. "내무장관님, 그러실 리가요. 언제나 이런저런 숙녀들과 결혼한다고 말하시지만, 우리는 장관님이 스스로를 대단한 포상이라고 여기고 있다는 걸 잘 안답니다."

"아, 뭐 할 수 없죠. 그럼 나는 다시 파리 가든으로나 돌아가야겠군요." 그는 어깨를 으쓱하며 미소를 짓는다. 하지만 메리와는 용건만 말하고 서둘러 끝낼 필요가 있다. "자, 잘 들어요. 반드시 분별 있게 입조심해야 합니다. 여기서 당신이 해야 할 일은—다른 시녀들도 말이에요—자기 신상은 알아서 보호해야 한다는 겁니다."

메리는 괴로워하며 버둥거린다. "설마 나쁜 일이 일어나진 않겠죠, 그렇죠? 폐하께서 들으시면 어떻게 하실지 아시겠죠, 네? 그저 다 가벼운 허튼소리라고 생각하시겠죠? 아무런 피해도 없겠죠? 아무래도 제가 섣불리 말해버린 것 같아요. 사실 두 사람 사이에서 벌어진 일은 아무도 몰라요, 전부 지레짐작일 뿐이에요, 저는 절대 보증할 수 없어요." 그는 생각한다. 하지만 당신은 보증하게 될 거야. 얼마 안 가 결국 하게 될 거야. "아시잖아요, 앤은 제 사촌이에요." 젊은 여자의 목소리가 잠긴다. "앤은 저를 위해 뭐든 다 해줬는데—"

심지어 왕의 침대에 밀어넣기까지 했지, 그는 생각한다, 자기가 임신했을 때. 헨리를 자기 가족에게 붙들어두기 위해서.

"앤은 어떻게 되나요?" 메리의 눈빛이 심각하다. "폐하께서 앤을 버리실까요? 그런 말은 무성한데 앤은 믿지를 않아요."

"왕비님도 남의 말을 조금은 더 믿어야 할 겁니다."

"앤은 말해요, 난 언제든지 폐하를 되찾을 수 있어, 어떻게 되찾는지 알아, 그렇게 말해요. 그리고 정말 항상 그래왔다는 거 아시잖아요. 하지만 해리와 무슨 일이 있었든 상관없이, 전 앤과 더이상 같이 지낼 수 없어요. 앞으로도 앤이 아무런 배려 없이 해리를 빼앗아갈 거라는 걸 알거든요. 이미 빼앗은 게 아니라면 말이에요. 시녀들이 그런 관계로 지낼 수는 없어요. 레이디 로치퍼드도 그만둬야 할 거예요. 그리고 제인 시모어도—뭐, 이유는 말하고 싶지 않아요. 그리고 레이디 우스터도 이번 여름에 해산하니 집에 돌아가야 할 테고요."

젊은 여자의 눈동자가 바삐 움직이는 걸 지켜본다, 계산하면서, 헤아리면서. 메리 셸턴에게는 단 한 가지 문제가 큰일로 떠올랐을 뿐이다. 앤의 처소에서 시중을 들 시녀를 충원하는 일. "그렇지만 잉글랜드에 숙녀들은 충분히 많겠죠." 메리 셸턴이 말한다. "아예 싹 다 바꿔도 좋을 거예요. 그래요, 새로운 시작을 하는 거죠, 칼레의 레이디 라일이 딸들을 궁정으로 보내고 싶어하더군요. 그러니까 첫 남편에게서 낳은 딸들 말이에요. 예쁜 여자애들이던데, 훈련을 시키면 아주 잘할 거 같아요."

앤 불린이 저들에게 단체로 최면이라도 걸어버린 것 같다. 남자들이고 여자들이고 모두 제정신이 아니다. 하나같이 주위에서 대체 무슨 일이 벌어지고 있는지 보지도 못하고, 자기가 자기 입으로 무슨 소리를 내뱉고 있는지도 모른다. 기나긴 한 계절을 우매함에 빠져 살아왔기 때문이다. "그러니까 장관님께서 레이디 라일한테 편지를 보내보세요." 메리는 완벽한 자신감으로 당당하게 말한다. "딸들을 궁정으로 불러주기만 한다면 영원히 은혜를 잊지 않을 거예요."

"그리고 당신은요? 당신은 날 위해서 뭘 해줄 겁니까?"

"마음속으로 늘 생각해드릴게요." 메리가 말한다. 절대 오래 풀죽어 있는 법이 없는 여자다. 이래서 남자들이 메리 셸턴을 좋아한다. 그녀에게는 언제나 또다른 시절, 또다른 남자들, 또다른 태도가 있을 테니까. 메리는 기운차게 일어난다. 크롬웰의 뺨에 키스를 한다.

토요일 저녁이었다.

이제 일요일이다. "오늘 아침 여기 계셨더라면 좋았을 텐데요." 레이디 로치퍼드가 과장을 섞어 말한다. "대단한 볼거리였다니까요. 왕과 앤이 함께 커다란 창가에 서 있었기 때문에 아래에 있던 사람들이 모두 두 사람을 볼 수 있었어요. 왕께서는 어제 앤이 노리스와 언쟁을 했다는 얘기를 들어 알고 있었죠. 뭐, 잉글랜드 전체가 다 들었을걸요. 폐하께서는 화가 나서 제정신이 아니셨어요. 얼굴이 보랏빛이셨죠. 앤은 양손을 가슴 앞에 꼭 모으고 있었는데……" 레이디 로치퍼드는 자기 손을 모아 크롬웰에게 보여준다. "왜 있잖아요, 폐하의 대형 태피스트리에 그려져 있는 에스더 왕비처럼."

크롬웰도 어렵잖게 머릿속으로 떠올릴 수 있다. 태피스트리에 그려진 그 그림. 수많은 의미의 결들이 살아 있는 그 장면, 괴로움에 빠진 왕비 주위로 실로 짠 궁정기사들이 모여 있다. 시녀 한 사람이 별 관심 없는 것처럼 류트를 들고, 아마도 에스더의 거처 쪽으로 간다. 다른 사람들은 곁에서 뒷이야기에 여념이 없다. 여자들은 매끈한 얼굴을 치켜들고 있고 남자들은 머리를 숙이고 있다. 보석과 화려한 모자로 치장한 이 궁정기사들 사이에서 크롬웰은 자기 얼굴을 찾아보았으나 허사였다. 아마 어딘가 다른 곳에서 음모를 꾸미고 있겠지. 끊어진 실타래, 올이 풀린 끝, 주체할 수 없이 엉켜버려 도저히 풀 수 없는 매듭투성이의 실뭉치. "에스더처럼." 그가 말한다. "그렇군요."

"앤이 어린 공주를 데리고 오라고 사람을 보냈던 게 틀림없어요." 레이디 로치퍼드가 말한다. "왜냐하면 그때 유모가 엘리자베스를 데리고 헐떡거리며 올라왔거든요. 그리고 앤이 아이를 홱 빼앗아 높이 치켜들었어요. 마치 '남편이여, 어떻게 이 아이가 우리의 자식임을 의심할 수 있습니까?'라고 따져 묻는 것처럼 말이에요."

"폐하가 그런 질문을 했다고 전제하고 있군요. 정말로 뭐라고 하셨는지는 못 들었으면서." 그의 목소리는 싸늘하다. 자기 귀에 들리는 그 목소리의 냉랭함에 내심 놀란다.

"제 자리에서는 들을 수 없었지요. 하지만 앤에게 길한 징조는 아니었던 것 같아요."

"가서 위로를 해주지 않으셨나요? 모시는 상전인데."

"아니. 당신을 찾으러 왔죠." 레이디 로치퍼드는 자제한다. 말투가 갑자기 침착해진다. "우리는—왕비의 시녀들은—차라리 다 말해버리고 목숨을 보전하고 싶은 마음이에요. 왕비가 부정을 저질렀는데, 우리가 그걸 은폐한 죄를 뒤집어쓸까 두려워하고 있어요."

"여름에," 그가 말한다. "지난여름 말고 그전해 여름에, 부인께서 왕비가 필사적으로 아이를 가지려 하고 있지만 폐하께서 과연 수태시킬 수 있을지 걱정하고 있다고 말했죠. 폐하가 왕비를 만족시키지 못한다고 했습니다. 지금도 똑같이 말할 수 있습니까?"

"우리 대화를 기록한 메모가 없으시다니 놀랍군요."

"워낙 대화가 길었잖아요. 그리고—부인으로 말하자면—구체적인 사실보다 워낙 흘리는 암시들만 많아서요. 법정에서 서약을 하고 어디까지 증언할 수 있을지 알고 싶은 거죠."

"누가 재판을 받는데요?"

"그것도 결정할 수 있으면 좋겠다고 생각하고 있습니다. 부인께서 친절하게 도와주신다면."

그는 그 말이 자기 입에서 술술 흘러나오는 걸 듣는다. 부인께서 친절하게 도와주신다면. 당신은 해를 입지 않을 거야. 폐하를 구할 거고.

"노리스와 웨스턴 일이 공공연하게 밝혀졌다는 얘기는 아시죠." 부인이 말한다. "두 사람이 어떻게 왕비를 향한 사랑을 공언했는지. 그 사람들만 있는 게 아니에요."

"그저 예의를 차린 정도가 아니라고 생각하나요?"

"예의를 차리려면 밤에 몰래 돌아다니지는 말아야죠. 바지선을 탔다 내렸다 하면서. 횃불 빛에 의지해 게이트를 몰래 드나들고. 짐꾼들에게 뇌물을 먹이고. 지난 이 년 동안, 아니 그전부터 이런 일들이 계속 일어나고 있어요. 어디서 언제 누구를 봤는지 도무지 알 수 없어요. 하나라도 눈치채면 눈썰미가 날카로운 거죠." 레이디 로치퍼드는 크롬웰의 주목을 끌고 있는지 확인하기 위해 잠시 말을 끊는다. "궁정이 그리니치에 있다고 해봐요. 왕을 모시는 어떤 신사들을 보게 되죠. 그런데 그 사람들 근무 기간이 끝났다고 생각하고 이제 시골에 가 있겠지 싶었는데, 저희가 왕비님 근처에서 할일을 하고 있으면 갑자기 한쪽 구석에서 쓱 나타나는 거예요. 아니, 대체 왜 여기 있지? 노리스, 당

406

신이에요? 이렇게 되는 거죠. 그중 누군가 웨스트민스터에 있다고 생각했는데 리치먼드에서 보게 되고, 아니면 그리니치에 있는 줄 알았던 사람이 햄프턴코트에 나타난다든가 하는 일이 비일비재했어요."

"자기네들끼리 근무 기간과 장소를 바꾼다면 그런 건 아무런 문제가 안 됩니다."

"하지만 그런 얘기가 아니에요. 시간이 문제가 아니라고요, 내무장관님. 장소가 문제예요. 왕비의 회랑, 왕비의 곁방, 왕비의 처소 문턱. 그리고 가끔은 정원의 계단 아니면 누군가의 부주의로 잠기지 않고 열려 있는 작은 문." 부인이 몸을 바짝 당기더니 손가락 끝으로 서류 위에 놓인 크롬웰의 손을 훑는다. "내 말은 밤에 그 사람들이 드나든다는 거예요. 그리고 이유를 묻는 사람이 있으면 폐하의 사적인 전갈을 들고 왔다고 하죠. 수취인은 발설할 수 없다고요."

그는 고개를 끄덕인다. 왕의 처소에서는 글로 쓰지 않은 전갈들을 옮긴다. 그것도 사실 시종들의 의무다. 그런 전갈은 왕과 다른 군주, 가끔은 왕과 외국 대사, 그리고 물론 왕과 왕비 사이를 오가게 되어 있다. 그들은 질문에 답할 필요가 없다. 해명할 의무도 없다.

레이디 로치퍼드가 뒤로 기대앉는다. 그리고 부드럽게 말한다. "결혼하기 전에 왕비는 헨리와 프랑스식으로 하곤 했어요. 말뜻은 아시겠죠."

"전혀 무슨 뜻인지 모르겠는데요. 부인은 프랑스에 가보신 적 있습니까?"

"아뇨. 장관님이 가보신 줄 알았는데요."

"병사로서 갔었죠. 군대에서 사랑의 기술은 그리 세련되지 못합니다."

부인은 곰곰이 생각한다. 목소리에 냉혹함이 스며든다. "제가 해야 하는 말을 결국 입 밖으로 내게 만들어서 수치심을 주려고 하시는군요. 하지만 저는 숫처녀가 아니고, 말하면 안 될 이유가 뭔지도 모르겠어요. 왕비는 헨리가 원래 정자를 넣어야 할 곳이 아닌 데 쏟게 만들었어요. 그래서 헨리는 지금 자기한테 그런 짓을 시킨 앤을 경멸하고 있는 거죠."

"잃어버린 기회라. 이해가 갑니다." 허비해버린 정자, 왕비 몸의 다른 틈새나 목구멍 속으로 스며들어가버린 왕의 씨앗들. 그럴 시간에 정직한 잉글랜드식으로 할 수도 있었는데.

"폐하는 더러운 짓거리라고 부르시는데 하지만 맙소사, 헨리는 더러운 게 뭔지 여전히 몰라요. 내 남편 조지가 언제나 앤과 함께 있단 말이죠. 하지만 그 얘기는 제가 전에도 했죠."

"조지는 앤의 동생입니다. 자연스러운 일이라고 생각하는데요."

"자연스럽다고요? 그렇게 생각하세요?"

"부인, 누나한테는 그렇게 정을 쏟으면서 남편으로서는 냉랭하다는 게 범죄였으면 하고 바라는 마음은 알겠습니다. 그렇지만 그런 법은 없고, 부인의 마음을 달래줄 판례도 없어요." 크롬웰은 잠시 머뭇거린다. "부인의 심정을 전혀 모른다고 생각지는 말아주세요."

하지만 정황이 불리할 때 제인 로치퍼드 같은 여자가 뭘 할 수 있겠는가? 부유한 미망인이라면 세상에서 두각을 나타낼 수 있다. 근면함과 신중함을 갖춘 상인의 아내라면 사업을 직접 장악하고 황금을 산더미처럼 긁어모을 수도 있다. 남편한테 구박받는 노동계급의 여인이라면 힘센 친구들을 모아서 밤새도록 자기 집밖을 지키며 냄비를 두드리게 할 수도 있다. 남편이 면도도 못하고 셔츠 바람으로 뛰쳐나가 그들을 쫓아내려 하면, 그 친구들은 인색한 남편의 셔츠를 벗기고 거시기가 작다고 놀려댈 것이다. 그러나 젊은 신사계급의 기혼녀라면 스스로를 지킬 방도가 없다. 당나귀 한 마리보다도 못한 힘을 갖고 있다. 그저 남편이 채찍을 쓰지 않았으면, 하고 바라는 게 할 수 있는 일의 전부다. 크롬웰은 말한다. "부인의 아버지 몰리 경은 제가 굉장히 높이 평가하는 학자이십니다. 그분과 의논해보신 적은 없으십니까?"

"무슨 소용이 있겠어요?" 부인은 코웃음을 친다. "우리가 결혼할 때 아버지는 내게 최선이라고 하셨어요. 아버지들은 다 그런 소리를 하죠. 나를 조지 불린과 약혼시킬 때도 사냥개 새끼를 분양하는 정도로 생각했을 뿐이에요. 따뜻한 개집이 있고 먹다 남은 고깃조각이 있는데 더이상 알 필요가 뭐가 있겠어요? 짐승한테 뭘 원하느냐고 묻지는 않잖아요."

"그러면 결혼생활에서 해방될 수도 있다는 생각은 한 번도 해본 적이 없군요."

"네, 마스터 크롬웰. 우리 아버지는 모든 걸 철저하게 검토했어요. 장관님이 친구분 일을 알아봐주실 때만큼이나 철저히요. 이전에 구두로 약속한 여자도 없고, 혼전계약도 없고, 여자 그림자라고는 없다고. 장관님과 크랜머 대주교님이 힘을 합쳐도 아마 우리 결혼을 무효화할 핑계는 못 찾으실 거예요. 결혼식 당일에 친구들과 함께 식사를 했죠. 그 자리에서 조지는 내게 말했어요. 난 순전히 아버지가 하라고 해서 이런 짓을 하고 있을 뿐이오. 아마 장관님도 동의하시겠지만 아직 사랑에 대한 희망을 품고 있던 스무 살 처녀한테 참 듣기 좋은 소리였겠죠. 그래서 당장 되받아쳤어요. 똑같은 소리를 해줬죠. 우리 아버지가 강제로 시키지 않았다면 저도 당신 근처에도 가지 않았을 거예요. 그때 불이 꺼지고 우리는 침소로 들게 됐어요. 조지는 손을 내밀어 내 젖가슴을 뒤적거리더니 말했어요, 이런 건 한두 번 본 게 아니야, 훨씬 더 좋은 것도 많이 봤지. 누워, 몸을 확 벌려, 우리 의무를 행하고 우리 아버지를 할아버지로 만들어주자고, 아들을 낳으면 따로 살 수 있으니까. 그래서 말했어요, 할 수 있다고 생각하면 어디 해봐요, 제발 오늘 밤에 씨를 뿌리시지요. 그러면 당신도 거시기를 멀리 치워도 되고 나도 그 꼴을 다시는 안 봐도 되니까." 잠깐 허허로운 웃음. "하지만 난 보시다시피 불임이에요. 남편의 정자가 불임이거나 약할 수도 있죠. 누가 알아요, 어디 별 수상쩍은 구석에 다 흩뿌리고 다니는데. 아, 조지 그 인간은 복음을 전하는 거라죠, 성 매슈의 인도와 성 루가의 가호 아래. 조지보다 신심이 굳은 사람이 또 어디 있겠어요, 하지만 단 한 가지 조지가 하느님에게 불만이 있다면 인간한테 구멍을 너무 조금 만들었다는 거예요. 만일 겨드랑이에 음부가 달린 여자를 만나면 아마 조지는 '할렐루야!'를 외치면서 아예 집을 한 채 따로 사주고 신선한 맛이 사라질 때까지 날마다 찾아갈 거예요. 테리어 암캐가 꼬리를 살랑거리면서 멍멍 짖기만 해도 가서 할걸요."

이번만큼은 그도 할말을 잃었다. 조지가 작은 암캐를 붙잡고 털투성이로 몸씨름을 하는 광경은 앞으로 결코 뇌리에서 지울 수 없을 것이다.

레이디 로치퍼드가 말한다. "조지가 나한테 병을 옮겨서 끝내 임신할 수 없었던 게 아닐까 생각해요. 안에서부터 나를 파괴하는 무언가가 있다는 게 느껴져요. 언젠가 그걸로 죽게 될 거예요."

언젠가 그녀가 부탁한 적이 있다. 내가 갑자기 죽으면 꼭 시체를 해부해서 부검해줘요. 그 시절에는 조지가 자신을 독살할지 모른다고 두려워하고 있었다. 이제 부인은 이미 그 독이 몸에 퍼졌다고 확신한다. 그는 중얼거린다. 부인, 정말 많이 참고 살아오셨습니다. 크롬웰은 눈길을 든다. "하지만 이건 용건을 벗어난 얘기고. 조지가 왕이 알아야 하는 왕비의 비밀을 뭔가 알고 있다면, 제가 그 친구를 증인으로 세울 수도 있습니다. 하지만 솔직하게 털어놓을지 알 길이 없군요. 동생에게 억지로 누나를 고발하라고 할 순 없으니까요."

그녀가 말한다. "조지를 증인으로 세우는 얘기를 하는 게 아니에요. 그이가 왕비 방에서 시간을 보낸다는 말을 하는 거예요. 단둘이서 문을 꼭 닫아걸고."

"얘기를 나누는 겁니까?"

"문가에서 들어봤지만 아무 소리도 못 들었어요."

"어쩌면 말없이 함께 기도할 수도 있지요."

"두 사람이 키스하는 걸 봤어요."

"동생인데 누나한테 키스할 수도 있지요."

"아뇨, 그런 식으로 하면 안 되죠."

그는 펜을 든다. "레이디 로치퍼드, '조지는 그런 식으로 키스했다'라고 쓸 수는 없습니다."

"입안에 혀를 넣었어요. 왕비도 혀를 그이 입에 넣었고."

"그걸 제가 기록하면 좋겠습니까?"

"기억 못할까봐 걱정되시면 쓰세요."

크롬웰은 생각한다, 이 문제가 법정에서 제기되면 런던 전체가 난리가 나겠지. 의회에서 언급되면 주교들이 벤치에 앉아서 신나게 자위할 거야. 그는 펜을 들고 기다린다. "어째서 왕비가 그런 짓을 할까요? 천륜을 거스르는 중죄인데."

"통제하기 더 좋으니까요. 보셔서 아실걸요? 엘리자베스의 경우에는 운이 좋았죠, 아이가 왕비를 닮았으니까. 하지만 아들을 낳았는데 웨스턴의 긴 얼굴을 닮았다면? 아니면 브레러턴처럼 생겼다면 왕이 뭐라고 할까요? 하지만 조지 불린을 닮았다면 사생아라는 소리는 들을 리 없죠."

브레러턴도 그렇단 말이지. 그는 메모한다. 언젠가 브레러턴이 자기가 동시에 두 장소에 있을 수 있다는 농담을 던졌던 기억이 난다. 싸늘한 농담, 적대적인 농담이었는데 이제는, 드디어 이제는 내가 웃는다. 레이디 로치퍼드가 말한다. "왜 웃으세요?"

"왕비의 처소에서, 왕비의 애인들 사이에서 폐하의 죽음이 논의된 바 있다고 들었습니다. 조지도 그런 대화에 끼었습니까?"

"그 인간들이 어떻게 자기를 놀려대는지 알면 헨리는 아마 죽고 싶을걸요. 자기 거시기가 어떻게 동네 놀림감이 되는지 안다면요."

"잘 생각하시면 좋겠습니다." 크롬웰이 말한다. "확신을 가지고 처신하세요. 법정에서건 추밀원에서건 남편에게 불리한 증언을 하게 되면 앞으로 오랜 세월 외톨이로 살아야 할지 모릅니다."

부인이 표정으로 말한다, 그렇다고 제가 지금 친구가 많아 보이나요? "비난은 제가 듣지 않을 거예요. 장관님이 욕을 먹겠죠. 사람들은 저를 특별한 재기나 통찰력이 있는 여자로 보지 않아요. 하지만 장관님은 원래 그런 분이니까요, 아무도 봐주지 않는 무서운 정보통이죠. 사람들은 내 뜻과 상관없이 장관님이 제게서 진실을 끌어냈다고 생각할 거예요."

크롬웰은 더이상 할말이 별로 없다는 판단을 내린다. "그런 생각을 계속 갖게 하려면 부인도 기쁨을 억누르고 괴로운 척할 필요가 있을 겁니다. 조지가 체포되면 자비를 구하는 청원을 내야 할 거고요."

"그건 할 수 있어요." 제인 로치퍼드는 혀끝을 살짝 내민다. 그 순간에 설탕이 발라져 있어 혀끝으로 맛을 보려는 것처럼. "전 안전해요. 장담하지만 폐하께서는 그런 청원 따위에는 신경도 쓰지 않으실걸요."

"제 충고를 잘 들으세요. 아무하고도 얘기하지 마십시오."

"제 충고를 잘 들으시죠. 마크 스미턴과 얘기해보세요."

그는 부인에게 말한다. "스테프니의 우리집으로 갈 겁니다. 마크 스미턴한테 그리로 저녁식사를 하러 오라고 했어요."

"왜 여기서 대접하지 않으시고?"

"시끄러운 일이 이미 충분히 많이 일어나지 않았습니까?"

"시끄러운 일? 아, 알겠어요." 부인이 말한다.

밖으로 나가는 부인을 주시한다. 문이 미처 닫히기도 전에 레이프와 콜미 리즐리가 들어와 그와 함께한다. 창백하고 굳은 표정을 한 두 사람은 차분하다. 그걸 보고 두 사람이 이야기를 엿듣지는 않았다는 걸 안다. "폐하께서 조사에 착수하길 원하십니다." 콜미가 말한다. "철저히 신중을 기하되 가능한 한 최고 속도로 수사를 진행하라고 하십니다. 그 사건, 그 말다툼 이후로 더이상 소문을 무시할 수 없다고 하시더군요. 노리스와는 접촉이 없으셨다고 합니다."

"네." 레이프가 말한다. "왕의 처소 시종들은 이제 다 들통났다고 생각하고 있습니다. 왕비는 어느 모로 보나 다시 침착해진 것 같습니다. 내일의 마상 시합은 계획대로 진행됩니다."

"혹시 말이야," 크롬웰이 말한다. "레이프 자네가 리처드 샘프슨한테 가서 우리끼리 얘기지만 상황이 우리가 통제할 수 있는 선을 넘어섰다고 말 좀 해주겠나? 애초에 혼인 무효 소송을 할 필요가 없을지도 모르겠네. 아니면 적어도 왕비가 왕의 요구를 무조건 들어주겠다고 나올 가능성이 높아 보여. 이제 왕비한테 협상할 패가 별로 안 남았거든. 노리스는 활로 쏴서 잡을 수 있는 거리 안에 들어온 것 같고. 웨스턴도. 아, 그리고 브레러턴도 말이야."

레이프 새들러가 눈썹을 치켜올린다. "왕비님은 그를 잘 알지도 못하는 줄 알았는데요."

"보아하니 그 친구가 때를 잘 못 맞춰서 돌아다니는 버릇이 있는 모양이더군."

"굉장히 차분해 보이십니다." 콜미가 말한다.

"그래. 잘 보고 배우게."

"레이디 로치퍼드가 뭐라고 합니까?"

크롬웰이 얼굴을 찌푸린다. "레이프, 샘프슨한테 가기 전에 일단 거기 테이블 상석에 앉아보게. 자네가 왕의 자문관으로 비밀 회합을 한다고 상상해봐."

"추밀원 자문관들 모두와 말입니까?"

"노퍽과 피츠윌리엄을 위시한 전부. 자, 콜미. 자네는 추밀원에 증언을 하러 나온 왕비 처소의 시녀일세. 서 있어. 인사를 좀 받아도 될까?

고맙네. 자, 나는 자네에게 의자를 갖다주는 심부름꾼 아이일세. 그리고 쿠션도 깔아주고. 거기 앉아서 자문관들에게 미소를 지어봐."

"그렇게 해보죠." 레이프가 자신 없이 말한다. 그렇지만 곧 레이프도 상황극의 분위기에 휘말린다. 그는 손을 내밀어 콜미의 턱을 간지럽힌다. "우리한테 해줄 얘기가 뭐가 있으신가, 아름다운 부인? 어서 다 털어놔봐, 그 루비 같은 입술을 쩍쩍 벌려봐."

"이 아름다운 부인은,"―그, 크롬웰이 손짓을 하며 말한다―"왕비께서 가벼이 처신하신다고 생각하지. 왕비의 행실 때문에 악행을 저질렀다거나 신의 율법을 거부했다는 등 의혹이 일어나고 있지만 사실 아무도 실제로 불법행위를 목격한 적은 없어."

레이프가 꿀꺽 침을 삼킨다. "그렇다면 부인, 일각에서는 왜 이런 이야기를 일찍 하지 않았는지 물을 수도 있습니다."

"왕비를 음해하는 말을 하는 건 반역이니까요." 라이어슬리는 능수능란한 사람인지라 처녀다운 핑계들이 그 입에서 술술 청산유수로 흘러나온다. "우리는 선택의 여지 없이 왕비님을 보호할 수밖에 없었어요. 우리가 뭘 할 수 있겠습니까? 왕비님을 설득하고 헤픈 처신을 그만두시라고 타이르는 수밖에요. 그렇지만 그럴 수도 없었어요. 왕비님은 우리가 당신을 두려워하고 우러러보게 만드셨거든요. 시녀에게 구애자가 있으면 왕비님은 질투하셨어요. 기혼이건 미혼이건 왕비님이 보시기에 실수했다 싶으면 거리낌없이 대놓고 협박하셨고, 그런 식으로 한 여자를 망가뜨릴 수도 있었어요. 엘리자베스 우스터를 보세요."

"그런데 이제 더이상 입을 다물고 있을 수 없다?" 레이프가 말한다.

"지금 울음을 터뜨리는 거야, 라이어슬리." 크롬웰이 지시한다.

"그랬다고 칩시다." 콜미가 뺨을 닦는다.

"대단한 연극이 되겠군." 크롬웰은 한숨을 쉰다. "이제 다들 역할놀이는 집어치우고 집에 가자고."

크롬웰은 생각하고 있다, 윈저의 나룻배 사공 숀 매덕에게 해줄 말을. "왕비는 자기 남동생하고 그 짓을 하고 있어."

서스턴, 그의 수석 요리장에게는: "그 남자들이 다 자기 거시기를 만지작거리며 줄을 서 있다네."

그는 토머스 와이엇이 전에 해준 말을 기억한다. "그게 앤의 전술이죠. 돼요, 돼요, 돼요, 하다가 끝에 가서는 안 돼요, 하는 겁니다…… 그중에서도 최악은 저한테 슬쩍 흘리는 거예요, 거의 자기 자랑이라고 할 수 있죠. 자기가 나만 애를 동동 태우면서 거절하고 있고, 오히려 다른 남자들의 구애는 다 받아주고 있다는 식으로 말하는 거예요."

언젠가 토머스 와이엇에게 물어본 적이 있다. 앤에게 애인이 몇 명이나 있었다고 생각하느냐고. 그러자 와이엇은 대답했다. "열둘? 혹은 없다? 아님 백 명쯤?"

크롬웰 본인으로 말하자면 앤이 차가운 여자라고 생각했다. 자기 처녀성을 시장에 내놓고 최곳값을 받고 팔아치운 여자. 하지만 이 냉정함—그건 결혼하기 전의 얘기다. 헨리가 그 커다란 덩치로 그녀를 깔아뭉개고, 다시 떠나기 전의 얘기다. 왕이 자기 거처로 비틀거리며 돌아가고 나면, 천장에 흔들리는 촛불 빛과 시녀들의 웅성거림, 따뜻한 물이 담긴 대야와 몸을 닦을 수건밖에 아무것도 남지 않는 나날들이 이어지기 전의 얘기다. 그리고 앤이 제 몸을 문질러 닦을 때 레이디 로치퍼드의 목소리가 들리겠지. "조심하세요, 왕비님, 훗날의 웨일스 공을 씻어 흘려보내시면 안 됩니다." 그리고 앤은 혼자 어둠 속에 남게 된다. 리넨에는 남자의 땀냄새가 배어 있고, 아마 아무짝에도 쓸데없는 여종이 침대를 털며 쿵쿵 냄새를 맡아보겠지. 그리고 앤은 찰랑거리는 희미한 강물소리와 궁의 소음을 들으며 혼자 있으리라. 그리고 앤이 말하면 아무도 대답하지 않겠지. 잠을 자면서 헛소리를 하는 시녀 아이 빼고는. 앤은 기도하지만, 아무 답도 받지 못한다. 그러면 앤은 옆으로 누워 손으로 허벅지를 쓸며 젖가슴을 만질 것이다.

그러니 결국 언젠가는 돼요, 돼요, 돼, 돼 돼, 가 된다 한들 어떻겠는가? 팽팽한 실처럼 버티던 가녀린 미덕이 끊어지는 순간 바로 곁에 있던 아무 남자를 붙잡고 좋다고 한들 어떻겠는가? 심지어 그것이 자기 남동생이라 할지라도?

크롬웰은 레이프에게, 콜미에게 말한다. "오늘 기독교 국가에서는 차마 생각도 못했던 그런 얘기를 들었네."

젊은 신사들, 그들은 기다린다. 두 사람의 눈길이 크롬웰에게 못박혀 있다. 콜미가 말한다. "제가 계속 증인 시녀를 연기하고 있을까요, 아니면 앉아서 펜을 들어야 할까요?"

크롬웰은 생각한다. 여기 잉글랜드에서 우리가 하는 짓들이란, 우리는 아이들을 어릴 때 다른 가문에 보내니까, 장성한 누이와 남자 형제가 마치 처음 보는 사람들처럼 만나는 게 그리 드문 일이 아니다. 그렇다면 그게 어떠할지 생각해보자. 자기가 아는, 자기 거울상 같은 이 매혹적인 타인이란. 사랑에 빠진다, 아주 살짝. 한 시간쯤 하루 반나절쯤. 그리고 그 사랑을 농담처럼 만들어버린다. 애틋한 마음은 찌꺼기처럼 가라앉아 남는다. 그건 남자들을 문명인으로 만들고, 믿고 의지하는 여인들에게 더 점잖게 행동하게 만드는 감정이다. 하지만 거기서 한발 더 나아가면, 금지된 육신의 선을 넘어버리면, 스치는 생각에서 실행으로 이어지는 거대한 간극을 뛰어넘어버린다면…… 사제들은 말한다. 유혹은 자연스럽게 죄악으로 전락하며 그 경계는 머리카락 한 올보다 더 가늘다고. 하지만 설마 그게 사실일 리 없다. 동생이 누이의 뺨에 키스하는 건 얼마든지 되지만, 목을 깨문다? '상냥한 누님'이라고 말할 수는 있지만 다음 순간 그 몸을 뒤집어 눕히고 치맛자락을 걷는 다? 설마 그럴 리가. 방을 가로질러 걸어가야 하고 단추들을 풀어야 한 다. 몽유병자처럼 정신없이 그런 짓을 저지를 수는 없다. 자기도 모르 게 간통을 범할 수는 없다. 상대가 누군지, 여자가 누군지, 모르고 할 수는 없는 짓이다. 여자는 얼굴을 가리지 않으니까.

그렇지만 한편으로 제인 로치퍼드가 거짓말을 하고 있을 가능성도 있다. 그럴 명분도 있는 여자다.

"나는 일을 진행하는 절차를 놓고 헤매는 일이 별로 없는 사람인데 말이야." 크롬웰이 말한다. "지금은 차마 입 밖에 내어 말할 수 없는 문제를 처리해야 하는 상황이네. 사건의 전모를 터놓고 말할 수 없으 니, 어떻게 기소장을 작성해야 할지 알 수가 없어. 박람회장에서 흉측 한 괴물을 전시하고 돈을 받는 그런 사람이 된 기분이야."

박람회장에서는 술 취한 주정뱅이들이 돈을 내던지고, 막상 보여주 면 구경거리를 비웃는다. "저런 걸 괴물이라고 하나? 우리 장모한테 대면 저런 건 아무것도 아니야!"

그러면 놈의 친구들이 전부 그의 등을 두드리며 껄껄 웃어댄다.

하지만 그때 이렇게 말하는 거다, 자, 이웃 여러분, 지금 보여드린

건 그저 여러분의 배짱을 시험하기 위한 서막에 불과합니다. 1페니만
더 내시면 여기 제가 천막 뒤에 숨겨놓은 걸 보여드리죠. 아무리 닳고
닳은 남자라도 벌벌 떨 만한 볼거리입니다. 그리고 제가 보장하는데,
평생 살면서 이런 악마의 장난은 처음 보실 겁니다.

그러면 그들은 본다. 그리고 장화에다 구토를 한다. 그러면 우리는
돈을 센다. 그리고 괴물을 다시 탄탄한 우리에 집어넣는다.

스테프니에 마크 스미턴이 왔다. "마크가 자기 악기를 가져왔는데
요." 리처드가 말한다. "류트 말입니다."

크롬웰이 말한다. "밖에 놓고 들어오라고 해."

예전에는 마냥 발랄했던 마크는 이제 의심에 차서 신중을 기하고 있
다. 마크는 문턱에 서서 "저, 나리, 여흥을 원하시는 줄 알았는데요"라
고 말한다.

"그야 물론이지."

"다른 손님들도 많을 줄 알았습니다."

"내 조카 마스터 리처드 크롬웰은 알지?"

"그래도 기쁘게 연주하겠습니다. 혹시 나리네 합창단 아이들의 노
래를 들어달라고 부르신 건가요?"

"오늘은 아닐세. 지금 같아서는 자네가 과하게 칭찬을 해줄까봐 안
되겠어. 하지만 잠시 앉아서 우리와 와인 한잔하겠나?"

"혹시 리벡* 연주자가 있으면 소개해주게." 리처드 크롬웰이 말한

---

* 중세의 3현 악기.

다. "우리집에 한 명 있기는 한데, 허구한 날 가족을 만나고 싶다고 파 넘으로 도망을 간단 말이야."

"불쌍한 녀석." 크롬웰이 플라망어로 말한다. "아무래도 향수병에 걸린 것 같아."

마크가 눈길을 획 들어 그를 본다. "우리 말을 하실 줄 아는지 몰랐 습니다."

"몰랐던 거 알고 있네. 아니면 나를 두고 그렇게 불경한 말을 지껄였 을 리 없겠지."

"절대 나쁜 뜻은 없었습니다." 마크는 크롬웰에 대해 자기가 무슨 말을 하고 무슨 말을 하지 않았는지 잘 기억하지 못한다. 그러나 표정 을 보니 전반적인 내용은 잘 기억하는 게 틀림없다.

"내가 교수형을 당할 거라고 예언하던데 말이야." 크롬웰이 두 팔을 쫙 펼친다. "하지만 이렇게 잘 살아 숨쉬고 있네. 그런데 다소 곤란한 문제에 봉착해서, 자네가 날 안 좋아하는 건 알고 있지만 어쩔 수 없이 이렇게 불렀지 뭔가. 그러니 좀 잘 봐주게."

마크는 자리에 앉는다. 입술을 살짝 벌리고, 등을 뻣뻣하게 곧추세 우고, 한쪽 발은 문간으로 향한 자세가 한시라도 빨리 나가고 싶은 품 새다.

"그러니까 말일세," 크롬웰은 마크가 대좌에 앉은 성인이라도 되는 양 손바닥을 모은다. "내가 모시는 폐하와 왕비가 반목하고 있네. 모두 아는 사실이지. 그런데 난 진심으로 두 분이 화해하길 간절히 소망한 다 이 말이야. 잉글랜드 전체의 안정을 위해서 말이지."

마크에게 이거 하나는 인정해줘야겠다. 기개가 아예 없는 비겁자는 아니라는 것. "하지만 내무장관님, 궁정에 도는 말로는 장관님께서 왕비님의 적들과 어울리신다고 하더군요."

"동정을 살피기 위해서지." 크롬웰이 말한다.

"제가 그 말씀을 믿을 수 있다면 좋겠군요."

그는 조바심에 의자에서 들썩거리는 리처드를 본다.

"요즘 시절이 하 수상해." 크롬웰이 말한다. "이렇게 긴장과 불행으로 점철된 시절은 추기경의 몰락 이후로는 기억에 없네. 사실 난 자네를 탓하지는 않아, 마크. 자네는 내 말을 믿기 힘들겠지. 워낙 궁정에 악감이 팽배해서 아무도 서로 믿지 못하니까. 그렇지만 자네를 찾은 건 자네가 왕비님과 가깝고, 다른 신사들 중에서는 날 도와줄 사람이 없어서야. 내게는 자네에게 두둑한 보상을 할 수 있는 힘이 있네. 왕비의 욕망을 엿볼 수 있는 창문 틈새를 열어주기만 한다면, 자네가 마땅히 누려야 할 모든 특권을 주도록 하겠네. 어째서 왕비가 그토록 불행한지, 그런 시름을 치유하기 위해 내가 무엇을 해야 할지 그걸 알아내야겠어. 왕비님의 심기가 불편하시다면 왕자를 잉태할 수 없지 않겠는가. 왕자만 잉태된다면, 우리 모두의 눈물은 마를 테고 말이야."

마크가 고개를 든다. "뭐, 불행하신 건 당연하지요." 그러더니 말한다. "사랑에 빠져 있으니까요."

"누구와?"

"저하고요."

크롬웰은 팔꿈치를 테이블에 괴고 몸을 바짝 당겨 앉는다. 그리고 한 손을 들어 얼굴을 가린다.

"놀라셨군요." 마크가 말한다.

놀라움은 그가 느끼는 감정의 일부에 불과하다. 그는 속으로 혼자 말한다. 어려울 줄 알았는데, 이건 마치 꽃을 꺾는 거나 다를 바 없지 않나. 그는 손을 내리고 소년을 보며 활짝 웃는다. "자네 생각만큼 그렇게 놀라지는 않았네. 왜냐하면 자네를 주시하고 있었고, 왕비의 몸짓, 의미심장한 표정, 수많은 총애의 징표를 보았기 때문이지. 공공연히 드러내는 게 이 정도인데 개인적으로는 어떻겠나? 물론 어떤 여자든 자네한테 끌리는 건 놀랄 일은 아니지만. 자네는 정말 잘생긴 청년이니까."

"하지만 우리는 자네가 남색을 밝히는 줄 알았지." 리처드가 끼어든다.

"절대 아닙니다!" 마크의 얼굴이 분홍빛으로 변한다. "저도 나무랄 데 없는 사내란 말입니다."

"그러면 왕비님이 자네를 아주 좋게 말씀해주시겠군?" 싱글싱글 웃으며 크롬웰이 말한다. "이모저모를 시험해보고 마음에 든다고 하신 거니까?"

소년의 눈길이 유리를 스치는 공단 자락처럼 스르르 미끄러진다. "그런 말씀은 드릴 수 없습니다."

"당연히 그렇겠지. 하지만 우리도 우리 나름대로 결론을 내려야 한단 말이야. 내 생각에 왕비도 경험이 없는 여자는 아니니까, 걸출하게 잘하지 않으면 관심을 주지 않으실 텐데."

"우리 같은 가난한 사내들은," 마크가 말한다. "우리 가난한 남자들은 그런 면에서는 절대 열등하지 않습니다."

"사실이지." 크롬웰이 말한다. "신사계급 사람들은 그런 사실을 최대한 숙녀들이 모르게 은폐하려 들지만 말이야."

"그렇지 않으면," 리처드가 거든다. "공작부인들이 죄다 숲속에서 벌목꾼과 놀아나겠지요."

크롬웰은 웃지 않을 수 없다. "하지만 공작부인은 워낙 귀하고 벌목꾼은 넘쳐나니, 당연히 자기네들끼리 경쟁이 치열할 거야."

마크는 크롬웰이 신성모독이라도 한 것 같은 눈빛으로 그를 본다. "왕비님께 다른 애인들이 있다는 말씀을 하고 계신 거라면, 저는 한 번도 그 문제를 직접 여쭤본 적 없습니다. 앞으로도 여쭤볼 생각이 없고요. 하지만 그들이 제게 질투를 하고 있다는 건 압니다."

"아마 왕비님이 그 친구들도 시험삼아 써보고 실망스럽다 하셨겠죠." 리처드가 말한다. "그리고 여기 마크가 일등상을 탔고 말입니다. 축하하네, 마크." 솔직하고 싹싹한 크롬웰 식구다운 천진한 태도로, 리처드는 몸을 바짝 가까이 당겨 묻는다. "얼마나 자주 했나?"

"사실 기회를 노리기가 쉽지는 않았을 텐데." 크롬웰이 넌지시 운을 띄운다. "아무리 시녀들이 공모한다 해도 말이야."

"시녀들도 제 편은 아닙니다." 마크가 말한다. "심지어 지금 제가 한 얘기조차 부인할지 몰라요. 시녀들은 웨스턴, 노리스, 그런 귀족들의 편이에요. 저는 그들에 비하면 아무것도 아니니까요. 다들 내 머리나 손으로 헝클면서 심부름꾼 아이라고 부르기나 하죠."

"자네 친구는 왕비님뿐이군." 크롬웰이 말한다. "하지만 얼마나 대단한 친구인가 말이야!" 그리고 잠시 말을 멈춘다. "때가 되면 다른 이름들도 지명해야 될 걸세. 자네가 지금 우리한테 두 사람의 이름을 줬거든." 마크는 갑작스레 바뀐 말투에 충격받아 그를 올려다본다. "자,

나머지 이름들도 다 대게. 그리고 마스터 리처드의 질문에 대답해. 얼마나 자주 했나?"

소년은 그의 눈길을 받고 얼어붙었다. 그러나 적어도 잠시 양지바른 곳에서 영광의 순간을 만끽하지 않았는가. 적어도 내무장관을 경악시켰다는 말은 할 수 있을 것이다. 지금 살아 있는 사람들 중에 그런 자랑을 할 수 있는 사람은 몇 되지 않는다.

크롬웰은 마크를 기다려준다. "뭐, 아마 입을 다물고 있는 게 잘하는 짓일지 모르지. 아예 글로 적어놓는 게 최선 아니겠나, 아닌가? 이 말은 해야겠는데, 마크, 우리 서기들도 나만큼이나 경악할 걸세. 우리 서기들이 손가락을 벌벌 떨고 종이에 잉크 얼룩을 번지게 할 거야. 그리고 자문관들도 자네의 성공담을 들으면 기함해 자빠질 거고 말이야. 자네를 질투하는 귀족들도 수없이 많겠지. 하지만 그들의 동정은 기대할 수 없을 걸세. '스미턴, 자네의 비결이 뭔가?' 다들 따져 물을 테고, 자네는 얼굴을 붉히며 말하겠지, 아, 신사 여러분, 그걸 밝힐 수는 없습니다. 하지만 결국 자네는 다 밝히게 될 거야, 마크, 왜냐하면 결국 그들이 다 털어놓게 만들 테니까. 자발적으로 털어놓든가, 어쩔 수 없이 털어놓게 되든가 둘 중 하나겠지."

절망에 빠진 마크의 얼굴이 헤벌어지고 온몸이 덜덜 떨리자, 크롬웰은 소년에게 등을 돌린다. 일평생 불만에 차 살아왔고 단 오 분 동안 성급한 허세를 부려보았을 뿐이다. 그랬더니 신들은 돈을 못 받을까 안달하는 빚쟁이처럼 마크에게 죽음의 청구서를 내민다. 마크는 자기 마음속에서 꾸며낸 이야기 속에 살았다. 탑에 갇힌 아름다운 공주가 천상의 것 같은 달콤한 음악을 듣는다. 밖을 내다본 공주는 류트를 든 허름한 악사를 본다. 그러나 악사가 변장한 왕자로 밝혀지지 않는다면, 그런 이야기가 행복한 결말로 끝날 리 없다. 문이 열리고 평범한 얼굴들이 들이닥치고, 꿈의 표면은 박살난다. 정신을 차려보니 초봄의 따뜻한 밤 스테프니에 있다. 마지막 새의 노래가 숨죽인 석양 속으로 사라지고, 어디선가 천둥 번개가 우르릉거리며, 의자가 마루 긁는 소리를 내며 치워지고, 개 한 마리가 창 밑에서 짖고 있고, 토머스 크롬웰이 말한다. "우리는 다들 저녁식사를 하고 싶으니까, 어서 진행하자고. 여기 종이와 잉크가 있네. 여기 마스터 라이어슬리가 있고, 우리 얘기를 기록할 거야."

"저는 이름을 댈 수 없습니다." 소년이 말한다.

"그러니까 왕비의 애인은 오로지 자네뿐이다? 왕비 말로는 그렇겠지. 하지만 내 생각에, 마크, 왕비가 자네를 속이고 있었던 것 같아. 자네도 인정하겠지, 얼마든지 그럴 수 있는 사람이잖아. 왕비는 왕을 속이고 있었던 셈이니."

"아닙니다." 불쌍한 소년이 고개를 흔든다. "왕비님은 순결하세요. 어쩌다가 제가 그런 말을 하게 됐는지 모르겠습니다."

"나도 모르겠네. 아무도 자네를 다치게 하지 않았잖아, 안 그래? 강제하지도 않았고, 속임수에 넘어간 것도 아니잖아? 자네가 자발적으로 털어놓은 거지. 마스터 리처드가 내 증인일세."

"제가 한 말은 취소합니다."

"그건 안 되겠는데."

잠시 정적이 흐르고, 그사이 방안의 배치가 바뀌어 형체들은 저녁의 풍경으로 다시 자리를 잡는다. 내무장관이 말한다. "쌀쌀하군, 불을 피워야겠어."

평범한 집안일을 지시한 것이지만, 마크는 그들이 자기를 화형하겠다는 뜻으로 받아들인다. 마크는 의자를 박차고 일어나 문 쪽으로 달려간다. 아마 처음으로 상황을 제대로 판단하고 한 행동이겠지만 이미 건장하고 싹싹한 크리스토프가 길을 막고 있다. "자리에 앉아, 미남 청년." 크리스토프가 말한다.

땔감이 벌써 준비되었다. 불씨를 부채질하는 데는 정말이지 오랜 시간이 걸린다. 반가운 따닥따닥 소리가 조그맣게 나자 하인이 앞치마에 손을 닦으며 물러난다. 마크는 하인의 등뒤로 닫히는 문을, 아마도 질투심일지 모를 멍한 눈길로 바라보고 있다. 지금은 차라리 주방 심부름꾼이나 화장실 청소하는 아이가 되고 싶은 마음일 것이다. "아, 마크." 내무장관이 말한다. "야심은 죄악이야. 난 그렇게 배웠네. 사실 그게 우리가 받은 달란트를 활용하라는 성경 말씀과 뭐가 다른지 잘 모르겠지만 말이야. 그래서 여기 자네가 있고, 또 여기 이렇게 내가 있는데, 우리 둘 다 한때는 추기경 전하를 모시지 않았는가. 그러니 추기경께서 오늘밤 여기 이렇게 함께 있는 우리를 보시면 꽤나 놀라지 않으시겠나? 자, 그럼 용건으로 들어가지. 자네가 누구를 제치고 왕비의 침소로 들어갔나, 노리스인가? 아니면 왕비의 시녀들처럼 순서를 정해 돌아가면서 들어갔나?"

"모릅니다. 제가 한 말은 다 취소합니다. 어떤 이름도 댈 수 없습니다."

"다른 사람들도 다 죄를 지었는데, 자네만 죄과를 치르는 건 억울하잖나. 게다가 사실 그들의 죄가 자네보다 더 막중해. 그들은 폐하께서 개인적으로 포상을 주고 출세시켜준 귀족이니까 말이야. 다들 교육받은 자들이고, 개중에는 상당히 나이든 친구들도 있지 않나? 반면 자네는 어리석고 젊으니 벌을 주기보다는 가엾게 여기는 게 옳지. 그러니 자네가 왕비와 저지른 불륜 행각을 털어놓고 왕비와 다른 남자들과의 관계도 말해보게. 그리고 그 고백이 즉각적이고 철저하고 명백하고 가차없다면, 폐하께서도 자비를 보여주실지 모르지."

마크는 크롬웰의 말을 거의 듣고 있지 않다. 팔다리를 덜덜 떨며 밭은 숨을 내쉬고 있다. 울먹거리기 시작하더니 더듬더듬 말을 잇지 못한다. 지금은 단순한 게 최고다. 간단한 답변을 요하는 단도직입적인 질문들을 던져야 한다. 리처드가 마크에게 묻는다. "여기 이 사람 보이나?" 혹시 마크가 헛갈릴까 싶어 크리스토프가 자기 자신을 가리킨다. "저 친구가 유쾌한 사람처럼 보이나?" 리처드가 묻는다. "십 분만 저 친구와 단둘이 있어보겠나?"

"오 분이면 충분하죠." 크리스토프가 예상한다.

크롬웰이 말한다. "내가 설명했지, 마크. 라이어슬리 씨가 우리가 하는 말을 받아 적을 거라고. 하지만 우리가 하는 일은 굳이 적지 않아도 되네. 내 말 알아듣겠나? 이건 그냥 우리끼리 하는 말이야."

마크가 말한다. "성모마리아님, 살려주세요."

라이어슬리가 말한다. "고문대가 있는 런던탑으로 자네를 끌고 갈 수도 있어."

"라이어슬리, 우리 잠깐 따로 얘기 좀 할까?" 크롬웰은 콜미에게 손짓해 방밖으로 데리고 나가 문턱에서 언성을 낮춰 얘기한다. "고통의 본질을 구체적으로 말해주지 않는 게 나아. 유베날리스*의 말대로, 마

음이 최고의 고문관이니 말이야. 게다가 실행할 수 없는 협박은 하면
안 되네. 난 저 친구를 고문하지 않을 거야. 의자에 앉혀서 법정에 데
리고 들어가고 싶지는 않단 말이지. 그리고 이렇게 불쌍한 꼬마 친구
를 고문해야 한다면…… 다음엔 어떻게 되겠나? 설치류들을 다 발로
짓밟아 죽여?"

"제가 야단을 맞네요." 라이어슬리가 말한다.

크롬웰은 라이어슬리의 팔에 손을 얹는다. "신경쓰지 말게. 아주 잘
하고 있어."

이건 최고로 노련한 사람들에게도 힘든 일이다. 그는 가마에서 뜨거
운 쇠에 살을 데었던 그날을 기억한다. 고통을 물리칠 길은 없었다. 입
이 떡 벌어지고 비명이 새어나와 벽을 때렸다. 아버지가 달려와 말했
다. "양손을 십자로 교차해라." 그리고 아버지는 그를 부축해 물이 있
는 데까지 데려가서 연고를 발라주었다. 하지만 나중에 아버지 월터는
그에게 말했다. "우리 모두 당해본 일이다. 그런 식으로 배우는 거야.
그래야 아버지가 가르쳐준 식으로 대처하게 되지. 반시간 전에 어디
가서 배운 바보 같은 방식이 아니고."

크롬웰은 이 생각을 해본다. 그리고 다시 방에 들어가 마크에게 묻
는다. "고통에서 배울 게 있다는 걸 알고 있나?"

하지만 지금 이 상황이 고통에서 뭘 배울 수 있는 그런 상황은 아니
야, 하고 크롬웰은 설명한다. 배우려면 미래가 있어야 하는 거야. 누
군가 자네한테 이런 고통을 주기로 했는데, 마음 내킬 때까지 계속해

---

* 고대 로마의 풍자시인.

서 괴롭히다가 자네가 죽은 다음에야 멈추겠다고 한다면 어떻게 되겠나? 어쩌면 그 고통에서 의미를 찾을 수 있을지도 모르지. 자네가 연옥을 믿는다면, 연옥의 발버둥치는 영혼들에게 교훈을 줄 수 있을지도 모르지. 하얗게 빛나는 영혼을 지닌 성자들에게는 그런 방식이 통할지도 모르네. 하지만 치명적인 죄를 저지른, 간음을 자백한 마크 스미턴에게는 통하지 않아. 크롬웰은 말한다. "아무도 자네의 고통을 원치 않네, 마크. 그건 아무한테도 쓸모가 없어, 아무도 자네 고통 따위에 관심 없다고. 심지어 하느님도 관심 없고, 나야 말할 것도 없네. 자네의 비명소리 따위를 무엇에 쓰겠나. 난 말이 되는 얘기를 원해. 옮겨 적을 수 있는 말이 필요하단 말이야. 자네는 이미 다 털어놓았으니 한번 더 말하는 건 그리 어렵지 않겠지. 그러니 이제 앞으로의 일은 다 자네가 선택한 거야. 자네가 책임질 일이라고. 벌써 자기 자신을 저주하고 죽음으로 몰아넣는 짓거리는 충분히 했지 않나. 우리 모두를 죄인으로 만들지 말게."

그래도 일단 소년의 상상력에 앞으로 펼쳐질 사건의 궤적을 단계별로 새겨줄 필요는 있을 것이다. 갇혀 있던 감방에서 고문장으로 걸어가는 길. 밧줄을 풀거나 죄 없는 쇠가 달궈지는 동안의 기다림. 그 공간에서 마음속을 차지하고 있던 모든 생각은 사라지고 맹목적인 공포만 남는다. 온몸은 텅 비고 두려움으로 가득 채워진다. 다리는 비틀거리고 호흡은 가빠진다. 눈과 귀는 기능하지만 보고 듣는 걸 머리가 이해하지 못한다. 시간이 절로 왜곡되어 몇 초가 며칠이 된다. 고문관들의 얼굴이 거인처럼 우뚝 서거나 터무니없이 아득하게 멀어져 점처럼 작게 보인다. 말들이 들린다. 의자를 갖다줘, 저 친구 앉혀, 자 이제 때가 됐군. 그 말들은 다른, 더 흔한 의미를 갖고 있지만 죽지 않고 살아 남는다면 영원히 단 하나의 의미로 남을 것이고, 그 의미는 바로 고통 이다. 불길에서 갓 꺼낸 쇠는 쉭쉭 소리가 난다. 밧줄은 뱀처럼 꺾이고 둥글게 말려 대기하고 있다. 그러면 때는 너무 늦은 거다. 이제는 말이 나오지도 않는다. 혀가 부어 입안을 가득 채우고 언어는 모조리 삼켜 져버리니까. 나중에는 말을 할 수 있을 것이다. 기계에서 풀려나 지푸 라기 위에 눕혀지면 그제야 말이 나올 것이다. 난 견뎌냈어, 그렇게 말 하겠지. 끝까지 견뎌냈어. 그리고 연민과 자기애가 심장을 벌컥 열어 젖힐 것이다. 그래서 처음 만나는 친절한 손짓에—예를 들어 담요 한 장이나 와인 한 모금에—심장이 왈칵 흘러넘치고 혀가 멈출 줄 모르 게 된다. 말이 술술 흘러나온다. 고문실에 잡아오는 건 생각이 아니라 감정을 느끼게 만들기 위해서다. 그리고 결국은 도저히 감당할 수 없 을 만큼 벅찬 감정을 느끼게 되고야 만다.

그러나 마크는 이런 신세를 피할 수도 있다. 이제야 마크는 눈길을 든다. "내무장관님, 제 고백이 어때야 한다고 말씀하셨는데, 한 번만 더 말해주실 수 있을까요? 명백하고 또 뭐였죠? 조건이 네 가지였는데 벌써 다 잊어버렸어요." 말들의 가시덤불에 꼼짝도 못하게 묶여버린 마크는 발버둥칠수록 가시에 온몸을 찢긴다. 통역을 대줄 수도 있겠지 만 마크의 잉글랜드어는 한 번도 서투르다는 느낌을 준 적이 없다. "하 지만 이해하시죠, 장관님? 제가 모르는 걸 말씀드릴 수는 없잖아요?"

"못한단 말인가? 그렇다면 오늘밤은 우리집 손님이 되어줘야겠는 데. 크리스토프, 알아서 잘해줄 수 있겠지. 마크, 아침이 되면 자기 능 력에 자기가 놀라게 될 걸세. 머리는 더 또렷해지고 기억력도 완벽해질 거야. 같은 죄를 저지른 높으신 신사분들을 보호하는 건 자네한테 득이 되는 일이 아니라는 것도 알게 될 거고. 왜냐하면 말이야, 상황이 역전되면 그 친구들은 자네 생각을 털끝만큼도 하지 않을 거거든."

크롬웰은 크리스토프가 바보를 데리고 가듯 마크의 손을 잡고 나가는 모습을 본다. 그리고 리처드와 콜미에게 저녁식사나 하러 가라고 손짓한다. 원래는 같이 먹을 생각이었지만 지금은 전혀 먹고 싶은 생각이 없다. 아니면 어렸을 때 먹었던 음식, 아침에 따서 젖은 행주로 덮어두었던 소박한 쇠비름 샐러드 한 접시나 먹고 싶다. 그때는 더 좋은 음식이 없어서 먹었고 그걸로 허기가 가시지도 않았다. 지금은 그걸로 충분하다. 추기경이 몰락했을 때, 크롬웰은 불쌍한 추기경의 하인들에게 새로운 일자리를 많이 주선해주었고 일부는 직접 거둬들였다. 마크가 그렇게 건방지게 굴지 않았다면 그 역시 받아줬을지 모른다. 그러면 지금처럼 그렇게 신세를 망치지는 않았을 텐데. 허세를 부려도 좀더 남자다워질 때까지는 사람들이 귀엽다고 봐주면서 놀려대기나 했을 텐데. 음악적 전문성은 다른 가문에 빌려줄 수도 있고, 그러면 마크도 자기 자신을 소중히 아끼는 법과 시간의 가치를 계산하는 법을 배웠을 것이다. 혼자 돈을 벌어 사는 법도 배우고 아내도 얻었을 것이다. 가장 좋은 시절을 왕의 아내 처소 근처를 맴돌며 킁킁거리고 냄새나 맡고 뭐 떨어지는 것 없는지 부스러기나 찾으며 보내지 않아도 되었을 것이다. 왕비한테 팔꿈치를 꼬집히고 모자 깃털이 꺾이는 일도 없었을 것이다.

집안 식솔들이 모두 잠자리에 든 한밤중에 왕으로부터 전갈이 도착한다. 이번주 도버 순방을 취소했다는 내용이다. 그러나 마상 시합은 예정대로 진행될 것이다. 노리스도 선수 명단에 올라 있고 조지 불린도 참가한다. 도전자 팀과 기존 우승팀에 한 사람씩 들어가게 되어 적수로 맞서게 된다. 어쩌면 서로 창을 겨누고 다치게 할 수도 있다.

크롬웰은 잠을 이루지 못한다. 생각들이 정신없이 꼬리에 꼬리를 문다. 그는 생각한다, 나는 사랑 때문에 잠 못 이룬 적은 없어. 시인들은 원래 사랑에 빠지면 다들 당연하게 잠을 설친다지만 말이야. 오히려 지금 나는 사랑의 반대말 때문에 잠을 설치고 있군. 하지만 생각해보면 그는 앤을 증오하지 않는다. 오히려 무심한 편이다. 심지어 프랜시스 웨스턴도 그렇게 미워하지 않는다. 사람 깨무는 각다귀를 미워하는 정도로만 미워할 뿐이다. 그저 저런 생물은 대체 왜 태어났나 싶을 뿐. 마크는 불쌍한 마음이 든다. 그러나 그건 그 녀석을 어린아이라고 보기 때문이지, 하고 크롬웰은 생각한다. 내가 마크만한 나이였을 때는 바다를 건너고 유럽의 국경들을 넘어 다녔는데. 비명을 지르면서 시궁창에 누워 잠을 청하다가 간신히 기어나와 다시 길을 떠났지. 한 번도 아니고 두 번이나. 한번은 아버지한테서 도망쳤고 또 한번은 전장에서 에스파냐군을 피해 도망쳤어. 지금 마크 나이만큼 컸을 때는, 프랜시스 웨스턴만한 나이가 되었을 때는 포르티나리 가문과 프레스코발디 가문에서 두각을 나타냈고, 조지 불린의 나이가 되기 한참 전에 이미 그 가문들을 대신해 유럽의 무역을 처리했지. 안트베르펜에서는 수많은 문들을 부숴 열었고, 완전히 달라진 모습으로 다시 고국인 잉글랜드로 돌아왔어. 난 언어의 장벽을 넘어 성공했고, 떠날 때보다 오히려 훨씬 더 유창하게 모국어를 구사할 수 있었지. 뜻밖이었지만, 정말 기뻤어. 내 힘으로 추기경에게 인정받았고, 동시에 아내와 결혼하고 법정에서 능력을 입증했지. 법정에 나아가 판사들에게 미소를 지으며 말했지. 포장 능력에 비해 전문성은 뒤떨어졌지만, 판사들은 내가 웃는 얼굴로 말해주고 뒤통수를 치지 않는다는 걸 너무 좋아해서 종종 내 관점에서 사건을 봐주곤 했지. 물론 그렇지 않은 경우도 많았지만. 살면서 재앙이라고 생각하는 일들은 사실 진짜 참사가 아닐 수 있어. 거의 모든 일이 반대로 역전될 수 있지. 시궁창에 떨어져도, 잘 찾기만 하면 길이 트이곤 하니까.

수년 동안 생각도 하지 않던 소송들이 기억난다. 판결이 좋았건 아니건 상관없이. 자기한테 불리하든 아니든 간에.

크롬웰은 과연 잠을 잘 수나 있을까, 혹시라도 잠이 들면 무슨 꿈을 꾸게 될까 궁금해진다. 오로지 꿈속에서만 크롬웰은 사적인 개인이 된다. 토머스 모어는 입버릇처럼 사람은 자기 집안에 은신처를, 은둔처를 만들어두어야 한다고 했다. 하지만 그건 모어의 얘기다. 모든 사람의 면전에서 문을 쾅쾅 닫을 수 있는 사람이었으니까. 사실 인간의 공적 자아와 사적 자아는 분리할 수 없다. 모어는 그럴 수 있다고 믿었으나, 결국은 자기가 이단이라고 불렀던 자들을 첼시의 자택으로 질질 끌고 와 자기 가문의 품안에서 편안하게 박해할 수 있도록 했다. 반드시 그래야 한다면 그도 공적 자아와 사적 자아의 분리를 고집할 수 있다. 자기만의 방으로 들어가면서 "책 좀 읽게 나를 혼자 내버려두게"라고 말할 수도 있다. 하지만 이글이글 불만이 끓어 점점 긴장이 고조되면, 그 방 바깥의 숨소리와 황급한 인기척이, 낮게 쿠르릉 소리를 내는 기대감이 방안에서도 다 들리게 된다. 크롬웰은 공적인 인간이다,

우리의 것이란 말이다. 그런데 그는 언제 밖으로 나올 것인가? 한 나라의 정체政體가 문밖에서 그를 기다리며 서성이는 발소리를 아예 지워버릴 수는 없는 법이다.

침대에서 몸을 뒤척이며 기도문을 읊조린다. 깊은 밤의 심연 속에서 비명소리가 들려온다. 남자가 고통을 못 참아 지르는 고함소리가 아니라 어린아이의 통곡소리에 가깝다. 그리고 크롬웰은 생각한다, 반쯤 잠든 채로. 누구 여자들이 가서 애를 어떻게 얼러야 하는 것 아니야? 그러다가 다시 생각한다, 마크의 소리겠군. 마크한테 무슨 짓들을 하고 있는 거야? 아직 아무 짓도 하지 말라고 했는데.

그러나 일어나지는 않는다. 자기 식솔들이 명령을 어길 거라 생각지 않는다. 그리니치에 있는 사람들은 다들 잘 자고 있는지 궁금하다. 갑옷 제작업체는 궁정에서 너무 가깝고, 마상 시합 몇 시간 전은 망치 두드리는 소리가 가장 기운차게 울릴 때다. 갑옷을 만들기 위한 가죽 무두질, 갑옷의 형체 만들기, 응접, 광택 기계로 광택 내기, 이런 공정들은 이제 다 끝났다. 그저 최후의 순간에 갑옷에 작은 못들을 박고 기름칠하고 편안하게 길들여서 불안한 시합 참가자들을 기쁘게 해주기 위해 마지막 조정을 하는 단계가 남았을 뿐이다.

그는 생각한다, 어째서 나는 마크에게 허세를 부려 자기 신세를 스스로 망칠 여지를 주었던 걸까? 과정을 압축할 수도 있었어. 내가 원하는 걸 말해주고 협박할 수도 있었지. 그렇지만 난 마크를 부추겼어. 마크를 이 일에 연루시키기 위해서. 만약 앤에 대해 진실을 말했다면 마크는 유죄다. 앤에 대해 거짓말을 했다면 그 역시 무죄라 할 수 없다. 그는 필요하다면 마크를 고문할 각오까지 하고 있었다. 프랑스에서 고문은 육류에 쳐 먹는 소금처럼 일상적인 일이다. 이탈리아에서는 광장에 모인 군중을 위한 여흥이다. 잉글랜드의 법은 고문을 장려하지는 않는다. 그러나 왕이 허락한다면 영장을 받아 활용할 수 있다. 런던탑에 고문 기계가 있다는 건 사실이다. 아무도 견뎌내지 못한다. 아무도. 그 기계가 어떻게 작동하는지는 너무나 명명백백하기 때문에, 대다수 사람들에게는 슬쩍 보여주기만 해도 효과가 충분하다.

크롬웰은 생각한다, 이 얘기를 꼭 마크에게 해줘야겠어. 그러면 자괴감을 덜어줄 수 있겠지.

그는 이불로 몸을 더 꼭 감싼다. 다음 순간, 크리스토프가 들어와 그를 깨운다. 빛이 들어오자 동공이 움찔 수축한다. 그는 일어나 앉는다. "아, 맙소사. 밤새 한잠도 못 잤네. 마크는 왜 그렇게 소리를 질러댔나?"

소년이 웃음을 터뜨린다. "우리가 크리스마스 용품이 있는 방에 가뒀거든요. 제가 직접 생각해낸 거예요. 제가 처음 거기 주렁주렁 달린 별들을 봤던 때 기억나세요? 세상에, 뾰족뾰족한 게 사방에 달린 저 기계가 뭐죠, 나리? 그랬잖아요. 전 진짜 그게 고문 기계인 줄 알았다고요. 뭐, 아무튼 크리스마스 용품 방이 어두워서요. 마크가 쓰러지면서 별을 덮쳤는데 거기 찔린 거예요. 그리고 덮개가 벗겨져서 공작새 날개가 나와 깃털에 얼굴을 쓸린 거죠. 그래서 자기가 어둠 속에 유령과 함께 갇힌 거라고 생각하게 된 거예요."

크롬웰이 말한다. "한 시간 정도는 나 없이 해봐."

"설마 편찮으신 건 아니죠?"

"아니야, 그냥 잠을 못 자서 괴로운 거지."

"머리 위까지 이불을 덮으시고 죽은 사람처럼 누워 계세요." 크리스토프가 충고한다. "한 시간 뒤에 빵과 에일 맥주를 들고 오겠습니다."

방에서 뛰쳐나온 마크는 충격을 받아 얼굴이 잿빛이다. 옷에는 온통 깃털이 붙어 있다. 공작새 깃털이 아니라 교구 천사들의 날개에서 나온 포슬포슬한 솜털이다. 그리고 동방박사들의 가운에서 묻어나온 금박도 번져 있다. 마크의 입에서 이름들이 어찌나 술술 유창하게 흘러나오는지 말려야 할 정도다. 소년의 다리가 금방이라도 풀썩 꺾일 것 같아 리처드가 부축해 세워야 한다. 이런 문제에 봉착한 건 또 처음이다. 지나치게 겁을 줘서 문제라니. '노리스'라는 이름이 허튼소리 중간에 나온다. '웨스턴'도 있다, 지금까지는 뭐 그럴싸하다. 그런데 그때부터 마크는 궁정기사들을 정신없이 지목하기 시작하고, 이름들이 섞이고 날아다닌다. 브레러턴이라는 이름을 들은 크롬웰은 말한다. "받아 적어." 맹세컨대 커루의 이름도 들렸고, 피츠윌리엄, 앤의 자선관과 캔터베리 대주교까지 다 나왔다. 당연히 크롬웰 자신도 그 안에 들어 있고, 심지어 녀석은 앤 왕비가 남편하고도 불륜을 저질렀다고 고발한다. "토머스 와이엇⋯⋯" 마크는 술술 분다⋯⋯

"아니, 와이엇은 아니야."

크리스토프가 몸을 굽혀 주먹으로 소년의 머리 옆을 툭 건드린다. 마크는 입을 다문다. 주위를 둘러보며, 어디서 온 아픔인지 찾는 듯하다. 그리고 다시 자백하고 또 자백한다. 왕의 처소 시종들은 신사부터 하인까지 다 훑었고, 이제는 알지도 못하는 사람들의 이름을 줄줄 대고 있다. 틀림없이 예전에, 이렇게 고고한 삶을 누리기 전에 알고 지내던 요리사들과 주방 심부름꾼들의 이름일 것이다.

"다시 유령과 함께 가둬." 크롬웰이 말하자 마크가 외마디 비명을 지르고는 조용해진다.

"자네는 몇 번이나 왕비와 해야 했지?" 그가 묻는다.

마크가 말한다. "천 번."

크리스토프가 철썩 따귀를 때린다.

"서너 번."

"고맙네."

마크가 말한다. "저는 어떻게 되는 겁니까?"

"자네를 재판할 법정에 달려 있겠지."

"왕비님은 어떻게 되시죠?"

"그건 폐하께 달려 있고."

"좋은 일은 없을 거야." 라이어슬리가 이 말을 하더니 웃는다.

크롬웰이 돌아본다. "콜미, 오늘은 일찍 일어났군?"

"잠을 이룰 수가 없었습니다. 잠깐 저와 얘기 좀 하시지요."

그리하여 오늘은 입장이 반대가 된다. 얼굴을 찌푸리며 크롬웰을 잡아끌고 한쪽 구석으로 가는 쪽이 콜미 리슬리다. "와이엇을 끌어들이셔야 합니다. 와이엇 아버지의 부탁을 너무 진지하게 받아들이시는 것 같아요. 상황이 이렇게 되면 장관님이 와이엇을 보호할 수 없습니다. 법정에서도 와이엇이 앤과 무슨 짓을 했는지에 대한 얘기가 몇 년째 나오고 있단 말입니다. 제일 먼저 의심받을 사람이 바로 와이엇입니다."

크롬웰은 고개를 끄덕인다. 라이어슬리 같은 젊은이에게 자신이 와이엇을 높이 평가하는 이유를 설명하기란 쉽지 않다. 크롬웰이 하고 싶은 말은 이런 거다. 왜냐하면, 자네들도 좋은 친구들이지만 와이엇은 자네나 리처드 리시와는 전혀 다르기 때문이야. 와이엇은 순전히 자기 목소리가 듣기 좋아서 말하는 법이 없고, 순전히 이기기 위해서 논쟁하는 법도 없다네. 조지 불린과도 전혀 다르지. 하나라도 걸리면 어두운 구석으로 몰아가서 거시기를 처박자는 꿍꿍이로 여섯 여자한테 한꺼번에 시를 써서 바치는 법도 없네. 와이엇은 경고하고 훈계하기 위해 글을 쓰고, 자기 욕망을 고백하는 게 아니라 숨기기 위해 글을 쓴다네. 명예를 알지만 자기 명예를 자랑하는 법도 없지. 궁정기사의 자격을 완벽하게 갖추었지만, 그게 얼마나 하찮은 것인지도 잘 알고 있다네. 세상을 경멸하지 않으면서 세상을 연구해왔고, 아무런 환상도 없으나 희망은 품고 있지. 자기 삶을 몽유병 환자처럼 흘려보내는 법도 없고, 눈을 똑똑히 뜨고 귀는 열어두어 다른 사람들이 놓치는 소리까지 듣고 있지.

그러나 크롬웰은 라이어슬리가 이해할 만한 설명을 해주기로 결심한다. "왕과 나 사이를 가로막는 건 와이엇이 아니야. 왕의 결재를 받아야 할 때 처소에서 나를 내쫓는 것도 와이엇이 아니네. 헨리의 귀에 대고 나에 대한 중상모략을 독극물처럼 퍼붓는 것도 와이엇이 아니란 말일세."

라이어슬리는 크롬웰을 찬찬히 살펴본다. "알겠습니다. 누가 죄인인가, 그 사실 자체보다는 누가 죄인이 되는 편이 더 도움이 되는가, 그게 더 중요한 거군요." 라이어슬리는 미소를 짓는다. "정말 존경합니다, 장관님. 이런 문제에 기민하실 뿐 아니라 거짓된 양심의 가책 따위도 전혀 느끼지 않으시는군요."

438

과연 라이어슬리의 존경을 받고 싶은지 크롬웰은 잘 알 수 없다. 이런 이유로 받는 존경이라면 달갑지 않다. 크롬웰은 말한다. "이름이 거론된 신사들이라도 의혹을 깨끗이 해명할 수 있네. 의혹이 남아 있더라도 항소해서 왕의 손아귀에서 빠져나갈 수 있지. 콜미, 우리는 사제가 아닐세. 사제들처럼 고해를 받을 필요는 없어. 우리는 법률가야. 진실을 찔끔찔끔 얻어내길 원하고, 우리가 쓸 수 있는 일부만 있으면 되는 걸세."

　라이어슬리가 고개를 끄덕인다. "하지만 제 생각은 변함없습니다. 토머스 와이엇을 끌어들이세요. 직접 체포하지 않으시면 장관님의 새 친구들이 잡아들일 겁니다. 그리고 그간 고민해왔던 건데, 이렇게 고집 피워 죄송합니다만, 나중에 새 친구들과는 어떻게 하실 작정입니까? 불린 가문이 몰락한다면, 보아하니 확실히 그렇게 될 것 같은데 말입니다, 메리 공주의 지지자들이 공을 가져갈 겁니다. 장관님이 해준 역할에 고맙다는 인사도 안 할 거예요. 지금은 장관님에 대해 좋게 말할지 몰라도, 피셔와 모어 일로 장관님을 절대 용서하지 않을 겁니다. 결국 장관님을 공직에서 몰아내고 영원히 파멸시킬 수도 있지요. 커루, 코트니 가문, 그 사람들이 모든 권력을 장악할 겁니다."

　"아니. 왕이 모든 권력을 장악할 걸세."

　"하지만 그들이 왕을 설득하고 꼬드길 겁니다. 제 말은 마거릿 폴의 아이들, 유서 깊은 귀족 가문─그들은 당연히 자기네가 통치권을 가져야 한다고 믿고 또 반드시 갖고야 말겠다고 작정하고 있어요. 지난 오 년간 장관님이 일구신 모든 훌륭한 업적을 다 무너뜨릴 겁니다. 그리고 그 사람들은 에드워드 시모어의 여동생, 그 여자가 왕과 결혼해서 다시 로마 가톨릭에 귀의하게 만들 거라는 얘기도 하고 다녀요."

크롬웰이 씩 웃는다. "자, 콜미, 자네는 싸움에서 누구를 응원하겠나, 토머스 크롬웰인가 제인 시모어인가?"

하지만 당연히 콜미의 말은 옳다. 크롬웰의 새 동맹은 그를 싸구려 취급한다. 자신들의 승리는 당연하게 여기고, 그저 용서해주겠다는 약속만 던지면 크롬웰이 자기네 뒤를 따르고 자기네 일을 봐주고 과거에 저지른 모든 죄과를 참회할 거라 생각한다. 크롬웰이 말한다. "미래를 미리 내다볼 수 있다고 우기지는 못하겠지만, 나는 그런 인간들이 꿈에도 생각 못할 일 한두 가지를 이미 손에 쥐고 있다네."

콜미 리즐리가 가드너에게 어떤 보고를 올리고 있는지는 아무도 모른다. 다만 크롬웰은 가드너가 머리를 긁적거릴 만큼 알쏭달쏭하거나 내심 겁에 질려 떨 만한 내용이면 좋겠다고 생각한다. 그래서 콜미에게 이렇게 말한다. "프랑스에서는 뭐 들은 얘기 없나? 왕의 주권을 정당화하는 윈체스터 주교 가드너의 책이 꽤나 화제가 되고 있다고 들었는데. 프랑스 사람들은 가드너가 고문을 받고 그 책을 썼다고 믿더군. 가드너는 사람들이 그런 말을 믿게 내버려둔단 말인가?"

"확실한 건ㅡ" 라이어슬리가 말머리를 꺼낸다.

크롬웰은 말허리를 뚝 자른다. "별로 중요한 건 아니야. 그저 머릿속에 그려지는 그림이 마음에 들어서. 가드너가 몸이 만신창이가 됐다고 징징거리는 모습이 생각난단 말이야."

크롬웰은 생각한다. 어디 이 얘기가 다시 그 귀에 들어가나 보자. 콜미는 자기가 가드너 주교의 수하라는 걸 몇 주일씩 까맣게 잊고 산다는 게 크롬웰의 짐작이었다. 콜미는 워낙 예민하고 신경도 날카로운 젊은이라서 가드너가 버럭버럭 소리를 지르면 몸이 아팠다. 반면 크롬웰은 마음이 맞는 상전이었고 매일 함께 지내기도 편했다. 크롬웰은 레이프에게 이런 말을 한 적이 있다. 알다시피 난 콜미가 아주 마음에 들어. 그 친구의 경력에 관심이 있네. 주시하면서 지켜보는 게 좋아. 혹시라도 콜미하고 내 사이가 틀어지면 가드너가 다른 스파이를 보낼 텐데. 그럼 아마 콜미보다 훨씬 못할 거야.

"자," 크롬웰은 콜미에게로 돌아서며 말한다. "불쌍한 마크를 런던탑으로 이송하는 게 좋겠어." 소년은 무릎을 꿇고 움츠리고 앉아 제발 크리스마스 용품 방에 다시 처넣지 말아달라 빌고 있다. "좀 쉽게 해 줘." 크롬웰이 리처드에게 말한다. "유령들이 흔적도 보이지 않는 방에서 말이야. 먹을 것도 주고. 앞뒤가 맞는 소리를 하면 공식적인 진술을 받아내고 여기서 내보내기 전에 증인도 확실히 세워두고. 영 말을 듣지 않으면 크리스토프와 마스터 라이어슬리한테 맡겨둬. 너보다는 그들한테 더 잘 맞는 일이니까." 크롬웰 가문 사람은 몸을 쓰는 일에 기운을 빼지 않는다. 과거에는 그랬을지 몰라도 이제 그런 시절은 지나갔다. 크롬웰은 말한다. "마크가 여기서 나가서 또 딴소리를 하면 런던탑에서 다 알아서 할 거야. 확실히 자백을 받고 필요한 이름들을 다 얻어내면 그리니치의 폐하에게로 가게. 폐하가 기다리고 계실 거야. 절대 메시지를 다른 사람에게 맡기지 말고. 폐하의 귀에 직접 말씀을 전해야 하네."

리처드는 마크 스미턴을 일으켜세워 꼭두각시 인형을 다루듯 데리고 간다. 꼭두각시 인형한테 특별히 악감을 품고 험하게 다룰 이유는 없다. 크롬웰의 머릿속에 불현듯 해골처럼 앙상하고 완고한 얼굴로 비틀비틀 형장으로 향하던 늙은 피셔 주교의 모습이 휙 스친다.

벌써 오전 아홉시다. 풀잎에 맺혔던 오월제의 이슬은 햇볕에 말라 없어졌다. 잉글랜드 전역에 걸쳐 초록색 나뭇가지들이 숲속에서 운반되어 왔다. 크롬웰은 허기가 진다. 양고기 한 덩어리를 먹어치우고 싶다. 켄트에서 보내온 게 있으면 회향풀을 곁들여 먹으면 좋겠는데. 하지만 이발사가 면도를 할 수 있도록 앉아 있어야 한다. 면도하는 도중에 편지를 받아쓰라고 불러주는 기술까지는 미처 터득하지 못했다. 아무래도 턱수염을 길러야 할까봐, 그는 생각한다. 시간이 절약될 텐데. 그래야 한스가 또 초상화를 그려서 날 망신시키겠다고 고집 피울 텐데.

지금쯤 그리니치에서는 마상 시합이 열릴 경기장을 정비하고 있을 것이다. 크리스토프가 말한다. "폐하께서 오늘 싸우시나요? 노리스 경이랑 붙어서 죽여놓으실까요?"

아니, 크롬웰은 생각한다. 그 일은 아마 나한테 맡기시겠지. 크롬웰 같은 사람들이 자연스럽게 드나드는 공방과 창고와 선창 들을 지나면, 마상 시합장을 내려다보는 탑에 앉을 숙녀들을 위해 심부름꾼 아이들이 비단 쿠션을 깔고 있을 것이다. 캔버스 천과 밧줄과 타르가 치워지고 다마스크와 고운 리넨이 깔린다. 기름과 악취와 시끄러운 소음. 강물의 악취가 사라지고 장미수 향기가 퍼지고 그날 하루의 일정을 위해 왕비를 치장하는 시녀들의 속살거리는 말소리가 들린다. 시녀들은 간단히 끼니를 때운 왕비의 식사 뒤처리를 하느라 흰 빵 부스러기며 달콤한 과일조림 조각을 쓸고 닦는다. 그리고 페티코트와 스커트와 소맷자락 들을 잔뜩 가져와 왕비의 선택을 기다린다. 레이스를 두르고 끈을 묶고 옷섶을 여미고 반짝반짝하게 피부를 단장하고 주름장식을 두르고 보석을 걸치는 사이 왕비는 가만히 서 있는다.

왕은—아마 삼사 년 전이었을 것이다. 첫 이혼을 정당화하기 위해서였다—『진실의 거울』이라는 책을 내놓았던 적이 있다. 사람들 말로는 그 책의 일부를 왕이 직접 썼다고 한다.

이제 앤 불린은 거울을 달라고 한다. 그리고 자기 모습을 본다. 누렇게 뜬 피부, 앙상한 목, 쌍칼처럼 날카로운 쇄골.

1536년 5월 1일. 분명 오늘이 기사도의 마지막날이 틀림없다. 이날 이후로 일어나는 일들은—그래도 화려하고 요란한 행사들은 계속 진행될 테니까—그저 깃발을 휘날리는 죽은 자들의 행렬, 시체들의 경연에 불과할 것이다. 왕은 경기장을 떠날 것이다. 그날은 불시에 중단될 것이다. 뚝 부러진 정강이뼈처럼, 박살난 치아처럼 퉤 내뱉어질 것이다. 왕비의 남동생 조지 불린은 실크 천막으로 들어가 무장을 해제하고, 호의의 선물과 애정의 징표, 숙녀들이 그에게 매달고 시합에 임해달라고 부탁했던 리본을 모두 내려놓아야 할 것이다. 투구를 벗어 하인에게 건네주고 물기어린 눈으로 세상을 바라보게 될 것이다. 문장에 그려진 사냥매들, 웅크려 도사린 표범들, 발톱들과 이빨들을 바라보게 될 것이다. 그리고 어깨 위에 달린 자기 머리가 젤리처럼 불안하게 흔들리는 느낌을 받을 것이다.

화이트홀에서, 그날 밤 크롬웰은 노리스가 체포되었다는 사실을 알고 왕을 찾는다. 바깥 전실에서 잠깐 레이프에게 황급히 던진 질문. 왕은 어쩌고 있나?

"글쎄요." 레이프가 말한다. "평화왕 에드거처럼 길길이 날뛰면서

투창을 던져 꿰찌를 사람이 없나 찾아다닐 거라 생각하시겠지만 말입니다." 두 사람은 울프홀에서의 식사를 기억하며 미소를 교환한다. "하지만 침착하십시오. 놀랍도록 침착하세요. 오래전부터 알고 있었던 사람처럼 말이에요. 마음속 깊은 곳에서는 말이죠. 그리고 혼자 계시고 싶다는 의사를 분명히 표했습니다."

혼자서. 하지만 같이 있을 사람도 없지 않은가? 온화한 노리스가 귓전에서 속삭여줄 거라 기대해봤자 아무 소용도 없으니. 노리스는 왕의 사적인 재물을 관리했다. 그러니 이제는 왕의 돈이 다 풀려 대로에 굴러다니고 있다 해도 과언이 아니다. 천사들의 하프는 무자비하게 칼로 찢겼고 불협화음만 울리고 있다. 돈주머니의 끈은 끊어졌고 옷을 여민 끈도 베어져 속살을 쏟아냈다.

문지방에 서 있는데 헨리가 눈길을 돌린다. "크럼." 왕은 무거운 목소리로 말한다. "와서 좀 앉게." 그러더니 문간을 어슬렁거리는 시종에게 가서 딴 일을 보라고 손짓한다. 왕은 들고 있던 와인을 몸소 따른다. "자네 조카가 마상 시합에서 무슨 일이 있었는지 말해줬겠지." 왕의 목소리는 나직하다. "좋은 녀석이야, 리처드는. 그렇지 않나?" 용건을 말하고 싶지 않아 딴청을 피우듯 왕의 눈길이 아득한 데 머문다. "오늘은 전혀 시합에 참가하지 않고 관객들 사이에 앉아 있었네. 그 여자야 물론 언제나와 다름없었지. 시녀들 사이에 편안하게 앉아서, 아주 도도한 얼굴을 하고, 그러다가 미소를 지으며 발걸음을 멈추고 이런 신사 저런 신사하고 이야기를 나누더란 말이야." 왕은 킬킬 웃는다. 믿을 수 없다는 듯한 메마른 웃음이다. "아 그래, 꽤나 많은 얘기를 나눴지."

그리고 승부가 시작되었고, 문장관이 기사들을 한 명씩 호명했다. 노리스에게는 약간 불운한 사고가 있었다. 말이 뭔가에 놀랐는지 앞으로 나아가지 않고 귀를 축 늘어뜨린 채 마구 춤추며 기수를 떨쳐내려 했던 것이다. (말은 실패할 수 있다. 종자들도 실패할 수 있다. 배짱이 실패할 수도 있다.) 왕은 노리스에게 메시지를 보내 일단 물러나라고 충고했다. 왕 직속 소유의 전투마 중에서 대체할 말을 보내주겠노라고 했다. 혹시라도 왕에게 갑자기 출전하고 싶은 마음이 들 경우를 대비해 단장하고 마구도 달아놓은 말들이 있었다.

"보통 때와 다를 바 없이 호의를 베푼 거였지." 헨리는 설명한다. 자기 자신을 정당화해야 할 것만 같은지, 앉아 있던 의자에서 뒤척거린다. 크롬웰은 고개를 끄덕인다. 당연하지요, 폐하. 노리스가 실제로 시합장으로 돌아갔는지, 왕은 잘 모른다. 해가 중천에 떴을 때 리처드 크롬웰이 군중을 헤치고 관람석으로 올라와 왕 앞에 무릎을 꿇고 앉았다. 왕의 허락이 떨어지자 리처드는 가까이 다가와 귀에 대고 속삭였다. "악사 마크가 어떻게 잡혔는지 설명해주더군." 왕이 말한다. "마크가 전부 다 자백했습니다, 자네 조카가 그러더군. 뭐라고, 자발적으로 고백을 했단 말인가? 내가 물었지. 자네 조카가 말하더군, 마크에게는 아무 짓도 하지 않았습니다. 머리카락 한 올도 건드리지 않았습니다."

크롬웰은 생각한다, 하지만 아무래도 공작새 날개는 태워버려야겠군.

"그리고……" 왕이 말한다. 한순간 왕은 노리스의 말처럼 멈칫 물러선다. 그리고 침묵에 빠진다.

왕은 더이상 말하지 않을 터다. 그러나 크롬웰은 이미 무슨 일이 벌어졌는지 알고 있다. 리처드에게서 그 말을 전해들은 왕은 자리를 박차고 일어났다. 하인들이 왕 주위에서 소용돌이처럼 휘몰아쳤다. 왕은 심부름꾼 아이 하나를 불러 명령했다. "헨리 노리스를 찾아라. 내가 지금 당장 화이트홀로 말을 타고 돌아갈 거라고 해. 그리고 노리스는 나와 동행하길 바란다고."

왕은 아무 설명도 하지 않았다. 더이상 지체하지도 않았다. 왕비에게 말을 걸지도 않았다. 다만 그 먼길을, 노리스와 나란히, 말을 타고 달려왔을 뿐이다. 노리스는 영문을 알 수 없었고, 노리스는 경악했으며, 노리스는 겁에 질려 안장에서 미끄러져 낙마할 뻔하기도 했다. "내가 그 문제를 직접 추궁했다네." 헨리가 말한다. "그 꼬마 마크의 자백을 근거로 해서. 노리스는 아무 말도 하지 않고, 그저 자기는 무죄라고만 말하더군." 역시 아까와 같은 메마르고 경멸에 찬 짧은 웃음. "그렇지만 그후로 국고관리장이 심문을 맡았네. 노리스가 인정하더군, 앤을 사랑했다고 말이야. 하지만 피츠가 노리스에게 간음을 저질렀고 앤과 결혼하기 위해 왕의 죽음을 소망한 죄를 인정하라고 했더니 아니, 아니, 아니라고 부인했어. 자네가 노리스를 직접 취조하게, 크롬웰. 그런데 취조하면서 우리가 함께 말을 타고 돌아오던 때 내가 했던 얘기를 다시 말해주게. 자비를 베풀 여지가 있다고. 자백하고 다른 죄인들을 지목하면 선처를 할 수도 있다고 말일세."

"마크 스미턴한테서 받은 이름들이 있습니다."

"그 녀석은 못 믿어." 헨리는 경멸조로 말한다. "내가 친구라고 불렀던 자들의 목숨을 무슨 애송이 악사 따위한테 맡길 수는 없지. 그자의 말을 뒷받침할 수 있는 증거가 좀더 필요하네. 체포되고 나면 당사자인 앤이 뭐라고 할지 한번 보자고."

"그들의 자백이면 충분할 겁니다. 용의자는 알고 계시지요. 전부 신병을 확보하도록 하겠습니다."

그러나 헨리의 생각은 이미 다른 곳으로 흘러가 있다. "크롬웰, 여자가 침대에서 이리저리 몸을 뒤집으면 그게 대체 무슨 뜻이겠나? 이런 식으로 저런 식으로 자기 몸을 취하라고 내놓는다면 말이야? 대체 그런 짓을 한다는 생각이 애초에 그 머리에 어떻게 들어간 걸까?"

거기에는 단 한 가지 대답밖에 없다. 경험이지요, 폐하. 남자들의 욕망과 그녀 자신의 욕망을 경험으로 알게 된 겁니다. 크롬웰이 굳이 말할 필요도 없다.

"자식을 생산하려면 단 한 가지 방법이 적절하지." 헨리가 말한다. "남자가 여자 위에 엎드리는 거야. 어떤 교회 목사들은 말하기를, 남자 형제가 누이와 교접하는 게 개탄할 일이기는 하지만 여자가 남자의 몸 위에 걸터앉거나 남자가 여자를 암캐 취급하며 교미하는 게 더욱더 개탄스러운 일이라고 하더군. 이런 성행위들을 위시해 또 내 차마 말로 할 수 없는 그런 짓거리들로 인해서 소돔*이 망한 게 아닌가. 그런 악행의 노예가 된 기독교 남녀라면 결국 심판을 받게 될 것 같아 두렵네. 자네는 어떻게 생각하나? 창녀촌에서 자란 것도 아닌데, 대체 그런 짓에 대한 지식을 여자가 어디에서 얻겠나?"

"여자들은 자기네들끼리 이런저런 얘기를 합니다." 크롬웰이 말한다. "남자들과 마찬가지지요."

---

* 성적 문란 및 도덕적 퇴폐 때문에 하느님의 노여움을 사서 부근의 고모라·스보임·아드마·벨라 등과 함께 유황불 심판에 의해 멸망했다고 전해지는 사해 남부의 도시. 지금은 '죄악의 도시'를 뜻하는 비유어로 쓰이고 있다.

"하지만 분별력 있고 신심 깊은 안주인이 말인가? 유일한 의무가 아이를 갖는 것인데도?"

"사랑하는 남자의 관심을 자극하고 싶었을지도 모른다고 생각합니다, 폐하. 남자가 파리 가든이나 그런 불경스러운 곳에 드나들지 않게 하기 위해서요. 만일 결혼생활이 길었다면 말이지요."

"하지만 삼 년인데? 그게 긴 세월인가?"

"아닙니다, 폐하."

"심지어 삼 년도 안 됐어." 잠시 왕은 자기 얘기를 하고 있다는 걸 잊은 듯 보인다. 무슨 숲지기나 농부 같은, 신을 두려워하는 경건한 잉글랜드 사람 얘기를 하고 있는 것 같다. "그런 생각이 대체 어디서 왔겠나?" 왕은 재차 묻는다. "남자가 그런 걸 좋아할 줄 어떻게 알지?"

크롬웰은 빤한 답이 입 밖으로 튀어나오려는 걸 꾹 삼킨다. 아마 먼저 폐하와 잠자리를 했던 언니와 얘기했겠지요. 하지만 왕의 마음은 이미 화이트홀을 떠나 어느 시골의 오두막으로 가 있다. 손가락이 둔탁한 농부와 앞치마를 두르고 모자를 단정하게 쓴 아내를 생각한다. 남자는 먼저 성호를 긋고 교황의 허락을 구한 후 촛불을 손으로 꼬집어 끄고 진중하게 아내와 몸을 섞는다. 아내는 천장을 향해 무릎을 세우고 남자의 등이 위아래로 흔들린다. 끝나고 나서 신심이 깊은 부부는 침대 옆에 무릎을 꿇고 함께 기도를 올린다.

그러나 언젠가 이 숲속의 농부가 일을 보러 나갔을 때, 목수의 젊은 조수가 몰래 들어와 그의 연장을 훔친다. 그리고 농부의 아내에게 말한다. 이봐요, 조앤 또는 있잖아요, 제니, 테이블을 잡고 허리를 굽혀봐요, 그러면 어머니가 절대 가르쳐주지 않은 교훈을 내 알려줄게요.

그렇게 조앤 혹은 제니라는 이름의 여자는 온몸을 파르르 떤다. 그렇게 가르침을 얻는다. 그리고 정직한 농부가 돌아와 그날 밤 아내의 몸 위에 올라탔을 때, 아내는 몸을 뒤채고 신음할 때마다 새로운 방식을 시도한다. 더 달콤하고, 더 더러운 방식을, 놀라움으로 눈을 흡뜨게 만드는 방식을. 그러다가 다른 남자의 이름이 그 입에서 튀어나온다. 아 사랑하는 로빈, 여자는 말한다. 멋져요, 애덤. 그런데 남편이 자기 이름이 헨리라는 걸 기억하는 순간, 어리둥절한 마음에 대머리를 긁어대지 않겠는가 말이다.

이제 왕의 창문 바깥에는 어스름이 깔렸다. 왕국은 점점 더 싸늘해지고, 왕의 자문관 역시 한기를 느낀다. 불빛과 온기가 필요하다. 크롬웰이 문을 열자 방안이 사람들로 금세 가득찬다. 왕을 에워싸고 시종들이 종종걸음을 치며 석양의 제비처럼 미끄러져 활강한다. 헨리는 시종들의 존재를 인식조차 잘 못한다. 그리고 말한다. "크롬웰, 내가 뜬소문들을 못 들었는 줄 아는가? 동네 유부녀들이 모조리 알고 있는 마당에? 나는 단순한 사람이야. 앤은 자기 몸에 남자의 손이 닿은 적 없다고 말했고, 난 믿는 쪽을 선택했네. 앤은 칠 년 동안이나 자기가 순결하고 정숙한 처녀라고 내게 거짓말한 거야. 그런 기만을 계속 끌고 갈 수 있는 여자가 달리 또 뭘 못하겠나? 내일 앤을 체포하게. 그리고 남동생 그자도. 지금 받고 있는 혐의만 해도 점잖은 사람이 차마 입에 올릴 수 없는 것들이 있더군. 잘못 입에 올렸다가는 차마 꿈에도 있는 줄 몰랐던 끔찍한 죄악에 물들 수 있으니까. 자네와 모든 자문관도 입단속하고 분별을 기해주길 바라네."

"여자가 과거를 속이는 일은 흔합니다." 크롬웰이 말한다.

예를 들어 조앤 또는 제니가 오두막에서 살기 전에 또다른 삶을 누렸다고 상상해보자. 남편은 그녀가 숲 반대편 공터에서 자랐다고 생각했다. 그런데 이제 와서, 믿을 만한 사람으로부터, 그녀는 바닷가 포구에서 자라 성숙한 여자가 되었고 항해사들을 위해 테이블 위에서 나체로 춤을 추었다는 얘기를 듣게 된 것이다.

  그는 훗날 그런 생각을 하게 된다. 앤은 앞으로 과연 무슨 일이 닥칠지 알고 있었을까? 앤이 그리니치에서 기도하거나 친구들에게 편지를 쓰고 있을 줄 알았다. 그러나 보고가 사실이라면, 앤은 맹목적으로 마지막 아침 시간을 보내며 늘 하던 일을 그대로 했다고 한다. 테니스코트에 가서 시합의 결과를 두고 내기했다. 늦은 아침, 전령이 와서 추밀원에 불참하시는 폐하 대신 참석해달라는 말을 전한다. 내무장관도 다른 볼일이 있어 불참한다는 소식과 함께. 추밀원에서 자문관들은 헨리 노리스와 마크 스미턴, 그리고 현재로서는 이름을 밝힐 수 없는 또다른 신사와 간통을 저지른 죄로 앤을 기소할 거라고 통보한다. 런던탑에 갇혀 앞으로의 기소 절차를 기다리게 될 거라고. 피츠윌리엄이 크롬웰에게 나중에 전해준 바에 따르면, 앤의 태도는 도저히 믿을 수 없다는 듯 도도하기 짝이 없었다. 왕비를 재판에 부칠 수는 없소, 그렇게 말했다. 대체 왕비를 재판할 자격이 있는 자가 누구란 말이오? 그렇지만 그때, 마크와 헨리 노리스가 자백했다는 얘기를 듣게 되고, 왕비는 울음을 터뜨린다.

  부축을 받아 추밀원 회의실을 나선 왕비는 식사를 하러 간다. 두시에 크롬웰이 대법관 오들리와 피츠윌리엄을 양쪽에 대동하고 그리로 간다. 국고관리장의 싹싹한 얼굴이 긴장으로 잔뜩 찌푸려져 있다. "오늘 아침 왕비한테 헨리 노리스가 자백했다는 얘기를 그렇게 단도직입적으로 하는 걸 보고 기분이 좋지 않았네. 노리스는 자기가 왕비를 사랑한다고 했지, 어떤 행위를 자백한 게 아니야."

"그래서 어떻게 했나, 피츠?" 크롬웰이 묻는다. "솔직하게 나서서 그런 얘기를 공식적으로 했나?"

"아니." 오들리가 말한다. "조바심을 치며 허공을 멍하니 바라보기만 했지. 안 그런가, 국고관리장?"

"크롬웰!" 우렁차게 외치며 몰려든 궁정기사들을 막무가내로 밀치고 다가오는 건 노펔이다. "자, 크롬웰! 그 가수가 자네 곡조에 맞춰 노래를 불렀다고 들었네. 대체 녀석을 어떻게 구워삶았나? 나도 현장에 있었으면 좋았을 것. 인쇄소에서 아주 어여쁜 발라드를 만들어 팔 만한 소재인데. 헨리가 류트를 만지작거리는 사이 류트 악사는 헨리 아내의 거기를 만지작거리고 있었으니."

"그런 인쇄업자 얘기를 혹시라도 들으시거든 저한테 일러주십시오. 가서 문을 닫아버리게." 크롬웰이 말한다.

노펔이 말한다. "하지만 내 말 좀 들어보게, 크롬웰. 나는 저 뼈밖에 없는 말라깽이 계집 때문에 우리 귀족 가문이 패가망신하기를 바라지 않아. 그애가 행실을 잘못했다면 그건 하워드 가문이 아니라 다 불린 가문의 잘못이야. 그리고 아버지 윌트셔까지 끝장낼 필요는 없다고 생각하네. 그저 바보 같은 호칭이나 떼어내고 싶을 뿐이지. 참 나, 몽세뇌르라니, 맙소사." 노펔 공작은 기쁨에 차서 이를 드러낸다. "지난 몇 년 동안 그렇게 거들먹거리고 다녔으니 이제 풀죽은 꼴을 보고 싶다 이거지. 자네도 내가 이 결혼을 크게 지지하지 않았다는 걸 알지 않나. 암, 크롬웰, 이 결혼을 밀었던 건 자네였지. 나는 항상 헨리 튜더에게 앤의 성질머리에 대해 경고했네. 아마 앞으로 왕도 내 말을 들어야겠다는 교훈을 배웠을지 모르지."

"경." 크롬웰이 말한다. "영장 갖고 계십니까?"

노퍽이 화려한 동작으로 양피지 한 장을 꺼낸다. 그들이 앤의 방에 들어갔을 때는 왕비의 남자 시종들이 막 커다란 식탁보를 걸고 있던 참이다. 왕비는 여전히 신분을 상징하는 높은 캐노피 아래 앉아 있다. 진홍빛 벨벳 옷을 입은 왕비—뼈밖에 없는 말라깽이—가 완벽한 타원형의 얼굴을 돌린다. 뭘 먹고 살았다고 상상하기 어려운 얼굴이다. 방 안에 조바심에 찬 침묵이 깔리고, 모두의 얼굴에 긴장감이 눈에 보일 듯 팽팽하다. 기다려야만 한다, 자문관들은. 식탁보를 걸고 냅킨을 접는 일이 끝나고 적절한 경의를 표할 때까지.

"여기까지 오셨군요, 외숙부님." 앤이 말한다. 목소리는 작다. 한 사람 한 사람에게 인사를 건넨다. "대법관님. 국고관리장님." 다른 자문관들이 그들 뒤를 밀치고 들어오려 하고 있다. 보아하니 이 순간을 꿈꾸고 있던 사람들이 꽤나 많은 모양이다. 앤이 무릎을 꿇고 자기네들한테 간절히 비는 꿈을 꿔왔던 것이다. "옥스퍼드 경. 그리고 윌리엄 샌디스. 안녕하세요, 윌리엄 경?" 그 사람들 모두의 이름을 부르니 마음이 좀 안정되기라도 하는 것처럼. "그리고 당신, 크레뮈엘." 왕비는 몸을 굽혀 가까이 다가온다. "아시죠, 내가 지금의 당신을 만든 사람이에요."

"그리고 그 친구가 너를 왕비로 만들었지." 노퍽이 쌀쌀맞게 대꾸한다. "분명히 지금은 후회하고 있겠지만."

"하지만 후회는 내가 먼저 했는걸요." 앤이 말한다. "그리고 내가 더 많이 후회해요."

"갈 준비 됐나?" 노퍽이 묻는다.

"어떻게 준비를 해야 할지 모르겠네요." 앤이 소박하게 말한다.

"그냥 우리와 같이 가면 됩니다." 크롬웰이 말한다. 그리고 한 손을 내민다.

"런던탑으로 가고 싶지는 않아요." 똑같이 작은 목소리, 예의바름 말고는 아무것도 없는 허허로운 목소리. "그보다는 폐하를 뵙고 싶네요. 화이트홀로 데려가줄 수는 없나요?"

왕비는 답을 안다. 헨리는 결코 작별인사를 하지 않는다. 옛날, 뜨거운 무더위가 정체되어 꿈쩍도 않던 어느 여름날, 헨리는 윈저궁에 캐서린만 남겨두고 혼자 말을 타고 떠나버렸다. 그리고 다시는 얼굴을 보지 않았다.

앤은 말한다. "여러분 설마 지금 서 있는 이 모습 그대로 절 데려가진 않으시겠죠? 필요한 것도 챙기지 못했고, 갈아입을 속옷도 하나 없고, 또 제 시녀들도 데려가야 하는데요."

"옷가지는 가져다드릴 겁니다." 크롬웰이 말한다. "그리고 시중을 들 하녀들도요."

"제 처소 시중을 맡고 있는 시녀들을 데려가고 싶은데."

눈길들이 오간다. 자기에 대해 불리한 증거를 내놓은 게 바로 이 시녀들이라는 걸 앤은 모르는 눈치다. 내무장관이 가는 곳마다 쪼르르 따라와서 원하는 건 뭐든 말해줄 태세로, 제 몸 하나만 보호하기 바빴던 여자들인데. "뭐, 제 마음대로 할 수 없다면…… 적어도 우리 집안 식솔들이라도 몇 사람 데려와주면 좋겠어요. 그래야 제가 품격에 맞는 상태를 유지할 수 있죠."

피츠가 침을 꿀꺽 삼키고 목청을 가다듬는다. "부인, 부인의 집안 식솔들은 해체될 겁니다."

왕비가 움찔한다. "크레뮈엘이 갈 곳을 찾아주겠지요." 가볍게 말한다. "하인들 일은 잘 처리하니까."

노픽이 오들리를 팔꿈치로 쿡쿡 찌른다. "하인들 사이에서 자랐으니까. 당연히 그렇겠지, 응?" 오들리가 못 들은 척 얼굴을 돌린다. 오들리는 언제나 크롬웰 편이다.

"당신들 중에는 따라가고 싶은 사람이 없네요." 왕비가 말한다. "윌리엄 폴렛과 함께 가고 싶어요. 폴렛이 나를 에스코트해주겠다고 한다면 말이에요. 오늘 아침 추밀원에서 당신네들은 다 내게 못되게 굴었지만 폴렛은 정말 신사다웠거든요."

"맙소사." 노픽이 킬킬 웃는다. "폴렛과 함께 가겠다? 내가 네년을 아예 한 팔로 들어서 엉덩짝을 허공에 치켜든 채로 배까지 질질 끌고 가야겠다. 넌 그걸 원하냐?"

자문관들이 합의라도 한 듯 다 같이 노픽을 무섭게 노려본다. "마담." 대법관 오들리가 말한다. "걱정 마십시오." "마담의 신분에 맞는 처우를 받으실 겁니다."

앤이 일어선다. 진홍빛 치맛자락을 모아쥐고서 이제 천박한 땅 따위는 건드리지도 않겠다는 듯 까탈스럽게 바짝 치켜든다. "내 남동생은 어디 있나요?"

마지막으로 본 게 화이트홀이었다고 누군가 말해준다. 그건 사실이다. 지금쯤은 왕실 경비대가 그를 체포하러 갔겠지만. "그리고 내 아버지 몽세뇌르는요? 이게 이해가 안 되는 부분이에요." 앤이 말한다. "어째서 몽세뇌르가 여기 저와 함께 있지 않죠? 어째서 몽세뇌르가 당신네 신사분들과 함께 앉아서 이 문제를 해결하지 않으시는 거죠?"

"앞으로 해결될 겁니다." 대법관은 거의 고양이처럼 갸르릉거린다. "마담을 편안하게 모시기 위해 모든 조치가 강구될 겁니다. 이미 준비된 일입니다."

"하지만 그 준비에 얼마나 걸릴까요?"

아무도 그 말에 대답하지 않는다. 처소 밖에는 런던탑의 무관장 윌리엄 킹스턴이 앤을 기다리고 있다. 킹스턴은 왕에 버금갈 정도로 거구의 사나이다. 품행은 귀족답게 점잖지만 그의 직책과 외모만으로도 세상에서 가장 강인한 남자의 마음에 공포를 불어넣고도 남는다. 크롬웰은 울지를 기억한다. 킹스턴이 자기를 체포하러 북부로 직접 왔다는 소식을 듣자, 추기경의 다리가 그대로 무너지는 바람에 한참 궤짝에 주저앉아 추슬러야 했다. 킹스턴은 두고 올 걸 그랬어, 크롬웰이 오들리에게 속삭인다. 그냥 우리가 직접 데려갔어야 해. 오들리가 중얼거린다. "물론 그럴 수도 있었겠지. 하지만 내무장관, 자네는 그렇게 생각지 않나? 자네 혼자만 있어도 충분히 무섭다네."

대법관의 경솔한 말에 내심 놀라면서 크롬웰은 탁 트인 야외로 나간다. 왕 전용 부두에 다다르자 석조 짐승들의 머리가 강물에 비추어 흔들리고, 그들의 형상도 신사들의 형상도 잔물결에 부서진다. 몰락한 왕비의 모습도 거울에 비친 불꽃처럼 명멸한다. 그들 주위로 온화한

오후의 햇살이 춤을 추고 새들의 노래가 홍수처럼 밀어닥친다. 크롬웰
은 앤의 손을 잡고 바지선에 태운다. 오들리는 왕비의 손을 잡는 걸 꺼
리는 눈치였고, 노퍽은 왕비가 피했기 때문이다. 왕비는 그의 마음속
생각을 낚기라도 하는 것처럼 속삭인다. "크레뮈엘. 울지 추기경 일로
나를 끝내 용서하지 않았군요." 피츠윌리엄이 그를 흘끗 쳐다보며 뭐
라고 말하는데 알아듣지 못했다. 피츠는 추기경이 전성기에 총애하던
수하였으니, 아마 같은 생각을 했는지 모른다. 이제 앤 불린도 자기 집
에서 쫓겨나 강물 위에 떠가는 느낌을 알게 되겠지. 노를 한 번 저을
때마다 일평생이 멀어져가는 그 느낌을.

노퍽은 질녀 맞은편에 자리잡고 앉아 얼굴을 씰룩이며 쯧쯧 혀를 차
고 있다. "알겠냐? 이제 알겠느냐고! 자기 가족들을 박대하면 어떻게
되는지 이제 알겠느냐고?"

"'박대'가 맞는 말 같지는 않군요." 오들리가 말한다. "사실 그랬다
고 말하기는 힘들지요."

크롬웰이 오들리에게 험악한 표정을 지어 보인다. 남동생 조지와 연
루된 혐의는 신중하게 처리하라는 부탁을 했다. 앤이 발버둥치면서 누
굴 배 밖으로 밀어 떨어뜨리는 사태는 원치 않는다. 크롬웰은 다시 자
기만의 생각에 잠긴다. 물을 지켜본다. 도끼를 든 창병 일개 부대가 그
들을 호위하고 있다. 크롬웰은 훌륭한 도끼들을 보며 감탄한다. 날카
로운 도끼날에 시퍼런 서슬이 감돈다. 갑옷 제작자의 관점에서 보면,
창병의 도끼는 놀랄 만큼 저렴하게 생산할 수 있다. 그러나 아마 전쟁
무기로서는 이미 시효가 지났을 것이다. 크롬웰은 이탈리아를, 전쟁터
를, 앞으로 찔러대던 미늘창을 생각한다. 런던탑에는 화약고가 있고,

크롬웰은 거기 들어가서 화약 전문가들과 담소를 나누는 걸 즐겼다. 그러나 그건 다른 날로 미루는 게 좋겠지.

앤이 말한다. "찰스 브랜던은 어디 있나요? 이 광경을 놓치면 아쉬워할 것 같은데."

"폐하와 함께 있을 겁니다." 오들리가 말한다. 그러더니 크롬웰에게로 돌아서서 속삭인다. "전하의 마음에 독을 부어 자네 친구 와이엇을 음해하고 있지. 내무장관 자네도 그건 어쩔 수 없을 걸세."

크롬웰의 눈이 저멀리 강둑을 향한다. "와이엇은 잃기에는 너무 좋은 친구야."

대법관이 코웃음을 친다. "시詩도 그 친구를 구할 수는 없어. 오히려 저주가 되지. 우리는 그 친구가 수수께끼처럼 시를 쓴다는 걸 아네. 하지만 폐하는 아마 그 수수께끼를 풀었다고 생각하실걸."

크롬웰은 그렇게 생각지 않는다. 그 시의 암호들은 너무나 교묘해서 반 행 만에, 한 음절 만에, 아니 한 번 숨쉬는 간격, 쉼표 하나 만에 전체의 의미가 획획 바뀐다. 그는 와이엇이 시치미를 떼는 걸 모른 척했다. 와이엇이 거짓말을 하지 않을 수 없는 질문은 끝까지 던지지 않았고, 그런 자신을 기특하게 생각했다. 앞으로도 그건 뿌듯해할 것이다. 레이디 로치퍼드는 말했다. 앤이 시치미를 뗐어야 했다고. 왕과의 첫날밤에, 처녀인 척 연기하고 뻣뻣하게 누워서 울었어야 한다고. "하지만 레이디 로치퍼드." 크롬웰은 반대했다. "그렇게 우는 여자를 앞에 두고 불안해하지 않는 남자는 없습니다. 왕은 강간범이 아니에요."

아, 뭐, 그럼 할 수 없고요, 레이디 로치퍼드는 말했다. 적어도 왕의 비위는 맞춰줬어야죠. 행복해서 놀라워하는, 그런 여자인 척 연기라도 했어야 한다고요.

그는 그런 주제를 즐기지 않았다. 제인 로치퍼드의 말투에서는 여자들 특유의 잔혹함이 느껴졌다. 여자들은 신이 내려주신 보잘것없는 무기로 싸운다―원한, 간계, 기만술―그러다보니 자기네들끼리 대화를 나눌 때 남자들이라면 절대로 넘어서지 않을 위태로운 선을 넘곤 한다. 왕의 몸은 왕의 영토와 마찬가지로 경계가 없고 유동적이다. 퇴적과 침식을 저절로 거듭하는 섬이며, 그 본질이 바닷물과 민물에 쓸려나갔다 되돌아오곤 한다. 간척된 해안도 있고, 늪지대도 있고, 수복된 국경지대도 있다. 조수와 파도도 있고, 배설물과 유출물도 있고, 잉글랜드 여자들의 대화가 질퍽하게 드나드는 진창도 있고 오로지 고해성사를 위한 양초를 손에 든 사제들만이 건너야 할 시커먼 수렁도 있다.

강물 위의 바람은 차다. 여름이 오려면 아직 몇 주일이 남았다. 앤은 물을 하염없이 바라보고 있다. 그러다 눈길을 들더니 말한다. "대주교는 어디 계시죠? 크랜머가 나를 변호해줄 거예요. 내가 임명한 주교들도 다 나를 변호해줄 거예요. 내가 출세시켜준 사람들이니까. 크랜머를 데리고 와요. 그 사람이 내가 좋은 여자라고 확언해줄 거예요."

노퍽이 허리를 굽히고 앤의 면전에 대고 말한다. "질녀야, 주교는 네 얼굴에 침이나 뱉을 거다."

"나는 왕비고 감히 내게 해를 끼치면 당신은 저주받을 거야. 나를 풀어줄 때까지 한 방울도 비가 내리지 않을 거란 말이다."

피츠윌리엄이 나직하게 앓는 소리를 낸다. 대법관이 말한다. "그렇게 바보같이 저주니 주문이니 하니까 이런 신세가 되신 게 아닙니까."

"아하? 난 또 내가 부정한 아내라고들 말한 줄 알았는데, 이젠 또 내가 마녀라는 얘기를 하는 거예요?" 앤이 말한다.

피츠윌리엄이 말한다. "우리 중 아무도 저주 얘기를 먼저 꺼내지 않았습니다."

"당신네들은 나한테 아무 짓도 못해. 내가 정숙하다는 걸 서약하면 폐하도 내 말을 들어주실 거야. 당신네들은 어떤 증인도 댈 수 없어. 심지어 나를 무슨 죄로 기소할지 그것도 모르잖아."

"기소를 해?" 노퍽이 말한다. "기소를 뭐하러 하나 싶군. 우리가 널 배 밖으로 던져 익사시키면 고생을 덜 텐데."

앤이 움츠러든다. 외숙부에게서 최대한 멀리 떨어져 웅크린 모습을 보고 있자니 꼭 어린애처럼 작기만 하다.

바지선이 코트게이트에 정박하자 크롬웰은 킹스턴의 대리 에드먼드 월싱엄이 강을 쭉 훑어보는 모습을 본다. 그와 이야기를 나누고 있던 리처드 리시가 나와 인사한다. 크롬웰이 묻는다. "퍼스, 여기서 뭐하고 있나?"

"제가 필요하실 것 같아서요."

왕비가 마른땅에 발을 딛고 킹스턴의 부축을 받아 몸의 균형을 잡는다. 에드먼드 월싱엄이 왕비에게 고개 숙여 인사한다. 심리적으로 동요한 기색이 역력하다. 월싱엄은 어느 자문관에게 말을 해야 할지 몰라 주변을 두리번거린다. "대포를 쏴야 할까요?"

"그게 보통 관례지." 노퍽이 말한다. "그렇지 않나? 폐하의 명령으로 유력 인사가 들어올 때. 그리고 내가 보기엔 유력 인사인 것 같은데."

"네, 하지만 왕비는……" 그가 말한다.

"대포를 쏘게." 노퍽이 명령한다. "런던 사람들도 알아야 해."

"벌써 다 알고 있는 것 같은데요." 크롬웰이 말한다. "경은 강둑을 따라 줄줄이 늘어선 저 인파를 못 보셨나봅니다."

앤이 고개를 들어 머리 위로 우뚝 선 석탑을 훑어본다. 좁은 창문과 창살. 사람의 얼굴은 하나도 보이지 않고 그저 퍼덕거리는 까마귀 날 갯짓소리, 그리고 깜짝 놀랄 정도로 사람 같은 까마귀의 울음소리뿐이다. "헨리 노리스가 여기 있나요?" 앤이 묻는다. "아직 그가 내 오명을 씻지 않았나요?"

"죄송합니다만 그렇지 못합니다." 킹스턴이 말한다. "자기 오명도 씻지 못했습니다."

그때 앤에게 무슨 일인가 일어난다. 훗날 돌이켜봐도 크롬웰은 그게 뭔지 확실히 알 수 없으리라. 앤은 마치 흐물흐물하게 녹아 킹스턴의 손과 자기 손에서 스르르 빠져나가는 것 같았다. 액체로 변해 손으로 잡아도 잡히지 않는 느낌이었다. 그러다가 앤이 다시 여자의 형체로 돌아왔을 때는, 자갈길 위에 손발을 짚고 엎드려 고개를 젖히고 통곡하고 있었다.

피츠윌리엄, 대법관, 심지어 외숙부조차도 한 걸음 물러선다. 킹스턴은 얼굴을 찌푸리고, 그의 대리는 고개를 젓고, 리처드 리시는 충격을 받은 얼굴이다. 그, 크롬웰이 왕비를 잡고—아무도 하려는 사람이 없었다—다시 일으켜세운다. 들어올리는데 왕비의 몸에 무게가 전혀 느껴지지 않는다, 흐느끼는 소리가 뚝 끊긴다, 마치 숨이 멎어버린 것처럼. 아무 소리 없이 앤은 크롬웰의 어깨에 의지해 몸을 추스른다, 그에게 몸을 기대어온다. 뜨겁게, 공모하며, 두 사람이 함께할 다음 단계를 실행할 태세를 갖춘다. 바로 그녀를 죽이는 일이다.

다시 돌아서서 왕의 바지선에 올라타며 노퍽이 버럭거린다. "내무장관, 내가 폐하를 알현해야겠소."

"저런." 크롬웰은 진심으로 유감이라는 듯 말한다. 그건 불가능합니다. "폐하께서는 평화롭게 은거하고 싶다고 하셨습니다. 경, 지금 같은 상황이라면 경도 그렇지 않으시겠습니까."

"지금 같은 상황?" 노퍽이 메아리처럼 따라 말한다. 공작은 벙어리가 된다, 적어도 일 분쯤, 일행이 템스강의 중앙 운하로 서서히 나아가고 있는 동안. 그러더니 얼굴을 찌푸린다. 내가 구박한 마누라가 바람난 상황을 생각해보란 말이지? 이럴 때는 코웃음치며 비웃어주는 게 상책이라고, 공작은 결론을 내린다. "내 말 잘 듣게, 내무장관, 자네가 우리 마누라와 친하다는 건 알고 있어. 어떻게 생각하나? 크랜머 대주교가 우리 결혼을 취소해줄 수 있으니까, 말만 하면 당신 여자가 되게 해주지. 뭐, 갖기 싫다 이건가? 자기 침구하고 노새는 갖고 갈 거고, 별로 많이 먹지는 않는 여자야. 일 년에 40실링씩 줄 테니까, 그러기로 하고 악수하자고."

"경, 언행을 삼가세요." 오들리가 매섭게 말한다. 화가 난 나머지 그는 결국 최후의 수단까지 쓰고야 만다. "가문의 명예를 기억하십시오."

"크롬웰이 너무 주제넘게 굴잖아." 공작이 킬킬 웃는다. "자, 내 말 듣게, 크롬. 내가 튜더를 만날 필요가 있다고 하면, 감히 대장장이 아들 따위가 안 된다는 말을 할 수는 없다 이거야."

"장관님은 대장장이니까, 경을 땜질해버릴 수도 있어요." 리처드 리시가 말한다. 아무도 그가 배에 탔다는 사실을 눈치채지 못하고 있었다. "경의 머리를 두들겨서 완전히 다른 형태로 바꿔버릴 수도 있단 말입니다. 내무장관께는 경이 상상도 못할 기술이 있거든요."

일종의 현기증이 일행을 사로잡고 있다. 방금 부두에서 등지고 돌아선 소름 끼치는 광경에 대한 반작용이다. "장관이 경을 두들겨 짓뭉개서 완전히 딴판으로 바꿔버릴 수도 있어요." 오들리가 말한다. "아침에 눈을 뜰 때는 공작이었다가 점심때가 되면 휘어져서 마구간 꼬마가 되어 있을 수도 있고요."

"녹여버릴지도 모르지." 피츠윌리엄이 말한다. "처음엔 공작으로 시작해서 납 방울이 될 수도 있고."

"남은 날들을 삼발이가 되어 살아갈 수도 있죠." 리시가 말한다. "아니면 경첩이나."

크롬웰이 생각한다. 당신은 웃어야 해, 토머스 하워드, 웃음을 터뜨리거나 아니면 불꽃처럼 활활 타올라야 해, 어느 쪽을 선택할 건가? 폭발해버린다면 우리가 적어도 찬물을 뿌려줄 수 있는데 말이야. 경련을 일으키듯 부르르 몸을 떨면서 공작은 그들에게 등을 돌리고 스스로를 다잡는다. "헨리에게 말하게." 공작이 말한다. "헨리에게 난 저 계집과 연을 끊는다고 말해. 더이상 질녀라고 부르지 않는다고."

크롬웰이 말한다. "충성심을 보여줄 기회는 있을 겁니다. 재판까지 가게 되면 직접 관장하셔야죠."

"적어도 우리는 그게 절차라고 생각하고 있습니다." 리시가 거든다. "왕비가 재판을 받은 전례는 없습니다. 대법관님은 어떻게 생각하십니까?"

"나는 아무 의견도 없네." 오들리가 양 손바닥을 치켜든다. "자네와 라이어슬리와 내무장관 셋이서 이미 다 결정해놓지 않았나, 늘 그랬듯이. 다만—크롬웰, 자네 월트셔 백작을 판사 중 한 명으로 임명하지는 않겠지?"

크롬웰이 미소를 짓는다. "친아버지 말인가? 아니. 그런 짓은 안 하지."

"로치퍼드 경은 어떻게 기소할 건가?" 피츠윌리엄이 묻는다. "정말로 기소하기는 할 건가?"

노퍽이 말한다. "재판은 세 명이 받는 건가? 노리스, 로치퍼드, 그리고 현악기 악사?"

"아, 아닙니다, 경." 크롬웰은 차분하게 말한다.

"더 있단 말인가? 이럴 수가!"

"대체 애인을 몇 명이나 둔 거지?" 오들리가 동하는 호기심을 제대로 감추지 못하고 속내를 드러낸다.

리시가 말한다. "대법관님, 폐하를 보셨습니까? 저는 봤습니다. 마음고생으로 안색도 창백하고 편찮아 보였습니다. 만일 폐하의 옥체에 해를 끼친다면, 그 자체만으로도 반역입니다. 솔직히 이미 위해는 가해졌다고 봅니다만."

반역의 냄새를 맡을 수 있는 개가 있다면, 리시는 그중에서도 후각의 제왕 블러드하운드일 거야, 그는 생각한다.

크롬웰이 말한다. "이 신사분들을 어떻게 기소할지에 대해서는 아직 가능성을 열어두고 있습니다. 역모를 숨긴 죄로 고발할 수도 있고, 반역죄로 고발할 수도 있겠지요. 다른 사람의 죄상을 목격했을 뿐이라고 주장한다면, 그 다른 사람들이 누군지 반드시 말해야 하고 진지하고 허심탄회하게 알고 있는 걸 모두 털어놓아야 할 겁니다. 하지만 구체적인 이름을 지목하는 걸 꺼린다면 그들 역시 유죄라고 의심해야 할 겁니다."

포성의 낮은 울림이 무방비로 있던 그들을 뒤흔들어, 물결 위로 부르르 전율하며 지나간다. 뼛속 깊은 곳까지, 소스라치는 두려움을 느낄 수밖에 없다.

그날 저녁 런던탑의 킹스턴에게서 크롬웰에게로 메시지가 전해진다. 앤이 하는 말, 하는 행동, 일거수일투족을 모조리 기록하라고 크롬웰은 무관장에게 지시를 내렸고, 킹스턴—가끔씩 둔하기는 해도 책임감 강하고 점잖고 신중한 남자다—은 그런 일로는 믿어도 좋았다. 자문관들이 바지선으로 걸어갈 때 앤이 물었다. "마스터 킹스턴, 이제 암굴로 가게 되는 건가요?" 아니요, 부인, 킹스턴은 앤을 안심시켰다. 대관식 전에 기거하시던 처소로 가게 될 겁니다.

킹스턴의 보고에 따르면, 그 말에 앤은 폭풍우처럼 눈물을 쏟았다고 한다. "제게는 너무나 과분한 곳이에요. 예수님, 자비를 베푸소서." 그리고 앤은 돌바닥에 주저앉아 울며 기도했다고, 무관장은 보고한다. 그리고 참으로 기이하게도, 아니 적어도 무관장의 눈에는 그렇게 느껴졌는데, 아무튼 앤은 깔깔 소리 내어 웃기 시작했다.

아무 말도 없이 크롬웰은 킹스턴의 보고가 적힌 편지를 라이어슬리에게 건네준다. 편지를 읽고 눈길을 든 라이어슬리는 숨죽인 소리로 말한다. "왕비가 무슨 짓을 한 겁니까, 내무장관님? 아마 우리가 이제까지 상상도 못한 짓인 모양입니다."

그는 울컥 화가 나서 그를 본다. "설마 그 마녀의 주술 어쩌고 하는 문제를 다시 들추려는 건 아니겠지?"

"아니요. 하지만 과분하다는 말은 스스로 죄를 인정한다는 뜻 아닙니까. 아니, 제게는 그렇게 보입니다. 그런데 무슨 죄를 지었는지 모르겠어요."

"내가 한 말을 다시 기억해보게. 어떤 진실을 우리가 원한다고 했지? 진실의 전모를 원한다고 했나?"

"우리가 이용할 수 있는 진실만 원한다고 하셨죠."

"내 다시 요점을 말해주지. 하지만 이봐, 콜미, 사실 난 그럴 필요가 없어야 해. 자네는 이해력이 빠르니까. 한 번 말하면 알아들어야지."

따뜻한 저녁이라 크롬웰은 열린 창가에 조카 리처드와 함께 앉아 있다. 리처드는 언제 침묵을 지키고 언제 말해야 할지 안다. 집안 내력인 가보군, 크롬웰은 생각한다. 이럴 때 함께 있고 싶은 사람이 하나 더 있다면 레이프 새들러뿐인데, 그 녀석은 왕과 함께 있다.

리처드가 고개를 든다. "그레고리에게서 편지를 받았어요."

"아, 그래?"

"그레고리의 편지는 어떤지 아시지요."

"'해가 비치고 있어요. 우리는 사냥을 잘했고 아주 신났어요. 전 잘 지내요. 어떠세요? 이제 시간이 없어서 그만 줄여야겠어요.'"

리처드가 고개를 끄덕인다. "변함이 없어요, 그레고리 이 녀석은. 물론 변하고 있겠지만요. 여기 아버지한테로 오고 싶어합니다. 장관님과 함께해야 한다고 생각하고 있어요."

"그 녀석은 내놓고 가려고 애썼는데."

"압니다. 그렇지만 아마 오라고 허락해주셔야 할 겁니다. 언제까지나 아이로 붙들어둘 수는 없어요."

그는 깊은 생각에 잠긴다. 아들이 왕을 모시는 일에 익숙해지려면, 아마 어떤 일을 해야 하는지 알아야 할 것이다. "이제 자네는 가봐도 좋네." 리처드에게 말한다. "그애한테 편지를 써야 할 것 같군."

리처드가 잠시 발길을 멈추고 창문을 닫아 싸늘한 밤공기를 차단한다. 문밖에서 친절하게 지시를 내리는 리처드의 목소리가 이어진다. 외숙부님의 모피 가운을 가지고 내려오게, 필요하실지도 모르겠어. 그리고 불을 좀더 넣어드리게. 그는 누군가 자기 걱정을 해줄 때, 그의 몸이 편안할지 신경써줄 정도로 걱정해준다는 걸 알게 될 때 가끔 놀라곤 한다. 물론 그러라고 돈을 주는 하인들은 제외하고 말이다. 왕비는 런던탑의 새로운 하녀들 사이에서 어떤 기분일지 궁금하다. 레이디 킹스턴이 시중들 사람 중 하나로 정해졌고, 크롬웰이 불린 가문의 식솔들을 골라 넣어주긴 했지만 왕비가 직접 뽑았다면 그 사람들을 고르지 않았을 수도 있다. 경험이 많은 여자들이니 조수의 방향이 어느 쪽으로 흐르는지 알 것이다. 울고 웃는 소리를 놓치지 않고 듣고 있을 테고, "제게는 너무나 과분한 곳이에요" 같은 말도 흘려듣지 않을 것이다.

크롬웰은 라이어슬리와 달리 자신은 앤 불린을 이해한다고 믿는다. 왕비의 처소가 자기한테 과분하다고 말했던 건, 죄를 인정한다는 뜻이 아니라 이런 진실을 말하기 위함이다. 나는 자격이 없다. 내가 자격이 없는 이유는 실패했기 때문이다. 단 한 가지 그녀가 해내려 마음먹고 나섰던 일, 이 지상에서 그녀가 추구했던 구원. 그건 헨리를 얻고 지키는 일이었다. 그런데 제인 시모어에게 빼앗겼으니 세상 그 어떤 법정의 재판보다 더 가혹하게 그녀는 스스로를 단죄할 것이다. 헨리가 어제 말을 타고 그녀를 떠난 후로, 그녀는 거짓으로 왕비 노릇을 하고 있는 사람이 되었다. 왕비의 옷을 입고 왕비의 방에서 살라는 명령을 받은 어린아이나 궁정의 어릿광대처럼. 앤은 간음이 죄악이고 반역이 범죄라는 걸 알지만, 이 모든 것보다 더 큰 잘못은 패배하는 쪽에 섰다는 사실이다.

리처드는 다시 얼굴을 빼꼼 들이밀고 말한다. "그레고리에게 보내는 편지 말입니다. 제가 대신 써드릴까요? 눈이 피로하시지 않게?"

크롬웰이 불쑥 말한다. "앤은 이미 자기 마음속에서 죽은 사람이야. 이제 더 골치 아픈 일은 만들지 않을 걸세."

크롬웰은 왕에게 최대한 사람들을 들이지 말고 처소에 머물러 있으시라고 부탁해두었다. 남자건 여자건 청원자들이 찾아오면 돌려보내라고 호위병들에게도 엄격하게 일러두었다. 마지막으로 얘기를 나눈 사람의 말에 혹해 왕의 판단이 흐려질 가능성이 있는데, 그런 사태는 원치 않았다. 헨리가 설득을 당하거나 꼬드김에 넘어가거나 강압에 못 이겨 궤도에서 벗어나는 건 바람직하지 않다. 헨리는 크롬웰의 말을 따를 생각이 있어 보인다. 지난 몇 년 동안은 왕이 대중의 눈을 피해 물러나 있는 경향을 보였다. 처음에는 애첩 앤과 함께 있고 싶어서였지만, 나중에는 그녀 없이 혼자 있고 싶어서였다. 사실에 처박혀서 왕은 은밀한 갈망에 사로잡힌다. 가끔은 거대한 왕의 침대에 들고 강복을 받은 후 촛불들이 모두 꺼지면 다마스크 이불을 걷어 젖히고 매트리스에서 슬며시 빠져나와 터벅터벅 비밀의 방으로 걸어갈 때도 있다. 비밀의 방에서 왕은 또다른, 비공식적인 침대로 기어들어가 혼자 나체로, 평범한 사내처럼 잠을 잔다.

그리하여 인류의 타락이 그려진 태피스트리가 걸려 있는 이 비밀의 방에 깔린 숨죽인 침묵 속에서, 왕은 크롬웰에게 말하는 것이다. "크랜머가 램버스궁에서 편지를 보내왔군. 자네가 나한테 읽어주게, 크롬웰. 난 한 번 읽었지만 다시 자네가 읽어보게."

크롬웰은 종이를 받아든다. 크랜머가 글을 쓰면서 점점 위축되는 게 느껴진다. 잉크가 줄줄 흐르고 단어들이 흐릿해지기를 바라는 그의 마음이 느껴진다. 왕비 앤은 크랜머를 총애했고, 그의 말을 경청했으며, 복음의 명분을 지지했다. 앤은 크랜머를 이용했지만, 크랜머는 그런 걸 알아볼 위인이 아니다. "'도무지 영문을 알 수 없어, 놀라운 마음을 주체할 수 없습니다. 왜냐하면 이제까지 그 어떤 여인도 그렇게 높이 평가해본 적이 없기 때문입니다.'" 크랜머는 이렇게 썼다.

헨리가 중간에 말허리를 끊는다. "우리 모두가 얼마나 기만당했는지 한번 보게."

"'……그래서 이런 생각이 듭니다.'" 크롬웰은 읽는다. "'앤 왕비가 그런 죄를 저질렀을 리 없습니다. 하지만 확실히 왕비에게 죄과가 없다면 폐하께서 그토록 극단적인 조치를 취하셨을 리가 없겠지요.'"

"사건의 전말을 들으면 어떻게 생각할까." 헨리가 말한다. "그 비슷한 얘기도 들어본 적이 없을 거야. 적어도 못 들어봤기를 바라네. 이 세상에 이런 경우는 없었을 거라 생각하네."

"'이제 폐하께서 가장 잘 아실 거라 생각하지만, 폐하 다음으로 제 충성심은 이 세상 모든 피조물과 비교하여도 으뜸으로 왕비께⋯⋯'"

헨리가 다시 말을 끊고 끼어든다. "하지만 계속 읽어보면, 왕비에게 정말로 죄가 있다면 무자비하게 처벌해서 본을 보여야 한다고 말한다는 걸 알게 될 걸세. 내가 그 여자를 아무것도 아닌 하찮은 신분에서 얼마나 높은 자리로 올려주었는지 생각해보면 말이야. 그리고 나아가서, 복음을 사랑하는 사람이라면 앤 왕비를 사랑하기보다 증오할 거라는 얘기도 하고 있더군."

크랜머는 덧붙여 이렇게 쓰고 있다. "폐하께서 복음의 진실을 그 누구보다 사랑하시고, 이제 예전과 달리 왕비에 대한 애정으로서가 아니라 참된 진실에 대한 열정으로 복음을 사랑하신다는 것을 믿기 때문입니다."

그, 크롬웰은 편지를 내려놓는다. 보아하니 할 얘기는 전부 나온 것 같다. 크랜머의 편지에 따르면, 앤 왕비는 유죄일 리가 없다. 그러나 유죄라야만 한다. 우리, 왕비의 형제들은 그녀와의 연을 끊는다.

크롬웰이 말한다. "폐하, 크랜머를 원하시면 사람을 보내 불러오십시오. 서로 위로가 될 수도 있고, 두 분이서 이 모든 사태를 이해하려 애써보실 수도 있죠. 폐하의 시종들에게 크랜머를 들이라 말하겠습니다. 폐하의 얼굴을 보니 맑은 공기를 쐬어야 할 것 같습니다. 층계로 내려가셔서 비밀 정원으로 가 계세요. 아무도 방해하지 않을 겁니다."

"하지만 제인을 한동안 못 봤어." 헨리가 말한다. "제인을 보고 싶네. 우리가 제인을 여기로 데리고 올 수 있을까?"

"아직은 안 됩니다, 폐하. 일이 좀더 진척될 때까지 기다리시지요. 길거리에 뜬소문이 떠돌고 있는데다 수많은 군중이 제인을 보고 싶어 하고, 그녀를 조롱하는 발라드가 만들어지고 있습니다."

"발라드?" 헨리는 충격을 받는다. "누가 지었는지 알아내게. 엄격히 처벌해야만 해. 그리고 자네 말이 맞아, 공기가 맑아질 때까지는 제인을 이리 데려오면 안 돼. 그러니 자네가 좀 가보게, 크롬웰. 소정의 징표를 갖고 가주면 좋겠어." 헨리는 서류 사이에서 보석이 박힌 작은 책 한 권을 꺼낸다. 여자가 금색 사슬에 묶어 거들에 간직하고 다닐 만한 그런 책이다. "내 아내의 것이네." 헨리는 이렇게 말하다가 문득 자제하고 부끄러움에 고개를 돌린다. "내가 하려던 말은, 캐서린 것이었다는 말일세."

시간을 내서 서리에 있는 커루의 집에 가고 싶지는 않지만, 아무래도 그래야만 할 것 같다. 삼십 년 전쯤 지어진 균형 잡힌 저택으로, 거대한 홀이 특히 화려해서 자기 집을 지으려는 신사들이 많이 따라 하곤 했다. 크롬웰도 추기경의 생전에 가본 적이 있다. 그 이후로 커루가 정원을 새단장하려고 이탈리아 사람들을 불러왔던 모양이다. 정원사들이 그를 보고 밀짚모자를 벗어 인사한다. 오솔길들이 이른여름의 영광으로 접어들고 있다. 새들이 조류 사육장에서 지저귄다. 잔디가 벨벳더미처럼 짧게 깎여 있다. 돌로 깎은 정령들이 돌로 된 눈으로 그를 주시한다.

이제 일의 방향이 잡혀가고 오로지 한 방향으로만 진행되자, 시모어 가족은 제인에게 왕비 역할을 하는 법을 가르치기 시작했다. "네가 문을 잡고 들어가는 이 문제 말이다." 에드워드 시모어가 말한다. 제인은 오빠를 보며 눈을 껌벅거린다. "문을 가만히 잡고 슬쩍 돌아들어가는 방식 말이야."

"신중하라고 하셨잖아요." 제인이 신중하다는 게 무슨 뜻인지 보여주기 위해 눈길을 내리깐다.

"지금 방밖으로 나가봐라." 에드워드가 말한다. "다시 들어와. 왕비처럼, 제인."

제인이 슬쩍 밖으로 나간다. 그 뒤로 문이 삐걱거린다. 그사이, 그들은 서로를 바라본다. 문이 열어젖혀진다. 긴 시간이 흐른다―왕족다운 시간의 간극이다. 문간은 텅 비어 있다. 그리고 제인이 나타나 살금살금 돌아들어온다. "이제 좀 나아요?"

"내가 무슨 생각 하는지 아십니까?" 크롬웰이 말한다. "이제부터 제인이 직접 들어갈 문을 열 일은 없을 테니 아무 상관 없다는 겁니다."

"제 생각은," 에드워드가 말한다. "저 겸손함에 국왕이 질릴지도 모른다는 겁니다. 날 봐라, 제인. 네 표정을 좀 보자꾸나."

"하지만 어째서 내가 오빠 얼굴을 보고 싶을 거라 생각하세요?" 제인이 중얼거린다.

좁은 방에 온 식구가 모여 있다. 두 형제, 신중한 에드워드와 성마른 톰. 잘나신 존 경, 늙은 염소. 레이디 마저리, 전성기 때는 유명한 미인으로 한때 시인 존 스켈턴이 시를 써서 바쳤다지. '온후하고 예의바르고 유순하다'고 했었다. 오늘 그 유순함은 그리 잘 드러나지 않는다. 거의 육십 년에 걸쳐 자기 삶을 쥐어짜 마침내 성공을 얻어낸 여자답게 음침하게 의기양양해 보인다.

베스 시모어, 미망인이 된 동생이 당당히 걸어들어온다. 손에 리넨으로 싼 꾸러미를 들고 있다. "내무장관님." 예를 갖추며 그녀가 말한다. 그리고 오빠에게 말한다. "자, 톰, 이거 들고 있어. 앉아, 제인."

제인이 등 없는 의자에 앉는다. 누군가 그녀에게 석판을 가져다주고 ABC부터 가르치기 시작할 것 같은 분위기다. "자." 베스가 말한다. "이건 벗어버리고." 잠시 베스는 언니를 공격이라도 할 듯 바라본다. 그리고 힘차게 양손으로 잡아당겨 반달 모양의 머리장식을 떼어버리고 베일을 휙 젖혀, 그것들을 모조리 양손을 펼치고 기다리고 있는 어머니에게로 던져버린다.

하얀 두건만 쓴 제인은 벌거벗고 괴로워하는 사람처럼 보인다. 그 얼굴은 병자의 얼굴처럼 작고 초췌하다. "두건도 벗어버리고 처음부터 다시 시작하는 거야." 베스가 명령한다. 언니의 턱 밑으로 매듭지은 끈을 잡아끈다. "이걸로 뭘 한 거야, 제인? 꼭 쪽쪽 빨고 있었던 것 같잖아." 레이디 마저리가 수예용 가위를 꺼낸다. 한 번의 가위질로 제인이 풀려난다. 두건을 휙 벗기자 제인의 연한 머리카락이, 가느다란 빛의 리본처럼 찬란한 머리카락이 어깨 위로 흘러내린다. 존 경이 에헴, 헛기침을 하며 눈길을 돌린다. 늙은 위선자 같으니라고. 남자가 봐서는 안 될 걸 보기라도 한 시늉을 하기는. 잠시 자유를 누리던 머리카락을 곧 레이디 마저리가 휙 잡아채더니 양모 실타래를 감듯 무감정하게 손 주위로 돌려 감기 시작한다. 목덜미에서 머리가 휙 말려 올라가 똬리를 틀어 더 빳빳한 새 두건 아래 쑤셔넣어지는 사이 제인은 얼굴을 찌푸린다. "우리가 이걸 핀으로 고정할 거야." 베스가 말한다. 그녀는 일에 몰두한다. "참을 수만 있으면 훨씬 우아해."

"나도 끈은 마음에 들지 않더라." 레이디 마저리의 말이다.

"고마워, 톰." 베스가 인사하며 꾸러미를 받아든다. 그리고 포장을 뜯어버린다. "모자를 더 단단하게." 베스가 선언한다. 어머니가 지시대로 꼬집으며 핀을 다시 꽂는다. 다음 순간 천으로 된 상자가 제인의 머리를 옥죈다. 제인이 도움을 요청하듯 눈을 치뜨며 철제 프레임이 두피를 파고드는 순간 작게 외마디소리를 낸다. "아니, 놀랍구나." 레이디 마저리가 말한다. "제인, 내 생각보다 네 머리가 크네." 베스가 열심히 달려들어 철사를 구부린다. 제인은 말없이 앉아 있는다. "그러면 되겠다." 레이디 마저리가 말한다. "이제 약간 여유가 생긴 것 같아. 꾹 눌러봐. 귀덮개를 올리고. 턱선 정도까지, 베스. 옛 왕비가 즐겨하던 방식이지." 레이디 마저리는 한발 물러서서 딸의 상태를 점검한다. 제인은 이제 구식 게이블후드*에 갇힌 형국이다. 앤이 등장한 이후로는 쓰지 않게 된 종류의 두건이었다. 레이디 마저리는 입술을 빨며 딸을 찬찬히 살펴본다. "삐딱하게 기울어졌어." 부인은 단언한다.

"그건 제인이 그렇게 앉은 거예요." 톰 시모어가 말한다. "똑바로 앉아라."

제인은 조심스럽게, 그 구조물이 뜨겁게 달궈지기라도 한 것처럼 머리에 손을 대본다. "그냥 둬." 어머니가 일침을 놓는다. "전에도 써본 적 있잖니. 금세 익숙해질 거야."

베스가 길게 늘어지는 고운 검은색 베일을 어디선가 꺼낸다. "가만히 앉아 있어." 베스는 여념이 없는 표정으로 베일을 상자 뒤에 핀으로 고정한다. 아야, 그거 내 목이야. 제인이 말한다. 그러자 톰 시모어가 무감정하게 웃음을 터뜨린다. 또 그 특유의 음탕한 농담이 이어진다. 망측해서 옮기기도 민망하지만 대충 어떤 내용인지는 짐작할 수 있으

---

* 앞이마가 보이고 귀덮개가 어깨까지 늘어지는 르네상스시대 여성용 두건.

리라. "이렇게 기다리게 해서 죄송해요, 내무장관님." 베스가 말한다. "하지만 이건 제대로 해야 해요. 제인을 보고 혹시 폐하께서, 아시다시피 누굴 떠올리면 곤란하니까요."

괜찮으니까 그냥 조심 좀 해요, 크롬웰은 불편한 심기로 생각한다. 캐서린이 죽은 지 넉 달밖에 되지 않았는데, 지금 와서 그녀를 연상시켜도 왕은 달가워하지 않을 것이다.

"우리가 지금 쓸 수 있는 프레임이 몇 개 더 있으니까." 베스가 언니에게 말한다. "언니가 도저히 균형을 잡을 수 없다고 하면 전부 다 벗기고 다시 해볼 수도 있어."

제인이 눈을 감는다. "이거면 충분할 거라고 믿어."

"어떻게 그걸 그렇게 빨리 구했습니까?" 크롬웰이 묻는다.

"보관해뒀죠." 레이디 마저리가 말한다. "궤짝에요. 저처럼 언젠가 다시 쓸 날이 올 걸 알고 있던 여자들이. 이제 앞으로 수년은 제발 앤이 좋아하던 프랑스 패션을 안 봐도 되면 좋겠네요."

연로한 존 경이 말한다. "왕이 제인에게 보석을 보내셨어."

"라 아나한테는 아무 쓸모가 없던 것들이지." 톰 시모어가 말한다. "하지만 곧 다 제인한테 오게 되겠군."

베스가 말한다. "앤도 수녀원에 가면 저런 건 필요가 없을 거야."

제인이 눈길을 든다. 그리고 이제야 본다, 이제야 오빠들의 눈을 똑바로 바라본다. 그리고 다시 찬찬히 시선을 돌린다. 제인의 목소리는 들을 때마다 놀라게 된다. 너무나 부드럽고 꾸밈 없어서, 그 어조가 말의 내용과 전혀 어울리지 않기 때문이다. "그 계획이 실제로 잘될지 난 모르겠어요, 수녀원 말이에요. 일단 앤은 폐하의 아기를 가졌다고 주장할 거예요. 그러면 폐하가 어쩔 수 없이 앤을 극진히 떠받들게 되겠죠. 하지만 헛수고일 거예요, 절대 결과가 나오는 적은 없으니까. 그다음에 앤은 또 상황을 바꿀 만한 핑계들을 계속 새로 생각해낼 거예요. 그러면 그사이 우리 중 누구도 안전하지 않죠."

톰이 말한다. "내 감히 말하지만, 그 여자는 헨리의 비밀을 쥐고 있어. 그리고 그걸 친구인 프랑스인들에게 얼마든지 팔아치울 거야."

"그 사람들이 친구는 아니지." 에드워드가 말한다. "이젠 돌아섰으니."

"그렇지만 시도는 하려 들걸요." 제인이 말한다.

크롬웰은 그들을 본다, 이권 앞에서 잘도 뭉치는군. 훌륭한 잉글랜드의 귀족 가문답게. 그가 제인에게 묻는다. "앤 불린을 쓰러뜨리기 위해 할 수 있다면 무슨 일이든 하실 겁니까?" 그 말투에는 힐난이 묻어 있지 않다. 크롬웰은 그저 관심이 있을 뿐이다.

제인은 곰곰이 질문을 생각한다. 하지만 고민은 짧다. "아무도 앤의 파멸을 모의할 필요는 없어요. 그런 죄과를 짊어질 사람은 없어요. 왕비는 스스로 자멸한 겁니다. 앤 불린 같은 짓을 저지르고 늙어 죽기를 바랄 수는 없죠."

크롬웰은 이제 제인을 세심하게 관찰해야 한다. 아래로 떨군 얼굴의 표정을 읽어야만 한다. 헨리의 구애를 받던 시절 앤은 턱을 하늘로 살짝 치켜들고 세상을 똑바로 쳐다보았다. 눈두덩이 깊지 않은 앤의 눈은 환하게 윤이 나는 피부와 대조되어 어둠의 웅덩이처럼 보였다. 하지만 제인은 탐색하는 단 한 번의 눈빛이면 충분하다. 그리고 곧 눈길을 내리깐다. 속내를 숨기는 표정, 사색하는 얼굴이다. 크롬웰이 전에도 본 적이 있는 표정이다. 지난 사십 년간 그림들을 보아왔다. 어린 시절, 잉글랜드에서 도망치기 전 그림이란 벽에 그려진 적나라한 음부나 일요 미사 때 하품을 하며 쳐다보던 무미건조한 눈빛의 성인이었다. 그러나 피렌체에서 거장들은 은빛 얼굴의 처녀들을 그렸다. 수줍고, 내키지 않는 처녀들의 핏속을 흐르는 느릿한 운명. 그 처녀들의 눈길은 내면을 향한다. 고통과 영광의 이미지. 제인이 그런 그림들을 봤을까? 혹시 그 거장들은 실물을 모델로 그렸던 걸까? 약혼하고, 친척들의 손에 이끌려 교회 문 앞으로 이끌려가는 어떤 여인의 얼굴을 보고 그렸던 걸까? 프랑스식 두건, 게이블후드, 그것만으로는 충분치 않다. 철저히 베일로 얼굴을 가릴 수 있다면, 제인은 그렇게 할 것이고 세상에 자신의 계산을 숨길 것이다.

"자, 그럼." 크롬웰이 말한다. 다시 자신에게 주목을 끌려니 어색한 느낌이 든다. "제가 온 이유는 폐하께서 선물을 보내셨기 때문입니다."

실크로 포장된 선물이다. 제인은 고개를 들고 손에서 뒤집어본다. "언젠가 장관님께서 제게 선물을 주셨지요. 그때는 아무도 그러지 않았어요. 제게 도움을 드릴 힘이 생긴다면, 그때는 꼭 그 일을 기억할 거라 믿어주세요."

이 말에 얼굴을 찌푸릴 때 딱 맞춰 니컬러스 커루 경이 들어온다. 미천한 다른 사람들처럼 평범하게 들어오는 게 아니라 무슨 요새 공략용 무기나 강력한 투석기처럼 굴러들어온다. 그리고 이제 크롬웰 앞에 정지한 그는 마치 크롬웰에게 포격이라도 퍼붓고 싶은 얼굴이다. "발라드들이 돈다는 얘기를 들었네." 커루 경이 말한다. "제지 못하는 건가?"

"특별히 어떤 개인을 겨냥해 악감을 품은 노래는 아닙니다." 크롬웰이 말한다. "그저 캐서린이 왕비였고 앤이 왕비를 노리던 때부터 이어져오던 노래를 재탕한 음담패설이죠."

"두 가지 사례에 닮은 데가 없지 않나. 제인처럼 이렇게 정숙한 숙녀와 그⋯⋯" 커루는 차마 말을 잇지 못한다. 법적 지위가 분명치 않고 기소 혐의도 아직 구체화되지 않았으니 앤을 표현하기가 어렵다. 앤이 반역자라면, 법정의 판결만 남았을 뿐 죽은 거나 다름없다. 킹스턴의 보고에 따르면 런던탑에서 앤은 충분히 배불리 먹고 있으며 톰 시모어처럼 음란한 농담에 낄낄 웃고 있다고 하지만.

"왕이 옛날 노래들을 고쳐 쓰고 있어요." 크롬웰이 말한다. "지시 대상만 다시 바꾸는 작업을 하는 거죠. 검은 머리의 숙녀는 사라지고 금발머리가 들어오고. 제인은 이런 일들이 어떻게 처리되는지 알고 있습니다. 옛 왕비를 곁에서 모셨으니까요. 저렇게 어린 아가씨인 제인이 아무런 환상을 품고 있지 않는데, 니컬러스 경, 경께서도 환상은 버려야 하지 않겠습니까. 발라드 하나에 움찔하고 장밋빛 환상을 품기엔 나이를 너무 많이 드셨습니다."

제인은 손에 선물을 든 채 미동도 없이 앉아 있다. 아직 포장도 끄르지 않았다. "풀어도 돼, 제인." 베스가 친절하게 말한다. "그게 뭐든 언니 거니까."

"내무장관님 말씀을 듣고 있었어요." 제인이 말한다. "장관님께는 배울 게 정말 많아요."

"네게 적절한 교훈이라 하긴 힘들지." 에드워드 시모어가 말한다.

"모르겠어요. 십 년쯤 장관님 뒤를 따라다니다보면 혼자 서는 법을 배울 수 있을지도 모르죠."

"네 행복한 운명은," 에드워드가 말한다. "서기가 아니라 왕비가 되는 거다."

"그러면," 제인이 말한다. "오빠는 제가 여자로 태어난 것을 신께 감사하나요?"

"날마다 무릎을 꿇고 감사기도를 올리지." 톰 시모어가 께느른하게 예를 갖추며 말한다. 이 유순한 누이가 칭찬을 요구하다니, 그간 없었던 일이라서 재빨리 반응이 나오지 않는 것이다. 형인 에드워드에게 눈길을 보내며 어깨를 으쓱한다. 미안, 이게 난 최선이네.

제인이 선물을 풀어본다. 사슬을 손가락에 감는다. 그녀의 머리카락처럼 가는 사슬이다. 제인은 작은 책을 손바닥에 올려놓고 뒤집어본다. 금색과 검은색 에나멜 책표지 위에 서로 뒤엉킨 이니셜들이 루비로 새겨져 있다. 'H'와 'A'다.

"그건 신경쓰지 마세요. 보석은 바꾸면 됩니다." 크롬웰은 재빨리 말한다. 제인이 책을 그에게 다시 건네준다. 얼굴에 실망감이 가득하다. 그녀는 아직 왕이 얼마나 인색하게 굴 수 있는지 알지 못한다. 세상에서 가장 호화로운 군주가 말이다. 헨리가 나한테 미리 경고해줬다면 좋았을 것을, 크롬웰은 생각한다. 앤의 이니셜 밑으로 여전히 'K'라는 글씨를 알아볼 수 있다. 크롬웰은 그걸 니컬러스 커루에게 건네준다. "보이십니까?"

기사가 작은 걸쇠를 더듬거리며 책을 펼쳐본다. "아." 그러더니 말한다. "라틴어 기도서군. 아니면 성경의 시편인가?"

"제가 좀 봐도 되겠습니까?" 크롬웰이 책을 다시 받아든다. "여기

잠언이 있군요. '누가 선하고 정숙한 여인을 찾으랴? 그런 여인의 가치는 루비보다 값지다.'" 하지만 현실은 그게 아니군, 크롬웰은 생각한다. 세 번의 선물, 세 아내, 그렇지만 보석상에게 값을 지불한 건 단 한번. 크롬웰은 제인에게 미소를 지으며 말한다. "여기 언급된 이 여인을 아십니까? 이 여인의 옷은 실크에 자줏빛이라고 작가는 쓰고 있습니다. 이 페이지에 담을 수 없는 시들로부터 제가 성서에 나오는 이 여인에 대해 훨씬 더 많은 얘기를 들려드릴 수 있습니다."

에드워드 시모어가 말한다. "장관님께서는 주교가 되셨어야 해요."

"에드워드," 크롬웰이 말한다. "난 교황이 되었어야 하는 사람이에요."

크롬웰이 작별인사를 고할 무렵, 커루가 거만하게 손가락을 까닥거린다. 아, 맙소사, 겸손하지 못하고 주제넘게 굴었다고 또 혼쭐이 나겠군. 커루가 크롬웰을 한구석으로 부른다. 그러나 야단을 치기 위해서가 아니다. "메리 공주께서," 커루가 중얼거린다. "아버지가 곁으로 불러주실 거라 기대에 차 있네. 이럴 때 참된 결혼으로 낳은 자식을 집안에 데리고 들어오는 것보다 폐하께 더 큰 치유와 위안을 주는 일이 또어디 있겠나?"

"메리는 지금의 처소에 있는 게 신상에 더 좋습니다. 여기서, 추밀원에서, 또 길거리에서 오가는 얘기들은 젊은 처녀가 들을 만한 게 못 되니까요."

커루가 인상을 쓴다. "그럴 수도 있지. 그러나 폐하로부터 메시지라도 받기를 기대하네. 징표라고 해야겠지."

징표라, 크롬웰은 생각한다. 그건 어떻게 해볼 수도 있지.

"북부로 달려가 메리에게 예를 갖추기를 원하는 신사 숙녀들이 궁정에 있네." 커루가 말한다. "공주가 여기로 오지는 못하더라도 감금 조건은 완화되어도 좋지 않겠나? 지금처럼 불린 가문의 여자들이 주변에 있는 건 아무래도 적절하지 못해. 아마 옛날에 훈육을 맡았던 솔즈베리 백작부인이라면……"

마거릿 폴? 그 말라빠진 칭얼대는 가톨릭교도 할망구? 하지만 지금은 니컬러스 경에게 냉혹한 진실을 가르쳐줄 때가 아니다. 그건 나중에 해도 된다. "폐하께서 알아서 하실 겁니다." 그는 편리한 대답을 던진다. "가까운 가족의 문제니까요. 따님께 뭐가 제일 좋은 일인지 아실 거예요."

밤에 촛불이 밝혀지면 헨리는 메리를 생각하며 눈물을 흘린다. 그러나 대낮의 햇빛 속에서는 메리를 있는 그대로의 모습으로 본다. 반항적이고 제멋대로고 여전히 길들여지지 않은 그 모습으로. 이 모든 문제가 다 깨끗이 정리되고 나면 아버지로서의 의무도 신경을 써야지, 헨리는 말한다. 메리와 이렇게 사이가 멀어진 게 슬프다네. 앤을 처리하고 나면 화해할 수 있을지도 모르지. 하지만 소정의 조건은 있어야 해. 확실히 해두는데, 내 딸 메리는 그 조건을 철저히 받아들여야 할 거야.

"한 가지만 더." 커루가 말한다. "자네는 반드시 와이엇을 끌어들여야 하네."

그러나 크롬웰은 프랜시스 브라이언을 불러들인다. 프랜시스는 비웃음을 머금고 들어온다. 그는 자기가 감히 건드릴 수 없는 몸이라 생

각한다. 안대는 반짝거리는 작은 에메랄드로 장식되어 있고, 그 효과
는 몹시 기분 나쁘다. 한쪽은 초록색 눈, 다른 한쪽은……

크롬웰은 그 눈을 찬찬히 뜯어본다. "프랜시스 경, 원래 눈 색깔이
무엇입니까? 제 말은 그 외눈 말입니다."

"보통은 빨갛지." 브라이언이 말한다. "하지만 사순절 동안에는 술을
마시지 않으려고 애쓰네. 강림절 기간에도. 아니면 금요일이나." 청승
을 떤다. "나는 여기 왜 불렀나? 내가 자네 편인 건 알잖나, 안 그래?"

"그저 함께 식사를 하자고 부탁드렸을 뿐이죠."

"마크 스미턴도 저녁을 먹자고 불렀었지. 그런데 지금 그 녀석이 어
디 있나 보라고."

"경을 의심하는 건 제가 아닙니다." 크롬웰은 배우처럼 과장스럽게
땅이 꺼져라 한숨을 쉬며 말한다. (정말이지 프랜시스 경은 얼마나 재
미있는 상대인가.) "제가 아니라 온 세상이 경의 충성심이 어디를 향하
는지 묻고 있습니다. 물론 경은 왕비의 친척이기도 하고요."

"나는 제인의 인척이기도 하네." 브라이언은 여전히 편안한 태도다.
의자에 기대앉아 다리를 식탁 아래로 길게 늘어뜨린 모습이 이를 말해
준다. "내가 취조를 당할 거라고는 생각지 못했는데."

"왕비 일가와 가까운 사람들과는 모두 이야기를 나누고 있습니다.
그리고 경께서는 확실히 가까운 사이셨지요. 초창기부터 그들과 함께
하셨으니까. 폐하의 이혼을 강구하기 위해 로마까지 달려가서 그쪽
최고위층에게 불린을 옹호하지 않으셨습니까? 하지만 경께서 두려울
게 뭐가 있겠습니까? 노장 궁정기사이고, 모든 걸 알고 계시는데. 현명
하게 활용하고 현명하게 공유한다면, 지식이 경의 보호막이 되어줄 겁

니다."

크롬웰은 기다린다. 브라이언은 이미 똑바로 앉았다.

"그리고 폐하를 기쁘게 하고 싶으시면," 크롬웰은 말을 잇는다. "혹시 그래야 할 상황이 생긴다면, 제가 드리고 싶은 한 가지 부탁은 제가 어떤 논점을 여쭙더라도 증거를 대어달라는 것입니다."

크롬웰은 프랜시스가 식은땀 대신 가스코뉴 와인을 줄줄 흘린다는 느낌을 받았다. 그간 싸게 사서 왕의 와인 창고에 비싸게 팔아왔던 곰 팡내나는 텁텁한 술이 온몸의 땀구멍으로 스며나오고 있다.

"이보게, 크럼." 브라이언이 말한다. "내가 아는 건, 노리스가 항상 왕비와 한번 해보는 상상을 했다는 것뿐이야."

"그러면 왕비의 남동생, 그 친구는 무슨 상상을 했습니까?"

브라이언이 어깨를 으쓱한다. "앤은 어릴 때 프랑스로 보내졌고 두 사람은 다 커서야 서로 얼굴을 봤지. 그런 일들이 있다는 얘기는 익히 들었는데, 자넨 안 그런가?"

"아뇨, 전 못 들었습니다. 제가 자란 동네에서는 절대 근친상간은 하지 않았어요. 말도 못하게 범죄도 많고 죄도 많이 저지르는 동네였지만, 우리 상상력이 미치지 못하는 영역이 있었지요."

"자네도 이탈리아에서는 봤을 거야, 내기를 해도 좋네. 다만 가끔 사람들이 보고도 차마 입 밖으로 내어 말하지 못해서 그렇지."

"저는 무슨 죄목이든 입 밖에 내어 말할 수 있습니다." 그의 말투는 차분하다. "앞으로 두고 보시지요. 제 상상력이 날마다 밝혀지는 사실들에 뒤처지는지는 모르겠지만 따라잡으려고 열심히 노력하고 있습니다."

"이제는 왕비가 아니니까." 브라이언이 말한다. "왕비가 아니니, 그러면…… 그년의 본성대로 불러도 되겠군. 후끈 달아오른 화냥년이라고 말이야. 그러니 자기 가족보다 더 좋은 기회를 어디서 찾겠나?"

크롬웰이 말한다. "그런 논리라면, 앤이 노퍽 외숙부와도 얼마든지 할 거라 생각하십니까? 심지어 프랜시스 경, 경이 상대가 될 수도 있겠군요. 왕비가 친인척들한테 마음이 있다면 말입니다. 경께서는 멋진 신사시니까요."

"아, 맙소사." 브라이언이 말한다. "크롬웰, 설마 그건 아니겠지."

"그냥 해보는 말입니다. 하지만 이 문제에 우리가 한마음이니, 아니 적어도 겉으로는 그렇게 보이니까 드리는 말씀인데, 제 청을 하나 들어주시겠습니까? 그레이트할링버리로 가셔서 제 친구 몰리 경에게 앞으로 닥칠 일에 대해 마음의 준비를 하고 계시라고 전해주십시오. 그렇게 연로하신 분께 친구가 편지로 알려드릴 일은 아니지 않겠습니까?"

"얼굴을 맞대고 말하면 더 낫다고 생각하나?" 기가 막힌다는 웃음소리. "이렇게 말하란 말이지. 경, 제가 충격을 덜어드리려고 왔습니다. 따님인 제인 로치퍼드가 곧 미망인이 될 겁니다. 왜냐하면 남편이 근친상간으로 참수당할 테니까요."

"아니, 근친상간의 문제는 사제들이 알아서 할 일이고. 조지 불린은 반역죄로 죽을 겁니다. 그리고 폐하께서 참수형을 택하실지 그건 우리가 알 수 없는 일이지요."

"내가 할 수 있을지 모르겠군."

"전 압니다. 경에 대해 크나큰 신뢰를 품고 있거든요. 외교적 임무라고 생각하십시오. 원래 그런 건 많이 해보셨잖아요. 어떻게 하셨는지는 모르겠지만."

"맨정신으로 했지." 프랜시스 브라이언이 말한다. "이 일은 한잔 걸치고 해야겠구먼. 그리고 자네 이거 아나, 난 몰리 경이 두렵다네. 언제나 무슨 낡은 필사본을 꺼내서 '이것 좀 보게, 프랜시스!'라고 말하고는 거기 쓰인 농담이 재미있다며 껄껄 웃어대거든. 자네도 알다시피 내 라틴어는 학생이라도 부끄러울 수준이란 말이야."

"달변으로 구워삶으려 하지 마세요." 크롬웰이 말한다. "말에 안장이나 얹으시고요. 하지만 에식스로 달려가시기 전에 한 가지 부탁을 더 들어주셔야 하겠습니다. 가서 친구분이신 니컬러스 커루 경을 만나세요. 그리고 경고해주세요. 저를 시험하지 말라고, 전 절대 밀리지 않을 거라고 전해주세요. 커루에게 앞으로도 체포당할 사람들이 많을 텐데, 아직 크롬웰은 누구라고 밝힐 수 없다 하더라고 말하십시오. 아니, 밝힐 수 있더라도 그러기 싫다 하더라고 하세요. 제가 이 사건을 아주 자유롭게 임의대로 처리할 수 있다는 걸 이해하시고, 친구분들에게도 이해시켜주십시오. 전 그들의 심부름꾼 아이가 아닙니다."

"이제 나는 가도 되나?"

"공기처럼 자유롭게 떠나셔도 됩니다." 크롬웰은 무표정하게 말한다. "하지만 식사는 어쩌시고요?"

"자네가 내 것까지 다 먹게."

왕의 처소는 어둡지만 왕은 말한다. "우리는 진실의 거울을 들여다봐야 하지. 그런데 내겐 그런 거울이 없으니 다 내 탓이라는 생각이 드네."

헨리는 이제 자네 차례야, 내가 잘못을 인정했으니 이제 죄를 사해주게, 라고 말하는 듯한 표정으로 크랜머를 본다. 대주교는 괴로운 얼굴이다. 헨리가 다음에 무슨 말을 할지, 아니면 자기가 올바른 답을할 거라 믿어도 좋을지 알 수 없기 때문이다. 케임브리지대학에서 배운 모든 지식을 동원해도 오늘 같은 밤에 대처하는 법은 알 수가 없다. "폐하께서는 잘못하신 게 없습니다." 크랜머는 왕에게 말한다. 그리고 기다란 바늘처럼 꿰찌르는, 의혹의 눈길을 크롬웰에게 던진다. "이런 문제에서는, 비난하기 전에 먼저 확실한 증거를 확보해야겠지요."

"대주교께서는 이 사실을 명심해야 합니다." 미적거리며 온갖 감언이설을 편리하게 늘어놓고 있는 크랜머에게 크롬웰이 말한다. "제가 아니라 추밀원 전체가 현재 기소된 신사분들을 조사했다는 사실을 명심하셔야 할 겁니다. 그리고 추밀원에 소환되어 사건의 전말을 듣고 나서 대주교께서도 이의를 제기하지는 않으셨지요. 대주교께서 하신 말씀대로, 우리가 심각한 숙고 없이 이런 문제를 이 지경까지 몰고 갔을 리가 있겠습니까."

"돌이켜보면," 헨리가 말한다. "너무나 많은 조각들이 맞아떨어진단 말이야. 나는 기만당해 잘못된 길로 들어섰고 배신당했어. 너무 많은 친구들을 잃었네. 친구이자 좋은 신하들을 잃고 소외시키고 궁정에서 추방했어. 그리고 그보다…… 난 울지 생각을 하네. 내가 아내라고 불렀던 여자가 온갖 간계를 부려서, 교활함과 원한의 무기를 총동원해서 울지를 음해했어."

어느 아내를 말하는 걸까? 캐서린과 앤 모두가 추기경을 음해하려 했다. "어째서 그렇게 눈이 멀었는지 모르겠네." 헨리가 말한다. "하지만 아우구스티누스가 결혼을 '죽을 수밖에 없는 인간의 노비복'이라고 부르지 않았던가?"

"크리소스토무스였죠." 크랜머가 중얼거린다.

"하지만 지난 일은 잊으십시오." 크롬웰이 다급하게 말한다. "이 결혼이 무효가 되면, 폐하, 의회가 폐하의 재혼을 청원하게 될 겁니다."

"아마 그렇게 되겠지. 남자가 왕국과 신에 대한 의무를 어떻게 다하겠나? 사람은 심지어 자식을 생산하는 행위 자체에서 죄를 짓지 않는가. 남자는 후사가 있어야 하고 왕들은 특히 그런데, 심지어 결혼에서조차 욕정을 조심하라는 경고를 받고 어떤 성경의 권위자들은 절제를 잃고 아내를 사랑하면 그 역시 일종의 간음이라고 하지 않았는가?"

"성 제롬이 한 말이지요." 크랜머가 속삭인다. 차라리 그 성자조차 부인하고 싶다는 말투로. "하지만 훨씬 더 편안하고, 결혼생활을 찬양하는 다른 가르침도 많이 있습니다."

"가시덤불에서 꺾은 장미지요." 크롬웰이 말한다. "사도 바오로는 아내를 사랑해야 한다지만 교회는 유부남을 별로 편안하게 해주지 않지요. 폐하, 결혼을 죄라고 생각하지 않는 게 사실 이상한 일입니다. 독신을 서약한 사제들이 수세기 동안 자기네들이 결혼을 한 우리보다 낫다고 말해왔으니 말입니다. 하지만 그런 거짓된 가르침을 거듭 반복한다고 해서 진실이 되는 건 아닙니다. 크랜머, 동의하십니까?"

차라리 날 지금 죽여라, 대주교의 얼굴이 말한다. 왕과 교회의 모든 가르침을 거슬러 기혼자가 된 그였다. 크랜머는 독일의 개혁주의자들 사이에서 지낼 때 결혼했다. 그리고 아내 그레테를 비밀리에 데리고 와서 시골 저택에 숨겨두었다. 헨리는 알고 있나? 틀림없이 알 것이다.

헨리가 그 말을 할까? 아니, 헨리는 자기가 처한 곤경에 몰입해 있다. "이제는 어째서 그 여자를 원했는지 이유를 대지도 못하겠어." 왕은 말한다. "그래서 그 여자가 내게 주술과 마법을 썼다고 생각하는 걸세. 앤은 나를 사랑한다고 주장하지. 캐서린도 나를 사랑한다고 주장했지. 자기네들은 사랑이라고 말하지만 그 뜻은 반대였지. 앤은 일거수일투족 나를 해치려 했네. 언제나 부자연스러웠지. 외숙부인 노퍽 경에게 면박을 주던 걸 생각해보게. 아버지를 경멸하던 태도를 생각해보란 말일세. 늘 주제넘게 내 행실을 비판하고 자기 이해력의 범위를 넘는 문제에 대해서도 충고랍시고 나를 다그치고, 아무리 착한 남자라도 아내에게서 기쁘게 들을 수 없는 말을 했지."

크랜머가 말한다. "왕비님이 당돌했던 건 사실입니다. 왕비님 당신도 그게 잘못이라는 걸 알고 자제하려 애썼지요."

"이제는 자제하지 않을 수 없을 테지, 암." 헨리의 어조는 무섭게 모질었지만, 어느새 자기가 피해자인 양 애처로운 억양으로 바뀌어 있다. 왕은 호두나무 서류함을 연다. "이 작은 책 보이나?" 사실 책이 아니다, 아직은 아니다. 그저 낱장의 종이들을 한 다발로 엮은 것이다. 표지는 없지만 헨리가 직접 공들여 쓴 글씨가 새까맣게 뒤덮인 종이다. "지금 제작되고 있는 책이네. 내가 썼지. 희곡일세. 비극이지. 나자신의 사례를 다룬 걸세." 헨리가 그 책을 내민다.

크롬웰이 말한다. "폐하, 저희에게 조금 더 시간 여유가 생겨 그 원고를 훌륭하게 다룰 수 있을 때까지 보관하고 계십시오."

"그렇지만 자네들도 알아야지." 왕은 완고하다. "앤의 본성을. 모든 걸 다 주었는데 그런 내게 그 여자가 얼마나 못되게 굴었는지. 세상 남자들이 모두 알고 여자들의 본성에 대한 경고를 받아야 하네. 여자들의 탐욕은 끝을 모르지. 난 앤이 백 명의 남자와 간음했을 거라 믿네."

헨리는 한순간 사냥터에서 쫓기는 짐승처럼 보인다. 여자들의 욕망에 쫓기다가 질질 끌려가 갈가리 찢기는. "하지만 동생이라니요?" 크랜머가 말한다. 크롬웰은 눈길을 돌린다. 왕을 보지 않을 작정이다. "그럴 수가 있을까요?"

"왕비는 뿌리칠 수 없었을 거라 생각하네." 헨리가 말한다. "안 될 건 뭔가? 컵에 남은 더러운 찌꺼기까지 다 마시지 못할 건 또 뭔가? 왕비는 자기 욕망을 채우면서 한편으로 내 욕망을 죽이고 있었네. 내가 오로지 의무를 다하기 위해 왕비에게 다가가면, 그 어떤 남자라도 움츠러들 만한 표정을 짓곤 했어. 이제야 왜 그랬는지 알겠어. 깨끗한 몸으로 애인들을 맞고 싶었겠지."

왕이 앉는다. 그리고 말하기 시작한다. 아니 분통을 터뜨리며 횡설수설 독설을 퍼붓는다. 앤이 십여 년 전 헨리의 손을 잡았다. 숲속으로 그를 끌고 갔다. 새하얀 백주의 햇살이 산산조각나 녹음을 뚫고 쏟아지는 삼림의 경계에서 헨리는 분별력을, 순수성을 잃어버렸다. 앤이 하루종일 여기저기 끌고 다니는 바람에 헨리는 녹초가 되어 부들부들 떨었다. 그러나 잠시 걸음을 멈추고 숨을 고를 수도 없었고, 돌아갈 수도 없었다. 길을 잃었던 것이다. 온종일 빛이 사라지고 사방이 어둑해질 때까지 뒤를 따르던 헨리는 캄캄해지자 급기야 횃불 빛에 의지해 앤을 쫓았다. 그런데 앤이 헨리를 갑자기 덮치더니 횃불을 꺼버리고 어둠 속에 그를 혼자 남겨두고 떠났다.

왕의 처소 문이 부드럽게 열린다. 크롬웰이 고개를 들어보니 레이프가 있다. 아마 예전에는 이 자리에 프랜시스 웨스턴이 있었으리라. "폐하, 리치먼드 저하께서 저녁 인사를 하러 와 계십니다. 드시라고 할까요?"

헨리가 하던 말을 뚝 그친다. "피츠로이. 그래, 물론이지."

헨리의 서자는 이제 열여섯 살의 왕자가 되었지만 고운 피부와 솔직한 눈빛 덕에 나이보다 훨씬 어려 보인다. 에드워드 4세 혈통의 붉은 금발머리에, 고인이 된 헨리왕의 형 아서 왕자의 모습도 갖고 있다. 황소 같은 아버지 앞에 선 그는 머뭇거리며, 혹시 자기와의 만남을 달가워하지 않을까 조심스러워한다. 그러나 헨리는 벌떡 일어나 소년을 꼭 안아준다. 그 얼굴이 눈물로 온통 젖어 있다. "우리 어린 아들." 곧 180센티미터에 육박할 장신의 소년에게 헨리는 말한다. "내 외아들." 왕은 이제 울음이 복받쳐 소맷자락으로 얼굴을 닦아야만 할 지경이다. "그 여자가 너까지 독살했을 수도 있어." 왕이 흐느낀다. "내무장관의 기지로 음모가 제때 밝혀진 게 얼마나 다행인지, 주께 감사할 일이지."

"고맙습니다, 내무장관." 소년이 형식적으로 말한다. "음모를 밝혀내주셔서."

"그 여자는 너와 네 누나 메리를 둘 다 독살하고 자기가 낳은 그 못생긴 꼬마를 잉글랜드의 후계자로 세우려 했지. 계획대로 되었다면 내 왕좌가 다음에 그 여자가 낳은 자식한테 넘어갔을 거야. 그 자식이 사산되어서 천만다행이지. 그 여자가 낳은 자식이 과연 목숨을 부지할수 있었을까 의심스러워. 너무나도 사악한 여자였어. 신에게도 버림을 받았지. 네 아버지를 위해 기도해다오, 신께서 나를 버리지 않으시도록 기도를 해다오. 나는 죄를 지었어, 그랬던 게 틀림없어. 결혼은 불법이었어."

"뭐라고요, 이번 결혼이요?" 소년이 말한다. "이번 결혼도 말입니까?"

"불법이었을 뿐 아니라 저주받았었지." 헨리는 소년을 앞뒤로 어른다. 무서운 기세로 뒤에서 소년을 움켜쥐고 손아귀에 힘을 준다. 아마 이렇게 해서 곰이 제 새끼를 포옹하다가 짓이겨 죽이는 모양이다. "신의 율법을 벗어난 결혼이었다. 합법적으로 만들 수 있는 길이 없어. 그 여자들은 둘 다 내 아내가 아니었어. 이번 여자도 지난번 또다른 여자도. 다행히 그 여자는 이제 무덤에 있으니, 코맹맹이 소리로 기도하고 애원하고 내 일에 사사건건 간섭하는 걸 더 듣고 있지 않아도 되지. 관면* 같은 게 있다는 소리는 하지도 마. 그런 소리는 듣고 싶지도 않으니. 교황이라도 천국의 법을 마음대로 관면할 수는 없는 법이야. 대체 어떻게 앤 불린 그 여자가 내 곁에 그렇게 가까이 다가온 거지? 어째서 내가 그 여자한테 눈길을 주었을까? 어째서 그 여자가 내 눈을 멀게 했을까? 세상에는 여자들이 많고 많은데, 싱그럽고 젊고 정숙한 여자들도 하고많은데, 선하고 친절한 여자들도 그렇게 많은데 말이야. 어째서 나는 자기 자궁 속에서 자식들을 멸살시키는 그런 여자들의 저주를 받은 걸까?"

헨리는 소년을 놓아준다. 너무 급작스러운 몸짓이라 소년이 휘청거린다.

---

* 주교의 권위로 신자의 교회법 준수 의무를 면제해주는 일. 가톨릭 신자가 비신자와 결혼할 때 주교에게 청하곤 한다.

헨리는 코웃음을 친다. "이제 가봐라, 애야. 죄책감이 없는 네 침대로 가보렴. 그리고 자네, 내무장관은, 자네…… 자네 사람들한테로 돌아가보게." 왕은 손수건으로 얼굴을 훔친다. "오늘밤은 너무 피곤해서 고해할 수가 없군, 대주교. 자네도 집에 가도 좋네. 하지만 다시 와서 내 죄를 사해줘야 하네."

참으로 편리한 생각 같다. 크랜머는 머뭇거린다. 그러나 크랜머는 비밀을 추궁할 사람이 아니다. 두 사람이 방에서 나오는데, 헨리가 작은 책을 집어든다. 몰입해서 책장을 넘기다가 아예 자리를 잡고 자기 얘기를 읽기 시작한다.

왕의 처소 밖에서 크롬웰은 주위를 맴돌고 있는 신하들에게 신호를 준다. "들어가서 폐하께 필요한 게 있는지 보시오." 천천히, 꺼림칙하게, 몸시중을 드는 하인들이 소굴에 도사린 헨리를 향해 다가간다. 왕이 달가워할지 자신도 없고, 만사에 확신도 없다. 왕은 예전에 노래를 불렀지, 좋은 벗들과 함께 보내는 즐거운 시간에 대해서. 그러나 그 벗들은 지금 어디에 있는가? 벽에 딱 달라붙어 움찔거리고 있다.

그는 크랜머와 작별인사를 나눈다. 그와 포옹하고 속삭여 말한다. "다 잘될 걸세."

젊은 리치먼드 경이 그의 팔을 툭 친다. "내무장관, 내가 해야 할 말이 있어요."

그는 피곤하다. 새벽에 일어나서 유럽으로 보낼 편지들을 썼기 때문이다. "긴급한 문제입니까, 저하?"

"아니요. 하지만 중요한 일입니다."

긴급한 일과 중요한 일의 차이를 아는 상전을 모신다니 상상만 해도 벅차다. "어서 말씀하십시오, 경. 경청하고 있습니다."

"꼭 해주고 싶은 얘긴데, 내가 이제 여자를 아는 몸이 되었습니다."

"꿈꾸시던 그대로의 여자였기를 빕니다."

소년이 자신 없이 웃는다. "그렇다고 하기는 힘들고. 창녀였거든. 서리 형님이 알선해준 여자였어요." 노퍽 공작의 아들을 말하는 거다. 벽에 걸린 양초의 촛불 빛에 비친 소년의 얼굴이 깜박거리며 금색에서 검은색으로, 다시 그물눈 같은 음영으로 변한다. 그림자에 푹 빠졌다 나온 듯한 모습이다. "하지만 이렇게 됐고, 이제 나도 남자니, 노퍽이 나를 아내와 함께 살게 해주면 좋겠어요."

리치먼드는 이미 노퍽의 딸, 어린 메리 하워드에게 이른 장가를 갔다. 자기 나름대로의 이유로 노퍽은 두 아이들을 따로 떼어놓았다. 앤이 헨리와 결혼해 아들을 생산했다면 서자는 왕에게 아무 값어치도 없어졌을 테니, 그럴 때 딸이 여전히 숫처녀라면 훨씬 유용한 다른 혼처에 시집보낼 수 있다는 가능성이 노퍽의 계산에 들어 있었던 것이다.

그러나 그 모든 계산은 이제 필요 없어졌다. "제가 저하를 대신해서 공작과 의논해보지요." 그는 말한다. "이제는 한시라도 빨리 저하의 소원을 들어드리려 할 겁니다."

리치먼드는 얼굴을 붉힌다. 쾌감, 아니면 창피해서? 리치먼드는 바보가 아니고 자기 입장을 잘 안다. 그런데 그 입장이 단 며칠 사이에 비길 데 없이 높아져버린 거다. 크롬웰의 귀에 노퍽의 목소리가 선하다. 왕의 추밀원에서 논증을 하듯 또렷하게 들린다. 캐서린의 딸은 이미 혼외자식이 되었고 앤의 딸도 같은 신세가 될 테니, 헨리의 세 자식은 모두 서자가 된다. 그렇다면 딸보다 아들을 선호하지 않을 이유가 뭔가?

"내무장관," 소년이 말한다. "심지어 우리집 하인들이 엘리자베스가 왕비의 딸이 아니라는 말을 하고 있어요. 바구니에 담아 몰래 침실로 들여온 아이고, 왕비의 죽은 아기를 밖으로 내갔다고."

"왜 그런 짓을 하겠습니까?" 그는 언제나 집안 하인들의 논리가 궁금해 호기심이 동했다.

"그건 왕비가 되기 위해서 악마와 거래를 했기 때문이지요. 하지만 악마는 언제나 사람을 속이니까. 왕비가 되게 해주었지만 살아 있는 아기를 주지는 않은 거지요."

"하지만 악마가 머리는 총명하게 해주지 않았을까요? 바구니에 아기를 담아 들여올 생각이라면 당연히 아들을 데리고 들어왔겠지요."

리치먼드는 간신히 불쌍하게 웃음을 지어 보인다. "아마 구할 수 있는 유일한 아기라서 그랬겠지요. 사람들이 길바닥에 아기들을 두고 다니지는 않으니까."

하지만 실제로 사람들은 길바닥에 애들을 버리고 다닌다. 크롬웰은 런던의 고아 소년들을 구제하는 법안을 새 의회에 제출할 계획이었다. 일단 고아 소년들을 돌봐주면 그들이 여자애들을 돌봐줄 거라는 게 크롬웰의 생각이었다.

"가끔 말이에요." 소년이 말한다. "추기경 생각이 납니다. 장관은 추기경 생각을 하긴 하나요?" 소년은 궤짝에 주저앉는다. 그리고 크롬웰도 함께 앉는다. "내가 아주 어린 아이였을 때, 그리고 아이들이 다 그렇듯 아주 바보 같을 때, 추기경이 우리 아버지라는 생각을 하곤 했어요."

"추기경께서는 저하의 대부셨지요."

"그렇죠, 하지만 나는…… 그러니까 내게 참으로 다정하게 대해주셨기 때문이었어요. 나를 찾아오셔서 안아주시곤 했고, 금 접시 같은 큰 선물도 주셨지만 또 비단 공이나 인형도 갖다주셨고. 알다시피 남자애들은 원래……" 소년은 고개를 푹 떨군다. "어린아이였을 때 말이에요. 그리고 지금 내가 하는 말은, 아직 가운을 입고 돌아다니던 시절 얘기예요. 나와 관련해 뭔가 비밀이 있다는 걸 알았는데, 난 그거라고 생각했죠, 내가 사제의 아들이라고. 폐하께서 찾아오셨을 때는 내겐 낯선 사람이었어요. 폐하는 장검을 가져다주셨지요."

"그래서 저분이 아버지구나 짐작하셨습니까?"

"아니." 소년이 말한다. 양손을 펼쳐 어린아이 때처럼 힘없는 천성을 드러내 보인다. "말해줘서 알았어요. 부탁인데 폐하께는 말하지 마요. 이해 못하실 테니까."

왕이 받은 충격들을 통틀어, 아들이 자기를 알아보지 못했다는 게 최악일 수도 있겠다. "폐하께 다른 자식들도 많이 있겠지?" 리치먼드가 묻는다. 이제는 세상을 아는 남자의 권위를 풍기는 말투다. "틀림없이 그렇겠지요."

"제가 아는 한, 저하의 권리를 위협할 만한 자식은 없습니다. 메리 불린의 아들이 폐하의 자식이라는 말도 있지만, 당시 메리 불린은 기혼이었고 그 아이는 남편의 성을 물려받았지요."

"하지만 이제 폐하가 미스트리스 시모어와 결혼하실 테지요. 그러니까 이 결혼이," 소년은 말을 더듬는다. "아무튼 무슨 일이 일어나든,

494

그 일이 일어난다면 말이에요. 그리고 아마 아들을 낳을 겁니다. 시모어 가문은 다산을 하니까."

"그런 일이 있으면," 크롬웰은 부드럽게 말한다. "준비하고 계시다가 제일 먼저 폐하를 축하해드려야 합니다. 그리고 평생 동안 이 작은 왕자에게 충성을 바칠 각오가 되어 있어야 합니다. 그러나 좀더 임박한 문제를 논하자면, 제가 감히 충고드리는데…… 저하께서 부인과 함께 살게 되는 날이 더 지연된다면, 친절하고 청결한 젊은 여인을 하나 찾아서 그녀와 계약을 맺는 게 제일 좋습니다. 그리고 헤어질 때는 여자가 저하의 이야기를 떠벌리고 다니지 않도록 소정의 보상을 지불하시면 됩니다."

"장관은 그렇게 합니까?" 그 질문은 진심이었지만, 한순간 그는 소년이 누군가의 명으로 스파이 노릇을 하고 있나 의심하게 된다.

"신사들 사이에서도 그런 얘기는 서로 하지 않는 게 좋습니다." 크롬웰이 말한다. "그리고 아버지 폐하를 본받으세요. 여자들에 대해서는 조잡한 언행을 절대 삼가시는 분입니다." 오히려 폭력적일 때는 있지, 크롬웰은 생각한다. 하지만 절대 조잡하지는 않아. "신중을 기하시고 창녀들과는 거래하지 마세요. 프랑스 왕처럼 성병에 걸리시면 안 됩니다. 그리고 또 그 젊은 여자가 저하의 자식을 생산하면 데리고 와서 양육을 맡으시면 됩니다. 그러면 다른 남자의 자식이 아니라는 걸 알게 되지요."

"하지만 확신할 수는 없지 않나요……" 리치먼드는 말끝을 흐린다. 세상의 현실이 이 젊은이에게 무서운 속도로 닥쳐오고 있다. "폐하께서 속으셨다면, 누구라도 기만당할 수 있지요. 결혼한 숙녀들이 기만

한다면, 어느 신사가 남의 아이를 키우고 있는지 누가 알겠어요."

그는 미소를 짓는다. "하지만 또다른 신사가 그의 아이를 키우겠지요."

법안을 입안할 시간이 나면 일종의 등록제를 시행해서, 세례식을 문서로 기록해 왕의 백성들 숫자를 세고 신분도 파악할 생각이다. 아니, 최소한 그 어머니가 주장하는 신분을 파악할 작정이다. 물려받는 성과 실제 아버지의 혈통은 전혀 다른 것이지만 어디서든 시작은 해봐야 한다. 크롬웰은 말을 타고 도시를 통과할 때면 런던 사람들의 얼굴을 훑어보며, 예전에 살았던 혹은 지나쳤던 다른 도시들을 떠올린다. 어린이들이 더 많으면 좋으련만, 하고 생각한다. 그는 합리적인 선에서 검약한 살림을 꾸려왔지만 추기경은 그가 거느리는 수많은 첩들에 대한 스캔들을 꾸며내곤 했다. 튼튼하고 젊은 중죄인이 단두대로 끌려오면 추기경은 말하곤 했다. "저것 보게, 토머스, 저기 보니 미망인이 나올 모양인데 자네 여자가 또하나 생기겠군."

소년은 하품한다. "너무 피곤해. 오늘 사냥도 하지 않았는데. 왜 그런지 모르겠네요."

리치먼드의 하인들이 주위를 맴돌고 있다. 그들의 배지는 포효하는 사자의 문양이고 제복은 빛에 바래 보이는 파란색과 노란색이다. 진흙탕에서 아기를 낚아채가는 유모들처럼 시종들은 뭔지 몰라도 크롬웰이 꾸미는 음모에서 젊은 공작을 멀리 떨어뜨려놓고 싶어 안달이다. 공포의 분위기가 퍼져 있는데, 이건 크롬웰이 창출한 것이다. 체포가 언제까지 계속될지, 또다른 누가 잡혀갈지 아무도 모른다. 그는 심지어 자기도 잘 모르겠다는 생각이 든다. 자신이 수장인데도. 조지 불린은 런던탑에 있다. 웨스턴과 브레러턴은 이 세상에서 잘 수 있는 마지막 밤을 허락받았다. 이런저런 뒷정리를 할 수 있는 몇 시간의 은총이다. 내일 이맘때쯤이면 두 사람은 갇히고 자물쇠가 잠길 것이다. 도망칠 수도 있다. 하지만 어디로? 마크를 제외하고 남자들 중에 제대로 심문받은 사람은 없다. 그 말은, 그가 직접 심문한 적이 없다는 뜻이다. 그러나 전리품을 노리는 자들의 움직임은 시작되었다. 노리스가 구금된 지 단 하루 만에 그가 누리던 직위와 특혜들을 청하는 첫번째 편지가 날아들어왔다. 자식이 열네 명 있다는 근거로 애걸하는 남자였다. 굶주린 입이 열네 개. 남자 자신의 욕구도 있을 테고 이를 드러내며 바가지를 긁어대는 부인도 당연히 딸려 있으리라.

다음날 일찍, 그는 윌리엄 피츠윌리엄에게 말한다. "나와 같이 런던탑에 가서 노리스와 얘기 좀 하세."

피츠윌리엄이 말한다. "아니, 자네가 가게. 두 번은 못하겠어. 평생을 알고 지낸 친구야. 처음 한 번만으로도 정말 죽는 줄 알았네."

신사 노리스! 그는 시종 중에서도 왕의 궁둥이를 닦아주는 시종장이다. 명주실을 짜는 자. 거미 중의 거미! 즉, 거미줄처럼 끈적끈적한 궁정의 후원 관계도에서 시커먼 중심을 차지한 자이다. 게다가 얼마나 활달하고 싹싹한 사람인가. 마흔이 훌쩍 넘은 나이지만 한참 젊어 보이는 동안이었다. 노리스는 언제나 평정을 잃지 않는 스프레차투라*의

---

* 궁정기사의 미덕에 대한 책을 쓴 발다사레 카스틸리오네가 꼽은 가장 중요한 자질로, 어려운 일을 수월해 보이게 처리하는 능력을 말한다.

화신이었다. 차림새가 흐트러진 노리스를 본 사람은 아무도 없었다. 성공을 갈구하기보다는 초연한 사람의 분위기를 항상 풍겼다. 공작에 게뿐 아니라 소젖 짜는 처녀에게도 친절했다. 적어도, 주위에 보는 눈 이 있을 때는 말이다. 마상 시합장의 거장이었던 노리스는 상대에게 미안하다는 듯이 창을 부러뜨렸고, 왕의 사유재산으로 들어오는 동전 들을 세고 나면 꼭 장미꽃으로 향을 낸 샘물로 손을 씻어 돈냄새를 없 앴다.

그럼에도 불구하고 해리 노리스는 부자가 되었다. 왕의 측근들은 아무리 겸허하게 살려 해도 부자가 될 수밖에 없었다. 헨리왕에게 어쩌다 부수입이 생겨버리면, 노리스는 충성스러운 신하답게 이렇게 불쾌한 건 시야에서 치워버리겠다는 듯 쓸어가곤 했다. 그리고 이문이 많은 공직에 자원할 때는, 순전히 부하들의 고생을 덜어주려는 책임감 때문이라는 듯 행동했다.

그러나 지금 저 신사 노리스를 보라! 강인한 사내가 흐느껴 우는 걸 보는 건 서글픈 일이다. 그는 그렇게 말하고 자리에 앉아 안부를 물었다. 입맛에 맞는 음식이 들어오는지, 잠은 잘 자고 있는지. 크롬웰의 매너는 호의적이고 편안하다. "지난 크리스마스 시즌에 말입니다, 마스터 노리스. 당신은 무어인으로 가장했죠. 그리고 윌리엄 브레러턴은 숲속의 야만인인지 사냥꾼 차림으로 반라로 돌아다니다가 왕비의 처소 쪽으로 갔고요."

"이런 세상에, 크롬웰." 노리스가 훌쩍거린다. "진심으로 이러시는 겁니까? 정말 진지하게 우리가 가장무도회 차림을 하고 놀았던 일에 대해 추궁하는 겁니까?"

"저는 윌리엄 브레러턴에게 몸을 그렇게 드러내고 다니지 말라고 충고했어요. 그러자 당신이 왕비는 어차피 많이 보셨다고 대꾸했죠."

노리스의 얼굴이 붉어진다. 그 문제의 날에 그랬듯이. "제 말을 일부러 오해하는군요. 왕비님은 기혼녀이니 어차피 남자의…… 남자의 물건이 그렇게 낯선 광경은 아닐 거라는 뜻이었다는 걸 잘 알지 않습니까."

"당신 말뜻은 당신이 알겠지요. 나는 당신이 한 말만 압니다. 그런 발언이 왕의 귀에 들어가면 그리 천진하게 들리지 않으리라는 점은 인정해야 할 겁니다. 역시 같은 날 우리가 서서 대화하던 중에 가장한 프랜시스 웨스턴을 보았습니다. 그런데 당신은 웨스턴이 왕비에게 간다고 했지요."

"적어도 그 친구는 나체는 아니었지요." 노리스가 말한다. "용의 옷을 입고 있지 않았습니까?"

"우리가 봤을 때는 나체가 아니었다는 점에 동의합니다. 그렇지만 그다음에는 어떻습니까? 당신이 왕비가 그에게 매력을 느낀다는 얘기를 했지요. 그때 질투하고 있었어요, 해리. 그리고 그걸 부정하지 않았지요. 웨스턴에 대해 알고 있는 바를 털어놓으세요. 그러면 그때부터는 편해질 겁니다."

노리스는 정신을 차리고 코를 푼다. "장관님의 추정은 기껏해야 수많은 해석이 가능한 말꼬투리밖에 근거가 없군요. 간음의 증거를 찾고 있다면, 크롬웰, 이거보단 좀더 잘해봐야 할 거요."

"아, 난 잘 모르겠군요. 이런 일의 본질상, 원래 행위를 목도한 증인은 별로 없는 법이지요. 그러나 정황과 기회와 표현된 욕망을 고려합니다. 막중한 개연성을 고려하고, 자백을 고려하지요."

"나나 브레러턴에게서는 절대 자백을 얻어내지 못할 겁니다."

"글쎄요."

"신사들을 고문할 수는 없소, 폐하가 허락하지 않을 테니까."

"공식적인 절차는 없어도 됩니다." 크롬웰은 벌떡 일어나 손바닥으로 테이블을 내리친다. "내가 엄지를 당신 눈알에 쑤셔넣기만 해도 내 말 한마디에 시키는 노래는 다 불러 젖히게 될 테니까." 그리고 다시 자리에 앉아 아까처럼 편안한 말투로 돌아간다. "그쪽이 내 입장이라고 생각해보시오. 이러나저러나 사람들은 어차피 내가 당신을 고문했다고 떠들 겁니다. 마크를 고문했다고 할 거고, 그런 소문은 벌써 퍼지고 있어요. 하지만 내 장담하지만, 그 친구 머리카락 한 올 건드리지 않았습니다. 자발적으로 고백을 받은 겁니다. 마크가 이런저런 이름들을 다 불었어요. 몇몇 이름에는 나도 놀랐어요. 하지만 태연한 척 마음을 다잡았지요."

"거짓말을 하고 있군요." 노리스가 눈길을 돌린다. "우리를 속여 서로 배신하게 하려는 거요."

"왕은 이미 마음을 정했습니다. 직접 눈으로 본 증인들이 필요하지 않아요. 당신과 왕비의 역모를 이미 알고 있어요."

"스스로 따져 물어보시오." 노리스가 말한다. "가능성이 얼마나 되는지. 내가 명예를 잊고 내게 그토록 잘해주신 폐하를 배신하고 무시무시한 위험을 감수한 채 우러러보는 귀부인을 탐하는 그런 짓을 할 공산이 얼마나 되는지 말입니다. 우리 가문은 잉글랜드의 왕을 헤아려볼 수도 없을 만큼 많이 모셔왔어요. 우리 증조부께서는 성자와 같은 인품의 헨리 6세를 모셨고, 우리 조부께서는 에드워드왕을 섬겼으며, 그 아드님이 살아 통치하셨다면 아마 그분을 모셨을 겁니다. 하지만 그분이 전갈 같은 리처드 플랜태저넷에게 영토 밖으로 쫓겨난 뒤로, 망명하고 있던 헨리 튜더를 모셨고 그분이 왕위에 오르셨을 때도 여전히 충성스러운 신하였어요. 난 소년 시절부터 헨리 곁을 지켰어요. 폐하를 형제처럼 사랑한단 말입니다. 당신은 남자 형제가 있습니까, 크롬웰?"

"살아 있는 형제는 없습니다." 크롬웰은 분통이 터진 노리스를 본다. 노리스는 달변과 열의와 진심으로 현재 이 사태를 돌이킬 수 있을 거라 믿는 것 같다. 노리스가 왕비에게 군침을 흘리는 모습을 궁정 전체가 보았다. 눈으로 쇼핑하러 나가서 상품을 손으로 만지작거리고 난 후에는 결국 돈을 지불해야 한다는 생각을 어째서 못하는가?

그는 일어난다, 걸어나간다, 돌아선다, 고개를 가로젓는다. 한숨을 쉰다. "아, 제발, 해리 노리스. 벽에다가 글로 써줘야 알아듣겠습니까? 왕은 왕비를 제거해야만 해요. 왕비는 아들을 생산하지 못하는데다 이미 사랑도 식어버렸어요. 다른 여자를 사랑하는데 앤이 제거되지 않으면 그녀에게 접근할 수가 없어요. 자, 이 정도면 그 단순한 머리로 알아들을 만큼 단순합니까? 앤은 조용히 물러나지 않겠다고 내게 경고하더군요. 헨리가 자신을 내치면 전쟁이 벌어질 거라고요. 그러니 앤이 물러서지 않겠다면 밀쳐서라도 내쳐야 합니다. 그리고 내가 밀쳐야 해요, 달리 누가 하겠습니까? 이 상황을 알겠어요? 정신을 좀 차릴 겁니까? 비슷한 상황에서 옛날에 내가 모시던 울지는 왕을 만족시키지 못했어요, 그래서 어떻게 됐습니까? 치욕당하고 몰락해 죽임을 당했습니다. 이제 난 그로부터 배우려 합니다. 폐하를 모든 면에서 완벽하게 만족시키려 합니다. 왕은 이제 아내가 바람을 피운 불쌍한 남편이 됐지만, 다시 새신랑이 되면 그런 건 까맣게 잊을 겁니다. 그날이 멀지 않을 테고요."

"시모어가에서 이미 결혼식 만찬을 준비해뒀겠군요."

그가 씩 웃는다. "그리고 톰 시모어는 곱슬곱슬하게 머리를 말고 있지요. 그 결혼식날 왕도 행복하고 나도 행복하고 전 잉글랜드가 행복할 겁니다. 노리스 당신만 빼고요. 안됐지만 죽었을 테니까. 자백하고 엎드려 왕의 자비를 구하지 않는 한 어딜 봐도 도움의 여지가 없습니다. 폐하는 자비를 약속하셨어요. 그리고 약속은 지키시죠. 대체로는."

"그리니치에서 여기까지 함께 말을 타고 왔습니다." 노리스가 말한다. "마상 시합장에서 그 먼 길을 한 발짝 달릴 때마다 폐하는 날 몰아세웠죠, 무슨 짓을 했느냐, 자백해라. 그때 말씀드린 걸 지금 당신에게도 말합니다. 나는 죄 없는 사람이오. 그리고 더 나쁜 건," 이제 노리스는 평정심을 잃었다. 격분한다. "더 나쁜 건 당신도 왕도 알고 있다는 사실입니다. 이 말 좀 해주시지요, 왜 나요? 왜 와이엇이 아닙니까? 모두가 와이엇과 앤의 사이를 의심하는데, 그 친구가 직접적으로 부인한 적이 있습니까? 와이엇은 예전에 앤을 알던 사이요. 켄트에서부터. 소녀 시절부터 알았단 말입니다."

"그래서요? 와이엇은 앤이 평범한 처녀였을 때 알던 사이지요. 정말로 관계가 있었다 한들 어떻습니까? 수치스러운 일일지언정 반역은 아니지요. 왕의 아내, 잉글랜드의 왕비와 놀아나는 것과는 다른 얘기입니다."

"나는 앤과의 관계에서 일말의 부끄러움도 없습니다."

"앤을 사모하는 마음이 부끄럽겠지요? 피츠윌리엄에게 그 얘기는 털어놓았다고 하더군요."

"내가?" 노리스가 쓸쓸하게 말한다. "내가 그 친구한테 한 수많은 얘기 중에서 당신 귀에 들어간 건 고작 그 얘기란 말입니까? 내가 부끄러워한다고? 그리고 설마 그렇다 한들, 크롬웰, 내가 행여…… 당신이 사람의 생각을 범죄로 만들 수는 없습니다."

그는 손바닥을 내밀어 보인다. "생각이 의도라면, 의도에 악의가 있다면…… 불법적으로 앤을 취하지는 않았다 해도, 물론 그러지 않았다고 지금 주장하고 있으니 말입니다. 그럼 왕의 죽음 이후에 합법적으로 취할 생각이었습니까? 당신 아내가 죽은 지 육 년이 지나가고 있는데, 어째서 재혼하지 않았지요?"

"당신은 왜 안 했습니까?"

그가 고개를 끄덕인다. "좋은 질문이군요. 나도 자문하곤 해요. 하지만 나는 당신처럼 젊은 여자와 혼인을 약속했다가 파기하지는 않았어요. 메리 셸턴이 당신에게 정조를 바쳤는데—"

노리스가 웃음을 터뜨린다. "나한테? 차라리 왕한테라고 하지."

"하지만 왕은 셸턴과 결혼할 입장이 아니었고, 당신은 그럴 수 있었지요. 그리고 셸턴은 당신의 맹세를 받아내기도 했고, 그런데도 당신은 주저했죠. 폐하가 죽을 거라고, 그러고 나면 앤과 결혼할 수 있을 거라 생각했던 겁니까? 아니면 왕의 생전에 왕비의 결혼서약을 더럽히고 불륜의 애인이 되려 했던 겁니까? 전자 아니면 후자일 텐데."

"둘 중 하나라고 하면 당신은 내게 사형선고를 내리겠지. 아무 말 하지 않아도 그 침묵을 동의로 보고 사형선고를 내릴 테고."

"프랜시스 웨스턴은 당신이 유죄라고 생각하더군요."

"그 프랜시스라는 자식이 생각이라는 걸 한다니, 난 생전 처음 듣는 소식이군요. 어째서 그놈이……" 노리스가 말끝을 흐린다. "아니, 그도 여기 있습니까? 런던탑에?"

"지금은 구금중입니다."

노리스가 고개를 가로젓는다. "그 녀석은 어린애요. 당신은 그 집 사람들한테 어떻게 그런 못할 짓을 할 수가 있습니까? 경솔하고 오만방자한 녀석이라는 건 인정하지만, 다들 알다시피 난 그 녀석을 그리 예뻐하지는 않았어요. 우리 사이에 불화가 있었다는 것도 다들 알지만—"

"아, 사랑의 경쟁자였겠지." 그가 손을 심장에 얹는다.

"절대 아닙니다." 아, 헨리 노리스가 드디어 흐트러진다. 시커멓게 얼굴이 상기되어 분노와 공포로 덜덜 떨고 있다.

"그러면 남동생 조지는 어떻게 생각합니까?" 그가 다그쳐 묻는다. "그쪽에도 경쟁자가 있었다는 사실에 놀랐을 거 같은데. 놀랐기를 바랍니다. 당신네 신사들의 윤리 의식이라는 게 경악스럽기는 하지만."

"그런 식으로 나를 덫에 몰아넣을 수는 없어. 어떤 남자를 지목하든, 나는 절대 그에게 유리하거나 불리한 증언을 하지 않을 겁니다. 조지 불린에 대해서는 아무런 의견이 없습니다."

"뭐, 근친상간에 대한 의견이 없다? 그렇게 조용히 이의 없이 받아들인다면, 어쩔 수 없이 나도 일말의 진실이 있었다고 생각하는 수밖에 없군요."

504

"행여 내가 조지 불린 쪽이 유죄일 수도 있다고 말한다면, 당신은 또 이렇게 말하겠지. '아니, 노리스! 근친상간이라니! 어떻게 그런 끔찍한 타락을 믿을 수가 있단 말입니까? 당신의 죄과에 쏠리는 관심을 다른 데로 돌리기 위한 모략 아닙니까?'"

그는 찬탄하며 노리스를 본다. "날 이십 년 동안 알고 지낸 보람이 있군요, 해리."

"아, 꽤 열심히 관찰했지요." 노리스가 말한다. "그전의 당신 상전 울지를 관찰했던 것처럼."

"현명한 일이지요. 훌륭한 국가의 충실한 행정관이었으니."

"그리고 결국 대단한 반역자가 됐고."

"당신이 좀더 옛날 생각을 하게 해줘야겠군요. 추기경 전하의 수하로 받았던 수많은 특혜와 사랑을 기억해내라고 하지는 않겠습니다. 그저 한 번의 여흥, 궁정에서 공연된 연극의 서막을 기억해보라는 요청을 해야겠군요. 고인이 되신 추기경이 악마들에게 붙잡혀 지옥으로 끌려가는 연극이었지요."

그는 눈앞에 그 광경이 펼쳐지는 듯 흔들리는 노리스의 눈빛을 주시한다. 횃불, 열기, 야유하는 관객. 바로 여기 노리스와 불린이 희생 제물이 된 추기경의 팔을 잡고 브레러턴과 웨스턴이 다리를 잡고 있다. 네 사람이 진홍색의 인간 형체를 허공으로 던지며 마구 굴리고 발로 찬다. 네 남자, 추기경을 농담거리로 삼아 짐승 취급했던 네 남자. 추기경의 위트와 친절과 은총을 빼앗고 그를 네 발로 마룻바닥을 긁어대며 비굴하게 엎드려 울부짖는 짐승으로 만들어버린 네 남자.

물론 진짜 추기경은 아니었다. 진홍빛 추기경 차림을 한 어릿광대 섹스턴이었다. 그러나 관객은 정말인 것처럼 휘파람을 불고 야유했고, 고함을 지르고 주먹을 흔들었고, 욕을 하고 조롱했다. 가림막 뒤에서 네 악마는 가면과 털이 북슬북슬한 의상을 벗으며 욕설을 내뱉고 웃어 댔다. 그들은 벽에 몸을 기대고, 아무 말 없이, 검은 상복 차림으로 서 있던 토머스 크롬웰을 보았다.

이제 노리스는 그를 보고 입을 떡 벌린다. "그게 이유였던가? 그건 연극이었어. 당신 말대로 여흥이었단 말입니다. 추기경은 죽었어, 그러니 알 수 없었지요. 그리고 추기경의 생전에는 고생하던 그에게 내가 친절히 대하지 않았습니까? 추기경이 궁정에서 축출당했을 때 말을 타고 쫓아가서 왕이 손수 전해준 징표를 들고 퍼트니 히스로 찾아뵙지 않았습니까?"

그는 고개를 끄덕인다. "최악으로 행동하지는 않았다는 건 인정하지요. 하지만 당신네들 중 아무도 기독교인처럼 행동하지 않았어요. 추기경의 영지와 재산을 노리는 야만인 같았지."

더이상 말을 계속할 필요도 없다는 걸 깨닫는다. 노리스의 얼굴에 서려 있던 분노는 사라지고 이제 멍한 공포만 남았다. 적어도 저 친구는 사태의 핵심을 파악할 총기라도 있지. 일이 년의 악감이 아니라 추기경의 몰락 이후 차근차근 쌓아온 두꺼운 원한의 장부를 정산할 때가 왔다는 걸. 크롬웰이 말한다. "삶은 결국 대가를 치르게 되어 있지요, 노리스. 그런 것 같지 않습니까? 그리고……" 그는 부드럽게 덧붙여 말한다. "그렇다고 추기경님 때문만은 아닙니다. 나 자신의 동기가 없다고 생각지는 말았으면 좋겠군요."

노리스가 얼굴을 치켜든다. "마크 스미턴은 당신한테 무슨 잘못을 했습니까?"

"마크?" 크롬웰이 웃는다. "그 친구가 날 보는 눈빛이 마음에 안 들더군요."

노리스는 또박또박 말해줘야 알아들을 것인가? 크롬웰은 죄인들이 필요했다. 그래서 죄가 있는 사람들을 찾아낸 거다. 기소된 죄를 저지른 건 아닐지 몰라도.

침묵이 깔린다. 그는 앉는다, 기다린다, 죽어가는 남자를 주시한다. 그는 이미 노리스의 직위들과 왕이 하사한 토지를 어떻게 처리할지 생각하고 있다. 슬하에 자식을 열네 명 둔 사람처럼 겸손한 자세로 청해오는 지원자들을 되도록 선처할 생각이다. 그 사람은 윈저 공원의 관리와 윈저성 총괄 관리 직책을 원했다. 노리스가 웨일스에서 맡고 있는 직책들은 젊은 리치먼드 공작에게 넘길 수 있을 테고, 그러면 결국 왕에게로 다시 돌아와 크롬웰 자신이 맡게 될 것이다. 레이프가 그리니치의 노리스 소유 영지를 받으면, 궁정에 머무는 사이 헬렌과 아이들이 거기 기거할 수 있을 것이다. 에드워드 시모어가 큐에 있는 노리스의 저택을 갖고 싶다는 의사를 표한 적이 있다.

해리 노리스가 말한다. "우리를 곧장 형장으로 끌고 가지는 않을 거라 생각되는데. 절차가 있겠지, 재판이 열리나? 그렇겠지? 빨리 열리면 좋겠군요. 그럴 거라 생각되지만. 추기경께서 입버릇처럼 말씀하셨지. 크롬웰은 남들이 일 년 걸릴 일을 일주일 만에 해낸다고. 그 앞길을 막거나 방해해봤자 아무 소용 없다고, 그렇게 말했지요. 손을 내밀어 붙잡아도 이미 그 자리에 없을 테고, 쫓아가려고 장화를 신는 사이 이미 30킬로미터 바깥으로 말을 타고 가버렸을 거라고." 노리스는 눈길을 든다. "군중 앞에서 나를 죽여 쇼를 할 생각이라면 빨리 해치워주시지요. 아니면 이 방에서 혼자 슬픔으로 죽어버릴 것 같으니."

크롬웰은 고개를 젓는다. "살 겁니다." 그 역시 한때 그런 생각을 했었다. 슬픔으로 죽어버릴 것 같다고. 아내가 죽고, 딸들이 죽고, 누이들이 죽고, 아버지가 죽고, 상전인 추기경이 죽었을 때. 그러나 고집스러운 맥박은 여전히 규칙적으로 뛰었다. 도저히 숨을 쉴 수 없을 것만 같더라도, 갈비뼈의 생각은 딴판으로 달라서 부풀었다가 줄었다가 들썩이며 한숨을 내쉰다. 자기 의도와 상관없이 잘살 수밖에 없다. 그렇게 살아가라고 신께서 살과 피로 만들어진 심장을 뽑아버리고 돌로 만든 심장을 대신 넣어주신다.

노리스는 자기 갈비뼈를 손으로 만진다. "여기에 통증이 있어요. 어젯밤부터 느꼈지요. 숨도 못 쉬고 일어나 앉았소. 다시는 누울 용기가 나지 않는군요."

"쫓겨나셨을 때 추기경께서도 똑같은 얘기를 하셨지요. 통증이 숫돌처럼 썩썩 갈린다고 그랬습니다. 숫돌에 칼이 갈린다고. 돌아가실 때까지 계속 그렇게 칼이 갈렸죠."

그는 일어나 서류를 집어든다. 고개를 숙이고 인사를 고한다. 해리 노리스. 왼쪽 앞발.

윌리엄 브레러턴. 체셔의 신사. 웨일스에서 젊은 리치먼드 공작을 모시는 신하, 그것도 무능한 신하. 광포한 혈통을 타고난 사납고 오만방자하고 잔인무도한 사나이.

"다시 돌아가봅시다." 크롬웰이 말한다. "추기경의 시대로 되돌아가봅시다. 당신네 가문의 누군가가 잔디 볼링 시합 중에 사람을 죽였다는 기억이 나서 말이죠."

"시합은 열기가 고조될 수 있소." 브레러턴이 말한다. "당신도 알지 않소. 내가 듣기로는 당신도 시합을 한다던데."

"그리고 추기경께서는 생각하셨죠, 이제 대가를 치를 때가 됐다고. 그래서 당신네 가문에 수사 방해죄로 벌금을 매기셨어요. 혼자 이런 의문이 들더군요, 벌금 좀 냈다고 뭔가 변한 게 있을까? 당신은 리치먼드 저하의 신하이고 노퍽의 총애를 받으니 무슨 짓이든 해도 된다고 생각하겠지만―"

"폐하도 나를 총애하시오."

그는 눈썹을 치켜올린다. "그래요? 그러면 폐하께 탄원해보시지요. 지금 숙소가 불편하지 않습니까? 그쪽한테는 슬픈 일이지만, 폐하는 여기 계시지 않아요. 그러니까 장기 기억력이 좋은 저와 어떻게든 해보셔야 합니다. 하지만 굳이 사례를 그렇게 과거에서 찾지 않아도 되겠군요. 봐요, 플린트서 신사들 사건에 연루되었던 아이턴의 아들 존을 한번 살펴봅시다. 아주 최근의 일이니 잊지 않았을 겁니다."

"그래서 내가 여기 있는 거군." 브레러턴이 말한다.

"딱히 그것만은 아니죠. 하지만 왕비와의 간음은 일단 제쳐두고 아이턴 건에 집중해봅시다. 이 사건의 전말은 알고 있겠죠. 시비가 붙었고 주먹이 오갔고 그쪽 가문 사람 하나가 결국 죽었고, 당사자 아이턴은 런던 배심원들 앞에서 정당한 재판을 받고 무죄판결을 받았습니다. 자, 법이나 정의를 존중하는 마음이라고는 눈곱만큼도 없으신지라 당신은 복수를 맹세했겠죠. 그래서 그 웨일스 사람을 납치합니다. 하인들이 목을 매달아 죽이는데 이 모든 일이—내 말을 중간에서 끊지 마시오—이 모든 일이 당신의 허락과 지시 아래 일어난 거죠. 이건 한 가지 사례로 든 겁니다. 겨우 한 사람인데 중요하지 않다고 생각하겠지만, 그 사람은 중요해요. 일이 년쯤 시간이 지나면 아무도 기억하지 못할 거라 생각하겠지만 나는 기억합니다. 당신들은 법이란 당신네 입맛에 맞게 이리저리 구부리면 된다고 생각하고 바로 그 원칙에 입각해 웨일스 변경령의 소유지에서 그렇게 마구잡이로 행동하고 다니지요. 그곳에서 왕의 정의와 왕의 이름은 날마다 놀림감으로 전락합니다. 도둑들의 본거지지요."

"내가 도둑이란 말을 하는 거요?"

"도둑들과 어울린다는 말을 하는 겁니다. 하지만 당신네 계략은 여기서 끝입니다."

"당신이 판사 노릇 배심원 노릇을 다 하고 교수형까지 직접 행하겠다 이거요?"

"아이턴이 당한 처우보다는 정의에 가깝지요."

그러자 브레러턴이 말한다. "그건 인정하지요."

얼마나 극적인 몰락인가. 겨우 며칠 전, 브레러턴은 체셔의 수도원 토지가 나오면 자기한테 넘겨달라고 내무장관과 전리품을 흥정하고 있었다. 당연히 그때 했던 말들이 뇌리를 스친다. 고압적인 자세를 불평하는 내무장관에게 그 자신이 썼던 말들이. 내가 현실을 좀 가르쳐줘야겠군, 브레러턴은 싸늘하게 말했었다. 우리는 그레이스 인 법학원*에

---

* 변호사 임명을 전담하는 런던의 4대 법학원 중 하나.

서 결성된 변호사 비밀 회합 같은 게 아니오. 우리 나라에서는 우리 가문이 법을 집행하고, 우리가 집행하는 것이 바로 법이오.

이제 내무장관 크롬웰이 묻는다. "웨스턴이 왕비와 관계가 있을 거라 생각하십니까?"

"그럴 수도 있지." 브레러턴은 어느 쪽이든 자기는 관심 없다는 얼굴이다. "난 그자를 잘 알지도 못하오. 젊고 어리석고 잘생긴 친구 아니오, 그리고 여자들은 그런 걸 좋아하고? 왕비지만 그래도 여자에 불과하니까, 어디 어떻게 속아넘어가 무슨 짓을 했을지 누가 알겠소?"

"여자들이 남자들보다 어리석다고 생각하시나요?"

"대체로는 그렇지요. 더 약하기도 하고, 사랑의 문제에서는."

"그 견해를 명심해두겠습니다."

"와이엇은 어떻게 된 겁니까, 크롬웰? 이 사건에서 와이엇은 어디 있소?"

"당신은 내게 질문을 할 입장이 아닙니다." 그가 말한다.

윌리엄 브레러턴. 왼쪽 뒷발.

조지 불린은 서른이 훌쩍 넘었지만 여전히 우리가 젊은이들을 보고 찬탄하는 윤기나는 안색, 반짝거림, 맑은 눈빛을 간직하고 있다. 싹싹하고 유쾌한 그 인물을 실제로 보면 그의 아내가 주장하는 짐승 같은 욕정과 연관 짓기 쉽지 않다. 크롬웰은 한순간 조지를 보며 어느 정도의 오만과 자기도취 말고 범죄라는 걸 저지를 수 있는 사람인가 그런 생각을 한다. 조지는 우아한 몸가짐과 유유자적한 성품으로 치졸한 궁정의 역학을 뛰어넘어 저 머리 위에서 둥둥 떠다닐 것만 같았다. 자기만의 궤적을 그리며 움직이는 교양을 갖춘 인물로, 고대 시인들의 번역을 의뢰하고 아름다운 판본으로 출판하는 일이나 하고 살 것 같았다. 귀부인들 앞에서 펄쩍 뛰며 인사를 하는 어여쁜 백마를 몰 것 같은 외모였다. 하지만 불행히도 그는 시비를 걸고 허세를 떨고, 계략을 꾸미고 윽박지르기를 즐겼다. 지금 우리가 만나는 조지 불린은 마틴탑의 원형 감방에서 분쟁에 목말라 서성거리고 있는 모습이다. 이런 질문을 던지지 않을 수가 없다. 그는 왜 여기 잡혀왔는지 알고나 있을까? 아니면 그 놀라운 소식을 아직 듣지 못했을까?

"어쩌면 경에게는 큰 잘못이 없을지 모르겠습니다." 그가 말한다. 그, 토머스 크롬웰이. "여기 이 테이블에 저와 함께 앉으시죠." 손으로 가리킨다. "돌을 파서 탈출구를 뚫는 죄수들이 있다는 얘기는 들었지만 정말로 그런 일은 있을 리 없어요. 아마 삼백 년은 걸릴 겁니다."

조지 불린이 말한다. "무슨 내통죄와 은닉죄로 나를 고발한다고 들었는데. 누이의 잘못된 행실을 은폐한 죄 말이야. 하지만 그런 혐의가 입증될 리 없어. 잘못된 행실 자체가 없었으니까."

"아니요, 경, 그게 고발 사유가 아닙니다."

"그럼 뭐지?"

"그런 죄목으로 기소된 게 아닙니다. 프랜시스 브라이언 경께서, 워낙 상상력이 뛰어나신 분이다보니 —"

"브라이언!" 불린은 공포에 질린 얼굴이다. "그러나 당신도 그가 내 원수라는 걸 알고 있지 않나." 입 밖으로 나오는 말들이 서로 걸려 넘어진다. "그자가 무슨 말을 했지? 그자가 하는 말을 어떻게 믿을 수가 있어?"

"프랜시스 경이 내게 모두 설명해줬습니다. 그리고 이제 좀 이해가 되기 시작했습니다. 남자가 자기 누이를 잘 알지도 못하고 지내다가 어른이 되어서 만나면 어떤지. 그 여자는 자기와 닮았지만 또 다르겠지요. 친숙하면서도 짜릿한 흥미를 자아낼 겁니다. 어느 날 형제로서의 포옹은 보통 때보다 약간 더 길어지겠지요. 사건이 거기서부터 진전됩니다. 아마 양쪽 다 잘못된 일을 저지르고 있다는 생각조차 못하고 있겠지만, 그러다가 어떤 선을 넘게 됩니다. 하지만 전 사실 상상력이 너무나 모자라는 인간이라서 그 선이라는 게 뭔지 도저히 모르겠군요." 그는 잠시 말을 끊는다. "그런 관계는 누이의 결혼 전에 시작된 겁니까, 아니면 그다음에?"

불린이 덜덜 떨기 시작한다. 충격 때문이다. 제대로 말도 하지 못한다. "이건 대답할 수 없어."

"경, 저는 대답 못하겠다는 사람들을 다루는 데 일가견이 있습니다."

"지금 고문하겠다고 나를 협박하는 건가?"

"뭐, 어디 봅시다. 내가 토머스 모어를 고문하진 않았어요, 그렇잖아요? 방안에 그와 함께 앉아 있었을 뿐입니다. 여기 탑의 감방이었죠. 지금 경이 있는 곳과 같은. 난 그 사람의 침묵 속 중얼거림을 경청했어요. 침묵으로 높은 탑을 쌓을 수도 있는 법이지요. 그렇게 될 겁니다."

조지가 말한다. "헨리는 자기 아버지의 자문관들을 죽였어. 버킹엄 공작을 죽였고, 추기경을 파멸시키고 죽음으로 몰아가고 유럽에서 가장 뛰어난 학자들의 목을 쳤지. 그런데 이제는 자기 아내와 그 가족, 그리고 평생 가장 절친한 친구였던 해리 노리스를 죽이겠다는 거군. 당신은 이중 그 누구와도 어깨를 겨룰 만한 인물이 못 되는데, 당신은 다를 거라고 생각하는 근거가 뭐요?"

그가 말한다. "누구를 막론하고 당신네 가문 사람이 추기경님의 이름을 거론하는 건 어울리지 않습니다. 따지고 보면 토머스 모어도 그렇죠. 댁의 귀부인 누나는 복수심에 불탔습니다. 내게 이렇게 말하곤 했거든요. 뭐야, 토머스 모어라고, 아직도 죽지 않았단 말이에요?"

"나에 대한 이런 중상모략을 처음 시작한 사람은 누구지? 프랜시스 브라이언일 리가 없어. 내 아내인가? 그렇군. 미리 알았어야 했는데."

"지레짐작일 뿐입니다. 난 확언하지 않았어요. 부인이 그렇게까지 자기를 미워할 명분이 있다고 생각한다니, 아무래도 부인에게 지은 죄 때문에 찔리는 모양이군요."

"그런데 그렇게 야만적인 얘기를 당신은 믿는단 말인가?" 조지는 애원한다. "어떤 여자 말만 듣고?"

"경의 기사도에 후의를 입은 다른 여자들도 있습니다. 되도록 법정에 부를 생각은 없지만 말입니다. 그들을 보호하기 위해 그 정도 배려는 해줘야죠. 경께서는 언제나 여자를 일회용 소모품으로 생각했으니 결국 그 여자들한테 똑같은 취급을 받아도 불평할 수는 없을 겁니다."

"그러면 기사도 때문에 재판을 받는다는 건가? 그래, 그 사람들은 다 나를 질투했지, 당신네들은 다 나를 질투했어. 여자들과의 관계에서는 내가 상당한 성공을 거두었으니까."

"아직도 그걸 성공이라고 부릅니까? 다시 생각해보시는 게 좋을 겁니다."

"그게 범죄라는 얘기는 들어본 적이 없어. 뜻이 맞는 연인과 시간을 보낸다는 게."

"그런 말을 해봤자 변호에 도움은 되지 않을 겁니다. 그 연인 중 한 사람이 친누이였다면…… 법정에서는 그걸, 뭐라고 해야 할까요…… 주제넘고 당돌하다고 생각하겠죠. 경박하다고. 지금 당신을 구해줄 건—내 말은 그 목숨이라도 부지하게 해줄 만한 게 있다면—누이가 다른 남자들과 맺은 관계에 대해 아는 대로 다 털어놓는 것뿐입니다. 천륜을 거스르는 경과의 관계조차 무색하게 만들 정도로 놀라운 상대들이 있다고 넌지시 귀띔해주는 이들도 있더군요."

"기독교인이라고 자처하면서 내게 이런 걸 묻는단 말인가? 우리 누이를 죽일 증거를 대라고?"

크롬웰이 손을 펼쳐 보인다. "난 아무것도 청하지 않습니다. 그저 어떤 사람들에게는 전향적인 길이라고 간주될 수도 있는 방향을 가리킬 뿐이지요. 왕이 자비를 베풀 의향이 있을지 그건 모릅니다. 경을 해외에서 살게 해줄 수도 있고, 죽음의 방법에 있어 자비를 베풀 수도 있겠지요. 아닐 수도 있지만 반역자의 형벌은, 잘 아시겠지만 무시무시하고 공공연합니다. 끔찍한 고통과 치욕 속에 죽게 되지요. 잘 아시리라고 생각합니다. 보아서 아실 테니까요."

불린의 몸이 푹 꺾인다. 한껏 움츠리고 팔로 제 몸을 감싼다. 도살자의 칼로부터 위장을 보호하려는 듯이. 그리고 스르르 등걸 의자에 주저앉는다. 그는 생각한다. 아까 내가 앉으라고 했을 때 순순히 말을 들었어야지. 내가 어떻게 손도 대지 않고 앉게 만들었는지 이제는 알겠나? 크롬웰은 부드러운 말씨로 말한다. "경은 복음을 선포하고 이미 구원받았다고 공언해오셨지요. 하지만 그런 행동은 구원받은 자처럼 보이지 않는군요."

"내 영혼에 당신의 더러운 손가락으로 지문을 찍을 생각은 마시오. 이런 문제는 우리 예배당 목사와 의논하니까."

"그렇죠, 그 사람들이 그러더군요. 내 생각에는 경이 구원을 너무 확신한 나머지, 앞으로 죄를 지을 나날들이 창창하게 펼쳐져 있다고 믿어버렸던 것 같군요. 모든 걸 보고 계시는 주님이라도 참을성 있는 하인처럼 그저 경이 개과천선할 때까지 옆에서 기다리고 있으셔야 한다고 말이죠. 경이 늙을 때까지 주님이 기다려주시기만 하면 그때 가서 마침내 주님을 알아보고 그 요청에 답하며 살 거라고 생각했겠죠. 그런 논리가 맞습니까?"

"그런 얘기는 내 담당 목사에게 고해하겠어."

"지금은 제가 고해를 받습니다. 다른 사람들이 듣고 있는 곳에서 왕이 발기부전이라고 말하신 적이 있습니까?"

조지는 크롬웰을 비웃는다. "날씨가 맑은 날에는 아마 서겠지."

"그런 말을 했다는 건, 엘리자베스 공주의 혈통을 의심할 여지를 남긴 겁니다. 엘리자베스 공주가 이 나라의 후계자이므로, 그런 행위는 반역이라는 걸 아시겠지요."

"포트 데 미외,* 당신이 보기엔 그렇겠지."

"폐하께서는 이 결혼이 율법에 맞지 않기 때문에 아들을 생산할 수 없었다고 생각하십니다. 숨겨진 장애물들이 있었고, 경의 누이가 과거에 대해 정직하지 못했다고 생각하고 계시죠. 새로 결혼을, 그러니까 이번에는 정결한 결혼을 하실 생각입니다."

---

* faute de mieux. '달리 좋은 수가 없으니, 부득이하게'라는 뜻의 프랑스어.

"당신이 그렇게 자기 속내를 털어놓다니 놀랍군." 조지가 말한다. "전에는 그렇게 한 적 없지 않나?"

"이러는 건 단 한 가지 이유 때문입니다―어서 상황을 깨닫고 쓸데 없는 희망을 품지 말라는 뜻이지요. 아까 말하던 목사들을 경에게 보내드리겠습니다. 지금 함께 있기에 가장 좋은 사람들일 테니까."

"신은 거지한테도 아들을 낳을 수 있도록 허락하지." 조지가 말한다. "축복받은 관계뿐 아니라 불륜의 관계에도 아들을 허락하고, 왕비 뿐 아니라 창녀에게도 허락하시지. 왕이 그렇게 단순할 수 있다니 놀랍군."

"성스러운 단순함이지요." 그는 말한다. "기름 부음을 받은 군주이고, 그만큼 신에게 가까운 존재니까."

불린은 농담이나 조롱의 기미를 찾기 위해 그의 표정을 살핀다. 하지만 그는 자기 얼굴이 아무런 말도 하지 않는다는 걸 알고 있다. 자신의 얼굴은 그런 점에서는 몹시 믿음직하다. 불린의 경력을 돌이켜보면서 이렇게 말할 수는 있다. "그 친구가 여기서 잘못한 거야, 또 거기서도." 불린은 너무 오만했고, 너무 눈에 띄었고, 변덕을 자제할 줄 몰랐으며, 자신을 유용한 존재로 만들 줄도 몰랐다. 아버지처럼 바람이 불면 굽히는 법을 배울 필요도 있다. 그러나 그가 뭔가를 배울 수 있는 시간은 급속도로 줄어들고 있다. 품위를 지키기 위해 일어서야 할 때도 있지만 일신의 안전을 위해 품위를 포기해야 할 때도 있는 법이다. 뽑은 패 뒤에서 잘난 척 싱글거릴 때도 있지만 지갑을 통째로 테이블에 던지고 "토머스 크롬웰, 당신이 이겼소"라고 말해야 할 때도 있는 법이다.

조지 불린. 오른쪽 앞발.

프랜시스 웨스턴(오른쪽 뒷발)을 찾아가던 때 크롬웰은 이미 웨스턴의 가문으로부터 어마어마한 거액의 돈을 주겠다는 제안을 받은 참이었다. 그는 정중하게 거절했다. 그 역시 자기 아들이 위험에 처했다면 그렇게 했을 것이다. 그레고리는 물론이고 자기 집안 식구 중에 이 젊은이처럼 바보짓을 할 사람이 있으리라고는 상상하기도 어렵지만 말이다.

웨스턴 가문은 거기서 한발 더 나아간다. 왕과 직접 접촉한 것이다. 헌납금을 내고 덕세*를 내고 왕의 국고에 무조건적인 거액의 기부를 하겠다고 한다. 그는 피츠윌리엄과 그 문제를 상의한다. "폐하께 조언을 드릴 수는 없네. 경미한 혐의로 기소할 수는 있겠지. 폐하께서 자기 명예가 얼마나 훼손당했다고 생각하시는지에 달려 있는 일이겠지."

그러나 왕은 관용을 보일 의향이 없다. 피츠윌리엄은 우울하게 말한다. "내가 웨스턴의 가족이라면 그래도 돈은 내놓을 걸세. 특혜를 확보하기 위해서. 나중을 위해서 말이야."

그게 바로 불린 가문(생존자들)과 하워드 가문을 염두에 두고 크롬웰 자신이 선택한 접근법이었다. 유서 깊은 가문이라는 참나무를 흔들기만 하면 철마다 금화들이 우수수 떨어져내릴 것이다.

웨스턴이 감금되어 있는 감방을 크롬웰이 찾기 전에 청년은 이미 기대치를 정했다. 그는 누가 같이 감금되어 있는지 알고 있다. 혐의 내용

---

* 과거 잉글랜드 왕이 헌금 명목으로 걷었던 세금.

에 대해서도 알거나, 상당히 잘 파악하고 있다. 네 사람 사이의 의사소통은 크롬웰이 엄격히 차단했으니, 아마 감방을 지키는 간수들이 입을 놀린 모양이다. 수다스러운 간수라도 유용할 때가 있다. 죄수에게 자극을 주어 협조로, 체념으로, 절망으로 이끌 수 있기 때문이다. 웨스턴은 가문의 공작이 실패했다는 걸 짐작으로 알고 있을 것이 분명하다. 크롬웰을 보면, 뇌물이 먹히지 않는 이상 다 틀렸다는 생각이 들 수밖에 없다. 이의를 제기하거나 혐의를 부인하거나 반대 진술을 해봤자 아무 소용 없다. 납작 엎드려 저자세로 나가면 혹시 효과가 있을지도 모른다. 한번 시도는 해볼 만하다. "제가 감히 장관님을 비웃고 조롱했습니다." 프랜시스 웨스턴이 말한다. "깎아내리고 비하했습니다. 정말 죄송합니다. 폐하의 신하를 존중하는 건 당연한 예의인데도, 제가 그러지 못했습니다."

"글쎄요, 그거 썩 훌륭한 사과로군요." 그가 말한다. "하지만 용서를 구해야 할 상대는 폐하와 예수님입니다."

프랜시스가 말한다. "제가 결혼한 지 얼마 되지 않았다는 건 아시지요."

"그리고 부인은 시골집에 두고 오셨지요. 이유는 말 안 해도 알 만하고."

"아내에게 편지를 써도 됩니까? 제겐 아들이 있습니다. 아직 한 살도 안 되었어요." 침묵. "제가 죽고 나서 제 영혼을 위해 누군가 기도해주기를 바랍니다."

크롬웰이라면 신의 심판에 순순히 따랐을 테지만 웨스턴은 조물주마저도 강압과 회유와 약간의 뇌물로 움직일 거라 믿고 있다. 그의 생각을 듣고 대답이라도 하는 것처럼 웨스턴이 말한다. "빚이 있습니다, 내무장관님. 1천 파운드 정도 되는 금액이에요. 지금은 후회가 되는군요."

"아무도 그쪽처럼 신사다운 젊은 청년이 인색할 거라 생각지 않지요." 크롬웰의 말투는 친절하고, 웨스턴은 눈길을 든다. "물론 이 부채는 합리적으로 갚을 수 있는 범위를 넘었고, 심지어 당신의 아버지가 돌아가셨을 때 받게 될 유산을 담보로 잡혔으니 막중한 부담일 겁니다. 그래서 이런 당신의 사치가 사람들로 하여금 대체 젊은 웨스턴은 뭘 기대하고 있었던 걸까? 생각하게 만드는 거죠."

잠시 청년은 멍청한, 반항적인 표정을 지으며 그를 본다. 마치 어째서 이게 자기한테 불리하게 작용하는지 모르겠다는 얼굴이다. 빚이 다 무슨 상관이란 말인가? 이 문제가 어디로 귀결되는지 웨스턴은 보지 못한다. 그러다가 비로소 깨닫는다. 그는 한 손을 내밀어 웨스턴의 옷자락을 잡는다. 충격을 받아 스르르 무너져내리는 그 몸을 붙잡기 위해서다. "배심원은 그런 요점을 쉽게 파악할 겁니다. 우리는 왕비가 돈을 주었다는 걸 알아요. 안 그러면 어떻게 그렇게 호화롭게 살 수 있었겠습니까? 누구나 쉽게 알아볼 수 있는 일이지요. 만일 왕의 죽음을 공모하고 향후에 왕비와 결혼할 생각을 했다면 1천 파운드는 아무것도 아닌 금액이니까."

웨스턴이 똑바로 앉을 수 있다는 확신이 들었을 때, 그는 주먹을 펴고 손을 푼다. 청년은 기계적으로 몸을 곧게 펴고 옷매무새를 만지고 셔츠 컬러의 작은 주름을 반듯하게 편다.

"부인은 잘 돌봐드릴 거요." 그가 말한다. "그 점에 대해서는 마음

불편하게 갖지 마요. 폐하께서는 미망인에게까지 악감을 품지는 않으니까. 솔직히, 살아생전 당신보다는 훨씬 더 잘 돌봐줄 겁니다."

웨스턴이 올려다본다. "장관님의 논리에서 흠을 찾을 수가 없군요. 이제야 그 사실이 증거로 제출됐을 때 어떻게 작용할지 알겠어요. 난 바보였고, 그간 장관님은 옆에 서서 다 지켜보고 있었죠. 내가 어떻게 스스로 파멸했는지 알겠습니다. 장관님의 행동을 탓할 수도 없지요. 할 수만 있다면 나 역시 장관님을 해쳤을 테니까. 그리고 내가 삶을 잘 살지…… 제대로 살지…… 못했다는 걸 압니다. 앞으로도 이십 년 이상은 살날이 더 남았다고 생각했고, 그러다가 늙으면, 마흔다섯이나 쉰이 되면, 그때 여러 병원에 기부하고 공양당에 헌납하고, 그러면 하느님이 제 회개를 받아주실 줄 알았던 거죠."

그가 고개를 끄덕인다. "그래요, 프랜시스." 이어서 말한다. "우리는 심판의 시간을 알 수 없죠, 안 그런가요?"

"하지만 장관님, 아시겠지만 제가 무슨 잘못을 했건 왕비님 문제에 있어서만큼은 무죄입니다. 표정을 보니 아시는 것 같군요. 제가 형장으로 죽으러 나갈 때 모든 사람들이 알게 될 거고, 폐하도 혼자 계시는 시간에는 생각에 잠기실 겁니다. 그러니까 저는 기억될 겁니다. 죄 없는 사람들은 잊히지 않으니까요."

그런 믿음을 흔드는 건 잔인한 짓이 될 터이다. 웨스턴은 죽음으로써 살았을 때보다 더 큰 명성을 얻게 되리라 기대한다. 그 앞에 펼쳐졌을 창창한 세월, 그런데 그 세월을 생애의 첫 이십오 년보다 더 잘 활용할 생각도 없었으면서. 크롬웰은 입을 다문다. 주군의 보우 아래서 성장했고, 궁정기사 집안에 태어나 어린 시절부터 궁정에서 살아왔다.

단 한순간도 세상에서 자기 위상에 대해 고민한 적이 없을 테고, 단 한순간도 불안해본 적이 없었을 것이며, 단 한순간도 프랜시스 웨스턴으로 태어났다는 어마어마한 특혜에 감사해본 적이 없었을 것이다. 행운의 여신에게 총애를 받으며, 위대한 왕과 위대한 왕국을 섬기기 위해 태어나고도 프랜시스 웨스턴은 빚더미와 아들 하나, 그리고 더러워진 이름 외에는 아무것도 남기지 못할 것이다. 아들은 누구나 낳을 수 있는 것 아닌가, 크롬웰은 혼자 마음속으로 생각한다. 그러다 어째서 우리가 여기 있는지, 이 모든 사태의 요지는 무엇인지 새삼 상기한다. 그리고 말한다. "부인이 그쪽을 위해서 폐하께 편지를 보냈습니다. 자비를 구하면서. 친구들이 아주 많이 있더군요."

"뭐 그리 나한테 득이 되겠습니까."

"이쯤 되면 다른 사람들은 자신이 외톨이가 되었다는 걸 깨닫게 되지요. 그걸 잘 모르는 것 같군요. 기분이 좋아져야 하는 일입니다. 원망을 품으면 안 돼요, 프랜시스. 행운의 여신은 변덕이 심하다는 걸, 젊은 모험가들은 누구나 알지요. 체념하세요. 노리스를 봐요. 크게 억울하다고 독을 품는 눈치는 아니더군요."

"아마," 청년이 불쑥 내뱉는다. "아마 노리스는 억울해할 이유가 없을지도 모르지요. 어쩌면 노리스의 후회는 진심이고 또 필요한 것일지 모릅니다. 나와는 달리 그는 죽어 마땅할지도 모르지요."

"왕비와 놀아난 죄로 당연한 대가를 치르는 거다, 이렇게 생각하는군요."

"항상 왕비님과 함께 있었어요. 복음을 논하기 위해서는 아니었습니다."

어쩌면 이제 고발 일보 직전에 왔는지 모르겠다. 노리스는 윌리엄 피츠윌리엄에게 죄를 시인하려다가 말을 삼켰다. 혹시 사실이 이제 드러나려나? 그는 기다린다. 청년의 머리가 툭 떨어져 양손에 괴어지는 모습을 본다. 그때, 자기도 알 수 없는 무언가에 불쑥 이끌려 자리를 박차고 일어나 말한다. "프랜시스, 잠깐 실례하겠소." 그리고 방밖으로 나가버린다.

밖에서는 라이어슬리가 그의 집안 신사들과 함께 기다리고 있다. 그들은 벽에 기대서서 뭔가 농담을 하는 중이다. 크롬웰의 모습을 보자 짐짓 동요해서 기대에 찬 표정을 짓는다.

"이제 끝난 겁니까?" 라이어슬리가 말한다. "자백했나요?"

크롬웰은 고개를 젓는다. "다들 자기 변명은 잘들 떠벌리는데, 동료들의 죄를 사면해주려 하지는 않아. 또 다들 '나는 죄가 없다'고는 하는데, '왕비는 죄가 없다'고는 말하지 않는단 말이야. 자기네들도 확신이 없는 거지. 어쩌면 왕비도 죄가 없을지 모르는데, 아무도 그걸 주장하고 나서려 들지 않는 거야."

언젠가 와이엇이 해준 말 그대로다. "앤이 남자 속을 태우는 방식 중에서도 최악은 슬쩍 홀리는 거예요, 거의 자기 자랑이라고 할 수 있죠. 자기가 나만 애를 동동 태우면서 거절하고 있고, 오히려 다른 남자들의 구애는 다 받아주고 있다는 식으로 말하는 거예요."

"자, 그럼 자백이 없군요." 라이어슬리가 말한다. "우리가 받아내드릴까요?"

크롬웰은 콜미가 놀라 자빠질 만한 표정을 던진다. 흠칫해 물러서던 콜미는 리처드 리시의 발을 밟고 만다. "뭔가, 리즐리, 자넨 내가 젊은 애들한테 너무 유약하다고 생각하는 건가?"

리시가 발을 문지르며 말한다. "표본 기소장을 작성해볼까요?"

"많으면 많을수록 좋지. 미안하네, 내가 좀 가서 쉬어야 해서……"

리시는 크롬웰이 소변을 보러 간다고 생각한다. 크롬웰은 자기가 불쑥 웨스턴의 취조를 그만두고 걸어나온 이유를 알지 못한다. 아마 청년이 "마흔다섯이나 쉰"이라는 말을 했을 때부터였던 것 같다. 중년을 지나면 두번째 유년이 펼쳐지고 새로운 순수성이 시작되는 것처럼. 어쩌면 그 소박함이 그의 마음을 흔들었는지도 모른다. 아니면 그냥 맑은 공기를 쐬고 싶었을 수도 있다. 창문이 막힌 방에 있다고 상상해보자. 가까이 있는 다른 몸뚱어리들과 점차 희미하게 잦아드는 빛을 의식하고 있다. 지금 상상하는 그 방에서는 체스 게임도 하고 말들도 이리저리 옮길 수 있다. 관념적인 육체들, 상아처럼 딱딱하고 흑단처럼 새까만 말들이 네모 칸을 가로질러 제 갈 길로 나아간다. 그때 갑자기 난 이런 걸 더이상 견딜 수 없어, 숨을 쉬어야만 해, 라고 말하게 된다. 방밖으로 뛰쳐나가 나무들마다 죄인이 목매달린 정원으로 나온다. 그 몸뚱어리들은 더이상 상아도 아니고 흑단도 아니고 사람의 살이다. 광란하며 슬퍼하는 헛바닥들이 죽어가면서 자신들의 유죄를 공공연하게 인정한다. 이런 문제에서는 명분보다 효과가 우선한다. 꿈을 꾸었던 것이 현실로 드러난다. 칼에 손을 뻗지만 피는 이미 흘러버렸다. 양들은 자기들끼리 제 몸을 도살하고 잡아먹었다. 칼을 들고 테이블 위로 기어올라와 제 몸을 제가 해체하고 깔끔하게 자기 뼈를 다 발라버렸다.

심지어 도시의 거리에서도 5월이 꽃피고 있다. 크롬웰은 런던탑의 시녀들을 위해 꽃을 가지고 가야 한다. 크리스토프가 꽃다발을 들고 가야 한다. 한창 자라나는 소년의 덩치가 워낙 거구라서, 꽃다발을 든 모습이 마치 희생 제물로 바쳐지기 위해 화환으로 장식된 황소처럼 보인다. 크롬웰은 옛날에 이교도들과 구약의 유대인들은 희생 제물을 어떻게 처리했을까 궁금하다. 설마 싱싱한 고기를 버리지는 않았을 테고 가난한 사람들에게 나눠주었겠지?

앤은 대관식을 위해 다시 꾸몄던 처소에 있다. 크롬웰 자신이 공사를 관장했고, 검은 눈을 부드럽게 반짝거리는 여신들이 벽화 속에서 꽃피듯 나타나는 과정을 지켜보았다. 여신들은 햇살이 환히 비치는 과수원 사이프러스나무 아래에서 한가로이 노닐고 있다. 하얀 사슴이 푸르른 잎사귀 사이로 빼꼼 쳐다보고, 사냥꾼들은 반대 방향으로 향하고 사냥개들이 특유의 소리를 내며 앞서 달린다.

레이디 킹스턴이 일어나 반기자 그가 말한다. "앉으세요, 부인……" 앤은 어디 있는 거지? 여기 있어야 할 방에 없는데.

"기도를 하고 있네요." 불린가의 친척 한 사람이 말한다. "그래서 혼자 두고 물러나왔습니다."

"기도를 오래하네요." 또다른 친척이 말한다. "확실히 저 안에 남자는 없는 거겠죠?"

앤의 친척들이 낄낄거린다. 그는 따라 웃지 않는다. 레이디 킹스턴이 여자들에게 매서운 눈길을 보낸다.

왕비는 작은 기도실에서 나온다. 그의 목소리를 들은 것이다. 햇빛이 왕비의 얼굴을 때린다. 레이디 로치퍼드의 말대로 얼굴에 주름이

지고 있다. 한때 왕의 심장을 손아귀에 쥐고 주물렀던 여인이라는 걸 모른다면 아주 평범한 여자인 줄 알았을 것이다. 크롬웰은 앤의 팽팽한 경박함, 연습해서 획득한 수줍은 유혹은 영영 사라지지 않을 거라 생각했었다. 쉰 살이 되어도 여전히 자기 매력이 통한다고 생각하는 그런 여자가 될 줄 알았다. 성적인 교태를 숙달한 그 흔한 늙은 연애 전문가들, 처녀들처럼 콧소리를 내고 손으로 남자의 팔을 쓰다듬고, 톰 시모어 같은 유망한 남자가 눈앞에 나타나면 다른 여자들과 눈길을 교환하는 그런 여자가 될 줄 알았다.

그러나 물론 그녀는 결코 쉰이 되지 못할 것이다. 그는 이것이 법정에 서기 전 마지막으로 앤을 보게 되는 순간일까 생각한다. 앤은 여자들 한가운데, 그늘 속에 앉는다. 런던탑은 언제나 강물의 습기로 축축하고, 심지어 이렇게 새로 고친 환한 방들마저도 끈적끈적한 느낌이 있다. 모피를 좀 들여올까 물었더니 앤은 "네. 족제비털로요. 또 이 여자들은 마음에 들지 않아요. 당신이 아니라 내가 선택한 시녀들이 좋겠군요"라고 말한다.

"레이디 킹스턴이 시중을 드는 건—"

"당신 스파이이기 때문이겠죠?"

"—안주인이기 때문이지요."

"내가 그럼 레이디 킹스턴의 집 손님인가요? 손님은 마음대로 떠날 수 있잖아요."

"미스트리스 오처드가 있으면 좋아하실 줄 알았는데요." 크롬웰이 말한다. "옛날 유모니까요. 그리고 친척들한테 유감은 없으실 줄 알았습니다."

"두 사람 다 저한테 악감이 있어요. 킬킬거리고 혀를 쯧쯧 차는 꼴밖에 안 보이네요."

"세상에! 그럼 박수갈채를 보내주랴?"

이게 불린 가문의 문제다. 그들은 자기 친척을 미워한다. "나한테 그런 식으로 말하면 안 됩니다." 앤이 말한다. "내가 풀려나게 되면."

"미안하네요. 생각 없이 말했습니다."

"절 여기 잡아두는 폐하의 속내를 모르겠어요. 절 시험하려고 그러시는 거겠죠. 새로 꾸며내신 전략인가요, 네?"

앤이 진심으로 그런 생각을 할 리는 없다. 그는 대답하지 않는다.

"남동생을 만나고 싶네요." 앤이 말한다.

고모인 레이디 셸턴이 바느질을 하다가 고개를 휙 치켜들고 말한다. "이런 상황에서 그런 요구는 어리석구나."

"우리 아버지는 어디 계시죠?" 앤이 말한다. "어째서 저를 도와주러 오시지 않는지 모르겠어요."

"잡혀 들어가지 않는 게 다행인 거지." 레이디 셸턴이 말한다. "그쪽에서는 도움을 기대하지 마라. 토머스 불린은 언제나 제 살길을 먼저 찾는 사람이니까. 내가 동생이니까 잘 알지."

앤은 그녀의 말을 못 들은 척한다. "그리고 제 주교들은 어디 계시나요? 내가 그 사람들에게 자양분을 주고 보호해주고 종교의 명분을 지지해주었는데, 어째서 나를 위해 폐하께 찾아가지 않는 거죠?"

불린 가문의 다른 친척이 웃는다. "지금 간통을 하고 주교들이 나서서 옹호해주기를 바라는 거니?"

이 법정에서는 이미 앤에게 심판이 내려졌음이 분명하다. 크롬웰은 그녀에게 말한다. "폐하를 도와주세요. 폐하가 자비를 내리지 않으면 왕비님의 종교적 명분은 영영 사라집니다. 어차피 왕비님 자신을 위해서는 아무것도 할 수 없습니다. 하지만 따님 엘리자베스를 위해서는 할 수 있는 일이 있어요. 겸손하게 굴면 굴수록, 더 많이 회개할수록, 참을성 있게 절차를 견뎌낼수록, 폐하가 훗날 왕비님의 이름이 나올 때 품게 될 악의를 덜 수 있습니다."

"아, 절차라." 앤이 그 말을 하는 순간 예전의 날카로움이 선뜻 비친다. "그런데 그 절차라는 게 뭘까요?"

"신사들의 자백을 수집하고 있습니다."

"뭐요?" 앤이 말한다.

"들었잖니." 레이디 셸턴이 말한다. "그 사람들이 널 위해 거짓말해주진 않을 거다."

"또다른 사람들이 체포되고 기소될 수도 있습니다. 하지만 지금 솔직하게 말씀해주시면, 우리한테 허심탄회하게 다 털어놓으시면, 연루된 모든 사람의 고통을 줄여줄 수 있습니다. 신사들은 한꺼번에 법정에 출두할 겁니다. 왕비님과 동생 로치퍼드 경 두 분은 귀족의 신분이니 두 분의 재판은 귀족들이 주관할 겁니다."

"증인이 없잖아요. 어떤 혐의로도 날 고발할 수 없어요. 그리고 내가 부인하면 그만이에요."

"그건 사실입니다." 크롬웰이 인정한다. "하지만 증인 문제는 얘기가 좀 다릅니다. 예전에 자유의 몸이셨을 때는 시녀들이 겁을 먹고 있었지만 이제는 모두 용기를 냈습니다."

"당연히 그랬겠지요." 앤은 똑바로 바라보는 시선을 거두지 않는다.

말투에는 냉소가 묻어 있다. "시모어가 용기를 낸 것처럼 말이죠. 신이 그 간계를 지켜보고 계신다고, 내가 말했다고 그 여자한테 전해요."

크롬웰은 일어나서 작별인사를 고한다. 앤을 보면 마음이 심란해진다. 꾹 눌러 참고 있는 앤의 광포한 고뇌 때문에. 꾹꾹 눌러 담고 있지만 아주 살짝 비치는. 일을 질질 끌어봤자 아무 의미 없어 보인다고 생각하지만, 말로는 "폐하께서 결혼 무효 소송을 시작하시면 돌아와서 그때 진술을 받겠습니다"라고 한다.

"뭐라고요?" 앤이 말한다. "그것도? 그게 꼭 필요한가요? 살인으로도 충분치 않아요?"

그는 인사를 하고 돌아선다. "안 돼!" 앤이 그를 다시 부른다. 앤은 벌떡 일어나 그의 팔에 손을 얹고 붙든다. 석방보다 오히려 자기를 좋게 생각해주길 바란다는 듯이. "나에 대한 이런 모략을 설마 믿는 건 아니죠? 마음속 깊은 곳에선 알 거라 믿어요. 크레뮈엘?"

그 찰나는 영겁 같다. 그는 자신이 달갑지 않은 무언가의 경계선에 있다는 느낌을 받는다. 과도한 앎, 쓸데없는 정보. 그는 돌아선다, 머뭇거린다, 조심스럽게 손을 내민다……

그러나 그때 앤이 양손을 들어 가슴 앞에 꼭 모은다. 레이디 로치퍼드가 흉내내던 그 자세 그대로. 아, 태피스트리에 그려져 있던 에스더 왕비 시늉이로군, 그는 생각한다. 이 여자는 무죄가 아니야. 무죄를 가장할 뿐이지. 그의 손이 옆으로 툭 떨어진다. 그는 돌아선다. 그는 양심의 가책을 모르는 여자라는 앤의 본성을 안다. 앤이 자기 아버지의 딸이며, 어린 시절부터 어떤 회유나 협박에도 굴하지 않고 오로지 자기 이익만을 추구해왔다는 사실을 믿는다. 그러나 단 한 번의 가식적인 몸짓으로 지금 그녀는 그 이익을 내팽개쳤다.

앤은 싹 달라지는 크롬웰의 표정을 본다. 그리고 한발 물러서더니, 양손으로 자기 목을 움켜쥔다. 올가미처럼 제 육신을 옭아매기 시작한다. "난 아주 가녀린 목을 가졌어요." 앤이 말한다. "눈 깜짝할 사이에 끝날 일이지요."

킹스턴이 황급하게 나와서 크롬웰을 맞는다. "계속 그런 짓을 합니다. 손으로 자기 목을 잡고 깔깔 웃어대요." 정직한 교도관의 얼굴이 괴로움에 일그러진다. "그게 어떻게 웃을 일이 되는지 모르겠습니다. 그 외에도 허튼소리를 하고 있어요, 아내가 전해준 말에 의하면 말입니다. 석방될 때까지는 비가 그치지 않을 거야, 이런답니다. 아니 비가 오지 않을 거라고 했던가. 뭐 그런 말 말이에요."

그가 창문을 흘끔 쳐다보니 여름의 소낙비만 내리고 있다. 금세 뜨거운 해가 돌바닥의 물기를 싹 말려버릴 것이다. "그래서 아내가 왕비에게 그런 허튼소리는 하지 마시라고 말했답니다." 킹스턴이 말한다. "저한테는 그러는 거예요. 마스터 킹스턴, 내게 정의가 있을까요? 그래서 제가 그랬지요. 마담, 왕의 가장 가난한 백성에게도 정의는 있습니다. 그러자 그냥 웃는 겁니다. 그리고 저녁식사를 달라고 해요. 그러고는 먹성 좋게 다 먹어요. 그리고 시를 읊습니다. 아내는 그게 무슨 소린지 잘 모르겠다고 하더군요. 왕비는 그게 와이엇의 시라고 말합니다. 그러고는 오, 와이엇, 토머스 와이엇, 당신이 언제 나와 함께 여기 있게 될까요? 그러는 거예요."

530

화이트홀에서 크롬웰은 와이엇의 목소리를 듣고 그쪽으로 걸어간다. 하인들이 그 뒤에서 어지럽게 흩어진다. 그 어느 때보다 요즘 수행하는 하인들이 많아졌다. 개중에는 그가 처음 보는 이들도 있다. 서퍽공작, 그러니까 집채만한 찰스 브랜던이 와이엇의 앞길을 막아선 채서로 고함을 지르고 있다. "대체 뭣들 하는 겁니까?" 그가 버럭 소리를 지르자 와이엇이 말을 그치고 어깨 너머로 말한다. "화해하고 있습니다."

크롬웰은 웃음을 터뜨린다. 브랜던이 텁수룩한 수염 뒤로 득의양양한 미소를 지으면서 쿵쾅거리며 가버린다. 와이엇이 말한다. "제가 비굴하게 빌었죠. 해묵은 원한을 잊어달라고, 안 그러면 내가 죽게 생겼다고, 그러길 원하십니까? 하고." 와이엇은 혐오감에 차서 공작의 뒷모습을 바라본다. "아무래도 그런 것 같더군요. 이번 사태는 저치가 잡은 기회지요. 오래전부터 헨리에게 가서 나와 앤이 수상하다고 떠들어댔으니까."

"그래, 하지만 기억나는지 모르겠는데, 헨리가 저 친구를 발로 차서 동부로 쫓아내버렸지."

"헨리는 이제 귀담아들을 겁니다. 저 사람 말을 믿기가 쉬워졌으니까요."

크롬웰은 와이엇의 팔을 붙잡고 끌고 나온다. 찰스 브랜던도 끌고 나온 크롬웰이니 그 누구든 마음대로 움직일 수 있다. "공공장소에서 언쟁을 하고 싶지는 않네. 우리집으로 오라고 내가 사람을 보냈지 않나, 이 바보 같으니. 사람들 눈이 이렇게 많은 데서 분통을 터뜨리고 다니면 사람들이 다 뭐야, 와이엇인가, 아직 안 잡혀 들어갔어? 이렇게 생각한단 말이야."

와이엇이 한 손으로 크롬웰의 손을 잡는다. 깊은숨을 들이쉬며 마음을 가라앉힌다. "아버지께서 말씀하셨습니다. 폐하께 가서 밤낮으로 같이 있어라."

"그건 불가능해. 폐하는 아무도 만나지 않네. 기록보관소로 나를 찾아와서 그다음에—"

"장관님의 집으로 가면, 사람들은 내가 체포되었다고 말할 겁니다."

크롬웰이 언성을 낮춘다. "나는 내 친구를 절대로 고생시키지 않네."

"이번달에 갑자기 사귀신 친구들이 좀 이상하더군요. 가톨릭 친구들, 메리의 친인척들, 샤퓌. 지금이야 그 사람들과 이해관계가 일치한다지만, 나중에는 어쩔 겁니까? 그들을 내치기 전에 그들이 먼저 장관님을 내치면 어떻게 될까요?"

"아." 크롬웰은 침착하게 말한다. "그러니까 크롬웰 가문 전체가 몰락할 거라 이 말인가? 날 좀 믿게나, 응? 자, 사실 우리에게는 선택의 여지가 없지 않나."

와이엇은 크롬웰의 집에서 런던탑으로 간다. 리처드 크롬웰이 에스코트한다. 모든 일은 너무나 우호적으로, 너무나 가볍게 처리되어 꼭 그날 하루 사냥을 하러 나가는 것처럼 보였다. "마스터 와이엇에게 최선의 예우를 갖춰달라고 무관장에게 부탁하게." 크롬웰은 리처드에게 말한다. 그리고 와이엇을 보고는 이렇게 타이른다. "여기가 자네가 안전하게 있을 수 있는 유일한 곳일세. 일단 런던탑에 들어가면 아무도 내 허락 없이 자네를 심문할 수 없으니까."

와이엇이 말한다. "들어가면 절대 나오지 못할 겁니다. 장관님의 새 친구들, 그 사람들이 날 제물로 삼고 싶어할 테니까."

"그 대가를 치르고 싶지는 않을걸." 크롬웰은 편안하게 말한다. "자네도 나를 알지 않나, 와이엇. 모든 사람이 무엇을 얼마나 갖고 있는지 난 속속들이 알고 있어. 무엇을 얼마나 감당할 수 있는지도. 현금 얘기만이 아니네. 난 내 적들을 계량하고 평가해두었지. 어느 정도 값을 지불할 수 있는지, 어느 선에서 주춤할지도 알고 있고. 날 믿게. 이 문제에서 나를 거역했다가는 눈물이 싹 마르도록 다 뽑아낼 정도로 혼쭐내줄 테니까."

와이엇과 리처드가 가고 나서 크롬웰은 인상을 쓰며 콜미 리즐리에게 말한다. "와이엇은 언젠가 내가 잉글랜드에서 가장 똑똑한 사람이라고 했어."

"아첨하려 한 말은 아니지요." 콜미가 말한다. "전 이렇게 그저 곁에 있는 것만으로도 날마다 배우는 게 얼마나 많은지 모릅니다."

"아니, 잉글랜드에서 가장 똑똑한 사람은 와이엇이야. 우리 모두를 훌쩍 뛰어넘는 천재지. 자기 자신을 글로 썼다가 스스로 부인해버리지. 종이 쪼가리에 시를 쓱쓱 써서는, 저녁식사 때나 기도 때 아무렇지도 않게 건네준단 말일세. 그리고 또다른 사람한테 종이 쪼가리를 주지. 그런데 그게 똑같은 시인데, 딱 한 단어가 달라. 그러면 그 사람이 말하는 거야. 와이엇이 쓴 시를 보았나? 아, 읽어보았네, 그렇게 말하지만 사실 둘은 전혀 다른 얘기를 하고 있는 거지. 어느 날은 덫을 놓아 잡아보려고 이렇게 묻지, 와이엇, 자네 정말 이 시에서 묘사한 이런 일을 했나? 그러면 와이엇은 미소를 지으며 이렇게 말할 걸세. 그건 가상의 신사에 대한 얘기입니다. 우리 모두 알지 못하는 사람이지요, 아니면 제가 쓰는 건 제 얘기가 아니라 당신의 이야기입니다. 당신은 미처 눈치채지 못하고 있지만 말이지요, 이렇게 대꾸하겠지. 여기서 내가 그리고 있는 여인, 이 갈색 머리 여인은 사실 금발머리인데 변장을 하고 있어요, 이렇게 말하기도 하고. 읽게 되는 글의 모든 걸 믿어서도 안 되고 전혀 믿지 않으셔도 안 됩니다. 그래서 아예 종이를 가리키며 추궁해보기도 했단 말이야. 이 행은 어떤가? 이 행은 사실인가? 그러면 와이엇은 말하네. 그건 시인의 진실이지요. 게다가 그 친구는 이렇게 주장해. 난 마음대로 쓸 자유가 없습니다. 왕 때문이 아니라 운율의 속박이 있으니까요. 할 수만 있다면 훨씬 명백하게 쓰고 싶지만, 운율을 지켜야만 해요."

"누군가 그 시들을 인쇄소에 갖고 가야겠군요." 라이어슬리가 말한다. "그래야 문제가 해결되든지 하겠네요."

"그건 와이엇이 허락하지 않을 거야. 사적인 의미의 소통 수단이니까."

"내가 와이엇이라면," 콜미 리즐리가 말한다. "아무도 오해하지 못하도록 의미를 확실히 해두었을 겁니다. 카이사르의 아내*와는 멀찌감치 거리를 두고 말이죠."

"그게 현명한 행보지." 크롬웰은 미소를 짓는다. "하지만 그건 와이엇의 길이 아니네. 자네와 나 같은 사람들의 길이지."

와이엇이 글을 쓰면 시행詩行들에 깃털이 돋아나고 시들은 그 날개를 펼치며 의미 아래로 잠수했다가 올라와 의미의 수면에 바짝 붙어

---

* 당대의 유명한 시인인 토머스 와이엇이 앤 불린에 대해 썼다고 전해지는 유명한 소네트에는 '나를 건드리지 마요. 나는 카이사르의 것이니까'라는 표현이 있다.

날아간다. 그 시들은 우리에게 권력의 통치와 전쟁의 통치는 같은 것이고, 예술은 기만이라고 말해준다. 그리고 사람은 외국의 대사이건 사랑에 빠진 연인이건 누구나 기만하고 또 기만당한다고 말해준다. 자, 모든 인간이 기만으로부터 자유로울 수 없다면, 의미를 파악했다고 생각하는 것 역시 속임수에 넘어가는 것이다. 손을 움켜쥐어보지만 이미 의미는 파닥파닥 날아가고 없다. 법령은 의미를 가두기 위해 쓰는 것이지만, 시는 의미에서 탈출하기 위해 쓰는 것이다. 날카롭게 깎은 깃펜은 천사의 날개처럼 퍼덕이고 사각거린다. 천사들은 전령이다. 정신과 의지를 가진 피조물이다. 우리는 천사들의 날개가 사냥매의 깃털인지 까마귀나 공작의 깃털인지 알지 못한다. 요즘은 천사들이 인간을 찾는 일이 거의 없으니. 하지만 크롬웰이 로마에 있을 때 알던, 교황의 주방에서 통구이 꼬치를 돌리던 남자는 냉기가 뚝뚝 흐르는 통로에서 천사와 얼굴을 딱 마주쳤다고 한다. 추기경들이 절대 발걸음을 하지 않는 후미진 바티칸의 창고에서였다. 사람들은 그 남자에게 술을 사주며 그 이야기를 들으려 했다. 그 남자는 천사의 몸체는 대리석처럼 무겁고 매끈했으며, 표정은 아득하고 무자비했고, 날개는 세공한 유리였다고 말했다.

　기소장을 손에 넣은 크롬웰은, 필체는 서기의 것이지만 집필은 왕이 했다는 걸 한눈에 알아본다. 한 줄 한 줄에서 왕의 목소리가 귓전에 선하게 들린다. 질투. 공포. 1533년 10월 앤이 노리스를 도발해 간음했고, 같은 해 11월 브레러턴과도 정을 통했다는 말로는 부족했던 모양이다. 헨리는 '천박한 대화와 키스, 애무, 선물'을 상상해내야만 했다.

1534년 5월 왕비가 프랜시스 웨스턴과 보여주었던 행실을 묘사하는 것이나, 작년 4월 미천한 신분의 마크 스미턴 앞에 누웠다는 언급을 하는 정도로는 모자랐다. 왕비의 애인들이 서로 불타는 원한을 품었고, 왕비는 그 남자들이 다른 여자를 쳐다보면 무섭게 질투했다는 얘기까지 해야 직성이 풀렸다. 앤이 친동생과 죄를 지었다는 말만으로는 부족했다. 반드시 두 사람 사이에 오간 키스, 선물, 보석을 생생하게 묘사해야 했고 '상기한 조지의 입에 혀를 넣고, 상기한 조지의 혀가 그녀의 입안에' 들어갔을 때 두 사람의 모습이 어떠했는지 상세하게 머릿속에 그려보아야만 했다. 법정에 들고 갈 문서라기보다는 레이디 로치퍼드나 스캔들에 환장하는 다른 부인들이 나누는 대화에 가까웠다. 그러나 상관없다. 그 나름대로 장점이 있었다. 스토리가 있었으며, 그 말을 듣는 사람들의 뇌리에 쉽게 떨칠 수 없는 그림을 새겨넣는 글이었다. 크롬웰이 말한다. "논점마다 상술을 덧붙이고, 죄목도 더 추가하고, '앞뒤로 며칠간'이라든가 비슷한 구절을 써서 죄상이 헤아릴 수 없이 많고, 심지어 너무 많아서 당사자들도 헷갈릴 정도라는 인상을 확실히 줘야 하네. 그렇게 해야." 크롬웰이 말한다. "하나의 날짜를 구체적으로 부인하더라도 전체 기소장이 타격을 입지 않지."

게다가 앤이 무슨 말을 했는지 보라! 이 문서에 따르면 앤은 이렇게 말했다. "왕을 결코 진심으로 사랑하지 않을 것이다."

그런 적도 없고, 지금도 그렇지 않고, 결코 그럴 수 없으리라.

크롬웰은 미간을 찌푸리며 서류를 보다가 상세하게 검토할 것들을 나눠놓는다. 이의가 제기된다. 와이엇을 추가해야 하나? 아니, 절대 안된다. 크롬웰은 생각한다. 와이엇이 재판을 받게 된다면, 왕이 그 선까지 넘는다면, 이 오염된 집단에서 그를 끌어내고 모든 걸 백지화하고 처음부터 다시 시작해야 한다. 이 재판에서 이 피고들로 가면 단 하나의 길밖에 없다. 탈출구는 없다. 형장으로 향하는 단 하나의 길이 있을 뿐이다.

그런데 이런저런 날짜들에 궁정 사람들이 어디 있었는지 기록하는 이들의 눈에 뻔히 보일 만한 날짜상의 괴리가 있다면? 크롬웰이 말한다. 브레러턴이 언젠가 자기는 동시에 두 장소에 있을 수 있다고 말했었네. 생각해보니, 웨스턴도 그런 말을 했군. 앤의 애인들은 간음할 의도로 밤에 나다니는 '유령 신사들'이다. 밤에 드나들어도 누구의 제재도 받지 않는다. 작은 벌레들처럼 물위로 떠다니면서, 다이아몬드로 수놓은 반바지를 어둠 속에서 번득거린다. 상아색 두건을 쓴 달이 그들을 본다, 그리고 템스강 물이 그들을 비춘다. 생선처럼, 진주처럼 희뿌연 빛을 발한다.

크롬웰의 새로운 동맹, 코트니 가문과 폴 가문은 공공연히 앤의 죄목이 놀랍지 않다고 떠들고 다닌다. 그 여자는 이단이고 동생도 마찬가지라고. 이단자들은 잘 알다시피 자연의 한계나 구속을 모르고, 이땅의 법도 신의 법도 두려워하지 않는다고 한다. 이단자들은 원하는 것만 보고 취한다. 그리고 귀찮아서 혹은 불쌍해서 (어리석게도) 이단들을 참고 봐주던 사람들도 마침내 그들의 진짜 본성을 알게 될 거라고 그들은 말한다.

헨리 튜더는 이 일로 뼈아픈 교훈을 얻게 될 것이라고, 유서 깊은 가문들은 말한다. 아마 곤경에 빠진 헨리 튜더에게 로마가 손을 내밀지 않을까? 그럴 수도 있고, 헨리가 무릎을 꿇고 빈다면, 앤이 죽은 다음 교황이 용서해주고 그를 다시 받아줄 수도 있지 않을까?

그러면 저는요? 크롬웰이 묻는다. 아, 뭐, 당신, 크롬웰은…… 그의 새로운 상전들이 당혹감에서 혐오감까지 다양한 표정으로 그를 바라본다. "전 여러분의 돌아온 탕아가 되겠습니다." 그는 미소를 지으며 말한다. "길 잃은 양이 되어드리지요."

화이트홀에서는 남자들이 삼삼오오 무리 지어 딱 붙어서, 팔꿈치의 각을 세우고 허리에 찬 단검을 쓰다듬으며 다닌다. 그리고 변호사들 가운데서도 은근한 동요가 일고, 구석구석에 모여 수군수군 의논들을 한다.

레이프가 묻는다. 폐하의 자유를 얻을 수 있는 좀더 효율적인 방법은 없을까요? 피를 조금 덜 흘리고 말입니다.

이보게, 크롬웰이 말한다. 일단 협상과 타협의 절차를 끝내고 나면, 원수의 파멸을 확실히 정하고 나면 파괴는 신속하고 철저해야 하네. 적수가 있는 쪽으로 눈길도 돌리기 전에, 이미 영장에 그의 이름을 적어놓고, 퇴로가 될 항구를 막아놓고, 그의 아내와 친구들을 매수해놓고, 그 후계자의 신병을 확보하고, 그의 돈을 내 금고에 넣어놓고 그의 개가 내 휘파람에 춤을 추게 만들어놔야 하네. 그가 아침에 눈을 뜨기도 전에, 손에 도끼를 들고 서 있어야 하는 거야.

크롬웰이 감옥의 토머스 와이엇을 만나러 가자, 무관장 킹스턴이 자기는 명령을 완수했다고, 모든 예우를 갖추어 와이엇을 대했다고 불안하게 말한다.

"그리고 왕비는? 어떻게 지내나?"

"한시도 가만히 있지 못합니다." 킹스턴이 말한다. 불편한 기색이 역력하다. "별의별 죄수들을 다 봐왔지만 이런 죄수는 또 처음입니다. 어느 순간, 난 죽어야 한다는 걸 알아요, 라고 말하고는 다음 순간, 또 전혀 딴소리를 하는 겁니다. 폐하가 바지선을 타고 와서 자기를 데려 갈 거라고요. 뭔가 실수가 있었다고, 오해가 있었다고 생각한답니다. 프랑스 왕이 자기를 위해서 중재해줄 거라고 생각한대요." 교도관은 고개를 절레절레 젓는다.

들어가보니 토머스 와이엇은 혼자서 주사위놀이를 하고 있다. 연로한 부친 헨리 와이엇 경이 늘 꾸짖곤 하던, 시간을 허비하는 취미였다. "누가 이기고 있지?" 크롬웰이 묻는다.

와이엇이 눈을 들어 올려본다. "노래하는 백치, 내 최악의 자아가 점잔 떠는 바보인 내 최고의 자아를 들었다 놨다 하고 있습니다. 누가 이기는지는 짐작하실 수 있겠죠. 아무튼, 전혀 다른 결과가 나올 가능성은 언제나 있는 거니까요."

"편안하게 지내고 있나?"

"몸 말입니까, 아니면 영혼?"

"내 소관은 몸뿐일세."

"그 어떤 일에도 흔들리지 않으시는군요." 와이엇이 말한다. 내키지 않는 찬탄, 오히려 두려움에 가까운 말투다. 그러나 크롬웰 본인은 생각한다. 나 역시 흔들렸지만 아무도 모른다, 밖으로 보고가 새어나가지 않았을 뿐. 와이엇은 내가 웨스턴을 심문하다가 뛰쳐나왔을 때 나를 보지 못했다. 와이엇은 앤이 내 팔에 손을 얹고 내 마음속 깊은 곳에서 믿는 진실이 무엇이냐고 물었을 때 나를 보지 못했다.

크롬웰은 수인을 가만히 보다가 자리에 앉는다. 그리고 부드럽게 말한다. "내 평생 동안 이 일을 위해 수련해온 것 같아. 나 자신의 도제로 살아왔지." 평생의 경력은 위선의 교육이었다. 한때 크롬웰을 매섭게 꿰찔렀던 눈길들은 이제 배려를 가장하며 빛난다. 그의 모자를 쳐서 떨어뜨리려던 손들은 이제 악수를 하자고 내밀어지고, 가끔은 으스러 져라 힘을 주기도 한다. 무도회에서 춤을 추듯, 크롬웰은 적들을 빙그르 돌려 자신을 마주보고, 함께하게 만들었다. 크롬웰은 그들을 다시 빙그르 돌려, 자기 앞에 펼쳐진 차갑고 기나긴 세월의 풍경을 마주보게 만들 작정이다. 그리하여 그들도 외풍을, 뼛속까지 시리게 파고드는 허허벌판의 바람을 느낄 수 있도록. 그리하여 그들도 폐허에 몸을 누이고, 냉기 속에서 잠을 깨도록. 크롬웰은 와이엇에게 말한다. "나한테 주는 정보는 무엇이든 마음에 새겨두지. 하지만 이 일을 성사시키고 나면 전부 파기하겠다고 약속하겠네."

"성사시키고 나면?" 와이엇은 크롬웰의 말꼬투리를 잡는다.

"왕은 아내가 여러 남자와 배반 행위를 했다는 고발을 접수했네. 한 사람은 동생, 한 사람은 제일 친한 친구, 한 사람은 왕비가 잘 알지도 못한다는 하인. 진실의 거울이 박살났다고 왕은 말하네. 그러니까, 그래, 그 파편들을 다 줍게 되면 그건 꽤나 대단한 일인 거지."

"하지만 왕이 누군가로부터 고발을 접수했다고 하는데, 어떻게 알게 된 거죠? 마크 말고는 아무도 그 어떤 죄도 자인하지 않고 있지 않습니까? 마크가 거짓말을 하고 있다면 어떻게 됩니까?"

"어떤 사람이 죄과를 자백하면 우리는 믿어야 해. 우리가 그 말이 틀렸다는 걸 입증하는 일을 맡을 수는 없지. 자백을 무시하면 법정이 절대 제 기능을 할 수 없으니까."

"하지만 증거가 뭡니까?" 와이엇은 끈질기다.

크롬웰은 미소를 짓는다. "진실은 망토를 두르고 두건을 쓰고 헨리의 문을 두드리지. 헨리는 저변에 무엇이 도사리고 있는지 신중히 생각하고 있었기에, 찾아온 방문객이 낯선 사람이 아닌 거야. 이보게, 와이엇, 내 생각에 왕은 항상 알고 있었다고 보네. 앤 불린이 몸으로 자신을 배신하지 않았다 해도, 말로는 부정을 저질렀다는 걸 알아. 행위가 아니라 꿈속에서라도, 자기를 배신하고 불륜을 저질렀다고 생각하네. 온 세상을 그녀 발아래 놓아줬는데도, 앤이 자신을 높이 평가한 적도, 사랑한 적도 없다고 생각하네. 헨리는 자기가 앤을 기쁘게 해준 적도, 만족시켜준 적도 없고, 자기가 곁에 누워 있을 때에도 앤은 딴 남자를 꿈꾸었다고 생각하네."

"그건 흔한 일이지요." 와이엇이 말한다. "보통 그렇지 않습니까? 결혼이라는 게 원래 그렇게 사는 거잖습니까. 그게 법 앞에 죄가 되는 줄은 몰랐군요. 하느님 맙소사. 잉글랜드인 절반이 잡혀 들어가야겠습니다."

"자네도 기소장에 명시된 죄목이 있고, 우리가 종이에 옮겨 쓰지 않는 다른 죄목들이 있다는 건 알 걸세."

"감정이 죄라면, 나도……"

"아무것도 시인하지 말게. 노리스는 시인했어. 왕비를 사랑한다고 시인했지. 누군가 자네한테서 얻어내려는 게 자백이라면, 그걸 줘서 자네한테 득이 될 게 전혀 없어."

"헨리가 뭘 원하는 겁니까? 난 정말로 영문을 모르겠어요. 헤쳐나갈 길이 보이질 않습니다."

"헨리는 날마다 마음이 바뀌어. 과거를 다시 쓰고 싶은 걸세. 앤을 아예 만나지 않았다면 좋겠다는 거야. 만났더라도, 그냥 보고 스쳐지나갔기를 바라는 걸세. 대체로는 앤이 죽어버리길 원하지."

"바람은 실행이 아닙니다."

"헨리의 경우에는 그게 그거지."

"제가 아는 법 지식으로는 왕비의 간음은 죄가 아닙니다."

"아니. 하지만 왕비를 범한 남자는 반역죄를 저지르는 거야."

"그들이 완력을 썼다고 생각하십니까?" 와이엇은 무표정한 말투로 말한다.

"아니, 그저 법률적인 용어일 뿐이네. 핑계지, 그렇게 해서 치욕을 당한 왕비를 좋게 봐주려는 우리의 핑계에 불과하네. 하지만 앤의 경우는 그녀 역시 반역자야. 자기 입으로 그렇게 말했어. 왕의 죽음을 원한다면 그게 모반이지."

"하지만 역시," 와이엇이 말한다. "제 이해력이 딸려서 죄송합니다. 제 생각에는, 앤이 '폐하가 돌아가신다면'이나 뭐 그런 표현을 썼던 것 같은데요. 그러면 한 가지 논쟁을 해보죠. 내가 '모든 사람은 죽는다'라고 말한다면, 그건 왕의 죽음을 예견한 겁니까?"

"논쟁은 하지 않는 게 좋아." 크롬웰은 유쾌하게 말한다. "토머스 모어는 반역죄로 끌려가면서도 논쟁을 걸었지. 자, 이제 자네를 찾아온 용건을 말하겠네. 왕비에게 불리한 증거를 자네한테서 얻어야 할지도 몰라. 언젠가 자네가 나한테 말했지. 우리집에 왔을 때, 앤이 남자들에게 어떻게 대하는지에 대해 해준 말이 있지. '돼요, 돼요, 돼요, 하다가 끝에 가서는 안 돼요'라고 한다고." 와이엇은 고개를 끄덕인다. 이 말들을 기억하는 눈치다. 그런 말을 했다는 사실이 후회되는 표정이다. "이제 그 증언에서 단어를 딱 하나 바꿔줘야겠네. '돼요, 돼요, 돼요, 안 돼요, 돼요. 이렇게."

와이엇은 대답하지 않는다. 침묵이 길어져 그들을 감싸고 깔린다. 나른한 침묵이. 다른 곳에서는 잎사귀가 펼쳐지며 5월의 꽃이 나무에서 피어나고, 분수대에 물이 쏟아지고, 젊은이들이 정원에서 까르르 웃고 있는 동안. 마침내 와이엇이 말한다. 긴장된 목소리다. "그건 증언이 아니었습니다."

"그럼 뭐였나?" 크롬웰이 바짝 다가앉는다. "내가 하찮은 대화를 나눌 만한 사람이 아니라는 걸 알 텐데. 나는 내 몸을 둘로 쪼갤 수는 없네. 하나는 자네 친구가 되고, 또하나는 왕의 신하로 만들 수는 없어. 그러니 내게 말해줘야 하네. 자네 생각을 글로 써줄 텐가, 아니면 청을 받았을 때 한마디로 말해주겠나?" 크롬웰은 의자에 기대앉는다. "그리고 이 점을 확실히 해주면, 내가 또 자네 아버지에게 편지를 써서 안심을 시켜드리지. 자네가 여기서 살아서 나가게 될 거라고." 크롬웰이 잠시 말을 끊는다. "그래도 되겠나?"

와이엇은 고개를 끄덕인다. 보일 듯 말 듯 작디작은 움직임, 미래를 향한 끄덕임이다.

"좋아. 이렇게 구금당해서 고생한 건 나중에 내 따로 보상하지. 거액의 돈을 받을 수 있게 해주겠네."

"그런 건 원치 않습니다." 와이엇은 일부러 어린아이처럼 고개를 돌린다.

"내 말을 믿게, 받으면 좋아. 아직도 이탈리아 체류비 때문에 빚이 있지 않나. 자네 빚쟁이들이 나를 찾아온다고."

"전 당신 동생이 아닙니다. 당신은 내 보호자가 아니에요."

크롬웰은 와이엇을 살핀다. "생각해보면, 내가 보호자라는 걸 알 걸세."

와이엇이 말한다. "헨리가 결혼을 무효화하는 것도 원한다고 들었습니다. 하루에 그 여자를 죽이고 또 이혼을 하고자 한다고요. 보세요, 그 여자가 그렇단 말입니다. 만사가 극단적이지요. 왕의 애인이 되진 않을 거고, 반드시 잉글랜드 왕비가 되어야만 하죠. 그래서 헨리는 종교를 바꾸고 법령을 만들고, 온 나라가 난리가 납니다. 그렇게 고생해서 얻은 여자인데 이제 와서 제거하려면 또 어떤 대가를 치러야 하겠습니까? 앤이 죽고 나서도 관에 못을 단단히 박아야 할 겁니다."

그는 호기심이 발동해 묻는다. "자네는 왕비에 대해 남은 애정은 없나?"

"애정이 있다가도 질려서 다 없어졌겠죠." 와이엇이 짤막하게 말한다. "아니면 애초에 애정 따윈 없었을 수도 있고, 저도 제 마음을 모르겠습니다. 장관님이 아시겠죠. 감히 말하지만 남자들은 앤에게 여러 가지 감정을 느낍니다. 하지만 헨리를 제외한 그 누구도 애정을 느끼지는 않았을 겁니다. 그런데 그런 헨리가 이제 와서 바보 취급당했다고 느낀다는 거군요."

그는 일어선다. "자네 아버님 마음을 편하게 해드릴 소식을 전해야겠네. 여기 좀 오래 있어야 할지도 모른다고, 여기가 제일 안전하다고 말씀드리지. 하지만 먼저…… 솔직히 우리는 헨리가 결혼을 무효로 돌린다는 얘기는 포기한 줄 알았는데, 지금 자네 말대로 헨리가 그 얘기를 다시 꺼내는 걸 보니, 아무래도……"

와이엇은 자신의 불안감을 음미라도 하듯 말한다. "가서 해리 퍼시를 만나보셔야 하겠군요. 그렇죠?"

이제 거의 사 년이 다 되어가는 일이다. 크롬웰은 콜미 리즐리를 바로 뒤에 대동하고 '마가와 사자'라는 천한 술집에서 해리 퍼시와 대면해 삶에 대한 일말의 진실을 가르쳐주었다. 그때 가르쳐준 가장 중요한 진실은, 해리 퍼시 본인 생각과는 상관없이, 해리 퍼시와 앤 불린의 결혼은 없던 일이라는 것이었다. 그날 크롬웰은 테이블을 내리치며 그 젊은이에게 왕의 앞길에서 어서 비키지 않으면 파멸하게 될 거라고 협박했었다. 토머스 크롬웰, 자신이 빚쟁이들을 풀어 해리 퍼시의 신세를 망칠 것이고, 백작 작위와 토지를 모조리 빼앗아 갈기갈기 찢어발길 거라고. 테이블을 세차게 내리치며, 또한 앤 불린을 완전히 잊고 모든 관계를 포기하지 않으면 어디에 숨어 있든 외숙부인 노퍽 공작이 찾아내서 그 불알을 이로 물어뜯어 잘라내버릴 거라고 했었다.

그후로 크롬웰은 노섬벌랜드 백작, 즉 해리 퍼시와 거래를 꽤 많이 했고, 백작은 이제 병든 젊은 폐인이 되어 극심한 빚더미에 올라앉은 채 날이면 날마다 세상일에 대한 통제력을 조금씩 잃어가고 있다. 사실 그때 그가 내렸던 무서운 파멸의 심판은 해리 퍼시에게 이미 현실이 되었다. 다만 한 가지, 누가 봐도 백작의 고환은 여전히 멀쩡하게 붙어 있었다. '마가와 사자'에서 이야기를 나눈 후로, 며칠 동안 내리 술독에 빠져 산 백작은 결국 하인들에게 옷에 묻은 토사물 흔적을 스

편지로 박박 닦아내게 만들었다. 시큼한 냄새를 풀풀 풍기며 수염도 제대로 깎지 않은 몰골을 하고는, 구토로 시퍼렇게 된 얼굴로 벌벌 떨면서 추밀원 회의에 출두한 해리 퍼시는 토머스 크롬웰의 말대로 순순히 자기 애정의 역사를 재구성해 써내려갔다. 앤 불린에 대한 모든 권리를 포기하고 두 사람 사이에서 어떤 결혼의 약속도 오가지 않았다고 확언했다. 그리고 앤은 완전히 자유로운 몸으로 왕의 청혼을, 즉 왕의 진심과 결혼의 잠자리를 받아들일 수 있다고 보장했다. 크랜머의 전임 대주교였던 워럼이 들고 있던 성경책에 손을 대고 해리 퍼시는 증인으로서 경건한 서약을 했었다. 그리고 내리꽂히는 헨리의 시선을 등지고 성체를 모셨다.

이제 크롬웰은 런던 북동부 케임브리지 로드의 스토크뉴잉턴 전원 저택에 있는 노섬벌랜드 백작을 만나러 간다. 퍼시의 하인들이 타고 온 말을 받아주지만 그는 곧장 저택으로 들어가지 않고 한발 물러서서 저택의 지붕과 굴뚝 풍광을 살핀다. "내년 겨울이 오기 전에 50파운드만 더 들이면 좋은 투자가 될 텐데." 그는 라이어슬리에게 말한다. "인건비는 빼고 말이야." 사다리가 있다면 올라가서 굴뚝 통을 보고 싶다. 하지만 체면에 어울리는 일은 아닐 것이다. 내무장관은 마음 내키면 뭐든 할 수 있지만 기록보관관은 자신의 유서 깊은 직책과 품위를 생각해야 한다. 교회 관계 업무에서 왕의 대리로 일하는 그가 굴뚝에 올라가도 될까…… 그걸 누가 알랴? 신설된 직책이라 아직 아무도 해보지 않았는데. 그는 씩 웃음을 머금는다. 모르긴 몰라도 마스터 라이어슬리의 품위는 확실히 손상될 터다. 자신이 그에게 사다리 좀 잡고 있어달라고 부탁해야 할 테니. "투자를 생각하고 있었네." 그는 라이어슬리에게 말한다. "나와 왕이 한 투자들 말일세."

백작은 크롬웰에게도 거액을 빚지고 있으나 왕에게는 1만 파운드의 부채가 있다. 해리 퍼시가 죽고 나면 백작 영지는 왕의 재산으로 편입될 것이다. 그래서 백작의 건강을 판단하기 위해서도 그를 찬찬히 살펴본다. 황달기가 있고, 뺨이 푹 꺼졌고, 서른넷, 서른다섯쯤 될 나이보다 훨씬 더 들어 보인다. 그리고 공기에 배어 있는 시큼한 냄새는 크롬웰로 하여금 킴볼턴의 자택에 구금되어 있던 옛 왕비를 연상시킨다. 곰팡내나는 환기 안 된 방은 감방 같고, 하녀의 손에 들려 토사물 대야가 옆을 스쳐간다. 별 희망 없이 물어본다. "내가 찾아온 탓에 병이 드신 건 아니겠지요?"

백작은 푹 꺼진 눈으로 크롬웰을 본다. "아니오. 내 간이 문제라고 하더군요. 아니, 전반적으로, 크롬웰, 나와는 아주 합리적인 거래를 했소. 솔직히 상황을 생각하면……"

"제가 했던 협박을 생각하면 말이지요." 그는 서글프게 고개를 젓는다. "아, 백작님, 오늘은 불쌍한 청탁자의 입장으로 이렇게 왔습니다. 아마 제 임무는 상상도 못할 겁니다."

"상상할 수 있을 것 같은데."

"저는 경께서 앤 불린과 결혼했다고 할 겁니다."

"안 돼."

"1523년에, 아니면 그 무렵에, 경께서 비밀리에 앤 불린과 결혼했고, 그리하여 왕과의 결혼은 무효라는 주장을 경에게 맡길 겁니다."

"안 돼." 어디선가, 백작은 선조들이 품었던 기개의 꺼지지 않은 불씨를 찾아낸다. 왕국의 북부에서 타오르는 그 국경의 불길, 그 앞길을 거스르는 자들을 모두 태워 죽이던 그 사나운 불길을. "당신이 나한테 서약을 시켰어, 크롬웰. '마가와 사자'에서 술을 마시던 나한테 와서 협박했잖소. 추밀원에 질질 끌려가서 성경에 대고 앤과는 아무런 약조도 하지 않았다고 맹세했소. 왕과 함께 가서 성체까지 모셔야 했고. 당신이 날 봤잖소, 당신이 내 말을 들었잖소. 어떻게 이제 와서 그 말을 취소하라는 거요? 내가 위증을 했다고 말하는 건가?"

백작은 자리에서 일어났다. 크롬웰은 그냥 앉아 있는다. 결례를 저지르고 싶지는 않다. 아니 그보다 따라 일어나면 백작의 따귀를 때리게 될지도 모르겠다는 생각이 든다. 이제까지 병든 환자를 때려본 적은 한 번도 없었다. "위증은 아니죠." 크롬웰은 상냥하게 말한다. "그런 경우에는 기억력이 문제였다고 말하시면 됩니다."

"내가 앤과 결혼했었는데, 그걸 잊었다고?"

그는 의자에 기대앉아 적수를 살핀다. "경은 언제나 술주정뱅이였죠. 그래서 아마 현재의 이런 상태까지 전락했을 겁니다. 문제의 그날에도, 아까 말씀하셨듯이, 경을 술집에서 찾아냈지요. 추밀원에 출두하기 전에도 여전히 취해 있었을 가능성이 있을까요? 그래서 무슨 서약을 했는지 헷갈렸을 가능성은 없을까요?"

"내 정신은 또렷했소."

"두통이 있으셨죠. 구토도 했고. 워럼 대주교의 발에 토할까봐 겁이 났어요. 그러면 어떡하나 걱정한 나머지 다른 생각이 하나도 안 났죠. 그래서 질의에 제대로 주의를 기울이지 못한 겁니다. 그건 경의 잘못이라고 보기 힘들죠."

"하지만," 백작이 말한다. "나는 주의깊게 경청했소."

"추밀원 자문관이라면 누구나 백작의 곤란한 입장을 이해할 겁니다. 우리 모두 과거에 한두 번쯤은 술에 취했던 적이 있으니까요."

"내 영혼을 걸고, 난 경청했소."

"그렇다면 다른 가능성을 생각해보시지요. 아마 서약을 받을 때 뭔가 절차에 하자가 있었던 겁니다. 돌발 상황이랄까요. 늙은 대주교는 그날 몸이 좋지 않았어요. 성경을 들고 있던 손이 덜덜 떨리는 걸 봤지요."

"중풍기가 있었소. 그 나이에는 흔하지. 하지만 대주교의 능력은 문제가 없었소."

"절차에 하자가 있었다면, 지금 와서 서약을 뒤집는다 해도 양심에 가책을 느끼실 필요는 없습니다. 어쩌면, 심지어 그게 성경이 아닐 수도 있다면?"

"표지는 성경처럼 보였는데." 백작이 말한다.

"저는 회계에 관한 책이 있는데, 종종 성경으로 착각하곤 합니다."

"특히 당신이 그렇겠지."

크롬웰은 씩 웃는다. 백작의 머리가 완전히 맛이 간 건 아니군, 적어도 아직은.

"그러면 성체는 어떡하고?" 해리 퍼시가 말한다. "서약을 확증하기 위해 성체를 모셨는데, 그건 하느님의 몸이 아니던가?"

그는 아무 말도 하지 않는다. 거기에 대해서도 논쟁을 할 수는 있지만 당신이 날 이단이라고 부를 빌미를 줄 수는 없지.

"절대 못하오." 퍼시가 말한다. "왜 그래야 하는지도 모르겠어. 나한테 들어오는 얘기는 헨리가 앤을 죽이려 한다는 것뿐인데. 그 여자를 죽이는 걸로도 모자라오? 죽고 나면 누구하고 약혼을 했건 말건 무슨 상관이지?"

"한 가지 중요한 의미가 있지요. 헨리는 앤이 낳은 아이에 대해 의심이 있습니다. 그러나 누가 아이의 아버지냐를 캐고 싶어하진 않아요."

"엘리자베스? 그 아기는 본 적이 있는데." 퍼시가 말한다. "그애는 헨리의 딸이오. 그 정도는 내가 봐도 알겠더군."

"하지만 혹시…… 아니 그렇다 하더라도, 헨리는 엘리자베스를 후계 구도에서 제외하길 원하고, 그래서 그 어머니와 결혼한 적이 없다고 하게 되면—뭐, 단칼에 그 문제는 해결되는 거지요. 다음 아내가 낳을 자식들에게도 길이 열리게 되고."

백작이 고개를 끄덕인다. "그건 알겠소."

"그래서 앤을 돕고 싶으시다면, 이게 마지막 기회입니다."

"결혼을 무효로 돌리고 자식을 사생아로 만드는데, 어떻게 그게 돕는 길이지?"

"목숨을 구할 수도 있으니까요. 헨리의 분노가 좀 가라앉으면."

"자네가 불길을 아주 뜨겁게 활활 태우겠지. 땔감을 잔뜩 쌓아놓고 풀무질을 할 인간이야, 안 그런가?"

그는 어깨를 으쓱한다. "저한테는 아무것도 아닙니다. 왕비를 미워하지도 않아요. 그런 일은 다른 사람들 몫으로 맡기지요. 그러니 혹시 앤을 조금이라도 아끼는 마음이 있다면—"

"난 더이상 그 여자를 돕지 못하오. 그저 나 자신을 도울 뿐이지. 신이 진실을 아실 거요. 당신이 신 앞에 선 나를 거짓말쟁이로 만들었지. 그런데 이제 사람 앞에 서서 바보가 되라 이건가. 다른 길을 알아봐야 할 거요, 내무장관."

"그러지요." 그는 순순히 말한다. 그리고 일어선다. "폐하를 기쁘게 할 기회를 잃었다는 게 유감이군요." 그는 문간에서 퍼시를 돌아본다. "정말 완고하십니다. 약하기 때문이겠죠."

퍼시가 고개를 들어 그를 본다. "지금 내 상태는 유약한 것보다 더 나빠, 크롬웰. 죽어가고 있단 말이지."

"그래도 재판 때까지는 목숨을 부지하겠죠? 당신을 귀족 배심원의 일원으로 배정하겠습니다. 앤의 남편이 아니라면 심판관이 될 자격이 충분하지요. 재판정은 경처럼 현명하고 경험 많은 사람들이 필요하니까요."

퍼시가 그의 등뒤에 대고 고래고래 악을 쓰지만, 그는 홀에서 성큼성큼 걸어나와 문밖에서 기다리고 있던 신사에게 고개를 가로젓는다. "뭐." 마스터 라이어슬리가 말한다. "한 대 쳐서 정신이 번쩍 들게 만드실 줄 알았는데요."

"이미 정신은 날아가고 없더군."

"우울해 보이십니다."

"내가, 콜미? 거참, 도저히 영문을 모르겠군그래."

"그래도 우리는 여전히 왕을 자유의 몸으로 만들어드릴 수 있습니다. 대주교께서 길을 찾으시겠지요. 메리 불린을 끌어들여서 인척관계 때문에 결혼이 교회법에 맞지 않는다고 해야 할지도 모르지만."

"우리 고충은, 메리 불린의 경우에 왕이 이미 그 사실들을 정산해봤다는 거지. 앤이 비밀리에 결혼했다는 건 몰랐을 수도 있어. 하지만 앤이 메리의 여동생이라는 건 왕이 늘 알고 있던 사실이란 말이야."

"그런 일 해보신 적 있으십니까?" 마스터 라이어슬리가 생각에 잠겨 묻는다. "자매 두 명하고 자면 어떨까요?"

"이런 시국에 고작 그런 의문에 머리를 쓰고 있단 말인가?"

"그냥 궁금해서요. 과연 어떨까. 사람들 말로는 프랑스 궁정에 있던 당시 메리 불린이 굉장히 헤픈 여인이었다고 하더군요. 프랑수아왕도 두 사람 모두와 잤을까요?"

그는 새삼 경이롭다는 눈으로 라이어슬리를 본다. "그 관점으로 한번 모색해봐야겠군. 자…… 자네가 착하게 굴고 해리 퍼시를 때리지도 않고 욕도 하지 않고 명령대로 밖에서 얌전하게 기다렸으니 자네가 알고 싶어할 만한 사실을 하나 알려주지. 옛날에 메리 불린을 따르던 후원자들이 잠깐 떨어졌을 때, 메리 불린이 내게 결혼하자고 했었다네."

마스터 라이어슬리가 입을 떡 벌린다. 그러더니 뚝뚝 끊기는 단음절로 다그친다. 뭐라고요? 언제요? 왜요? 말에 오른 후에야 라이어슬리는 말다운 말을 한다. "세상에, 맙소사. 왕의 동서가 될 뻔하셨군요."

"하지만 그리 오래가진 않았겠지." 크롬웰이 말한다.

산들바람이 부는 화창한 날이다. 그들은 속력을 내어 런던에 도착한다. 다른 날 같으면, 다른 동행과 함께였다면, 그 여정이 즐거웠을지도 모른다.

하지만 어떤 동행과 함께여야 할까? 화이트홀에서 말에서 내리며 크롬웰은 생각한다. 베스 시모어? "마스터 라이어슬리." 크롬웰이 묻는다. "내 마음을 읽을 수 있나?"

"아니요." 콜미가 말한다. 어리둥절한 얼굴, 어쩐지 기분이 상한 얼굴이다.

"주교가 내 마음을 읽을 수 있다고 생각하나?"

"아닙니다."

크롬웰이 고개를 끄덕인다. "그럼 됐고."

카를황제의 대사가 크리스마스 모자를 쓰고 크롬웰을 만나러 온다. "특별히 당신을 위해서 쓰고 왔소, 토머스." 샤퓌가 말한다. "이 모자를 보면 좋아하는 걸 아니까요." 크롬웰은 앉아서 하인에게 와인을 가져오라고 손짓한다. 그 하인은 크리스토프다. "저 무뢰한을 참 온갖 일에 다 쓰십니다?" 샤퓌가 묻는다. "그 마크 스미턴이라는 아이를 고문한 것도 저 친구 아니오?"

"일단, 마크는 아이가 아니고 그저 미성숙할 뿐입니다. 둘째, 아무도 고문은 하지 않았습니다." 적어도, 하고 그는 말한다. "내가 보거나 듣는 곳에서는 하지 않았고, 내가 지시하거나 암시하지도 않았고, 공식적으로나 암묵적으로나 허락을 내린 적도 없습니다."

"재판 준비를 하고 있다는 느낌이 드는데." 샤퓌가 이어 말한다. "매듭을 묶은 밧줄을 썼겠죠? 관자놀이를 꼭 묶었습니까? 그래서 눈알을 뽑아버리겠다고 협박했나요?"

그는 화가 난다. "대사님이 자란 곳에서는 그럴지 모르겠지만, 저는 그런 행위는 들어본 적도 없습니다."

"그러면 고문대를 쓰셨나요?"

"재판에서 직접 보시면 알겠지요. 어디 다친 데가 있는지 직접 판단해보십시오. 고문당한 사람은 나도 봐서 압니다. 여기서는 못 봤고. 외국에서 봤습니다. 의자에 앉혀서 데리고 들어와야 하지요. 마크는 옛날에 춤추던 시절만큼 멀쩡합니다."

"뭐, 그러시다면." 샤퓌는 크롬웰을 격앙시킨 게 만족스러운 모양이다. "그러면 이단 왕비는 어떻게 지내고 있습니까?"

"사자처럼 용감하지요. 어떻게 지내는지 알면 대사님 속이 쓰릴 겁니다."

"그리고 도도하겠지요. 하지만 겸손해질 겁니다. 그 여자는 사자가 아니에요. 지붕에서 울어대는 당신네 런던 고양이들보다 나을 게 없지요."

그는 옛날에 키우던 검은 고양이 생각을 한다. 말린스파이크. 몇 년 동안 싸움을 벌이고 먹이를 사냥하다가 고양이들이 다 그렇듯 다른 곳에서 먹고살려고 도망쳐버렸다. 샤퓌가 말한다. "아시겠지만, 수많은 궁정의 신사 숙녀들이 메리 공주를 찾아가서 곧 다가오게 될 시대에 충성을 바치겠다고 서약했습니다. 당신도 가는 게 좋을 텐데요."

빌어먹을, 그는 생각한다. 지금도 할일이 산더미 같아서 깔려 죽게 생겼는데. 잉글랜드의 왕비를 끌어내리는 건 절대로 하찮은 일이 아니란 말이다. "요즘 같아서는 공주께서도 제가 찾아뵙지 않는 걸 용서해주실 거라 믿습니다. 공주를 위한 거니까요."

"이제는 아무 거리낌 없이 '공주'라고 부르는군요." 샤퓌가 지적한다. "물론 헨리의 후계자로 다시 책봉되겠지요." 그는 기다린다. "공주도, 충성스러운 지지자들도, 그리고 황제께서도 기대하고 있습니다……"

"희망은 훌륭한 미덕이지요, 하지만." 그는 덧붙여 말한다. "대사께서 공주께 폐하나 제 허락 없이는 아무도 만나지 말라고 경고해주시기 바랍니다."

"그 사람들이 공주에게 의지하는 걸 막을 수는 없습니다. 옛날 공주의 식솔들 모두요. 그 사람들이 떼거지로 몰려옵니다. 새로운 세상이 열릴 거예요, 토머스."

"폐하께서는 공주님과 화해하기를 진심으로 바라고, 아니 바라실 겁니다. 좋은 아버지니까요."

"그동안 그 마음을 보여줄 기회가 너무 적었던 게 아쉽군요."

"외스타슈……" 크롬웰은 잠시 말을 끊고, 크리스토프에게 물러가 있으라고 손짓한다. "대사가 결혼한 적이 없는 건 알지만, 아이도 없으십니까? 그렇게 화들짝 놀란 표정은 하지 마십시오. 전 대사님의 삶에 호기심이 동합니다. 우리는 서로 좀더 잘 알아야 합니다."

화두가 바뀌자 대사는 신경을 바짝 곤두세우며 말한다. "난 여자들과 지분거리지 않습니다. 당신과는 달라요."

"저는 자식을 배척하지는 않습니다. 아무도 내가 아버지라면서 찾아오지도 않았고요. 그랬다면 만났을 겁니다."

"여자들이 굳이 길게 만나고 싶어하지 않았겠지요." 샤퓌가 부추긴다.

그래서 그는 웃음을 터뜨린다. "맞는 말씀일 겁니다. 이리 오세요, 좋은 친구. 저녁식사를 합시다."

"이렇게 술을 마시고 연회를 즐기는 밤이 앞으로 많이 있으면 좋겠군요." 대사가 환하게 웃으며 말한다. "일단 그 첩년이 죽고 나면 잉글랜드가 편안해질 거요."

런던탑의 남자들은 앞으로의 운명을 개탄할지언정 앤에 대해 왕처럼 극심한 원한을 품지는 않는다. 낮에 왕은 욥기*의 삽화 같은 모습으로 걸어다닌다. 밤이면 약사를 대동하고 강물을 건너 제인을 만나러 간다.

니컬러스 커루의 집이 몹시 아름답기는 하지만 템스강에서 13킬로미터나 떨어져 있어 이런 초여름의 기분좋은 밤이라도 저녁때 이동하기는 편리하지 않다. 왕은 어둠이 깔릴 때까지 제인과 머무르고 싶어 한다. 그래서 왕비 후보는 런던으로 와서 지지자와 친구들의 집에 기거해야 했다. 뜬소문이 도는 바람에 군중이 제인 시모어를 보려고 이 장소 저 장소에 모여들어 목을 빼고 눈알이 튀어나오도록 눈을 홉뜨곤 했다. 사람들은 대문을 막고 담장 위로 기어올라 그 너머를 볼 수 있도록 서로 치켜들어주기도 했다.

제인의 오빠들은 런던 사람들의 지지를 얻기 위해 거액의 선물을 풀었다. 제인 시모어가 자기네들과 비슷한 잉글랜드의 점잖은 규수라는 말이 돌았다. 앤 불린의 경우는 많은 사람들이 프랑스인이라고 생각했다. 그러나 군중은 어리둥절해하고, 심지어 악의에 불타기까지 했다. 왕은 원래 캐서린처럼 먼 나라에서 데려온 고귀한 공주와 결혼해야 하는 것 아닌가?

베스 시모어가 크롬웰에게 말한다. "제인은 폐하가 혹시 마음을 바꿀까봐 돈을 자물쇠 달린 궤짝에 모아두고 있어요."

"우리도 다 그래야지요. 자물쇠 달린 궤짝은 갖고 있으면 유용한 물건입니다."

---

* 의인을 참혹하게 시험하는 신에게 순순히 순응하는 욥이라는 인물의 이야기. 구약성서의 장.

"열쇠는 가슴에 넣어 보관해요." 베스가 말한다.

"거기는 아무도 손대지 않겠군요."

베스가 그를 장난기 섞인 눈빛으로 흘겨본다.

이때쯤이면 앤의 체포 소식이 유럽 전역에 잔물결처럼 퍼져나갔을 테고, 베스는 알지 못하지만 헨리에게 혼담이 시시각각 들어오고 있을 터다. 카를황제는 왕이 자신의 질녀인 포르투갈 왕녀를 좋아할지도 모르겠다고 혼담을 넣는다. 포르투갈 왕녀는 지참금으로 40만 더컷을 가져온다고 한다. 그리고 포르투갈 왕자 동 루이스는 메리 공주와 결혼하면 되겠다는 얘기도 한다. 아니, 왕녀를 원치 않는다면 고인이 된 밀라노 공작의 부인, 아주 어여쁜 젊은 미망인은 어떻겠는가? 그녀 역시 거액을 가져다줄 텐데?

예언과 징조를 중시하는 호사가들은 요즘 전성기를 맞았다. 악의에 찬 이야기들이 책에서 튀어나와 현실이 되고 있었다. 왕비가 근친상간 혐의로 런던탑에 갇혀 있다. 자연 그 자체인 왕국의 질서는 어지럽혀졌다. 유령들이 문간에서, 창가에서, 벽에 기대서서 산 자들의 비밀을 엿들으려는 모습이 목격된다. 인간의 손이 닿지 않은 종이 저절로 울린다. 아무도 없는데 말소리가 줄줄 쏟아져나오거나, 달군 쇠를 물에 담가 식힐 때 나는 쉭쉭 소리가 허공에서 들리기도 한다. 분별력 있는 시민들이 교회에서 소리를 지르기도 한다. 한 여자가 크롬웰의 대문 앞 군중을 헤치고 뛰쳐나와 크롬웰이 탄 말의 고삐를 잡았다. 경비들에게 붙잡혀 끌려나가기 전, 여자는 크롬웰을 보고 소리를 지른다. "신이여 우리를 도우소서, 크롬웰, 왕이라는 작자가 대체 어떤 남자요? 아내를 대체 몇 명이나 취하려는 거요?"

이번만큼은 제인 시모어도 뺨이 붉게 상기된다. 아니, 어쩌면 마르멜루 잼 같은 부드럽고 맑은 장밋빛인, 드레스 색깔이 반사되었는지도 모른다.

증언, 기소장, 법령 들이 돌려지고, 그것들은 판사들, 검사들, 법무상, 대법관의 집무실에서 뒤적거려진다. 법적 절차는 명료하고 논리적이고 합당한 법집행에 의해 시체들을 생산하게 설계되어 있다. 조지 로치퍼드는 귀족으로서 따로 재판을 받을 것이다. 평민들이 제일 먼저 재판을 받는다. "시체들을 끌어내라bring up the bodies"는 명령이 런던탑에 전달된다. 그 말은 피고들, 즉 웨스턴, 브레러턴, 스미턴과 노리스를 재판이 열리는 웨스트민스터홀로 호송하라는 말이다. 킹스턴이 바지선에 그들을 태워 호송해온다. 5월 12일, 금요일이다. 그들은 괴성을 지르며 내기를 걸고 있는 흥분한 군중을 헤치고 무장 경비병의 호위를 받아 끌려들어온다. 도박사들은 웨스턴은 살아서 빠져나올 거라 믿는다. 이건 그 집안사람들의 뒷공작이 어느 정도 효과를 본다는 뜻이다. 그러나 나머지 다른 사람들에게는 사느냐 죽느냐가 심지어 내깃거리도 되지 못한다. 모든 혐의를 인정한 마크 스미턴에게는 내깃돈이 걸리지 않는다. 그게 아니라 교수형이냐 참수형이냐, 삶아 죽일 것인가 태워 죽일 것인가, 아니면 왕이 새로 고안해낸 형벌로 죽일 것인가에 대해 아예 장부를 꺼내 돈을 걸었다.

사람들은 법을 알지 못해, 창밖으로 저 밑에서 벌어지는 소란을 내려다보며 크롬웰이 리시에게 말한다. 대역죄에는 단 하나의 형벌뿐이지. 남자라면 교수형에 처한 후 살아 있을 때 끌어내려 내장을 바르고 여자라면 화형에 처하는 거지. 왕이 선고를 참수로 바꿀 수 있어. 독살범들만 산 채로 삶아 죽이지. 법정은 이 사건에서 어차피 단 하나의 선고만 할 수 있는데, 그 사실이 전해지면 내기에서 이긴 사람들은 이를 갈며 분통을 터뜨리고 진 사람들은 돈을 내놓으라고 하겠지. 그러면 아직 피고인들은 법정에 멀쩡하게 서 있고 죽을 날도 한참 남았는데 오히려 길거리에서 싸움이 나고 옷이 찢어지고 머리통이 깨지고 땅바닥에 피가 쏟아질 거야.

피고들은 보통 반역죄 재판이 그러하듯 법정에 설 때까지 혐의를 듣지 못하고 변호사도 쓸 수 없다. 그러나 말을 하고 자신을 변호할 기회는 갖게 될 것이고, 증인도 부를 수 있다. 물론 그들을 위해 나서줄 용기가 있는 사람이 있다면 말이지만. 지난 몇 년간 반역죄로 재판을 받은 사람들 중에서 자유의 몸이 되어 풀려난 이들도 있다. 그러나 이 남자들은 이제 빠져나갈 길이 없다는 걸 안다. 남겨진 가족을 생각해야만 한다. 그들은 왕이 가족에게 선처를 베풀기를 바라고, 오로지 그런 희망만이 그들의 이의를 잠재우고 거침없는 무죄 주장을 막는다. 법정에서는 재판이 방해 없이 순조롭게 흘러가야 한다. 협조의 대가로, 왕은 치욕을 덜 수 있도록 도끼로 참수하는 형벌을 내릴 거라는 암묵적인 이해가 어느 정도 형성되어 있다. 배심원들 사이에서는 스미턴은 보호할 명예가 없는 미천한 평민이니 교수형에 처해야 한다는 중얼거림도 있다.

노퍽이 재판장이다. 죄인들이 끌려들어오고, 세 신사는 마크와 거리를 두고 떨어져 선다. 신사들은 경멸을 드러내고자 하고, 자신들이 마크보다 낫다는 걸 보여주고자 한다. 그러나 그러다보니 심리적으로 허락할 수 없는 선까지 서로 가까워지게 된다. 크롬웰은 그들이 서로 쳐다보지 않고, 최대한 공간을 확보하려 애쓴다는 걸 눈치챈다. 그래서 코트와 소매가 스칠 때마다 서로 움찔거리며 위축되는 꼴이 되어버린다. 오로지 마크만 유죄를 공공연히 인정한다. 혹시 자살하려 할 때를 대비해 사슬로 묶어둔 상태다. 이는 분명 자비로운 조처였는데, 자살 시도를 하더라도 서투르게 망칠 것이 분명하기 때문이다. 그래서 마크는 멀쩡한 몸으로 법정에 나타난다. 크롬웰이 장담한 대로 상처 하나 없지만, 다만 눈물을 주체하지 못하고 있다. 마크는 자비를 간구한다. 또다른 피고인들은 말을 아끼고 재판정에 예를 다한다. 마상 시합의 세 영웅은 자기네들을 내려다보고 있는 불패의 적수를 바라본다. 바로 잉글랜드의 왕이다. 도전할 수도 있겠지만 그 공격은, 예컨대 날짜와 구체적인 사항은 너무나 빨리 그들 곁을 스쳐지나가버린다. 굳이 우긴다면 일 점 정도는 얻을 수 있을 것이다. 그러나 그래 봤자 불가피한 결과가 미루어질 뿐임을 그들은 모두 안다. 피고인들이 법정에 들어올 때, 경비를 맡은 창병들은 도끼창을 거꾸로 들고 있었다. 그러나 선고가 확정되고 법정에서 나갈 때는 도끼창의 날이 죄인들 쪽을 향한다. 죄인들은 떠들썩한 소란 속에 밖으로 나간다. 이미 죽은 자들이다. 강까지 도열하고 서 있는 창병들 사이로 거칠게 밀쳐져서 그들의 임시 거처로, 그들의 대기실로 돌아가 마지막 편지들을 쓰고 영혼의 준비를 하게 될 것이다. 모두가 회한을 표했지만, 마크 말고는 아무도 무엇을 후회하는지 말하지 않았다.

서늘한 오후다. 군중이 흩어지고 법정이 해산하고 나서 크롬웰은 열린 창가에 서 있다. 서기들이 기록을 챙기는 모습을 끝까지 지켜보다가 이렇게 말한다. 이제 집에 가야겠군. 오스틴프라이어스의 집으로 가야겠어. 서류들은 챈서리 레인으로 보내게. 이 소식이 잉글랜드어에서 프랑스어로, 아마도 라틴어에서 카스티야어와 이탈리아어로 옮겨지고, 황제의 동부 영토에서 쓰는 플라망어로 번역되고, 독일 공국들의 국경을 넘고 보헤미아와 헝가리와 그 너머의 눈 덮인 땅으로 퍼져나가고, 그리스와 레반트*로 항해하는 상인들을 통해서, 앤 불린의 연인이나 동생은커녕 앤 불린이라는 이름조차 들어본 적이 없을 인도까지 번져나가는 사이 크롬웰은 그 공간과 침묵, 간극과 생략, 배제와 오해, 또는 단순한 와전을 모두 관장해야 한다. 뉴스는 실크로드를 따라 헨리 8세라는 왕은 고사하고 헨리라는 이름조차 들어본 적 없으며 심지어 잉글랜드의 존재조차 어두운 전설로 떠도는 중국까지 퍼져나갈 것이다. 중국에서는 아마 잉글랜드라는 곳이 남자들의 입은 배때기에 달려 있고 여자들은 날아다니며 고양이들이 왕국을 통치하고 남자들은 쥐구멍 앞에 앉아 저녁거리를 사냥하는 데라고 생각할지도 모르는데 말이다. 크롬웰은 오스틴프라이어스의 홀에 걸린 거대한 솔로몬과 시바의 여왕 그림을 바라보며 잠시 서 있다. 그 태피스트리는 한때 울지 추기경의 소유였으나 왕이 빼앗았고, 추기경이 세상을 떠난 후 크롬웰이 총애를 받아 출세하면서 왕이 하사한 선물이었다. 왕은 애초에 빼앗아서는 안 될 것을 진짜 주인에게 슬쩍 돌려주는 것처럼 약간 민망해했다. 왕은 크롬웰이 그리움을 담은 눈길로 그 그림 속 시바 여

---

* 동부 지중해 연안 지역으로 시리아와 레바논 등을 통칭함.

왕의 얼굴을 바라보는 걸 여러 번 본 적이 있었다. 시바 여왕을 탐내서
가 아니라 그 얼굴을 보면 과거로 돌아가는 느낌이 들어서였다. 우연
히 닮은 얼굴을 했던 과거의 어떤 여인을 떠올리게 했던 것이다. 안트
베르펜의 미망인 안셀마, 크롬웰은 그녀와 결혼할 수도 있었다는 생각
을 자주 한다. 그때 갑자기 고국으로 돌아가서 동포들과 다시 시작해
봐야겠다는 결심을 하지 않았더라면. 그 시절에는 급작스럽게 일을 처
리하곤 했다. 계산이 없지도 걱정이 없지도 않았으나, 일단 마음을 정
하면 신속하게 움직였다. 그리고 크롬웰은 지금도 그때와 변함없는 사
람이다. 그의 정적들도 알게 되겠지만.

"그레고리?" 아들은 미처 도로의 흙먼지를 털지도 않은 승마복 차
림이다. 크롬웰은 아들을 껴안는다. "얼굴 좀 보자꾸나. 어째서 여기
있는 거냐?"

"절대로 오지 말라는 말씀은 안 하셨잖아요." 그레고리가 설명한다.
"철저히 금지하지 않으셨어요. 게다가 이제 공적인 연설의 기술을 다
익혔거든요. 제 연설을 한번 들어보시겠어요?"

"그래, 하지만 지금은 말고. 시종 한두 사람만 데리고 시골길을 말
타고 달리면 안 된다. 네가 내 아들이라는 걸 다들 알고 있으니 해치려
드는 사람들이 있을 거야."

"어째서 제가 유명한 거죠?" 그레고리가 묻는다. "그 사람들이 어
떻게 그런 걸 알아요?" 문들이 열린다. 계단에서 발소리가 들린다. 궁
금증에 찬 얼굴들이 홀에 가득찬다. 재판정의 소식이 크롬웰보다 먼저
도착한 모양이다. 그렇다고, 크롬웰은 확언해준다. 그래, 다들 유죄야.
사형선고를 받았고. 타이번 형장으로 가게 될지는 모르지만, 나는 폐

하를 움직여 좀더 신속한 죽음을 선처해달라고 할 생각이네. 그래, 마크도 마찬가지야. 내 집 지붕 아래 있을 때 내가 자비를 베풀겠다고 했네. 내가 베풀 수 있는 자비는 이것뿐이니까.

"그들이 다 빚을 지고 있다고 들었습니다." 회계를 맡고 있는 서기 토머스 에이버리의 말이다.

"군중이 위험하게 굴었다는 얘기도 들었습니다." 또 경비 한 사람이 말한다.

요리사 서스턴이 가루를 뒤집어쓴 꼴로 나선다. "서스턴은 시중에서 파이가 세일중이라는 얘기를 들었답니다." 광대 앤서니가 말한다. "그리고 저요? 저는 나리가 이번에 새로 연출해서 올리신 희극의 반응이 아주 좋았다는 얘기를 들었습지요. 죽는 사람들 말고는 다들 웃었다고 하더군요."

그레고리가 말한다. "하지만 형 집행 정지의 가능성이 아직은 있지요?"

"물론이지." 크롬웰은 더이상 말을 하고 싶지 않다. 누군가 에일을 가져다주었다. 크롬웰은 입가를 훔친다.

"우리가 올프홀에 있던 때가 기억나요." 그레고리가 말한다. "웨스턴이 아버지께 너무 당돌하게 말해서, 저와 레이프가 마술 그물로 잡아 높은 곳에서 밀어 떨어뜨리는 시늉을 하는 놀이를 했지요. 하지만 그가 정말로 죽길 바라지는 않았습니다."

"왕이 마음껏 쾌락을 즐기면, 그렇게 수많은 훌륭한 신사들이 타락하기 마련이지." 크롬웰은 식솔들이 들으라고 말한다. "자네들 친인척들이 와서 이 신사들을 죽음으로 몰고 간 게 크롬웰이라고 하거든, 그게 아니라 폐하와 잉글랜드의 법정이라고 말하게. 적합한 형식적 절차가 모두 지켜졌으며 시내에 무슨 뜬소문이 도는지 몰라도 진실을 찾는 과정에서 그 누구의 몸에도 고문을 가하지 않았다고 말하게. 그리고 잘 알지도 못하는 사람들이 이 남자들이 죽는 건 다 내가 원한을 품은 탓이라고 해도 제발 믿지 말게. 물론 난 그들에게 원한이 있네. 하지만 이는 원한을 넘어서는 일이야. 아무리 내가 애를 썼어도 그들을 구할 수는 없었을 걸세."

"하지만 마스터 와이엇은 죽지 않는 겁니까?" 토머스 에이버리가 묻는다. 웅성거림이 인다. 와이엇은 워낙 소탈하고 예의가 발라서 크롬웰의 집안에서 인기가 높다.

"이제 들어가봐야겠네. 외국에서 온 편지들을 읽어야 해. 토머스 와이엇이라…… 뭐, 일단 내가 그 친구한테는 충고를 해두었다고 하자고. 곧 여기 우리 사이에서 그를 볼 수 있을 거라 생각하지만, 그 무엇도 확실한 건 없다는 걸 명심하게. 폐하의 뜻이란…… 아니야. 그만하면 됐어."

크롬웰은 말을 하다 말고, 그레고리가 그 뒤를 따른다. "정말로 그들은 유죄입니까?" 단둘이 되자 그레고리가 묻는다. "어째서 그렇게 남자들이 많습니까? 딱 한 사람만 지목했다면 폐하의 명예가 덜 실추되지 않습니까?"

크롬웰은 짓궂게 말한다. "그러면 그 문제의 신사가 너무 독보적으로 두드러져 보이지 않겠니?"

"아, 그러니까 사람들이 해리 노리스가 왕보다 더 거시기가 큰데다 솜씨도 좋대, 이런 말을 할 거라 그 말씀이지요?"

"너 참 말솜씨가 대단하구나. 폐하는 모든 일을 참을성 있게 받아들이려 하시는 편이고, 다른 남자라면 비밀에 부칠 만한 일도, 사적인 인간이 아닌 자신은 그럴 수가 없다는 걸 알고 계신다. 그래서 왕비가 무분별했고, 충동적이었고, 천성적으로 나빠서 통제할 수 없었다고 믿고, 적어도 그렇게 보이길 원하시지. 이제 그렇게 많은 남자들이 부정행위에 연루되었다는 사실이 밝혀졌으니 그 어떤 변호의 가능성도 싹 다 사라져버린 거지, 알겠니? 그래서 남자들이 먼저 재판을 받는 거란다. 그들이 유죄면 당연히 왕비도 유죄니까."

그레고리는 고개를 끄덕인다. 이해하는 것처럼 보이지만, 아마 그렇게 보이는 게 전부일 것이다. 그레고리가 "그들은 유죄입니까?"라고 물었을 때는 "정말 그들이 그런 짓을 했습니까?"라는 뜻이었지만, 크롬웰이 "그들은 유죄인가?"라고 물을 때는 "실체적 진실과는 무관하게 법정에서 유죄라고 판결이 났나?"라는 뜻이니까. 법률가의 세계는 인간성을 벗겨내버린, 철저히 자족적인 세계다. 허벅지와 혀의 얽힌 매듭을 풀고, 들썩거리는 육신을 하얀 종이에 매끈하게 옮겼다는 건 작지만 분명 승리였다. 몸뚱어리 역시, 절정에 오르고 나면 하얀 리넨 위에 눕게 되는 것처럼. 크롬웰은 단 한 단어도 허투루 낭비되지 않은 아름다운 기소장을 본 적이 있다. 이건 그런 게 아니었다. 구절들이 복작거리며 입에 거품을 물고, 팔꿈치로 쿡쿡 찌르며 흘러넘쳤다. 내용도 추하고 형식도 추했다. 앤을 비난하는 논리는 태생부터 불경했고, 애초에 형체를 갖추지도 못한 채 때 이르게 태어난 살덩어리 미숙아였다. 곰 새끼를 어미가 핥듯이, 핥아서 형체를 만들 때까지 두고 기다려야 했다. 크롬웰은 손수 먹이를 주며 키우면서도 그 죄의 정체를 알 수가 없었다. 마크가 자백을 할 거라 누가 생각이나 했겠는가. 아니면 앤이 죄악의 무게에 짓눌려 괴로워하는 죄 지은 여자처럼 행동할 줄 누가 알았겠는가. 오늘 법정에서 남자들이 한 말 그대로였다. 우리는 모든 혐의에서 유죄이고, 우리는 모두 죄를 지었고, 우리는 모두 불법행위로 얼룩지고 썩어 문드러졌으나 교회와 복음의 빛에 비추어봐도 그 죄목이 무엇인지 모를 수 있습니다. 죄악의 전문가들이 모여 있는 바티칸에서는, 이런 힘든 시기를 겪고 있는 헨리왕이 우정과 화해의 제안을 해온다면 무조건 호의적으로 받아들이겠다는 전갈을 보내왔다. 다른 사람들은 다 놀랐을지 몰라도, 로마에서는 아무도 이러한 사태의 전개에 놀라는 사람이 없었던 것이다. 당연히 로마에서는 그리 대단한 일도 아닐 것이다. 불륜, 근친상간, 그저 어깨 한 번 으쓱하고 말 일이다. 베인브리지 추기경이 재임하던 당시 크롬웰은 바티칸에 있으면서 교황청에서는 아무도 무슨 일이 일어나고 있는지 사태를 파악하는 사람이 없다는 걸 금세 눈치챘다. 특히 교황은 아무것도 몰랐다. 계책은 저절로 자라나고, 음모는 어머니도 아버지도 없는데 번창한다. 알아둬야 할 단 한 가지가 있다면, 아무도 아무것도 모른다는 것이다.

하지만 로마에서는 법집행에 겉치레가 거의 없지, 그는 생각한다. 감옥에 갇힌 죄인들은 잊히거나 굶기 일쑤였고, 교도관들한테 맞아 죽으면 그냥 시체를 포대에 넣어 굴려서 강물에 처넣으면 그만이었다. 티베르강이 시신을 싣고 유유히 흘러갔으니까.

그는 얼굴을 들고 올려다본다. 그레고리가 그의 사색을 존중하며 조용히 와서 앉아 있었다. 그런데 이제 가만히 있던 아들이 말한다. "그 사람들은 언제 죽게 되나요?"

"내일일 리는 없다. 처리해야 할 일들을 살필 시간이 있어야 하니까. 그리고 왕비가 월요일에 런던탑에서 재판을 받아. 그러니 그후라야 될 거다. 킹스턴이 도저히…… 공개재판이 열릴 거고, 런던탑에 사람들이 물밀듯이 몰려올 테니……" 크롬웰은 볼썽사납게 밀쳐대는 군중을 눈앞에 떠올린다. 사형수들은 재판을 받는 왕비를 구경하러 몰려드는 인파를 헤치고 처형대까지 몸싸움을 벌이며 가야 할 것이다.

"그렇지만 아버지도 가서 보실 거지요?" 그레고리가 다그쳐 묻는다. "형이 집행될 때요? 마지막 길에 가서 기도해주고 싶은데, 아버지가 안 가시면 혼자 갈 수가 없어요. 땅바닥에 기절해 쓰러질지도 모르니까요."

크롬웰은 고개를 끄덕인다. 이런 문제에는 현실적인 쪽이 좋다. 젊은 시절 길거리의 싸움패들이 배짱을 자랑하다가 손가락 좀 베였다고 풀이 죽는 꼴을 많이 보았다. 아무튼 사형장에 가는 건 싸움에 끼어드는 것과는 전혀 다르다. 공포가 있고 공포가 전염된다. 그러나 패싸움에서는 공포를 느낄 시간도 없고, 다 끝날 때까지 다리가 후들거릴 여유도 없다. "내가 못 가면 리처드가 갈 거다. 친절한 생각이구나. 그런 친절이 마음을 아프게 할지 모르지만, 내가 보기에는 예우로 느껴진다." 크롬웰은 다음주의 모습을 짐작조차 할 수 없다. "다만 그때 가서……" 크롬웰은 말꼬리를 흐린다. "결혼 무효는 반드시 진행되어야 하니까 말이야. 모든 건 왕비한테 달려 있지. 왕비가 우리를 도와줄 건지, 과연 동의해줄 건지." 크롬웰은 머릿속 생각을 입으로 줄줄 말한다. "나는 크랜머와 램버스궁에 있을지도 몰라. 그리고 아들아, 부탁인데 어째서 결혼을 무효로 돌려야 하느냐는 질문은 하지 마라. 그냥 폐하가 원하는 바라고만 알아두고."

크롬웰은 죽어가는 남자들은 전혀 생각나지 않는다는 걸 깨달았다. 그 대신 크롬웰의 마음속에는 여자들의 얼굴을 가린 베일처럼 눈앞을 흐릿하게 만들며 쏟아지던 비를 맞고 처형대 위에 서 있던 토머스 모어의 모습이 뜬금없이 들어온다. 이미 죽은 모어의 몸은 도끼의 타격으로 깔끔하게 뒤로 젖혀졌다. 추기경이 몰락할 때, 모어는 무도하기 짝이 없는 검사였다. 그러나 나는 그를 미워하지 않았어, 크롬웰은 생각한다. 내 능력을 최고로 발휘해서 제발 왕과 화해하라고 설득했지. 나는 그를 회유할 수 있을 거라 생각했어, 정말로 그럴 수 있을 줄 알았지. 모어 그 친구는 세상에 대한 애착도 질기고, 자기 자신에 대한 애착도 질기고, 살아야 할 이유도 너무나 많았어. 그러나 결국 그는 자기 자신의 살인범이 되었지. 글을 쓰고 또 쓰고 말을 하고 또 하다가, 갑자기 한순간에 모든 걸 취소했어. 만일 이 세상에 자기 자신을 참수하다시피 한 사람이 있다면, 그게 바로 토머스 모어였지.

왕비는 진홍색과 검은색 옷을 입고, 후드 대신 챙에 검은색과 흰색 깃털을 단 발랄한 두건을 썼다. 저 깃털들을 기억해두자, 크롬웰은 스스로에게 이른다. 이게 마지막이 될 거야. 아니 거의 마지막에 가깝겠지. 왕비는 어떤 모습이었나요, 여자들이 그에게 묻겠지. 창백하지만 두려워하지 않는 모습이었다고 말해줄 수 있을 것이다. 앤이 저 거대한 재판정에 들어가 잉글랜드의 귀족들 앞에 서고, 좌중 모두가 남자인데 아무도 그녀를 원치 않는다니, 천하의 앤 불린에게 어떻게 이런 일이 있을 수가 있나? 앤은 이제 더럽혀졌고, 이미 죽은 고기다. 그래서 남자들의 시선은 그녀를—젖가슴, 머리카락, 눈, 그 어디도—탐하지 않고 스르르 미끄러져 흘러간다. 단 한 사람, 노퍽 외숙부만이 매서운 눈길로 쏘아본다. 앤의 머리는 절대 메두사의 머리가 아니라는 것처럼.

런던탑의 거대한 홀 한가운데에 판사와 귀족들이 앉을 벤치가 있는 단상이 지어졌고, 측면 아케이드에도 벤치들이 놓였다. 그러나 관객은 경비대가 "그만"이라고 외치며 창으로 입구를 막아 제지할 때까지 계속 밀쳐댈 것이다. 심지어 입구가 막혀도 그들은 계속 밀쳐댈 것이고, 뚫고 들어간 사람들이 법정 변호인석에서 또 떠밀어대 소란스러운 소리가 날 것이고, 결국 하얀 봉을 든 노퍽이 정숙을 외치게 될 것이다. 그 얼굴에 떠오른 험악한 표정을 보면, 군중 속에서 가장 무식한 사람이라도 무슨 뜻인지 알게 된다.

여기에는 공작 옆에 앉아 왕국 최고의 법적 자문을 하게 될 대법관이 있다. 여기에는 우스터 백작이 있다. 어찌 보면 그의 아내가 이 모든 사태를 시작했다 말해도 과언이 아니다. 그리고 백작은 크롬웰을 보고 험상궂은 표정을 지어 보인다. 크롬웰은 영문을 알 수 없다. 여기 서퍽 공작인 찰스 브랜던이 있다. 처음 앤을 본 순간부터 미워했고 왕의 면전에서도 그 증오를 적나라하게 드러냈던 사람이다. 여기에는 어런들 백작, 옥스퍼드 백작, 러틀랜드 백작, 웨스트멀런드 백작이 있다. 평민인 토머스 크롬웰은 그들 사이를 부드럽게 누비며 여기서 인사하고 저기서 한마디 나누고 안심과 확언을 퍼뜨린다. 폐하의 승소가 예정되어 있으며 어떤 동요도 일어나지 않을 것이고 용납되지도 않을 것이다. 우리 모두 저녁식사 시간까지는 집에 돌아가 있을 테고 오늘밤에는 자기 집 침대에서 편안하게 숙면을 취할 것이다. 샌디스 경, 오들리 경, 클린턴 경과 기타 등등의 경들이 더 있고, 다들 착석하자 명단에서 이름이 지워진다. 조지 불린의 장인인 몰리 경이 손을 내밀어 말한다. 부탁이네, 토머스 크롬웰, 자네는 나를 사랑하지 않나. 이 지저분한 일이 우리 불쌍한 어린 딸 제인한테 흙탕물을 튀기지 않게 부탁하네.

불쌍한 어린 딸이라고 하실 수는 없지요, 크롬웰은 생각한다. 물어보지도 않고 딸을 시집보내셨으니. 하지만 그건 흔한 일이다. 아버지로서 그를 탓할 수는 없다. 언젠가 왕이 서글프게 말한 것처럼, 사랑하는 사람을 선택할 수 있는 건 오로지 아주 가난한 남녀뿐이기 때문이다. 그는 몰리 경의 손을 꼭 잡고는 용기를 내시길 바란다고 말하고 자리에 앉으시라고 한다. 죄인은 재판정에 들어왔고 법정도 준비가 끝났던 것이다.

크롬웰은 외국 대사들에게 고개 숙여 인사한다. 그런데 샤퓌는 어디 있지? 소식이 앞으로 전해져온다. 샤퓌는 사일열 말라리아에 걸려 고생하고 있다고 한다. 소식을 다시 뒤로 전달한다. 그런 소식을 듣게 되다니 유감이라고. 조금이라도 편하게 해드릴 만한 게 있다면 드리고 싶으니 하인을 집으로 보내달라고. 사일열 말라리아라. 오늘 열이 났다고 하면 내일이면 열기가 썰물처럼 빠져나갈 것이고, 수요일에는 비틀거려도 두 발로 걸을 수 있을 테지만 나흘째가 되면 다시 열이 올라 병석에 눕게 될 것이다.

법무상이 기소장을 읽는데, 꽤 시간이 걸린다. 법령 앞의 범죄, 신 앞의 범죄들. 기소하기 위해 일어설 때 그는 생각한다. 폐하는 오후까지는 판결이 나오기를 기대할 텐데. 재판정 안을 둘러보다가 여전히 외출용 외투를 벗지 않고 당장이라도 시모어 가문에 소식을 전하러 갈 태세를 갖춘 프랜시스 브라이언을 본다. 진정해, 프랜시스, 그는 생각한다. 좀 시간이 걸릴 수도 있어. 이 안이 후끈하게 달아오를 거야.

사건의 요체는 한두 시간에 끝날 일이지만, 아흔다섯 개의 이름을 판사와 귀족들이 일일이 확인해야 할 때는 시간이 걸린다. 질질 끄는 발소리와 목청 가다듬는 소리, 코 푸는 소리. 옷매무새를 가다듬고 벨트를 정리하고―일부 남자들이 공공연히 연설을 해야 할 때 치르는 이 모든 정신 산만한 의례들―그러다보면 이 하루는 지루하게 흘러갈 수밖에 없다. 왕비는 정작 차분하게 의자에 앉아서 조목조목 읽어 내리는 자신의 죄상을 열심히 귀기울여 듣는다. 어질어질하게 이어지는 수많은 시간과 날짜와 장소와 남자 들, 그 남자들의 성기, 혀, 입안으로, 입 밖으로, 몸의 다양한 틈새들 속으로, 햄프턴코트에서, 리치먼드궁에서, 그리니치와 웨스트민스터에서, 미들섹스에서, 켄트에서, 헤픈 말과 말대꾸, 질투에 찬 싸움과 뒤틀린 의도 들, 그리고 왕비의 선언, 남편이 죽으면 그들 중 한 사람을 골라 새 남편으로 삼겠지만 아직 누구인지는 말할 수 없다. "그런 말을 했습니까?" 앤은 고개를 흔든다. "큰 소리로 말해야 합니다."

얼음처럼 차가운 작은 목소리가 대답한다. "아니요."

앤은 오로지 그 말만 한다, 아니, 아니, 아니요. 그리고 단 한 번 "그래요"라고 대답한다. 웨스턴에게 돈을 준 적이 있느냐는 질문을 받고는 망설이다가 인정한다. 그러자 군중으로부터 야유가 터져나오고, 노픽이 잠시 재판을 중지하고 정숙하지 않으면 모조리 다 잡아넣겠다고 엄포를 놓는다. 서퍽이 어제 그런 말을 했었다. 질서가 잘 잡힌 나라에 서는 귀족 여인의 재판은 얌전하게 비공개로 진행되는 법이라고. 그는 눈을 굴리며 대답했다. 하지만 경, 여기는 잉글랜드인걸요.

노퍽은 좌중을 정숙하게 만들고야 만다. 사각거리는 침묵 속에 헛 기침과 속삭임이 간간이 터져나온다. 이제 기소를 재개할 준비를 마친 노퍽은 말한다. "아주 좋아요, 그럼 계속하시오—어, 당신." 이번이 처 음은 아니지만, 노퍽은 말 시중드는 하인도 아니고 짐마차꾼도 아니고 왕의 장관직을 맡은 크롬웰을 대체 어떤 호칭으로 불러야 할지 잘 모 른다. 대법관이 몸을 기울여 속삭여 말한다. 기소를 맡은 검사로서 크 롬웰의 공식 직책이 기록보관관이라는 사실을 노퍽에게 상기시키는 것이다. "계속하십시오, 보관관." 조금 더 정중한 말투로 노퍽이 말한 다. "계속하시기를 부탁합니다."

앤은 반역죄를 부인한다. 그게 핵심이다. 앤은 절대 언성을 높이지 않지만, 그렇다고 자세히 상술하거나 핑계를 대거나 변명을 하는 건 깔본다. 즉, 죄상을 경감하려 하지 않는다. 그런데 그녀를 대신해 그 일을 맡아줄 사람이 아무도 없다. 크롬웰은 와이엇의 늙은 부친이 언 젠가 해준 얘기를 기억한다. 죽어가는 암사자가 사람을 얼마나 무섭게 해칠 수 있는지 아는가. 발톱을 번개처럼 휘둘러 평생 가는 상처를 입 힐 수 있다네. 그러나 그는 어떤 신변의 위협도, 긴장도, 아무것도 느 끼지 않는다. 크롬웰은 달변에, 품위 있고 낭랑한 목소리로 유명한 훌 륭한 연설가다. 그러나 오늘, 크롬웰은 청중에게 자기 말이 잘 들리는 지 전혀 신경쓰지 않는다. 판사와 피고에게만 들리면 된다. 그 너머에 몰려 있는 사람들은 들어봤자 무조건 곡해할 테니까. 그래서 크롬웰의 언성은 희미해져 방안에 졸음을 부르는 중얼거림으로 퍼진다. 한구석에서 유리창에 부딪혀 윙윙거리는 파리만도 못한 목소리로 기도문을 단조롭게 읊어대는 시골 목사 같은 말투다. 크롬웰은 곁눈질로 법무상이 하품을 꾹 참는 모습을 보고 생각한다. 절대 못할 것만 같던 일을 난 해냈어. 불륜, 근친상간, 음모와 반역죄를 들고 와서 평범한 일상으로 만들어버린 거야. 우리는 거짓된 흥분 따위는 필요하지 않아. 아무튼, 여기는 로마의 서커스장이 아니라 법정이니까.

선고는 늘어진다. 한도 끝도 없이 늘어지는 일이다. 재판관은 간결하게 말해달라고 호소한다. 제발 연설은 자제해주십시오, 한마디면 충분합니다. 유죄 아흔다섯 표, 단 한 사람도 반대가 없다. 노펔이 판결을 읽기 시작하자, 아까와 마찬가지로 시끌벅적한 고함소리가 터져나오고, 밖에서 밀고 들어오려는 사람들의 압력이 어찌나 거센지, 홀 전체가 마치 정박해 있는 보트나 되는 것처럼 부드럽게 흔들리는 느낌이 들 정도다. "왕비의 외숙부가!" 누군가 울부짖자 노펔이 테이블을 주먹으로 쾅 치면서 다 잡아 죽이겠다고 을러댄다. 그러자 어느 정도 장내가 조용해진다. 그 숨죽인 정적 속에서 노펔은 결론을 내린다. "……그대의 심판은 다음과 같다. 여기 런던탑 안에서 화형을 당하거나 참수를 당할 것이다. 이 문제에 대해서는 폐하의 의중이 조금 더 밝혀지고 나—"

재판관 한 사람이 외마디소리를 낸다. 앞으로 몸을 숙이고 맹렬하게 속삭여 말한다. 노펔은 격분한 얼굴이다. 변호사들이 우르르 몰려가고, 귀족들이 목을 앞으로 빼고 무슨 일로 또 지연되는지 살피고 있다. 크롬웰이 그리로 걸어간다. 노펔이 말한다. "이 사람들 말로는 내가 뭘 잘못했다는데. 화형이나 참수라고 말하면 안 되고, 반드시 화형이라고 말해야 한다는군. 대역죄를 저지른 여자들이 받는 형벌이 그거라면서."

"노퍽 경께서는 폐하의 명을 받드시는 겁니다." 크롬웰은 이의를 용납하지 않을 작정이고, 그래서 강경하게 말한다. "그 표현은 폐하의 의중이었으니, 뭐는 되고 뭐는 안 된다는 소리는 내게 하지 마십시오. 왕비를 재판하는 건 처음이니까요."

"일단 하면서 절차를 정하는 거지." 대법관이 싹싹하게 말한다.

"지금 하던 말씀을 마무리하십시오." 크롬웰은 노퍽에게 말한다. 그리고 한발 물러선다.

"다 읽은 것 같소." 노퍽이 코를 긁적거리며 말한다. "……참수를 당할 것이다. 이 문제에 대해서는 폐하의 의중이 조금 더 밝혀지고 나면 결정하게 된다."

공작은 언성을 낮추고 대화하는 말투로 말을 맺는다. 그래서 왕비는 자기 판결문의 마지막을 끝내 알아듣지 못했다. 하지만 요점은 알아들었다. 크롬웰은 왕비가 의자에서 일어나는 모습을 지켜본다. 아직도 차분하군, 그는 생각한다. 믿지 않고 있는 거야. 어째서 믿지 않는 거지? 프랜시스 브라이언이 떠돌던 곳을 보았으나, 전령은 이미 사라지고 없다.

로치퍼드의 재판이 이제 진행될 예정이다. 동생이 들어오기 전 먼저 앤을 밖으로 데리고 나가야 한다. 이 사건의 진지성은 이미 희석되어 흩어져버렸다. 법정의 연로한 판사들은 종종걸음으로 소변을 보러 나가고, 젊은이들은 다리를 쭉 펴고 가십을 나누며 조지의 사면에 대해

574

최신 내기를 건다. 내기는 조지 불린에게 유리한 쪽으로 기운다. 하지만 끌려들어올 때 조지의 얼굴은 헛된 미망에 빠지지 않았음을 잘 보여준다. 조지를 사면해야 한다고 주장하는 사람들에게 크롬웰은 말했다. "로치퍼드 경이 재판정을 만족시킨다면 풀려날 겁니다. 어떤 변론을 할지 두고 봅시다."

크롬웰은 실질적으로 단 한 가지를 두려워하고 있다. 로치퍼드는 사랑하는 사람을 남기고 죽는 게 아니라서 다른 남자들이 느끼는 부담이 없다는 것이다. 조지는 아내에게 배신당했고 아버지에게 버림받았으며 외숙부가 자기 재판의 재판장을 맡고 있다. 조지가 달변으로 기운차게 변론할 거라 생각했는데 그 예상은 들어맞는다. 혐의점을 읽어주자 조지는 조목조목, 구절 하나하나를 반박하겠다고 나선다. "신사 여러분, 신이 약속하신 영원에 비하면 지상에서의 시간이 대체 무엇이겠습니까?" 청중의 얼굴에 미소가 번진다. 호감 가는 태도에 대한 찬탄이다. 조지 불린이 크롬웰을 똑바로 지목한다. "하나하나 조목조목 내 앞에 내놓으시오. 시간, 장소. 당신을 좌절하게 만들어줄 테니까."

그러나 이 시합은 사실 공정하지 않다. 크롬웰에게는 문서가 있지만, 그것을 테이블에 내려놓고도 얼마든지 자기주장을 펼칠 수 있다. 그에게는 잘 훈련된 기억력이 있다. 체득한 자신감이 있으며, 목구멍에 힘을 하나도 싣지 않는 법정 전용 목소리가 있으며, 감정에 힘을 전혀 싣지 않는 도회적인 매너가 있다. 만일 크롬웰이 주고받은 애무의 상세한 내역을 큰 소리로 읽다가 동요할 거라 조지가 생각한다면, 그건 크롬웰이 어디 출신인지 전혀 짐작조차 하지 못하기 때문이다. 어떤 시간과 경험이 지금의 크롬웰을 만들었는지 조지는 알지 못한다.

금세 로치퍼드 경은 설익고 눈물 많은 철부지 소년처럼 보이기 시작
한다. 자기 목숨을 걸고 싸우는 그가 결과에 한없이 초연해 보이는 크
롬웰의 적수가 될 수는 없다. 뭐, 원한다면 법정에서 사면해도 좋다.
어차피 좀더 비공식적인 또다른 법정, 또다른 소송이 열릴 테고 조지
는 망가진 시체가 되고 말 것이다. 크롬웰은 또한 이런 생각도 한다.
곧 젊은 불린이 자제력을 잃고 폭발하겠군. 그러면 헨리에 대한 경멸
을 드러낼 테고, 그걸로 다 끝장나는 거지. 크롬웰은 로치퍼드에게 종
이 한 장을 건넨다. "여기 특정한 말들이 적혀 있습니다. 왕비가 경에
게 했고 경이 듣고는 퍼뜨렸다는 말입니다. 큰 소리로 읽을 필요는 없
습니다. 그저 법정에 말만 해주십시오. 이 말들을 알아보시겠습니까?"

조지는 경멸조로 미소를 짓는다. 그 순간을 음미하며 비웃음을 띤
다. 잠시 숨을 가다듬고 조지는 그 말들을 큰 소리로 읽는다. "왕은 여
자와 성교를 할 수 없어. 기술도 없고 정력도 없지."

조지가 그 말을 읽은 건 군중이 좋아할 거라 생각했기 때문이다. 그
리고 군중은 좋아한다. 하지만 그 웃음소리에는 충격과 경악이 배어
있다. 그러나 재판관들―중요한 건 그들이다―은 못마땅하다는 듯 다
들리도록 숨을 들이마신다. 조지가 고개를 든다. 양손을 치켜든다. "이
건 내가 한 말이 아닙니다. 전 이런 말을 하지 않았습니다."

그러나 이제는 그 말을 했다. 군중의 박수갈채를 얻고자 부린 찰나
의 허세로, 그는 왕위계승권을 폄하하고 왕의 후계자들의 명예를 훼손
한 것이다. 그러지 말라고 주의를 주었는데도. 크롬웰이 고개를 끄덕
인다. "우리는 경이 엘리자베스 공주는 왕의 자식이 아니라는 뜬소문
을 퍼뜨렸다고 들었습니다. 보아하니 그런 것 같군요. 이 법정에서까

지 그런 뜬소문을 퍼뜨리셨으니."

조지는 아무 말도 하지 않는다.

크롬웰은 어깨를 으쓱하고 돌아선다. 혐의점을 말하기만 해도 유죄가 된다는 건 조지에게 가혹한 일이다. 기소자로서 그는 왕의 발기부전 문제는 언급하지 않고 넘어가는 쪽을 선호했다. 하지만 어차피 길거리에서, 꼬마 거시기 왕과 마녀 아내의 발라드를 불러 젖히는 술집에서 이야기가 돌고 있으니, 법정에서 공언한다고 해서 헨리의 치욕이 더 깊어지는 건 아니다. 그런 정황에서 대체로 남자는 여자를 탓하게 된다. 여자가 한 어떤 행동, 여자가 한 어떤 말, 남자가 잘 되지 않을 때 여자가 던진 험상궂은 표정, 그 여자의 얼굴에 떠올랐던 경멸 가득한 표정. 헨리는 앤을 두려워한다고, 크롬웰은 생각한다. 그러나 새 아내와는 정력이 넘칠 것이다.

크롬웰은 정신을 추스르고 서류를 정리한다. 재판관들은 회의에 들어갔다. 조지에 대한 공소 사유는 모든 사실관계에서 어설프기 짝이 없지만, 그 기소가 성립되지 않으면 헨리는 또다른 죄를 따져 물을 것이고, 그러면 가문은 더 큰 타격을 입게 될 것이다. 불린 가문뿐 아니라 하워드 가문까지도 무사하지 못할 것이다. 바로 이런 이유에서라도 노퍽 외숙부는 조지에게 탈출구를 내주지 않을 거라고, 그는 생각한다. 그리고 아무도 그 혐의를 말도 안 된다고 반박하지 않았다. 이번 재판에서도 그렇고, 그 이전의 재판에서도 마찬가지였다. 어느새 믿을 만한 그럴싸한 사실이 되어버렸다. 이 남자들이 왕을 거역해 음모를 꾸미고 왕비와 성교를 했다는 이야기가. 웨스턴은 무모하기 때문에, 브레러턴은 워낙 오래전부터 죄를 저질러왔기 때문에, 마크는 야심에 차서, 해리 노리스는 친숙하고, 가깝고, 자기가 왕인 줄로 착각했기 때문에. 그리고 조지 불린은 친동생임에도 불구하고가 아니라 바로 친동생이기 때문에. 불린 가문은 통치를 위해서라면 못할 짓이 없다는 걸 모르는 사람은 아무도 없다. 앤 불린이 쓰러진 자들의 시체를 밟고 왕좌에 올랐다면, 불린 가문의 사생아도 얼마든지 그 자리에 올릴 수 있지 않겠는가?

크롬웰은 노퍽을 올려다보고, 노퍽은 고개를 끄덕인다. 판결에는 의심의 여지가 없고, 선고 역시 마찬가지다. 이 재판에서 유일한 놀라움은 해리 퍼시, 노섬벌랜드 백작이었다. 백작이 자리에서 벌떡 일어난다. 일어서서 입을 살짝 벌리더니 침묵이 깔린다. 지금까지 법정이 견뎌왔던, 사각거리고 속살거리는 가짜 침묵이 아니라 미동도 없이 모두가 숨을 죽인 진짜 정적이다. 크롬웰은 그레고리를 생각한다. 아버지, 제 연설을 한번 들어보시겠어요? 아들은 그렇게 물었다. 그때 백작이 앞으로 곤두박질쳐 쓰러지더니 신음소리를 내고, 납작 짜부라지더니 쿵쾅거리는 소리와 함께 그대로 바닥에 충돌한다. 쭉 뻗은 그의 몸을 경비병들이 에워싸고, 엄청난 소요가 일어난다. "해리 퍼시가 죽었다."

말도 안 돼, 크롬웰은 생각한다. 경비병들이 살려낼 거야. 지금은 한창 오후가 무르익었다. 따뜻하고 환기가 되지 않은 실내는 답답하다. 멀쩡하던 사내를 쓰러뜨릴 수 있는 건 판사들 앞에 놓인 증거, 서면으로 된 진술뿐이다. 재판관들이 앉아 있는 단상의 새로 깐 마룻널 위로 기다란 파란 천이 깔려 있는데, 크롬웰이 지켜보는 가운데 경비병들은 마룻바닥의 그 천을 찢어다가 백작을 실어 나갈 담요 대신으로 활용한다. 그리고 어떤 기억 하나가 그를 비수처럼 찌른다. 이탈리아, 열기,

피, 죽어가는 남자를 번쩍 들어올린 뒤 몸을 굴려서 매듭을 묶은 안장 덮개, 그것도 그들이 죽은 사람에게서 약탈한 안장 덮개에 눕힌 후— 뭐더라, 교회였나, 농장 주택이었나?—아무튼 담장 그늘로 끌고 갔는데, 결국 그 죽어가던 남자는 몇 분 후 욕설을 퍼부으며 상처에서 비어져나오는 자기 내장을 다시 밀어넣으려 애쓰다가 죽고 말았다. 마치 자기가 살던 이 세상을 깨끗하게 청소하고 나서 가고 싶다는 듯이.

그는 속이 메스꺼워 법무상 옆에 앉는다. 경비병들이 백작을 데리고 나간다. 머리가 흔들거리고, 두 눈은 감겨 있고, 두 다리가 덜렁거린다. 옆에 앉아 있던 법무상이 말한다. "저기 왕비가 신세를 망친 남자가 또 있군요. 수많은 세월이 지나도 피해자들을 전부 파악할 수 없을 것 같습니다."

사실이다. 재판은 임시적인 절차로, 앤을 쫓아내고 제인을 들이기 위한 계책이다. 그 효과는 아직 검증되지 않았고, 그 여파는 아직 실감나지 않는다. 그러나 크롬웰은 국가 정체의 심장까지 뒤흔드는 충격을 예상한다. 왕국의 뱃속까지 들썩거릴 것이다. 그는 일어나 노펵에게 가서 재판을 다시 진행하라고 종용한다. 조지 불린—재판과 선고 사이에 유보 상태로 대기하고 있다가—은 당장이라도 혼절할 것 같은 얼굴로 흐느껴 울기 시작한다. "로치퍼드 경을 모셔서 의자에 앉혀라." 크롬웰이 말한다. "마실 걸 좀 갖다드리고." 조지 불린은 반역자지만 여전히 자작이다. 그러니 앉아서 사형선고를 들어도 된다.

다음날인 5월 16일, 크롬웰은 런던탑 무관장 사택에서 킹스턴과 함께 있다. 킹스턴은 왕비한테 어떤 처형대를 준비해야 할지 몰라 조바심을 낸다. 애매모호한 선고를 받은 왕비는 왕의 말이 떨어지기만 기다리고 있다. 크랜머가 앤의 처소에 함께 있는데, 고해를 받으러 들어갔으니 조심스럽게 협조하면 고통을 덜 수 있다고 넌지시 말해줄 수 있을 것이다. 왕에게 아직도 베풀 자비가 남아 있다고 말이다.

문을 지키는 초병 한 사람이 무관장을 부른다. "찾아오신 손님이 있습니다. 무관장님이 아니라 마스터 크롬웰의 손님이신데요. 외국 신사분입니다."

앤이 왕관을 쓸 무렵 프랑스 대사관에 파견을 나왔던 장 드 댕트빌이다. 댕트빌은 문간에서 가만히 서 있다. "여기 가면 있을 거라고 해서 찾아왔는데, 시간이 얼마 없으니ー"

"내 소중한 친구." 두 사람은 포옹한다. "런던에 오신 줄도 몰랐군요."

"배에서 내리자마자 이리로 왔지요."

"그래요, 그렇게 보이는군요."

"난 선원 체질은 아니에요." 대사가 어깨를 으쓱한다. 거대한 어깨심이 들썩거리다 다시 가라앉는다. 이 향기로운 아침에 어리둥절하리만큼 겹겹이 껴입은 차림이다. 당장 12월을 맞는 사람이라 해도 될 정도다. "아무튼, 장관이 잔디 볼링 경기를 하러 가기 전에 여기 와서 만나는 게 좋겠다 싶었지요. 우리 대리인들을 만날 때 보통 잔디 볼링 시합을 하는 것 같던데 말이오. 내가 온 건 젊은 웨스턴 문제로 할 얘기가 있어섭니다."

세상에, 크롬웰은 생각한다. 프랜시스 웨스턴 쪽에서 프랑스 왕에게까지 뇌물을 먹였단 말인가?

"한순간이라도 지체하면 안 될 일이지요. 그는 사형선고를 받고 내일 처형당하니까요. 웨스턴이 어때서요?"

"사실, 기사도 때문에 처벌받아야 한다고 하면 심기가 불편합니다." 대사가 말한다. "그 젊은이는 기껏해야 시 한두 편 쓴 정도의 죄밖에 없지 않습니까? 찬사를 바치고 농담을 하고? 아마 폐하도 그 친구 목숨은 살려주실 수 있을 겁니다. 일이 년쯤 궁정에서 멀리 떠나 있으라고 충고하면 들을 겁니다—여행은 혹시 어떨까요?"

"므슈, 웨스턴은 아내와 어린 아들이 있습니다. 가족 생각을 해서 행실을 잘 단속해야 했는데 전혀 그러지 않았어요."

"그러니 왕이 그를 사형에 처하면 더 안타까운 일이지요. 헨리는 자비로운 군주로서의 평판은 생각지 않습니까?"

"아, 물론 생각하지요. 그런 얘기는 많이 합니다. 므슈, 웨스턴은 잊어버리시라는 게 제 충고입니다. 우리 주군께서 대사님의 주군을 공경하고 예의도 갖추시지만, 프랑수아왕이 가족 문제에 간섭한다고 하면 우호적으로 받아들이지 않으실 겁니다. 이건 폐하가 당신과 직접적으로 연루된 일로 생각하고 계시니까요."

댕트빌은 재미있다는 표정이다. "가족 문제라고 할 수도 있겠죠."

"그런데 로치퍼드 경에 대해서는 자비를 부탁하지 않으시는군요. 로치퍼드 경도 대사였으니, 프랑스의 왕은 그에게 좀더 관심이 많을 줄 알았는데요."

"아, 뭐." 대사가 말한다. "조지 불린. 우리도 지배권력에 구조조정이 있고, 그게 무엇을 수반하는지 이해하고 있습니다. 물론 프랑스 궁정 전체가 몽세뇌르는 파멸하지 않기를 바랍니다."

"월트셔? 워낙 프랑스에 훌륭한 신하였으니, 아쉬워하는 마음은 잘 알겠습니다. 윌트셔는 현재로서는 전혀 위험한 위치에 있지 않습니다. 물론 그 사람의 영향력은 예전과 같을 거라 보기 힘들지만 말이지요. 아까 지배권력의 변화라고 말씀하셨지요."

"혹시……" 대사는 잠시 말을 멈추고 와인을 홀짝거리고, 킹스턴의 하인이 가져다준 웨이퍼 과자를 갉아먹는다. "우리 프랑스 사람들은 이 모든 일이 도저히 이해가 되지 않는다는 것을 아십니까? 헨리가 첩을 제거하고 싶다 해도, 분명 조용히 처리하는 길이 있을 텐데요?"

프랑스인들은 법정이나 의회를 이해하지 못한다. 그들에게 최고의 조치는 은밀한 조치다. "군이 그렇게 치부를 만천하에 드러내야 했다면, 한두 건의 불륜으로도 충분하지 않겠습니까? 게다가 크레뮈엘," 대사는 눈길로 크롬웰을 훑어본다. "우리는 남자 대 남자로 얘기할 수 있겠지요? 중요한 문제는, 헨리가 그걸 할 수는 있느냐 하는 겁니다. 왜냐하면 들리는 얘기로는, 헨리가 준비를 다 해도 부인이 어떤 표정만 하면 그 희망이 스르르 무너진다면서요. 이건 우리가 보기에는 마녀의 짓 같습니다. 마녀들이 남자를 불능으로 만드는 일은 흔하니까요. 하지만," 대사는 회의적인 경멸을 담아 말한다. "프랑스 사람은 그런 병을 앓는다는 상상조차 하기 힘듭니다."

"대사가 이해하셔야 할 것이," 크롬웰이 말한다. "헨리는 모든 면에서 남자이지만 신사라는 사실입니다. 그러니 시궁창에서 뒹구는 암캐 따위는…… 뭐, 그쪽 주군의 여자 취향에 대해서는 아무 말도 하지 않겠습니다. 지난 몇 달은," 크롬웰은 심호흡을 한다. "특히 지난 몇 주일은 우리 주군께 크나큰 시련과 슬픔의 시간이었습니다. 그런데 이제 행복을 찾으려 하십니다. 새로운 결혼이 왕국의 안정을 확보하고 잉글랜드의 복지를 증진할 거라는 사실에 일말의 의심도 품지 마십시오."

크롬웰은 글을 쓰듯이 말하고 있다. 이미 자신의 입장을 외교문서로 남기고 있는 것이다.

"아, 그렇지요." 대사가 말한다. "그 작은 제인이라는 여자 말이지요. 미모 면에서나 재기 면에서나 대단한 칭찬이 들리지는 않던데요. 정말로 그 여자, 또 그런 하찮은 여자와 결혼하지는 않겠지요? 카를황제가 이토록 탐스러운 혼담을 제안하는 마당에…… 아니, 그런 얘기가 들려서 말이지요, 우리는 전부 이해합니다. 크레뮈엘. 남자와 여자로서 왕과 첩이 싸움을 할 수도 있지만 둘만 사는 세상이 아니지 않습니까. 여기가 에덴동산도 아니고요. 결국 할말 다 하고 보면, 그 여자가 새로운 정치 구도에 맞지 않는 겁니다. 옛 왕비 캐서린이 어떤 면에서 그 첩을 보호해주고 있었던 거지요. 캐서린을 제거하는 데 헨리의 정신이 팔려 있었으니까요. 그러다 캐서린이 죽고 나서부터 헨리는 다시 떨어진 체면을 회복하고 존경을 받고 싶어졌던 게지요. 그러니 반듯하고 정숙한 여자가 눈에 들어오자마자 덥석 결혼하고 싶어진 게 아니겠습니까. 솔직히 말해서 그 여자가 황제의 딸이든 평민이든 그런건 중요하지 않을 겁니다. 왜냐하면 불린 가문이 없어지고 나면 크레뮈엘의 위세가 등등할 테고, 크레뮈엘이 황제의 훌륭한 지지자들로 추밀원을 채울 테니까요." 대사의 입술이 말린다. 미소일지도 모른다. "크레뮈엘, 카를황제가 당신에게 돈을 얼마나 지불했는지 액수를 말해주길 바랍니다. 틀림없이 우리 쪽에서도 그에 상응하는 제안을 할 수 있을 겁니다."

크롬웰이 웃음을 터뜨린다. "대사님의 주군께서 가시방석에 앉으신 모양이군요. 우리 폐하께 돈다발이 굴러들어오고 있다는 걸 아시는 게지요. 우리 폐하가 혹시 무장이라도 하고 프랑스를 방문할까봐 걱정이 되시나봅니다."

"귀국은 프랑수아왕께 진 빚이 있지 않습니까." 대사가 짜증을 낸다. "오로지 우리의 협상만이, 빈틈없고 교묘한 협상만이, 기독교 국가들의 목록에서 귀국을 골라 치려는 교황을 막을 수 있습니다. 우리 나라가 충실한 친구로서, 귀국의 명분을 오히려 더욱 잘 대변해주었다고 생각하는데 말입니다."

크롬웰은 고개를 끄덕인다. "프랑스 사람들의 자화자찬은 참 언제들어도 즐겁습니다. 이번 주말쯤에 함께 식사라도 하시겠습니까? 이일이 다 끝나고 나서? 그리고 그 불안증이 좀 가라앉으시면 말이지요."

대사는 고개를 모로 꼰다. 모자의 배지가 반짝거리며 깜박인다. 은으로 만든 해골 모양이다. "슬프게도 웨스턴 문제는 시도해봤으나 실패했다고 주군께 전하겠습니다."

"갔는데 이미 너무 늦었더라고 전하십시오. 이미 조수가 불리하게 바뀌었더라고."

"아니요, 크레뮈엘이 반대편에 섰다고 말할 겁니다. 그런데 헨리가무슨 짓을 했는지 아십니까?" 대사는 재미있다는 표정이다. "지난주에 프랑스 사형집행관을 보내달라고 사람을 보냈더군요. 우리 프랑스 도시 출신이 아니라 칼레에서 머리를 자르는 사람 말입니다. 아내 목을 치라고 믿고 맡길 만한 사람이 잉글랜드에 없나봅니다. 아예 헨리가직접 길거리로 끌고 나가서 목을 졸라 죽이지는 않을까 싶군요."

크롬웰은 킹스턴을 돌아본다. 무관장은 이제 연로하고, 십오 년 전 프랑스에서 왕의 일을 처리한 적이 있긴 해도 그후로 프랑스어는 별로 쓸 일이 없었다. 울지 추기경은 킹스턴에게 잉글랜드어로 말하고 꼭 큰 소리로 호통을 치라고 조언해주었다. "방금 그 말 알아들었나?" 크롬웰이 묻는다. "헨리가 참수할 사람을 찾아 칼레에 사람을 보냈다고 하는군."

"세상에." 킹스턴이 말한다. "재판 전에 하신 조치랍니까?"

"대사님이 그렇게 말씀하시는군."

"그 소식을 들으니 기쁩니다." 킹스턴이 말한다. 큰 소리로 느릿느릿하게. "제 마음이, 마음이 훨씬 놓입니다." 킹스턴은 자기 머리를 톡톡 두드린다. "그러니까 그 사람은 음……" 킹스턴은 휙, 허공을 베는 동작을 한다.

"그래요. 장검." 댕트빌이 잉글랜드어로 말한다. "우아한 처형을 기대해도 좋습니다. 대사는 자기 모자를 건드린다. "오르부아르,* 내무장관."

두 사람은 대사가 나가는 모습을 지켜본다. 그 자체로 퍼포먼스다. 하인들이 달라붙어 옷을 더 많이 껴입힌다. 지난번 임무를 맡아 런던에 있을 때는 잉글랜드의 공기와 습기, 뼈를 깎는 추위 때문에 걸린 열병을 땀으로 배출하느라 퀼트 옷을 겹겹이 입고 식은땀을 줄줄 흘리고 있었다.

"꼬마 자노." 크롬웰은 대사의 뒷모습을 보며 말한다. "저 친구는 여전히 잉글랜드의 여름을 두려워하는군. 그리고 왕도—저자가 처음 헨

---

* au revoir. '안녕히 계십시오'라는 뜻의 프랑스어.

리를 알현했을 때, 공포에 질려서 주체를 못하고 덜덜 떨었지. 우리가, 그러니까 노픽과 내가 양쪽에서 부축해 일으켜세워야 했다네."

"제가 잘못 알아들은 겁니까?" 무관장이 말한다. "아니면 저 사람이 웨스턴의 죄는 시를 쓴 거라고 했던가요?"

"뭐 그 비슷한 소리를 하긴 했네." 보아하니 앤은 오로지 남편만 글씨를 적을 수 있는 책을 아무나 와서 쓸 수 있게 책상 위에 떡하니 펼쳐놓았던 모양이다.

"아무튼, 저는 한 가지 걱정을 덜었습니다." 무관장이 말한다. "여자가 화형당하는 모습을 보신 적 있습니까? 무서운 광경이지요. 하느님께 맹세코, 절대로 보고 싶지 않습니다."

5월 16일 저녁, 크롬웰을 찾아온 크랜머 대주교는 아파 보인다. 코에서 턱까지 그림자가 져 있다. 한 달 전에도 저랬던가? "모든 게 다 끝나면 켄트로 돌아가고 싶네."

"그레테를 거기 두고 왔나?" 크롬웰이 상냥하게 말한다.

크랜머는 고개를 끄덕인다. 아내의 이름조차 입에 담지 못하는 것 같다. 크랜머는 왕이 결혼 이야기를 할 때마다 질겁하지만, 요즘 왕이 하는 이야기라곤 거의 그것뿐이다. "아내는 왕이 다음 왕비를 맞으면 우리 나라가 다시 로마 가톨릭으로 귀의할 테고, 그러면 우리가 헤어져야 할 상황이 될까봐 걱정하고 있네. 난 아니라고, 왕의 결심을 안다고 타이르곤 하지. 하지만 사제가 공공연히 아내를 데리고 살 수 있도록 과연 왕이 생각을 바꿀지…… 그럴 희망이 없다고 생각되면 아내를 집에 보내줘야 할 것 같네. 돌아갈 곳이 없어지기 전에 말이야. 알잖나, 몇 년만 지나도 사람들은 죽고, 떠난 이를 잊어버리고, 떠나온 이는 자기 모국어조차 잊어버리지."

"희망이 있다마다." 크롬웰은 단호히 말한다. "부인께 말하게. 몇 달 안에, 새 의회에서 내가 로마의 잔재를 모든 법령집에서 싹 지워버릴 거라고. 그러고 나서," 그는 미소 짓는다. "자산을 내놓고 나면…… 그러니까 수도원의 수입이 일단 잉글랜드인의 호주머니 안으로 들어가게 되면, 교황의 호주머니로 되돌아가지는 않을 걸세." 크롬웰은 말한다. "왕비는 어떻던가. 자네에게 고해했나?"

"아니. 아직은 때가 아니야. 할 걸세. 마지막 순간에. 상황이 그렇게 된다면 말이야."

크랜머를 위해 잘된 일이다. 지금 이 순간 더 나쁜 상황이 있다면 어느 쪽일까? 죄 많은 여인이 모든 죄를 인정하는 걸 듣는 것일까, 아니면 죄 없는 여인의 애원을 듣는 것일까? 아니면 어느 쪽이건 간에 침묵을 지킬 수밖에 없는 것일까? 어쩌면 앤은 형 집행이 정지될 거라는 희망이 완전히 사라질 때까지 고해성사를 받지 않고 비밀을 간직한 채 기다릴 것이다. 크롬웰은 이해한다. 자기라도 그렇게 할 것이다.

"혼인 무효 심리 준비는 다 되어 있다고 말했네." 크랜머가 말한다. "램버스궁에서 열릴 거라고, 내일이라고 말했네. 앤이 나더러 왕도 거기 올 거냐고 묻더군. 난 아니라고, 대리인을 보낼 거라고 말했네. 그러니까 시모어랑 노닥대느라 바쁘시군요, 라고 하더니 헨리를 비난해선 안 되는데 하면서 자책하더군. 그건 현명치 못한 일이라고 내가 말했지. 앤이 램버스궁에 가서 자기가 직접 이야기를 해도 되겠냐고 묻더군. 난 아니라고, 그럴 필요 없다고, 마담의 대리인도 이미 지정되어 있다고 말했지. 풀죽은 눈치였어. 하지만 다음 순간 이러는 걸세. 왕이 어디에 서명하길 원하는 건지 말해달라고. 왕이 뭘 원하든 동의하겠다고. 프랑스나 수도원에 가도록 허락할지도 모른다고. 해리 퍼시와 결혼했다고 말하길 바라는 거냐고 묻더군. 난 그랬네, 마담, 백작께서 부정하고 계십니다. 그랬더니 웃더군."

크랜머는 그런들 무슨 소용일까, 하는 얼굴이다. 이제 와서 앤이 모든 죄상을 낱낱이 털어놓고 철저히, 상세히 자백한다 해도 아무런 도움도 되지 않을 것이다. 재판이 진행되기 전이라면 몰라도 이제는 이미 늦어버렸다. 왕은 과거에도 현재에도 앤의 연인들에 대해서는 생각하고 싶어하지 않는다. 그들을 마음속에서 지워버렸다. 그리고 앤은 헨리가 어느 정도로 자신을 지워버렸는지 믿지 않으려 한다. 어제 왕은 말했다. "내 두 팔로 곧 제인을 맞이할 수 있기를 바라네."

크랜머는 말한다. "앤은 왕이 자신을 버렸다는 걸 상상하지 못해. 황제의 대사더러 앤에게 인사하게 한 게 겨우 한 달 전의 일인걸."

"그건 왕 자신을 위해서 한 일일 거야. 앤을 위해서가 아니라."

"모르겠어." 크랜머가 말한다. "난 왕이 앤을 사랑했다고 생각하네. 두 사람 사이가 멀어졌다고는 마지막 순간까지도 생각하지 못했어. 난 정말 아무것도 모른다고 생각하지 않을 수가 없네. 인간에 대해서도. 여자에 대해서도. 내 믿음이나 다른 사람들의 믿음에 대해서도. 앤이 그러더군. '제가 천국에 갈까요? 좋은 일도 많이 했거든요.'"

킹스턴에게도 앤은 같은 질문을 했다. 어쩌면 누구에게나 묻고 있는지도 모르지.

"앤은 자꾸 살아생전 자기가 한 일들에 대해 이야기하지." 크랜머가 고개를 젓는다. "신앙에 대해서는 전혀 말하지 않아. 앤이 이해하길 바라네. 내가 지금 이해하듯이 말이야. 우리가 구원받는 건 우리가 한 행위에 의해서가 아니라 오로지 예수님의 희생에 의해서라는 걸, 우리의 공과가 아니라 그분의 공과에 의해서라는 걸 말일세."

"앤이 내내 가톨릭교도였다고 자네가 결론지을 줄은 몰랐네. 그게 앤에게 무슨 소용이 있겠나?"

"자네가 안됐네." 크랜머가 말한다. "그 모든 걸 밝혀내는 책임을 져야 하다니."

"시작할 때는 무엇을 발견할지 나도 몰랐네. 바로 그렇기 때문에 할 수 있었던 거야. 나도 매번 놀랐으니까." 크롬웰은 으스대던 마크를, 서로에게서 홱 떨어져 시선을 피하던 재판정의 신사들을 떠올린다. 크롬웰 자신조차 예전에는 전혀 몰랐던 인간성에 대해 알게 됐다. "프랑스의 가드너는 세부사항까지 낱낱이 다 알고 싶어서 난리를 치고 있지만 난 상세한 것까지 다 적고 싶지 않네. 지독히 혐오스러워."

"그냥 베일로 덮어놓게." 크랜머가 동의한다. 왕 자신은 그 세세한 죄목을 피하는 기색이 없어 보이지만. 크랜머가 말한다. "왕은 그걸 갖고 다니시네. 당신이 쓰신 책 말이야. 요전날 밤 칼라일 주교 집에서 보여주시더군. 프랜시스 브라이언이 그 집을 빌려 쓰고 있는 거 알고 있나? 브라이언의 연회 도중 왕께서 그 책을 꺼내 큰 소리로 읽기 시작해 모두가 억지로 들어야 했어. 슬픔 때문에 마음이 어지러워지신 거지."

"왜 아니겠나." 크롬웰이 말한다. "어쨌거나 가드너는 동의할 걸세. 전리품이 분배될 때면 이익을 얻게 될 거라고 했거든. 자리 말일세, 그리고 연금과 이제 왕께 돌아갈 지불금들."

하지만 크랜머는 듣고 있지 않다. "앤이 묻더군. 죽을 때 왕의 아내로 죽을 수 없게 되는 거냐고. 난 말했네, 아니요, 마담, 왕은 결혼을 무효화시킬 테고, 저는 마담의 동의를 구하러 온 겁니다. 앤은 동의한다고 말했어. 그리고 말하길, 그래도 전 여전히 왕비인 거죠? 그러더군. 법령상으로는 그럴 거라 생각하네. 앤에게 뭐라 말해야 할지 몰랐지만, 앤은 만족스러워 보였어. 하지만 너무 길게 느껴졌네. 앤과 함께 있는 시간이 말일세. 웃고 있다가, 기도했다가, 다음 순간에는 짜증을 내더니…… 레이디 우스터와 뱃속의 아기 안부를 묻더군. 오 개월쯤 됐는데도 아기가 정상적으로 태동을 하지 않는 것 같다고, 레이디 우스터가 겁을 먹었거나 자기 때문에 슬퍼하느라 그런 것 같다는 걸세. 이 부인이 앤에게 반대 증언을 했다는 소리는 차마 할 수 없었네."

"부인의 건강은 내가 물어보겠네." 크롬웰이 말한다. "백작에 대해선 안 묻겠지만. 그런데 우스터 백작이 날 노려보더라고. 왜인지는 모르겠지만."

여러 가지 표정, 하나같이 속을 알 수 없는 표정이 주교의 얼굴을 스쳐지나간다. "우스터 경이 왜 그러는지 모르나? 그렇다면 소문이 사실이 아니군. 다행이야." 크랜머가 주저한다. "자네 정말 모르나? 궁정 소문에 따르면 레이디 우스터의 아이가 자네 아이라는 거야."

크롬웰은 아연실색한다. "내 아이라고?"

"자네가 부인이랑 닫힌 문 뒤에서 몇 시간을 함께 보냈다고 하던데."

"그게 간통의 증거라고? 허, 그럴 수도 있겠구먼. 보복당하는 거로군. 우스터 경이 날 샅샅이 훑겠어."

"두려운 기색이 아닌데."

"두려워, 하지만 우스터 경이 두려운 건 아닐세."

앞으로 닥쳐올 시간들이 더 두렵다. 선행을 보석처럼 팔과 목에 주 렁주렁 매달고 천국으로 이어진 대리석 계단을 오르는 앤.

크랜머가 말한다. "이유는 모르겠지만, 앤은 여전히 희망이 있다고 생각하는 것 같네."

이 모든 일을 겪으면서도 크롬웰은 혼자가 아니다. 동맹들이 지켜보 고 있다. 피츠윌리엄은 크롬웰의 편에 서 있지만 노리스가 반쯤 하다 만 이야기 때문에 아직도 심란해한다. 언제나 그 얘기를 하며 골머리 를 썩고 미완의 구절들로 완성된 문장을 만들어보려 애쓰고 있다. 니 컬러스 커루는 대체로 제인과 함께 있지만 에드워드 시모어는 누이와 왕의 처소 사이를 바삐 오간다. 처소의 분위기는 차분하고, 경계를 늦 추지 않는다. 그리고 왕은 미노타우로스처럼 방들의 미로 속에서 모습 을 감추고 숨쉬고 있다. 크롬웰은 새로 사귄 친구들이 자기한테 투자 해놓고 손해를 보지 않으려고 단단히 감시하고 있다는 걸 잘 안다. 그 들은 혹시 크롬웰이 흔들리는 기미를 보이는지 지켜보고 있다. 자기네 들의 손은 뒤로 숨기고, 크롬웰을 이 문제에 최대한 깊이 끌어들이기 를 원한다. 그래야 나중에 왕이 유감을 표명하거나 사태를 너무 황급 하게 처리했다고 의문을 제기할 때, 자기네들이 나서지 않고 토머스 크롬웰을 내세워 대가를 치르게 할 수 있기 때문이다.

리시와 마스터 라이어슬리도 계속 불쑥불쑥 나타난다. 그들은 말한 다. "우리는 시중을 들고 싶습니다. 배우고 싶습니다. 일처리를 어떻 게 하시는지 보고 싶습니다." 그러나 그들은 진짜 크롬웰의 수법을 보지 못한다. 크롬웰은 소년 시절 아버지와 해협을 사이에 두고 멀리 떨어지고 싶어 도망치면서 무일푼으로 도버로 들어가 거리에서 카드 패세 장으로 속임수를 쓰는 좌판을 깔았다. "퀸을 보세요. 잘 보세요. 자…… 어디 갔을까요?"

퀸은 크롬웰의 소맷자락에 들어 있었다. 돈은 그의 호주머니에 들어 있었다. 도박사들은 외쳤다. "너 이 자식, 채찍맛을 보게 해줄 테다!"

크롬웰은 영장을 들고 헨리의 결재를 받으러 간다. 킹스턴은 남자들을 어떻게 죽일 것인지와 관련해 아직 아무런 지시도 받지 못했다. 크롬웰은 킹스턴에게 약속한다. 내가 폐하께 이 문제에 집중 좀 하시라고 말씀드리겠네. 크롬웰이 헨리에게 고한다. "폐하, 타워힐에는 단두대가 없습니다. 하지만 그들을 타이번으로 끌고 가는 건 좋은 생각이 아닐 것 같군요. 군중이 통제 불능이 될 수도 있습니다."

"어째서 그러겠나?" 왕이 말한다. "런던 사람들은 그치들을 좋아하지 않아. 사실 그들을 잘 알지도 못하지."

"그렇습니다. 하지만 무질서에 구실을 주면, 그리고 날씨가 계속 이렇게 좋다면……"

왕이 앓는 소리를 낸다. 좋아. 그럼 참수 전문 집행관을 쓰지.

마크도 말인가? "제가 자백하면 자비를 베풀겠다고 말했는데, 그가 자발적으로 다 털어놓았다는 건 폐하도 아시지요."

왕이 말한다. "그 프랑스 사람이 왔나?"

"예, 장 드 댕트빌이 왔더군요. 프랑스 왕을 대표해 이런저런 얘기를 했습니다."

"아니." 헨리가 말한다.

아니, 그 프랑스 사람 말고. 헨리는 칼레의 사형집행관을 말하는 거다. 크롬웰은 왕에게 말한다. "프랑스에서였다고 생각하십니까? 왕비가 젊었을 때 프랑스 궁정에 있으면서, 그때 처음 더럽혀진 거라고 생각하십니까?"

헨리는 말이 없다. 왕은 잠시 생각을 하고 나서 말한다. "앤은 늘 내게 우겨댔지, 내 말을 잘 듣게…… 언제나 프랑스의 우월함을 주장했단 말이야. 자네 말이 맞다고 생각하네. 계속 생각을 해봤는데 처음 순결을 빼앗은 건 해리 퍼시가 아니었어. 그 친구가 거짓말을 하진 않을 거 아닌가, 안 그런가? 잉글랜드 귀족의 명예를 걸고 거짓말하진 않겠지. 그래, 처음 타락한 건 프랑스 궁정에서였다고 생각하네."

그러니까 기량이 그토록 뛰어나다는 칼레의 참수관을 데려온 것이 과연 왕비에 대한 자비인지 아닌지 크롬웰은 알 수가 없다. 아니면 이런 형태의 죽음이, 왕비에게 적용되었을 때는 그저 사물의 정합성을 중시하는 헨리의 가혹한 정의를 충족시키는 것일지도 모른다.

그러나 크롬웰은 생각한다. 헨리가 왕비의 타락을 주도한 주범으로, 누군지 알지도 못하고 이미 죽었을 수도 있는 어느 프랑스인을 의심한다면 그건 오히려 좋은 일이라고. "그러면 앤의 순결을 빼앗은 사람이 와이엇이 아니란 말이군요?" 크롬웰이 말한다.

"아니야." 헨리는 우울하게 말한다. "와이엇이 아니었어."

크롬웰은 생각한다. 그래도 일단은 와이엇이 지금 있는 곳에 계속 머무르는 게 나아. 그쪽이 더 안전해. 그래도 재판을 받지 않게 됐다는 전갈은 전해줄 수 있겠지. 크롬웰이 말한다. "폐하, 왕비가 시녀들에 대해 불평합니다. 원래 처소 시중을 들던 시녀들을 원한다고 합니다."

"앤의 집안 식솔은 모두 흩어졌네. 피츠윌리엄이 이미 처리했어."

"시녀들이 모두 집으로 돌아가지는 않았을 텐데요." 새 주인을 모시게 될 기대에 부풀어 친구네 집에서 맴돌고 있다는 걸 크롬웰은 알고 있다.

헨리가 말한다. "레이디 킹스턴은 남겨두고, 나머지는 바꿔도 좋네. 앤이 기꺼이 자기를 모시겠다는 사람을 찾을 수나 있다면 말이야."

앤은 자기가 버림받았다는 사실을 아직도 모르고 있을 수 있다. 크랜머의 말이 옳다면, 앤은 예전의 친구들이 자신을 위해 슬퍼한다고 상상한다. 하지만 사실 그들은 앤의 목이 떨어질 때까지 공포의 식은땀을 흘리고 있다. "누군가는 자선을 베풀어주겠지요." 크롬웰이 말한다.

헨리는 이제 자기 앞에 놓인 서류가 뭔지도 모르겠다는 듯 내려다본다. "사형선고들입니다. 결재를 해주시면 됩니다." 크롬웰이 상기시킨다. 왕이 깃펜을 잉크에 담가 영장 한 장 한 장에 서명을 하는 사이 옆에 서서 지켜본다. 네모반듯하고 복잡한 글씨들이 종이 위에 묵직하게 놓여 있다. 해야 할 말들이 모두 오간 후엔, 한 남자의 손에 달려 있다.

앤의 애인들이 죽을 때, 크롬웰은 램버스궁의 법정에서 이혼소송 절차를 지켜보고 있다. 오늘이 소송의 마지막날이다. 반드시 그래야만 한다. 조카 리처드가 타워힐에 대리로 참석해 진행 방식을 지시하게 된다. 로치퍼드는 마음을 다잡고 나타나 호소력 있는 연설을 했다. 처음으로 처형당한 그는 세 번의 도끼질로 목이 떨어졌다. 그뒤로 다른 사람들은 별로 말이 없었다. 모두가 자신들은 죄인이라고 공언하고 죽어 마땅하다고 말했다. 그러나 이번에도 죄과가 무엇인지는 밝히지 않았다. 마지막까지 남겨져 흥건한 피를 밟고 미끄러져 비틀거리던 마크는 신의 자비와 사람들의 기도를 청했다. 사형집행관도 차츰 마음을 가라앉혔는지, 처음의 실수 이후로는 모두 깨끗한 죽음을 맞을 수 있었다.

서류상으로는 끝났다. 재판 기록은 이제 크롬웰이 기록보관소로 가져가서 보관하든 파기하든 처박아두든 마음대로 할 수 있다. 그러나 죽은 자들의 시체는 더럽고 급박한 문제. 시체들은 수레에 실어 런던탑 성벽 안으로 들여와야 한다. 크롬웰의 눈에도 선하다. 산더미처럼 쌓인 머리 없는 몸뚱어리들, 침대에 누운 것처럼 음탕하게 널브러져 있거나, 전시의 사상자들처럼 이미 한 번 매장했다가 다시 꺼낸 꼬락서니일 것이다. 요새 안으로 들여오면 셔츠만 남기고 시체의 옷을 모두 벗겨야 하는데, 이걸로 참수관과 조수들은 부수입을 올리게 된다. 인접한 성 베드로 성당 벽을 따라 옹기종기 묘지들이 있는데 작위가 없는 자들은 모두 거기 묻히고, 로치퍼드만 혼자 따로 예배당 밑에 매장된다. 그러나 이제 죽은 자들은 계급의 배지를 떼었기에 다소 혼란이 생긴다. 매장하던 무리 중 한 사람이 말한다. 왕비를 데려와, 그러면 신체 부위를 다 알아보겠지. 그러나 리처드 말로는 다른 사람들이 부끄러운 줄 알라고 그에게 면박을 주었다고 한다. 교도관들은 워낙 끔찍한 걸 많이 봐서 무엇이 적절하고 부적절한지 분별할 수 없게 되는 경우가 많다. "와이엇이 종탑의 창살 사이로 내려다보고 있는 모습을 보았습니다." 리처드가 말한다. "내게 손짓을 하더군요. 희망을 주고 싶었는데 어떻게 그런 신호를 보내야 할지 모르겠더라고요."

와이엇은 석방될 거야, 크롬웰이 말한다. 하지만 아마 앤이 죽기 전에는 어렵겠지.

그 사건까지 남은 시간이 너무 길게 느껴진다. 리처드가 크롬웰을 포옹한다. 그리고 말한다. "앤이 더 오래 집권했다면, 우리를 개 먹이로 던져줬을 겁니다."

"우리가 앤이 더 오래 집권하게 놔뒀다면, 그런 꼴을 당해도 싸지."

램버스궁에는 왕비를 대리하는 두 변호사가 출두해 있다. 왕의 대리로는 베딜 박사와 트레곤웰 박사가 있고, 리처드 샘프슨이 자문을 맡았다. 그리고 그, 토머스 크롬웰이 있다. 대법관과 서픽 공작을 위시한 다른 자문관들도 참석했다. 서픽 공작은 자기 결혼이 워낙 복잡하게 얽혀 있는 관계로 쓴 약을 삼키는 아이처럼 교회법에 대한 지식을 상당 수준 쌓게 되었다. 오늘 브랜던은 사제들과 변호사들이 정황을 검토하는 사이 인상을 잔뜩 쓰고 의자에 앉아 들썩거리고 있다. 그들은 해리 퍼시 문제로 의논했으나, 전혀 쓸모가 없다는 데 합의를 보았다. "어째서 그 친구의 협조를 구하지 않았는지 모르겠군, 크롬웰." 공작이 말한다. 내키진 않지만 메리 불린도 안건으로 논의하게 되고, 그쪽에서 혼인 무효 사유를 찾아야 한다는 데 의견을 모은다. 하지만 왕 역시 언니와 동침하고 앤과 약혼할 수는 없다는 걸 알고 있었을 테니 누구 못지않게 죄과가 있지 않은가? 제가 생각하기에는 그 점이 전적으로 명백하지는 않다고 봅니다. 크랜머가 부드럽게 말한다. 닮은 점이 있는 건 분명하지요. 하지만 헨리는 당시 교황으로부터 관면을 받았습니다. 그러니 당시에는 효력이 있다고 생각했을 겁니다. 이렇게 막중

596

한 문제에서는 교황도 관면할 수 없다는 걸 몰랐을 수 있습니다. 그 문제는 나중에 해결되었지요.

전부 몹시 불만족스럽다. 서퍽 공작이 불쑥 말한다. "자, 다들 그 여자가 마녀라는 걸 아시겠지요. 그리고 주술로 헨리를 꼬드겨 결혼했다면……"

"폐하가 그런 뜻으로 하신 말씀은 아닐 겁니다." 크롬웰이 말한다.

"아, 당연히 그런 뜻이오." 공작이 말한다. "우리가 여기 와서 의논할 사항이 그건 줄 알았는데. 주술로 꾀어 결혼했다면, 내가 아는 한 무효지." 공작은 팔짱을 끼고 기대앉는다.

대리인들이 서로 쳐다본다. 샘프슨은 크랜머를 쳐다본다. 아무도 공작을 보지 않는다. 마침내 크랜머가 말한다. "굳이 공개할 필요는 없습니다. 이혼을 포고하되 근거는 비밀에 부칠 수도 있지요."

터져나오는 안도의 한숨. 크롬웰이 말한다. "대놓고 놀림감이 되지 않아도 된다니, 큰 위안이 됩니다."

대법관이 말한다. "진실은 워낙 귀하고 소중한 것이라, 가끔은 자물쇠와 열쇠로 잠가 보관해야 하지요."

서퍽 공작은 바지선으로 황급히 달려가며, 드디어 불린 가문으로부터 해방되었다고 외쳐댄다.

왕의 첫 결혼의 종언은 오래 질질 끌면서 공론화되어 유럽 전역에서 인구에 회자되었다. 군주들의 자문회의뿐 아니라 저잣거리에서도 이야깃거리가 되었다. 두번째 결혼의 종언은 비밀을 잘 지키기만 한다면 신속하고 은밀하고 비공식적이고 모호할 터였다. 그러나 런던시와 높은 신분의 남자들이 증인을 서는 절차는 반드시 필요했다. 런던탑은 한 마을이다. 무기제작소이고, 궁정이고, 화폐 주조소이다. 온갖 부류의 노동자들, 관료들이 드나든다. 그러나 감시를 할 수 있고 외국인을 배제할 수도 있다. 크롬웰은 킹스턴에게 이 임무를 맡긴다. 앤은 안타깝게도 죽음의 날짜를 잘못 알고 5월 18일 새벽 두시에 일어나 기도하고 죄를 씻을 수 있도록 자선관과 크랜머를 불렀다고 한다. 사형이 집행되는 날은 어김없이 새벽에 킹스턴이 찾아와서 죽음을 맞는 사람에게 준비를 하라고 미리 경고해준다는 얘기를 아무도 앤에게 해주지 않았던 모양이다. 앤은 절차에 익숙하지 않은데, 하긴 어떻게 익숙하겠는가? 킹스턴은 말한다. 내 입장에서 생각해보세요. 하루에 다섯 명이 죽었는데, 바로 다음에 잉글랜드 왕비의 처형을 준비하란 말입니까? 런던시 관료들이 오지도 않았는데 어떻게 왕비가 죽음을 맞을 수 있습니까? 목수들이 아직 타워그린에 처형대를 세우고 있습니다. 다행히도 왕비는 거처에서 망치 소리를 들을 수 없지만요.

그래도 무관장은 오해를 한 왕비가 안쓰러워 어쩔 줄 모른다. 특히 오해가 늦은 오전까지 지속되었기 때문에 더욱 미안했다. 이 상황은 킹스턴 부부 둘 다에게 심한 부담을 준다. 앤은 새벽을 한번 더 맞을 수 있다는 사실에 기뻐하기는커녕 울음을 터뜨렸고 그날 죽지 못해 너무 아쉽다고 말했다는 것이다. 앤은 이제 고통이 지나가버리기를 원한다. 프랑스 사형집행관에 대해서도 알고 있다. "제가 말씀드렸어요." 킹스턴이 말한다. "고통이 없을 거라고, 아주 세련된 솜씨로 행해질 거라고요." 그러나 이번에도 앤은 손으로 목을 쥐었다고 한다. 앤은 하느님의 몸을 걸고 무죄를 주장하며 영성체를 모셨다.

설마 죄가 있다면 그런 짓을 하겠어요? 킹스턴이 말한다.

앤은 떠나간 남자들의 죽음을 슬퍼한다.

자기는 앞으로 머리 없는 앤, 앤 상 테트라는 이름으로 유명해질 거라고 농담한다.

크롬웰은 아들에게 말한다. "만일 나와 함께 가서 이 광경을 보게 되면, 아마 이제까지 네가 한 것 중에서 가장 어려운 일을 해내게 될 거다. 침착한 표정으로 견뎌낼 수 있다면, 칭찬을 받을 만한 일이고 네게는 큰 도움이 될 거야."

그레고리는 그냥 그를 바라보기만 한다. "여자잖아요, 전 못해요."

"내가 곁에서 할 수 있다는 걸 보여주마. 볼 필요도 없다. 영혼이 떠나갈 때, 우리는 무릎을 꿇고 눈길을 내리깔고 기도하는 거야."

처형대는 한때 마상 경기가 열리던 야외에 설치되었다. 이백 명의 민병 경비대가 집합해 행렬을 이끌기 위해 도열한다. 어제의 실수, 날짜와 관련된 혼란, 지연, 잘못된 정보. 이런 일이 하나라도 되풀이되어선 안 된다. 크롬웰은 아들을 킹스턴의 자택에 두고 일찌감치 현장에 가 있다. 톱밥 까는 작업이 진행중이고, 다른 사람들도 속속 모여든다. 주장관, 시 참사위원, 런던의 관료와 유지 들. 크롬웰은 직접 처형대 계단에 올라가 하중을 견딜 수 있는지 시험해본다. 톱밥 깔던 남자가 크롬웰을 보고 말한다. 튼튼합니다. 우리 모두 그 위로 뛰어올라갔다 내려갔다 했거든요. 하지만 직접 확인하고 싶으시겠지요. 크롬웰이 눈길을 들어보니 사형집행관이 벌써 와서 크리스토프와 이야기를 나누고 있다. 크리스토프는 잘 차려입었다. 신사의 의복을 사 입도록 넉넉하게 용돈을 주었기 때문에 관료들 사이에 서 있어도 별로 눈에 띄지 않는다. 왕비를 놀라게 하지 않기 위해 취한 조치였고, 혹시 옷이 더러워진다 해도 최소한 크리스토프의 호주머니가 빈털터리가 될 일은 없다. 크롬웰은 사형집행관에게로 걸어간다. "이 일을 어떻게 할 거요?"

"무방비 상태일 때 몰래 급습할 겁니다." 잉글랜드어로 바꿔 말하며 젊은이는 자기 발을 가리킨다. 실내에서나 쓸 법한 부드러운 신발을 신고 있다. "왕비님은 장검을 보지도 못할 겁니다. 저 안에, 밀짚 속에 감춰두었습니다. 정신을 딴 데 팔게 할 겁니다. 제가 치는 쪽은 보이지 않을 겁니다."

"그렇지만 나한테는 보여주겠지."

사내가 어깨를 으쓱해 보인다. "원하신다면요. 크레뮈엘 님이세요? 사람들이 나리께서 모든 일을 관장하신다고 말해주더군요. 솔직히 말해서, 혹시 왕비가 너무 못생겨서 제가 놀라 기절하더라도 대신 칼을 뽑아 일을 처리해줄 사람이 있다고 농담들을 했습니다. 그 이름은 크레뮈엘이고 원래 그런 사람이라고. 히드라의 머리도 단칼에 벨 수 있다고들 하더니, 이렇게 뵈니 잘 알겠습니다. 근데 히드라가 도마뱀인지 뱀인지 뭐 그런 거라면서요. 머리를 하나 자르면 두 개가 더 자라난다고 하더라고요."

"이 경우에는 그렇지 않을 걸세." 크롬웰이 말한다. 불린 가문이 끝장나면, 다 끝장난 거지.

무기는 묵직해서 양손으로 잡아야 한다. 길이가 거의 1.2미터에 달한다. 너비는 5센티미터이고 끝은 둥글며 양쪽으로 칼날이 있다. "이런 식으로 휘두르는 겁니다." 집행관이 말한다. 그리고 그 자리에서 팔을 높이 치켜들고 장검을 쥔 것처럼 양 주먹을 모아쥔 채 그 자리에서 춤을 추듯 빙글빙글 돈다. "동작을 연습하기 위해서라도 날마다 칼을 잡아봐야 합니다. 언제 부름을 받을지 알 수 없으니까요. 칼레에는 사형수가 그리 많지 않습니다. 하지만 다른 도시로 가게 되지요."

"좋은 직업이군." 크리스토프가 말한다. 크리스토프도 칼을 잡아보고 싶어하지만, 크롬웰은 아직 놓을 생각이 없다.

사내가 말한다. "내가 프랑스어로 말해도 왕비님이 알아들을 거라고 하더군요."

"그럴 거야. 그렇게 하게."

"그렇지만 무릎은 꿇어야 해요. 이 얘기는 꼭 미리 해드려야 합니다. 보시다시피 받침이 없습니다. 똑바로 무릎을 꿇고 앉아서 움직이지 말아야 해요. 가만히만 있으면 한순간에 끝날 수 있습니다. 그렇지 않으면 갈가리 찢기게 됩니다."

크롬웰은 무기를 돌려준다. "그건 내가 책임질 수 있네."

남자가 말한다. "심장 한 번 뛰는 사이에 다 끝납니다. 아무것도 모를 겁니다. 영원의 세계에 들었을 테니까요."

그들은 돌아서 걸어나온다. 크리스토프가 말한다. "나리, 저 친구가 그러는데, 무릎을 꿇을 때는 치맛자락으로 다리를 잘 감싸고 앉게 하라고 시녀들한테 일러두라고 하네요. 혹시 심하게 넘어져서 수많은 신사분들한테 보여준 걸 온 세상에 보여주게 될 수도 있다고 말입니다."

크롬웰은 소년의 조잡한 말투를 나무라지 않는다. 조잡할지언정 옳은 말이다. 그리고 그 순간이 왔을 때, 시녀들은 어쨌든 그 말대로 따를 것이다. 자기네들끼리도 이미 의논했을 테니까.

프랜시스 브라이언이 가죽조끼 속에서 땀을 뻘뻘 흘리며 그의 곁에 나타난다. "네, 프랜시스 경?"

"머리가 떨어지자마자 말을 타고 달려가서 왕과 미스트리스 제인에게 알리는 임무를 맡았네."

"왜요?" 크롬웰은 차갑게 말한다. "참수관이 뭐 실패라도 할 거라고 생각한답니까?"

거의 아홉시가 다 되었다. "아침은 좀 먹었나?" 프랜시스가 묻는다. "난 언제나 아침을 먹습니다." 그러나 크롬웰은 왕이 아침을 먹었는지 그게 궁금하다. "헨리는 앤 얘기를 거의 안 한다네." 프랜시스가 말한다. "그저 어떻게 이 모든 일이 일어났는지 모르겠다고만 말해. 지난 십 년을 되돌아보면 자기 스스로를 이해할 수 없다는 거지."

두 사람은 말이 없다. 프랜시스 브라이언이 말한다. "저것 봐, 오고 있군."

경건한 행렬이 콜드하버게이트를 지나 다가온다. 런던 시의원들이 앞장을 서고 그다음에 참사위원들과 관료들이 뒤따르고 그다음에 경비대가 행진한다. 그 한가운데 왕비가 시녀들을 대동하고 있다. 짙은 다마스크 가운과 짧은 족제비털 망토를 두르고 게이블후드를 쓰고 있다. 하긴 얼굴을 최대한 가리고 표정을 드러내지 말아야 할 때다. 저 족제비털 망토, 어쩐지 눈에 익은데? 크롬웰이 마지막으로 보았을 때 캐서린이 두르고 있던 바로 그 망토였다. 그렇다면 저 모피가 앤의 마지막 전리품이 되겠군, 하고 그는 생각한다. 삼 년 전 왕관을 쓰러 나아가던 때, 앤은 수도원 바닥을 따라 죽 깔려 있던 파란 천을 밟고 걸었다— 임신한 몸이 너무 무거워 보여서 구경하는 사람들이 숨을 죽이고 걱정하며 지켜보았다. 그런데 이제 앤은 작은 숙녀용 구두를 신고 조심조심 거친 땅을 밟고 걸어가야 한다. 텅 비어 가벼운 몸이지만, 그때와 다름없이 수많은 손길이 그녀를 에워싸고 조금이라도 잘못해 넘어질까 옆에서 부축하며 안전하게 죽음으로 인도한다. 왕비는 한두 번 비틀거리고, 행렬 전체가 속도를 늦춘다. 그러나 왕비는 넘어지지 않고, 돌아서서 뒤를 바라본다. 크랜머가 말했다. "이유는 모르겠지만, 앤은 여전히 희망이 있다고 생각하는 것 같네." 시녀들은 베일을 쓰고 있다. 심지어 레이디 킹스턴도 베일을 쓰고 있다. 그 여자들은 앞으로 살아가야 할 여생이 이날의 행진과 연관되는 걸 바라지 않는다. 남편이나 구애자들이 자신들의 얼굴을 보고 죽음을 떠올리길 원치 않는다.

그레고리는 크롬웰의 옆에 슬며시 자리를 잡았다. 아들이 떨고 있는 것이 느껴진다. 장갑 낀 손을 내밀어 아들의 팔을 잡아준다. 리치먼드 공작이 눈인사를 한다. 리치먼드 공작은 장인 노퍽과 함께 형장이 잘 보이는 곳에 서 있다. 노퍽 공작의 아들 서리는 아버지에게 귓속말하고 있지만, 노퍽은 정면만 응시한다. 하워드 가문이 어쩌다 이 지경이 되었을까?

여인들이 왕비의 망토를 벗기자 뼈만 앙상한 작은 몸집이 드러난다. 왕비는 잉글랜드를 위협하는 적으로 보이지 않지만, 겉모습은 사람을 속일 수 있다. 앤이 캐서린을 이 자리로 몰아갈 수 있었다면, 그렇게 했을 것이다. 왕비의 권세가 계속되었더라면, 어린 메리가 이 자리에 섰을지도 모른다. 그리고 물론 크롬웰 자신도 의관을 벗고서 잉글랜드가 내리치는 뭉툭한 도끼날을 기다리고 있었을지 모른다. 크롬웰은 아들에게 이렇게 말한다. "이제 곧 끝나겠구나." 앤은 걸어오며 사람들에게 돈을 나누어주었고, 벨벳 주머니는 이제 비어 있다. 앤은 손을 주머니에 넣더니 세심한 여염집 부인처럼 안에 남은 것이 없는지 뒤집어본다.

여인 하나가 주머니를 받으려고 손을 뻗는다. 앤은 그 여인을 쳐다보지도 않고 그것을 내어준 후 처형대 가장자리로 걸어간다. 그리고 잠시 망설이며 모여든 사람들의 얼굴을 쳐다보더니 입을 연다. 사람들은 하나가 되어 앞으로 다가서지만 아주 조금밖에 가까이 가지 못하고, 모든 사람이 고개를 쳐들고서 쳐다본다. 왕비의 목소리가 너무 작아 무슨 말을 하는지 잘 들리지 않지만, 처형대 앞에 선 사람이 늘 하는 말이다. "……왕을 위해 기도하세요. 왕께서는 선하고, 상냥하며, 정이 많고, 덕 있는 군주이니……" 지금이라도 왕의 전갈이 올 수 있으니 이런 말을 해야만 한다……

앤은 말을 멈춘다…… 아니, 말을 맺었다. 더이상 할말도 없고, 이승에서의 시간이 몇 분 남지도 않았다. 앤은 숨을 크게 들이쉰다. 당황스러운 표정이 얼굴에 떠오른다. 앤은 아멘이라고 말한다. 아멘. 고개를 숙인다. 그리고 머리끝부터 발끝까지 온몸의 떨림을 멈춰보려고 안간힘을 쓰는 것 같다.

베일을 쓴 여인 하나가 앤에게 다가오더니 말을 한다. 앤은 떨리는 팔을 들어 후드를 벗는다. 후드는 쉽게 벗겨진다. 핀을 꽂아놓았을 리는 없겠다고, 크롬웰은 생각한다. 앤은 비단 망으로 감싸 목뒤에 올려놓은 머리카락을 풀어헤치더니 손을 들어 머리를 다시 감아올린다. 앤이 머리채를 한 손으로 잡자 여인 하나가 리넨 두건을 건넨다. 앤은 두건을 쓴다. 그런 것으로 긴 머리가 정돈될 것 같지 않았지만, 그렇게 된다. 미리 연습을 한 것이 분명하다. 하지만 이제 앤은 다음에 어떻게 할지 묻는 것처럼 주위를 살핀다. 앤은 두건을 머리에서 반쯤 들더니 다시 쓴다. 어떻게 해야 할지, 두건의 끈을 턱 밑에서 묶어야 할지 모르는 것이다. 묶지 않아도 벗겨지지 않을지, 묶을 시간이 있을지, 이 승에서 심장이 몇 번이나 더 뛸 수 있을지. 사형집행관이 나와 아주 가까이 다가오니, 그도 앤을 볼 수 있다. 앤의 눈이 그에게로 향한다. 프랑스인 집행관은 무릎을 꿇고 용서를 구한다. 단지 형식일 뿐, 그의 무릎은 지푸라기에 제대로 닿지도 않는다. 그는 앤에게 무릎을 꿇으라고 손짓하고, 앤이 시키는 대로 하는 동안 옷에 닿는 것도 싫다는 듯 멀찌감치 비켜서 있다. 팔 하나쯤 떨어진 위치에 서서 집행관은 여인 한 명에게 접은 천을 건네더니 손을 눈으로 올리는 시늉을 한다. 크롬웰은 눈가리개를 받은 사람이 레이디 킹스턴이기를 바란다. 누군지 몰라도 그 여자는 솜씨 좋게 눈을 가리지만 눈앞이 어두워진 앤은 조그만 소리를 낸다. 기도를 올리는 앤의 입술이 움직인다. 집행관은 여인들에게 물러나라고 손짓한다. 그들은 뒤로 물러서서 무릎을 꿇는다. 그중 한 명이 주저앉자 다른 이들이 부축해준다. 베일로 얼굴은 가리고 있지만, 몸을 움츠려 안전해지려는 듯 치맛자락을 그러모으는 그들의 손, 힘없는 맨손은 보인다. 왕비는 이제 혼자다. 평생 이렇게 곁에 아무도 없기는 처음이다. 그리스도여, 자비를 베푸소서. 예수님, 자비를 베푸소서. 그리스도여, 제 영혼을 받아주소서. 왕비는 이렇게 기도한다. 그리고 한 손을 들어 다시 두건을 만지려 한다. 크롬웰은 팔을 내리라고, 제발 팔을 내리라고 마음속으로 바란다. 집행관이 날카롭게 말한다.

"칼을 가져와." 눈을 가린 머리가 홱 돌아간다. 앤은 사형집행관이 뒤에 있다고 착각한다. 그 순간 수많은 군중 가운데서 단 한 사람의 신음소리가 흘러나온다. 그리고 침묵이 이어지고, 그 침묵 속으로 날카로운 한숨소리, 마치 열쇳구멍을 통해 들리는 휘파람 같은 소리가 들려온다. 몸에서 피가 튀고, 작은 몸뚱이는 핏물 웅덩이로 변해버린다.

서퍽 공작은 여전히 그 자리에 서 있다. 리치먼드도 마찬가지다. 무릎을 꿇었던 다른 이들은 모두 일어선다. 사형집행관은 가만히 돌아서서 이미 칼을 넘겼다. 조수가 시신에 다가가지만 여인 넷이 먼저 다가가 몸으로 그를 막고 있다. 그중 한 명이 강하게 말한다. "남자들은 손대지 마세요."

젊은 서리 백작이 말하는 소리가 들린다. "글쎄, 이미 남자들의 손은 탈 만큼 탔지." 크롬웰은 노퍽에게 아들을 데려가라고 한다. 보아하니 리치먼드는 병자의 안색이다. 또래 남자아이를 대하듯 그에게 다가가 저하, 이제 그만 가보시지요, 라고 말하는 그레고리를 크롬웰은 흐뭇하게 본다. 리치먼드가 어째서 무릎을 꿇지 않았는지 알 수 없다. 어쩌면 왕비가 자신을 독살하려고 했다는 소문을 믿고서 마지막 예의조차 갖추기 싫었는지도 모른다. 서퍽 공작의 경우에는 이해하기 더 쉽다. 브랜던은 매정한 사람이라 앤을 용서할 뜻이 없다. 크롬웰은 전투를 겪어온 사람이다. 하지만 이렇게 유혈이 낭자한 꼴은 본 적 없었다.

킹스턴은 죽음 이후의 장례에 대해서는 생각하지 않은 모양이다. "무관장이 예배당에 깃발을 걸어두는 걸 기억했어야 할 텐데." 크롬웰이 누구에게랄 것도 없이 중얼거리자 누군가 그럴 거라고 대답한다. 앤의 남동생이 아래로 지나갈 수 있도록 이틀 전에 깃발을 걸었다는 것이다.

지난 며칠간 무관장은 악명을 떨쳤다. 하지만 그는 끝까지 앤을 어떻게 처형할지 왕이 가르쳐주지 않아 불안해했고, 훗날 인정했듯 형 집행 당일마저도 오전 내내 화이트홀에서 전령이 달려와 처형을 멈출 것이라고 생각했다. 왕비가 부축을 받아 계단을 오를 때도, 심지어 왕비가 후드를 벗을 때까지도. 무관장은 관 생각을 하지 않았기에 화살을 담아두는 느릅나무 궤짝을 급히 비워 학살의 현장으로 옮겼다. 어제만 해도 그 궤짝은 화살과 함께 아일랜드로 보낼 계획이었다. 왕비의 작은 몸이 넉넉히 들어갈 만큼 큰 상자는 이제 모두의 시선을 받는 관이 되었다. 집행관은 처형대를 가로질러가더니 잘린 머리를 집어든다. 갓난아기를 강보에 싸듯 리넨 천으로 머리를 감싼다. 집행관은 누군가 짐을 받아주기를 기다린다. 여인들은 누구의 도움도 없이 왕비의 피에 젖은 시신을 궤짝에 담는다. 그중 한 명이 앞으로 나와 머리를 받더니, 달리 자리가 없자 왕비의 발 옆에 넣는다. 그리고 그들은 모두 왕비의 피에 흠뻑 젖은 모습으로 일어나 뻣뻣한 걸음으로 병사들처럼 대열을 정비해 걸어나간다.

그날 저녁 크롬웰은 오스틴프라이어스에 있다. 크롬웰은 프랑스에 있는 가드너에게 서신을 썼다. 외국에 나가 있는 가드너는 언제라도 공격할 태세로 웅크리고 앉아서 발톱을 다듬는 맹수다. 그를 멀리 보낸 것은 성공이었다. 크롬웰은 얼마나 더 오랫동안 그럴 수 있을지 알 수 없다.

크롬웰은 레이프가 함께 있었으면 하고 바라지만, 레이프 새들러는 왕과 함께 있거나 스테프니의 헬렌에게 돌아갔을 것이다. 전에는 거의 매일 레이프를 만났는데, 새로운 상황에 적응할 수가 없다. 자꾸만 레이프의 음성이 들릴 것 같다. 집에 있을 때면 레이프와 리처드, 그레고리가 여기저기서 서로 밀치며 아래층으로 내려가고, 문 뒤에 숨어 있다가 서로를 덮치는 소리가 들려올 것만 같다. 근엄한 어른이 옆에 없으면 스물다섯, 아니 서른 살의 남자들도 얼마든지 장난을 친다. 레이프 대신 라이어슬리가 옆에서 왔다 갔다 걸어다니고 있다. 콜미는 연대기 기록자에게 하듯이 그날 하루 있었던 일을 누군가가 알려야 한다고 생각하는 모양이다. 그게 아니라면, 자신의 감정을 설명해야 직성이 풀리는 것 같다. "장관님, 저는 마치 절벽에 서 있는 기분입니다. 바다를 등지고 서 있는데, 제 아래는 온통 불바다 같아요."

"그런가, 콜미? 그렇다면 바람을 피해서 안으로 들어와야지." 크롬웰은 말한다. "그리고 라일 경이 프랑스에서 보내준 이 와인을 한잔 마시게. 보통은 내가 마시려고 아껴두는 것이지만."

콜미는 잔을 받는다. "불타는 건물 냄새가 납니다." 그가 말한다. "탑은 쓰러지고요. 정말이지 재밖에 남은 게 없습니다. 온통 폐허가 되었어요."

"하지만 쓸모 있는 폐허 아닌가?" 폐허로 온갖 것을 만들 수 있다. 바닷가에 사는 사람 아무나 붙잡고 물어보면 알 수 있다.

"한 가지 문제는 제대로 대답하지 않으셨습니다." 라이어슬리가 말한다. "어째서 와이엇을 재판하지 않으셨습니까? 친구라는 이유 말고 무슨 이유가 있습니까?"

"자네는 우정을 별로 중요하게 생각하지 않는군." 크롬웰은 라이어슬리가 그 말을 이해하는 동안 지켜보고 있다.

"그뿐 아니라." 콜미가 말한다. "와이엇은 장관님께 위협이 되지도 않았고 하대하지도 않고 기분 나쁘게 하지도 않았지요. 반면, 윌리엄 브레러턴은 독단적이고, 여러 사람의 기분을 상하게 했고, 장관님의 일을 방해하지 않았습니까. 해리 노리스, 젊은 웨스턴, 두 사람의 입장에는 괴리가 있었거니와, 그들이 없어지면 장관님은 레이프를 비롯한 우군을 왕의 처소에 심을 수가 있어요. 그리고 그 꼬마 류트 악사 마크 말입니다. 솔직히 그 친구가 없어지니 처소가 훨씬 깔끔해지긴 했어요. 또 조지 로치퍼드가 쓰러지는 바람에 나머지 불린 일가는 다 달아났고, 몽세뇌르는 시골로 가서 목소리를 낮춰야 할 겁니다. 황제는 이 모든 사건의 경과에 기뻐할 겁니다. 대사가 열병으로 오늘 나오지 못한 것이 아쉽습니다. 현장을 보았다면 좋아했을 텐데."

아니, 그렇지는 않았을걸, 크롬웰은 생각한다. 샤퓌는 비위가 약하다. 하지만 필요하다면 병상에서 일어나 자신이 일으킨 일의 결과를 지켜봐야 한다.

"이제 잉글랜드에 평화가 올 겁니다." 라이어슬리가 말한다.

크롬웰의 머릿속에 한 구절이 떠오른다. 토머스 모어의 말이었나? '여우가 집에 가면 닭장 안에 평화가 찾아온다.' 크롬웰에게는 여기저기 흩어져 널브러진 죽은 닭들이 보인다. 어떤 놈은 한입에 잡아먹혔고, 어떤 놈은 날갯짓을 해서 여우가 놀라는 바람에 갈기갈기 찢겨 죽었다. 이제 죽은 닭과 바닥과 벽에 들러붙은 피 묻은 깃털을 치우고 닭 아내야 한다.

"모두 갔습니다." 라이어슬리가 말한다. "추기경님을 지옥으로 데려간 넷 전부와 그들의 공적을 노래로 만든 가련한 광대 마크도요."

"전부 넷이라." 크롬웰이 말한다. "전부 다섯이지."

"크롬웰이 추기경의 작은 적들을 이처럼 무자비하게 처리한다면, 왕에게는 어떤 복수를 하게 될까, 하고 어떤 귀족이 묻더군요."

크롬웰은 어둠이 내리는 정원을 내다보며 서 있다. 그 질문이 마치 어깨 사이를 찌른 단검처럼 그를 꼼짝 못하게 한다. 왕의 모든 가신 가운데 그 질문을 품을 상대, 그 질문을 감히 던질 사람은 단 한 명뿐이다. 크롬웰 자신이 왕에게 보이는 충성심, 크롬웰 자신이 날마다 과시하는 충성심에 의문을 던질 만한 자는 이 세상에 단 한 명뿐이다. "그렇다면……" 크롬웰이 마침내 말한다. "스티븐 가드너가 스스로를 귀족이라고 칭하는 거로군."

어쩌면 라이어슬리는 작은 유리창에 갇힌 듯 뿌옇게 비쳐 보이는 혼란과 공포, 장관의 얼굴에 자주 떠오르지 않는 감정을 보고 싶었는지도 모른다. 가드너가 그런 생각을 품는다면 또 누가 그럴까? 다른 사람 또 누가 앞으로 몇 달 뒤, 몇 년 뒤에 그런 생각을 하게 될까? 크롬웰이 말한다. "라이어슬리, 설마 내가 자네에게 내 행동을 정당화하기를 바라지는 않겠지? 일단 하나의 길을 선택했다면, 거기에 대해 변명해서는 안 되네. 내가 우리 왕이 잘되시기만을 바라는 것은 신께서 아시네. 나는 복종하고 섬길 것이네. 그리고 자네도 나를 자세히 본다면 그렇다는 것을 알 걸세."

크롬웰은 라이어슬리가 자신의 얼굴을 봐야 한다고 생각할 때 돌아선다. 확실한 미소를 지으면서, 크롬웰은 이렇게 말한다. "내 건강을 위해 건배하세."

III
전리품
1536년 여름, 런던

헨리왕이 말한다. "옷은 어떻게 했는가? 머리 두건은?"

크롬웰이 말한다. "런던탑의 사람들이 갖고 있습니다. 그들의 특권입니다."

"다시 사들이게." 헨리왕이 말한다. "없애버렸다는 걸 확인하고 싶어."

헨리왕이 말한다. "국왕 처소의 열쇠를 모두 거둬들이게. 이곳과 다른 곳의 열쇠도. 모든 방의 열쇠를 전부 찾아내게. 열쇠를 바꾸고 싶으니."

사방에 새로운 하인들이 배치되었고, 새로운 사무실에서 옛 하인들이 일한다. 해리 노리스 대신 프랜시스 브라이언 경이 국왕 사실을 담당하는 시종장으로 임명되었고, 100파운드의 연금을 받게 된다. 젊은 리치먼드 공작은 체스터와 노스웨일스의 시종장으로 임명되었고, (조지 불린을 대신해) 싱크 포츠 관리인 겸 도버성 무관장이 되었다. 토머스 와이엇은 런던탑에서 풀려나 역시 100파운드를 받게 되었다. 에드워드 시모어는 비첨 자작이 되었다. 리처드 샘프슨은 치체스터의 주교로 임명되었다. 프랜시스 웨스턴의 부인은 재혼을 발표한다.

크롬웰은 제인이 왕비로서 채택할 모토에 대해 시모어 형제와 의논해왔다. 그들은 '순종과 봉사'로 결정한다.

그들은 헨리에게 의견을 묻는다. 미소와 끄덕임. 완벽하게 만족한 표정이다. 왕의 파란 눈이 고요하다. 그해, 1536년 가을 내내 유리 창문에, 돌이나 나무의 조각에, 황제의 관을 쓴 흰 독수리 대신 불사조가 새겨질 것이다. 죽은 여인의 사자 대신 제인 시모어의 표범이 자리잡을 것이다. 머리와 꼬리만 새로 바꾸면 되니 교체 작업은 경제적으로 이루어진다.

결혼식은 신속하게 조용히, 화이트홀 왕비의 방에서 이루어진다. 제인은 왕의 먼 친척임이 알려지지만 필요한 특별 허가가 올바르게 주어진다.

그, 크롬웰은 식전에 왕과 함께 있다. 헨리는 말이 없고 신랑치고는 너무나 우울하다. 죽은 왕비를 생각하는 것은 아니다. 앤이 죽은 지 열흘 되었지만 헨리는 한 번도 그 이야기를 한 적이 없다. 하지만 왕은 이렇게 말한다. "크럼, 이제 아이를 가질 수 있는지 모르겠네. 플라톤은 남자가 서른에서 서른아홉 사이에 가장 훌륭한 자식이 나온다고 하는데, 그애들은 어디로 갔는지 모르겠군."

왕은 운명을 사기당한 느낌이다. "형 아서가 죽었을 때, 아버지의 점성술사들은 내 치하에서 번영을 누리고 아들도 많이 낳을 거라고 했는데."

번영을 누리기는 했다고 크롬웰은 생각한다. 그리고 나만 따른다면 상상 이상으로 부자가 될 것이라고. 토머스 크롬웰이 당신의 점괘 어딘가에 있었다고.

이제 죽은 여인의 빚을 갚아야 한다. 그녀는 몇천 파운드의 빚을 지고 있다. 압수한 영지로 빚은 갚을 수 있다. 모피 상인과 옷가게, 실크 상인, 약제상, 리넨 상인, 마구 제조인, 염색업자, 편자 담당, 장식핀 제조사에게 대금이 지불된다. 앤의 딸의 입지는 불분명하지만 현재로서는 금으로 수놓은 요람에 누워 금실로 장식한 새틴 모자를 쓰고서 잘 지내고 있다. 왕비의 자수업자에게는 55파운드의 외상이 있었는데, 그 돈이 어디에 쓰였는지는 누가 봐도 명백하다.

프랑스 사형집행관에게 낼 돈은 23파운드가 넘지만 그 비용이 다시 발생할 일은 없다.

오스틴프라이어스에서, 크롬웰은 열쇠를 꺼내 크리스마스 용품을 넣어두는 작은 방으로 들어간다. 마크가 갇혀 밤중에 두려워 울던 방이다. 공작새 날개는 없애야 할 것이다. 레이프의 어린 딸은 그것을 다시 달라고 하지 않을 것이다. 아이들은 이미 지나버린 크리스마스를 기억하지 않는다.

크롬웰은 날개를 리넨 가방에서 꺼낸 뒤, 천을 당겨 불빛에 들어보고는 찢어진 부분을 발견한다. 깃털이 어떻게 빠져나와 죽은 이의 얼굴을 건드렸는지 알 수 있다. 날개가 낡고 빛나는 눈은 흐릿해졌다. 어차피 싸구려 물건이라 공들여 보관할 가치가 없다.

크롬웰은 딸 그레이스에 대해 생각한다. 아내가 자신을 속인 적이 있을까 생각해본다. 그렇게 자주 추기경의 일로 집을 비웠으니, 아내가 사업을 통해 알게 된 실크 상인을 만난 것은 아닐까. 혹은 많은 여자들이 그러듯 사제와 잤을까? 크롬웰은 아내가 그랬을 것이라고 믿을 수 없다. 하지만 아내는 평범한 여인이었고, 그레이스는 너무나 아름답고 너무나 섬세한 생김새를 갖고 있었다. 요즘 아내와 딸들의 기억이 크롬웰의 머릿속에서 흐릿해지고 있다. 죽음이란 그런 것이다. 죽음이 모조리 앗아가면, 기억에 남는 것이라고는 재가 흩어진 흐릿한 자국뿐이다.

크롬웰이 처제 조핸에게 말한다. "리즈가 다른 남자를 만났을까? 우리가 부부였을 때 말이오."

조핸은 깜짝 놀란다. "무슨 일로 그런 생각을 하세요? 당장 잊어버리세요."

크롬웰은 그러려고 노력한다. 하지만 딸 그레이스가 자신에게서 점점 더 멀어지는 느낌을 떨칠 수 없다. 그레이스는 초상화를 그리기도 전에 죽었다. 이 세상에 살았지만 아무런 자취도 남기지 않았다. 딸의 옷가지와, 치마를 입은 나무 인형은 다른 아이들에게 오래전에 나눠주었다. 하지만 큰딸 앤, 앤의 습자책만큼은 아직도 간직하고 있다. 가끔 그것을 꺼내 쳐다본다. 앤 크롬웰의 이름이 대문자로 적혀 있다. 큰딸이 종이 여백에 그려놓은 물고기와 새들, 인어와 그리핀도 있다. 그는 붉은 가죽을 덧댄 나무상자 안에 습자책을 보관해둔다. 뚜껑의 색은 분홍색으로 바랬다. 뚜껑을 열어야만 원래의 충격적으로 새빨간 색을 볼 수 있다.

이렇게 밝은 밤이면 책상에 앉아 있다. 종이는 귀하다. 종이 자투리는 버리지 않고 뒤집어서 다시 쓴다. 종종 오래된 서신첩을 꺼내 오래전 죽은 대신들의 글씨와 묘비명 아래 싸늘하게 식어 있는 주교들의 글씨를 본다. 울지가 죽고 나서 처음 이런 식으로 추기경의 글, 급히 끼적인 계산, 초안을 잡았다가 버린 쪽지들을 꺼내 보았을 때는 심장이 미어져 작은 덩어리로 뭉치는 바람에 슬픔이 가실 때까지 한참 펜을 내려놓아야 했다. 이런 만남에는 익숙해졌지만, 오늘밤 책장을 넘기다 추기경의 글씨를 보니 마치 불빛의 장난으로 글씨체가 바뀐 것처럼 이상한 느낌이 든다. 낯선 사람의 글씨, 이번 분기에 처음 만나 업무를 같이 처리했지만 아직 잘 알지는 못하는 채권자나 채무자의 글씨를 보는 것 같다. 서기가 주인이 부르는 대로 받아 적은 것이라 해도 믿을 정도다.

짧은 찰나가 지나간다. 밀랍 양초의 불빛이 흔들리고, 책을 불빛 쪽으로 조금 밀어보니 글자는 낯익은 모습을 되찾고 크롬웰은 거기 적혀 있는 고인의 글을 알아본다. 낮 동안 그는 미래에 대해서만 생각하지만 늦은 밤이면 가끔 기억이 성가시게 찾아든다. 하지만. 다음 일은 왕과 메리를 화해시켜 헨리가 자기 딸을 죽이지 않도록 구하는 것이다. 그리고 그전에, 메리의 친구들이 왕을 죽이지 않도록 하는 것이다. 그가 그들을 새 세상으로 이끌었다. 그가 그들을 앤 불린이 없는 세상으로 안내했으니 이제 그들은 그 없이도 잘 지낼 수 있을 거라고 생각할 것이다. 먹을 것을 찾아 먹었으니 이제 사냥개를 치워버리려 할 것이다. 하지만 이것은 토머스 크롬웰의 식탁이다. 남은 고기와 함께, 그 식탁은 크롬웰의 몫이다. 끌어내리고 싶으면 해보라고 하라. 그는 무장을 할 것이다. 끄떡도 하지 않을 것이다. 바위에 붙은 삿갓조개처럼 미래에서 떨어지지 않을 것이다. 그는 법을 정하고, 조치를 취하고, 대의를 섬겨야 하며, 왕에게 봉사해야 한다. 아직 얻어야 할 칭호와 직급이 남아 있고, 집을 지어야 하며, 책을 읽어야 하고, 혹시 아는가, 아이를 낳을 수도 있다. 그리고 그레고리를 결혼시켜야 한다. 손자를 얻는다면 잃은 자식들에 대한 보상이 될 수도 있다. 크롬웰은 눈부신 햇살 속에 서서 죽은 이들이 볼 수 있도록 자신이 아기를 안아들고 있는 모습을 떠올린다.

크롬웰은 생각한다. 아무리 애를 써도 언젠가 나는 사라질 테고, 이 세상을 보면 그리 머지않은 일일지도 모르겠군. 제아무리 군건하고 왕성한 사람이라 해도, 운명은 변하고 적이든 친구든 최후를 가져올 테니까. 그때가 되면 나는 잉크가 마르기 전에 사라질 수도 있지. 난 산더미 같은 서류를 남기고 갈 거야. 내 뒤를 따르는 이들이 — 일단 그들이 레이프라고, 라이어슬리라고, 리시라고 하자 — 그들이 내가 남기고 간 것들을 살피다가 아, 여기 예전에 쓰신 증서가 있네, 오래전에 남긴 초안이, 토머스 크롬웰의 시절에 쓴 서신이 있네, 하고 말할 테지. 그들이 책장을 넘기다가 나에 대해서 쓸 게야.

1536년 여름이 된다. 크롬웰은 남작이 된다. 그는 퍼트니의 크롬웰 경이라고 스스로를 칭하지 못한다. 웃음이 나올 것 같다. 하지만. 윔블던의 크롬웰 남작이라고 부를 수는 있다. 그는 어릴 적 윔블던의 들판을 모두 누비고 다녔다.

'하지만'이란 말은 의자 밑에 숨어 있는 도깨비 같다. 아직 보지 못한 말이 적히게 하고, 글이 페이지를 가로질러 가장자리까지 계속 뻗어가게 한다. 끝은 없다. 끝이 있다고 생각한다면 끝의 속성을 잘 모르는 것이다. 끝은 모두 시작이다. 이것도 그렇다.

앤 불린의 몰락을 둘러싼 정황은 몇 세기 동안 뜨거운 논쟁을 불러왔다. 증거는 복잡하고 가끔은 상충된다. 의심스럽고 오염되고 사후 약방문 격인 자료들도 많다. 앤 불린 재판의 공식 기록은 없다. 따라서 앤의 마지막 나날은 동시대 사람들의 도움을 받아 파편적으로 재구성하는 수밖에 없는데, 이들은 부정확하거나 편견에 치우쳐 있거나 많이 잊었거나 당시 다른 곳에 있었거나 가명으로 숨어 있었을 수 있다. 재판과 처형대에서 앤이 말했다고 전해지는 유창하고 장황한 연설문은 회의적으로 읽어야 하고, '최후의 편지'라 일컬어지는 문서 또한 그러하다. 그 편지는 위조이거나 (좀 더 친절한 표현을 쓰자면) 허구임이 거의 확실하다. 살아생전에도 속내를 알 수 없는 변덕스러운 여인이었던 앤은 죽은 지 수 세기가 지난 지금도 여전히 모습을 바꾸며, 그녀에 대해 읽고 쓰는 사람들이 투사하는 모습으로 나타난다.

이 책에서 나는 사건에 결정적인 몇 주일을 토머스 크롬웰의 관점에서 보여주려 했다. 내 판본의 이야기가 권위를 갖고 있다고 주장할 생각은 없다. 그저 독자에게 한 가지 제안을 할 뿐이다. 이 사건과 관련해 일부 친숙한 이야기들을 이 소설에서는 찾아볼 수 없을 것이다. 캐릭터가 많아지는 걸 막기 위해서 소설에서는 브리짓 윙필드라는 죽은 여인을 생략했다. 그녀는(무덤 너머에서) 앤이 몰락하기 전 떠돌기 시작한 소문과 관련이 있었다고 한다. 뜬소문의 출처를 생략하게 됨으로써 레이디 로치퍼드가 원래 받아 마땅한 비난보다 더 많은 비난이 쏟아졌을 거라 생각한다. 우리는 레이디 로치퍼드를 거꾸로 읽는 경향이 있는데, 이는 헨리의 다섯번째 아내 캐서린 하워드 사태에서 그녀가 담당한 파괴적인 역할을 우리가 알기 때문이다. 줄리아 폭스는 저서 『제인 불린』(2007)에서 제인 로치퍼드의 캐릭터를 좀더 긍정적으로 해석했다.

앤의 마지막 나날에 대해 일가견이 있는 독자들은 또다른 생략을 찾아낼 수 있을 것이다. 그중에는 토머스 와이엇과 비슷한 시기에 체포되었으나 기소되지도 않고 재판도 받지 않았던 리처드 페이지가 있다. 이 이야기에서 달리 담당할 역할이 없고 또 아무도 그가 왜 체포되었는지 몰랐기 때문에, 굳이 이름 하나를 덧붙여 독자에게 부담을 줄 필요가 없다고 판단했다.

나는 불린 가문의 몰락과 관련해 에릭 아이브스, 데이비드 로데스, 앨리슨 위어, G. W. 버나드, 리사 M. 워니크를 비롯한 여러 역사학자의 도움을 많이 받았다.

이 책은 물론 앤 불린이나 헨리 8세가 아니라 토머스 크롬웰의 경력을 중점적으로 다룬다. 토머스 크롬웰에 대해서는 전기작가들의 관심이 조금 더 필요하다. 아무튼 내무장관은 크리스마스 파이에 든 탐스러운 자두처럼 매끈하고 통통하고 빽빽해서 쉽게 파악하기 힘들다. 그러나 나는 그를 천착해 파내려는 시도를 계속할 수 있기를 희망한다.

　귀한 시간을 내어 『울프홀』을 읽고 논평하고 이 프로젝트를 격려해준 열린 마음의 역사학자들과, 가계도와 가문에 전해내려오는 이야기, 소실된 장소와 거의 잊힌 이름 들에 대한 짜릿한 정보를 알려주고자 연락해온 무수한 독자들에게 진심으로 감사드린다. 과거 와이엇 가문의 소유였던 알링턴성을 보여준 밥 우스터 경과 데번의 아름다운 저택 캐드헤이에 초대해준 윌리엄 폴렛의 후손 루퍼트 시슬스웨이트에게도 감사한다. 친절하게 초대해주신 여러분 모두에게 감사드린다. 다음 소설을 쓰면서 초청을 수락할 수 있기를 바란다. 남편 제럴드 매큐언에게는 특별한 감사의 마음을 전해야 한다. 그 많은 보이지 않는 사람들과 한집에 살아야 하는데도, 언제나 흔들림 없이 응원해주고 현실적으로 도움이 되는 친절을 베풀어주었다.

2012년 맨부커상 발표가 임박했을 당시, 관계자들이 모이는 자리마다 『시체들을 끌어내라』가 최종 수상작으로 선정될 가능성과 당위성을 두고 뜨거운 갑론을박이 벌어졌다. 『시체들을 끌어내라』는 헨리 8세 재위 기간에 막후 실권자였던 토머스 크롬웰의 흥망성쇠를 다룬 소설로, 2009년 발표한 『울프홀』의 속편이었다. 힐러리 맨틀은 『울프홀』로 이미 평단의 찬사와 상업적 성공이라는 두 토끼를 거머쥔 상황이었다. 『울프홀』의 판매 부수는 무려 60만 부가 넘었고 맨부커상과 전미도서비평가협회상을 휩쓰는 기록을 세웠기 때문이다. 그때만 해도 맨부커상을 두 번 수상한 작가는 단 두 명, J. M. 쿳시와 피터 케리뿐이었다. 쿳시는 남아프리카공화국, 피터 케리는 오스트레일리아 국적이었고 둘 다 남성이었다. 살만 루슈디, 이언 매큐언, A. S. 바이엇 등 유수의 영국 작가들이 맨부커상 2회 수상에 도전했으나 미처 위업을 이루지 못했다. 또다른 여건도 불리했다. 『시체들을 끌어내라』는 예술성을 쉬이 인정받기 어려운 역사소설이었고, 나머지 후보작 열한 편의 총 판매 부수를 훌쩍 넘어선 대형 베스트셀러였다. 때문에 힐러리 맨틀이 수상한다면 전례없는 사건이 될 터였다.

하지만 심사위원장이었던 〈타임스 리터러리 서플리먼트〉의 편집장 피터 스토타드 경은 『시체들을 끌어내라』를 수상작으로 선정한 이유를 명확히 밝히며 논란을 잠재웠다. "우리는 위대한 작가가 이전에 쓴 작품을 뛰어넘는 대단히 걸출한 글에 이 상을 시상하기로 했습니다. 힐러리 맨틀은 특유의 예술적 기교와 문장력을 활용해 도덕적 모호성과 당시 정치가의 삶이 내포하는 현실적 불확실성을 문학으로 창조해냈습니다." 해상도 높은 문장과 단단히 직조된 플롯, 명징한 서술을 통해 역설적으로 강조되는 불확실성, 운명의 압박에 맞서는 강렬한 캐릭터. 이것이 『시체들을 끌어내라』가 문학사에 묵직한 한 획을 그은 힘이었다.

힐러리 맨틀은 작가로서도, 또 개인으로서도 규격을 탈피하는 이력의 소유자다. 그는 더비셔주의 작은 마을 글로솝에서 아일랜드계 가톨릭 노동자 부부의 딸 힐러리 톰프슨으로 태어났다. 그런데 힐러리가 여섯 살 무렵 뜬금없이 잭이라는 남자가 집에 눌러앉아 가족과 함께 살기 시작했다. 불가해한 동거 상황이 이어지다 힐러리가 열한 살 때 아버지 헨리 톰프슨이 홀연히 자취를 감추고, 그는 새아버지 잭 맨틀의 성을 따라 힐러리 맨틀이 되었다. 회고록 『유령을 포기하다Giving Up the Ghost』(2003)에서 그려진 유년기는 혼란스럽고 고통스럽다. "오래되어 말라붙은 피처럼 빛바랜, 빗물에 흠뻑 젖은 진홍색"으로 짙게 물들어 있다. 그래서인지 맨틀은 열여섯 살의 어린 나이에 동갑인 제럴드 매큐언을 만나 대학을 졸업하자마자 스물두 살에 결혼했다. 수재였던 맨틀은 런던정경대학과 셰필드대학에서 법학을 공부했지만, 계획대로 변호사가 되는 대신 백화점 점원으로 일했다. 그때 프랑스혁명에 대한 책을 읽으며 소설을 쓰기 시작했는데, 그 이유는 오로지 "역사학자가 될 기회를 놓쳤기" 때문이었다. 1977년에는 지질학자인 남편을 따라 보츠와나에 가게 되었는데, 이국의 삶을 향유하면서도 동시에 1790년대 프랑스라는 상상의 시공간에 빠져들었다. 상상과 현실, 과거와 현재라는 두 개의 시공간에서 동시에 거주하는 이중 생활자의 삶이 시작된 것이다. 그러나 역사소설은 당시 출판계가 기피하는 장르였기에, 1974년 착수한 원고는 무려 이십여 년이 지난 후에야 세상의 빛을 볼 수 있었다. 그 작품이 바로 『보다 안전한 곳 *A Place of Greater Safety*』(1992)이다. 프랑스혁명을 배경으로 당통, 로베스피에르, 데물랭의 삶을 추적하는 선 굵은 장편소설로, 역사의 빈칸을 세밀한 상상력으로 메꾸어 정치사를 뒤흔든 권력자들의 심리를 능란하게 해부하는 맨틀 고유의 스토리텔링이 정체성을 찾아가는 과정을 잘 보여준다. 힐러리 맨틀은 젠더를 짐작하기 어려운 중성적 문체로, 정해진 역사의 한계 안에서 창의적이고 핍진한 허구를 창작하는 솜씨를 갈고닦으며 이때부터 토머스 크롬웰의 탄생을 예비하고 있었다.

사실 힐러리 맨틀은 『매일이 어머니날 *Everyday Is Mother's Day*』 『가자 거리에서 보낸 팔 개월 *Eight Months on the Ghazzah Street*』 등 독창적인 문제작을 다수 발표해 견실한 문학성을 인정받고 있었다. 하지만

이언 매큐언, 줄리언 반스, 마틴 에이미스 같은 동시대 남성 작가들의 화려한 유명세에 가려 상대적으로 빛을 보지 못한다는 생각을 떨칠 수 없었고, 왕성한 작가적 야심은 그에 만족하지 못했다. 한 인터뷰에서는 자신이 줄곧 소수만 관심을 가져주는 '니치 상품' 같은 기분이 들었다고 털어놓은 바 있다. 그래서 그는 '영국 역사의 중간 지대로 행진해 깃발을 꽂겠다'고 작심하는데, 그 결과가 바로 크롬웰 삼부작이다. 이 연작은 힐러리 맨틀을 일약 문단의 셀럽으로, 나아가 국가적 아이콘으로 우뚝 세운다. 장쾌하게 뜻한 바를 이룬 힐러리 맨틀은 『시체들을 끌어내라』의 맨부커상 수상 소감에서 "이십 년에 걸쳐 맨부커상만 기다려왔는데 두 개가 한꺼번에 와버리는군요"라며 농담 섞인 진담으로 감격을 토로했다.

크롬웰 삼부작은 파죽지세로 승승장구했다. 『울프홀』과 『시체들을 끌어내라』는 전 세계에서 500만 부 이상 팔렸다. 2014년에는 작가가 직접 각색한 연극이 로열 셰익스피어 컴퍼니의 무대에 성공적으로 올랐고, 2015년에는 BBC에서 드라마 시리즈로 제작되었다. 드라마는 아카데미상 수상자 마크 라일런스 경이 토머스 크롬웰 역할을 맡아 열연하며 작품성과 상업성 양면에서 큰 성공을 거두었다.

힐러리 맨틀은 2020년 삼부작의 마지막 권 『거울과 빛The Mirror & Light』을 발표하며 장구한 크롬웰 서사를 완결지었고, 이 작품 역시 부커상 후보에 오르며 삼부작이 모두 후보에 오르는 위업을 달성했다. 하지만 그는 안타깝게도 『거울과 빛』을 마지막으로 2022년 세상을 떠난다. 『울프홀』로 승부수를 띄워 작가 경력이 본궤도에 진입했고 『시체들을 끌어내라』로 절정에 올랐다가 『거울과 빛』으로 막을 내렸으니,

크롬웰 삼부작은 여러 의미에서 힐러리 맨틀의 인생 작품이라 하겠다.

『시체들을 끌어내라』는 작가 힐러리 맨틀과 정치가 토머스 크롬웰이 함께 도달한 찬란한 정점이다. 허나 승리는 결코 달지 않고 영광은 허무하고 덧없다. 1535년 토머스 모어가 처형된 여름이 가고 가을이 다 가올 무렵 헨리 8세의 총애는 속절없이 앤 불린을 떠나간다. 크롬웰이 제인 시모어를 울프홀에서 다시 만나고 앤 불린과 그 수하들을 숙청할 때까지 걸린 시간은 구 개월이었는데, 소설은 그중에서도 단 삼 주에 초점을 맞춘다. 여느 인생에서라면 예사로이 흘러갔을 삼 주 동안 크롬웰의 적수들이 체계적으로 지목되고 제거되며 앤 불린의 몰락이 점차 확정된다. 촘촘하게 덫을 놓아 걸려든 사냥감에게 정확히 죽음을 배달하는 군더더기 없는 플롯이 가차없이 착착 죄어든다. 그 빈틈없는 플롯이 바로 크롬웰의 간계plot 그 자체라는 깨달음이 독자의 목덜미를 서늘히 스치면, 소설은 내리치는 도끼처럼 불시에 끝나버린다.

'시체들을 끌어내라Bring Up the Bodies'라는 수수께끼 같은 제목의 의미는 거의 결말에 다다른 시점에 밝혀진다. 반역죄로 기소된 죄인들을 재판정으로 데리고 나오라는 16세기 잉글랜드의 관용적 명령이다. 사형선고가 떨어지기 전부터 그들은 이미 시체요, 숨은 붙어 있어도 목숨은 없다. 영원히 살 것처럼 어리석은 자존심을 세우던 앤 불린과 수하들의 모가지가 형장에서 우수수 떨어질 때, 그들에겐 처음부터 아무 희망도 없었다는 사실이 드러난다. 소설은 남몰래 이중의 플롯(이야기 틀이자 계략)을 동시에 가동하고 있었다. 정쟁과 숙청이라는 공적 정치 행위가 표면적으로 드러난 플롯이라면, 깊은 원한과 사적 응징은 저변에 숨겨진 진짜 플롯이다. 일인칭 같은 삼인칭 화법과 긴박한 현재형 서술 탓에 독자는 크롬웰과 공모하며 소설을 읽어나갈 수밖에 없는데, 이 숨겨진 플롯이 밝혀지면서 부지불식간에 이용당했다는 배신감에 젖을 수밖에 없다. 소설의 모든 등장인물은 물론 독자마저도 크롬웰의 복수극에 동원된 마리오네트였고, 각본의 결말은 아주 오래전에 쓰여 있었다. 재판은 격식 차리기였을 뿐, 진짜 심판은 소설이 시작되기도 전 울지 추기경의 죽음과 동시에 크롬웰의 의중에서 행해졌다. 읽는 내내 독자의 마음을 졸이게 한 앤 불린의 위태로운 거동, 브레러턴의 거만한 언행, 스미턴의 어리석은 허세는 정해진 결말에 어떤 영향도 끼치지 못할 안쓰러운 헛짓거리였다. 모두가 시종일관 타인의 의지에 휘둘리는 주제에 제멋대로 살고 있다 착각한 '시체'였던 것이다.

『시체들을 끌어내라』는 시체를 끌어내는 힘의 정체, 마키아벨리적 권력의지가 현실에서 작동하는 기제를 내부자의 관점에서 탐구한다. 수많은 인물을 배후 조종해 정교한 복수극을 연출하는 토머스 크롬웰의 정치적 의식은 소설을 쓰는 작가의 절대 권능과 닮아 있다. 크롬웰이 앤 불린을 공격한 '플롯'의 주무기는 뜬소문과 적당히 써먹기 좋은 진실이었다. 크롬웰은 이런 진실의 부스러기들을 꿰어 자신에게 유리한 쪽으로 이야기를 지어낸다. 적당히 써먹을 만한 사료史料와 역사의 공백을 엮어 소설을 쓰는 힐러리 맨틀이 그러하듯이. 토머스 크롬웰과 힐러리 맨틀은 천생의 이야기꾼이다. 소설가는 정치가와, 정치가는 소설가와 이렇게 만난다. 이야기는 '쓰기'로 비로소 완성된다. '쓰기'가 곧 권력 행위다. 어떤 진실은 쓰이고 어떤 진실은 감춰진다. 쓰고 감추는 스토리텔러의 권력이 사람을 살리고 죽인다. 한스 홀바인이 그린 초상화에서 크롬웰은 문서를 꽉 움켜쥔 '살인자'의 모습으로 그려진다. 그는 창칼과 방패가 아니라 종이와 펜을 든 암살자다. 막후 정치의 각본가 겸 연출가로서 크롬웰은 부단히 쓰는 자다. 기소문을 쓰고 회계장부를 쓰고 편지를 쓰고 음모를 쓴다.

하지만 알고 보면 정치 행위로서 쓰기의 성패를 좌우하는 진짜 능력은 '읽기'다. 때는 근대가 태동하던 16세기 잉글랜드, 신의 말씀이 휘청이자 인간이 권능의 텍스트가 되고자 하던 시기다. 예전에는 성경을 숙독한 자가 신권을 빌려 권력을 휘둘렀지만 이제는 세속 군주 헨리 8세의 의중을 숙독한 자가 왕권을 차용한다. 생사여탈권을 지닌 신의 대리자, 잔인하고 변덕스럽고 비합리적인 욕망의 화신. 헨리 8세라는 부조리한 텍스트의 모호한 진의는 시시각각 변한다. 이 불투명한 텍스트를 자칫 오독했다간 피로 대가를 치러야 한다. 읽기가 이토록 위험천만하다. 크롬웰은 깊고 정확하게 읽는 사람이다. 왕의 의중뿐 아니라 판도 읽고 수도 읽고 꿍꿍이도 읽는다. 활자도 읽지만 행간도 읽어낸다. 숨겨지고 가려진 의미를 놓치지 않는다. 가문도 유산도 세력도 없는 크롬웰이 궁정의 막후 일인자로 올라선 비결이다. 힐러리 맨틀이 창조한 토머스 크롬웰은 숨은 진실을 읽어내는 자, 그리하여 남들이 모르는 것을 아는 사람이다.

그래서 그는 안다. 무엇보다도 무상과 필멸이 인간의 조건이라는 것을 안다. 권세는 원래 그의 것이 아니니 끝내 반납해야 할 날이 반드시 올 것이다. 울지가 그랬고 모어가 그랬듯, 그도 언젠가는 이 위험한 줄타기에서 떨어지고 말 것이다. 늙고 안일해져 총기가 떨어져서, 자만

심에 눈이 멀어서, 또다른 인간 본성의 불완전함 탓에, 잘못 읽고 잘못
써서 모든 걸 그르칠 것이다. 또한 그는 안다. 그의 진짜 적수는 시간
이라는 걸. 망자의 석상마저 바스러뜨리는 시간이 기어이 그의 시체를
끌어내리라. 어차피 결말은 정해져 있다. 돌발성과 무작위성이 판치는
헨리 8세의 왕국에서 확실한 건 필멸뿐이다. 시간이 문제일 뿐 누구나
죽는다. 그 진리만이 참수 형장의 머리 받침대처럼 견고하다. 토머스
크롬웰은 그걸 안다.

이러한 얇은 냉철한 지략가 토머스 크롬웰에게 의외의 공감 능력을
부여한다. 그는 모멸과 홀대를 당하는 캐서린 전 왕비, 어리석게도 동
화처럼 행복한 결말을 꿈꾼 마크 스미턴, 그의 맞수가 되지 못했으나
끝까지 전력을 다해 싸운 앤 불린의 마음과 감정을 세심하게 읽고 측
은하게 여긴다. 그리하여 복잡하고도 매혹적인 작가-정치가의 초상이
탄생한다. 필멸의 인간을 바라보는 이 깊은 연민은 시대의 흐름에 따
라 세속 군주에게 권위를 이양한 신의 본성이고, 그렇기에 훌륭한 정
치가의 미덕이자 훌륭한 소설가의 마음이다. 작가 오에 겐자부로는 폭
력을 가하는 몸에서 폭력을 당하는 몸으로 인식과 공감의 대전환이 이
루어질 때 작가로서 도약을 이룬다고 믿었다. 크롬웰은 타자의 몸에
폭력을 가하는 순간에도 폭력을 당하는 몸에 공감한다. 자기 자신 또
한 '시체'에 불과함을, 지상의 세도를 향한 이 발버둥이 얼마나 헛된가
를 그는 너무나도 잘 안다. 무자비하게 사냥하는 매가 되고자 하면서
도 그 발톱에 찢어발겨지는 사냥감의 비참함을 통절하게 헤아린다. 사
냥매와 사냥감의 거리가 그리 멀지 않음을 잘 아는 탓이다. 잘 알면서
도 그는 싸운다. 주어진 시한부의 삶을 사람의 삶답게 지키려고 수단

과 방법을 가리지 않고 사투를 벌인다. 이 역설이 토머스 크롬웰을 잊을 수 없이 매혹적인, 너무나도 인간적인 영웅으로 각인시킨다.

『울프 홀』에서 아버지의 폭력을 피해 도망쳐 나온 천출의 소년이 헨리 8세의 오른팔로 자리잡기까지 삼십 년의 세월이 걸렸다. 하지만 『시체들을 끌어내라』에서 가장 높은 곳으로 올라가는 데는 일 년이 걸리지 않았다. 불과 오 년 후 『거울과 빛』에서 그는 형장으로 끌려갈 것이다. 허나 마지막 순간까지 그는 읽고 쓰고 통찰하고 공감하며 인간으로서 살아갈 것이다. 정해진 역사의 틀과 운명의 불변성에 갇힌 인간에게, 시체가 아닌 주체로서의 삶은 거저 주어지는 것이 아니다. 읽고 쓰고 사유하고 공감하며 하루하루 쟁취하는 것이다. 힐러리 맨틀에게는 그것이 정치이고 또 문학이다.

김선형

1952년	7월 6일, 영국 더비셔주에서 노동계급 집안의 삼남매 중 첫째로 출생. 본명은 힐러리 메리 톰프슨. 가톨릭신자인 아버지 헨리 톰프슨과 어머니 마거릿 톰프슨 밑에서 자라 남동생들과 함께 세인트 찰스 가톨릭 초등학교에 다님. 일곱 살 때 어머니의 애인 잭 맨틀이 가족들과 한집에 살게 됨.
1962년	아버지를 제외한 가족들이 체셔주로 이사함. 잭 맨틀이 계부가 되면서 성을 법적으로 톰프슨에서 맨틀로 바꿈.
1970년	런던정경대학교에서 법학을 전공.
1973년	셰필드대학교로 편입해 법학학사 졸업. 지질학자 제럴드 매큐언과 결혼.
1977년	남편과 함께 아프리카 보츠와나로 이주. 이때부터 소설을 집필하기 시작함.
1981년	제럴드 매큐언과 이혼.
1982년	제럴드 매큐언과 재혼.
1983년	남편과 함께 사우디아라비아 지다로 이주.
1985년	첫 소설 『매일이 어머니날 Every Day Is Mother's Day』출간.
1986년	『매일이 어머니날』 속편 『공실 Vacant Possession』출간.
1987년	영국으로 돌아와 잡지 〈스펙테이터〉의 영화평론가로 활동. 사우디아라비아에서의 경험을 쓴 회고록을 같은 잡지에 발표하기도 함.
1988년	소설 『가자 거리에서 보낸 팔 개월 Eight Months on Ghazzah Street』출간.

1989년	소설 『플러드 *Fludd*』 출간.
1990년	『플러드』로 위니프리드 홀트비 기념상, 첼트넘 문학상, 서던 아츠 문학상 수상. 맨부커상 심사위원으로 선정됨.
1992년	프랑스혁명을 이끈 로베스피에르를 비롯한 혁명가들의 이야기를 다룬 소설 『보다 안전한 곳 *A Place of Greater Safety*』 출간. 선데이 익스프레스 문학상 수상.
1994년	소설 『기후 변화 *A Change of Climate*』 출간.
1995년	소설 『사랑 실험 *An Experiment in Love*』 출간.
1996년	『사랑 실험』으로 호손든상 수상.
1998년	소설 『거인 오브라이언 *The Giant, O'Brien*』 출간.
2003년	회고록 『유령을 포기하다 *Giving Up the Ghost*』 출간. 정신 건강 자선단체 MIND에서 올해의 책으로 선정. 작가 자신의 삶이 반영된 첫 소설집 『말하기를 배우기 *Learning to Talk*』 출간.
2005년	소설 『비욘드 블랙 *Beyond Black*』 출간. 맨부커상 후보에 오름.
2006년	영국 사령관 훈장(CBE) 수훈. 『비욘드 블랙』이 오렌지상, 영연방 작가상 최종후보에 오름.
2009년	토머스 크롬웰 삼부작의 첫번째 소설 『울프홀 *Wolf Hall*』 출간. 맨부커상, 전미도서비평가협회상 수상.
2010년	『울프홀』로 월터스콧상, 워터스톤스북어워드 수상. 오렌지상 최종후보에 오름.
2011년	엑서터대학교와 킹스턴대학교에서 명예 문학박사학위를 받음.
2012년	『울프홀』 속편 『시체들을 끌어내라 *Bring Up the Bodies*』 출간. 맨부커상, 코스타북어워드, 브리티시북어워드 수상. 『시체들을 끌어내라』로 삼 년 만에 두번째 맨부커상을 받으며

	역대 세번째 더블 수상자이자 삼부작 중 두 편이 맨부커상을 받은 최초의 작가로 이름을 올림.
2013년	『시체들을 끌어내라』로 사우스뱅크쇼어워드 수상. 『울프홀』과 『시체들을 끌어내라』가 영국의 로열 셰익스피어 컴퍼니에서 연극으로 각색됨. 케임브리지대학교에서 명예 문학박사학위를 받음. 데이비드 코언 상 수상.
2014년	소설집 『마거릿 대처 암살사건 The Assassination of Margaret Thatcher』 출간. 영국 사령관 여기사 훈장(DBE) 수훈.
2015년	런던정경대학교에서 명예 법학학사, 옥스퍼드대학교에서 명예 문학박사학위를 받음. 『울프홀』과 『시체들을 끌어내라』를 원작으로 BBC 미니시리즈 드라마가 제작됨.
2016년	영국 아카데미 메달 수훈.
2019년	『울프홀』이 〈가디언〉 선정 '21세기 최고의 책' 1위에 오름.
2020년	『울프홀』 『시체들을 끌어내라』에 이은 삼부작의 마지막 권 『거울과 빛 The Mirror & the Light』 출간. 부커상 후보에 오름. 에세이 『맨틀의 조각들: 로열 보디스와 런던 리뷰 오브 북스에 실린 글 Mantel Pieces: Royal Bodies and Other Writing from the London Review of Books』 출간. 영국의 왕립문학협회가 수여하는 최고상인 '문학의 동반자' 수상.
2022년	9월 22일, 일흔 살의 나이로 엑서터주 데번의 병원에서 지병으로 사망.
2023년	신문과 잡지 등에 기고한 글을 엮은 『나의 과거 자아에 대한 회고록: 글 쓰는 삶 A Memoir of My Former Self: A Life in Writing』이 출간됨.
2024년	〈뉴욕 타임스〉 선정 '21세기 최고의 책 100'에 『울프홀』이 3위, 『시체들을 끌어내라』가 95위에 오름.

문학동네 세계문학전집 발간에 부쳐

세계문학은 국민문학 혹은 지역문학을 떠나 존재하는 문학이 아니지만 그것들의 총합도 아니다. 세계문학이라는 용어에는 그 나름의 언어와 전통을 갖고 있는 국민문학이나 지역문학의 존재를 인정하면서 그것을 넘어서는 문학의 보편적 질서에 대한 관념이 새겨져 있다. 그 용어를 처음 고안한 19세기 유럽인들은 유럽문학을 중심으로 그 질서를 구축했지만 풍부한 국민문학의 전통을 가지고 있는 현대의 문학 강국들은 나름의 방식으로 세계문학을 이해하면서 정전(正典)의 목록을 작성하고 또 수정한다.

한국에서도 세계문학 관념은 우리 사회와 문화의 변화 속에서 거듭 수정돼왔다. 어느 시기에는 제국 일본의 교양주의를 반영한 세계문학 관념이, 어느 시기에는 제3세계 민족주의에 동조한 세계문학 관념이 출현했고, 그러한 관념을 실천한 전집물이 출판됐다. 21세기 한국에 새로운 세계문학전집이 필요하다는 것은 명백하다. 우리의 지성과 감성의 기준에 부합하는 세계문학을 다시 구상할 때가 되었다.

문학동네 세계문학전집은 범세계적으로 통용되는 고전에 대한 상식을 존중하면서도 지난 반세기 동안 해외 주요 언어권에서 창작과 연구의 진전에 따라 일어난 정전의 변동을 고려하여 편성되었다. 그래서 불멸의 명작은 물론 동시대 세계의 중요한 정치·문화적 실천에 영감을 준 새로운 작품들을 두루 포함시켰다.

창립 이후 지금까지 한국문학 및 번역문학 출판에서 가장 전문적이고 생산적인 그룹을 대표해온 문학동네가 그간 축적한 문학 출판 경험을 바탕으로 새로운 세계문학전집을 펴낸다. 인류가 무지와 몽매의 어둠 속을 방황하면서도 끝내 길을 잃지 않은 것은 세계문학사의 하늘에 떠 있는 빛나는 별들이 길잡이가 되어주었기 때문이다. 우리가 자부심과 사명감 속에서 그리게 될 이 새로운 별자리가 독자들의 관심과 애정에 힘입어 우리 모두의 뿌듯한 자산이 되기를 소망한다.

문학동네 세계문학전집 편집위원
민은경, 박유하, 변현태, 송병선, 이재룡, 홍길표, 남진우, 황종연

세계문학전집 253
시체들을 끌어내라

초판 인쇄 2024년 10월 22일
초판 발행 2024년 11월 8일

지은이 힐러리 맨틀 | 옮긴이 김선형
책임편집 허유민 | 편집 윤정민
디자인 백주영 이원경 | 저작권 박지영 형소진 최은진 오서영
마케팅 정민호 서지화 한민아 이민경 왕지경 정경주 김수인 김혜원 김하연 김예진
브랜딩 함유지 함근아 박민재 김희숙 이송이 박다솔 조다현 정승민 배진성
제작 강신은 김동욱 이순호 | 제작처 영신사

펴낸곳 (주)문학동네 | 펴낸이 김소영
출판등록 1993년 10월 22일 제2003-000045호
주소 10881 경기도 파주시 회동길 210
전자우편 editor@munhak.com | 대표전화 031) 955-8888 | 팩스 031) 955-8855
문의전화 031) 955-1927(마케팅) 031) 955-2646(편집)
문학동네카페 http://cafe.naver.com/mhdn
인스타그램 @munhakdongne | 트위터 @munhakdongne
북클럽문학동네 http://bookclubmunhak.com

ISBN 979-11-416-0714-2 04840
      978-89-546-0901-2 (세트)

잘못된 책은 구입하신 서점에서 교환해드립니다.
기타 교환 문의 031) 955-2661, 3580

www.munhak.com

문학동네 세계문학전집

● 문학동네 세계문학전집은 계속 출간됩니다